BASTEI
LÜBBE
TASCHENBUCH

Weitere Titel des Autors:

GILWENZEIT:
Bd. 1 Der vergessene Turm
Bd. 2 Der verlorene Brief
Bd. 3 Die verruchten Pfade

Titel in der Regel auch als E-Book erhältlich

ÜBER DEN AUTOR

Robert M. Talmar, geboren in Hannover, ist als Berater in der Wirtschaft tätig. Er ist der Autor mehrerer erfolgreicher Sachbücher. Dennoch galt seine Leidenschaft von Jugend an auch dem phantastischen Genre. So stammen unter anderem ein gutes Dutzend Science-Fiction-Romane und -Novellen aus seiner Feder. Er lebt mit seiner Familie in Norddeutschland.

ROBERT M.
TALMAR

DIE VERRUCHTEN PFADE

GILWENZEIT

BASTEI
LÜBBE
TASCHENBUCH

BASTEI LÜBBE TASCHENBUCH
Band 20759

MIX
Papier aus verantwortungsvollen Quellen
FSC® C083411
FSC
www.fsc.org

Dieser Titel ist auch als E-Book erschienen

Originalausgabe

Lektorat: Dr. Frank Weinreich, Bochum
Kartenzeichnung vordere Klappe: Markus Weber / Guter Punkt, München
Sonstige Zeichnungen: Robert M. Talmar
Titelillustration: © HB Design
Umschlaggestaltung: Guter Punkt, München
Satz: two-up, Düsseldorf
Gesetzt aus der Garamond
Druck und Verarbeitung: CPI books GmbH, Leck – Germany
Printed in Germany
ISBN 978-3-404-20759-6

1 3 5 7 6 4 2

DANKSAGUNG

Mein besonderer Dank gilt wie immer den Menschen, mit denen ich zusammenarbeiten durfte:

Frank Weinreich, meinem Lektor. Er ist für mich der deutsche »Papst« der Fantasy. Er nahm mich ins Gebet, legte mir mannigfaltige Bußen auf und erteilte diesem Buch am Ende seinen Segen. Danke, Frank, für Zuspruch und Kritik.

Meinen Agenten Werner Fuchs und Michael Fehrenschild, die viele Hochs und Tiefs gemeinsam mit mir gingen.

Den Mitarbeitern des Verlags Bastei Lübbe wiederum ein herzliches Dankeschön, namentlich Ruggero Leò und Stefan Bauer.

Meinen Testlesern, die einen langen Atem beweisen mussten, ehe ich das Manuskript in ihre Hände legte.

Meiner Familie, meiner lieben Frau und meinem Sohn, sowie meinen persönlichen Freunden schulde ich vielfältigen Dank in gar nicht auszudrückendem Maße, und das bedarf einer Erklärung.

Ich erkrankte im Jahr 2013 schwer an einem Kehlkopftumor, noch bevor die ersten beiden Bücher überhaupt in Druck gingen. Die Korrekturabzüge korrigierte ich schon im Krankenhaus. Nach dem ersten Schock folgte die Erleichterung – ich sprach auf die Strahlen- und Chemotherapie gut an. Doch dann kehrte 2014 der Krebs zurück, und ich musste mir meinen Kehlkopf vollständig entfernen lassen. Seitdem bin ich buchstäblich sprachlos. Dieser zweite Schock war tiefer und erschütternder. Ohne die Zuwendung und Liebe meiner Familie, ohne die Unterstützung vieler Freunde, die ich gar nicht alle einzeln nennen kann, wäre ich dem Tod vielleicht nicht noch einmal von der Schippe gesprungen. Danke euch allen!

Und ebenfalls gilt mein inniger Dank auch dem Ärzteteam und dem Pflegepersonal der HNO-Klinik der Medizinischen Hochschule Hannover, ohne die weder dieses Buch noch derjenige heute existierten, der es vordem schrieb.

Begreiflicherweise kam es im Rahmen all dessen zu Verzögerungen in der Fertigstellung des vorliegenden Bandes. Allen (un)-geduldigen Leser/-innen schulde ich daher ebenso Dank für ihr Verständnis. Falls dies ein Lichtblick ist: Band 4 ist in Arbeit.

RMT, im Frühjahr 2015

verrucht |*verrucht*|

mittelhochdeutsch *verruochet,* eigentlich = acht-, sorglos. Die heute übliche Bedeutung hat sich aus ›achtlos gegenüber dem, was als geheiligt gilt‹ entwickelt.

Adjektivisches 2. Partizip von: *verruochen* = **sich nicht kümmern, vergessen** (zu: *ruochen* = sich kümmern, Sorge tragen).

WAS BISHER GESCHAH

Dies ist der dritte Band der Geschichte der Gilwenzeit und ihrer Kriege.

Der erste Band, *Der vergessene Turm*, berichtet, wie Finn Fokklin, der Sohn des wohlhabenden und berühmten Tintners Furgo Fokklin, etwas ganz und gar Ungeheuerliches (und für seinesgleichen Unvorstellbares) entdeckt: Geheimnisvolle Fremde machen sich im Hüggelland breit! Und dass, obwohl seit 700 Jahren niemand mehr von außerhalb diesem völlig abgeschiedenen Landstrich einen Besuch abstattete; weder im Guten noch im Schlechten.

Die Bewohner des Hüggellandes, das ebenso kleine wie kleinwüchsige Volk der Vahatin, lebt in Unabhängigkeit und Freiheit. Kriege kennen die Vahatin nur aus den alten Schriften ihrer Büchereyen. Seit fast 700 Jahren wohnen die Vahits (wie sie sich selbst gern nennen) zufrieden in der Abgeschiedenheit ihres von Gebirgen umschlossenen und durch einen meilenhohen Geländeabbruch, genannt »der Sturz«, vom Rest der Welt getrennten Landes.

Einst zogen sie sich mit dem Ende jenes halbhundertjährigen Bürgerkrieges zurück, der die sogenannte Dreiteiligkeit brachte. Die Dreiteiligkeit war das Ergebnis des Zerfalls des einst so mächtigen Menschenreiches von Benutcane, das an der eigenen Größe ebenso scheiterte wie an der Überheblichkeit seiner Herrscher und schlussendlich in die drei ungleichen Königreiche Revinore, Arelian und Vindland zerbrach.

Als die Vahatin ihre angestammten Lande verließen, war dies in Wahrheit eine Flucht vor den im Kriege roh gewordenen Menschen. Neben ihrer notdüftigsten Habe nahmen sie vor allem viele den Flammen des Bürgerkriegs gerade noch entrissene Bücher mit und retteten damit unersetzliche Werke. Denn Bücher liebten die Vahits von jeher über alles. So wurden sie – ohne es zu beabsichtigen – zu den letzten Hütern des Wissens der Menschen aus der Zeit vor der Dreiteiligkeit. Ihre drei größten Siedlungen entstanden rund um Büchereyen, die sie vor allem gründeten, um die unersetzlichen Sammlungen der geretteten Bücher zu ordnen und zu erhalten.

Für 700 Jahre also gewährte das Schicksal den Vahatin Frieden. Doch dann entzog es ihnen seine Gunst.

Wie sich zeigt, zählen die Eindringlinge, denen Finn auf die Spur kommt, nicht nur *nicht* zu den Guten, sondern zu den denkbar Schlechten. Es sind nicht einmal Dirin, Menschen, denen die Vahits seit der Dreiteiligkeit ohnehin misstrauisch gegenüberstehen und denen derlei Übertritte zuzutrauen wären. Doch diese Eindringlinge sind albtraumhafte Wesen einer unbekannten Art, Gidrogs, die sich heimlich im Hüggelland bewegen. Angeführt werden sie von dem brutalen Saisárasar, und dieser ist ein Dir.

Er besetzt mit einer Schar Gidrogs den weißen Turm Acaeras Alamdil: eine uralte und schon vor der Besiedelung des Hüggellandes verlassene Wehranlage der Dirin. Eine Festung, die ebenso herren- wie scheinbar sinnlos das Tor zu Finns Heimatland »bewacht«. Von hier aus unternehmen die Eindringlinge Spähflüge auf den Rücken ihrer Criargs: Großvögel, die stark genug sind, selbst einen Menschen zu tragen.

Bald schon wird deutlich: Die Gidrogs beabsichtigen, das Hüggelland für sich zu erobern. Die Kriegsunerfahrenheit und nahezu vollständige Wehrlosigkeit der Bewohner des Hüggellandes kommt ihnen dabei zupass und verschlimmert die für die Vahits ohnehin wenig aussichtsreiche Lage.

Finn und sein bester Freund, der Landhüter Mellow Rohrsang, geraten in die Gefangenschaft Saisárasars, können sich allerdings befreien und in der Folge die nichtsahnenden Bewohner des Hüggellandes zumindest vor dem bevorstehenden Einfall der Gidrogs warnen.

Auf ihrer Flucht schließt sich ihnen ein Fremder an, Circendil, ein Dir und Kriegermönch des vindländischen Davenaordens. Seine selbst gestellte Aufgabe ist seltsam, ja nebulös: Er will nichts Geringeres als »die Gluda« finden, um mittels dieser *Gilwe* dem Tyrannen Lukather die Stirn zu bieten. Denn dieser Lukather ist, wie die beiden Vahits erfahren, die eigentliche Schlüsselfigur im Hintergrund, die alle Fäden zieht. Finn und Mellow hören erstmals von den unvorstellbar wertvollen Gilwen, faustgroßen Kristallkugeln von unbegreiflicher Macht, und ihren Schöpfern, den einstigen Wahren Meistern der Gidwargim.

Lukather entriss den Gidwargim schon vor Jahrhunderten das Geheimnis der Herstellung der Gilwen. Er entführte und tötete den letzten der Wahren Meister, nachdem er sich dessen Wissen angeeignet hatte. Fortan fertigte der Tyrann eigene Gilwen und verlieh diesen seither als dunbluód bekannten Kugeln unsägliche zerstörerische Kräfte. Viele Schlachten gewann er mittels jener Schwarzen Gilwen, und allzu früh erhoffte Siege verwandelten sich in tödliche Niederlagen für seine Gegner. So mussten selbst die Gidwargim trotz des Besitzes eigener Gilwen seiner erdrückenden Übermacht ein um das andere Mal weichen. Ihre Zahl wurde mit den Jahren immer geringer, und ihre einst prächtigen Heimstätten zerfielen.

Jene Gluda, die Circendil zu finden hofft, wird indes auch *die Reine* genannt. Noch ist ihr als letzter Gilwe und einziger keine Kraft beigegeben worden. Es ist daher möglich, ihr eine besondere Art von Macht zu verleihen, eine, die fähig wäre, Lukather zu besiegen … nur muss sie dazu erst einmal gefunden werden. Und heutzutage weiß niemand mehr, wo sie sein könnte.

Ein altes Buch enthält einen Hinweis auf ihren Aufenthaltsort, doch es ist in den Landen der Menschen gleichfalls nicht mehr vorhanden. Circendils Reise ins Hüggelland gründet sich allein auf die dünne Hoffnung, dieses Werk oder eine Abschrift davon möge unter den einst von den Vahits geretteten Büchern noch zu finden sein.

Nachdem Finn, Mellow und Circendil die Bewohner des Hüggellandes vor dem drohenden Angriff der Gidrogs warnten, wird ein Rat einberufen, in dem vieles verhandelt wird. Aber damit ist kaum etwas gewonnen. Alles Kriegerische ist den Vahits nach der langen Friedenszeit vollständig fremd, die Beibehaltung ihrer Gewohnheiten ist ihnen wichtiger als die Anerkenntnis des bevorstehenden Einmarschs. An eine Gegenwehr ist aus beiden Gründen kaum zu denken.

Gerade als die ersten Angriffe losbrechen, lernt Finn das Mädchen Tallia Goldammer kennen und lieben. Die Gefährten müssen sich zudem der entsetzlichen Gegenwart eines *Dunbluódur* stellen, eines Trägers einer Schwarzen Gilwe. Kriegswirren sind die ungünstigste aller Zeiten für eine aufkeimende Liebe, und Finn und Tallia müssen dies alsbald schmerzhaft erfahren, als sie unversehens in das sengende Feuer von Ulúrcrum geraten. Inmitten der sie umzingelnden Flammen ist das junge Pärchen gewiss, nunmehr gemeinsam sterben zu müssen.

Der zweite Band, *Der verlorene Brief*, erzählt, wie Finn und Tallia dem Feuer von Ulúrcrum wider Erwarten zu entkommen vermögen und dabei obendrein noch den Gidwargum Glimfáin retten.

Glimfáin entpuppt sich als der Sänger einer Gilwe und als der Lenker eines Himmelsgefährts, einer nach einem Luftangriff notgelandeten Windbarke. Dieser Angehörige jenes Volkes, das einst die Gilwen schuf, ist zudem der Hüter der bedeutenden Axt *Nemandáur*, die im Kampf in den Feuern verloren ging. Nur unter größter Gefahr kann Finn sie ihm wiederbeschaffen. Zum Dank erhält er *Maúrgin*, ein berühmtes Gidwargum-Schwert vergangener Tage, zum Geschenk.

Während Glimfáin von Brandwunden gezeichnet bettlägerig auf seine Genesung wartet, reiten Finn, Mellow und Circendil in den Süden des Hüggellandes, um einer Spur nachzugehen, die sie zu dem verschollenen Buch führen soll.

In dem Dorf Aarienheim überstürzen sich die Ereignisse. Zunächst muss Finn erfahren, dass seine Eltern Opfer eines Überfalls der Gidrogs wurden. Seine Mutter ist tot, der Verstand seines überlebenden Vaters ist angesichts der Vorfälle zutiefst verwirrt. Finn ist verzweifelt, fühlt sich hin und her gerissen zwischen der Sorgepflicht des Sohnes und den Notwendigkeiten, welche die größere Auseinandersetzung von ihm fordert.

Am Ort des Überfalls findet Mellow einen verlorenen Brief, der an Saisárasar gerichtet ist. Die Gefährten können dem Schreiben entnehmen, dass die Absichten von Lukathers Abgesandtem weit umfassender sind, als sie bisher dachten. Nicht nur das Hüggelland ist in Gefahr. Ein dunkler Plan bedroht ebenso Revinore, eines der drei Königreiche der Menschen.

Zum Teil fußt dieser Plan auf dem Wirken einer *Sinyanhwe*, einem Kristall, der die Sinne betört und verwirrt. Mellow gerät in den Bann einer solchen Gemme und wandelt sich vor den Augen seiner Freunde zum Schatten seiner selbst.

Ehe die Gefährten auch nur beraten können, ob und wie man den König von Revinore in seiner fernen Hauptstadt Caras Berene warnen könnte, bläst Saisárasar zum Angriff auf das Hüggelland. Aarienheim wird überrannt, und zeitgleich fallen Schwärme von Criargs und ihre Reiter über die anderen Dörfer des Hüggellandes her.

Finn erlebt das Grauen auf seine Weise: Er muss Mellow vor sich selber retten, doch bevor ihm dies gelingt, werden beide von Saisárasar gestellt. Mellow wird niedergeschlagen. Finn kann dem Verhängnis entgehen – nur um mitansehen zu müssen, wie seine engsten Verwandten von angreifenden Gidrogs niedergemetzelt werden. Auch Finns Vater wird erschlagen. Und Circendil geht vor seinen Augen im Kampf zu Boden.

Noch einmal kann Finn an der Seite seines Vetters Wilhag entweichen. Doch Saisárasar wird ihrer schnell wieder habhaft, und nun ereilt ihn sein Schicksal. Saisárasar treibt die beiden wehrlosen Vahits bis an den Rand des Sturzes – und darüber hinaus. Beide stürzen haltlos in die mehr als eine Meile hinabreichende Tiefe.

Saisárasar, der Diener Lukathers, trägt den Sieg davon. Das Hüggelland, Uvaithlian, ist sein. Doch auch er weiß, dass dies alles erst der Anfang war. Nützlich zweifellos, aber weitgehend unbedeutend. Ein Vorgeplänkel allenfalls, ein Vorspiel der wahrhaft wichtigen Ereignisse, die alsbald geschehen werden …

An dieser Stelle setzt der dritte Band, *Die verruchten Pfade*, mit seiner Erzählung ein.

SIL VENCLÉN

Der Wind zerrte an den Falten zweier wadenlanger, schwarzer Mäntel. Die Dunkelhäutigen, die sie trugen, standen Seite an Seite; sie musterten mit strenger Miene Gruppe um Gruppe der vor ihnen wartenden Criargreiter. Große Feuer brannten in der Mitte des Talkessels, und Fackeln steckten in langen Reihen in der satten schwarzen Erde. Ihr Knistern und Fauchen erfüllte die Luft ebenso wie der Rauch, den der Wind zu waagerechten Fahnen verbog.

Die Flammen spiegelten sich vielhundertfach in den blanken, mit Axtdornen versehenen Schwertern, in den bloßen Ringen des Zaumzeugs, in Halsbergen, auf Schulterstücken und anderem schimmernden Metall, ja selbst in den glänzenden Schnäbeln und in funkelnden Augen der Reittiere. Die Großvögel zischelten unruhig in der Nacht, sie traten von einem Bein aufs andere. Sie ahnten den bevorstehenden Aufbruch und witterten die Angespanntheit ihrer Reiter ebenso wie die Beutegier in den Ausdünstungen ihrer eigenen Art.

Ihre Reiter, die zum Abflug bereiten Gidrogs, standen noch neben ihren Tieren, in Reih und Glied gefächert, fünfhundert an der Zahl, schon am Boden zu kleineren Schwärmen geordnet. Doch noch war der Befehl, in den Sattel zu steigen nicht, gegeben worden. Ein kalter Luftzug strich über die Grasfläche, die den kleinen See am Grunde des Talkessels umgab. Er kam von Osten und versprach Rückenwind. Das und einen schnellen, kraftsparenden Flug.

Der breitere der beiden Nodirin trug einen dichten Fellbesatz am Kragen seines gleichfalls pelzgefütterten Mantels. Er breitete eine Hand aus, als überlasse er dem anderen großzügig ein Königreich.

»Mögen diese hier dir den Sieg erringen«, sagte er huldvoll.

»Am Sieg besteht kein Zweifel«, antwortete der schmalere. Um seinen Kopf wand sich ein Tuch und verdeckte die rechte Augenhöhle. »Wenn sie nur tun, was ich ihnen sagte. Werden sie es?«

»Das werden sie.« Der Dunkle neben Saisárasar ballte die eben noch huldvoll ausgestreckte Hand zur Faust und reckte sie stolz. »Das sind alles *meine* Leute, Simorgh. Sie folgen mir blind.«

»Was taugen mit Blindheit geschlagene Krieger? Können sie Nachrichten sammeln über den Feind? Und was nützt es mir, wenn sie dir folgen? Du scheinst zu vergessen: Das da *waren* deine Leute, hörst du mich, Ulmorgh Ensamot? Jetzt sind sie *mein*. Und sie sollen mir bedingungslos folgen! Merk dir das! Schärf es ihnen ein!«

»Sie wissen es«, erwiderte der Stämmige grollend. »Sie kennen die Strafe für jegliches Fehlverhalten.«

»Und *sie* wissen nur zu genau, wie sie uns im Auge behalten«, versetzte Saisárasar. Sein geänderter Tonfall machte deutlich, dass er nun nicht mehr von den Gidrogs sprach. »Dich und mich, Ensamot. Falls du auch das vergessen hast.«

»Ja.« Der Angesprochene verzog sein breites Gesicht zu einer Grimasse des Abscheus. Rechts wie links zeigten seine Wangen je drei fingerlange, wulstige Schmucknarben; ein äußeres Zeichen dafür, dass der Ulmorgh *Vu'luth*, das Licht Lukathers, höchstselbst gesehen hatte. »Sie sind … nun ja, lästig.«

Saisárasar fuhr herum. »Lästig? Was erdreistest du dich! Lästig sind ein paar Kröten im Hüggelland, aber nicht sie. *Sie* sind unbedingt vonnöten, weit mehr als alles andere! Sie sind die mächtigste Waffe Ulúrlims. Das größte Geschenk des Herrn. Von den Tränen abgesehen, die er ihnen überließ. Ihretwegen werden wir siegen. Im Namen Lukathers und im Angesicht des Goch! Schmähe niemals mehr die Dunbluódul, Ensamot, wenn dir dein Leben lieb ist. Oder *du* wirst des Todes sein! Schneller als du ahnst. Und rascher, als du es verhüten kannst.«

Saisárasar trat an sein Reittier heran und ruckte an einem Gurt. Sein rascher Blick streifte eine aufgepflanzte, auswehende und weithin sichtbare Fahne, deren Tuch im Ostwind schlug. Ihr Wehen versetzte die rote sechsblättrige Blume in Bewegung, in deren Mitte *Goch*, der erbarmungslose Schlund, jedem und allem drohte: Dies war das Wahrzeichen der Macht Ulúrlims. Die Blüte Seines Wissens. Der Ausdruck Seiner Überlegenheit.

Saisárasar nickte, zufrieden mit der Stärke des Windes. Dann prüfte er den Stand des Mondes. Ohne sich umzudrehen, sagte er: »Es wird Zeit, Ensamot. Sprich jetzt, und sprich besser die richtigen Worte. Entlasse die Truppen aus deinem Befehl. Entsage ihrer jetzt. Sie sind ab nunmehr mein, mit Leib und Leben. So wahr wir unter dem Feldzeichen des *Fe'e Hu* Seinen Zwecken dienen.«

Ensamot zischte etwas, doch er trat vor, und seine Hand gebot Schweigen.

Dann sprach er wie geheißen.

Wenig später erfüllte das Schlagen hunderter schwerer Schwingen das Tal. Es hallte wider von den senkrechten Wänden gleich einem sich ankündigenden Sturm. Schwarm um Schwarm stieg über den Feuern auf und zog fort, ihrem Anführer folgend; gen Osten gegen den Wind sich erhebend, dann nach Westen sich wendend, der fernen, großen Felsenmauer entgegen.

Mit dem Anbruch des Tages würden sie dort sein. Um Saisárasar den Sieg zu bringen. Über eine Gegend, die Uvaithlian hieß.

Ensamot bleckte die Zähne, als der Simorgh außer Sicht geriet. Dann wandte er sich ab und gab neue Befehle. Neue Reiter würden eintreffen, schon heute oder morgen; und danach noch viele weitere. Sie alle galt es zu empfangen, ihre Tiere zu verpflegen und dafür zu sorgen, dass alles bereit war für seinen – Ensamots – großen Tag.

Der näherte sich. Langsam zwar, aber stetig … mit jedem klammen Tag des Wartens in den kalten Winden des Nordens.

TEIL I

1. KAPITEL

In Feindeshand

ATEMLOS TAUMELTE ER vorwärts. Etwas in ihm drängte, keine Zeit zu verlieren. Warum er sich allerdings so beeilen sollte, darüber schwieg die innere Stimme eisern. Und mehr als ein Tapsen, ein Schwanken wie nach einem Wirtshausbesuch mit zu viel Genuss von *Brummbarem* brachte er ohnehin nicht zu Stande. Die rechte Hand presste er seitlich gegen seinen Hut. Er drückte die Krempe fest auf das zerknüllte Taschentuch darunter und damit beides auf eine fingerlange Schädelwunde. Dennoch rann Blut in dünnen Fäden unter dem Hutband hervor. Die andere Hand streckte er unsicher tastend nach vorn, wie ein blinder Käfer den letzten verbliebenen Fühler.

Wieder trat er auf einen vom gestrigen Sturm abgerissenen Ast. Es knackte laut unter seinem Fuß, und er zuckte unwillkürlich zusammen. Fast verlor er das Gleichgewicht. Mit den Stiefelspitzen stieß er gegen einen der Feldsteine, die in loser Folge den Weg säumten. Er machte ungelenk kehrt und wankte zurück, dahin, wo er die ungefähre Mitte des Weges vermutete. Ein paar unbeholfene Schritte weit schleppte er sich mehr oder weniger geradeaus. Dann patschte er in eine Pfütze und glitt darin aus. Er fiel der Länge nach hin, und eine Welle dunkler Pein brandete über ihn hinweg.

»Mein lieber Mellow«, ermahnte er sich, als der Schmerz endlich abebbte und er sich bäuchlings im Matsch liegend wiederfand – und kaum noch die Kraft dazu fühlte, sich wieder zu erheben. »Du solltest besser hasten, nicht rasten.«

Es war tröstlich, eine Stimme zu hören; selbst wenn es nur die eigene war.

Irgendwie schaffte er es, an den Rand der Pfütze zu gelangen und dort wieder auf die Füße zu kommen. Aber sie gehorchten ihm weiterhin nur widerstrebend, und verloren sofort die Richtung, kaum dass er sie setzte. Er kam jenseits der Wasserlache erneut vom Wege ab und torkelte heftig gegen einen Baum, der einen Augenblick zuvor noch nicht dort gestanden hatte. Schlimmer und weitaus schmerzhafter war, dass er in die dornenbesetzten Zweige eines der wilden Himbeersträucher geriet, die zuhauf am Waldesrand wuchsen. Hatten die denn zuvor auch schon dort gestanden? Er erinnerte sich nicht. Aber an was erinnerte er sich überhaupt?

»Ich wollte nur, ich wüsste, wo ich bin«, keuchte er. »Und wo zum Kuckuck steckt Finn?«

Er erhielt keine Antwort. Offenbar war er tatsächlich allein. Fast meinte er zu wissen, dass es einen Grund dafür gab. Und dass dieser Grund ein hässlicher war.

Wo genau er sich befand, verbarg sich für ihn in einem gelblichen Nebel, der auf ihm lag wie ein Albdruck. Er hoffte lediglich inständig, dass er sich immer noch auf dem rechten Weg hielt – zurück zum Tauberhaus mit seinen Scheunen, Stallungen, der Sägemühle und der Werkstatt.

Doch vielleicht war dies auch der Pfad, der ihn in den eigenen Untergang führte.

Sehen konnte er nichts von alledem. Noch vermochte er auch nur zu erahnen, wie weit es bis dahin war.

Wirre Lichter umwirbelten ihn, wann immer der Nebel vor seinen Augen zerfaserte. Es waren allerdings ebenso wenig wirkliche Lichter, wie er durch einen wirklichen Nebel irrte. Was seine ohnehin eingeschränkte Sicht in Schüben trübte, waren Ausgeburten eines hämmernden Kopfschmerzes, die ihn im Takt seines Herzschlags blendeten.

In seinem Mund sammelten sich Blut und Speichel. Der Übelkeit bereitende Geschmack von Eisen quälte seine Zunge. Er spuckte beides aus und bereute es sofort. Das sofort wieder einsetzende peinigende Hämmern in seinem Kopf war kaum noch zu ertragen, und ein leises Stöhnen begleitete den Schmerz, als wäre es sein Echo. Es war ein Laut, den er selbst erst bemerkte, als er sich fragte, wer da wohl stöhnte. Niemals zuvor hatte er sich derart schwach und schutzlos gefühlt. Und plötzlich war er dankbar, dass niemand in seiner Nähe war.

Allein anschwellender Lärm voraus zeigte Mellow die ungefähre Richtung an, in die er eilen musste und wollte und es doch nicht schaffte – es waren unverkennbare Kampfgeräusche. Geräusche, die er seit der Nacht am Mürmelkopf nie wieder würde vergessen können.

Deutlich vernahm er das Wiehern durchgehender Ponys. Das singende Aufeinanderklirren von Klingen. Das gellende, durch Mark und Bein fahrende Gekreisch von Criargs. Dazu dumpfes Flattern schwerer Flügel. Schrille Vahitstimmen, die vor Entsetzen oder Todesangst schrien. Aufgeregtes Gidroggebrüll. Dazwischen das panische Gackern und Zischen zu Tode erschrockenen Federviehs: Hühner, Enten, Gänse. Und immer wieder erklang Circendils tiefe Stimme, die Anweisungen rief, die Mellows Ohren gleichwohl hörten und deren Sinn er dennoch nicht verstand. Er tastete sich weiter.

Seine Lider waren verklebt von geronnenem Blut. Das rechte Auge musste er fest geschlossen halten, das linke vermochte er kaum zu einem Schlitz zu öffnen. Er wankte vorwärts, begriff kaum, was geschehen war. Oder das, was *jetzt* eben geschah.

Holzbohlen erklangen mit einem Mal dumpf unter seinen Füßen. Das war gut. Oder nicht? Ja, es *gab* Holzbohlen nahe des Taubergrundstücks; sie formten den Weg bis zur Bachbrücke und darüber hinweg. Er mühte sich, den halben Blick seines weniger verklebten Auges auf etwas zu richten, das er wiedererkannte.

Schwer stützte er sich an einem Zaunpfahl zu seiner Linken ab; ein windschiefes Ding, das, falls er sich jetzt recht entsann, den Beginn des tauberschen Küchengartens zur Waldseite hin markierte. Er versuchte zu Atem und zu einem halbwegs ungetrübten Blick zu kommen. Ja, hinter dem Zaun wuchsen verschiedenste Kräuter in leidlich geraden Beeten. Er roch sogar deren würzigen Duft. Er befand sich zweifellos am Rand des Taubergrundstücks.

»So weit, so gut«, murmelte er.

Der Schwindel erfasste ihn im nächsten Moment, als wolle er ihn schon für die geringste Zuversicht bestrafen. Oder als suche der mit einem Mal ebene, feste Grund nach einem Ausgleich, um ihn mit zunehmender Schwäche zu strafen. Es war einerlei. Im selben Augenblick begann sich alles um Mellow herum zu drehen. Ihm wurde übergangslos übel.

Keuchend hielt er inne.

Plötzlich glaubte er gar Saisárasars dunkle, in einen Mantel gehüllte Gestalt vor sich zu sehen, wie sie einen Schatten auf ihn warf. Er fuhr herum und riss sein Wacala heraus. Aber es war allein der dichte Bewuchs eines Hagebuttenstrauchs, der ihn narrte. Verbissen umklammerte er einen Zaunpfahl, steckte die Klinge zurück und zählte bebend bis sieben.

»Warte, Mellow«, sagte er dann zu sich. »Warte, wenn du klug bist. Eile ja, aber mit Weile. Gönn dir noch ein paar Augenblicke. Du musst nur ein wenig ausruhen. Wenigstens so lange, bis dieses Kreiseln aufhört. Warte hier, oder du bist verloren.«

Als brauche es eine Bestätigung, gellte irgendwo voraus der schrille Todesschrei eines Vahits. Mellow zuckte zusammen. Er rieb sich fahrig über das klebrige Gesicht. Die Kruste getrockneten Blutes gab dabei nach, vielleicht gelöst vom Wasser der Pfütze, in die er gefallen war. Heftig zwinkernd schaffte er es jetzt, beide Augen zu öffnen.

Sein Kopf ruckte hoch, und er schaute auf.

Das Erste, was er erblickte, war aufsteigender Rauch. Dichte, schwarze Wolken, die hinter dem Buschwerk und dem First des zuvorderst erkennbaren Daches emporquollen. Dahinter erkannte er schemenhaft die hoch aufragende Feldsteinmauer des Brochs. Etwas stürzte in diesem Moment geräuschvoll ein, und jetzt hörte Mellow auch das entfesselte Prasseln von Flammen. Er stöhnte auf.

*

Mellows Erinnerung an das kürzlich Geschehene war ein durcheinandergleitendes Flimmern von unverständlichen oder auch unvollständigen Bildern. Sie kam ihm brüchiger vor als dünnes Eis auf einem Obergauer Weiher im November.

So sah er sich auf einer Holzbrücke über einem rauschenden Wildbach stehen, doch wusste er nicht mehr, weshalb er dort gestanden hatte. Er sah sich mit Finn um irgendetwas ringen. Sie wälzten sich auf dem Boden; ein Bild, das ihn zugleich erschütterte und ihm völlig unwirklich vorkam. Er sah Finns Vetter Wilhag, der ihn, Mellow, aus welchem Grund auch immer, niederdrückte. Dann war da ein Criarg, der mit ausgebreiteten Schwingen landete. Da war Saisárasar, der mit gezogenem Schwert aus dem Sattel sprang. Und da war er selbst, der mit hocherhobenem Wacala auf seinen besten Freund Finn einstechen wollte. Nur, weil ihn etwas anstieß oder vielleicht auch fortriss, allein aus diesem Grund fuhr das scharfe Waldarbeitermesser knapp an Finns Gesicht vorbei und schlitzte diesem das Ohr entzwei, anstatt ihn zu töten. Zu töten?

Hatte er etwa allen Ernstes versucht, Finn zu töten?

Konnte das tatsächlich geschehen sein? Oder sah er Bilder eines verblassenden Traums?

War es das, was er erinnerte? Dass er, Mellow, mit Saisárasar gekämpft hatte? Zu seinem eigenen Erstaunen sah und *hörte* er das Wacala auf den dunkelhäutigen Menschen zuwirbeln, und mit plötzlich klarem Erinnern *wusste* er, dass die Klinge, von seiner kleinen Hand geschleudert, dem großen Mann mit einem hässlichen Geräusch bis an das Heft in die rechte Schulter gefahren war. Er sah den Nodir wanken, aber er fiel nicht. Das nächste Bild erschreckte ihn am meisten – Saisárasar riss sich das wuchtige Messer aus der Schulter, machte ein, zwei unvorhersehbare Schritte auf Mellow zu, ragte drohend vor ihm auf – und schlug mit kalter, unbarmherziger Wucht zu. Das befleckte Wacala traf, mit dem Knauf voran, Mellows Kopf, der daraufhin in einer Wolke davonfliegenden Blutes zerbarst.

Das war der letzte Gedanke, der in seiner Erinnerung aufflackerte. Danach war da nichts mehr als Schwärze.

An sein folgendes Erwachen entsann er sich dafür deutlicher.

Etwas Gelbliches glomm erst stechnadelgroß in der alles umhüllenden Schwärze auf, wuchs erschreckend schnell zu einer brennenden Flamme heran – doch aus was? – und versengte ihm die Hand. Als er die Augen aufschlagen wollte, klebten ihm die Lider zusammen, als hätte er in heißem Pech gebadet … und seine Hand glühte.

Erst dann überschwemmte ihn eine von seinem Kopf ausgehende Schwäche, und er tastete und fühlte frisches Blut. Sein Haar und Gesicht waren nass, und er lag im Gras, und nur mit Mühe wischte er ein Auge frei. Neben Mellow lagen sein Wacala und sein Hut; und seltsam, dieser Anblick mahnte ihn, nicht zu säumen. Obwohl er nicht hätte sagen können, was er *versäumte*, wenn er einfach im Grase liegen blieb.

Er fühlte die Nässe, ehe er den hämmernden Schmerz selbst verorten konnte – oberhalb seiner rechten Schläfe war die Kopfhaut geplatzt oder zerrissen, und die Verletzung blutete stark. Er wühlte sein Taschentuch aus der Weste hervor und presste es auf die Wunde; und weil ihm die Hand ebenfalls schmerzte, stülpte er sich den Hut über Kopf und Taschentuch und klemmte den mehr als notdürftigen Verband ein, so gut es ging. Was wenig genug war.

Eine Ewigkeit danach verging, ehe er es schaffte, sich samt des Rucksacks auf seinem Rücken aufzurichten, zu drei Vierteln blind und schwankend wie ein Blatt im Wind. Er wankte um den Kadaver des verendeten Criargs herum, unwillkürlich dem unsäglichen

Gestank ausweichend, der von dem toten Großvogel ausging. Er wich den weit gespreizten Schwingen wie etwas aus, das er zwar wahrnahm, aber von dem er nicht verstand, um was es sich dabei handelte. Noch, wie es dahin gekommen war. Oder was es auch nur zu bedeuten hatte, dass eines der geflügelten Reittiere neben ihm tot im Gras lag, seltsam verkrümmt und in einer Lache des eigenen Blutes liegend.

Dann schlurfte Mellow davon, ebenso kraft- wie atemlos, von einer inneren Eile getrieben, von der er nicht einmal wusste, woher sie rührte.

Und nunmehr, nach einer Zeitspanne, die er nicht einschätzen konnte, die ihn aber wie Stunden dünkte, stand er endlich hier, auf einen Gartenzaun gelehnt, nein, zitternd über ihn gekrümmt wie ein Sterbender, den haltlose Krämpfe schüttelten. Und er fragte sich, was hinter der Wand des ersten Gebäudes an Entsetzlichem vor sich ging. Und was er täte, sobald er es erführe.

*

Mellow zog sich am Zaun entlang, Hand über Hand, bis die Kräuterbeete endeten und eine Bretterwand den Zaun beschloss. Die Wand bildete die Rückseite eines Schuppens, der vor seiner Tür, zum Weg hin gerichtet, ein vorgezogenes Dach aufwies, unter dem sich Lehmtöpfe und anderes Gartengerät stapelten. Er musste sich an der Wand abstützen, so sehr setzte ihm in diesem Moment der Schwindel zu. Dicht an die Wand gepresst – oder richtiger: von ihr gehalten –, wagte Mellow einen vorsichtigen, immer noch leicht verschwommenen Blick. Als er um die Ecke spähte, stockte ihm der Atem.

Dem Schuppen gegenüber, auf der anderen, der rechten Wegseite, lag ein vahithoher Misthaufen. Dahinter erhob sich die Scheune, ein langgestrecktes Gebäude, dessen Schmalseite dem Weg zugekehrt war. Wiederum rechts hinter der Scheune befand sich, etwas versetzt, das eigentliche *Tauberwerk*: die Sägemühle mitsamt der Werkstatt, in der die Tauberbrüder ihre Bretter zuschnitten und Möbel schreinerten. Auf der linken Wegseite lag jenseits des Schuppens noch ein großer Gartenbereich, in dem die Taubers allerlei Gemüse zogen, ehe schließlich von Mellows Standort aus gesehen ganz hinten die Stallungen kamen. Zwischen diesen drei Gebäuden verbreiterte sich der Weg, bis er am südlichen Ende den Mühlbach in Form einer Bohlenbrücke übersprang. Dahinter, rechts am jenseitigen Ufer, ragte der alte Broch in die Höhe, während sich links das langgezogene, vielwinkelige Tauberhaus mit seinen Vorsprüngen und Einschüben, Erkern und Überbauten erhob.

Als Mellow am Montag hier angekommen war, hatte das ausgedehnte Grundstück den Anblick friedvoller Stille geboten. Jetzt herrschte Krieg.

Überall, auf jedem Flecken freier Fläche, so wollte es Mellow scheinen, wurde zwischen den Häusern gerungen. Es wurde gekämpft und – gestorben. Gidrogkörper lagen am Boden, blutüberströmt, verstümmelt, manche wanden sich noch in Todeszuckungen, andere lagen reglos da in Lachen voller Blut. Der Stall über ihren Köpfen brannte lichterloh; im Schein seiner Flammen, in der Nähe der Brücke, kämpfte Circendil schweißüberströmt gegen jenen, den Mellow glaubte verwundet zu haben – Saisárasar.

Die Klingen der beiden Männer schlugen klirrend Funken, als sie einander in einem tödlichen Tanz umkreisten.

Aber nicht nur der Davenamönch wehrte sich gegen den Feind. Mellow sah etliche gefallene Aarienheimer vor und jenseits der Brücke am Boden liegen. Noch standen einige wenige der Dörfler aufrecht, mit dem Rücken zur Wand oder gegeneinander gedrängt, Holzlatten schwingend, Mistgabeln wie Lanzen vor sich haltend, doch sinnlos am Ende. Netze flogen, von Gidrogs geworfen. Sie rissen die behelfsmäßigen Waffen fort und deren Träger zu Boden. Die Luft bebte und brodelte – nicht nur vor der heiß aufsteigenden Luft.

Jedermann schrie auf seine Weise.

Dumpf, wie grunzend, die Vogelreiter. Volldröhnend Circendil, der, noch immer im Zweikampf mit Saisárasar stehend, zu retten suchte, was zu retten war, und sei es durch verzweifelten Zuruf. Die Vahits gellend mit ihren hohen Stimmen, voller Entsetzen und Schmerz und nur zu oft todgeweiht. Ihr Kreischen wurde übertönt vom beutegierigen Geschrei der Criargs.

Alles dies nahm Mellow binnen eines Moments wahr, der ihm dennoch vorkam wie ein sich endlos hinziehender Anblick des Grauens.

Plötzlich entdeckte er in dem sich wie wild bewegenden Meer aus zuckenden Leibern und Gestalten einen blutüberströmten Finn, der sich gerade auf den Rücken Vankus zog; neben ihm versuchte Wilhag Tauber, es ihm gleichzutun.

Gwaeth, das große Pony Circendils, wieherte kläglich und trotzig zugleich und riss sich von einem Holm los; dann galoppierte es davon, erst die eine Richtung versuchend, dann in eine andere fliehend. Gwaeth sprang an seinem Herrn vorbei und lief um den brennenden Stall herum; dann schoss das Tier, einen Gidrog niedertrampelnd, auf die Scheune zu, scheute vor dem Misthaufen zurück und warf sich herum. Ein, zwei Sätze brachten das Pony an den Rand des Gartenfeldes, vor dem einige höhere Büsche wuchsen. Wieder scheute es, abermals drehte es ab, um endlich die erlösende Freiheit in dem nahen Wald nördlich des Grundstücks zu suchen. Gwaeths Hufe donnerten nun über die Bohlen den Weg entlang. Er rannte, nur fort von dem Gemetzel, am diesseitigen Schuppen entlang. Dicht eilte das Pony des Medhirs an dem hinter der Ecke kauernden Mellow vorbei. Und da erkannte Mellow, was er tun musste.

Gwaeth war, wie die anderen Ponys, die mit ihm zurück in den Obergau hatten gehen sollen, zur Abreise bereit. Anstelle eines Sattels trug er wie gewöhnlich Circendils Decke sowie einen Gurt um den Nacken, der sie sicherte. Die Zügel wehten dem Tier um den Kopf. Er wieherte ein weiteres Mal und griff mit weiten Sätzen aus.

Mellow handelte, ohne nachzudenken.

In jenem einzigen, winzigen Augenblick, da er beides erreichen *konnte*, packte seine eine Hand den Nackengurt, die andere griff in die lange Mähne Gwaeths. Ein ungeheurer Ruck riss ihn von den Füßen. In Mellows Schultern knackte es, und neue Schmerzen durchzuckten seinen Leib. Seine Füße baumelten für Sekunden in der Luft und drohten, unter die schlagenden Hufe zu geraten.

Doch der Schwung reichte aus.

Mellows linkes Bein flog über die Kruppe. Es gelang ihm, sich halb liegend irgendwie festzukrallen. Gwaeth stöhnte laut, vor Schreck oder infolge von Schmerzen; vielleicht sogar vor Freude, dem Untergang entronnen zu sein. Doch er wurde nicht langsamer, sondern immer schneller. Schon pflügte das Tier durch eine aufspritzende Pfütze und jagte weiter. Der Kampfeslärm hinter Mellow verging im dumpfen Stampfen trommelnder Hufe auf dem weichen Boden des Waldwegs.

Der Vahit richtete sich schwankend auf Gwaeths Rücken auf und angelte nach den Zügeln. Dann rief er mehrfach seinen Namen und sprach beruhigend auf das Pony ein. Was er sagte, war einerlei; das Tier gehörte seiner Familie und kannte Mellows Stimme von Fohlensbeinen an. Es erkannte sie wieder und gab schon nach wenigen Augenblicken Scheu und Widerstand auf.

Er zügelte das Pony und blickte zurück.

Niemand folgte ihnen. Mit etwas Glück hatte keiner der Angreifer seine Anwesenheit bemerkt. Mit etwas Glück waren auch Finn und Wilhag entkommen. Er musste sie finden, und dann würden sie gemeinsam sehen.

Nur hatte er keine Sekunde an Zeit zu verlieren, sosehr ihm auch nach Ausruhen und Atemholen sein mochte. Finn kam ihm nicht hinterher. Sein Freund musste nach Süden, zur anderen Dorfseite hin, geflohen sein. Das lag auf der Hand, weil Finn und Wilhag sich auf der Tauberhausseite des Mühlbaches befunden hatten, als sie Vanku bestiegen, und ihnen keine andere Wahl geblieben sein konnte.

»Also auf nach Süden, Gwaeth. Lauf wie der Wind, mein Guter! Mein Herz sagt mir, dass jeder Hufschlag doppelt zählt. *Lauf!*«

Mellow schnalzte und trieb Gwaeth nach links unter die Bäume. Schon nach wenigen Sekunden hatte sie das Zwielicht des Waldes verschluckt.

So rasch es die Bäume gestatteten, preschten sie durch das Unterholz auf die westlich verlaufende Gaustraße zu.

*

Mellow erreichte die Straße schon nach einer halben Minute. Nach rechts führte sie in nordwestlicher Richtung, zur Klimtfurt, dann nach Halberweg und weiter nach Vierstraß. Nach links senkte sie sich leicht und lief ins Dorf zurück.

Mellow und Gwaeth kamen nicht sehr weit von der Stelle aus dem Wald hervor, an der am Montag Bholobhorg Feldschwirl sein Pony Dumpel angehalten hatte, um nach dem hiesigen Wirtshaus zu fragen.

Die Silberpappelallee selbst fanden sie verlassen vor.

Mellow zögerte nur kurz, dann entschied er sich dagegen, den offenen Weg zu benutzen. Zu dicht führte die Straße jenseits der Dorfhecke am Taubergrundstück vorbei. Über seiner linken Schulter konnte er unschwer den schwarzen Rauch des brennenden Stalls aufsteigen sehen, und das Letzte, was er wollte oder gebrauchen konnte, war, den sicher bald durch das Dorf plündernden Gidrogs freiwillig in die Arme zu reiten. Mellow rief sich das wenige, was er über Aarienheim wusste, ins Gedächtnis, und zu seinem Erstaunen ließ ihn *diese* Erinnerung nicht im Stich.

Das Dorf bestand aus neun Häusern und zwei altertümlichen Brochs: Turmbauten aus Feldsteinen, die den jeweiligen Eingang und Ausgang des Bradas markierten. Die Häuser standen in loser Gruppierung beiderseits der Straße; keineswegs dichtgedrängt, sondern mit einigem Abstand zueinander, so dass sich zwischen ihnen genug Platz für kleine Gärten, Gatter, Pferche und Stallungen fand.

Eine Hecke aus Kirschlorbeer schützte die dem Sturz abgewandte Seite des Bradas; sie zog sich vom Broch der Taubers zuerst südlich über die Wiesen und schwenkte dann in einem Bogen nach Westen, ehe sie auf die Aarienheimer Felder traf, die in Rodungen fast im Wald verborgen südwestlich des Dorfes lagen. Östlich der Felder und etwas näher zum Dorf und zur Straße hin befanden sich die Totenäcker – dort war Finns Mutter verabschiedet worden, am Montag, als sie fast zu spät eintrafen und beinahe die Heilige Feier am offenen Grab verpasst hätten.

Besagte Hecke war dicht und hoch. Sie hatte im Winter die Aufgabe, dem von den Hügeln herunterwehenden Schnee Einhalt zu gebieten. Jetzt war sie Mellow als Deckung mehr als willkommen.

Er trieb Gwaeth über die Straße und ritt im Sichtschutz der Kirschlorbeersträucher im gestreckten Galopp nach Süden. Doch schon bald musste er das Pony wieder zügeln. Sein Kopf dröhnte unter den Hufschlägen, die Wunde über der Schläfe war wieder aufgegangen, und Blut rann unter dem Taschentuch hervor. Er kam an einen Bach, der von den Hügeln herabrann und nach links zum Sturz hin entschwand. An dieser Stelle und nur hier war die Hecke unterbrochen, so dass der Bach sie passieren konnte.

Nur zu gern hätte er angehalten, seine Wunde gesäubert und das Tuch ausgewaschen, aber wenn er Finn und Wil erreichen wollte, blieb dafür keine Zeit.

»Das muss warten«, murmelte er.

Mellow lenkte Gwaeth in den Bachlauf hinein. Er vermeinte, dabei von der Satteldecke zu rutschen, so schwindelig war ihm. Nur mit Mühe hielt er sich an der Mähne fest. Dann folgte er dem Wasser, bis er sich auf der inneren Seite der Hecke befand. Der Bach floss unter Gwaeths Hufen einem nahen winzigen Weiher zu; Mellow aber wandte das Pony nach rechts. Er ritt unter Stöhnen aus dem flachen Bett heraus und fand sich in einem Obstgarten wieder, in dem etliche Bäume – Äpfel, Kirschen, Pflaumen – ein ausgedehntes und schattiges Haindach bildeten. Zur Linken sah er ein Haus zwischen Zweigen hindurchschimmern. Dahinter musste die Straße verlaufen. In der Luft lag Brandgeruch; der Lärm des Kampfes indes war nahezu verstummt.

Mellow trieb Gwaeth, so rasch er es bei seiner eigenen Schwäche vermochte, zwischen den Obstbäumen über satten Wiesengrund dahin. Dann wich das Blätterdach zurück, er erreichte einen schmalen Querweg, bog scharf nach links und ließ dem Pony erneut die Zügel schießen.

Das brave Tier preschte den Weg hinunter.

Zwischen zwei Häusern, die einander die schmale und die breite Seite zuwandten, kämpfte er um sein Gleichgewicht; und noch während Mellow zwischen ihnen hindurchritt, war ihm, als würden die Häuser neben ihm sich winden wie Weidenzweige im Wind, oder wie ein Seil, dessen Enden jemand gegeneinander verdrehte. Dann sprangen sie scheinbar jäh zurück wie federnde Äste. Ihm wurde infolge des Trugbildes abermals übel, bittere Galle wollte ihm die Kehle hinaufsteigen, und er schloss im Auf und Nieder des Ponygalopps die Augen und hielt sich nur noch fest.

Gwaeth eilte unbeirrt weiter, unmittelbar auf die Gaustraße zu, die im rechten Winkel vor ihnen lag.

Plötzlich hörte Mellow Stimmen. Er schreckte auf und sah einige Vahits auf der Straße nach Süden rennen, fort vom Nordende des Dorfes. Mehr bekam Mellow nicht mit, schon befand er sich jenseits ihres Verlaufs und verhielt in der Deckung von zwei diesmal eng beieinanderstehenden Häusern. Gwaeth tänzelte kurz auf der Stelle, dann trieb ihn Mellow weiter.

Sie befanden sich nun am Südende des Dorfes. Zu ihrer Rechten ragte der südliche Broch mit seinem Postlerstall und angrenzendem Heuschober in die Höhe. Mellow zog Gwaeth nach rechts hinüber in die Lücke hinein zwischen Broch und Haus. Dahinter gewahrte er einen helleren Streifen offenen Graslandes. An dessen Rand schimmerte das weiße Band des Sturzzaunes.

Eben hier würde Finn auf seiner Flucht nach Süden vorbeigekommen sein.

»Keinesfalls ist er die Straße entlanggeritten«, murmelte Mellow. »Sondern, so rasch er nur konnte, über die Wiesen dort. *Also auf, Gwaeth, ihm nach!*«

Den letzten Satz rief er laut und gab Gwaeth die Hacken zu fühlen.

Das große Pony sprang vorwärts. Im nächsten Moment riss Mellow dem armen Tier fast die Trense aus dem Maul, als er ihn mit aller Macht an den Zügeln zurückzerrte – ein Schrei gellte in der Luft, den Mellow nur zu gut kannte. Und fürchtete.

Aus vollem Lauf brachte er Gwaeth gewaltsam zum Stehen.

Im Halbdunkel diesseits des Brochs glitt er zu Boden. Die Zügel warf er über einen Strauch. Sich selbst duckte er hinter einen Brennholzstapel, den der Postler dort aufgeschichtet hatte.

Was er auf der offenen Wiese erblickt hatte, ließ ihn die eigene Schwäche vergessen.

Vor ihm, höchstens dreißig Klafter entfernt, erhob sich ein Criarg in die Lüfte. Reiterlos peitschte er mit seinen Schwingen das Gras. Schon schwebte er und kam auf den Broch zugeflogen, ein mächtiger Schatten vor dem Osthimmel.

Vanku, Mellows eigenes Pony, galoppierte gleichfalls reiterlos über das freie Feld. Es schlug einen verzweifelten Haken und wieherte in höchster Angst. In wilder Flucht vor dem Schnabel und den Fängen des Criargs rannte das Tier auf der von Mellow abgewandten Seite um den Broch. Beide entschwanden im Nu Mellows Blicken.

Ein anderer Schemen aber blieb.

Dort, wo der Criarg eben noch den Boden berührt hatte, sah Mellow die hohe Gestalt Saisárasars stehen, vor dem Licht der hinter ihm stehenden Sonne nicht mehr als ein düsterer Umriss, gefüllt mit nichts als Finsternis. Der schwarze Mantel umflatterte ihn in einem tückischen Wind, der von der Sturzkante heraufblies.

Erst dachte Mellow, der Dunkle habe ihn bemerkt und wolle nun beenden, was er zuvor im Wald begonnen hatte; doch schon kehrte er ihm den Rücken zu. Langsam schritt er auf den Sturzzaun zu.

Unwillkürlich starrte Mellow zu der Stelle, wohin der Nodir seine Schritte lenkte – und erst jetzt wurde er der beiden Vahits gewahr, die dort in die Enge gedrängt waren. Hinter ihnen befand sich nichts als der Zaun, die letzte Begrenzung vor dem meilenhohen Sturz, vor ihnen versperrte der Dunkle den Weg. Finn und Wilhag wichen bis an die Latten zurück, die letzten verbleibenden Schritte, während Saisárasar sein Schwert von der Schulter zog. Deutlich hörte Mellow das Klirren, als der Stahl aus der Scheide fuhr. Oder bildete er es sich ein?

Mellow löste sein Wacala vom Gürtel und wog es in der Hand – nein, es war zu weit für einen Wurf. Und dennoch würde er es werfen. Er musste nur näher heran. Schon wollte er losspringen, da übermannte ihn ein solcher Anfall von Schwindel, dass er, statt aufzuspringen, ächzend vornüber auf die Knie sank. Das Messer entglitt seiner Hand. Wieder wallte Nebel um ihn her. Der Schmerz oberhalb seiner Schläfe pochte plötzlich nicht mehr, sondern schoss in ungekannte Höhen und blieb. Glühendes Eisen, das rohes Fleisch versengte.

Mellow hörte nicht mehr, ob weiter vorn gesprochen wurde.

Er sah nur, wie durch Schlieren, dass Saisárasar sein Schwert mit der linken Hand führte. Es stieg auf und schoss herab, zerhieb den Zaun. Erst neben Finn, dann neben Wil. Die zerschlagenen Hölzer fielen in den Abgrund. Eine Lücke klaffte, breiter als ein Klafter.

Dann fiel das Schwert selbst. Saisárasar ließ es achtlos fahren.

Er holte aus und schlug die beiden Vettern mit der bloßen Hand. Und während Mellow noch ungläubig und zu keiner Bewegung fähig hinüberstarrte, taumelte Wil unter dem erhaltenen Streich und trat fehl – er verschwand jenseits der Kante. Und noch im Fallen griff er hoch und riss Finn mit sich ins Leere. Für einen närrischen, hoffnungstrügerischen und am Ende sinnlosen Moment konnte Finn sich an eines der zersplitterten Hölzer klammern. Dann war es vorbei. Saisárasars Stiefel trat zu und stieß erbarmungslos die Latte hinfort.

Finn und Wil stürzten haltlos in die Tiefe.

Mellows Herzschlag setzte aus.

Gleichzeitig wurde ihm schwarz vor Augen. Er kippte ins Gras und rührte sich nicht mehr.

*

Als Mellow eine Hand an seiner Schulter rütteln fühlte, schlug er verwirrt die Augen auf. Verwunderung darüber, dass er sie überhaupt aufschlagen konnte, ohne dass sie klebten, gesellte sich dazu. Erst jetzt bemerkte er, dass jemand zu ihm sprach. Aus dumpfen Lauten wurden klare Worte:

»… wach auf, Herr Helvogt«, hörte er einen älteren Vahit sagen. Die Stimme klang bekannt, aber er konnte sie keinem vertrauten Gesicht zuordnen. »Komm jetzt, wach schon auf, bitte. Du darfst hier nicht liegen bleiben. Trotz deiner Verletzung und allem. Sie suchen dich.« Der Vahit kniete hinter Mellows Kopf, und erst als Mellow sich schwerfällig bis zum Sitzen aufrichtete, erkannte er den Sprecher. Es war Helmo Buntfink, der Besitzer des Poststalls. Mellows Hut lag neben ihm im Gras, ebenso sein völlig blutdurchtränktes Taschentuch. Er tastete zu seiner rechten Schläfenseite und fühlte einen frischen Verband um seinen Kopf. Der vorher kaum auszuhaltende Schmerz war einem dumpfen Pochen gewichen.

»Was ist geschehen? Wer sucht mich?«

»Die Gidrogs dieses Menschen natürlich. Und alle anderen, fürchte ich.«

»Alle anderen, natürlich«, echote Mellow. »Wie lange …?«

»Wie lange du schon hier liegst? Das weiß ich nicht, aber es kann nicht länger als eine Dreiviertelstunde sein, schätze ich.«

»Aha«, machte Mellow. »Wie kommst du darauf?«

»Na ja, ich war … mit dort vorn. Bei ihnen. Als sie plötzlich kamen, meine ich. Ich hatte euch allen Lebewohl sagen und auch ein wenig gaffen wollen, wie ich gern zugeben will. Ich wollt' halt den großen Menschen, deinen Freund, fortreiten sehen. Na ja, ich war kaum am Broch angelangt, da wurde es auch schon hässlich, und wir bekamen mehr zu sehen, als uns lieb war. Erspar mir Weiteres zu sagen als dies: Es gab Tote, Herr Helvogt. Von unsern Leuten und von ihnen. Ich stand starr vor Entsetzen. Sie warfen ein Netz über mich, und schwups!, das war's auch schon. Als sie deinen Freund niederrangen, war's schnell zu Ende, das heißt, der Stall brannte noch, und er schwelt wohl auch noch immer, aber alles andere war vorbei. Glücklicherweise hat das Feuer nicht um sich gegriffen. Na ja, und als der dunkelhäutige Mensch wieder auf seinem grässlichen Vogel kam, sprach er zu uns.

Eure Frauen, so sprach er, *sind im Turm eingesperrt* – damit meinte er wohl den Broch. *Sie sind unser Unterpfand. Gehet hin und holt genau zur Mittagsstunde alle Bewohner dieses Dorfes hier zusammen. Alle!*, wiederholte er. *Oder eure Weibchen müssen sterben. Kommt hier zur Straße vor dem Turm. Und wehe euch, es fehlt auch nur einer!* Weibchen! So nannte er die Gefangenen.« Helmo unterbrach seinen Bericht empört.

»Wir anderen wurden losgebunden und förmlich weggescheucht. *Genau zur Mittagszeit! – Denkt daran!*, hörten wir ihn noch mehrfach sagen. Wir alle sahen uns ungläubig an, denn wir hatten mit Schlimmerem gerechnet. Und dann liefen wir los, ein jeder zu seinem Heim und so schnell er nur konnte. Ich für mein Teil war froh, dass mein Weib Lasbet sicher zu Hause in meinem *Turm* hockt, und nicht als Gefangene im anderen. Das alles ist vielleicht eine knappe Stunde her. Als ich plötzlich draußen dieses große Pony unterhalb meines Fensters grasen sah, ging ich raus, um nachzusehen, was das nun wieder hieß. Es ist das Pony des Mönchs, ich erkenne es wieder.«

»Hast du Circendil gesehen? Sag, lebt er noch?«

Helmo nickte, aber es war ein trauriges Nicken.

»Wie steht's um ihn?«

»Nicht gut, fürchte ich. Sie fingen ihn genau wie mich. Mit einem ihrer Netze. Dann wurde er gefesselt und fortgeschafft. Wohin genau, das weiß ich nicht.«

»Aber er lebt immerhin! Das ist bessere Kunde als ich erhoffte. Also ist noch nicht alles verloren.«

Der Poststallbesitzer schüttelte den Kopf. Er teilte Mellows Erwartung nicht. »Sie werden sich an ihm rächen. Und das schon bald, fürchte ich. Nachdem dein Freund so viele von ihnen tötete, meine ich.«

»Und woher weißt du, dass sie nach mir suchen?«

»Entschuldige, bei so vielen Dingen ... Dabei ist das doch für dich das Wichtigste. Dich verlangte der dunkle Mensch gleich zu Beginn. *Bringt mir einen, der Mellow Rohrsang heißt*, rief er. *Wer ihn mir bringt, TOT ODER LEBENDIG, erhält sein Weibchen zurück und erhält obendrein mein Wort, dass ihr und ihm fürderhin kein Leid geschieht.* So sprach er, und er klang ungeheuer wütend dabei. «

»Das ist so ziemlich das Einzige, was mir an diesem Morgen gelungen ist«, meinte Mellow. »Ich habe es geschafft, den schlimmsten Feind der Vahits wütend zu machen.«

»Ungeheuer wütend sogar. Und eben deshalb solltest du nicht länger hier sitzen, Herr Helvogt. Ehe sie dich noch ...«

»Ja, du hast gewiss Recht. Ich ...« Mellow ergriff die dargebotene Hand und ließ sich von Helmo auf die Füße ziehen. Dabei fiel sein Blick auf die klaffende Lücke im Zaun, und alle Erinnerung setzte schlagartig wieder ein.

»Ach du großes Unglück! *Finn!*«, rief er halblaut aus. Er ließ Helmo Buntfink stehen und rannte zum Sturz. Er kniete sich zwischen den zerschlagenen Streben hin. Vorsichtig lugte er über die

Kante, und als er nichts erkennen konnte außer einer bodenlos erscheinenden Tiefe, in der das dunkle Grün der Schattenfenne eine Meile tiefer formlos dräute, legte er sich der Länge nach ins Gras und streckte seinen Kopf noch weiter über den Rand hinaus. So weit es nur ging. Er hoffte inständig, dass ihn nicht ausgerechnet jetzt wieder der Schwindel übermannte.

Doch der Schwindel blieb aus, und Mellow musterte den rötlichen, lotrecht abfallenden Stein mit seinen unzähligen Vorsprüngen, Abbrüchen und schmalen Gesimsen. Aber da war nichts. Keine frischen Absplitterungen, keine anderen Aufprallspuren an der Felsenwand, und auch keinerlei Blutspuren entlang der gratigen Rillen und Schründe. Und kein Finn, dachte er beklommen. Kein Wil. Weder lebendig noch tot. Nichts als ein kalter böiger Wind, der von unten nach oben strich und an Mellows Haaren zerrte.

»Nicht«, hörte er Helmo plötzlich sagen. »Auch wenn du verzweifelt bist, weil dieser Mensch dich haben will und alle dich deshalb suchen. Stürz dich nicht da runter, ich bitte dich, Herr Helvogt!« Als Mellow sich umblickte, sah er den Poststallbesitzer zwei oder drei Klafter hinter sich stehen; näher wagte er sich offensichtlich nicht an den Sturz heran. Dabei führte er Gwaeth am Zügel und hielt Mellows Hut in der Hand.

»Was?«, fragte Mellow. »Du meinst …?« Er schob sich zurück und stand auf. »Da mach dir keine Sorge, Herr Helmo. Ich hatte keineswegs vor, mich hinabzustürzen. Nicht wegen Saisárasar und schon gar nicht wegen irgendwas, das er sagte. Ich sah vorhin nur mit an, wie … zwei … Ach, es ist zu schmerzhaft, es auch nur auszusprechen. Für einen Moment hoffte ich, wider alle Vernunft, sie könnten … Doch wer da hinabfällt, der ist tot. Da gibt's kein Vertun. Sie sind beide tot. Ich bin bei aller Eile zu spät gekommen. Und ich war im entscheidenden Augenblick zu schwach.«

Der grauhaarige Helmo begriff kein Wort von alledem; man sah es ihm an. Er reichte Mellow den Hut, blickte sich zweifelnd um und schüttelte den Kopf.

»Noch kannst du gehen«, drängte er. »Sie sind noch nicht wirklich auf die Suche gegangen. Aber du solltest besser schnell verschwinden. Bevor sie damit beginnen und dich finden, meine ich. Ich werd' auch keinem was sagen«, setzte er hinzu.

»Das alles rechne ich dir hoch an, Herr Helmo.«

»Jaja, aber nun fort mit dir.«

Mellow nahm auch die gereichten Zügel und schwang sich auf Gwaeths Rücken. »Ich nehme an, du warst es, der mich verbunden hat? Nimm meinen Dank auch dafür. Wie schlimm sieht es denn aus?«

»Deine Wunde? Na ja, es ist kein Huftritt gewesen, aber irgendwas hat dich ziemlich getroffen, das konnte ich sehen. Der Verband wird dir etwas Linderung bringen, aber das wird's nicht allein richten. Ist'n ziemlicher Riss. Du bräuchtest dringend Nadel und Faden, wenn du mich fragst, Herr Helvogt. Leider hab ich derlei grad nicht bei der Hand. Nicht mal auswaschen konnte ich dir die Wunde. Kümmer' dich selbst bald drum.«

Mellow versprach es und drückte dem älteren Vahit die Hand.

»Warum tust du das? Ich meine, warum verrätst *du* mich nicht?«

Da stampfte der Poststallbesitzer mit dem Fuß auf und sagte murrend: »Du bist ein ehrenwerter Herr, ein Vogt der Hel sogar. Ich stehe als Postler ebenfalls im Dienst der Hel. Noch niemals hat Verrat einen Platz gefunden in den Herzen derer, die für die Hel tätig sind! Und ich gedenke nicht, jetzt als Erster damit anzufangen. Also gehab dich wohl! Und nun ab dafür!« Damit schlug er Gwaeth die flache Hand auf die Hinterseite. Das Pony schnaubte und lief sofort los.

Mellow drückte den Hut fester. Er winkte Helmo zum Abschied, gab Gwaeth die Hacken zu spüren und ritt eilig in die Richtung davon, die auch Vanku genommen hatte – an der linken Seite des Südbrochs vorbei, zurück zur Gaustraße, von der er gekommen war.

*

Wenn Helmo Buntfink Recht hat mit seiner Einschätzung, dachte Mellow, *dann muss ich schleunigst aus dem Dorf verschwinden. Ich darf mich weder auf der Straße noch überhaupt von anderen sehen lassen. Saisárasar hat mir den Messerwurf offenbar nicht verziehen!*

Was der Nodir mit ihm anstellen würde, sobald er ihm nur in die Hände geriete, konnte sich Mellow lebhaft ausmalen. Er wischte die sich aufdrängenden Bilder von der von Criargschnäbeln zerrissenen Anselma mit aller Macht beiseite.

Eben erreichte er die Straße. Er fand sie jetzt verlassen vor, fragte sich aber, ob er vorhin von den rennenden Vahis gesehen worden – und erkannt worden war. Ohne Zögern querte er sie und tauchte in den schmalen Weg gegenüber ein, der unter hohen Kiefern am Rieselbach aufwärtsführte. Diesen Weg kannte Mellow vom Montag her: Er brachte ihn nach kaum einem Steinwurf zu einer Weggabelung, an der eine Brücke den Bach übersprang und sich zu den Gräbern hin öffnete; der andere Weg zweigte nach rechts zu den Aarienheimer Feldern ab.

Niemand wird sich derzeit bei den Gräbern aufhalten!, schoss es Mellow durch den Sinn. Er lenkte Gwaeth kurzerhand über die Brücke und anschließend zwischen den flachen Grabhügeln hindurch. Unschwer erkannte er das frische Grab von Finns Mutter wieder. Es war zugeschüttet worden, die feuchte Erde darauf glänzte. Noch immer steckten an den vier Eckpunkten die langen Stangen mit den Ölgefäßen; ein schwacher Duft nach Kräutern und Harzen hing in der Luft, jedenfalls bildete sich Mellow das ein.

Stille umgab ihn und das Pony. Wie erwartet fand er an diesem vom Tod so reichlich gezeichneten Morgen die Totenäcker unter dem Kieferndach verlassen vor. Mellow hielt hinter dem letzten Grabhügel an. Stumm beugte er sein Haupt – viele neue Gräber würden in den nächsten Tagen ausgehoben werden müssen.

Dass Finn und Wilhag tot sein sollten, ging weit über sein Vermögen zu denken und zu fühlen hinaus. Es entzog sich, soweit es sein Herz betraf, völlig dem Verständnis. Sein Verstand indes sagte ihm, dass ganz zweifellos niemand einen Sturz aus dieser Höhe überleben konnte. Nur mit düsterer Beklemmung wagte Mellow daran zu denken, wie es sein würde, nicht mehr auf seinen besten Freund zählen zu können. Nicht mehr mit ihm herumzualbern. Ihn nie wieder zu einem Humpen *Krumm* zu überreden. Doch dann fiel ihm ein, dass es auch die *Krumme Kiefer* und damit kein *Krumm* und überhaupt gar kein Rudenforst mehr gab.

Mellow blinzelte in die Kiefernwipfel hinauf und schämte sich der Tränen nicht, die ihm lautlos über die Wangen rollten.

Weil nur der Wind wehte, und selbst die Vögel schwiegen, während Gwaeths Hufe in diesem Augenblick ganz still standen, vernahm Mellow das leise Schnauben, das ihm sonst vielleicht entgangen wäre. Es klang zaghaft, vorsichtig, aber seltsamerweise unverkennbar freudig, ein Schnauben der Begrüßung, oder Mellow verstand nichts mehr von Ponys. Gwaeth spitzte die Ohren, er hatte es gleichfalls gehört. Er blähte die Nüstern und antwortete.

Da kamen sie hinter einem dichten Gestrüpp hervor, zwei reiterlose, gesattelte Ponys. Das eine war von schwarzer Färbung, das andere pummelig und ein wenig struppig. Im Nu war Mellow von Gwaeths Rücken herabgerutscht und umarmte Vanku; mehrfach musste er dem aufgeregten Tier die Hand an die Nüstern legen und ihn ermahnen, nur ja ruhig zu sein. Dann streichelte er auch Dumpel, Bholobhorgs dickliches Pony. Es war neben Vanku um den Busch getrottet und blickte seltsam traurig drein.

»Wie immer ihr zwei es auch geschafft habt«, sagte Mellow schließlich gerührt, »ihr beide zeigt mir eines deutlich: Man *kann* den Gidrogs entkommen, wenn man nur will.« Vanku stupste Mellow zärtlich an, dann rieb er seinen Kopf kurz an dem Halse Gwaeths, als wolle er sagen: Schön, dass auch du entkommen bist.

»Da wären wir also«, sagte Mellow. »Drei Ponys und ein Vahit. Was zwei Reiter zu wenig sind. Und was einen Plan erfordert, wie wir das ändern. Was meint ihr?«

Er erfuhr nie, was die drei dazu meinten.

Ein Rascheln im Gebüsch, aus dem Vanku und Dumpel gekommen waren, ließ Mellow herumfahren. Er zog sein Wacala blank. Mit dem Schlimmsten rechnend, schlich er vorwärts und teilte vorsichtig die Äste.

Da fand er, was das Geräusch verursacht hatte – ein von einem Schnabelhieb tödlich verletztes Pony. Es lag auf der Seite, es war ungesattelt, und Mellow kannte es nicht.

Vielleicht stammt es aus dem Tauberstall, überlegte er, und ist mit Dumpel zusammen ausgerissen.

Der Hieb hatte ihm den Hals weit aufgerissen, und das arme Tier konnte nicht einmal mehr wiehern oder schnauben. Aber seine Beine zuckten und zitterten, und die Augen traten dem Pony beinahe aus den Höhlen, so sehr mussten die Schmerzen es quälen. Sein Schweif war bis auf einen Stummel verbrannt, am Rücken zeigten sich lange Krallenspuren. Blutige Blasen bildeten sich an seinem offenen Hals über der klaffenden Wunde, und die Luft strömte dort zischend ein und aus, statt über die Nüstern zu atmen. Die Kiefernnadeln des Waldbodens waren nass vor Blut und klebten ihm am Fell. Das Pony war unbedingt verloren, und ein Blick in seine Augen zeigte Mellow, dass das bedauernswerte Tier dies selbst ganz genau wusste.

»Da hast du dich bis hierher geschleppt in deiner Angst, und doch war es am Ende vergeblich«, sagte Mellow erschüttert. »Du erwartest Hilfe, und du sollst sie bekommen.«

Er biss sich auf die Lippen, denn das, was er jetzt tun musste, war unumgänglich. Und ebenso furchtbar. Als wüssten sie, welches Werk er sich jetzt anschickte zu tun, blieben Vanku, Dumpel und Gwaeth scheu auf der anderen Seite des Busches. Nicht einer ihrer Hufe rührte sich. Wieder kehrte Stille ein.

Mellow bückte sich und suchte die Stelle zwischen den Rippen. Dann streichelte er dem leidenden Pony die Stirn, sah das Flehen in den angstvoll geweiteten Augen – und stach ihm das Wacala mit aller Kraft ins Herz. Durch den Leib des Tieres ging ein aufbäumender Ruck. Dann erstarb mit ihm auch das Zittern der Glieder. Das Zischen am Hals verstummte, und sein halb erhobener Kopf senkte sich auf den Boden. Ein letzter Schwall Blut lief ihm aus dem Maul. Es war tot. Und erlöst von seinen Schmerzen.

»Möge Aman dir eine eigene Weide schenken«, murmelte der Vahit, ohne zu wissen, weshalb ihm gerade diese Worte über die Lippen kamen. »Und jenem, der dir das antat, zersplitterte Flügel.« Er schloss dem Pony die weit aufgerissenen Lider, weil er den gebrochenen Blick nicht länger ertrug. Mühsam zog er das Waldarbeitermesser aus der Brust heraus, wischte es im Gras sauber und steckte es zurück in die Scheide. Dann stand er auf und ging zu den drei wartenden Ponys zurück. Er nahm ihre Zügel und führte sie ein gutes Stück weit fort, ehe er in Vankus Sattel stieg.

Zwischen den Kieferwipfeln emporblinzelnd, prüfte er den Stand der verhangenen Sonne. Er nickte und schluckte schwer; noch waren es gut zwei Stunden bis Mittag.

»Amans Name ist eben genannt worden«, erklärte er den Ponys mit belegter Stimme. »Wenn der Glaube an ihn kein Irrglaube ist, wenn seine Macht keine eingebildete Macht darstellt, wenn gute Taten von ihm belohnt werden in diesem Leben, dann wird er mir am heutigen Tage die Kraft und die Geschicklichkeit schenken, seinen hiesigen Diener zu befreien. Auch wenn mir niemand helfen wird dabei – Circendil wenigstens soll Hilfe erfahren.«

Und noch während er sprach, begann sich so etwas wie ein Plan in seinem Innern abzuzeichnen. Ein irrwitziger, ja ein unmöglich erscheinender Plan; nur hatte er keinen besseren. »Meine letzte Karte habe ich schon am Acaereas Alamdil ausgespielt«, erklärte er bedauernd. »Also ist alles, worauf ich jetzt noch setzen kann, reine Frechheit. Eine Krötenfrechheit, wie ein gewisser Jemand dazu sagen könnte.« Zum ersten Mal an diesem Tag stahl sich ein Grinsen auf sein Gesicht.

Doch es war ein eisiges Lächeln, eines, das ihm nur in höchst seltenen Augenblicken zu eigen war. Seine Brüder, hätten sie es gesehen, hätte es mit Vorsicht, ja Argwohn, wenn nicht gar Furcht erfüllt. Und dem Wissen, dass es besser war, ihm für heute schleunigst aus dem Weg zu gehen.

Aber niemand sah seinen Gesichtsausdruck, als er nunmehr langsam weiterritt, nach Westen hin, die Gräber und die hohen Kiefern hinter sich lassend, bis er den Rieselbach unweit der Aarienheimer Felder wieder erreichte.

2. KAPITEL

Das Beispiel von Aarienheim

Die Aarienheimer Felder waren schon in einer Zeit lange vor Bartolo Taubers Jugend dem Wald abgetrotzt worden. Ein Rest der einst wild wachsenden Bäume umgab die Ackerflächen noch immer in einem weiten, gelichteten Rund: Sie setzten gleichsam den Verlauf der Kirschlorbeerhecke nach Westen und Süden hin fort.

Mellow hielt jetzt vor einer auf ihn zugewandten Krümmung des Rieselbaches, der gluckernd über ein paar Felsen sprang und nach rechts hin nördlich der Kiefern seinem Blick entschwand. Vor ihm öffnete sich eine Lichtung, über die hinweg er einen Teil eines sich gabelnden Weges und dahinter zur Linken die Felder überblicken konnte. Der Weg kam vom Dorf her und stellte zugleich die Verlängerung des Weges dar, den Mellow bei der Brücke verlassen hatte, als er zu den Totenäckern abgebogen war.

Niemand machte sich an diesem Tag auf den abgeernteten Stoppelflächen zu schaffen, obwohl noch immer ganze Berge von aufgeschichtetem Stroh auf die längst fällige Scheunenfuhr warteten. Rechts der Weggabelung ragten die geschnitzten Dachkanten und die Kamine eines Hauses hinter dem dichtem Saumbewuchs des Weges auf. Mellow fragte sich, ob jemand, der von dort aus den Fenstern blickte, ihn und die drei Ponys sehen konnte – und trotz der eng beieinanderstehenden Büsche und Bäume bis hierher an das Bachufer zu schauen vermochte.

Schließlich bezweifelte er es; und da die Tiere Durst verspürten, saß er ab und ließ sie das klare Bachwasser saufen. Auch er trank ein paar Schlucke, die er mit der hohlen Hand schöpfte. Dabei behielt er ständig den Weg im Auge. Aber niemand war auf ihm unterwegs, weder hin zum Brada noch fort von dem Dorf.

Die Geräusche, die die Ponys und Mellow selbst beim Trinken verursachten, übertönten das leise Gluckern des Baches bei seinen kleinen Sprüngen über die Steine. Als Mellow sicher war, dass sich niemand von der Dorfseite her näherte, ging er daran, sich eiligst Hände und Gesicht zu waschen, um sich von dem angetrockneten Blut zu befreien. Den Verband abzunehmen und die Wunde darunter zu reinigen verschob er allerdings auf später; für den Moment galt es, die nächsten Schritte vorauszudenken.

»Zuallererst einmal benötige ich ein geeignetes Versteck für euch drei«, sprach Mellow ebenso zu sich selbst wie zu den Ponys, während er Vanku und Dumpel auf etwaige Verletzungen hin untersuchte; eine Maßnahme, die sich glücklicherweise als überflüssig herausstellte. »Und, zum Zweiten«, murmelte er weiter, »komme ich nicht umhin, eines der hiesigen Vahithäuser zu *betreten*, ob mit oder ohne Einwilligung seiner Besitzer. Ich brauche dringend andere Kleider, um mir ein verändertes Äußeres zu geben. Zum Glück kennen mich die wenigsten hier, aber sie werden sich reihum erzählen, wie ich aussehe. Dann, zum Dritten, muss ich mir Zwirn und Nadel verschaffen. Dazu viertens irgendjemanden, der willens ist, beides in meine Kopfhaut zu stechen – und der ein bisschen was von Heilkunde versteht. Aber vorher werde ich denjenigen wohl noch aus einem Haufen Gidrogs herausholen müssen, was zugegebenermaßen etwas schwierig werden könnte. – Seid ihr so weit? Dann los.«

Mellow nahm die drei am Zügel und watete mit ihnen durch den Bach. Am anderen Ufer saß er allerdings nicht auf, sondern hielt zu Fuß auf die sich gabelnden Wege zu. Er achtete darauf, sich selbst immer in Deckung der Ponys zu halten, falls doch jemand vom Haus her durch die Büsche blicken sollte. Den Hut mit dem auffälligen Band hatte er abgenommen und unter seinen Mantel geklemmt. Er bemühte sich ganz um den Anschein, als führe da irgendjemand einige Arbeitstiere zu den Feldern hinaus.

Langsam ging er mit den Tieren den rechten der beiden Wege in Richtung der anhebenden Hügel hinauf. Als er allmählich höher stieg und dann und wann über Gwaeths Kruppe zurückschaute, konnte er hinter sich ein zweites, bisher von den Kiefern verborgenes Haus erkennen. Vor dessen Eingangstür standen sieben oder acht Vahits zusammen. Ihren Bewegungen nach sprachen sie äußerst erregt, wenn nicht gar aufgebracht miteinander. Ein paar von ihnen hielten Stangen in der Hand. Die Entfernung zu ihnen mochte fünfzig Klafter oder mehr betragen. Jeden Augenblick konnte es geschehen, dass einer von ihnen den Blick zu den Feldern wandte und sich fragte, wer da bloß *an diesem Morgen* seelenruhig zur Arbeit ging.

Aber Mellow hatte Glück, und der Zeitraum, in dem er sich den offenen Blicken aussetzen musste, war von kurzer Dauer. Schon nach einer Minute erreichte er den Beginn der Kirschlorbeerhecke und atmete erleichtert auf. Hier verließ er sofort den Weg, bog scharf nach rechts in die Wiesen ein und war hinter den hohen Sträuchern der Hecke für die immer noch beratschlagenden Vahits nicht mehr zu sehen.

Jetzt stieg er in Vankus Sattel und ritt in ruhigem Schritt dicht an der Hecke entlang, erst ihrem Bogen nach Osten folgend, dann dem geraden Stück nach Norden.

Mellow fürchtete, jeden Augenblick von Criargs bemerkt zu werden, die über dem Gebiet des Bradas kreisten. Doch unentdeckt erreichte er den bald von links herabrinnenden Kisbach und damit zum zweiten Mal an diesem Morgen den Durchbruch der Hecke, durch den der Bach tauchte und dem nahen Weiher zufloss. Wieder folgte Mellow dem Bachlauf, und abermals wandte er sich nach dem Durchschreiten der Hecke nach rechts.

Der Obstbaumhain mit seinem trotz des Herbstes immer noch dichten Blätterdach war das beste Versteck in ganz Aarienheim, das Mellow für die drei Ponys einfallen wollte; zu einem der geschlossenen Ställe konnte er sie angesichts der Besatzer ja kaum bringen. Vorausgesetzt, niemand begann ausgerechnet heute mit der letzten Obsternte oder kam, um die Zweige zu beschneiden, konnten sie hier im Halbschatten eine kleine Weile verbleiben. Von der Dorfstraße aus war der Hain nicht einzusehen, und auch von oben schützten ihn die Wipfel vor suchenden Blicken. Dazu gab es an Fallobst und dichtem Gras ausreichend zu fressen für die drei, so dass nicht zu erwarten war, dass sie den Schutz des Hains auf der Suche nach Futter würden verlassen wollen.

Mellow blieb ohnehin keine Wahl. Er saß ab, band sie mit langen Zügeln an und lauschte.

Die Obstwiese grenzte an die Rückseite eines Hauses, was sich als sowohl günstiger wie auch ungünstiger Umstand darstellte. Günstig, weil das Haus für Mellow sehr leicht erreichbar war, ohne dass er sich auf der Straße würde zeigen müssen. Ungünstig, weil er oder die Ponys jederzeit von den Bewohnern entdeckt werden konnten. Da, wie Helmo Buntfink berichtet hatte, alle Vahits »heimgelaufen waren, so schnell sie nur konnten«, nahm Mellow fast als sicher an, dass jemand zu Hause war. Er schlich zur Hauswand hin und duckte sich in die Nische des aus der Wand hervortretenden Kamins. Wieder lauschte er. Nach wie vor blieb alles still.

Erst jetzt fiel Mellow ein, die sieben oder acht Vahits, die er hatte beieinanderstehen sehen, könnten auf den für ihn höchst unangenehmen Gedanken verfallen sein, aus irgendeinem Grund mit der Suche nach ihm gerade hier im Obstbaumhain zu beginnen. Das besagte Haus, vor dem sie gestanden hatten, befand sich von ihm aus gesehen jetzt genau südlich des Hains, weniger als vierzig Klafter entfernt.

Schon gefiel ihm die Idee, sich hier zu verbergen, nicht mehr allzu sehr; aber für das, was er vorhatte, brauchte er die Ponys in seiner Nähe, und wohin sonst hätte er sich zu diesem Zweck wenden sollen? Er wusste es nicht.

Plötzlich hörte Mellow die Vahits aufgeregt miteinander schwatzen, jedenfalls nahm er an, dass es die vorhin Beobachteten waren. Ihre hellen Stimmen kamen näher. Aber sie bogen glücklicherweise nicht Richtung Hain ab, sondern liefen an ihm vorbei, den Weg hinunter, der im rechten Winkel zur Gaustraße führte. Mellow sah lediglich ihre Stangen, die über dem Rand der den Hain begrenzenden Büsche tanzten.

Er stieß den angehaltenen Atem aus. Er würde sich früh genug wieder unter die Dörfler mischen müssen, doch für den Moment war er erleichtert, einer Begegnung mit ihnen entgangen zu sein. Wie er sich hätte verhalten sollen, falls sie ihn jetzt entdeckt hätten, hätte er nicht zu sagen gewusst.

In der Hauswand, an die er sich schmiegte, gab es zwei Fenster zum Hain hin und eine rückwärtige Tür. Hoffentlich war sie unverschlossen. Aber er war willens, sie nötigenfalls aufzustemmen.

So weit sind wir also gekommen, dachte er niedergeschlagen. *Ein Landhüter, der zum Einbrecher wird.* Irgendwie erschien es ihm passend, dass sein Hut immer noch verborgen unter dem Mantel steckte.

Er tauchte unter dem einen Fenster durch und stand dann neben der Tür. Vorsichtig drehte er den Knauf. Und frohlockte innerlich – die Tür ging fast ohne zu knarren auf, und er huschte hinein und zog sie sofort wieder hinter sich zu.

Staubige Luft umgab ihn. Der Raum, in dem er sich nun wiederfand, war fensterlos; und nach dem Schließen der Tür stand er in völliger Dunkelheit.

Er tastete sich zum Knauf zurück und öffnete die Tür erneut einen Haarspalt weit; jetzt reichte das hereinfallende Licht aus, um mehr als bloße Schemen erkennen zu können.

Mellow stand in einer Art Gerümpelkammer, in der sich Gartengerätschaften und anderes in einigem Durcheinander stapelten. Er sah eine große Mannsense an der Wand, Körbe, alte Töpfe und Holzeimer hingen und standen auf Regalen, und Rechen, Schaufeln, Besen und Apfelstecken lehnten lose hie und da, ragten in den Gang und bildeten Stolperfallen. Aber das war es nicht, was Mellow erschreckte.

Schlimmer als all der Staub und ein modriger Geruch nach Erde, die Enge der Kammer und selbst die alte Jagdlanze, die in einer Ecke lehnte, waren die Augen, die ihn groß und funkelnd und geweitet anstarrten – das, und die kampfbereit gefletschten Zähne, die sich darunter zeigten.

Nur wenige Handbreit von Mellow entfernt versperrte ein kräftiger ausgewachsener Hund den Gang.

Das Tier knurrte tief und drohend.

Mellow, der aus seinem Heimatdorf Rudenforst Hunde gut genug kannte, um sie einzuschätzen, verstand sofort und wagte nicht mehr, sich zu bewegen. Dieser Hund hier war noch größer als Galad in Vierstraß, der Aterar des Wirtes Timan Kowal!

Da flammte im hinteren Teil der Kammer eine Lampe auf. Alle Schatten sprangen auf und flohen; und ein Lichtkreis erleuchtete auch den Rest des Raumes. Mellow blinzelte einen Moment lang geblendet. Ein grauköpfiger Vahit, etwa im selben Alter wie Helmo, der Besitzer des Poststalls, hielt die Lampe hoch und schüttelte dabei den Kopf. »Ich habe gern Gäste«, sagte er. »Allerdings ziehe ich es vor, wenn sie sich anmelden. Oder wenigstens klopfen, ehe sie eintreten.«

Er stellte die Lampe auf ein Regalbrett und musterte Mellow eingehend.

»Es ist gut, Domag«, sagte er schließlich. »Für den Augenblick. Komm her zu mir.«

Der Hund gehorchte aufs Wort. Er senkte die Lefzen, machte kehrt und setzte sich zu Füßen seines Herrn. Aber das Tier ließ Mellow keine Sekunde lang aus den Augen. Und er wedelte nicht mit dem Schweif.

»Nun zu dir«, sagte der Ältere. »Wir haben fraglos schlimme Zeiten. Da können einem schon mal Dinge abhandenkommen, fürchte ich. Sogar Höflichkeiten. Und einen dazu zwingen, Heimlichkeit vor Lauterkeit zu setzen. Du musst dieser Mellow Rohrsang sein. Der angebliche Helvogt. Der, den sie suchen.«

Er machte eine knappe Kopfbewegung. »Schließ die Tür. Und

dann komm ins Haus. Wir haben einiges zu bereden, denke ich.«
Der Vahit wartete, bis Mellow den Spalt geschlossen hatte; dann stieß der Ältere eine rückwärtige Tür auf, nahm die Lampe und ging in ihrem schwankenden Licht voran. Der Hund und Mellow folgten.

*

»Platz, Domag. Und du? Du setzt dich gleich besser dort hinein, Herr Uneingeladen.«

Der Vahit deutete auf einen Sessel, der von allen Sitzmöbeln im Raum am weitesten von der Zimmertür entfernt stand.

Das Zimmer selbst schien die gute Stube des Hauses sein. Es war gediegen und durchaus geschmackvoll eingerichtet. Längs der Wände erhoben sich Walnussholzschränke, deren Regale zur Hälfte mit Büchern gefüllt waren. In einem Rahmen über einem Schreibpult hing eine große Landkarte des Hüggellandes. Im Kamin brannte ein kleines Feuer, und über glimmenden Scheiten zischte ein dampfender Wasserkessel. Über dem Kaminsims hingen zwei gekreuzte Sauspieße mit scharfen Widerhaken, dazwischen ein Bogen und ein Köcher voller Pfeile.

Mellow tat wie geheißen.

Der Sessel stand in einer Fensterecke; eine Nische, die nach Norden blickte. Graues Tageslicht fiel durch die verzerrenden kleinen Scheiben herein. Mellow sah vor dem Haus den Kisbach fließen. Dahinter, durch eine Lücke zwischen einer Scheune und dem Nachbarhaus, ragte das Rund des Nordbrochs auf; undeutlich meinte er, die Gestalten zweier Gidrogs auszumachen, die mit gezogenen Axtschwertern vor dem Eingang Wache standen.

Der Hund legte sich auf eine Decke vor den Kamin, genau zwischen Mellow und die Tür, die wachsamen Augen Mellow stets zugewandt. An ihm wäre kein Vorbeikommen. Der ältere Vahit nahm ein Tuch, ging zum Kamin, hob vorsichtig den Kessel vom Haken und goss das heiße Wasser in eine Kanne. Sofort erfüllte frischer Minzgeruch das Zimmer, unterlegt mit einem tieferen Duftgemisch von Holunder, Honig und Kirschen.

»Es ist Zeit für den Vormittagstee«, hörte Mellow ihn sagen. »Was immer dir an Höflichkeit abhandengekommen sein mag, mir ist sie geblieben. Du befindest dich in meinem Haus, also ist es an mir, mich vorzustellen. Ich bin Rohmag Ganter, der hiesige Jäger. Bist du indes der, für den ich dich halte?«

Der Grauhaarige rührte ohne hinzusehen in der Kanne. Seine scharfen Augen ruhten auf der unglücklich dreinblickenden Gestalt in seinem Sessel. Jedenfalls nahm Mellow an, dass er so wirkte; er fühlte sich ob seines allen Vahitsgewohnheiten zuwiderlaufenden Tuns unwohl und beschämt zugleich.

Mellow nickte ergeben. »Du hast mich ertappt, Herr Rohmag. Gleich doppelt sogar: beim Eindringen in dein Haus, und beim Verstecken vor, na ja, vor Leuten, die …«

»… die vor lauter Angst nach dir suchen.« Er winkte ab. »Weiß schon Bescheid. Hab die nette kleine Ansprache des Schwarzmantels vorhin auch gehört. Nachdem sie zuvor die Tauberbrüder erschlagen haben und uns, die wir uns nicht wehrten, mit ihren Netzen fingen. Kann es den Jungs da draußen nicht verdenken, wenn sie jetzt der Aufforderung Folge leisten wollen und dich eiligst zu finden hoffen. Frau und Kind stehen einem nun mal näher als irgendein Fremder aus dem Obergau. Sag, bist du wirklich ein Helvogt?«

Mellow holte den von Wredian Gimpel unterzeichneten Bestallungsbrief aus seinem Rucksack hervor, streifte das Halteband ab und reichte ihn wortlos dem Jäger. Rohmag Ganter strich die Schriftrolle glatt, las sie aufmerksam und gab sie anschließend stirnrunzelnd an Mellow zurück.

»Das wenigstens entspricht also der Wahrheit«, sagte er nachdenklich. »Auch wenn es Helvogte seit langer Zeit nicht mehr gab hierzulande. Weil das Hüggelland sie nicht brauchte. Aber dieses Papier wird dir, fürchte ich, kaum noch etwas nützen, *ehrenwerter Herr* Mellow Rohrsang. Nicht mehr hier und heute«, setzte er hinzu. Er stellte zwei Becher auf den Tisch vor dem Sessel und goss beiden ein. Dann setzte er sich auf eine Bank, die Kamin und Fensterwand miteinander verband.

»Immerhin hilft es vielleicht zu erklären«, erwiderte Mellow, »dass ich zu dir ins Haus schlich, Herr Rohmag. Es geschah nicht mit bösen Absichten und war eher eine bedauerliche Notwendigkeit. Ich bitte nachträglich um Entschuldigung. Eine Folge meiner Pflichten, so widersinnig sich das auch anhören mag. Ich bin ... ich war bis vor Kurzem noch Landhüter im Obergau. Ich habe als solcher wie auch als Helvogt geschworen, Schaden vom Hüggelland und *allen* Vahits fernzuhalten. Ich hatte gewiss nicht vor, dich zu bestehlen oder dir irgendeinen Schaden zuzufügen, falls du das dachtest.«

»Der Gedanke, so abwegig er auch erscheint, ist mir durchaus durch den Kopf gegangen. Nun, Domag hier hätte es in jedem Fall vereitelt.« Der Hund strich leise mit dem Schwanz über den Fußboden.

Mellow nippte an dem vorzüglichen Tee. »Nun, abwegig trifft es irgendwie ... Ich meine, äh, ich meine damit die Lage, in der ich mich befinde. Ich brauche dringend Hilfe. Deine Hilfe, um genau zu sein; jemand anderen habe ich nicht, den ich fragen könnte.«

Habe ich nicht mehr, dachte Mellow beklommen und biss sich auf die Lippen. Vor seinem inneren Auge sah er erneut, wie Finn über den Rand des Sturzes fiel; ein Bild, das ihm die Tränen in die Augen treiben wollte, sobald er nur daran dachte. Mit großer Anstrengung schob er es beiseite und suchte, sich hinter seiner dampfenden Tasse Tee zu verstecken. Was ihm misslang; er verbrühte sich lediglich die Zunge, als er unachtsam schluckte. Dem scharfen Blick des Jägers entging beides nicht.

»Ich sehe Kummer in deinen Augen. Auch du hast an diesem Morgen jemanden verloren, der dir lieb und teuer war, nehme ich an. Damit komme ich zum Anlass deines Hierseins. Von dem Blut an deiner Wange einmal abgesehen – wie kann ich dir helfen?«

Mellow zog seinen Hut unter dem Mantel hervor und drehte ihn gedankenverloren in der Hand. »Ich darf nicht erkannt werden bei dem, was ich vorhabe«, erklärte er. »Ich muss da wieder hinaus, wenn die Versammlung um Mittag beginnt. Ich werde mich unter die anderen mischen müssen. Um … wenn alle abgelenkt sind … Ich meine, wenn niemand auf mich achtet, dann …« Mellow gab sich einen Ruck, und sein Rücken straffte sich, bevor er sprach: »Ich *muss* Circendil befreien.«

»Den Dir aus Vindlian«, sagte Rohmag leise.

»Er ist ein Mönch des Davenaordens von Vindlian. Er hat mir mehr als einmal das Leben gerettet. Und er ist aus mehr als einem Grunde wichtig für das Schicksal des Hüggellandes – vielleicht sogar für das Schicksal ganz Kolryns. Davon abgesehen ist er mein Freund. Ich darf ihn nicht in den verderbten Händen dieses anderen Menschen lassen. Dieses Schwarzmantels, wie du ihn nanntest. Dieser Mann heißt Saisárasar, und er ist durch und durch böse. Die reine Verkommenheit! Und er ist ein Feind unseres Volkes, nicht nur von Circendil oder mir. Ich habe ihn furchtbare Dinge tun sehen. So scheute er nicht einmal davor zurück, ein kleines Mädchen mit glühender Kohle zu foltern – nur um mich zu bestrafen, wie er es nannte. Und darum weiß ich: Er wird Circendil töten, so wahr ich hier sitze. Nachdem er – mit ihm fertig ist.«

»Du fürchtest also Folter und Tod?«

Der Jäger forderte ihn mit einem Kopfnicken auf weiterzureden.

Mellow blickte ihn beinahe mutlos an. »Er hat vor kaum zwei Stunden meinen besten Freund Finn in den Tod gestoßen. Vor meinen Augen, ohne dass ich es verhindern konnte. Das ertrage ich kein zweites Mal. Darum muss ich Circendil retten. Um unser beider willen. Das Schlimme ist nur, ich weiß noch nicht einmal genau, wie.«

Rohmag Ganter nickte behutsam. »Aber du hast wenigstens Teile eines Plans, richtig?«

Mellow hob die Schultern und ließ sie wieder sinken. »Teile

von Teilen, allenfalls. Noch bin ich mir über vieles im Unklaren. Und das meiste wird sich ohnehin nach den Gegebenheiten richten müssen. Es ist noch nicht allzu lange her, da brachte mir Gesslo, der Gauvogt von Mechellinde, dieses bei: Die beste Tarnung ist die inmitten einer Menge. Wenn alle auf alles Mögliche achten, achtet niemand auf dich im Besonderen. Ich gehe daher von Folgendem aus: Sie werden den Mönch in ihrer Nähe haben. Eingesperrt vielleicht in der Sägemühle, in der Scheune oder im Tauberhaus. Um ihn peinlich zu befragen. Und um ihn nachher zur Schau zu stellen, als abschreckendes Beispiel, das er nach dem Verhör fraglos abgeben wird. Ja, soweit ich unseren Freund Schwarzmantel kenne, werden sie genau das tun.« Mellow legte den Hut beiseite. »Er wird es genießen, uns, den Kleinen Leuten, einen großen Menschen als Gefangenen vorzuführen. Was beeindruckt die Schwachen stärker als die Schwäche der Starken?« Mellow machte eine unbestimmte Geste. »Es wird die Blicke aller zuerst auf Circendil, dann auf Saisárasar ziehen. Es wird dies die vielleicht einzige Gelegenheit für mich sein, nah genug an Circendil heranzukommen. Nah genug, um … etwas zu tun. Die allgemeine Aufregung und Empörung wird Unruhe und Unachtsamkeit erzeugen. Und vielleicht das Wichtigste – Saisárasar wird selbst abgelenkt sein, badend in seinem eigenen Stolz und Dünkel. Das ist der geeignete Augenblick, etwas ganz und gar Unerwartetes zu tun. Was das sein wird, weiß ich noch nicht. Am besten wäre, es gäbe eine zusätzliche Ablenkung. Etwas, womit er keinesfalls rechnet. Und womit er Circendil für den Moment aus den Augen verliert.«

Der ältere Vahit lehnte sich zurück und blies düster lächelnd über seinen Tee. »Ein Plan mit Lücken, so viel steht erst mal fest.«

Mellow seufzte. »Mit mehr Lücken als zu verdecken ich imstande bin, fürchte ich.«

Rohmag schüttelte den Kopf. Dann hob er beide Hände vor die Brust und senkte sie sachte wieder. *Lass uns behutsam sein*, bedeutete das.

»Es gibt viele Pfade im Wald«, meinte der Ältere bedächtig. »Und manche davon sind wenig begangen und enden an unerwarteter Stelle. Doch wir wollen nicht voreilig sein. Die ersten Dinge gehören an den Anfang, wie mein Vater Domag immer zu sagen pflegte.«

Der Hund hob den Kopf und blickte seinen Herrn fragend an. Rohmag beugte sich vor und streichelte ihm den Kopf. »Ich habe ihn nach meinem Vater benannt«, erklärte er wie entschuldigend. »Domag kam zu mir im selben Jahr, da mein Vater starb. So lebt wenigstens sein Name fort … Aber das gehört nicht hierher. Zurück zu dir. Du wirst heute niemanden mehr befreien, Herr Mellow, wenn du nicht zuvor deine Wunde versorgen lässt. Dein Verband ist frisch, wie ich sehen kann; und doch blutet er schon wieder durch. Kopfverletzungen können tückisch sein, und ich sollte mir die Sache einmal näher betrachten. Bevor du da rausgehst, meine ich, und noch vor lauter Schwäche und Blutverlust vor Schwarzmantels Füßen zusammenbrichst. Traust du einem walderfahrenen Jäger zu, dass er sich mit Verwundungen ein wenig auskennt?«

Mellow erinnerte sich an Helmo Buntfinks mahnende Worte. Er erschauerte vor dem, was gleich kommen würde. Dann schickte er sich ins Unvermeidliche. »Hast du Nadel und Faden zur Hand?«, fragte er nur.

Rohmag Ganter stellte seinen Becher geräuschvoll zur Seite und stand wortlos auf. Er bedachte Mellow mit einem langen Blick; dann kramte er in einem der Schränke, bis er gefunden hatte, was er suchte. »Das, sauberes Tuch und eine scharfe Schere«, sagte er, als er sich wieder aufrichtete.

*

Nach dem vierten Stich hörte Mellow auf zu zählen. Er wünschte sich nur, Rohmag möge rasch arbeiten, auf dass es schnell vorbei wäre. Vor Mellow stand eine Schüssel mit mittlerweile blutig gefärbtem, warmem Wasser auf dem Tisch, daneben lagen Helmos abgewickelter Verband, die Schere, eine Garnspindel und weitere Tücher. Zum Nähen verwendete der Jäger eine fingerlange und gebogene Knochennadel; wie er erklärt hatte, waren das die besten. Um sich von den Schmerzen abzulenken, starrte Mellow an die Wand über dem Schreibpult – er suchte auf der Landkarte nach Orten im Hüggelland, die er noch nicht kannte. *Zarten und Hinterzarten*, dachte er, als zwei weitere Stiche erfolgten und er seine Zähne erneut zusammenbiss, *ich bin tatsächlich noch nie jenseits von Obermuld gewesen …*

Lautes Pochen an der Haustür schreckte beide auf. »Aua«, entfuhr es Mellow, als die Nadel tiefer zustach, als sie sollte.

»Sei still«, zischte Rohmag. »Da sind sie. Leider zu früh. Und natürlich im unpassendsten Moment.«

»Mach auf, Rohmag!«, kam es polternd von draußen.

Erneutes Hämmern gegen die Tür erfolgte. Es klang, als würden sie nun ihre Knüppel statt der Fäuste verwenden. »Wir wissen, du bist zu Hause. Mach endlich auf!«

Rohmag legte Nadel und Faden beiseite, ergriff ein Tuch und wischte sich eilig über die blutverschmierten Hände. Er bekam sie nicht sauber, aber wenigstens trocken.

»Ich komm ja schon!«, rief er. »Lasst einem alten Mann wenigstens die Zeit, zum Eingang zu gehen, ohne dabei hinzufallen.« Zu Mellow flüsterte er: »Rühr dich nicht vom Fleck.«

»Sie dürfen auf keinen Fall das Haus umrunden und in den Obsthain gehen«, flüsterte er zurück. »Sonst finden sie meine Ponys.«

Der Jäger nickte. Dann schloss er die Zimmertür hinter sich.

Mellows Blick huschte zu den Fenstern. Noch ging niemand um das Haus herum, zumindest nicht auf dieser Seite. Die Straßenseite konnte er vom Wohnraum her nicht einsehen; aber es gab eine weitere Tür, die zur Küche führte, einem Schenkelfortsatz des Ganterhauses. Dort gab es ein Fenster; und als Mellow vorsichtig hindurchspähte, sah er sie stehen, einer hinter dem anderen: Sie waren in der Tat zu acht, junge Burschen, reifere und ältere Vahits, und er kannte keines der Gesichter hinter den Scheiben.

Sie werden darauf bestehen, das Haus zu durchsuchen!, dachte Mellow. Und wenn sie hereinkommen, finden sie die Schüssel mit dem blutigen Wasser und allem anderen. Selbst wenn ich mich in einem der Schränke verstecken könnte. Ich brauche dringend einen … Da fiel Mellows Blick auf den toten Hasen, der auf der Küchenanrichte lag. Über einer Stuhllehne hingen abgelegte Kleidungsstücke, die Rohmag noch des Morgens getragen haben mochte: eine lederne Jagdkappe, ein Lodenmantel und eine Waidtasche, sogar ein Lockhorn hing an einem Riemen.

Während Rohmags Stimme von der Eingangstür her klang und sich mit den Entgegnungen der anderen zu einem unverständlichen Wortbrei mischte, huschte Mellow in die gute Stube zurück. Er schnappte sich die Schüssel, die Tücher, Nadel, Zwirn und Schere und schleppte alles, einschließlich seines Rucksacks, in die Küche hinüber. Er riss sich seinen eigenen Mantel von den Schultern und legte ihn zu dem anderen über die Stuhllehne. Die weichlederne Jagdkappe stülpte er sich über die Haare. Sie besaß lange Wangenklappen und verbarg die Wunde und sein Haupthaar vollständig. Den Rucksack stopfte er in einen Schrank. Den Gürtel mit dem Wacala warf er hinterher. Dann suchte und fand er ein Küchenmesser. Plötzlich wurden die Stimmen lauter – *nun sind sie im Haus*, dachte Mellow. In Windeseile krempelte er sich die Ärmel hoch. Die Zimmertür zur guten Stube wurde aufgestoßen. Durch die angelehnte Küchentür vernahm Mellow jetzt deutlich jedes Wort.

»Ihr nehmt euch Rechte heraus, die euch nicht zustehen!«, rief Rohmag aufgebracht.

Domag bellte laut dazu.

»Wenn du nicht zustimmst, dass wir alles absuchen, hast du was zu verbergen!«, entgegnete eine jüngere Stimme. »Und nimm den Hund zurück, Rohmag, oder er bekommt eins mit dem Stock verpasst.«

»Wer hier wem was verpasst, Tremjo Wachtel, das bliebe noch abzuwarten. Seine Zähne sind schneller als dein Stock.«

»Zur Seite, Rohmag, ich sag's nicht noch mal!«

»Dein Vater muss sich ja schämen, wie du dich aufführst.«

»Aus dem Weg, oder es kracht, alter Mann!« Mellow hörte Gepoltere, ein Knurren und einen Schmerzensschrei. »Verflucht, dein Hund hat nach mir geschnappt!«

»Ich hab dich gewarnt, Tremjo. Du solltest dich was schämen. Dein Vater ...«

»Was ist mit mir?« Eine neue, ältere Stimme blaffte in den Raum.

»Das Vieh hat mich gebissen, Papa.«

»Halt den Mund. Wenn's wahr ist, bist du selber schuld. Wo hältst du ihn versteckt, Rohmag?«

»Wen denn nur, Fedo? Beim seltenen Anblick der Hel – wen soll ich versteckt halten?«

»Da du's schon selber sagst ... den, der behauptet, ein Helvogt zu sein.«

»Also machst du dich zum Handlanger unserer Angreifer? Zu einem Schergen derer, die unser teuer Vahitblut vergossen haben?«

»Was? Ich versuche nur, meine Frau zu retten. Und Tremjos Schwester. Sie befinden sich alle drüben im Broch. Frag die anderen. Auch sie haben Frau und Kind dadrinnen. Der Schwarze will sie freilassen, wenn wir ihm den Rohrsangburschen bringen. Also versuche ich die Meinen zu retten, falls das der einzige Weg ist, es zu tun. In den anderen Häusern ist er nicht, nur deines ist noch übrig, Rohmag.«

»Du willst wirklich einen Helvogt ausliefern, Fedo? Einen ehrenwerten Herrn, der nur dem Vahogathmáhir persönlich verantwortlich ist? Wo ist plötzlich deine Ehre geblieben?«

»Ehre? Und ehrenwerter Herr? Von wegen. Auch Gasakan Amsler glaubt nicht an die Rechtmäßigkeit dieser Ernennung. Ich hab erst gestern mit unserm Gauvogt gesprochen, und er sagt, da bestehen beträchtliche Zweifel. Er hat diesem Rohrsangburschen gleich nicht über'n Weg getraut.«

»Und mir traust du auch nicht mehr über den Weg, nehme ich an?«

»Wir wollen nur sichergehen, dass er nicht hier ist.«

»Fein, Fedo. Das klingt schon fast freundlich, jedenfalls anders als eben noch, von wegen ich halte ihn versteckt und alles.«

»Was machst du dich auch verdächtig mit deiner Weigerung, uns ins Haus zu lassen?« Fedo Wachtel hob die Stimme an und rief: »Also los, Leute! Vier Mann nach oben, zwei bewachen die Tür.«

Entfernteres Gepolter kündete von Vahitsschritten, die eine Stiege hinaufdrängten.

»Und da wir schon von verdächtig sprechen, Rohmag«, wandte sich der Wortführer wieder dem Jäger zu. »Was hat's mit deinen Händen und dem ganzen Blut daran auf sich?«

Da stieß Mellow mit dem Rücken die Küchentür auf und betrat, unübersehbar mit ebenfalls rotverschmierten Händen, die gute Stube. Er streckte sie von sich, wie um nur ja nichts schmutzig zu machen. »Unkel Rohmag, magsch du mer net öbbe weidahülfe?«, rief er im näselnden Tonfall der Tanninger, jedenfalls so gut wie er ihn nachzuahmen vermochte. »Dör bleede Haas' wüll mer einfach sei' Fell net gebbe …«

Erst jetzt schien er Vater und Sohn zu bemerken. »Oh, aan gudde Tach, ich wusst' gar net, dasch du Besuch erwarddest.«

Er wandte sich mit einer angedeuteten Verbeugung an den jüngeren der beiden Sucher. »'zeihung, bin ganz öbberrascht – Benno Sperber aus Tanning im Untergau, habe die Ehre. – Kommscht mal öbbe nei hier, Unkel?« Er blickte fragend von einem zum anderen. »Ja was denn? Habbert's ihr noch nie aan doten Haas' gesehet?« Er winkte allen dreien, ihm zu folgen, und deutete in der Küche auf den halb abgezogenen Hasen, in dessen Fell noch das Messer steckte.

»Wer ist das?«, wollte Fedo Wachtel wissen.

»Aan dotgeschoss'ner Haas'«, antwortete Mellow, genau wissend, dass er nicht gemeint war. »Oder nach was luggscht für dich aus? Sei' Nemle hat er net genannt vorher.«

»Sehr witzig«, gab Fedo zurück. »Rohmag?«

»Äh ja, Benno ist mein Neffe. Er stammt aus Tanning. Er kam gestern erst am späten Abend an. Und brachte gleich Futter für den guten Domag mit.«

»Gut? Er hat mich gebissen!«, begehrte Tremjo trotzig auf.

Sein Vater winkte unwirsch ab. »Gestern Abend also? Was will er hier?«

Fedo warf Rohmag einen argwöhnischen Blick zu. Ehe der etwas sagen konnte, schnappte sich Mellow den halbnackten Hasen bei den Ohren und hielt ihn wie zum Beweis hoch. »Was tät aan Neff' wohl wolle, wenn's an der Zeit ist wie sich's gehört? Aachentlich dem Unkel hülfe bei derer Winterhatz. Mer ham Herbscht, un' die Borschtler kumme' ussem Wald. Abber heier net, leider. Se wolle heier alle Jägersleit' obbe im Obbergau versammele – habt ihr dös Poschtlergeschwätzet net aach vernumme'?« Er grinste, so einfältig er nur konnte, legte den Hasen wieder auf die Anrichte zurück und schnitt weiter mit dem Messer daran herum, als ob nichts Besonderes dabei wäre. Da die Vahits im Allgemeinen kein Fleisch verzehrten, war ihnen der Anblick erlegter oder gar geschlachteter Tiere unvertraut, um nicht zu sagen ein Gräuel. Natürlich gab es Ausnahmen: Hundebesitzer wie Timan Kowal oder Bhremo Kannin in Räuschelfurt stellten sich mit Abdeckern gut oder gingen wie Rohmag Ganter selber auf die Jagd.

Endlich schien sich das Fell lösen zu wollen. Noch zwei, drei Rucke, und Mellow zog es dem Hasen mit einem schmatzenden Geräusch über die Ohren und warf es in die blutige Schüssel. Tremjo, der Jüngere, verließ eilig die Küche.

Fedo Wachtel kratzte sich am Hinterkopf. »Also schön – Benno. Ich kenne, glaube ich, ein paar Sperbers aus Tanning. Hat es die alte Nattia noch immer mit der Hüfte?«

»Ach, arg schlimm isch dös gewordde übbern Summer hen«,

gab Mellow ungerührt zurück. Er begann, sich in einem Zuber die Hände zu schrubben. »Des Alter öbbe, es macht vor keinem halt, ja leider. Bleiberscht ihr allesamt zum Tee? Ich müscht halt noch schnell aan Kessle uffsetza'.«

Fedo winkte ab. »Nein, macht euch keine Umstände. Wir haben zu tun.«

Er warf dem Neffen Benno noch einen zweifelnden Blick zu, dann hatte er sich entschieden und ließ den vermeintlichen Tanninger stehen. Er wandte sich ab und zog Rohmag mit sich in die Stube zurück. »Bring Benno nachher mit zur Versammlung«, sagte er. »Es soll kein Einziger fehlen, hieß es ausdrücklich.«

Rohmag versprach es und brachte alle zur Tür. Mellow trat dicht an das Fenster und sah die acht Vahits nacheinander das Haus verlassen, die beiden Wachtels vorneweg. Er winkte ihnen sogar mit dem Tuch nach, an dem er sich die Hände trocknete. Dann sah er sie die Straße zum Südbroch hinabgehen. Er warf das Tuch beiseite, wankte mehr als er ging in die Stube und ließ sich erschöpft in den Sessel fallen.

Rohmag Ganter kam zurück und nickte anerkennend. »Na, wenn das nicht mal haarscharf an uns vorüberging«, sagte er. »Du bist mir vielleicht einer. An dir ist ja ein wahrer Schausteller verloren gegangen.«

»Danke, *Unkel*«, gab Mellow matt grinsend zurück. Er streifte die Lederkappe von den Haaren und verzog das Gesicht dabei, als sich die eine Seite nicht von der erst halb genähten Wunde lösen wollte.

»Woher wusstest du von den Hüftschmerzen der alten Nattia Sperber?«

»Ach das«, meinte Mellow. »Das war geraten. Ich kenne die alte Dame nicht. Ich habe nur gehofft, dass Fedo sie nicht eigens erfunden hatte. Aber dazu blieb ihm eigentlich keine Zeit, und er schien mir kein allzu schneller Denker zu sein. Also wird er einen Namen gewählt haben, der ihm einfiel, weil er ihn tatsächlich kannte. Alte Leute aber haben immer irgendein Zipperlein, also konnte ich es wagen, zu behaupten, es ginge der guten Nattia noch immer nicht besser.«

»Gut, dass der Hase noch dort lag; er ist in der Tat für Domag bestimmt. Ich erlegte gestern zwei. Der andere diente als Futter für … einen anderen Hund.«

»Ja, ein Hoch auf den Hasen. Ich muss mich daran erinnern, irgendwann auch ein Hoch auf Bholobhorg Feldschwirl auszubringen. Ich hätte nie gedacht, dass mir seine Sprechweise mal als Vorbild nützlich sein würde.« Mellow betastete seine Schläfe und stöhnte leise auf. »Die Nadel und alles findest du unter dem noch zu spülenden Geschirr versteckt. Darf ich dich bitten, das ganze Zeugs noch einmal zu holen? Du hast noch eine Naht zu setzen, wie du sicher nicht vergessen hast. Mach aber bitte bei allem schnell. Die Zeit läuft uns davon.«

*

Als die Naht und der neue Verband endlich richtig saßen, brachte Rohmag zwei winzige Steinkrüglein zum Vorschein und füllte sie aus einer tönernen Flasche. »Den haben wir uns verdient«, meinte der Jäger. Sie tranken einander zu und schütteten hinunter, was sich als äußerst scharfes Gebräu erwies. Der Brombeergeschmack war unverkennbar – ausgerechnet Räuschelfurter *Brummbaren* war es, den Rohmag ihm hier kredenzte. Mellow hätte über diese Laune des Schicksals gelacht, wäre sein Blick nicht in diesem Augenblick auf etwas gefallen, das mitten auf dem Tisch lag, neben der vergessenen Kanne und den Bechern mit erkaltetem Tee.

»Bei allen Waldgeistern!«, rief er erschrocken aus. »Wir hatten wahrlich mehr Glück als Verstand! Ich kann's kaum fassen!«

Vor ihm auf dem Tisch lag sein roter Hut mit der eingestickten Sonnenblume und dem langen blauen Band an der Krempe. Die ganze Zeit hatte er offen für jedermanns Augen dagelegen, und Fedo Wachtel und sein Sohn hätten ihn eigentlich gar nicht übersehen können. Doch genau das hatten sie getan und den Hut nicht bemerkt. Eine weitere Laune des Schicksals, über die Mellow nur staunen konnte.

»Falls dies ein Wink Amans ist«, murmelte Mellow ergriffen und nahm den Hut auf, »dann ist er hoffentlich gut gemeint. Du meine Güte! Aber ich will ihn als Vorzeichen nehmen, dass meine Pläne heute gelingen.«

»Wir wollen nur hoffen«, erwiderte Rohmag, »dass sich dein Glück damit nicht erschöpft hat. Du wirst eine Menge mehr davon brauchen, ehe der Tag sich neigt.«

Doch ehe der Tag sich neigen konnte, rückte zunächst die Mittagsstunde schnell näher. Der Aarienheimer Jäger stattete seinen uneingeladenen Gast mit andersfarbigen Kleidungsstücken aus, die frei von all den verräterischen Spuren waren, die Mellows bisherige Sachen aufwiesen: all die Moos- und Grasflecke, Blutspritzer, dazu die Einrisse und andere auffällige Abnutzungen, die vielleicht beschrieben worden waren und an denen man ihn hätte erkennen können. Vor allem aber waren die neuen Klamotten schrankfrisch und rochen nicht streng nach tagelangem Ponyritt, sondern allenfalls nach Zedernholz.

In Mellows Rucksack stopften sie Brot, Obst und hartgebackene kleine Kuchen, so viel eben hineinging; am Ende legte Rohmag noch ein Stück Käse obendrauf. Das Wacala schnürten sie hoch unter Mellows Achsel und an seinem Gürtel fest, sodass die Scheide nicht zum Vorschein kam und ihn schon von Weitem verriet. Die bewährte Lederkappe mit den enganliegenden Seitenteilen sollte Mellow einstweilen anstelle seines Hutes tragen. Sobald er sie aufsetzte, war auch der Verband nicht mehr zu sehen. In erster Hinsicht aber verfremdete das Leder auf merkwürdige Weise Mellows Gesichtszüge, wahrscheinlich weil es die Haare vollständig bedeckte. Sein Antlitz darunter wirkte jedenfalls rundlicher, und das Kecke aus seinen Zügen schien wie von Zauberhand verschwunden zu sein. Die Tanninger Mundart und seine Rolle als Benno Sperber würde er beibehalten, so er denn gezwungen wäre, etwas zu sagen. Mehr an Tarnung konnten sie mit ihren Mitteln nicht erreichen; den Rest musste das Verschwinden in der Menge leisten.

Als nur noch wenig Zeit verblieb, sahen sie rasch nach den Ponys im Hain. Rohmag holte aus irgendeiner Ecke noch abgewetzte Ledertaschen hervor, stopfte Obst hinein und fand auch einen Wasserschlauch, den er rasch füllte. Diese Dinge bekam Gwaeth zu tragen. Seinen Hut stopfte Mellow in Vankus Satteltasche. Den Rucksack banden sie am Sattel fest. Als sie ins Haus zurückgingen und aus den Fenstern blickten, sahen sie, wie sich das Dorf schlagartig von allen Häusern her belebte. Die Mittagsstunde stand bevor; es wurde Zeit, Saisárasars Forderung zu erfüllen. Beide legten ihre Mäntel um und nickten einander grimmig zu. Noch an der Tür hielt Mellow den Jäger zurück.

»Ich habe das heute schon einmal jemanden gefragt. Warum tust du das, Herr Rohmag? Warum hilfst du mir und verrätst mich nicht?«

Der grauhaarige Vahit ergriff Mellow bei der Schulter und suchte seinen Blick. »Weißt du das wirklich nicht? Ich dachte, du wärst von allein darauf gekommen. Du bist – warst – der beste Freund von Herrn Finn aus Moorreet. Er war ein liebevoller Hundefreund, und ich achte alle, die so denken wie er. Sie und *ihre* Freunde. Darüber hinaus bist du Gast der Taubers, und ich bin ihr Nachbar, was auch mich verpflichtet. Glaube mir, die alten Sitten haben noch Bedeutung für mich. Doch am ehesten aber wird vielleicht dies dich überzeugen: Ich habe weder Frau noch Tochter, nicht in einem Broch einsitzend noch anderswo wartend. Ich lebe allein. Mich kann deshalb niemand zu Taten zwingen, die eines aufrechten Vahits unwürdig sind. Mein ist nur Domag, und er ist wenigstens so treu wie der Hund deines Freundes.«

Mellow schüttelte den Kopf und wischte sich mit der Hand über die Stirn, als säße dort etwas, das sein Denken behinderte. »Was ist nur heute mit mir los? Erst jetzt, da du es ansprichst, denke ich an Inku, den kleinen Kerl … Ich sah vorhin Finn, für wenige Augenblicke, aber Inku war nicht bei ihm. Das fällt mir erst jetzt auf. Das arme Tier läuft bestimmt in heilloser Angst dort draußen herum und sucht nach ihm. Er ist nahezu hilflos. Ich muss mich auch darum …«

»Nein«, unterbrach ihn der Jäger in plötzlichem Zorn. »Diese Pflicht ist dir erlassen worden. Inku, wenn das sein Name war, ist tot. Sinnlos gefallen im aussichtslosen Kampf, wie du sagen könntest. Zerquetscht von einem Gidrog. Gnadenlos zu Brei getreten ohne Not. Ich selbst musste es mitansehen, gefangen aus meinem Netz heraus …«

Mellow starrte den Jäger entgeistert an. »Der Welpe ist tot? Wusste Finn das?«

Rohmag nickte mit düsterer Miene. »Dein Freund stand unmittelbar dabei und sah, was geschah. Dann schrie er auf und forderte seinen Preis. Der Schänder hat seine Tat nicht überlebt.«

»Immerhin einer, der zur Rechenschaft gezogen wurde. Aber noch sind viele seiner Art übrig, und sie werden sich nicht scheuen, weiter zu schänden.«

»Ich weiß«, antwortete der Jäger. »Und im Gegensatz zu den Wachtels und Grünspechts dieses Bradas bin ich nicht bereit, dies hinzunehmen.«

»Ich danke dir. Mehr vermag ich nicht zu sagen. Und du bist dir sicher, dass du uns nicht begleiten willst?«

»Um wohin zu gehen, Herr Helvogt? Was sollte ich im Obergau? Und was würde aus Domag werden? Nein, mein Platz ist hier, in Aarienheim. Und nun komm, ehe sie uns vermissen und mit Gewalt aus dem Hause zerren.«

Sie traten vor die Tür und schlossen sich den anderen Vahits an, die über die Straße dem Taubergrundstück entgegenstrebten. Mellow sah Jung und Alt die Häuser verlassen. Viele Kinder gingen an der Hand ihrer Väter und Großväter. Die wenigen Frauen, die noch nicht festgesetzt worden waren, hielten zumeist die kleinsten als Bündel im Arm. Das sonst übliche und unvermeidliche

Geschwätz der Vahits untereinander war einer fast unheimlichen Stille gewichen, zu der die angsterfüllten Mienen und die gesenkten Köpfe das ihrige beitrugen.

Mellow seinerseits hatte kaum seinen Fuß auf die Gaustraße gesetzt, da schoss ihm ein absonderlicher Gedanke durch den Sinn. Ausgelöst wurde dies durch Helmo Buntfink und seine Gemahlin Lasbet, die mit schleppenden Schritten vor ihm gingen. Helmo zeigte keine Anzeichen eines Widererkennens. Aus unerfindlichen Gründen aber hatte Lasbet einen Schirm über dem Arm hängen – es war ein Reiseschirm von der Art, wie auch Amafilia Fokklin einen besessen hatte. Etwas an diesem Anblick ließ Mellow an den umgestürzten Fokklin-Wagen zwischen den Findlingen denken, an Gasakan Amsler und das, was der hiesige Gauvogt eine Untersuchung genannt hatte. Amafilias Schirm hatte unter dem Wagen gelegen …

Ja, dachte Mellow, mit einem Schlag weit zuversichtlicher als zuvor. *Das* wäre unerwartet. Er begann zu grinsen, und er hätte sich beinahe die Hände gerieben, wenn Rohmag ihn nicht angestupst hätte.

Dann standen sie plötzlich Schulter an Schulter mit anderen an der Kurve, mit der die Straße nach Nordosten bog. Vier Gidrogs versperrten die Öffnung in der Hecke, die hinaus zur Pappelallee führte. Sechs weitere bildeten eine drohende Mauer zu ihrer Linken, die herumschwenkte, sobald sie den Taubergrund betraten, und die sich hinter ihnen schloss wie ein lebendiges Gatter. Zwei der breiten, geschuppten Gestalten bewachten weiterhin den Eingang zum Broch und blickten womöglich noch finsterer drein als ihre Artgenossen. Die Mühlbachbrücke wurde ebenfalls von zwei Gidrogs versperrt.

Mellow setzte sein einfältigstes Gesicht wieder auf und folgte den anderen Vahits, die sich als etwa dreißigköpfige Menge mit gesenkten Köpfen vor der Uferkante des Mühlbaches versammelten. Aufmerksam, aber unauffällig blickte er sich um.

Der Platz vor dem Tauberhaus war leerer, als Mellow ihn in

Erinnerung hatte. Regelrecht aufgeräumt erschien er ihm jetzt. Nur die in die Erde gesickerten und getretenen Spuren kündeten noch von dem Verhängnis, das hier bis vor Kurzem gewütet hatte. Die toten Großvögel und die Leichen der Gidrogs waren von den anderen in der Zwischenzeit fortgeschafft worden, und es war unschwer zu erkennen, wohin: Eine breite, rötlich verfärbte Schleifspur zog sich durch das Gras, dem Verlauf des Baches folgend und bis zur Sturzkante. Der Zaun war an dieser Stelle zertrümmert, wie zerbrochene Knochen ragten gesplitterte Latten zu beiden Seiten hinaus ins Leere.

Sie haben sie einfach hinabgeworfen!, dachte Mellow erschüttert.

Ledige Criargs hockten und standen dicht beieinander neben dem durchbrochenen Zaun und unweit des Walnussbaumes mit der immer noch daran befestigten Schaukel. Mellow zählte sie schnell und kam auf siebzehn. Keiner der Gidrogs bewachte die Vögel. Offenbar vertrauten die hauergesichtigen Eindringlinge ganz darauf, dass ihre Reittiere gut abgerichtet waren.

Die erschlagenen Vahits hingegen hatten die Gidrogs regelrecht zu einem Hügel vor der Nordseite des Tauberhauses zusammengeschmissen, aus dem blutige Rinnsale in Gras und Erde sickerten. Wie Unrat, dachte Mellow voller Zorn, den man auf einen Haufen wirft: achtlos, kopfüber, kopfunter, die Gliedmaßen in den unmöglichsten Winkeln verdreht. Warum sie mit den Hüggelländern anders verfahren waren als mit ihresgleichen, gab Mellow ein Rätsel auf. Bestimmt steckte eine Absicht Saisárasars dahinter.

Mellow vermochte in dem Wirrwarr aus Leibern nicht einmal festzustellen, wie viele Vahits umgekommen waren. Blut war über die Gesichter gesickert und entstellte ihre Züge; aber Mellow war sicher, unter den Toten Furgo Fokklin zu erkennen. Sein geschientes Bein stach unverwechselbar hervor. Der mit Rollen versehene Stuhl, den die Tauberbrüder ihm gebaut hatten, lag umgekippt inmitten eines weiteren Haufens daneben. Seine Krücken steckten zerbrochen obenauf. Der Rest der Ansammlung bestand aus Dingen, die im Verlauf des Kampfes fallen gelassen worden oder zu Bruch gegangen waren: Stecheisen, Stuhlbeine, Latten und Mistgabeln, verkohlte Netze, die Reste eines Fasses, eine zerbrochene Leiter. Es gab noch einen dritten Haufen, und dies war der kleinste: Hier lagen Circendils Schwert, sein Dolch, sein Mantel und der abgewetzte Rucksack, den er getragen hatte – bis auf das Schwert nichts von Wert. Eine traurige Beute, dachte Mellow, und nichts dabei, was Saisárasar in Entzücken versetzen würde. Seine Gedanken sprangen weiter, und er pries im Stillen Circendils Voraussicht, den verlorenen Brief Tulsins und die Karte nicht selbst behalten, sondern Finn zur Aufbewahrung gegeben zu haben.

Und jetzt sind sie mit Finn in die Tiefe gestürzt!, durchfuhr es Mellow in jähem, erschreckendem Begreifen. Die Beweise für den Verrat in Revinore lagen jetzt da unten in den Schattenfennen … womöglich zerfleddert, in die Sümpfe gefallen, für immer dahin.

Plötzlich lief eine Welle der ängstlichen Erwartung durch die Menge. Die Tür zur Werkstatt wurde aufgestoßen, aber noch kam niemand heraus. Die Blicke aller Vahits flogen zugleich und wie ein einziger über den Mühlbach hinaus und starrten hinein in das dunkle Viereck der aufgerissenen Türöffnung. Dann füllte sich der Rahmen beim Erscheinen zweier weiterer Gidrogs. Die Tür spuckte sie förmlich aus und gebar zudem, was sie mit sich schleiften: ein schweres Bündel, wie es schien.

Da trat jener hervor, der an diesem Morgen zur Geißel des Hüggellandes geworden war: Schwarzmantel, Saisárasar, der Simorgh, oder wie immer man ihn auch sonst noch heißen mochte an anderen Orten. Groß und dunkel bückte er sich unter dem Türfirst der Werkstatt durch. Ein Windstoß fuhr in das Laub zu seinen Füßen und wirbelte es haltlos davon, als er sich aufrichtete. Er schritt den beiden Gidrogs mit ihrer Last voraus bis zum Scheitelpunkt der Mühlbachbrücke, und hier hielt er an. Stumm betrachtete er die Menge, ein auf der Brückenwölbung nun noch weitaus größer wirkender Dir, ein Mensch der Nodirin. Schwarz gewandet, mit dunklem Gesicht, mit dem Schwert an der Schulter gegürtet, erkannte man ihn umwoben von Macht und Niedertracht, die ihn gleichsam umgaben wie die Falten seines im Winde schlagenden Mantels. Nur sein linkes Auge blickte verachtend auf die Vahits, das rechte war unter dem Tuch um seinen Kopf verborgen.

Noch während der Dunkle die Brücke betrat, zog Mellow so unauffällig wie möglich den Jäger am Ärmel neben sich, bis sie beide hinter dem Poststallbesitzer und seiner Frau zu stehen kamen. Mellow hätte seine Hand nur um ein weniges ausstrecken müssen, um den Schirm zu berühren.

Mit einem Mal bewegte sich niemand mehr.

Eine lastende Stille senkte sich über Sieger und Besiegte.

Dann begann Saisárasar zu sprechen.

*

»Also … *Hört* mich an.« Diese ersten Worte kamen überraschend leise aus Saisárasars Mund.

Und schon folgte eine Pause – eine Frist von quälenden Atemzügen, die wie eine unerhörte Verzögerung wirkte, in die hinein sein Blick einen jeden traf. So erschien es den meisten Anwesenden. Unwillkürlich beugten sich die Vahits ein wenig vor, um ihn überhaupt zu verstehen. Die hinteren streckten sich sogar auf die Zehenspitzen. Die vorn Stehenden verspürten den zunehmenden Druck der Menge im Rücken, der sie nach vorn zu schieben drohte. Doch das ging nicht, ihre unwillkürliche Scheu vor dem Großen Mann nagelte sie gleichsam an der Stelle fest, wo sie standen. Ein Halbkreis aus Leere, gefüllt mit der Angst der Kleinen Leute, umgab den Zugang zur Brücke; doch schon nach diesen einleitenden Worten konnte die Anspannung der Vahits nicht größer sein.

»Alles, was ich nunmehr verkünde, sage ich nur dieses eine Mal«, sagte der Dunkle, womöglich noch leiser als vorher. Er sprach langsam, so langsam, dass ihn auch die Begriffstutzigsten verstehen mussten. »Ihr habt bereits von mir gehört, wie ich weiß, und ich kann annehmen, dass ihr auch meinen Namen inzwischen kennt. Aber um alle Unsicherheit, alle Unwissenheit, alle Unwahrheit gleich im Vorfeld zu bannen: *Hiermit nehme ich, Saisárasar, Simorgh des Einen, Sendbote Seiner Macht und Statthalter Seines Willens, das gesamte Land unterhalb der Berge der Khênaith Eciranth, im Namen Ulúrlims in Besitz.*«

Wieder machte er eine Pause. Ein Rascheln lief durch die Menge, hervorgerufen von Armen und Beinen, die in ihren Kleidern mühsam zur Ruhe gezwungen wurden und doch bei vielen zitterten; sei es vor verhaltener Wut über die Ungeheuerlichkeit, sei es aus Angst vor dem Gesagten wie dem noch Kommenden.

»Fortan«, fuhr Saisárasar mit leicht erhobener Stimme fort, »fortan steht ganz Uvaithlian, das ihr so einfältig Hüggelland nennt, unter der gebietenden Hand des Unbezwingbaren: Lukather, des Unvergleichlichen, des Hohen Herrn von Ulúrlim!«

Ein tonloses Raunen entstieg den versammelten Mündern, ein gepresstes Ausstoßen des Atems, dem der nächste Atemzug nicht folgen wollte.

»Überall in diesem Land geschieht, während ich hier zu euch spreche, das Gleiche: Alle Dörfer werden gerade jetzt von Criargreitern besetzt und den Händen *meiner* Statthalter unterworfen. Ob Vahindema, ob Sturzbach oder Mechellinde – ein jedes Dorf ist von dieser Stunde an das alleinige Eigentum Lukathers des Einen!«

In das Rascheln und Raunen mischte sich nun ein allgemeines Hecheln, ein abgehacktes Aufbegehren, einem Schluckauf nicht unähnlich. Es schien, als würden Worte mit ohnmächtiger Wut geschrien werden wollen, doch erstarben sie noch im Innern der empörten Kehlen zu einem kraftlosen Laut der Hilflosigkeit.

»Um eurem Volk ein mahnendes Beispiel zu geben, kam ich selbst nach Aarienheim – um euch unmissverständlich zu zeigen, dass Wehklagen und Tod an meiner Seite durch die Lüfte reiten und auf einen Wink von mir jederzeit dort niederfahren, wo ich es befehle!«

Zum ersten Mal, da er begonnen hatte zu sprechen, bewegte Saisárasar sich. Mit langsamer Geste deutete er auf den Leichenhaufen vor dem Tauberhaus. »Aber«, rief er plötzlich aus, und sein Zeigefinger bebte, »jene haben ihren Tod selbst herbeigeführt. Weshalb mussten sie sich wehren? Weshalb haben sie die Hand gegen uns erhoben? Weshalb hießen sie uns stattdessen nicht willkommen?«

Er zögerte, dann winkte er ab, als habe er etwas Unwichtiges erwähnt, eine Beiläufigkeit, deren Bedeutung schon in Vergessenheit geriet.

»Aber eben das ist der Sinn von Beispielen – sie zeigen auf, was passieren *kann*. Was passieren *wird*, sollte ich wohl sagen. Wenn, wie an diesem Morgen geschehen, Willfährigkeit durch Widerstand, wenn Gefallen durch Gegenwehr, wenn Tadellosigkeit durch Todessehnsucht in seltener Dummheit ersetzt werden! Damit …« Er ließ das Wort in der Luft hängen, schaute einmal in die Runde und schritt langsam die Brücke in Richtung des festen Grunds herab. »Damit nun kommen wir zu euch.«

Eine gegenläufige Welle durchlief nun plötzlich die Menge. Jetzt, da Saisárasar sich ihnen näherte, drückten die vorn Stehenden nach hinten. Doch vor allem die Älteren in der Mitte und weiter hinten, jene, die schlechter hörten oder sahen, wichen nicht mit zurück, so dass ein anhebendes Hin- und Hergewoge die Vahits regelrecht ins Schwanken brachte.

Saisárasar sah es und lächelte: Es war das Lächeln eines Wolfes, der zu einer Herde von Schafen sprach.

»Ich verkünde euch nun *die Bestimmungen*. Sie sind einfach zu befolgen und noch einfacher zu verstehen, so ihr mir zuhört. Erstens: Von dieser Stunde an wird Aarienheim, wie auch jede andere Siedlung in diesem Land, besetzt. Eine Gruppe von Gidrogs wird ab sofort an diesem Ort hausen und dafür sorgen, dass Aarienheim willfährig bleibt.« Er winkte den größten und kräftigsten der Gidrogs herbei; auch dieser kam von der anderen Bachseite über die Brücke herüber. »Dies ist Drok!«, rief Saisárasar. »Er ist *mein*

Statthalter. Er spricht eure Sprache. Sein Wunsch, was immer es sei, ist euch Befehl. Er ist ab jetzt euer Gebieter. Bin ich verstanden worden?«

Saisárasar wandte sich an den ihm nächsten Vahit; es war einer der acht, die Rohmags Haus durchsucht hatten. Er stand in der vordersten Reihe und erbleichte, als der Mensch das Wort an ihn richtete.

»Ja, Herr«, hörte Mellow ihn hervorbringen.

»Das«, erwiderte Saisárasar und lächelte kalt, »das will ich hoffen. Zweitens fordere ich euch hiermit auf, euch auf einen *Gewährsmann* zu einigen. Ihr wählt doch so gern eure Anführer, ist es nicht so? Dann wählt einen, und wählt gut. Dieser Gewährsmann wird mir oder Drok in meiner Abwesenheit sicherstellen, dass alle Anordnungen unverzüglich und in vollem Umfang befolgt werden. Drok wird sich hauptsächlich an ihn wenden, und ihr werdet verrichten, was euch dieser euer Gewährsmann erläutert – das, wofür *er* die Gewähr zu erbringen hat. In erster Hinsicht wird dies die Versorgung und die Pflege unserer Reittiere sein. Ferner hat er die dafür Sorge zu tragen, dass Nahrung für meine Krieger herangeschafft und zubereitet wird. Des Weiteren obliegt ihm das Anfertigen von Dingen, die meine Truppen oder ich benötigen.« Der Dunkle pausierte und schickte einen weiteren Blick in die Runde der Vahits.

»Drittens: Zum Zeichen der Ehrerbietung und als Beweis der Herrschaft Seines Willens habt ihr unversehens eine Reihe von Fahnen anzufertigen. Nehmt weißes Tuch dafür und bemalt es in Rot und Schwarz – *mit diesem Zeichen!*« Saisárasar griff in eine Tasche und holte eine Schriftrolle hervor, die er für alle sichtbar auseinanderzog. Von dem Pergament blickte ihnen die sechsblättrige Blume Lukathers entgegen: drei blutrote, gestauchte Kreise, die einander überschnitten und deren gemeinsame Mitte ein Flecken aus Schwärze bildete, der wirkte, als wolle er aus dem Kreis der Blütenblätter brechen, um alles zu verschlingen.

»Dies ist das *Fe'e Hu*. Es ist das Wahrzeichen der Macht Ulúrlims, die Blüte Seines Wissens, das Merkmal Seiner Allgegenwärtigkeit. Ich ordne an, dass es fürderhin über den Dächern aller Vahitsiedlungen wehen soll. Stellt Fahnenmasten auf, lasst das Fe'e Hu von den Giebeln wehen, schmückt mit ihm die Dächer eurer Türme. Der Gewährsmann steht mir dafür ein, dass ihr es macht. Kümmert euch darum, und zwar bevor ihr euch«, Saisárasar machte eine nach hinten gewandte, geringschätzige Bewegung mit der Hand, »um die Überreste euer Anverwandten kümmert.« Er drückte dem immer noch wortlos neben ihm verharrenden Drok das wieder zusammengerollte Pergament in die hornige Schuppenpranke. Aus dem Mund des Gidrog drang ein tiefes Grunzen.

»Viertens«, rief Saisárasar. »Alle sonstigen Arbeiten gehen weiter. Damit meine ich jene Tätigkeiten, die ihr ohnehin verrichtet, um euch, euer Vieh und eure Häuser zu versorgen. All dies soll weiterhin vonstattengehen. Aber all das, was ihr für uns und damit im Namen Lukathers erledigt, werdet ihr vorrangig, jederzeit und zusätzlich zu euren üblichen Pflichten klaglos und friedfertig erfüllen. Auch dafür steht mir euer Gewährsmann ein. Übrigens:

Solltet ihr euch auf keinen Namen einigen können, so werde ich einen von euch als Gewährsmann bestimmen!«

Er fasste sich an das Tuch, das über seinem zerstörten Auge lag, als wolle er es abstreifen, doch die Bewegung blieb unvollendet, als wäre ihm wieder eingefallen, wozu der Stoff ihm diente.

»So höret denn fünftens: Was immer euch euer Gewährsmann an Anordnungen weitergibt, das habt ihr zu befolgen, als kämen diese aus meinem oder dem Munde Droks. Und das führt mich zu sechstens: Ab sofort steht mir euer Gewährsmann dafür ein, dass ein nächtliches Ausgehverbot befolgt wird. Sobald die Sonne hinter den Bergen versunken ist und nicht eher, als bis sie sich über den Tiefenlanden erhebt, habt ihr in euren Behausungen zu bleiben. Es sei denn, es gibt eine ausdrückliche abweichende Anordnung unsererseits. Siebtens sind hiermit alle Feiertage abgeschafft. Alle Feste desgleichen. Jegliche Art der Versammlung ist nur gestattet, wenn wir sie einberufen. Achtens: Niemand darf seine Hand gegen einen Gidrog oder gegen einen Criarg erheben oder irgendetwas tun, das einen Schaden für jene nach sich ziehen könnte. Und neuntens und letztens: Ab sofort erhält dieses Land einen neuen Namen. Es soll nicht länger Uvaithlian oder Hüggelland heißen. Sondern …«, er hielt inne und ließ sein Auge über die Versammelten schweifen. Er tat so, als müsse er erst überlegen. Oder entschied er sich wirklich erst in diesem Moment? Doch das war einerlei. »Sondern sein neuer Name lautet Uvdirlian, *Kleinmenschland*. So sei es hiermit verfügt!«

Saisárasar zog in einer langsamen Bewegung sein Schwert aus der Schulterscheide, und wog es in der Hand, als prüfe er dessen Gewicht und Ausgewogenheit. Dann setzte er es mit der Spitze auf die vorderste Bohle der Brücke.

»Nun ja«, sprach er, »wir wollen einmal sehen. Ich sprach vorhin vom Beispiel Aarienheims, und so will ich euch denn ein Beispiel geben. Du da«, sagte Saisárasar und deutete auf einen Vahit in der Mitte der Menge, »komm zu mir. Und sprich nur, wenn du etwas gefragt wirst.«

Der behäbige Vahit trat vor. »Meint Ihr mich, Herr? Ich meine: Verzeihung, Herr«, stotterte er, als er merkte, dass er gar nicht gefragt worden war. Saisárasar trommelte weiter mit den Fingerspitzen auf den Knauf seines vor ihm stehenden Schwertes.

»Wie lautet dein Name?«

»Hásban, Herr«, beeilte er sich zu erklären. »Hásban Grünspecht heiße ich.« Auch Hásban hatte zu Fedo Wachtels Suchergruppe gehört und vor Rohmags Haustür einen Knüppel geschwungen. Jetzt wirkte er alles andere als forsch.

Ein verächtliches Zucken huschte über Saisárasars Gesicht.

»Die Dummheit euer Namen wird allenfalls durch die Einfalt in euren Gesichtern übertroffen. Nun, Hásban, heute ist ein wichtiger Tag für dich. Du erhältst die Gelegenheit zu zeigen, was du verstanden hast. *Ob* du verstanden hast. Bist du bereit?«

»Ja, Herr. Oder nein, Herr. Ich meine, es ist alles so verwirrend neu für mich, Euer Hiersein und alles. Ich kann …«

»*Rede* nur, wenn du gefragt worden bist!«, herrschte Saisárasar ihn an. »Und hiermit frage ich dich: Wie lautet der Name des Landes, in dem du geboren bist?«

»Uvaithlian, Herr. Oder Hüggelland, wie wir es nennen. Es ist …«

Saisárasars Schwert schnitt so schnell durch die Luft, dass es pfiff. Mit einem hässlichen Laut trennte die Schneide Hásban den Kopf von den Schultern. Sein Haupt plumpste den versammelten Vahits vor die Füße, rollte bis an den Rand des Baches und blieb dort mit weit aufgerissenen Augen liegen. Hásbans Leib wurde ein Stück weit mitgerissen; es sah aus, als liefe er ein oder zwei Schritte, ehe er zusammenbrach. Aus dem offenen Hals schossen Fontänen von Blut, und die Erde unter ihm färbte sich rot.

»Das war die Antwort von Hásban dem Grünspecht«, rief Saisárasar den Versammelten zu. »Leider war sie falsch. Er hatte offenkundig *nicht* verstanden. Drok?« Er machte eine auffordernde Geste zu dem Leichnam hin. Der breitschultrige Gidrog hob den Leib Hásbans auf die Schulter und schnappte sich den Kopf bei den Haaren. Dann stapfte er zum Tauberhaus hin und warf beides auf den größten der drei Haufen. Hásbans Kopf wollte nicht liegen bleiben und kullerte wieder herunter. Drok verpasste ihm einen Tritt.

»Vielleicht versteht *ihr* mich jetzt!«, rief Saisárasar in das allgemeine Aufstöhnen hinein. »Du da«, Saisárasar zeigte mit der blutigen Schwertspitze auf einen weiteren Vahit ein oder zwei Reihen hinter Mellow, »komm hervor und beeindrucke mich. Dein Name?«

Der Bezeichnete trat vor, am ganzen Leibe zitternd. »Merblád Grauschnäpper, Herr.« Sein Gesicht hatte alle Farbe verloren und war tatsächlich grau. Seine Augen schielten auf die Schwertspitze vor ihm.

»Und hiermit frage ich *dich*«, tönte Saisárasars Stimme. »Wie lautet der Name des Landes, in dem du geboren bist?«

»Uv... Uvdirlian, Herr«, würgte er hervor. »Klein... *Kleinmenschland.*« Die Schwertspitze hob sich und berührte sein Haupthaar am Scheitel. Merblád zitterte womöglich noch heftiger. Er schwankte wie im Sturmwind, als Saisárasars Schwert ihm rechts und links die Wangen tätschelte, blutige Abdrücke der verschmierten Klinge hinterlassend. Ein dunkler Fleck breitete sich im Stoff zwischen Merbláds Oberschenkeln aus.

»Nun«, sagte Saisárasar und verzog sein Gesicht, »abgesehen von gewissen, ganz und gar unübersehbaren Unzulänglichkeiten war das die richtige Antwort. Wenigstens *du* hast verstanden. Du darfst zur Belohnung weiterleben, Merblád der Grauschnäpper. Tritt zurück. Das heißt ... Warte noch.« Merblád verharrte und hielt vor Schrecken den Atem an.

»Auf den einen oder anderen Fleck kommt es dir wohl nicht mehr an, denke ich«, sagte Saisárasar. Er wischte sein verschmiertes Schwert an den Außenseiten von Merbláds Hosenbeinen sauber. Dann steckte er es in die Schulterscheide zurück.

»Und nun zurück zu den *Bestimmungen*«, rief er mit auf einmal dröhnender Stimme. »Ihr bekommt jetzt eine geringe Frist, um euch auf den Namen eines Gewährsmannes zu einigen.« Er bückte sich und hob betont langsam einen fingerlangen Holzspan auf, der am Rande des Baches lag. Diesen deutlich sichtbar in der erhobenen Hand haltend, begab er sich bis zur Mauer des Brochs, an deren Rund der Bach vorbeiplätscherte. »Seht selbst. Sobald dieses Holz den Abgrund erreicht hat und in die Tiefe gespült ist, nennt ihr mir den Namen eurer Wahl. Die Zeit läuft … ab jetzt!« Damit warf er den Span in den Bach und bestimmte durch Fingerzeig eine der beiden Brochwachen, dem schwimmenden Holzstück zu folgen.

Die Vahits wandten sich einander zu und sahen sich mit bestürzten Gesichtern an. Dann begannen alle Erwachsenen gleichzeitig aufeinander einzureden. Die meisten der Kinder fingen schlagartig an zu weinen.

3. KAPITEL

Eine Krötenfrechheit

Die Stelle, an der Saisárasar den Holzspan in den Bach geworfen hatte, lag etwas mehr als achtzig Klafter von der Sturzkante entfernt. Der Mühlbach erfuhr ebenda eine künstliche Teilung: Soweit es seinen rechten Arm betraf, floss der gemächlich am Broch vorbei, der linke Arm des Baches aber war schmaler, tiefer ausgegraben und ungleich kräftiger. Er trieb das Rad der Sägemühle an und vereinte sich erst kurz vor der Brücke wieder mit dem anderen Teil des Baches zu einem gemeinsamen Bett. Von da an verloren die vereinigten Wasser jegliche Gemächlichkeit und eilten ohne Umschweife, über drei lange Steinstufen schäumend, dem Sturz entgegen. Für den ruhigen Teil benötigte der Span nicht mehr als zwei Minuten, für den schnelleren Teil bestenfalls noch einmal so viel, obwohl die Strecke mehr als doppelt so lang war. Den Vahits blieben kaum vier Minuten Zeit, um eine Wahl zu treffen.

Spätestens nach Hásbans gewaltsamem Tod war es auch dem Letzten klargeworden: Der so harmlos klingende Titel *Gewährsmann* stellte eine ungeheure Bosheit Saisárasars dar, die jeglichen Gedanken an Freiheit und Mitbestimmung verhöhnte. Der Gewährsmann hatte dem Dunklen gegenüber zu gewähren, dass die Vahits spurten und alle Befehle befolgten. Was nichts anderes bedeutete, als dass er mit seinem Leben für das einstehen würde, was immer auch passierte. Und sein Leben würde beständig an dem dünnsten aller seidenen Fäden hängen, da die Zufriedenheit Saisárasars (oder die Droks in dessen Abwesenheit) allein von der Laune des Betreffenden im jeweiligen Augenblick abhängen würde. Der künftige Gewährsmann stand ununterbrochen mit einem Fuß in der Aldakévata, der stillen Grube des Grabes.

Hätten die Aarienheimer unter den vormals herrschenden friedlichen Umständen einen der ihren zu ihrem Sprecher wählen sollen, so wäre ihre erste Wahl mit großer Sicherheit auf niemand anderen als Hámlat Tauber gefallen, Finns Großvater mütterlicherseits. Er stand im Brada im höchsten Ansehen und genoss das uneingeschränkte Vertrauen der Dörfler. Vielleicht hätte man, angesichts seines vorgerückten Alters, auch einen seiner Söhne dazu auserkoren: Bardogar, Fiongar oder Ewerdag, den Vater Wilhags. Aber alle vier waren tot, niedergemetzelt beim morgendlichen Ansturm der Gidrogs. Und auch Hámlats Enkel Wilhag lag nunmehr zerschmettert unten in der Tiefe des Sturzes.

Es herrschten nun einmal keine friedlichen Umstände mehr.

Den Aarienheimern war nach Saisárasars Rede eines nur zu bewusst: Sie würden *den Gewährsmann* mit ihrer Wahl verurteilen. Zu einer Hinrichtung, ob die ihn nun früher oder später ereilen mochte. Aber geschehen würde sie; das war so gewiss, wie ein jeder Heller in der Hel geprägt wurde. In einer abartigen und vielleicht von Saisárasar beabsichtigten Umkehrung des Wortsinns bedeutete es, dass sie dem Gewährsmann mit ihrer Wahl nichts anderes als den sicheren Tod *gewährten*.

Sollten sie da jemanden benennen, der Ansehen genoss? Der ihnen lieb und teuer war? Der gar wertvolle Fähigkeiten in sich vereinigte? Oder wäre es besser, stattdessen jemanden zu erwählen, dessen absehbarer Verlust nicht so schwer für ihre Gemeinschaft wog? Einen Dummerjan vielleicht, auf den man eher verzichten konnte? Jemanden, der kaum klüger war als die Schafe, die er hütete? Aber konnte ein solch tumber Narr denn auch tun, wofür er bestimmt war? Nämlich Saisárasar gegenüber tatsächlich zu *gewähren*, dass seine Wünsche geflissentlich befolgt würden? Oder war es am Ende das Klügste, den Betagtesten unter ihnen vorauszuschicken, einen, der ohnehin dem Tode näherstand als alle anderen?

Solche Fragen brachen aus den Vahits hervor. Sie schrien einander förmlich nieder. Zuerst, weil ein jeder glaubte, das Richtige zu sagen, doch schon bald nur noch, um nur ja bloß einen anderen Namen zu hören als den eigenen.

Es gab heftiges Für und Wider, aber keine einhellige Meinung; wie auch, hörte doch niemand dem anderen zu.

Dafür gab es Gerufe, Gerangel und Geschubse, als der Span die Brücke erreichte – und sogleich wild tanzend seinen Lauf beschleunigte. Zwei Minuten waren damit vergangen.

Zwei Minuten, in denen Mellows Gedanken rasten wie selten zuvor in seinem Leben.

Während um ihn herum alles schrie und tobte und jeder auf nichts weniger achtete als auf den gebrüllten Unsinn des Nebenmanns, drehte er sich als Einziger um und suchte einen Blick zu erhaschen auf das unförmige Bündel, das die beiden Gidrogs aus der Sägemühle gezerrt und hinter sich hergeschleift hatten.

Die beiden haarigen Hauergesichter lugten jetzt über die Brücke, vor der sie angehalten hatten, einen früheren Wink Saisárasars befolgend.

Das besagte Bündel lag zu ihren Füßen.

Zuerst hatte Mellow gehofft, sie würden Circendil mit sich schleifen, um ihn der Menge zu zeigen, ganz so wie er es Rohmag Ganter gegenüber vorhergesagt hatte. Doch für einen Menschen war das Bündel zu klein, wenngleich es mehr zu wiegen schien als ein gewöhnlicher Vahit. Erst jetzt, da es still dalag, erkannte Mellow, worum es sich dabei handelte.

Er sah einen völlig verdreckten Mantel, erkannte dicke Beine in plumpen Stiefeln und einen unförmigen Bauch, der im Liegen sogar noch absonderlicher wirkte als im Sitzen oder Stehen.

Auf der anderen Seite der Brücke befand sich niemand anderes als Bholobhorg Feldschwirl, einem aufgegangenen Kloß ähnlicher, als er es sich wünschen konnte. Die Füße hatte man ihm fest zusammengeschnürt, die Hände auf dem Rücken gefesselt.

Die Arme waren ihm bis zu den angewinkelten Beinen zurückgebogen. Sein Gesicht war blass, jedenfalls soweit wie Mellow es von seiner Seite aus sagen konnte, denn es war zudem wenigstens so schmutzig wie der Mantel und obendrein voller Schrammen und dunkel unterlaufener Stellen. Entweder war Bhobho gefallen, oder man hatte ihn geschlagen. Der Tanninger Landhüter hielt die Augen geschlossen; ob vor Schwäche, Scham oder infolge einer Besinnungslosigkeit, das vermochte Mellow nicht festzustellen. Aber mit Sicherheit lebte er, denn seine Brust hob und senkte sich im Takt des Atems.

Was der Tanninger ihnen bisher auch angetan haben mochte, wofür er auch einstand – er war und blieb ein Landhüter, auch wenn er dem Obergauer Gauvogt Gesslo Regenpfeifer als Spion gedient hatte. Bholobhorg war immer noch einer, der den Eid geleistet hatte. Ein Kamerad im Zeichen der Sonnenblume, der wie Mellow den Hut genommen hatte! Nicht einen Augenblick zögerte Mellow und fällte seine Entscheidung. Schlagartig war zu seinen Pflichten eine weitere hinzugekommen: Er würde Bholobhorg Feldschwirl ebenfalls befreien müssen, wann und wie und wodurch auch immer.

Alles dies schoss ihm in Windeseile durch den Sinn, und sosehr seine Gedanken auch flogen, so schwer fiel es ihm doch, sie in dem Gedränge und Geschrei um ihn herum auch nur zu Ende zu denken.

Dies war der Moment, da das kleine Holzstück die Brücke erreichte und schneller zu treiben begann. Der Gidrog, den Saisárasar bestimmt hatte, dem Span zu folgen, schritt kräftiger aus, und die Menge schob sich unwillkürlich in dieselbe Richtung, an der Brücke und an Saisárasar vorbei. Etliche Namen wurden dabei durcheinandergeschrien, um nur sofort vom Zorn und Missmut der anderen niedergebrüllt zu werden. Die Aufregung unter den Vahits konnte kaum mehr größer sein.

Und dies war zugleich der Moment, in dem Mellow gewahr wurde, dass der Augenblick des Handelns unmittelbar bevorstand. In dem Moment da er sich von Bholobhorg ab- und Rohmag wieder zuwandte, bemerkte der junge Vahit, wie Lasbet Buntfink in dem Rumgeschubse ihren Schirm verlor. Rasch bückte er sich, erhielt einen oder zwei Knüffe von Knien, die kaum selbst ihren Stand behaupten konnten, bekam den Schirm zu fassen, verlor ihn wieder, weil jemandes Fuß dagegenstieß, bekam einen weiteren Stoß, packte zwischen stampfenden Füßen zu, duckte sich im Aufrichten unter einer wütend geschwungenen Faust hindurch und kam neben Rohmag wieder hoch, den Schirm in der Hand.

»Was willst du damit?«, hörte er den Jäger fragen. Der Tumult riss ihm die Worte förmlich von den Lippen.

»Die Vögel!«, rief er zurück. Zwei kreischende Mütter drängten sich zwischen ihn und Rohmag. Beide hielten ein Kind an ihre Brust gepresst, das sie zu schützen suchten. »Bleib zurück! Der Rucksack!«, schrie er noch. »Das Schwert!« Ob Rohmag ihn verstanden hatte oder nicht, konnte er nicht wissen.

Denn im selben Moment nutzte er die wogende Bewegung der Menge aus. Er drückte und schob, drängte und zwängte selbst, stieß und keilte sich dabei in Richtung des durchbrochenen Zauns nach vorn. Schon befand er sich in dem am weitesten vorgerückten Rand der Menge, bei einer Gruppe von Vahits, die sich um die Büsche, die den Bachlauf an diesem Ufer säumten, drängelten – um nur ja den Holzspan nicht aus den Augen zu verlieren. Doch Mellow beachtete sie nicht, er schnellte in ihrem Rücken voran, lief an den Büschen und dem verblüfften Gidrog vorbei, der nicht wusste, ob er dem seltsamen Treiben der Vahits Einhalt gebieten oder dem Holzstück wie befohlen weiter folgen sollte. Sein Zögern entschied alles Folgende.

Vor Mellow blickten nun die ersten Criargs auf. Sie sahen einen entschlossenen Vahit auf sich zurennen, der einen Schirm vor sich ausstreckte und ihn im wildesten Lauf auf- und zuklappte. Dabei schrie er wie von allen Geistern besessen.

Der vorderste Criarg beantwortete Mellows Gebrüll mit einem eigenen warnenden Schrei. Das Tier reckte seinen Hals in die Höhe, breitete die Flügel aus und peitschte damit den Boden.

Zwei weitere Criargs folgten diesem Beispiel. Schon waren es sieben oder mehr der großen Vögel, die in jähe Unruhe gerieten. Was da auf sie zurannte, war klein und mochte an sich keine Gefahr darstellen. Aber es lärmte und bewegte sich auf widernatürliche Weise. Es vermochte sich auf erschreckende Weise aufzuplustern, und vor allem *zeigte* es keine Angst. Also *war* es gefährlich, nicht einzuschätzen. Schlimmer noch: Hinter dem Wesen kamen dutzende andere nachgerannt, nicht weniger lärmend als das erste. Die Unruhe wurde zur Ungewissheit. Die bisherige Sicherheit war bedroht.

Für den Leitvogel war das genug.

Er stieß einen helleren, langgezogenen Schrei aus, nahm einen kurzen Anlauf, breitete die Schwingen aus und sprang kopfüber in die Tiefe des Sturzes. Er fiel, aber nur kurz; schon glitt er mehr, als es ein Fallen war. Dann schlug er mit den Flügeln, wurde vom Aufwind gefangen und flog. Der alarmierte Schwarm folgte seiner Aufforderung und tat es ihm nach. Alle siebzehn Criargs erhoben sich auf die gleiche Weise in die Lüfte und entfernten sich in Windeseile von der Steilwand.

Hinter ihnen übertönte plötzlich das wutschnaubende Gebrüll der Gidrogs jegliches Geschrei der Vahits.

Noch während er seitwärts zur Linken bog, dankte Mellow im Stillen Amafilias dafür, dass sie tapfer unter dem umgekippten Wagen ausgehalten hatte, und pries ihren Widerstand gegen den sie angreifenden Vogel. Die war sie am Freitag mit ihrem eigenen Schirm selbst da noch angegangen, als alles längst verloren war.

Schon vorhin, beim ersten Anblick von Lasbets Schirm, hatte ihn die Erinnerung angesprungen, wie Circendil ihm von dem Mut von Finns Mutter erzählt hatte. Seitdem hatten ihn die Worte des Mönchs nicht mehr losgelassen. *»Ja, sie kam wieder zu sich, er-*

griff den Schirm und schlug damit. Nein, wartet, dann wäre er nicht derart zerfetzt. Sie muss ihn aufgespannt haben!« Und er selbst, Mellow, hatte daraus den Schluss gezogen: *»Und so hat sie den Criarg verstört, vielleicht sogar verscheucht.«*

Nun hatte er sogar selbst den Beweis dafür erbracht: Die Criargs fürchteten Schirme, oder zumindest Dinge, die sich in ihren Augen aufzuplustern schienen. Es mochte eine natürliche Angst sein – ein Erbe ihrer Art, das einen Fluchttrieb entfachte – oder einfaches Glück. Mellows Rechnung war jedenfalls aufgegangen, also war es einerlei.

Mit einem weiten Satz sprang er über den Bach, glitt auf dem feuchten Holz aus und landete auf allen vieren. Er kniete auf dem Bohlenweg, der das niedergebrannte Stallgebäude ringsherum umgab und das Bachufer auf dieser Seite einfasste und stützte.

Ohne anzuhalten rappelte er sich auf. Er rannte weiter. Der in sich zusammengebrochene und immer noch schwelende Stall lag zu seiner Rechten, der Bachlauf zu seiner Linken. Warm und nach Asche stinkend umwehte es ihn von der einen Seite, feuchte Tropfen schickte ihm die andere entgegen. Schon befand er sich in Höhe der am rechten Ufer beginnenden Buschreihe und damit in Deckung.

Saisárasar sprang gleichfalls in entgegengesetzter Richtung, aber auf der gegenüberliegenden Seite, den Bach entlang und schrie etwas. Fünf oder sechs Gidrogs fuhren zugleich in die Vahitmenge hinein und suchten, sich einen Weg zu bahnen, ein Unterfangen, welches das allgemeine Durcheinander zu einem völligen Wirrwarr brachte.

Mellows trommelnde Schritte hasteten über die Bohlen.

Knapp hinter sich hörte er es dumpf plumpsen und platschen.

Im Laufen warf er einen raschen Blick über die Schulter. Der einzelne Gidrog, dessen vermeintlich einfache Aufgabe es gewesen war, einem schwimmenden Holzstück zu folgen, war mittlerweile über die Büsche des rechten Ufers gesprungen. Damit hatte er auch schon fast die Breite des dahinter verlaufenden Baches überwunden, das Axtdornschwert vorgestreckt. Aber mit einem Bein landete der Hauergesichtige im Wasser, und dieses Bein wurde sogleich unter ihm weggerissen, ein Missgeschick, das ihm ein wütendes Grollen entlockte. Die Waffe wurde ihm aus der Hand geprellt und landete im Bach. Der Gidrog war ausgerechnet auf eine der drei steinernen flachen Stufen gesprungen, die der Bach hier überspülte, und der Grund war von Algen bewachsen und glatt und rutschig wie windgefegtes Eis auf einem Waldsee im Winter.

Er stürzte und wurde durch die Kraft des Wassers mehrere Klafter weit fortgetragen.

Dies gab Mellow Zeit, diese und weitere Klafter wettzumachen.

Er warf sich nach vorn und zückte im Rennen sein Wacala.

Hier bin ich also, dachte er ungläubig. *Und so fühlt es sich also an. Allein gegen alle.*

Mellow bemerkte nicht, dass er, während er auf das diesseitige Ende der Brücke zuflog, begonnen hatte, lauthals zu lachen.

Es war das wütendste und zugleich das verzweifeltste Lachen, das jemals im ganzen Hüggelland gehört worden war.

*

Für weiter reichende Überlegungen blieb keine Zeit. Mellow rannte so schnell er nur konnte auf das diesseitige Ende der Brücke zu. Die Anstrengung peitschte Wellen des Schmerzes durch seinen Kopf. Jeder Schritt fuhr ihm das Rückgrat hinauf und schoss ihm wie ein inwendiger Blitz bis in die Augen. Er sah aufgrund des in ihm rasenden Gewitters das zusammengeschnürte Bündel zwar am Boden liegen, nicht aber dass es von zwei Gidrogs bewacht wurde. Dann hörte er aber mehr als dass er sie sah, wie die beiden Hauergesichtigen von ihm fortstürmten und über die Brücke polterten, um sich den von der Dorfstraße heraneilenden Gidrogs anzuschließen.

Ob sie damit ihre Pflicht vergaßen oder aber einem Befehl folgten, kümmerte Mellow nicht. Er versuchte zu erkennen, wo sich die übrigen Feinde befanden, ohne seinen Lauf dafür zu unterbrechen.

Siebzehn Vögel hatte Mellow vorhin gezählt, was siebzehn Reiter ergab. Eines der Tiere gehörte Saisárasar, somit befehligte er sechzehn der zottelhaarigen, gedrungenen Krieger. Zehn von ihnen hatte Mellow bei seiner Ankunft auf der Straße gesehen. Zwei hatten den Eingang des Brochs bewacht, zwei weitere hatten Bholobhorg wie einen Sack herbeigeschleift. Dazu kam Drok, der in diesem Moment an Saisárasars Seite lief. Er brüllte zornige Worte in den Himmel, doch die aufgeflogenen Criargs beachteten seine Schreie nicht. Das ergab fünfzehn Gidrogs; einer fehlte somit, doch Mellow konnte ihn nirgends entdecken, oder er hatte sich verzählt.

Zehn von ihnen hatte Mellow bei seiner Ankunft auf der Straße gesehen. Vier hatten den Heckenzugang der Straße versperrt, sie mochten sich jetzt aber auch schon auf dem Taubergrundstück befinden.

Sechs, sieben letzte Sprünge brachten Mellow zum Brückenfuß – und fast zu Fall. Beinahe wäre er über den feisten Leib des Tanningers gestolpert, so schwer fiel es ihm, aus vollem Lauf auf den feuchten Bohlen zu stoppen. Er ließ den Schirm fallen, von dem er erst jetzt bemerkte, dass er ihn immer noch umklammert hielt, und beugte sich über den Landhüter.

»Bist du wach, Bhobho?« Aus den Augenwinkeln sah Mellow den dicklichen Landhüter nicken.

Ein kräftiger Schnitt genügte, und die straff gespannte Verbindung zwischen Hand- und Fußgelenken war entzwei. Ein weiterer trennte die Fußfesseln auf. Bholobhorg stöhnte erleichtert.

»Wirst du laufen können?«, wollte Mellow keuchend wissen.

»Ich weiß nicht. Aber ich glaub', dass ich meine Beine bewegen kann.«

»Wo ist Circendil?« Ein dritter Schnitt befreite Bhobhos Handgelenke.

»Ich weiß nicht«, wiederholte Bhobho. Er kam auf die Knie und streckte eine Hand aus. »Ist er denn nicht tot?«

Mellow zuckte zusammen. Dann zog er den Untergauer vollends auf die Füße. »Wo hatten sie dich eingesperrt?«

»In der Werkstatt hinter der Sägemühle.«

»Dann ist er jedenfalls nicht dort.«

Beide hatten ihre Sätze in äußerster Hast gewechselt. Jetzt horchten sie gleichzeitig auf.

Ein dumpfes Dröhnen näherte sich schnell. Bholobhorg starrte an dem qualmenden Dach des eingestürzten Stalls vorbei, den Bachlauf hinunter. Mellow warf sich herum, folgte seinem Blick – und sah den in den Bach geratenen und nun völlig durchnässten Gidrog auf sie zustürmen, die beschlagenen Stiefel dröhnten den Bohlenweg entlang – und er war nur mehr höchstens zehn Klafter entfernt.

Undeutlicher gewahrte Mellow auf der anderen Bachseite hinter dem auf sie zustürmenden Angreifer ein unüberschaubares Knäuel aus kleinen und größeren Gestalten, die einander umsprangen wie verrückt gewordene Tänzer, die zu unhörbaren Trommeln tanzten.

Vahits wie Gidrogs schienen allesamt den Überblick verloren zu haben, was sie tun oder besser lassen sollten. Die ersten Aarienheimer begannen fortzulaufen. Sie zogen sich hinter das Tauberhaus zurück, zu dem Walnussbaum mit seiner Schaukel. So sinnlos eine Flucht auch sein mochte, so befeuernd wirkte auf sie die Wut der Gidrogs über den Verlust ihrer Reitvögel.

Die Folge war ein sich windendes Durcheinander, indem ein jeder einen jeden behinderte. Während die einen zu fliehen versuchen, vertraten ihnen die anderen den Weg. Der Vahits wie Gidrogs überragende Drok setzte ein gewaltiges Horn an seine Lippen und blies hinein – ein tiefer Ton erscholl, der in den Ohren schmerzte. Ob er die Criargs damit zurückrufen oder dem Tumult Einhalt gebieten wollte, wusste nur er allein.

Der triefnasse Gidrog war herangekommen, noch ehe Mellow den behäbigeren Bholobhorg mehr als zwei oder drei Klafter weit mit sich fort ziehen konnte. Mit einem wahren Raubtiersprung setzte der Hauergesichtige über die niedergebrannte Ecke des Stallgebäudes hinweg, verkürzte so den Abstand und landete, wie vordem Mellow, rutschend und auf allen vieren. Keine zwei Schritte von den Vahits entfernt kam er auf, in eine aufwallende Aschewolke gehüllt. Der Ruß blieb an seiner feuchten Eidechsenhaut kleben und verwandelte ihn in ein graues Ungetüm mit wild funkelnden Augen. Der Gidrog grunzte in seiner Sprache, und vielleicht verlieh er damit seiner Zufriedenheit Ausdruck – siegessicher leckte er sich die Lippen, als freue er sich auf ein bevorstehendes Festmahl. Es stand in sein Gesicht geschrieben: Diese beiden Vahits würden ihm nicht mehr entkommen.

Mellow stieß Bhobho von sich.

Der heranstürmende Gidrog hatte ein gekrümmtes Messer gezückt, dessen Schneide blitzte und an dessen Rücken geschwärzte Zacken wie aneinandergereihte Zähne drohten. Ein erster Hieb fuhr zischend quer durch die Luft, die Messerspitze verfehlte Mellows Nase um weniger als die Spanne einer Vahithand.

Mellows Wacala und das Gidrogmesser waren etwa gleich lang und von ähnlicher Breite. Damit aber erschöpfte sich schon alle Ausgewogenheit im Kampf. Der Gidrog verfügte über wesentlich längere und stärkere Arme als Mellow. Er besaß nicht nur die größere Reichweite, sondern auch ein deutliches Mehr an Kraft und Schnelligkeit. Und er war zweifelsohne kampferfahren: Seine bloßen Oberarme zeigten über schwellenden Muskeln lange und hässliche Narben, von denen sich etliche überschnitten.

Mellow wich wie beim Taumlertanz einen Schrägschritt zurück – und duckte sich vor einem neuerlichen waagerechten Klingenschlag. Diesen zweiten hatte er kommen sehen. Den blitzschnell geführten dritten hingegen nicht. Und er entging ihm nur um Haaresbreite. Und auch das nur, weil er kleiner war – die gezackte Klinge glitt an der Lederkappe entlang, und die um den

Griff liegenden hornigen Finger des Gidrogs prallten gegen Mellows verletzte Schläfe. Der junge Vahit hätte aufheulen mögen. Sein Blick trübte sich erneut, während der Kopf in einen wirbelnden Strudel aus Schmerzen hineingesaugt wurde.

Ihm wurde klar, dass er diesen Kampf sofort beenden musste. Jede weitere verlorene Sekunde brachte weitere Feinde in ihre Nähe – und ihn selbst ans Ende seiner Kräfte.

Also würde er sein Wacala ein weiteres Mal werfen müssen, nur benötigte er dazu wenigstens vier oder fünf Schritte Abstand.

Er wich abermals zurück.

Aber der Gidrog durchschaute entweder seine Absicht, oder er suchte seinen Gegner mit aller Macht zu fassen zu kriegen. Jedenfalls sprang er vor, sobald Mellow zurückwich. Ein jedes Mal blitzte das Krummmesser auf und zerschnitt – zweimal, dreimal, viermal – die Ascheflocken, die beide Kämpfer in der Luft umtanzten. Dank Amans Beistand oder aus reinem Glück blieb Mellow trotz dieser Streiche unverletzt, doch war es nur eine Frage von Sekunden, wann dieses Glück endete.

Einen der Hiebe mit einem Gegenhieb seines Wacalas abzuwehren oder gar aufzufangen getraute er sich nicht. Die Arme des Gidrogs waren ungleich kräftiger als seine eigenen; ein Zusammenprall der Klingen würde dem Schwächeren die Waffe aus der Hand schlagen – und der Schwächere war Mellow.

Aman hilf! Ich weiß nicht mehr, was ich noch tun soll!

Wenn er wenigstens seinen guten alten Landhüterstab noch besessen hätte; mit ihm in Händen wäre der Reichweitenvorteil seines Gegners ausgeglichen gewesen. Schon der Gedanke lenkte Mellow ab, und er trat zu kurz nach hinten und nicht weit genug zur Seite. Der nächste Streich *musste* ihn treffen – und er *würde* ihn fällen. Wie einen mit scharfer Axt vorbereiteten Rudenforster Baum.

Plötzlich krachte der Hauergesichtige zu Boden. Und das ging schneller, als ein geschlagener Baum ins Unterholz stürzt.

Er schlug erst mit den Knien und dann, durch den eigenen

Schwung vornüberkippend, mit dem Kinn auf den Holzbohlen auf. Bhobho tauchte hinter ihm auf. Er reckte den Schirm, den er wie einen Knüppel zwischen die Beine des Kriegers gestoßen und ihn so zu Fall gebracht hatte. Im nächsten Augenblick schmetterte er ihm Lasbets Regenschutz mit solcher Wucht ins Gesicht, dass der Schirm in mehrere Stücke zerbrach. Dem aufgerissenen Schlund entwich ein abgehackter Laut, zugleich sprang ein Hauerzahn aus dem blutenden Mund. Der Gidrog verdrehte die Augen und blieb reglos liegen. Fassungslos starrte Mellow den Tanninger an.

»Wohin jetzt?«, fragte Bhobho. Er nickte Mellow grimmig zu und bückte sich, um dem Gidrog das Messer aus der kraftlosen Hand zu winden. In Bholobhorgs Faust wirkte die gekrümmte Klinge sogleich wie ein nur etwas zu kurz geratener Säbel. Der Landhüter sah Mellow auffordernd an.

Da sie während des Kampfes hatten zurückweichen müssen, standen sie nun nicht mehr nahe bei der Brücke, sondern direkt vor der verschlossenen Scheune. Eine an ihrer linken Außenseite angebrachte senkrechte Leiter führte zum Heuboden hinauf. Mellow sah zu seiner Rechten den Misthaufen und noch weiter rechts den Zaun des Küchengartens aufragen.

»Weiter. Hier rauf«, versetzte Mellow. Wieselflink kletterte sogar der dicke Tanninger die Sprossen hinauf. Oberhalb der Leiter zogen die zwei sich in den Verschlag, der ins Innere führte. Sie waren gerade noch rechtzeitig verschwunden, als die ersten zurückeilenden Gidrogs über die Brücke am Mühlbach sprangen.

Vorsichtig spähten die beiden aus dem Dunkel des Verschlags heraus. Sie sahen, wie die Gidrogs unschlüssig diesseits der Brücke zum Halten kamen, in alle Richtungen äugten und versuchten, zu begreifen, was sich hier abgespielt hatte. Dabei verrenkten sie sich förmlich die Hälse.

Wenn sie es nur täten, dachte Mellow, nicht weniger ratlos.

Vier weitere stießen zu ihnen, unter ihnen der fast menschengroße Drok. Nun waren sie zu neunt. Ein jeder von ihnen trug ein

Axtdornschwert. Drok beugte sich über den bewusstlosen Artgenossen und verabreichte ihm dann einen wütenden Tritt.

Jemand rief von fern einen Befehl in der abscheulichen Grunzsprache. Die neun Gidrogs setzten sich unverzüglich in Bewegung. Sie schwärmten aus und verschwanden aus dem Blickfeld der beiden kauernden Vahits.

»Schnell jetzt«, zischelte Mellow. »Sie werden alle Gebäude durchsuchen. Vermutlich werden sie zuerst hier hinein stürmen.«

»Was hast du vor? Willst du dich verstecken?«

»Ich weiß nicht.« Diesmal war es Mellow und nicht Bhobho, der die drei Worte sagte. Er versuchte vergeblich das sie umgebende Dreivierteldunkel zu durchdringen. »Ich gäbe ein Fass *Krumm* dafür, wenn ich es nur wüsste.«

Bhobho wurde einer Antwort enthoben.

Von unten hörten sie es knarren und schleifen. Das Scheunentor fuhr dröhnend auf. Licht fiel wie ein Keil ins Innere. Als sie über den Rand des Heubodens lugten, sahen sie drei Gidrogs mit blanken Axtdornschwertern in den Lichtkeil treten.

Der mittlere von ihnen war Drok. Er hob die Nase und sog geräuschvoll die Luft ein, und atmete sie stoßweise wieder aus. Er drehte und wendete dabei den Kopf, witterte; ganz wie ein Raubtier im Wald. Plötzlich stieß er einen hechelnden Grunzer aus.

»Sie sind hier«, sagte er, zu Mellows Verblüffung in gut verständlichem Caeredwaine, der Sprache der Vahits und Menschen. »Angezogen wie die Motten vom Feuer. Na, umso besser für uns. Und wie unterhaltsam erst für dich«, fügte er höhnisch hinzu. »So kannst du mitansehen, wie deine kleinen Schmeißfliegenfreunde sterben.«

Erst jetzt bemerkte Mellow, dass Drok gar nicht zu seinen Kriegern, sondern in Richtung eines an einem Querbalken aufgehängten Netzes sprach. Eine von den Maschen zusammengepresste und bewegungsunfähig in die gekrümmte Haltung eines Ungeborenen gezwungene Gestalt schwebte mehrere Klafter hoch über dem Scheunenboden in der verschwommenen Dunkelheit.

*

»Was ich sehen kann«, erwiderte Circendil mit matter Stimme, »ist deine ganz und gar boshafte Gesinnung. Sie steht dir ins Gesicht gezeichnet, mein ach so mutiger Freund. Aber das wusstest du längst, nicht wahr? Wer soll denn schon hier sein? Außer dir, Drok, und deiner Wache? Bist du endlich zurückgekommen, um weitere bewunderungswürdige Taten zu vollbringen? Einen wehrlosen Mann in einem Netz zu schlagen, zum Beispiel?«

»Es waren anscheinend zu wenig Schläge, wenn du immer noch spottest«, gab Drok von unten zurück. Er schmatzte, als genösse er einen Leckerbissen. »Ich werde es mir merken. Aber du wirst warten müssen mit deinem Wimmern, Mensch. Erst habe ich ein wenig Ungeziefer zu vertilgen. Es kriecht hier irgendwo herum.«

Er stieß in schneller Folge Worte seiner eigenen Sprache aus.

Seine beiden Begleiter trennten sich von ihm und begannen, jedes eingelagerte Fass, jede Truhe und jeden Packen zu untersuchen, die in großer Menge zu ebener Erde zwischen den Stützpfosten lagerten. Etliches türmte sich dabei übereinander und bildete allenfalls schmale Durchlässe, durch welche sich die Gidrogs nur seitwärts zwängen konnten. Sie spähten in jede Ritze und in jeden Spalt und kletterten behände über alles, was ihnen den Weg versperrte.

Drok schob sich bis zu dem freien Platz unter dem baumelnden Netz. Er reckte abermals den Hals. »Ja, fürchtet euch nur«, hörten die Vahits ihn zischen. »Ich rieche eure Angst. Verkriechen nutzt euch nichts. Wo versteckt ihr euch?« Er schnüffelte in die Schatten hinein. Und er nahm Witterung auf. Sein Blick hob sich. Sein Blick folgte der Kante des Heubodens.

Mellows Augen begannen jetzt erst, sich an die Zwielichtverhältnisse innerhalb der Scheune zu gewöhnen. Vieles trat endlich deutlicher hervor, was bisher nicht mehr als bloße Schatten für ihn gewesen waren.

Als Möbelschreiner betrieben die Taubers keine Landwirtschaft. Oder zumindest nicht mehr, als nötig war, um ausreichend Futter für ihre Tiere und vielleicht ein Dutzend Säcke Mehl übers Jahr zu gewinnen. Sie nutzten deshalb ihre Scheune weniger für den Feldbedarf als vielmehr zu Lagerzwecken. So lehnten halbfertige wie vollendete, bemalte und rohe Möbelstücke aller Arten eng aneinander. Längs der Wände stapelten sich Bettkästen, Schränke ohne Türen, Stühle ohne Lehnen, Tische, Bänke, selbst lose Bretter und gedrechselte Stangen ohne Zahl. Eben alles, was ihr Handwerk hervorbrachte. Auch Furgo Fokklins Reisewagen, den die Tauberbrüder von den Findlingssteinen zurückgeholt und wieder fahrbereit gemacht hatten, stand immer noch im hinteren Teil der Scheune, eingerahmt von Egge und Pflug. Allein das Verdeck war weiterhin zerrissen und zerfleddert; Krallen- und Schnabelschäden, die der Criargangriff hinterlassen hatte, in dessen Folge Amafila Fokklin gestorben war.

Zwischen diesen Dingen bewegten sich nun die Gidrogs; leise, weit besser im Zwielicht sehend als die Vahits und mit eidechsenhafter Geschmeidigkeit.

Bholobhorg legte Mellow die Hand auf den Arm und deutete in das Gebälk des Dachstuhls hinein.

Auch an der rückwärtigen Schmalseite der Scheune führte eine Leiter nach oben. Der Heuboden umlief, wie Mellow nun trotz allem erkennen konnte, die gesamte Scheune und ließ nur die Türgiebelseite aus. Er trug seinen Namen kaum zur Hälfte mit Berechtigung. Zwar gab es oberhalb der Stützpfosten reichlich zu Bündeln geschnürtes Heu für den Winter; aber auch hier oben lagerten die Taubers zusätzlich ein, was immer ihnen wertvoll genug dafür erschien. Säcke in der Hauptsache, gefüllt mit allem Möglichen. Des Weiteren sah Mellow Kisten mit Feldfrüchten, ganze Stapel von Kürbissen, daneben kleine Truhen, Schränkchen, Halbfässer, gedeckelte Bottiche und Zuber. Neben einem Butterfass erblickte Mellow einen Eimer mit gesammelten Wachsstumpen, die darauf warteten, wieder eingeschmolzen und zu neuen Kerzen gegossen zu werden. Er roch sogar den beißenden Duft frisch eingekochter Seife, der von irgendwoher kam und sich über den grasigen Geruch des Heus legte.

Jetzt erkannte Mellow, was Bholobhorg ihm zeigen wollte. Alle diese Lasten beförderten die Taubers offenbar mithilfe eines Flaschenzugs nach oben, der in der Mitte der Scheune von einem Querbalken hing. Es war fraglos eine geschickte und durchdachte Arbeit, die sich Finns Oheime hierfür hatten einfallen lassen: Der Flaschenzug war nicht nur zum Hinaufziehen oder Herunterlassen vorgesehen, sondern er war beweglich gebaut und ließ sich, an einem Holzrad hängend, von einer Seite des Heubodens zur anderen ziehen. Das Rad selbst verlief sicher in einer breiten Nut an der Oberseite des Querbalkens und stand nun in dessen Mitte still. An seiner Achse hingen an einem Gestänge die Rollen und ihr Seilgefüge mit einem Haken am Ende. Das Zugseil des Flaschenzugs verließ die obere Rolle. Es war durch das Gewicht des an ihm hängenden Netzes steif wie eine Stange gespannt, und man hatte es nahe des Leiteraufstiegs verknotet.

Ob Circendil unter den groben Maschen zusätzliche Fesseln trug, war nicht auszumachen. Das Netz pendelte frei unter dem Querbalken. Infolge des zu großen Abstands war es schlichtweg ausgeschlossen, von irgendeiner Seite an Circendil heranzulangen. Weder vom Scheunengrund aus noch vom Heuboden war Circendil mit Händen zu greifen, schon gar nicht für die Vahits. Selbst der große Drok würde den Dir erst gute drei Klafter herablassen müssen, wollte er ihn neuerlich schlagen.

Circendil befand sich somit in einer äußerst misslichen Lage – für ihn selbst und für die beiden heimlichen Beobachter. Er war kaum zu erreichen und noch schwerer zu befreien, es sei denn, jemand lockerte das Seil des Flaschenzugs. Selbst ihm hastig etwas zuzuflüstern, war unter diesen Umständen unmöglich – unter den gegebenen Verhältnisse hatten die Gidrogs dem Mönch mit den einfachsten Mitteln ein nahezu meisterhaftes Gefängnis bereitet.

Doch das allein war es nicht, was Mellow an den Rand der Verzweiflung trieb.

Er wusste nur zu gut: Wenn er jetzt auch nur den geringsten Fehler beging, war alles verloren. Er musste zudem äußerst schnell zu einem Entschluss gelangen. Zu einem Entscheid, der kühn war, verwegen und auf den Tod gefährlich. Der zudem selbst noch den winzigsten Vorteil zur Geltung brachte, der ihnen zur Verfügung stand; und sei es nur, dass sie bis hierher unbemerkt geblieben waren.

Aber mit jedem Atemzug schmälerten sich die Erfolgsaussichten der beiden Vahits, überhaupt etwas zu Circendils Befreiung unternehmen zu können – ehe man sie entdeckte. Schon sahen sie, wie Drok die hintere Leiter argwöhnisch beäugte. Er schob sich tiefer ins Halbdunkel hinein und rüttelte an den Holmen. Heugriesel regneten auf ihn herab. Unbeirrt schnüffelte er an den hinaufführenden Sprossen. Als wäre er ein Hund oder ein Fuílfrar auf einer Fährte.

»Hast wohl Hunger, was?«, kam es von Circendil. »Suchst du deshalb nach Ratten, Drok? Seltsam, ich dachte immer, Ungeziefer lässt einander in Ruhe. Oder verdient ihr einander?«

»Du …«, grollte Drok zum Netz hinauf, »du willst es nicht wahrhaben, weil deine Angst dich blendet, Kräuterfresser. Ratten, ja? Kröten nennt sie unser Simorgh; ich nenne sie Schmeißfliegen. Denn das sind sie: Vahitgeschmeiß. Und ich ahne, wo sie sich verkrochen haben.« Er griff mit beiden Händen zu und begann, die Leiter hinaufzuklettern.

Noch immer konnte sich Mellow zu keinem Entschluss durchringen. Was ihm sein Herz verriet, war dagegen eindeutig: Niemals durfte, nein niemals *würde* er Circendil seinem Schicksal überlassen.

Also mussten Bhobho und er den Mönch aus seinem Netz herausholen. Auch wenn er immer noch keine blasse Vorstellung davon hatte, wie. Währenddessen würden sie beide sich zudem Droks und seiner Krieger erwehren müssen. Und hätten anschließend dafür Sorge zu tragen, dass Saisárasar sie nicht alle drei erwischte.

Und als wäre das an Schwierigkeiten noch nicht genug, kamen just in diesem Moment Mellows Kopfschmerzen zurück und wogten förmlich gegen seine Schädeldecke: dröhnend und alle Sicht mit ihrer Gischt vernebelnd, wie die Brandung des Nördlichen Meeres, die außerhalb des Hüggellandes gegen die rauen Felsen der Khênaith Eciranth schlug.

Denk nach, Mellow! Dir läuft die Zeit davon!

»Was sollen wir tun?«, drängte Bholobhorg, wie auf ein Stichwort und dicht in Mellows Ohr hauchend. Er deutete zur Leiter hin, an deren oberen Ende soeben Droks Zottelkopf die Ebene des Heubodens erreichte.

Mellow biss sich so sehr auf seine Lippen, dass er Blut zu schmecken meinte.

Mit aller Macht kämpfte er seinen Wundschmerz nieder. Oder vielmehr drückte er ihn mit dem ihm verbliebenen Rest seines Willens beiseite, denn das Pochen blieb ihm erhalten. Als dumpfes Rumpeln am Rande seiner Wahrnehmung verharrte es; aber für den Moment legte sich wenigstens das Gefühl, von anbrandenden Wellen umgerissen zu werden, und die Nebel von Gischt verschwanden.

Seine Hände hatten sich unwillkürlich in den Stoff eines Sacks verkrampft, hinter den er sich geduckt und an dem er vorbeigelugt hatte; und durch das grobe Gewebe hindurch fühlte er plötzlich, was der enthielt.

»Warte«, hauchte er Richtung Bhobho. »Das ist doch …«

Mit dem Wacala ritzte er einen winzigen Schlitz in den Sack, weit genug oben, dass nichts herausfallen konnte. Er griff hinein, fühlte über die knotige Oberfläche und nickte.

Drüben verließ Drok die Leiter. Mit einem weiten, katzenhaften Sprung kam er auf. Witternd beugte er sich vor, als lausche er, ehe er sich um sich einmal selbst drehte. Es schien, als wüsste er nicht …

Plötzlich ließ er sich fallen und drückte seine Nase gegen die Bretter. Geräuschvoll sog er die Luft ein. Wieder stieß er sie in abgehacktem Hecheln aus. Er knurrte oder grunzte etwas. Im nächsten Moment hob er den Kopf und sah genau in ihre Richtung. Zwei funkelnde Lichter starrten aus der flirrenden Trübnis zu ihnen herüber. Mellow drückte Bhobhos Kopf rasch hinter den Sack.

»Stopf dir die Taschen damit voll«, wisperte er. »Aber sei vorsichtig, damit das Klackern dich nicht verrät. Es sind Nüsse.«

»Nüsse? Was für Nüsse?«

»Walnüsse, wenn mich nicht alles täuscht. Sag, wie gut bist du im Werfen? Triffst du?«

»Wieso denn werfen? Das wird ihn kaum in die Flucht schlagen. Was zur Hel hast du denn nur vor?«

Mellow legte den Finger auf die Lippen. Dann zeigte er es ihm.

*

Mellow wog eine Walnuss in der Hand. Er schätzte ihr Gewicht und hoffte zugleich, seine Sehnen und Muskeln würden sich an die vielen müßigen Stunden erinnern, die er in Kindertagen mit seinen Brüdern im Rudenforster Wald verbracht hatte.

Eine ihrer gemeinsamen Lieblingsbeschäftigungen war das Werfen von Tannenzapfen gewesen. Bei ihren Wettkämpfen war es um das Treffen von Zielen, möglichst weite Würfe und den Beweis besonderer Geschicklichkeit gegangen. Eine Walnuss, fand Mellow jetzt, wog kaum mehr als ein Rudenforster Zapfen. Und noch eine Ähnlichkeit zwischen beiden mochte ihm jetzt zweckdienlich sein: Damals unter den Bäumen hatten oft genug Dämmer und Schattenspiel geherrscht. Wer einen Wettstreit der Rohrsangbrüder gewinnen wollte, hatte lernen müssen, mit dem Herzen statt mit den Augen zu sehen. Kampo war darin unschlagbar gewesen; ein Meister mit dem leichten Zapfen ebenso wie mit dem schweren Wacala.

*

Mellow starrte ins Halbdämmerlicht. Es blieb ihm keine Zeit, den bevorstehenden Wurf wie früher einige Male in Gedanken zu üben. Schon wandte sich Drok der linken Seite des Gebäudes zu.

Noch immer beugte er sich zu den Brettern herunter und beschnüffelte sie. Aber er kroch langsam weiter dabei und näherte sich der Ecke, hinter der der diesseitige Teil des Heubodens begann. Erreichte er sie, würde er die beiden Vahits mit seinen scharfen Augen sofort entdecken.

Mellow holte aus. Es galt, die gesamte Breite und Länge der Scheune mit allen Stützpfosten und sonstigen Hindernissen zu überwinden. Aber die Flugbahn durfte auf keinen Fall zu hoch geraten, damit die Nuss nicht oben auf der gegenüberliegenden Heubodenseite aufprallte; das hätte Drok sogleich als Täuschung durchschaut. Sie musste *unterhalb* des Bretterbelages landen … Mellow stieß den Atem aus. Dann schleuderte er die Nuss in einem weiten Bogen in die Schatten hinein, die über der hinteren rechten Scheunenecke lagen.

Der Wurf gelang. Ein leises, aber wahrnehmbares Klickern und Klackern war zu hören. Die Schale traf die Bretter der Wand, prallte an ihnen ab und fiel mit einem brechenden *Kracks* zu Boden.

Drok richtete sich sofort auf.

Den Kopf weit vorgestreckt, beugte er sich im nächsten Augenblick über die Leiter nach unten. Den Hals neigte er in die Richtung, aus der der Laut gekommen war. *»Uorrog«,* drang es knurrend aus seiner Kehle.

Der älteste Trick der Welt!, dachte Mellow. Trotz aller Anspannung glitt ein Grinsen über sein Gesicht. Ihm fiel ein, dass es Circendil mit ebendiesem Trick gelungen war, zwei der Criargreiter im Rudenforst während ihrer nächtlichen Flucht zu täuschen und zu überwinden.

Mellow ließ der ersten eine zweite Nuss folgen.

Er warf sie etwas kürzer und etwas weiter nach rechts. Diesmal prallte das Wurfgeschoss nicht gegen die Wand, sondern gegen etwas Stumpfes, Nachgiebigeres. Es gab einen dumpfen Laut, als stieße jemand im Dunkeln mit der Hand gegen ein herabhängendes Tuch. Wohin immer die Nuss danach auch fiel, es musste sich um einen weichen Untergrund handeln, denn es war kein weiteres Geräusch zu vernehmen.

»*Kurbadakh azk bannan!*«, blaffte Drok in die Stille hinein.

Saisárasars Statthalter machte sich gar nicht erst die Mühe, die Leiter etwa wieder runterzuklettern. Er sprang die fünf Klafter einfach hinab. Federnd kam er in den Knien auf und schnellte sich über den Pflug hinweg, dorthin, wo er sein gesuchtes Ungeziefer vermutete. Seine beiden Helfer fuhren herum; dann stürmten sie Drok hinterher, die blanken Waffen in den Händen.

Mellow warf Bholobhorg einen fragenden Blick zu. *Hast du verstanden?*

Bhobho bejahte stumm.

Ein weiterer Blick, ein Nicken: *Wirf weiter. Halte sie beschäftigt.*

Damit richtete sich Mellow auf – und huschte auf leisen Sohlen am Rand der Bretter entlang, die ohne Geländer zur Scheunenmitte hin endeten.

Auf halber Länge hielt er an.

Über ihm dräute jetzt der wuchtige Querbalken, der auf klotzigen Stützpfosten ruhte und die beiden gegenüberliegenden Seiten des Heubodens miteinander verband. Im rechten Winkel zu dem Holz, wiederum auf halber Strecke, aber gut und gern drei Klafter von Mellow entfernt, schwebte das Netz – ein gewaltiger, halbbeleuchteter Tropfen im grieseligen Licht, das von rechts in die Scheune fiel.

Mellow drehte sich um und sah Bholobhorg weit ausholen. Eine dritte Nuss durchmaß das Viereck der Scheune. Sie kollerte im Dunkeln irgendwohin. Ein wütendes Grunzen war die Antwort, dem ein aufforderndes Fauchen folgte. Kurz darauf polterte es – die drei Gidrogs warfen sich auf etwas, das nachgab und umstürzte. Dem anschließenden Rollen nach zu urteilen war es ein Fass. Drok oder einer seiner Artgenossen brüllte auf. Ein Axtdornschwert teilte heulend die Luft. Etwas krachte und zerbarst, und es war mit Sicherheit nicht die Schale einer Nuss.

Das war der Moment, da Mellow Anlauf nahm und sprang.

*

Sekunden zuvor …

Mellow blinzelte, doch die unzähligen in der Scheunenluft schwebenden Heuflirren tanzten unstet vor seinen Augen. Alle Kanten erschienen ihm seltsam unscharf. Sämtliche Vorsprünge, Pfosten, Balken und Sparren verschmolzen mit ihrem Hintergrund. Es waren aber nicht allein die ungünstigen Lichtverhältnisse, die Mellow zu schaffen machten. Dazu kam ein Weiteres: Unter seinen Sohlen spürte er stark abgenutzte, sich wellende Bretter. Sie waren von zahllosen Lasten ausgewalzt oder von Generationen von Füßen ausgetreten. Auf ihnen war gerade einmal vorsichtiges Gehen möglich. An *laufen* war kaum zu denken. Am gefährlichsten aber erwies sich der zu geringe Abstand zwischen Scheunenwand und der Kante des Heubodens. Die Strecke, die Mellow für seinen Anlauf nutzen konnte, war deshalb kaum der Rede wert: zwei Klafter Breite nebst ein paar Handspannen standen ihm an dieser Stelle zur Verfügung. Höchstens drei Schritte mussten ihm genügen, den benötigten Schwung für seinen waghalsigen Sprung aufzubringen. Für einen Sprung, der eine fast doppelt so weite Kluft überwinden musste.

Das Netz mit dem eingewickelten Circendil hing zu seiner Erschwernis tiefer als die Ebene des Heubodens. Mellow vermochte es nicht zu sehen, bevor er sich nicht unmittelbar vor der Kante befand. Es blieb ihm nichts übrig, als den Sprung blind zu wagen.

Wenn er sich dabei nur um ein Geringes verschätzte, fiele er fünf Mannslängen in die Tiefe. Für Vahits war das eine tödliche Höhe. Wenn er das Netz nicht sogleich zu fassen bekäme … wenn er keinen Halt daran fände … wenn er es fahren ließe, daran abrutschte oder gar an ihm vorbeisprang – ihn erwarteten die schwersten Knochenbrüche oder Schlimmeres. Und unten würden sich die drei Gidrogs auf ihn stürzen, kaum dass sie seines Aufpralls gewahr wurden. Was sie mit dem bisschen Leben anstellen würden, das dann noch in ihm sein mochte, konnte er sich leicht ausmalen.

Es war Wahnsinn, was er tat.

Oder etwas, das dem nahekam.

Hätte er sich diesen Schritt erst sorgsam überlegt, das Für und Wider gegeneinander abgewogen – niemals hätte er sich zu einer dermaßen waghalsigen Tat entschlossen.

Aber er dachte nicht nach. Es war auch nicht die Frage, ob er es sich getraute oder nicht. Etwas in ihm übernahm die Führung – und setzte seinen Körper in Bewegung. Er nahm Anlauf.

*

Unten zerbrach etwas unter dem Schlag eines Axtdornschwertes in dem Moment, als Mellow sprang.

Er hatte all seine Kraft zusammengenommen und seine Muskeln angespannt wie vielleicht nie zuvor in seinem Dasein. Dann drückte er sich – nein, er schnellte sich, als er die Kante erreichte, von ihr fort und in das bodenlose Zwielicht hinein.

Zugleich riss er die Arme so weit nach vorn, wie er nur konnte. Niemals zuvor war ihm mulmiger zumute als in der Sekunde, da seine Füße nur noch Luft traten und er dennoch die Beine bewegte, als liefe er weiter.

Für einen Augenblick schoss Mellow waagerecht durch die Luft. Im nächsten spürte er in seinem Magen, wie er zu fallen begann.

Rasend schnell kam das Netz auf ihn zu. Der ersehnte Aufprall erfolgte, aber er geriet völlig anders, als er es sich vorgestellt hatte.

Denn das Netz um Circendils Körper war straff gespannt und gab nicht im Geringsten nach. Mellows Finger fanden in den tief eingegrabenen Maschen keinen Halt. Er glitt an dem daraus vorquellenden Stoff ab. Das Netz setzte währenddessen den Schwung von Mellows Aufprall in eine Pendelbewegung um, was erstens den Vahit noch schneller rutschen ließ und zweitens den gesamten Flaschenzug, an dem das Netz hing, in Bewegung versetzte.

Binnen weniger Augenblicke rollte es bis zum Ende des Querbalkens und kam oberhalb des gegenüberliegenden Heubodens zum Stehen. Die Kante des Bodens streifte den unterhalb des Netzes hängenden Mellow dabei so achtlos ab wie eine lästige Fliege.

Die Fingerkuppen der rechten Hand bekamen den Rand gerade eben noch zu fassen. Das reichte nicht, aber es genügte, um auch die andere Hand folgen zu lassen. Mit beiden Händen an der Kante des Heubodens hängend, mit den Beinen rudernd, holte er tief Atem – und erschrak bis ins Mark, als er einen Gidrog erblickte, der unter ihm zu einem Sprung in die Höhe ansetzte. Wie von einer Feder geschnellt schoss der Angreifer ihm entgegen – und erwischte Mellow am Bein.

Allein ein unwillkürlicher Tritt mit dem anderen Fuß befreite Mellows Knöchel von der zupackenden Hand. Mit einem Wutschrei fiel der Gidrog zurück auf den Scheunengrund. Erst jetzt sah Mellow, dass es Drok war, und der verlor keinen einzigen Augenblick.

Der Krieger rollte sich ab, kaum dass er den Boden berührte. Er umrundete den Wagen der Fokklins, setzte über die Egge hinweg und hastete zur Leiter, an der er im nächsten Moment förmlich emporflog. Dabei rief er abgehackte Worte in der Grunzlautsprache: Verwünschungen oder Anweisungen, vielleicht beides. Verzweifelt grub Mellow seine Fingernägel ins Holz, bekam einen Ellbogen auf die Bretter, dann den zweiten – und keuchend schaffte er es, sich hochzuziehen.

Alle Heimlichkeit war hinfällig geworden.

Noch nicht ganz auf den Beinen, riss er sein Wacala hervor und kletterte (während Drok die Leiter hinaufschoss) an dem nun unmittelbar vor ihm schwebenden Netz nach oben.

»Gleich wirst du frei sein!«, rief er Circendil zu.

Ein scharfer Hieb genügte, und das Seil am Haken zersprang. Das gesamte Gefüge aus Mellow, Maschen und Mensch löste sich und plumpste auf die Heubodenbretter. Nun, da die Spannung heraus war, genügten drei oder vier eilige Schnitte, um das Gewirr zu öffnen. Circendil drückte das Netz auseinander. Er warf die lästigen Enden von sich und schnellte seinerseits auf die Füße, und das eben noch rechtzeitig.

Schon war Drok mit einem Wutschrei heran, und sein Axtdornschwert pfiff waagerecht durch die Luft.

Es hätte Circendil in zwei ungleiche Hälften gehauen, wäre der Gidrog nur um eine Winzigkeit schneller gewesen, und wäre der Mönch nicht aus dem Stand in die Höhe gesprungen. Die Schwertklinge fuhr unter seinen Beinen hindurch und blieb einen Finger tief in einem der Stützpfosten stecken. Noch in der Luft streckte Circendil sein Bein. Seine Hacke traf Droks breite Brust, ein zweiter, noch heftigerer Tritt hämmerte gegen den hauerbewehrten Unterkiefer. Drok fiel hart auf den Rücken und rutschte noch weiter bis an die Kante. Bevor er sich aufrappeln konnte, war der Davenamönch bei ihm und stieß ihn hinunter. Saisárasars Statthalter stürzte, wie ein Baumstamm liegend, den man in ein Flussbett rollt, nach unten. Es krachte – Mellow hörte Tontöpfe klirrend zerspringen und wenigstens eine Kiste bersten.

Circendil raffte das zerschnittene Netz vom Boden auf. Wirbelnd verdrehte er es zu einer Art Maschenwurst und stürmte zur gleichen Zeit los in Richtung der rückwärtigen Scheunenwand.

»Bleib zurück!«, rief er.

Erst jetzt bemerkte Mellow die beiden anderen Gidrogs. Die Krieger waren ihrem Anführer die Leiter hinauf gefolgt und warfen sich nun dem Mönch entgegen. Mit dem zusammengedrehten

Netz schlug Circendil nach dem Schwert des Linken. Das Heft verfing sich in den Maschen. Ein kräftiger Ruck, und er entriss dem Gidrog die Waffe. Die Klinge sirrte davon und verschwand in der Scheunentiefe.

Der Ruck brachte den Entwaffneten aus dem Gleichgewicht, und er stolperte über seine eigenen Füße. Circendil ließ von ihm ab. Der rechte Gidrog verfügte noch über sein Schwert – und er gebrauchte es zu einem beidhändigen, senkrecht von oben herabsausenden Hieb. Aber der Mönch sah den Streich kommen und tänzelte im letzten Moment zur Seite. Das Schwert sauste herab und fuhr tief in eines der Bodenbretter.

Abermals setzte Circendil seine Beine ein. Ein Tritt brach dem Gidrog das Gelenk der Hand, die das Schwert aus dem Holz zu befreien suchte. Aufbrüllend ließ er von der Klinge ab. Ein zweiter Fußtritt galt dem angeschlagenen Bodenbrett. Es zerbrach zu zwei nach unten wippenden zersplitterten Hälften. Der Fuß des Gidrogs geriet in den sich auftuenden Spalt und verschwand bis zum Knie darin. Er wankte und knickte mit dem anderen Bein ein. Zwei schnelle, kaum sichtbare Schläge Circendils schickten ihn in die Bewusstlosigkeit.

Der linke Gidrog angelte indes nach dem noch in den Brettern steckenden Schwert seines Artgenossen. Er packte zu und zerrte es aus dem zertrümmerten Holz. Sofort wich er drei, vier Schritte zurück und dann weiter bis über die Ecke. Er stand nun auf dem hinteren, wesentlich freieren Heubodenteil, neben sich nur Heubündel, die zu zwei halbhohen Stapeln geschichtet waren. Er zischte und spuckte höhnisch Geifer, als er erkannte, dass er dort über genügend Raum verfügte, sein erbeutetes Schwert nach allen Seiten und vor allem frei von der hinderlichen Dachschräge zu schwingen. Er stieß ein keckerndes Lachen aus und winkte dem Mönch, zu kommen.

»Ganz wie du willst«, murmelte Circendil.

Dann schnellte er sich dem Gidrog entgegen. Noch immer hielt er in seiner Linken das Netz, aber es war nicht länger zu einem

Strang verdreht, sondern hing offen in seiner Hand. Mehrmals täuschte Circendil einen Wurf damit an; Bewegungen, die der Gidrog mit wütenden Streichen zu ahnden suchte.

Als das Netz dann wirklich flog, starrte der Gidrog ihm einen Augenblick verdutzt hinterdrein – Circendil hatte es unerwartet zur Seite, in die Mitte der Scheune geworfen, fort von der Schwerthand seines Gegners.

Im selben Moment war der Davenamönch heran. Seine Fingerspitzen schossen zu einem Speer geformt vor. Sie trafen die Brust des Gidrogs dort, wo sein dunkles Herz schlug. Das Antlitz des Zottelhaarigen fuhr herum und weitete sich vor Schrecken. Circendil entwand ihm mit einer Drehbewegung das erhobene Schwert. Der Gidrog fiel auf die Knie, niedergerungen durch die Hebelkraft seines eigenen hochgereckten Arms. Der emporgerissene Oberschenkel des Mönchs traf die Halsberge des Vogelreiters. Das unnachgiebige Metall drückte sich tief in das weiche Fleisch darunter. Mit einem Hecheln und kurzen Zucken seiner Glieder ging der Gidrog zu Boden. Er lag da und rührte sich nicht mehr.

»Jetzt komm«, sagte Circendil halblaut und winkte Mellow zu sich. »Und verrate mir deinen Plan.«

»Mein Plan hat leider viele Lücken«, gestand Mellow. »Besonders zum Ende hin sind sie größer, als wir uns eigentlich erlauben dürften. Wir müssen zunächst aus dieser unsäglichen Scheune heraus – und dann Aarienheim so schnell es geht den Rücken kehren. Weiter habe ich nicht vorausdenken können.«

Eine raschelnde Bewegung zwischen den Heubündeln ließ beide herumfahren. Circendil drückte Mellow hinter sich. Schützend hob er das Axtdornschwert. »Komm vor«, zischelte er. »Und zeig dich.«

»Nimm deine Waffe getrost herunter.« Bholobhorg Feldschwirl wuselte sich etliche Spelzen aus den Haaren, während er hinter der Heuhalde hervorkam. Er hob beschwichtigend die Hände. »Ich könnte vielleicht etwas dazu beitragen, eine oder zwei Lücken im

Plan unseres Helvogts zu schließen, wenn du gestattest. Ich meine, ehe du mich noch erschlägst, Herr Mönch.«

»Bhobho!«, entfuhr es Circendil. »Bei Amans Wegen! Was machst du hier?«

»Im Augenblick helfe ich uns aus der Patsche, falls du das meinst. Hier hinten hat's eine Luke in der Wand, und sie ist unverschlossen, was es noch besser macht.« Er winkte ihnen, ihm zu folgen. »Ich will nicht drängen, aber wir sollten uns besser sputen.«

Er hatte Recht. Von außerhalb der Scheune hörten sie, wie sich Stimmen rasch näherten: tiefere aus Gidrogkehlen und hellere aus Vahitmündern.

Bholobhorg zeigte ihnen die Luke; sie befand sich in der Rückwand, der Leiter genau gegenüber. Als sie den Verschlag vorsichtig aufdrückten, sahen sie eine kleine Plattform unmittelbar vor sich und eine daran befestigte Lastenrutsche, die schräg nach unten führte. Daneben befand sich eine fest an der Wand angebrachte Leiter, über deren oberste Sprosse soeben ein Antlitz erschien, eingerahmt von Zottelhaaren und mit ausladenden Hauern beiderseits der Nase.

Bhobho als der Vorderste der drei bemerkte ihn als Erster. Er war auch derjenige, der sich am schnellsten fasste. Der dickliche Landhüter nahm die Stirn herunter und stieß sie dem Heraufkletternden mit aller Wucht mitten ins Gesicht. Ein Aufstöhnen und ein hässliches Knacksen erfolgten. Die Zottelhaare verschwanden. Mit einem dumpfen Plumpsen hörten sie den Gidrog unten auf dem Boden aufschlagen.

»Also habe ich mich nicht verzählt«, murmelte Mellow. »Das war die vermisste Nummer sechzehn.«

»Und das war vor allem saubere, schnelle Arbeit, Bhobho«, sagte Circendil erstaunt. »Ein Lob auf deinen Dickschädel.«

»Der des Gidrogs war kaum weniger hart«, erwiderte der Landhüter und rieb sich die Stirn. »Wir sollten nach ihm …«

Weiter kam er nicht. Sie hörten es unter der Lastenrutsche rascheln; dann erklangen tapsende Schritte, die sich eilig entfernten.

»Dieser Bursche nimmt sicher nicht Reißaus«, warnte Circendil.

»Nein. Er holt die anderen herbei«, antwortete Mellow.

»Dann weg hier, bevor es zu spät ist«, bekräftigte Bhobho.

Nacheinander rutschten sie die Schräge hinab und liefen bis zur Ecke der Scheune vor.

Zu ihrer Linken trennte ein enger Durchlass das große Gebäude von der Tauberwerkstatt und der sich daran anschließenden Sägemühle. Dahinter floss der Mühlbach auf seine Gabelung zu. Zwanzig Klafter voraus, am jenseitigen Ufer, erhob sich die runde Wandung des Brochs. Zu ihrer Rechten flüsterten dichtgedrängte Bäume im auffrischenden Mittagswind. Sie gingen in den schmalen Wald über, den Mellow erst vor wenigen Stunden auf Gwaeths Rücken durchquert hatte.

Niemand hielt sich in dem engen Durchlass auf, aber sie sahen Vahits und Gidrogs von der Brücke her kommend nach links zum Scheunentor laufen.

»Also hier entlang«, entschied Mellow, wandte sich nach rechts und hielt auf den Wald zu. Der Dir und der Landhüter liefen hinterdrein. Wenig später drangen sie im Sichtschutz der Scheune in das beginnende Unterholz.

Sie liefen für eine Weile nach Westen, der Längsausdehnung des Waldstücks folgend; dann und wann verharrten sie kauernd, um zu lauschen, ob jemand sie verfolgte.

Vom Taubergrundstück her erklang eine Zeit lang noch Geschrei, sowohl wütendes wie auch ängstliches. Aber sie hörten niemanden, der ihnen nacheilte. So bewegten sie sich weiter, bis sie den von rechts herabrinnenden Mühlbach wieder vor sich sahen, der ihren Weg in einem stumpfen Winkel kreuzte.

Erst hier hielten sie an. Die Ufer fanden sie von Farnen überwuchert, das Wasser aber war klar. Hoch über ihnen hingen graue Wolken, die sich schwarz im Bachbett spiegelten. Sie gingen auf die Knie, um zu trinken. Dann traten sie über den Lauf und wichen dem Ausläufer eines Hügels aus. Als sie ihn umrundet hatten, schritten sie nur noch langsam und vorsichtig aus, und das aus gutem Grund. Bald schon sahen sie die Gaustraße nach Halberweg durch die unteren Äste der Pappelallee schimmern. Sie suchten Deckung in einer Kuhle, hinter den letzten dichter stehenden Bäumen des Waldes. Flüsternd steckten sie die Köpfe zusammen.

*

Wie Verschwörer hocken wir also hier, dachte Mellow niedergeschlagen, während sie zu beratschlagen begannen. Achtsam behielt er die Straße wie auch den hinter ihnen liegenden Wald im Auge.

Wie Verbrecher gesucht werden wir. Wir verstecken uns in den eigenen Wäldern, Gejagte von einer verbrecherischen neuen Obrigkeit. Vogelfreie im von Vogelreitern besetzten *Kleinmenschland.* Gehetzt vom Feind. Und verraten von angsterfüllten Vahits, die um ihre Familien bangen. Die neue Ordnung, die Bestimmungen, die Gewährsleute in jedem Brada ... Sie sind übler als Fesseln, und doch bilden sie nur einen Vorgeschmack auf die kommenden Schrecken der dahinter lauernden Sklaverei. Mellow schüttelte sich. Nie und nimmer war er bereit, dies alles hinzunehmen. Er würde aufstehen, sich erheben, den Kampf aufnehmen. So oder so. Allen Grünspechts und Wachtels dieser verrückt gewordenen Kringerde zum Trotz. Von ihren Simorghs ganz zu schweigen.

Auch wenn das bedeutet, Lukather am Ende selbst die Stirn zu bieten!

Er ahnte nicht einmal im Entferntesten, was er damit zu denken wagte in seiner Einfalt, in jener kalten, schattigen Kuhle in der grauen Mittagsstunde, die nunmehr verging. Doch er fasste diesen Entschluss, und etwas in ihm verkrampfte sich. Er tat einen Schwur in diesem Augenblick; im Stillen und mit bebenden Fäusten.

4. KAPITEL

Im Untergrund

DIE STRASSE NACH HALBERWEG war auch an gewöhnlichen Tagen nicht unbedingt belebt zu nennen. Aber sie wurde alleweil befahren oder beritten: vornehmlich von Kaufleuten aus Sturzbach, die ihre Waren in die nördlicheren Gaue begleiteten oder dort ihre Geschäfte abzuwickeln hatten.

Dazu kamen die Postler auf der Strecke nach Vierstraß. Bauern karrten ohnehin alles Mögliche von und zu den Gehöften oder trieben ihr Vieh den Weg entlang. Wer das Glück auf seiner Seite hatte, sah Spielleute mit ihren buntgeschmückten Wagen von Ort zu Ort ziehen. Ihre Fahrenslieder hörte man oft schon von Weitem, und die Spielleute selbst waren eine vorzügliche Quelle für Neuigkeiten aus den umliegenden Gauen.

Besonders vor den Markttagen konnte man auf der Straße Klärern und Weihesprechern, Kesselflickern und Tubertelfreien begegnen, die Letztgenannten oft allein zu Fuß auf Wanderschaft unterwegs, die anderen meist begleitet von ihren Lehrlingen. So mancher Reisende beschritt den Weg in eigenen Angelegenheiten. Und regelmäßig ritten Landhüter mit ihren roten Hüten vorbei, die über allem Verkehr nach dem Rechten sahen.

Derart verwaist wie an diesem Mittwoch aber hatten weder Mellow noch Bholobhorg die Straße je erlebt; nicht einmal an den Feiertagen.

Nichts rührte sich unter den Pappeln. Dennoch – oder deswegen – sprachen sie im Flüsterton miteinander.

»Wann, werter Mellow«, fragte Circendil, »kommen wir zu

der Stelle in deinem Plan, die nicht so viele Lücken aufweist?« Er lächelte schwach. Der Schnitt, der sein Gesicht seit dem Morgen verunzierte, hatte eine breite, verkrustete Linie hinterlassen, die über den Nasenrücken von Wange zu Wange lief, rechts tiefer als links. Dafür war die Umgebung seines linken Auges stark geschwollen und verfärbte sich ins Schwärzlich-Bläuliche. Die Lippen des Mönchs waren an mehreren Stellen aufgeplatzt. Eine Folge von Droks Schlägen, nahm Mellow an; und später erfuhr er, wie Recht er mit dieser Vermutung hatte.

»Die ist«, antwortete er, auf den Tonfall des Mönchs eingehend, »gar nicht mal mehr so weit von hier.«

Zwar gab er das Lächeln des Dir zurück; aber in seinem Innersten spürte er eine ungeheure Müdigkeit nahen. Sie war der zurückliegenden Anstrengung geschuldet, und mehr noch der schlaflosen Nacht, die er hinter sich hatte. Eine Nacht, die in vielem einem unschönen Traum glich, angefüllt mit Dingen, die er nur halb erinnerte. Und mit anderen, die verschwommen blieben. Sein Bett im Gemach des Brochs hatte er nicht angerührt, oder richtiger, er hatte nur darauf gesessen. Schnell fühlte er sich von den Wänden bedrückt, und es hatte ihn hinausgedrängt in die sternenklare Nacht. Die kalte, frische Luft hatte ihn zwar munterer, aber nicht ruhiger werden lassen.

Erst hatte er sich die Beine vertreten, anschließend stundenlang auf einer Bank am Tauberhaus gesessen, voller Sorgen, die ihm die Gedanken umwölkten. Mit einem zunehmenden Stechen in der Hand, Schmerzen, die von diesem Ding herrührten, das er …

Er starrte auf seine Hand und bemerkte erst jetzt die beinahe kreisförmigen Ringe, die aussahen wie Brandspuren. Die Handfläche wirkte, als hätte er ein Stück glühender Kohle umklammert.

»Die Sinyanhwe!«, entfuhr es ihm. Betroffen schüttelte er den Kopf. »Wo habe ich nur meine Gedanken an diesem Tag? Sie ist fort, das weiß ich, aber ich weiß nicht mehr, wohin. Das heißt, etwas erinnere ich – Finn wollte sie mir wegnehmen. Oder war es Wilhag?«

»Du sprichst von diesem gelben Stein, nicht wahr?«, fragte Bholobhorg. »Ich habe ihn verloren, wenn du es wissen willst. *Er* war stinkwütend darüber, das kann ich dir sagen. Aber wie ich ihn verlor, ist mir entfallen.«

»Nicht entfallen ist er dir«, erwiderte Mellow scharf, »sondern gefallen. Er ist geworfen worden, um genau zu sein. Von dir. Du hast Finn damit am Kopf getroffen, und er fiel vom Beukelfelsen herab. Du hättest ihn beinahe getötet dadurch.«

»Du liebe Güte! Das … wollte ich nicht.« Bholobhorg rieb sich die Innenfläche seiner Hand. »Ich bin nicht mal sicher, ob es so war, wie du sagst. Da war ein Nachtgeist, der hat mich verfolgt. Ein Waldschrat oder Schlimmeres, wie ich glaubte – *daran* erinnere ich mich. Ja, ich sah ihn dort oben stehen, wie er den Weg versperrte, und dann … mehr weiß ich nicht. Außer, dass *er* kam und mich ergriff und mit sich nahm. Es war entsetzlich! Zuerst packte er mich, dann flogen wir, so glaube ich, hinaus in die Finsternis. Fauchende Schwingen in der Nacht, rundum nichts als Schwärze. Und seine Hand, die mich eisern umklammert hielt. Daran erinnere ich mich! Aber nicht an Herrn Finn. Es tut mir leid.«

Mir geht es genauso, dachte Mellow. Fetzen von Eindrücken habe ich, dazwischen nichts als Lücken. Und nur halb erinnerte Gedanken, die um nichts anderes zu kreisen schienen als um *ihn* – Saisárasar.

»Die Sinyanhwe betört den Geist«, erklärte Circendil. »Sie verwirrt die Sinne, wie es in dem Brief geschrieben stand. Und euer *beider* Sinne waren verwirrt in der gestrigen Nacht. Schuld daran war jener Stein.«

»Er sollte zurückgegeben werden«, murmelten Mellow und Bhobho wie aus einem Mund. Sie sahen einander verblüfft an.

»Das war es, was der Stein von euch forderte«, erklärte Circendil. »Was er von jedem gefordert hätte. Nur ist er nicht zurückgegeben worden.«

»Nein, das ist er nicht«, antwortete Bholobhorg. »Ich trug ihn nicht mehr bei mir, als *er* mich ergriff. Weil ich ihn fortgeworfen habe, wie du sagst. Zuerst begriff ich nichts. Ich fühlte nur entsetzliche Angst und dachte, der Nachtgeist wolle mich in die Tiefe stürzen zur Strafe. Aber falls er diesen Gedanken hatte, so gab er ihm nicht nach. Der Flug dauerte nicht lange. Vielleicht verlor ich auch mein Zeitgefühl, ich weiß es nicht. Wir landeten jedenfalls auf einem Stück Wiese. Eine Fackel brannte. Vier seiner Gidrogs empfingen uns, und ich wurde gefesselt. Dann stellte er seine Fragen. Stundenlang, wie mir schien. Ich schäme mich so … Aber ich fürchte, er erfuhr von mir alles, was ich wusste. Und selbst das, was ich nicht wusste. Wer mit mir geritten war, weshalb wir nach Aarienheim gekommen waren, wohin ihr beide unterwegs wart. Sogar das, was ich am Fenster erlauschte. Obwohl ich erst in dem Moment begriff, was ich getan und erfahren hatte, als er mir die Worte entriss. Und so vieles mehr. Ich musste ihm vom *Rauschenden Adler* in Mechellinde erzählen, von eurer dortigen Zusammenkunft und von der Stunde unseres gemeinsamen Aufbruchs. Wer Tallia Goldammer sei, wollte er ganz zuletzt auch noch wissen. Als er von mir erfahren hatte, dass sie bei euch gewesen war. Dann stand er auf, ging zu seinem Reittier und flog in die Nacht davon.«

Mellow nickte; er fühlte, dass ihnen der beleibte Landhüter nichts vormachte oder gar schwindelte. Er sprach ganz so wie jemand, der aus einem Traum auffährt. Kein Stocken in seiner Rede, kein Zögern, kein Ringen um das richtige, überzeugende Wort, wie es Lügnern so häufig zu eigen ist. *Und seine Hände sind dabei ganz ruhig*, sagte sich Mellow. Da gab es kein fahriges Herumgetaste an Nase, Wangen, Ohren oder Lippen, als gelte es, die Falschheit des Gesagten zu verbergen. *Er spricht die Wahrheit, oder ich habe nie jemanden wahrhaftig reden hören*, schloss Mellow aus seinen Beobachtungen.

Bholobhorg blickte gedankenverloren hinauf in das Geäst der Bäume. »Da lag ich nun. Es war kalt. Die Gidrogs blieben bei mir, aber sie fachten kein Feuer an. Selbst die Fackel löschten sie. Als ich um etwas zu trinken bat, schlugen sie mich. Von da an schwieg ich, bis der Morgen kam. Saisárasar kehrte nicht zurück, und die Gidrogs saßen still und warteten, selbst als die Sonne aufging. Da erscholl ein tiefer Ton – ein Hornsignal, glaube ich. Da sprangen sie auf, schnappten mich und liefen querfeldein. Irgendwann erreichten wir das Taubergrundstück. Es war furchtbar, was ich dort sah! Es sah aus wie am Mürmelkopf, nein schlimmer noch. Sie sperrten mich in der Werkstatt der Taubers ein. Wieder lag ich da, wartete. Und ich hatte solchen Durst. Dann kam *er* zurück und sagte was von einem Opfer, das ich in Kürze bringen solle. Sie schleppten mich ins Freie. Ich solle nur ja kein Wort von dem verpassen, was er zu sagen habe, hieß es. Na ja, das ist alles. Ein Tumult brach wenig später los, und mitten heraus sprangst du, Mellow. Hättest du mich nicht befreit, so würde ich immer noch da liegen. Nimm meinen Dank dafür.«

»Liegen mit Sicherheit, aber nicht lebend«, warf Circendil düster ein. »Das immerhin verriet mir Drok – sie hatten vor, dich vor aller Augen zu töten, Herr Bholobhorg. Du solltest als mahnendes Beispiel für Aarienheim dienen. Mit mir hatten sie das Gleiche vor – nach meinem Verhör. Wir stehen beide in deiner Schuld, Mellow. Wir verdanken dir unser Leben.«

Mellow winkte ab. »Zwischen uns gibt es keine Schuld. Ihr zwei hättet das Gleiche für mich getan. Wenn ich auch mit dir nicht rechnete, Bhobho, und gewissermaßen über dich stolperte. Aber davon abgesehen – ich habe uns allen dank der Sinyanhwe ebenso genug Kummer bereitet. Mindestens so schlimm wie du, Bhobho. Ach so, das weißt du ja noch nicht. Ich nahm den Stein auf, nachdem du ihn geworfen hattest und Finn damit trafst. Wenn dieser Stein dir ebenso mitspielte wie mir, können wir beide nur von Glück sagen, dass wir ihn los sind, und immer noch bei einigermaßen zurückgewonnenem Verstand leben. Und dass wir einander helfen konnten.« Mellows altes Grinsen kam zum Vorschein und mutete seltsam an unter seiner Lederkappe. »Wobei ich dir einen Vorwurf allerdings nicht ersparen kann …«

»Und der wäre?«, fragte Bholobhorg ahnungslos.

»Du hast bei alledem deinen Hut verloren. Und deinen Landhüterstab. Von deinem Pony ganz zu schweigen.« Mellow drohte dem Landhüter schelmisch mit dem Zeigefinger. »Du kennst die dafür vorgesehene Strafe. Im nächsten Ponystall …«

»… kannst du deine Witze an den Mann bringen«, unterbrach ihn der Davenamedhir ungeduldig. »Aber jetzt ist weder die Zeit noch der Ort dafür. Zurück zu deinem Plan, Mellow. Wie geht es jetzt weiter?«

»Na ja, wie ich schon sagte – wir sollten Aarienheim schleunigst den Rücken kehren. Wir müssen zurück in den Obergau.«

»Dazu benötigen wir Ponys.«

Mellow nickte. »Die stehen bereit.«

Circendil hob erfreut die Brauen. »Das klingt in der Tat nach einem Plan. Wir benötigen darüber hinaus Vorräte …«

»Dafür habe ich gesorgt.«

Der Dir musterte ihn mit seinen grünen Augen. »Ich bin beeindruckt. Ferner benötigen wir einen gangbaren Weg abseits der Straßen …«

Mellow machte eine zweifelnde Handbewegung. »Lücke«, sagte er nur.

»… und nicht zuletzt eine Idee, wie wir sicher und unentdeckt die Räuschel überqueren, ohne die Furt zu benutzen. Die wird bewacht sein.«

»Mächtig große Lücke«, erwiderte Mellow. »So groß und breit wie die Räuschel, da du es beim Namen nennst.«

»Nun, noch sind wir nicht dort. Wir werden sehen. Falls es einen Weg hinüber gibt, werden wir ihn finden.« Der Mönch richtete sich auf. Dann drehte er sich argwöhnisch um. »Warte. Ich kenne dich inzwischen ganz gut, Mellow Rohrsang. Welche weiteren Lücken gibt es noch?«

»Oh, nur noch ein paar kleinere. Wie wir ungesehen zu den Ponys gelangen, zum Beispiel. Und ob wir uns bis zum Einbruch der Dunkelheit verbergen und dann aufbrechen, oder gleich. Ich glaube, ich werde im Sattel einschlafen, wenn wir sofort losreiten, so müde bin ich.«

Bholobhorg gähnte, kaum dass er dies hörte. »Da sagst du was. Die letzte Nacht, in der ich geruhsam schlafen konnte, war in Vierstraß in der *Taumelnden Mühle*. Ich falle, fürchte ich, vom Rücken eines jeden Ponys.«

Circendil wiegte den Kopf. »Müdigkeit ist der größte Feind des Kriegers. Und zugleich sein steter Begleiter. Ich sage, lasst uns aufbrechen, solange ihr noch wenigstens ein Auge offen halten könnt. Des Schlafes Bruder ist der Tod – und der ist nicht weit dieser Tage in Aarienheim.«

Die beiden Vahits und der Mensch waren ein gutes Stück oberhalb der Stelle auf die Gaustraße gestoßen, an der Mellow sie am Morgen überquert hatte. Die leichte Krümmung der Straße verwehrte ihnen der Blick auf den Heckendurchbruch beim Broch. So konnten sie nicht erkennen, ob der Dorfeingang weiterhin bewacht war oder nicht. Allerdings schützte sie das umgekehrt auch davor, beim Überqueren der Straße gesehen zu werden. Sie liefen die Böschung hinan, eilten über den Fahrweg und huschten drüben wieder die Böschung hinab.

So schnell sie konnten, drangen sie in die Mulde zwischen zwei Hügelkuppen. Anschließend stiegen sie einen leichten Hang hinauf.

Vereinzelte, vom Herbst bunt gefärbte Bäume standen auf den zahllosen Kuppen der sie umgebenden Hügel. In den windgeschützteren Niederungen dazwischen fanden sich ein paar Eichen oder Buchen zu kleineren Grüppchen zusammen; aber von einem Wald konnte rechts der Straße keine Rede mehr sein.

Die Hügel hier muteten allesamt an wie unruhige Wellen in einem graugrünen Meer. Sie waren durchweg nicht allzu hoch, und es bereitete ihnen von ein paar felsigen Klippen abgesehen keine Schwierigkeiten, sie zu ersteigen. Einige besaßen allerdings jäh abbrechende Steilkanten, vor allem an ihren östlichen Flanken.

Mehr als einmal mussten die drei umkehren und sich einen anderen Abstieg suchen. Ab und an sahen sie von den höheren Kämmen aus die Aarienheimer Felder südlich von ihnen liegen: braune Flächen mit helleren Klecksen von aufgeschichtetem Stroh darin.

Wie ein dicker, dunkler Strich zog sich das grüne Band der Kirschlorbeerhecke zu ihrer Linken hin. Dahinter erhoben sich die Häuser Aarienheims. Rauchfahnen quollen aus vereinzelten Kaminen, aber mehr Lebenszeichen sahen sie nicht zu dieser Stunde.

Als sie auf der fünften oder sechsten Hügelkuppe standen, hörten sie Wasser unter sich gurgeln. Ein schmaler Bach zwängte sich aus einem Einschnitt hervor und sprang säuselnd über ein paar fußgroße Steine.

»Das muss der Kisbach sein«, vermutete Mellow. Er legte seine Hand über die Augen, spähte nach Osten und nickte, als er sich sicher war. »Ja. Dort vorn klafft die Hecke auf. Genau dahin müssen wir.«

»Aber das führt uns doch zurück ins Dorf«, widersprach Bhobhorg. Der Tanninger Landhüter atmete schwer. Selbst sanfte Hänge hinauf- und hinabzusteigen war seine Sache auf Dauer nicht.

»Wo hast du die Ponys versteckt?« Circendil hockte sich zwischen sie und folgte Mellows Blick.

»In einem Hain, gleich hinter der Hecke.«

»Etwas ist eigenartig.« Bhobho zog die Stirn in Falten. »Ich meine: Wenn du nicht mit mir gerechnet hast und über mich gestolpert bist, wie du sagst – wieso hast du dann auch ein Pony für mich bereitstehen?«

»Ach, das war ein Zufall.«

»Oder auch nicht«, meinte Circendil. »Welche Umstände sie dir auch immer zugeführt haben mögen, es steckt stets ein Sinn dahinter. Auch wenn wir den nicht immer zu erkennen vermögen. Freuen wir uns einfach drüber. Kommt, hier geht es hinab.«

Sie nutzten eine umgestürzte, halbvermoderte Eiche, deren Stamm schon vor längerem schräg auf den Hügel gesunken war. Unter ihr schlängelte sich der Kisbach um den Fuß des Hügels. Sie liefen den Stamm entlang, als handle es sich bei ihm um eine Brücke, und gelangten trockenen Fußes an das linke Ufer.

Die Felder verschwanden zur Rechten aus ihrem Blickfeld, während sie dem Lauf des Baches folgten. Je näher sie dem Dorfrand jetzt kamen, desto sorgsamer musterten sie ihre Umgebung. Die letzten dreißig Klafter liefen sie geduckt über die Wiese und kauerten sich neben dem Durchbruch dicht an die Hecke.

Circendils aufmerksamen Augen entging die doppelte Hufspur nicht. »Hier ist zweimal jemand geritten«, sagte er. »Einmal von links und später von rechts kommend. Und beide Male lenkte er sein Pony in den Bach hinein und kam hüben nicht mehr heraus.«

»Schuldig im Sinne der Anklage«, antwortete Mellow und grinste schwach. »Das war ich. Die Lücke in der Hecke ist mein persönlicher Dorfeingang geworden an diesem Morgen. Sie hat ihre Vorteile: verschwiegen und von gewissen Augen bislang unbemerkt. Nur kann ich euch jetzt nasse Füße nicht ersparen.« Sie entledigten sich ihrer Stiefel und wateten durch den Bach und die Hecke. »Dort ist der Hain«, flüsterte Mellow und zeigte nach rechts. Circendil hob die beiden Vahits ans Ufer, ehe er sich selbst aus dem Bachbett hinausschwang. In aller Eile legten sie ihr Schuhwerk wieder an. Dann kletterten sie die Böschung hoch und standen am Beginn des Obstbaumhains. Zwischen den Stämmen erkannten sie die Rückwand des Ganterhauses. Davor standen die drei Bäume, an die Mellow die Ponys angebunden hatte.

»Das darf nicht wahr sein!«, entfuhr es Mellow.

Unter dem Blätterdach tanzte herabgefallenes Laub in einem Wind, der sich zwischen den Häusern fing. Im nahen Weiher kräuselte sich das Wasser. Doch dessen ungeachtet umfing sie eine angespannte Stille. Niemand bewegte sich zwischen den Bäumen oder den Häusern.

Nichts bewegte sich.

Der Hain lag verlassen im grauen Tageslicht.
Die Ponys waren nicht mehr da.

*

»Noch eine Lücke in deinem Plan, Mellow?« Circendil war neben ihm in die Hocke gegangen und legte ihm eine Hand auf die Schulter. Er deutete nach vorn. »Das da ist Rohmag Ganters Haus, nicht wahr?«

»Ja, aber woher kennst du …?«

»Wir sind uns begegnet, heute in der Frühe. Als – als Inku noch lebte.« Der Mönch drückte sanft die Schulter seines Freundes. »Verzage nicht. Nicht alle Pläne gehen auf, und unverhofft kommt oft, wie wir in Daven sagen. Noch verfügen wir über unsere eigenen Beine. Nur sind mit den Ponys auch die Vorräte verschwunden, nehme ich an? Ja? Das ist wirklich ärgerlich, aber gleichfalls nicht zu ändern. Es wird unseren Marsch behindern. Vorerst. Doch komm, lass uns gehen, ehe – was ist das?«

Die Hintertür des Ganterhauses wurde einen Spalt weit aufgeschoben, und Rohmags graue Haare erschienen in der Türöffnung. Er winkte ihnen mit Nachdruck. *Kommt her. Macht schnell!* Er hatte sie offensichtlich trotz ihres Kauerns unter den Bäumen entdeckt.

Circendil schob Mellow voran und zog Bhobho mit sich. Rohmag schloß die Tür zur Abstellkammer hinter ihnen und lehnte sich aufatmend von innen dagegen. Diesmal brannte die Lampe und tauchte alles in ein helles Licht.

»Bei allen guten Geistern! So ist es gelungen, Euch zu befreien!« Er nickte Circendil erleichtert zu und maß dann Bholobhorg mit einem abschätzenden, fragenden Blick. »Und dich auch, wie immer du heißt«, fügte er hinzu.

»Das ist Bholobhorg Feldschwirl«, stellte Mellow vor. »Ein Landhüter ohne Hut. Und er ist in der gleichen Not wie wir. Unsere Ponys sind fort, Herr Rohmag!«

»Ich weiß. Aber dazu gleich. Zunächst ist etwas anderes wichtiger. Kommt schnell.«

Der Jäger nahm die Lampe auf und schob die drei aus der Kammer. Dann ging er voran. Am Ende des Flurs hielt er bei der Stiege an, die in das obere Stockwerk führte. Unterhalb der Treppe lag ein alter Leinenteppich, auf dem Paare schmutziger Schuhe und Stiefel auf Bürste und Lederwichse warteten. Ein Fettnapf stand daneben; eine derbe Bürste baumelte an einer Schnur an der Wand. Rohmag fasste den Teppich an seinem Rand und zog ihn mitsamt des Schuhwerks und des Napfes darauf beiseite. Eine von dem Teppich zuvor vollständig verborgene Bodenklappe zeigte sich darunter. Rohmag hob sie auf und hielt die Lampe über die Öffnung.

»Hinab mit euch.«

»Was ist …?« Mellow starrte die Öffnung ungläubig an.

»Mein Keller, werter Neffe. Ich habe ihn eigenhändig in den Untergrund gegraben, vor vielen Jahren. Fleisch braucht im Sommer Kühle, sonst verdirbt es zu leicht. Niemand sonst weiß von dem Gelass, und irgendwie ahnte ich schon immer, dass dies einmal von Vorteil sein würde. Nun aber runter mit euch, und seid leise, bis ich nachkomme. Sie werden gewiss alle Häuser noch einmal nach euch absuchen. Jetzt macht aber! Hier, die Lampe.«

Er drückte sie Mellow in die Hand. Einige derbe Holzstufen führten in einen kleinen Raum hinab, der in der Tat kühl war, dabei erstaunlicherweise kaum Feuchtigkeit aufwies. Sie hockten sich in Ermangelung einer Sitzgelegenheit auf den Boden und lehnten sich an die zumeist leeren Regale. Die Lampe stellten sie zwischen ihre Füße. Rohmag schloss über ihnen die Klappe. Sie hörten ihn den Teppich wieder zurechtrutschen und vernahmen seine sich entfernenden Schritte.

»Na, das ist mal eine Überraschung«, meinte Mellow und schüttelte verwundert den Kopf.

Vahithäuser waren selten unterkellert, wenn man einmal von einigen Wirtshäusern absah. Selbst die besaßen in der Regel nur

Halbkeller, in die schmale Fenster etwas Licht ließen. Vollständig in den Untergrund gegrabene Gelasse wie dieses waren selten, um nicht zu sagen eine große Ausnahme in der Baukunst der Vahits. Mellow war überhaupt nur ein Haus in Rudenforst bekannt, das einen Vollkeller besessen hatte. Entsprechend aufmerksam blickte der junge Vahit sich im fahlen Licht der Lampe um. Über ihm an der niedrigen Decke baumelten Rettiche, kleine Säckchen mit Mehl und … Würste! Sie rochen aufdringlich nach Rauch, und das war alles andere als angenehm. Ob Domag sie frisst? Oder sind sie für den Jäger selbst bestimmt? Allein die Vorstellung schüttelte Mellow.

»Sprecht leise«, erinnerte ihn Circendil. »Oder schweigt besser gleich ganz. Ich höre erneute Schritte.«

Und nicht nur Schritte. Dumpfes Stimmengewirr drang bis zu ihnen herunter; dann liefen eilige Füße die Stiege hinan, und winzige Spuren von Staub lösten sich von der Decke. Wenig später kamen jene, die hinaufgegangen waren, wieder heruntergepoltert. Es rieselte erneut, und Bhobho hielt sich den Ärmel vor die Nase, um ein aufkeimendes Niesen zu unterdrücken.

Dann fiel die Haustür ins Schloss, und es kehrte Ruhe ein. Rohmag wartete eine Weile, ehe er den Teppich erneut zur Seite zog und zu ihnen hinabstieg. »So«, meinte er zufrieden. »Das wäre das. Sie sind fort und suchen andere heim. Willkommen in meinem Hause. Hier sind ein paar Decken gegen die Kälte.« Er reichte sie herum, dann setzte er sich neben Mellow.

»Ihr solltet euch ausruhen, solange es draußen hell ist«, sagte er. »Vor dem Einbruch der Dunkelheit wage ich es nicht, eure Ponys zurückzuholen.«

»Zurückholen?«, wiederholte Mellow fassungslos.

»Ja. Ich hielt es für besser, sie von der Bildfläche verschwinden zu lassen. Der Stall meines Nachbarn Beran steht leer. Er selbst ist mit seiner Familie nach Sturzbach gereist, und dafür haben sie beide Tiere vor ihren Wagen gespannt. Ist jetzt vielleicht ein bisschen eng dadrin für drei Ponys, aber bis zum Abend wird es gehen.«

Mellow stieß den Atem aus. »Du hast mir damit einen gehörigen Schrecken eingejagt, weißt du das?«

»Es war sicherer. Für die Ponys und für euch.«

Mellow nickte. »Schon gut. Warte. Wo willst du hin?«

Rohmag war wieder aufgestanden und schon halb die Stufen hinauf. »Bin gleich zurück«, hörten sie ihn sagen. Dieses Mal blieb die Bodenklappe offen, und in der Tat war Rohmag wenig später wieder da. Er kniete am Rand der Bodenöffnung und sagte: »Nehmt einmal die Lampe beiseite.« Als dies geschehen war, warf er etwas zwischen ihre Füße.

»Mein Rucksack!«, staunte Circendil.

»Ich habe noch mehr für Euch«, kam es von oben. Ein Ballen Stoff fiel schwer herab. Es war der Mantel des Mönchs.

»Aber wie habt Ihr …?«

»Augenblick.« Rohmags Kopf verschwand aus dem Geviert, dafür kamen seine Füße heruntergestiefelt. Auf der Schulter trug er etwas Langes.

»Hier, Herr Dir. Mellow war der Ansicht, Ihr könntet es wohl gut gebrauchen.« Es war Circendils Schwert, und er legte es dem sprachlosen Mönch in den Schoß. »Und ehe ich es vergesse: Euer Dolch befindet sich in dem Rucksack, falls Ihr ihn vermisst. Das und ein paar essbare Dinge, die Ihr damit schälen könnt.« Er schmunzelte über die verwunderten Gesichter, als er sich wieder setzte.

»Worte des Dankes sind zu wenig«, murmelte Circendil ergriffen. »Und doch sind sie alles, was ich Euch anbieten kann.«

»Und sie reichen völlig aus.«

»Dann verrate uns wenigstens, wie du das zuwege gebracht hast, *Unkel.*«

Bhobho warf Mellow einen verständnislosen Blick zu.

»Es war leichte Beute für einen Jäger, auch wenn keine Jagd dafür vonnöten war«, antwortete Rohmag. »Als du losliefst, Mellow, blieb ich zurück, ganz wie du es verlangt hattest. Erst begriff ich nicht, was du meintest, aber dann fiel mein Blick auf Euer Eigentum, Herr Mönch. Ich hätte mir gern alles auf einmal geschnappt, aber dazu war es zu schwer. Also nahm ich Euer Schwert auf, während alles, selbst die abscheulichen Gidrogs, zum Sturz hinrannte. Doch wohin damit? Zu meinem und Eurem Glück stand noch immer ein Fenster des Tauberhauses auf. Jemand, ich glaube mich an eine Frau zu erinnern, war zum Zeitpunkt des Angriffs in ihrer Angst daraus hervorgesprungen. Jedenfalls erschien mir dieser Ort als das bestgeeignete Versteck in der Kürze der Zeit, die mir verblieb. Ich warf das Schwert hinein, holte Rucksack, Mantel und Dolch und schmiss sie hinterdrein. Und ich hatte Glück. Niemand sah mich. Also kletterte ich ebenfalls hinein, klaubte nacheinander die Sachen auf und brachte alles zur Seitentür an der Nordseite.«

»Ein offenes Fenster?«, murmelte Circendil. »Demnach seid Ihr durch Furgos Zimmer eingestiegen.«

»Das kann sein. Es war niemand da, den ich hätte fragen können, falls Ihr das meint. Überhaupt war das ganze Tauberhaus verlassen. Dennoch: Der zweite Teil war ungleich schwieriger. Es galt, die Sachen heil über die Straße und bis zu meinem Haus zu bringen, in höchster Eile, solange der Tumult am Abgrund währte. Na, um es kurz zu machen: Ich musste zweimal gehen. Ich nahm die Abkürzung über Berans Grundstück, und lief nur bis zu seinem Stall. Da kam mir der Einfall, nicht nur Herrn Circendils Eigentum zu verbergen, sondern auch deine Ponys. Kaum war auch das geschehen, wurde es drüben beim Broch wieder laut. Ich wollte wissen, was los war, und musste dafür zurück. Diesmal hielt ich mich in der Deckung von Merbládd Grauschnäppers Haus; dann rannte ich zum Tauberhaus, umging es auf der Sturzseite und gesellte mich unbemerkt zu denen, die dort nach Schutz suchten vor dem Zorn Schwarzmantels.«

Circendil nickte bedächtig; es war klar, wer gemeint war.

»Er war schier außer sich und tobte wegen deines kleinen Streichs, Mellow.«

»Was war das für ein Streich?«, hakte der Davenamedhir sogleich nach.

»Ach, ich habe nur ein wenig Lärm gemacht.« Mellow zwinkerte Circendil zu. »Auf Waldkrakeelerart.«

Circendil seufzte. »Dann kann ich es mir gut vorstellen.«

Rohmag blickte befremdet vom einen zum anderen.

»Eine lange Geschichte«, winkte Mellow ab.

»Und eine laute dazu«, ergänzte der Mönch. »Immerhin scheinst du es dieses Mal geschafft zu haben, dass sich der Feind darüber ärgern durfte und nicht der Freund.«

»Das tat er«, fuhr der Jäger fort. »Dann erfuhren wir von deinen zwei nächsten Streichen. Jemand habe zwei Gefangene befreit, hieß es. *Zwei?*, fragte ich mich. Immerhin, dein eigentliches Vorhaben schien damit also geglückt zu sein. Da brachten sie diesen Drok aus der Scheune und warfen ihn mit dem Kopf voran in den Bach, um ihm die Wahl zu lassen zwischen Ersaufen und Erwachen. Er entschied sich zu erwachen, und berichtete so schnell er konnte. Es hätte wohl nicht viel gefehlt, und Schwarzmantel hätte erneut sein Schwert geprüft. Was soll ich noch sagen? Drok kam mit dem Leben davon. Und Schwarzmantel erklärte *die Wahl* für beendet oder vielmehr abgebrochen. Er bestimmte kurzerhand Merblád Grauschnäpper als Gewährsmann von Aarienheim.«

Auf Circendils Frage nach dem Sinn dieser Maßnahme setzten sie ihn in aller Kürze ins Bild. »Gewährsmann und Uvdirlian«, wiederholte er kopfschüttelnd. »Beides ist Hohn und Knebel zugleich.«

»Der arme Merblád«, sagte Mellow nur.

»Entweder wird er die Woche nicht überleben, oder er wird zum Verräter an eurem Volk.« Circendil malte das λ-Zeichen in die Luft. »Aber Amans Wege sind unergründlich und voller Verzweigungen. Vielleicht hat es am Ende sein Gutes – für Aarienheim und für euren Herrn Merblád.«

Das hatte es nicht, weder für das eine noch für den anderen. Aber das konnten die vier im Keller nicht wissen.

»Etwas anderes lässt mir keine Ruhe mehr«, sagte Circendil in die entstehende Pause hinein. »Oder vielmehr beunruhigt es mich, dass keiner von euch bislang davon spricht. Was wissen wir von Finn? Ich sah ihn mit Wilhag gemeinsam fliehen und hoffte für mein Teil, er möge entkommen sein.«

Rohmag und Mellow wechselten einen schnellen Blick.

»Hoffen?« fragte Mellow dumpf zurück. »Auch ich hoffte es, mehr als alles andere. Auch ich sah beide fliehen und floh meinerseits. Dann holte ich sie ein, aber ich kam zu spät. Saisárasar stellte sie unweit des Postlerbrochs. Er zerhieb den Zaun und … und stieß sie in den Abgrund!« Mellow schluckte schwer und verbarg sein Gesicht in den Händen. Seine Schultern zuckten.

Der Mönch aus dem Kriegerorden zu Daven senkte das Haupt. Auch Bhobho wirkte betroffen. Niemand sprach für eine Weile, die Lampe flackerte und knisterte. Ein ganzes Stück des Dochts brannte herunter, und Schatten flogen über ihre Gesichter.

»Wehe!«, sagte Circendil mit belegter Stimme. »Wenige traf ich auf meinen Reisen, die mein Herz so sehr für sich einnahmen wie er. Er war mir ein aufrichtiger, ein guter Freund, obwohl wir uns erst seit wenigen Tagen kannten. Finn Fokklin war klug und weit mutiger, als er selbst es von sich glaubte. Auch wenn dies falsch verstanden werden könnte, so will ich es dennoch sagen: Er war ein großer Vahit, und ich setzte große Hoffnungen in ihn. Seine Liebe zu den Büchern war so groß wie sein Mitleid für die Schwachen. Dreimal wehe! Erst die Mutter, dann der Vater, nun der Sohn. Dieser Sieg des Feindes ist wahrlich schlimm. Und *er* weiß es, was es nur noch schlimmer macht.«

Noch immer blakte die Lampe. Doch dann stand das Licht plötzlich wieder still. Die Flamme wuchs erneut. Es wurde wieder heller. Die Schatten vergingen.

»Ich erflehe Amans Segen für den guten Finn«, murmelte Circendil. *»Finn Fokklin.«*

»Finn Fokklin«, antworteten unwillkürlich die anderen drei.

»Und Amans Segen auch für den guten Wil. *Wilhag Tauber.«*

Auch seinen Namen wiederholten sie gemeinsam. Darauf verfielen sie in Schweigen.

Es war dies eine vindländische Sitte, vielleicht sogar älter noch als das Königreich, aus dem Circendil stammte. Nur erschien sie den Vahits nicht fremd, sondern auf eine unerklärliche und merkwürdige Weise vertraut. Als wenn jemand nach langer Zeit an einen Ort seiner Kindheit zurückkehrt. Ihnen war, als wehe eine längst vergessene Erinnerung durch ihren Geist: an Gras und Halm und Krume ebenjenes Landes, aus dem ihr Volk einst aufgebrochen war.

»Und dieses Unglück«, durchbrach Circendil irgendwann die Stille, »ist ein doppeltes, nein ein dreifaches Unglück. Es macht all unsere Hoffnungen zunichte. Fast alle, sollte ich besser sagen, denn noch hege ich ein wenig Hoffnung. Aber sie ist zusammengeschmolzen wie der Stumpen einer Kerze.«

»Wovon sprecht Ihr?«, fragte der Jäger.

Mellow wusste genau, was der Mönch meinte. »Finn trug einen Brief bei sich«, erklärte er tonlos. »Einen bedeutsamen Brief. Einen, den der Feind verloren hatte.«

»Und den wir fanden«, ergänzte Circendil. »Er enthält Beweise für ein Unheil, das erst noch heraufzieht. Sowie für ein weiteres, das schon im Gange ist. Beide zusammen werden das Königreich Revinore vernichten. Es sei denn …«

»Es sei denn, jemand ginge nach Revinore und spräche eine Warnung aus.« Mellow hob die Schultern, um sie sogleich entmutigt wieder fallen zu lassen. »Nur würde ihm niemand dort glauben. Es sei denn …«

»Es sei denn«, sagte der Mönch und lächelte schwach, angesichts des Umstands, dass sie sich mit den jeweils selben Worten unterbrachen, »dieser Jemand führte den Beweis für das mit sich, was unbemerkt vor den Augen des Königs vor sich geht. Aber mit Finns Sturz ist dieser Brief, dieser einzige Beweis verloren.«

»Es sei denn«, schloss Mellow ohne zu lächeln, »unser Jemand gelangte binnen weniger Tage in die Tiefenlande hinab, fände Finns Leichnam in den Sümpfen der Schattenfenne, könnte den Brief unversehrt bergen und anschließend nach Revinore tragen, um so den König zu warnen. Vorausgesetzt, er gelangte lebend dort an; erst in der Tiefe, dann im Königreich.«

»Und rechtzeitig.« Circendil zuckte mit den Schultern. »Aber so? Überzeugungskraft wird an die Stelle des Beweises treten müssen. Und ich bezweifle, dass bloße Worte ausreichen. Doch sind sie alles, was wir noch aufzubieten vermögen.«

»Sie und Euer Schwert«, sagte Rohmag. »Jetzt bin ich mehr als froh, es Euch gerettet zu haben.«

»Schwert *und* Wacala«, sagte Mellow mit Nachdruck. »Wenn wir schon von Aufbieten reden.«

»Vergesst dabei meinen neuen Krummsäbel nicht«, ließ sich Bhobho vernehmen. »Das heißt, falls ihr ihn überhaupt haben wollt.«

Mellow sah den Tanninger verblüfft an. *Die Sinyanhwe hat ihn verändert,* dachte er, *sie hat einen neuen Bhobho hervorgebracht.* Es schien ihm, als habe sie seinen alten Dünkel weggeschmolzen wie ... Er betrachtete Bhobho und dachte unwillkürlich: Wie ein Ofenfeuer, das Fett aus einem Braten lässt.

Als ob er dies bestätigen wolle, blickte der Untergauer grimmiger denn je.

»Deinen Säbel«, antwortete Circendil. »Ihn heißen wir willkommen, Bholobhorg Feldschwirl. Aber um ihn allein geht es nicht. Wir müssten zuvor lernen, dem zu vertrauen, der ihn führt.«

Der Landhüter nickte mehrmals. »Was schwer ist nach dem Vorgefallenen und allem. Das verstehe ich. Was kann ich tun, damit ihr mir vertraut?«

»Für den Anfang«, sagte Circendil, »würde es mir genügen, wenn du dich und deine Aufgabe für Herrn Gesslo erklärst.«

»Ich kann nicht mehr dazu sagen als die Wahrheit. Es ist wahr, dass er mir einen Brief für den Untergauer Gauvogt mitgab. Es ist ferner wahr, dass ich den Inhalt dieses Schreibens nicht kenne.

Es trifft außerdem zu, dass er mir einschärfte, euch im Auge zu behalten, offen oder heimlich, je nachdem, was nötig sei. Er fürchtete um seine Stellung, und in dir, Mellow, erkannte er seinen schlimmsten Mitbewerber. Dich«, Bhobho nickte Circendil zu, »hielt er wirklich für einen Spion der Großen Leute. Er dachte ganz ähnlich wie Gasakan Amsler: dass du auskundschaftend vorausgehst und der Feind dir nachfolgt. Und so gab er mir den Auftrag, dir oder vielmehr euch dreien ›ein Bein zu stellen‹; wie er es nannte.«

Circendil hob die Hände und ließ sie wieder auf seine Knie fallen, dass es klatschte. Sein Blick besagte: *Na bitte, ich hab's gewusst!*

Mellow schloss vor der jäh in ihm aufwallenden Wut die Augen. Sie galt einerseits Bhobho, aber zu einem nicht geringen Teil richtete sie sich auch gegen ihn selbst. Mann, wie konnte er nur so blöd sein?

Nur zu gut erinnerte er sich des Streitgesprächs, das er mit Finn und Circendil kurz nach ihrem Aufbruch von Mechellinde geführt hatte. Sie hatten sich fast gezankt. Circendil hatte Bholobhorg unterstellt, einen Spitzelauftrag zu verfolgen, während Mellow und Finn den Tanninger, besonders aber die unantastbare Ehre von Landhütern verteidigt hatten.

Selbst Narren hätten kaum närrischer sein können als wir auf jenem Ritt, dachte Mellow bitter.

Sie beide hatten Circendil heftig widersprochen an jenem Abend … und ihm Unrecht damit getan. *Und alles nur, weil wir uns als Vahits tugendhafter dünkten als Menschen. Aber wir sind nicht besser als sie. Eher schlimmer. Weil wir uns nur zu gern den offensichtlichen Wahrheiten verschließen. Weil wir nicht wahrhaben wollen, dass auch wir fehlerbehaftet sind. Und dass auch wir sehr wohl imstande sind, falschen Anweisungen zu folgen*, überlegte Mellow weiter. Das galt besonders, wenn sie aus den falschen Mündern kamen. In diesem Fall war das Gesslo gewesen. Das hieß dann aber auch, dass nicht Bhobho der ursächlich Schuldige war; hatte er doch nur getan, was ihm von Gesslo aufgetragen worden war. Gerade als treuer Gefolgsmann – wie es einem Landhüter schließlich anstand – hatte er dessen Ansichten nicht in Frage gestellt. Konnte man ihm daraus einen Vorwurf machen? *Ja, vielleicht*, dachte Mellow. *Und auch wieder nicht.*

Er fragte sich, wie es mit ihm gewesen war. Hatte er dem fast gleichlautenden Ansinnen des Bürgermeisters widersprochen? Als der verständige Herr Wredian Gimpel ihn beiseitegenommen und aufgefordert hatte, den Mönch heimlich im Auge zu behalten? Und das aus keinem anderen Grunde als dem, dass er ein Fremder war hierzulande? Und ein Mensch obendrein? *Nein. Du hast genickt und geschwiegen. Da hast du's! Du warst keinen Deut besser als Bhobho,* meldete sich ein scheltender Gedanke. Er hatte es nicht gewagt, sich dem Vahogathmáhir zu widersetzen, nur weil er das höchste Amt des Hüggellandes bekleidete. *Was du im Großen bei Herrn Wredian nicht wagtest, wagte Bhobho nicht im Kleinen bei Herrn Gesslo,* kam Mellow nicht umhin zu schlussfolgern.

Mellow spürte den Stachel tief in sich sitzen, und der Gedanke schmerzte. Wie sehr hatte er selbst noch bis vor Kurzem ebendiesen Herrn Gesslo Regenpfeifer, den Gauvogt des Obergaus, bewundert. Und weshalb? Weil auch er nicht hatte sehen *wollen*, was doch längst offenkundig zu sehen gewesen war. Gesslos Beweggründe waren kleingeistig, eitel und vor allem von Neid und Missgunst geprägt. Und er, Mellow, hatte sich einwickeln und von des Gauvogts Amtswürde blenden lassen. Geleitet von der irrigen Überzeugung, dass ein Vahit stets gut war, sich immer vorbildlich und ehrenhaft verhielt, besonders, wenn er einen Hut mit einer Sonnenblume und einem Band daran auf dem Kopf trug. Oder, wie in Herrn Wredians Fall, eine rote Weste mit goldenen Knöpfen. Er schwor sich, diesen Fehler niemals wieder zu begehen.

Und was ist mit dir selbst?, fragte er sich erneut im nächsten Atemzug. *Was für eine Art Vahit bist du, Herr Mellow? Oder vielmehr, was wird aus dir?* Zum Helvogt hatten sie ihn gemacht. Einen Hut mit Band hatten sie ihm zum Zeichen seiner Würde gegeben. Was ihn zum Vorbild für die weniger Starken und die in ihrer Tugend Schwankenden erhob. Und was tat er? Erst vor wenigen Stunden war er bereit, in ein Vahithaus einzubrechen, um sich Kleider zu stehlen! Dreimal allein am heutigen Tag hatte er kurz davorgestanden, zu töten! Zuerst im Kampf am Bachufer gegen Saisárasar. Dann hielt ihn nur seine eigene Schwäche davon ab, dem verhassten Menschen ein Wacala in den Rücken zu schleudern. Weit schlimmer war jedoch der Gedanke: *Du bedauerst, es nicht getan zu haben.* Und wer weiß, wie sich der Kampf gegen den Gidrog an der Brücke entwickelt hätte, wenn Bholobhorg nicht eingegriffen hätte? Und wie war das vor wenigen Tagen, während der Schlacht am Mürmelkopf, gewesen? Da hatte er Leben genommen! *Weißt du noch, wie viele? Waren es drei oder vier Gidrogs, deren Leben du nahmst, Herr Helvogt?*

Aber genau das ist der springende Punkt – es waren Kämpfe!, widersprach er sich selbst. *Es war Notwehr. Es war unvermeidlich. Es war widerlich, aber unabwendbar.*

Ach ja? War es das? War es das wirklich? Mellow schüttelte sich und erschrak, als plötzlich die Stimme des Mönchs wieder in sein Bewusstsein drang.

»Und was«, fragte Circendil, sich vorbeugend, »was soll mich glauben machen, dass du es dir anders überlegt hast? Dass du deine Beine künftig bei dir behältst und die meinigen verschonst, um im Bild zu bleiben?«

Bholobhorg dachte nach; schließlich streckte er die linke Hand vor. Sie zeigte die gleichen runden Verbrennungen wie Mellows Handfläche. »Es geht nicht um Herrn Gesslo«, erwiderte er düster. »Nicht mehr, meine ich. Nicht nach dem, was ich erlitten habe. Der gestrige Tag und die vergangene Nacht haben mich gezeichnet. Ich dachte stets, ich würde zum Wohle des Hüggellandes handeln. Herr Gesslo wie auch Herr Gasakan irrten sich in dir. Das weiß ich jetzt. Sie irrten auch in ihrem Zweifel an deinen Zielen. Aber ich habe geschworen, unser Land zu behüten, und diesen Schwur gedenke ich nicht zu brechen! Er soll meinen Säbel leiten. Und ich will ihn führen, um dir und deiner Sache zu dienen – solange sie zugleich die Sache des Hüggellandes ist«, setzte er hinzu.

»Das ist sie von Anfang an gewesen. Und so wird es sein bis zum bitteren Ende – oder bis zu einem Neuerblühen, sollte dieses uns gegeben sein.« Der Dir räusperte sich. »Also gut. Ich nehme deinen Säbel an, Bhobho, deinen Säbel und auch den, der ihn führt – solange auch Mellow damit einverstanden ist.«

Mellow verzog sein Gesicht zu einem ansatzweisen Lächeln. »Schön zu wissen, dass der Helvogt wenigstens in diesem Keller nicht übergangen wird. Immerhin: Wenn du dich uns anschließen willst, so erhalte ich vermutlich die Gelegenheit, dir deinen Schirmhieb von vorhin zu vergelten. Somit hast du schon mein halbes Ja. Die andere Hälfte bekommst du, wenn du mir verrätst, wie du überhaupt in den Besitz des gelben Steins gekommen bist, denn darüber schwiegst du dich bisher aus. Eine andere Bedingung habe ich nicht.«

Bhobho nickte abermals schwer. Dann sagte er: »Alles begann mit einem Sirupbrot, könntest du sagen. Ich aß es am Montag, während ihr den hiesigen Landhütern nachgeritten seid. Es machte mich schläfrig, und ich nickte wirklich ein. Walnutia Tauber weckte mich, und das eben rechtzeitig, denn da kehrte Gasakan Amsler zurück, wütend wie nur einer. Er wurde grob und nannte mich einen Faulenzer. Er forderte mich auf, ihm zu folgen. Als Gauvogt ist er mein Vorgesetzter, und ich habe seine Befehle zu befolgen, also ging ich mit. Wir ritten nach Dreihorsten, wo wir des Abends in der dortigen Landhüterey anlangten. Hier bedrängte Gasakan mich erneut. Ich sollte ihm den Brief aushändigen, den Herr Gesslo mir für Sturzbach mitgegeben hatte. Ich widersetzte mich, es kam zum Streit. Um ehrlich zu sein: Der Streit kam mir sogar recht. Ich wusste dich und Herrn Circendil vor mir, und noch war ich willens, Gesslos Auftrag zu befolgen. Also verließ ich Dreihorsten noch zur selben Stunde.

Wäre ich nur umgekehrt! Ich ritt allein und in die Dunkelheit hinein. Sie waren so plötzlich da und über mir, dass ich bis jetzt nicht weiß, ob ich in eine bewusst gestellte Falle gelaufen war, oder ob sie bloß eine zufällige Begegnung ausnutzten. Es waren sechs Gidrogs! Eine Gegenwehr war unmöglich. Sie rissen mich vom Rücken meines Ponys, und Dumpel ging durch. Und nicht nur er blieb zurück, sondern auch mein Hut und mein Stab; sie aber packten mich und schleiften mich vor den in der Nähe wartenden Saisárasar beim Klippenabgrund. Er selbst nahm mich zu sich in den Sattel. Er sprach nur ein einziges Wort: ›*Schweig!*‹«

Bhobho sah von einem zum anderen. »Ich war wie gelähmt und wagte keinen Finger zu rühren. Meine Angst, vom Rücken des stinkenden Vogels zu stürzen, war ebenso groß wie die Furcht vor dem großen Menschen. Wohin wir flogen? Ich weiß es nicht. Ich sah nichts als Schwärze. Doch irgendwann war es zu Ende und wir flogen tiefer und landeten. Weißer Stein leuchtete blutrot im Schein hoch aufflackernder Feuer.«

Weißer Stein?, fragte sich Mellow. *Sind sie gar bis zum Acaeras Alamdil geflogen?* Einmal mehr ging ihm auf, wie wenig er sich in die Lage der Vogelreiter hineinversetzen konnte. Wie schnell flogen wohl die Criargs? Wie weit vermochten die grausigen Vögel in nur einer Nacht durch die Lüfte zu reiten? Wie rasch verbreiteten sich Nachrichten, wenn sie von Flügeln fortgetragen wurden?

»Mauern umgaben uns«, fuhr Bholobhorg fort. »Hier stellte mich Saisárasar vor eine seltsame Wahl: Ich sollte einen gelben Stein verwahren. Falls ich mich weigerte, würde ich sterben. Ich wählte den Stein – eine Gemme von einer Art, wie ich sie nie zuvor gesehen hatte. Sie war an einigen Stellen glattgeschliffen, an anderen rau und schartig, wie geschmolzenes Glas. Und sie leuchtete in meiner Hand, während er zu mir sprach.

›Sieh mich an!‹, verlangte er. Ich tat es.

›Verliere sie nicht!‹, befahl er. ›Du wirst zurückgebracht werden. Suche den Kolryndir. Suche Mellow Rohrsang und seinen Freund Finn Fokklin. Ich will wissen, was sie tun, was sie reden, was sie finden. Vor allem, was sie finden. Oder herausfinden. Morgen Abend wirst du mir berichten. Was immer auch geschieht, du bringst mir die Gemme zurück. Du sollst sie zurückbringen, vergiss das nicht!‹

Damit ließ er von mir ab. Das Leuchten in meiner Hand erlosch. Und mit dem letzten Funken verlor ich die Besinnung.«

Mellow nickte unwillkürlich. Auch jetzt fühlte er die Wahrheit in Bhobhos Worten so deutlich wie die Kühle der Kellerwand in seinem Rücken. Genauso pflegte Saisárasar zu sprechen: befehlend, keinen Widerspruch duldend, dabei war der Sinn seiner Worte meist dunkel und rätselhaft. Fast war es ihm, als könne er den Menschen vor sich sehen. *Bhobho* hat *ihn getroffen, da verwette ich meinen Hut!*

Bholobhorg richtete sich auf und saß nun kerzengerade. »Als ich irgendwann erwachte, lag ich ganz allein auf der Straße nach Sturzbach. Es war früher Morgen. Mir war kalt, und ich zitterte. Eine ungeheure Furcht breitete sich in mir aus: Ich könnte euch nicht finden und ihm darum nicht berichten, wonach ihm verlangte. Ich griff in die Tasche und fand darin die Gemme – doch der Brief von Herrn Gesslo fehlte! Er war fort! Sie mussten ihn mir weggenommen haben. Da dämmerte mir, es könne vielleicht ein Fehler gewesen sein, seinen Inhalt nicht in Erfahrung gebracht zu haben. Nicht zu wissen, was Saisárasar daraus entnehmen konnte, meine ich.«

»Es war ein Fehler«, sagte Circendil. »Und zwar der meinige. Und ein großer obendrein. Auch wenn es euren Gepflogenheiten zuwiderläuft – ich hätte darauf bestehen müssen, diesen Brief zu lesen. Was immer in ihm stand, es wäre besser gewesen, ihn zu verbrennen, als ihn in deiner Tasche zu belassen, Bholobhorg. Ich traue mir nämlich durchaus zu, seinen Inhalt zu erraten: Gesslo wird Mellow, Finn und mich seinem Untergauer Amtsbruder angekündigt haben. Er wird den Gauvogt davon unterrichtet haben, dass wir einen wichtigen Hinweis in der Bücherey zu finden hoffen. Mit ein wenig Pech wird er sogar das Wort *Gluda* erwähnt haben. Vielleicht hat er sich sogar abfällig über unsere närrische Hoffnung geäußert, diese Gilwe zu finden. Zuzutrauen wäre es ihm jedenfalls. Folglich weiß Saisárasar nunmehr genau, worin unsere Absichten bestehen. Und ich gehe noch einen Schritt weiter. Ebenjener Brief wird ihn vollends dazu bewogen haben, den Angriff auf das Hüggelland genau jetzt durchzuführen. Es ging ihm dabei nicht allein um die Eroberung des Landes, sondern diente mindestens ebenso dem Zweck, unserer habhaft zu werden – Mellows, Finns und meiner Person. Und zwar nach unserer Rückkehr aus Sturzbach und somit im Besitz des Wissens um den Verbleib der verschwundenen Gluda. Für ihn muss das wie die Sahne auf dem Kuchen gewesen sein.«

»Mit der Gluda als Kirsche obendrauf, meinst du?« Mellow holte tief Luft. »Es wurmt mich ungemein, aber es geschieht uns nur recht. Säumig waren wir, und wir dürfen uns nicht wundern, wenn Saisárasar unsere Schuld mit Freuden eintreibt. Spätestens als wir *seinen* verlorenen Brief fanden, hätten wir uns die verräterische Wirkung eines jeden Briefes bewusst machen müssen. Niemand von uns dachte doch nur daran, dass auch wir einen Brief an *ihn* verlieren könnten.«

»Dennoch ist genau das geschehen«, sagte Circendil. »Und der Preis für unsere Unvernunft stieg sogleich ins Unermessliche.«

»Was meinst du damit?«, fragte Rohmag Ganter.

»Den Verlust, den wir erlitten haben«, erwiderte der Mönch. »Der Preis für den verlorenen Brief ist das gesamte Hüggelland.«

»Lasst Bhobho weiter erzählen«, warf Mellow ein. »Du fandest dich also auf der Straße wieder. Mit der Sinyanhwe in deiner Tasche, aber ohne Gesslos Brief.«

»Ja«, sagte Bholobhorg. »Über den Verlust des Briefes war ich begreiflicherweise besorgt. Über alles andere legte sich eine noch größere Furcht! Obwohl mir kalt war, begann ich zu schwitzen, allein wegen des Gedankens, ich könnte die Gemme womöglich verlieren. ›Ich muss sie zurückgeben!‹, sagte ich immer wieder zu mir. ›Ich darf sie auf keinen Fall verlieren!‹ Damit marschierte ich dann los, zurück in Richtung Aarienheim. Denn dort würdet ihr die Nacht verbringen, hatte ich mir überlegt. Ich nahm nicht an, dass ihr schon aus Sturzbach zurück wäret, denn dann hättet ihr mich ja auf der Straße liegend finden müssen. Der Weg wurde mir lang; aber je länger ich ging, desto mehr wuchs meine Angst vor dem dreifachen Versagen: *Euch* nicht mehr anzutreffen, *ihm* nichts berichten zu können, und *sie* unterwegs zu verlieren.«

Mellow biss sich auf die Lippen. Ihm war dieses Gefühl nur zu vertraut. »Es fühlte sich an wie Öl, das brennend in deinen Adern kreist, nicht wahr?«

Bholobhorg sah überrascht auf. »Ja, genau so. Es wurde nur erträglicher, indem ich mir immer wieder fest vornahm, willfährig zu sein und alles zu tun, was die Gemme von mir verlangte. Und es war ja nicht nur das. Ich meine, ich will euch nichts von Hunger und Durst vorjammern, aber beides drückte mich zusätzlich nieder. Doch egal. Etwas riet mir, Dreihorsten nicht zu betreten. Ich umging das Brada deshalb, verlief mich aber zunächst dabei. Erst nach geraumer Zeit fand ich zur Straße zurück. Das einsetzende Unwetter tat ein Übriges – ich versank in Matsch und Moder, es wurde spät und später, und ich erreichte Aarienheim erst, als es längst dunkel war. Da war ich schon kaum mehr ich selbst. Ich zitterte, und ich weiß nicht, was mich am meisten quälte: die Nässe, der Hunger, Kälte oder Angst. Das hell erleuchtete Fenster zog mich an. Und auch der Duft nach Brot und Suppe. Ich hörte eure Stimmen. Ich schlich näher und lauschte. Ich hörte manches, aber ich verstand davon das wenigste. Bis … na ja. Bis Herr Finn mich entdeckte und alles.« Bhobho blickte auf. »Mehr vermag ich dazu nicht zu sagen.«

Mellow nickte. Er streckte Bholobhorg die Hand hin. Er musste sich räuspern und einen Kloß aus seinem Hals vertreiben, ehe er antworten konnte: »Und mehr musst du auch nicht sagen. Ich war dir einige Zeit gram, das gebe ich gern zu. Jetzt ich bin es nicht mehr. Was dir widerfuhr, war furchtbar genug. Und keiner neben dir weiß besser als ich, was eine Sinyanhwe zu bewirken vermag. Willkommen seien mir darum dein Säbel und du selbst, Bhobho. Auf gute, alte, ehrliche Landhüterkameradschaft!«

Der Tanninger lächelte. Er schlug in Mellows ausgestreckte Rechte ein.

»Wahrlich seltsam sind Amans Wege«, sagte Circendil.

»Manche davon werden selten begangen«, meinte Mellow.

»Und enden an unerwarteter Stelle«, schloss Rohmag Ganter, der Jäger.

*

Ihr Gastgeber stand auf, und kurze Zeit darauf brachte er ihnen zu essen herab. Brot, Butter, Salz, Käse und ein Beerenmus ergaben für die Ausgehungerten beinahe einen Festschmaus. Eine große Kanne enthielt Rohmags vorzüglichen heißen Tee. Aber er bestand darauf, dass sie in seinem Keller blieben und nicht heraufkämen, bis es dunkel oder zumindest dämmrig geworden war.

Tatsächlich war diese seine Vorsicht keineswegs überflüssig. Kaum hatten sich die vier über Rohmags Tablett hergemacht und es bis auf die letzten Brotkrumen geleert, da pochte es an der Haustür. Rohmag ließ alles stehen und liegen und sprang hinauf. Oben schloss er in höchster Eile die Bodenluke. Dann hörten sie ihn mit jemandem an der Haustür reden, und der Besucher wurde nicht hereingebeten.

Gut fünf Minuten vergingen in Stille.

»Das war Merblád«, berichtete Rohmag atemlos, als er die Luke zurückgeklappt hatte. »Und Drok stand an seiner Seite. Ich bin für morgen mit einigen anderen in aller Frühe zum Fahnenherstellen eingeteilt. Und Merblád verkündete, noch an diesem Nachmittag würden die im Turm festgehaltenen Frauen und Mädchen freigelassen. Es gäbe reichlich Arbeit für sie. Mäuler seien zu stopfen. Ach ja, und die Vögel sind wieder da, zurückgekehrt nach ihrem Schrecken. Für je zwei von ihnen soll ein Schaf von der Weide geholt werden. Tremjo Wachtel muss sie zur Blutwiese treiben – so nennen sie jetzt die Wiese hinter dem Tauberhaus. Ich soll die Schafe schlachten.«

»Das schmälert euren Bestand um wenigstens acht Tiere«, meinte Mellow. »Und das nur an einem einzigen Tag.«

Rohmag verneinte. »Es sind nur fünf«, sagte er. »Wenn auch fünf zu viel. Schwarzmantel ist mit sechs seiner Krieger sofort aufgebrochen, kaum dass die Vögel gelandet waren. Drok hat jetzt das Sagen. Er scheucht alle und jeden herum. Sämtliche Häuser wurden inzwischen durchsucht, aber natürlich fand niemand etwas.«

»Und unsere Ponys?«

»Stehen da, wo sie hingehören – in einem Stall. Keiner der Gidrogs nahm bisher an ihnen Anstoß. Sie achteten nicht darauf, oder sie haben auf zu vieles zugleich zu achten, wie mir scheint.«

»Hat Merblád gesagt, wohin Saisárasar geflogen ist?«, fragte Circendil.

»Nach Vahindema.«

Der Kriegermönch nickte. »Das ergibt einen Sinn. Zunächst muss er sich überzeugen, dass auch der Hauptort des Hüggellandes sicher in seiner Hand ist.«

Nachdem Rohmag zu seinem blutigen Handwerk aufgebrochen war, folgten sie dem Rat und ruhten. Sie löschten die Lampe und wickelten sich in die Decken. Über Bhobhos leisem Schnarchen schlief auch Mellow bald ein.

Als er erwachte, hätten für ihn ebenso gut Stunden wie nur Minuten vergangen sein können; sein Zeitgefühl war völlig durcheinandergeraten. Circendil war bereits wach. Bhobho schmatzte, schlief aber noch tief und fest. Doch er erwachte, als Circendil die Lampe neu entzündete.

»So«, sagte der Mönch. »Vier Stunden müssen genügen. Draußen geht soeben die Sonne unter, und der Mond steht seit mehr als einer Stunde am Himmel.«

»Damit beginnt das nächtliche Ausgehverbot«, sagte Mellow. »Es wird Zeit für Rohmag. Hoffentlich beeilt er sich.«

Als hätte er diese Worte gehört oder nur auf sie gewartet, schlug oben die Haustür. Schon klappte Rohmag die Bodentür hoch und winkte sie herauf. »Beeilt euch«, sagte er. »Noch haben sie keine Wachen für die Nacht aufgestellt, aber ich rechne in Kürze damit. Ich habe euch auf dem Rückweg die Ponys mitgebracht. Ihr findet sie hinter dem Haus.«

Rohmag entließ sie aus der Hintertür. Über der Hecke zeigte der Himmel ein allmählich ersterbendes Feuer: Wolkenschlieren brannten wie Reste von züngelnden Flammen, und immer mehr Grau mischte sich darin wie Halden von verbrannter Asche. Tatsächlich standen die Ponys dicht am Haus, gesattelt und zum Aufbruch bereit. Aber es waren ihrer vier, und Mellow rieb sich verschlafen die Augen.

»Kommst du doch mit uns?«, fragte er verdutzt den Jäger.

»Nein, ich nicht«, antwortete Rohmag. Er trug zu Mellow steigender Verwunderung seinen Pfeilköcher samt Bogen auf dem Rücken – es waren jene Waffen, die am Vormittag noch über dem Kaminsims gehangen hatten.

Da löste sich eine Gestalt von dem Ponyrücken, hinter dem sie gestanden hatte. Sie war kleiner als die übrigen Vahits und trug ein Kleid am Körper – und ein winziges Bündel im Arm. Um ihre Schultern hing ein weiter brauner Mantel. Darunter verlief ein Brusttuch, in dem der Säugling ruhte.

»Fionwen«, entfuhr es Circendil. »Was bei allen …«

»Nehmt uns mit«, flehte die junge Mutter. »Bitte. Ich bange um das Leben meines Kindes. Finnig ist erst wenige Tage alt. Schon drohten sie ihm. Und mir. Er kann hier nicht bleiben. Nehmt uns mit.«

»Bei allen Verfehlungen Davens – *Fionwen!*« Circendil blickte sich sichernd zu allen Seiten um. Dann beugte er sich zu der jungen Vahitfrau herab. »Nehmt Vernunft an. Ich bitte Euch! Wir reisen nicht zum Vergnügen. Sondern durch Wind und Wetter, durch Sturm und Hagel, wenn es sein muss. Die Schwerter und Schnäbel unserer Feinde werden uns folgen oder auflauern oder beides. Ihr könnt nicht mitkommen. Euer beider Leben wäre an unserer Seite auf beständig in höchster Gefahr. Seid vernünftig um Eures Sohnes willen. Bleibt hier und …«

»Und was?«, unterbrach sie den Menschen. »Um mich zu fürchten vor jedem Blick, vor jedem Schritt, vor jedem Wort? Sie haben es mir vorhin erst ins Gesicht gelacht, Herr Circendil: Sie wollen mich den Criargs zum Fraß vorwerfen, falls auch nur ein Mitglied meiner Familie *nicht spurt*. Vorher wollen sie Finnig vor meinen Augen zerquetschen, damit ich weiß, was sein Schicksal ist, noch ehe ich selbst sterbe. Verurteilt ihr mich dazu, Herr Mönch? Was ist mit Amans sich teilenden Wegen, von denen Ihr gestern Abend erst spracht? Eben jetzt eröffnet sich genau eine solche Abzweigung. Und Ihr selbst eröffnet sie mir; Ihr, der Ihr Amans Namen beständig auf den Lippen führt. Verweigert Ihr mir nun, sie zu nehmen, nur weil es auf dem Weg ein wenig *hageln* könnte?« Sie hielt den Frischgeborenen eng an sich gedrückt. Trotz ihrer Furcht sprach sie mit vor Zorn funkelnden Augen.

»Und Lindan, Euer Gemahl?«

»Er wäre der Erste, der mich mit Euch schicken würde, wäre er hier und nicht in Dreihorsten.« Sie schlug die Augen nieder. »Aber er ist nicht hier, und ich kann ihn nicht fragen.«

Circendil seufzte. Er wechselte einen schnellen Blick mit Mellow, dann mit Bhobho. Der Tanninger nickte sein Einverständnis, während Mellow verneinend den Kopf schüttelte.

»Also meinetwegen«, entschied der Mönch zu Mellows Verwunderung. »Woher stammt Euer Pony?«

»Von mir«, kam eine Stimme aus den Schatten des Hains. Es war Helmo Buntfink, der Poststallmeister, der sich hinter einem Beerenstrauch verborgen hatte und nun ebenfalls hervortrat.

»Wenn ich an eurer Stelle wäre, würde ich reiten, nicht reden. Der Hain ist frei, aber nur für den Moment. Reitet, aber reitet vor allem rasch, ehe es zu spät ist.«

Das war allerdings leichter gesagt als getan. Gwaeth und Dumpel erkannten ihre Besitzer und wollten ihre Freude zeigen; Circendil und Bhobho wurden ihrer Verblüffung kaum Herr, als sie wiederum ihre Ponys erkannten – sie hatten mit irgendwelchen Ponys gerechnet, nur nicht mit ihren eigenen Tieren. Vanku ließ sich von der Freude anstecken und tänzelte um Mellow herum.

Da hob Circendil die junge Mutter kurzerhand auf den Rücken ihres Grauschecken, nahm ihn und Gwaeth beim Zügel und schritt zum Bachlauf voran. Bhobho folgte seinem Beispiel.

Mellow drehte sich murrend ab; er begriff die Beweggründe des Davenamönches nicht. Es war leichtsinnig, ja gefährlich, die junge Mutter mit ihrem gerade erst geborenen Säugling mitzunehmen. Sowohl für Fionwen und Finnig selbst, aber natürlich auch für sie selbst und besonders für ihre Aufgabe. Wenn sich das Kind erschreckte, ja wenn es auch nur leise weinte, mochte es sie im entscheidenden Moment verraten. Und Fionwen hatte gerade erst das Wochenbett verlassen. Sie war noch geschwächt, und die Reise würde anstrengend werden. Sollte es darauf ankommen, war an eine rasche Flucht mit einem Säugling im Arm nicht zu denken, von einem Kampf ganz zu schweigen. Mellow holte tief Luft und schluckte seinen Ärger hinunter. Jetzt war nicht der Augenblick, um zu streiten. Und vielleicht übersah er ja auch etwas, was der Davenamedhir seinerseits erkannt und bedacht hatte.

Er zuckte ergeben mit den Schultern. Dann winkte er Helmo zu und streckte Rohmag die Hand entgegen. Der Jäger schüttelte sie; dann aber nahm er den Bogen und den gefüllten Köcher vom Rücken und reichte beides an Mellow. »Dies hier ist der Bogen meines Vaters«, sagte er. »Domags Bogen. Nimm ihn und schütze dich damit. Dich und deine Freunde.«

»Aber dann fehlt er doch dir«, widersprach Mellow dem alten Jäger.

»Ich kann mir einen neuen bauen. Und nun spute dich. Die anderen warten. Lebe wohl, Neffe.«

»Lebe wohl, *Unkel*. Und danke für alles.«

Beide nickten sich zu. Vanku schnaubte freudig, als Mellow sich endlich abwandte. Am Bachufer saßen alle auf. Nacheinander lenkten sie die Ponys in das seichte Bett hinein und ritten durch die Öffnung in der Hecke.

Wenig später hatten die Wiesen und die Falten der dahinter aufragenden Hügel sie verschluckt. Dunkelheit senkte sich jetzt rasch herab.

Als sie sich in einiger Entfernung umdrehten und über die niedrigeren Kuppen hinweg zurückschauten, sahen sie zwei mächtige Feuer brennen: Eines erleuchtete die Straße am Südende des Dorfes, ein weiteres loderte auf dem Platz zwischen dem Broch und dem Tauberhaus. Dessen Flammen bewachten zugleich den diesseitigen Ausgang des Bradas. Dort gingen zottelhaarige Gestalten umher, deren Schatten bei jeder Bewegung hoch zuckend über die Brochwand flogen.

Es sah gespenstisch aus oder fremdartig oder wie eine Mischung aus beidem, und es war das Letzte, was sie von Aarienheim sahen.

5. KAPITEL

Vogelfrei

EIN DREIVIERTELVOLLER MOND stand hoch über den Wolken. Nur reichte seine Kraft in dieser Nacht nicht aus, mehr als einen verwaschenen Fleck an den Himmel zu bringen. Die meiste Zeit über bot er nur das notdürftigste Licht. Pechschwarze Wolken verschluckten ihn immer wieder, sie ballten sich zunehmend im Osten. Circendil hielt mehr als einmal an, um den Himmel hinter ihnen misstrauisch zu betrachten.

»Das sieht mir nach schwerem Regen aus«, sagte der Dir bei einer dieser Gelegenheiten zu Mellow. »Ich sollte mich darüber freuen, da er unsere Spuren größtenteils austilgen wird. Und er wird ein Aufsteigen der Vogelreiter und damit die Suche nach uns behindern. Aber ich sorge mich um Finnig. Er wird viel zu früh lernen, was es bedeutet, obdachlos zu sein.«

Mellows Blick glitt unwillkürlich zu Fionwen hinüber, die über ihren Sohn gebeugt neben Bhobho auf ihrem Grauschecken hockte. Mehr ein braunes, auf den Ponyrücken geschnürtes Lastbündel schien sie zu sein denn eine Reiterin. Er fragte sich erneut, wie beide, Mutter und Kind, die Anstrengungen des vor ihnen liegenden Ritts heil überstehen sollten.

»Eben deshalb ist es grundfalsch, sie mitzunehmen«, murmelte Mellow. Er erhielt keine Antwort. Seine Worte waren an den Mönch gerichtet gewesen. Entweder hörte der hoch auf Gwaeths Rücken thronende Mensch sie nicht, oder er war nicht willens, seine einmal getroffene Entscheidung in Frage zu stellen. Mellow holte tief Luft und tätschelte Vankus Hals, als habe er zu dem Tier und niemandem sonst gesprochen.

Circendil ritt schweigend voran, und sie folgten ihm wie eine Schar verschüchterter Gänse. Er führte sie immer tiefer in die westlich von Aarienheim gelegenen Hügel hinein, während die Gaustraße zur Klimtfurt nach Nordwesten entschwand. Die Strecke führte sie durch ein wahres Gewirr von Mulden und kleinen Tälern. Mellow hätte sich darin zweifellos verirrt, aber der Mönch schien immer zu wissen, wo und wie es weiterging. Plötzlich lag unter ihnen ein Weg, eine schmale Straße, die sich von Süden durch die Hügel schlängelte und sich als ein matter Strich in nördlicher Richtung verlor.

»Das muss der Weg sein, der von den Feldern kommt«, vermutete Mellow. »Ich erinnere mich, am Montag bei unserem Ritt nach Aarienheim zur Rechten eine Abzweigung bemerkt zu haben, kurz nachdem wir durch die Klimt gewatet waren. Ich nehme an, dass jener Weg dort zur Gaustraße führt.«

»Wahrscheinlich«, antwortete Circendil. »Wir sollten diesem Weg jedoch nicht folgen. Je weiter wir uns von allen Straßen und Ansiedlungen entfernt halten, desto sicherer ist es für uns. Nächtliche Reiter, die das Ausgehverbot missachten, werden nach den heutigen Ereignissen überall auffallen wie Schnee im Sommer. Nachrichten verbreiten sich schnell, wenn Flügel sie tragen. Da könnten wir ebenso gut *Hier sind wir!* rufen. Lasst uns abseits der Straßen bleiben.«

Sie ritten den vor ihnen liegenden Hang hinab. Gerade als sie den Weg überquerten, hörten sie schweren Flügelschlag nahen.

Sie drangen so rasch sie konnten ins Dickicht. Eng beieinandergedrängt blieben sie unter einer uralten Schwarzpappel stehen, deren schon gelichtete, aber weite Krone sie hoffentlich verdeckte.

Zwei Criargs schossen von Osten heran. Sie flogen tief über den Kämmen und kreisten ein paarmal über dem Weg. Es war zu dunkel, um ihre Reiter zu sehen. Aber sie hörten die Rufe, mit denen sich die Hauergesichtigen verständigten. Dann trennten sie sich; einer flog eiligst nach Norden, der andere folgte dem Weg zurück zu den Aarienheimer Feldern.

Circendil hieß sie warten, ob die Vogelreiter zurückkämen, doch seine Sorge erfüllte sich nicht. Und während sie noch schauten, erkannten sie den Grund dafür. Im Osten begann es zu wetterleuchten: Irgendwo weit über dem Sturz entlud sich ein Gewitter. Die Wolkenballungen sammelten sich dichter und dichter und vereinigten sich zu einer Wand aus quellendem Schwarz. Der Mond wurde von ihnen umwölkt und schließlich gänzlich verschluckt. Kühle Dunkelheit legte sich wie ein feuchter Mantel über den Tiefengau. Der Wind wurde böiger und zerzauste die Mähnen der Ponys.

Die nächste Stunde ritten sie durch immer trostloser werdendes Land. Die Kuppen der Hügel wurden schartig und gratig, und ihre Hänge steiler. Krüppelige Bäume bogen sich über schmalen Einschnitten, die sich entweder dahinwanden wie Schlangen oder plötzlich zu freien Flächen weiteten, über die der Wind umso kälter blies. Verwelkte Büsche standen in dichten Gruppen darauf. Sie wuchsen auf grauem Gras mit langen Halmen und zwangen die Gruppe ihrerseits zu einem Reiten in Schlangenlinien, während die Böen das welke Laub von den Sträuchern rissen und vor sich hertrieben. Erste Tropfen patschten schwer ins Gras; aber gerade, als der Regen richtig einsetzte, fanden sie den oberen Beginn eines sich weit absenkenden Tals.

Sie folgte dem Einschnitt im Gänsemarsch. Unter den Hufen der Ponys knarzte und knirschte es, Steinchen lösten sich und versanken plumpsend in matschigen Pfützen. Bald schmatzte jeder Huftritt bedenklich. Längs des Pfades, dem sie folgten, bildete sich schmieriger Schlamm, der im strömenden Regen mit ihnen zu Tal rann. In der Dunkelheit auf dem abwärtsführenden Untergrund ließ das jeden Schritt zu einem halsbrecherischen Wagnis werden. Als Fionwens Grauschecke zum zweiten Mal beinahe ausglitt, saßen sie ab und führten die Tiere am Zügel. Wenig später stießen Ponys, Vahits und der Dir zu ihrer Erleichterung auf einen Überhang, unter den sie sich eiligst duckten.

Ein ohrenbetäubender Donnerschlag zerriss den Regen. Sie

drängten sich so dicht sie konnten an die Felswand. Schon rauschte es wie ein Wasserfall herab und verwandelte das vor ihnen liegende Tal in ein Geflecht von tausenden von Rinnsalen. Weiterer Donner grollte und rollte näher. Die Blitze hinterließen nachleuchtende Zackenlinien in ihren Augen. Einige schlugen krachend irgendwo in der Nähe ein. Finnig schrie vor Angst im Arm seiner Mutter, allein sie hörten es nicht. Zu erkennen war es nur an seinem aufgerissenen Mündchen und an den tränennassen Augen, wann immer ein Blitz die Nacht durchzuckte. Fionwen wiegte ihn mit nimmermüder Geduld, während sie selbst mit den Tränen kämpfte.

Mellow schüttelte den Kopf, als er das sah. Er warf einen vorwurfsvollen Blick zu Circendil hinüber, doch der Davenamedhir hielt sein Hinterhaupt gegen die Felswand gelehnt und rührte sich nicht. Die Augen geschlossen, saß er regungslos da, als wäre er selbst zu einem Steinbild geworden; er mochte dem tosenden Unwetter lauschen, einer inneren Stimme oder der Eingebung Amans. Oder er ist einfach nur völlig erschöpft, sagte sich Mellow, was kein Wunder wäre, nachdem Drok sich des Mönchs so brutal angenommen hatte. *Aber dann ist er kaum noch in der Lage, unsere Schritte wohlbedacht in die richtige Richtung zu lenken.* Mellow sorgte sich, dass Circendil, ohne es zu beabsichtigen, womöglich falsche Entscheidungen traf, die er nicht einmal als solche erkannte, was nur umso schlimmer wäre. Niemals, davon war Mellow weiterhin überzeugt, hätte Circendil sein Einverständnis zur Mitreise Fionwens geben dürfen; aber er hatte es getan, und das mochte durchaus ein Beweis für seine Schwäche sein, falls es denn eines solchen bedurfte. Mellow nahm dies als Aufforderung an sich selbst an, seinerseits umso achtsamer und wohlüberlegter zu handeln. Er wickelte sich fester in seinen Mantel und starrte missmutig unter seiner Kapuze hervor.

Der steinerne Überhang verhinderte das Gröbste. Doch sein Schutz reichte kaum weiter als ein paar Schritte. Die Ponys hielten im strömenden Regen aus, den Unbilden des Wetters schutzlos ausgesetzt, und sie betrachteten ihre Reiter mit traurigen Augen. Ihre Hufe wurden von herabschießenden Sturzbächlein umspült, und sie standen, einerseits dem Matsch vorerst entronnen, andererseits unbehaglich auf abfallendem, felsigen Boden, die Hinterhufe dem Tale zugewandt. Ihre Schweife hingen tropfnass herab.

Für das Erste bestand alles Handeln nur aus Warten.

Endlich, nach Stunden, legte sich das Wetter. Der Wind ließ nach, der Regen ebbte ab und ging in ein Nieseln über, ehe er gänzlich aufhörte.

Sie sprachen kaum; nur das Glucksen und Schmatzen des ablaufenden Wassers war zu hören. Ihre Decken, Mäntel und Kleider wurden feucht und klamm. An das Entfachen eines Feuers war nicht einmal zu denken, zu nass war einerseits das Holz ringsum, und zu groß wäre die Gefahr, dass sie sich durch dessen Schein verrieten, wenn sie es denn überhaupt in Gang bekämen.

So hockten sie nur da, warteten stumm und froren, bis der Morgen kam.

*

Als die ersten Sonnenstrahlen ins Tal hinabfielen, erschien es ihnen fast wie ein Wunder. Jetzt sahen sie, dass sie sich am oberen Ende einer langgezogenen, vielfach gekrümmten Bodensenke befanden. Das Gras, über das sie bisher geritten waren, zog sich wie eine gewundene Zunge über mehrere Kehren bis zum Grund der Senke hin. Es schimmerte grün zu ihnen herauf, während es hier oben gelblich wuchs und nur schwer vom gleichfarbigen, von Steinen durchsetzten Erdreich zu unterscheiden war. Von den oberen Kanten der Senke ergossen sich zahllose, fingerdünne Rinnsale, und noch immer war das Gras feucht und rutschig. Sie führten ihre Ponys wiederum am Zügel die Graszunge hinab; dann saßen sie auf und ritten ein Stück die Senke entlang. Als sie einen Bachlauf erreichten, bat Fionwen darum, anzuhalten.

Sie saßen ab, tränkten die Tiere und tranken selbst. Finnig erhielt eine frische Windel, die in den ledernen Satteltaschen des Grauschecken einigermaßen trocken geblieben war. Sie füllten ihre Feldflaschen und aßen ein karges Mahl, das vor allem aus Brot bestand. Ehe es nach der Feuchte der Nacht verdarb, war es besser, es nun zügig untereinander aufzuteilen. Fionwen setzte sich ein wenig abseits und legte den Säugling an. Bhobho erbot sich, die schmutzige Windel im Bach zu waschen.

»Nur mit einer Leine zum Trocken kann ich nicht dienen«, sagte er bedauernd. Sie nahmen einen Ast und banden die Windel wie eine Fahne daran fest; den Ast verzurrte Circendil an Fionwens Sattelzeug, und so würde der Wind den Stoff trocknen. Währenddessen ließen sie die Tiere gemächlich grasen.

Circendil schätzte den gestern Nacht zurückgelegten Weg auf etwa zehn Meilen; als Strecke, wie ein Criarg sie flog, denn tatsächlich waren sie wenigstens fünf Meilen mehr geritten. Damit befanden sie sich nach Mellows Schätzung mitten im Tiefengau. »Bis Mittort«, überlegte er, »werden es noch rund fünfzehn Meilen sein, falls du Recht hast und wir nicht zur Seite hin abgewichen sind.«

»Zur Seite?«, fragte Circendil belustigt. »Ich mag nicht mehr der frischeste Mönch oberhalb der Linvahogath sein, aber noch vermag ich einer Richtung zu folgen, wenn ich dies beabsichtige, mein lieber Mellow. Mittort liegt an der Mittelstraße, nicht wahr? So viel glaube ich von euren Erzählungen zu erinnern.«

»Es sind gute zehn Meilen von dort aus nördlich bis Vierstraß und ebenso viele südlich bis Wasserfels. Mittort liegt überdies genau in der Mitte zwischen der Klimt und der Grindel.«

Der Mensch nahm einen abgebrochenen Zweig und zeichnete damit einige Linien in eine freigeschwemmte Stelle am Bachufer. »So«, meinte er. »Die Klimt. Die Grindel. Die Mittelstraße.« Er drückte kleine Steinchen in den Lehm. »Das sollen die Orte sein: Aarienheim, Mittort, Vierstraß. Hier schwingt sich dann die Gaustraße herum. Und hier etwa müssten wir uns befinden.«

Mellow nickte.

»Dann könnten wir abkürzen«, erläuterte Circendil, »und schräg auf Vierstraß zuhalten.« Er drückte Punkte mit der Astspitze ins Erdreich, um den vorgeschlagenen Weg anzudeuten.

»Kein guter Einfall. Das zwänge uns, die Klimt zu durchschwimmen – hier.« Mellow schüttelte den Kopf. Er trug noch immer seine Lederkappe. »Wenn wir das Wasser überhaupt erreichen. Ihre Ufer sind steil und völlig unwegsam. Na gut, wir kämen vielleicht hinab und wieder hinauf, aber wir müssten die Ponys zurücklassen. Und das gilt für den gesamten Unterlauf der Klimt bis hin zu ihrer Furt.«

»Dann«, antwortete Circendil, »vergessen wir das.« Mit dem Finger drückte er die winzigen Löcher wieder zu. »Also weiter Richtung Mittort. Nur wohin dann? Der Straße folgen dürfen wir nicht. Und Mittort betreten ebenso wenig. Was erwartet uns jenseits der Straße?«

»Einsamkeit, wenn ich es grob sagen soll. Alles Land westlich der Straße zählt zum Mittelgau. Die Straße selbst läuft auf Meilen entlang des Mehlbergrückens. Die Gegend dahinter wird noch schroffer, als sie hier schon ist; besonders im Gebiet der Grindberge, zum südwestlichen Ende des Gaus hin. Rund um Mittort gibt es nur wildes und wegloses Land. Die nächsten Bradas sind wie gesagt Wasserfels im Süden und Vierstraß im Norden. Dazu kommen Vierblick und Muldweiler im Westen.« Mellow drückte zwei weitere Steinchen in den festen Uferschlamm. »Den Oberlauf der Klimt bestimmen rechtsseitig die weißen, nahezu baumlosen Erhebungen jenseits des Weißenhöher Passes. Auf Schritt und Tritt gibt es dort Kalkfelsen: viel Geröll auf weiten Buckeln. Zu ihren Füßen liegen fünf bewaldete, wellenförmige Hügel, wie die Falten eines zusammengeschobenen Tuchs, ein fünffaches Auf und Nieder.«

Circendil nickte verstehend. »Sind diese Wälder dicht?«

»Nein. Es sind einzelne Waldstücke, die es versäumt haben, einen einzigen, großen Wald zu bilden.«

»So gelangen wir ohne Schwierigkeiten hindurch?«

»Leider nein«, erwiderte Mellow. »Du erinnerst dich an die Kretelheide? Ähnlich zerklüftet und abweisend sind die Abstände zwischen den Waldstücken. Das ist der Grund, weshalb der Mittelgau im Westen nahezu unbesiedelt ist. Erst nahe der Klimtquelle, bei Vierblick, wird das Land wieder lieblicher und der Boden saftiger.«

»Gibt es Brücken über die Klimt?«

»Nur zwei, soweit ich weiß«, sagte Bholobhorg, der ihr Gespräch verfolgt hatte. »Über die eine, die gemauerte, führt die Mittelstraße, die andere befindet sich südlich von Vierblick. Obwohl Brücke schon zu viel gesagt ist für dieses Ding. Es handelt sich um nicht mehr als zwei dicke Bohlen mit einer Reihe von Brettern darauf. Du kriegst mit Mühe einen Wagen darüber.«

»Bis Muldweiler ist es von dort aus nicht mehr weit.« Circendil dachte einen Moment nach. »Dahinter fließt die Räuschel, richtig? Und fast gegenüber liegt Moorreet?« Ohne auf Antwort zu warten, wanderte ein neues Steinchen in den Lehm.

»Ja«, sagte Mellow. »Doch diese Orte tragen ihre Namen zu Recht. Beide Räuschelufer sind morastig und im Frühjahr eigentlich immer überschwemmt. Es gibt einen Grund, weshalb die Gaustraße bis Vierstraß hinabführt. Und weshalb man über Räuschelfurt die ganze Gegend weitläufig umgehen muss, wenn man nach Mechellinde will.«

»Im Frühjahr, sagst du? Nun, wir haben Herbst … Lasst mich einmal zusammenfassen.« Der Mönch blickte einmal in die Runde; er hatte die volle Aufmerksamkeit der Vahits. »Wenn diese Karte hier nur ansatzweise stimmt, dann halte ich es für das Klügste, wenn wir uns von hier ab nordwestlich halten. So umgehen wir Mittort und schneiden zugleich ein Stück der Strecke ab. Wir sind auch nicht mehr gezwungen, die fünf rechtsseitigen Wellenkämme zu überwinden, sondern nur deren nördliche Ausläufer. Die Erhebungen am linken Ufer der Klimt schienen mir überdies weniger schroff als ihre Schwestern am rechten zu sein. Zumindest kam es mir so vor, als ich mit Finn am Grenzstein stand und wir nach Süden blickten.«

»Das stimmt. Nur vergisst du den Weißenhöher Pass. Ihn können wir nicht umgehen. Das bedeutet, wir müssen ein Stück weit die Straße nehmen, ob wir nun wollen oder nicht.«

»Wie weit?«

»Für drei, vielleicht vier Meilen«, schätzte Bhobho. »Auf jeden Fall bis zur Steinbrücke.«

»Wenn uns nichts anderes übrigbleibt, dann müssen wir es eben wagen. Aber dann? Vierstraß dürfen wir nicht betreten. Dort kennt uns vermutlich inzwischen jedes Kind. Und ich bin nahezu sicher, dass wir dort auf einen starken Gidrogposten stoßen würden. Was erwartet uns, wenn wir uns unmittelbar hinter der Brücke nach links wenden?«

»Weniger schroffes Land, wie du sagtest, Circendil. Aber Buckel und Geröll gibt es auch dort zuhauf, und keinerlei Wälder, die uns verbergen könnten.«

»Aber dann?« Mellow deutete auf das westliche Ende ihrer Sandkarte. »Vor uns läge Muldweiler. Und dahinter die Räuschel mit ihren kalten Wassern. Wie willst du sie überwinden?«

»Ich weiß es nicht«, gab der Davenamönch zu. »Noch weiß ich es nicht. Ich würde hinüberschwimmen, wäre ich allein. Aber mit Finnig und den Ponys? Ich weiß es nicht. Doch lasst uns erst einmal bis zu diesem Punkt gelangen, sage ich.«

»Gut, wenn es euch beiden wie ein Plan erscheint«, sagte Bholobhorg kopfschüttelnd, »selbst wenn er Lücken hat so breit wie die Räuschel … Aber ich verstehe immer noch nicht, weshalb wir überhaupt in den Obergau zurückkehren sollten. Weshalb wollt ihr denn nach … Ja, wohin eigentlich? Nach Moorreet? Nach Mechellinde?«

Mellow und Circendil wechselten einen fragenden Blick. Am Ende nickten beide einvernehmlich.

»Genau dazwischen trifft es am besten, Bhobho«, antwortete Mellow. »Wir wollen zu Abhro Rabners Hammerschmiede.«

Bhobhos Gesicht verriet sein völliges Unverständnis. »Weil …?«

»Weil er«, antwortete Circendil, »ein ganz und gar bedeutendes Eisen im Feuer hat. Ja, so kann man es vielleicht sagen.« Er lächelte zuversichtlich und stand auf. Mit den Fußspitzen wischte er die Linien fort und trat die Steinchen tief in den Uferschlamm. »Ich kann nur hoffen, dass dieses Feuer nicht erloschen ist, bis wir dort anlangen.«

»Und dass das ›Eisen‹ seine alte Form zurückbekommen hat«, ergänzte Mellow. Er blickte in die Wolken hinauf, als sehe er dort etwas schweben.

»Aha«, machte der Tanninger Landhüter. Natürlich verstand er kein Wort von alledem. Aber er ließ es vorerst dabei bewenden. »Ein Eisen also. Und ein Feuer. Na, ich hoffe, es ist eines, das wärmt. Oder eines, in das man etwas zum Backen schieben kann. Ich vermisse einen anständigen Kuchen, damit ihr's nur wisst!«

Ehe sie aufbrachen, versorgte der Davenamedhir ihrer aller Wunden. Er untersuchte zunächst Mellows Kopfhaut und zeigte sich sichtlich zufrieden mit der von Rohmag geleisteten Wundnaht. Die wenigen Medhanbhel-Blätter, die er noch in seinem Vorrat hatte, legte er auf die frischen Stiche, dann verband er Mellow neu.

Sein eigenes Gesicht wusch er nur vorsichtig und verzichtete auf eine weitere Behandlung; die Furche darin hatte sich geschlossen, und er überließ alles Weitere der Luft und der Heilkraft seines eigenen Körpers. Mellow bemerkte, dass der Mönch sein verletztes Bein noch immer leicht nachzog.

Bholobhorg hatte es von allen noch am besten getroffen. Er war mit Püffen und Knüffen und einem gehörigen Schrecken davongekommen. Als Einziger hatte er keine weiteren Verletzungen erlitten.

Als Circendils Blick zuletzt Fionwen streifte, fiel ihm plötzlich eine Beobachtung wieder ein, die er während des Kampfes am Tauberhaus gemacht hatte. Ihre Haltung verriet sie; sie saß zu aufrecht im Gras, war zu offensichtlich bemüht, ihren Rücken nicht zu beugen; und wenn sie sich bewegte, geschah dies langsam, und sie vermied es, sich in der Hüfte zu drehen.

Der Vindliandir wies Mellow und Bhobho an, die Ponys mit einer Handvoll Hafer zu stärken, den letzten Resten, die sich noch in einem der Säcke fanden, die sie von Timan Kowals erhalten hatten. Er selbst aber nahm die junge Frau beiseite.

Der Mönch redete ihr zu, bis sie einsah, dass alle Scham am Ende nur sie selber schwächen würde. So löste sie zögernd alle Bänder und entledigte sich ihres Kleides. Er wusch behutsam ihren Rücken. Anschließend stäubte er ein zerstoßenes Puder von getrockneten Kräutern aus seinem Rucksack darauf – deutlich traten auf ihrer weißen Haut die rötlich geschwollenen Stellen hervor, an denen sie der Criarg mit seinen Krallen getroffen und niedergeworfen hatte. Sechs Striemen zeigten sich von den Schultern bis zu ihrer Taille. Es grenzte an ein Wunder, dass sie sich bisher mit keinem Wort über ihre Schmerzen beklagt hatte. Sie kleidete sich wieder an und hüllte sich und ihren Sohn eng in ihren Mantel. Schließlich lächelte Fionwen zaghaft und nickte dem Menschen dankbar zu.

Damit brachen sie auf.

*

Sie folgten der Senke und damit dem Bach, der an ihrem Rand munter über den Kies sprudelte.

Als das Ufer flacher und etwas breiter wurde, lenkte Fionwen ihr Pony neben Vanku. Mellow sah, dass der kleine Finnig über dem steten Getapse der Hufe wieder eingeschlafen war. Ein zufriedenes Lächeln umspielte sein winziges Gesichtchen, und er schien die Gewitternacht einigermaßen wohlbehalten überstanden zu haben. Fionwen hingegen maß ihn mit einem Blick, den er nicht einordnen konnte. Fast meinte er, Feindseligkeit darin zu lesen. Oder war das unterdrückter Zorn? Ihre Stirn jedenfalls war ein Meer von zerfurchten Linien, geteilt von zwei steilen, bebenden Falten.

»Wacht Finnig auf, wenn wir reden?«, fragte er leise.

Fionwen verneinte stumm; was vielleicht ein Lächeln hätte werden sollen, gerann ihr zu einer wächsernen Maske. Und es war keine freundliche Miene, die dem folgte. Ihre Lippen zuckten und hoben sich dann fast verächtlich in den Mundwinkeln, als würde sie jemanden tadeln, der es an den guten Tischsitten mangeln ließ. »Wenn du es vermeiden kannst zu brüllen oder ihn sonst wie zu erschrecken, wird er wohl weiterschlafen, denke ich.«

Jedes ihrer Worte klang, als koste es sie Kraft, es nicht ihrerseits herauszubrüllen. Sie sprach langsam und gepresst, als drücke sie gleichsam einen Deckel auf einen Topf, der sonst überkochen würde. Mellow sagte beschwichtigend: »Dann beneide ich ihn. Wie sehr sehne ich mich selbst danach, die Augen eine Weile zu schließen. Nächte sollten zum Schlafen und Erholen sein, nicht zum Frieren, während man auf nassem Gestein kauert. Was ist mit dir, Fionwen? Du musst doch selbst todmüde sein?«

»Besser müde als tot«, antwortete die junge Mutter kurz angebunden. Es klang trotzig und abweisend zugleich. Sie warf ihm einen schwer verständlichen, schon fast wütenden Blick zu. Er versuchte sich einen Reim darauf zu machen, scheiterte damit jedoch kläglich.

»Ich kann mich gut in dich hineinversetzen«, sagte er in der Hoffnung, dass dies das Richtige sein mochte, um sie versöhnlicher zu stimmen. Er täuschte sich.

»Ach, ist das so?« Ihre Gegenfrage kam schnell und schnippisch.

»Ja. Ich meine, weshalb du Aarienheim verlassen wolltest. Aber ich glaube ebenso, dass dein Entschluss ein Fehler war. Oder vielmehr ist. Bitte versteh mich nicht falsch«, setzte Mellow eilig hinzu, als er ihre aufbegehrenden Züge sah. »Ich meine, es ist richtig, die Drohungen der Gidrogs sehr, sehr ernst zu nehmen. Wenn sie behauptet haben, sie würden Finnig vor deinen Augen zerquetschen, dann … Ja, dann musst du damit rechnen, dass sie das wirklich tun. Insofern war es völlig richtig fortzugehen. Nur …«

»Nur was?« Fionwen hielt die Zügel ihres Grauschecken so fest umklammert, dass ihre Knöchel weiß hervortraten. Die letzten beiden Worte fauchte sie beinahe.

»Nur hast du dir dazu, fürchte ich, mit uns die falschen Reisegefährten ausgesucht.«

Ihr Kopf fuhr herum. »Was willst du damit sagen? Willst du mich loswerden?«

»Nein. Es ist nur … Schau, wohin wir auch gehen werden – gerade uns wird Saisárasar mit aller ihm zur Verfügung stehenden Macht jagen. In unserer Gegenwart schwebst du deshalb in ebenso großer Gefahr wie in Aarienheim. Nein, in noch größerer. In Aarienheim war es eine Drohung. Sie sollte dich einschüchtern, dich gefügig machen. Es war aber kein Urteil, das sogleich vollstreckt worden wäre. Und das ist ein bedeutender Unterschied. Solange du tätest, was sie von dir verlangten, solange wäret ihr, dein Sohn und du, wenigstens einigermaßen sicher gewesen.«

Fionwen lachte auf. Kehlig und gallenbitter. »Das nennst du sicher? Zu wissen, dass sie jeden Tag, jede Stunde kommen könnten, um ihre Drohung wahr zu machen?«

Mellow seufzte. »Ja, ich weiß, es klingt widersinnig, und dennoch ist es so. Trotz alledem wohnte in Aarienheim immerhin noch ein wenig Hoffnung zwischen all den Drohungen, sozusagen. Und sei es nur die Hoffnung auf die Rückkehr deines Ehemanns. Ihn lässt du jetzt in Unwissenheit und zweifellos größter Sorge zurück. Was ist, wenn er bestraft wird, weil er sich unerlaubt von irgendwelchen Arbeiten entfernt, um nach dir und eurem Kind zu suchen? Und die Sicherheit? Bei uns kannst du dir allenfalls der Tatsache sicher sein, dass es zum Kampf kommen wird, sobald sie uns gefunden haben. Und das ist etwas, das ich *nicht sicher* nenne.«

Fionwen streichelte Finnigs zarten Flaum, der über seiner rosigen Stirn in winzigen Locken unter dem Tragetuch hervorquoll. Eine Weile schwieg sie. Dann blickte sie auf, bleckte die Zähne und sagte: »Mein Mann Lindan ist ein Krämer, kein Kämpfer. Wie soll er mich da beschützen? Und er ist kein Landhüter, der verlorenen Dingen oder entlaufenen Schafen nachzuspüren versteht. Er könnte mich weder suchen noch finden, und das weiß er genau. Dazu fehlt ihm jegliches Geschick. Ihr hingegen seid von Beginn an den Gidrogs mannhaft entgegengetreten. Ihr tragt scharfe Klingen bei euch und wisst sie zu gebrauchen. Oder *du* wusstest es, wie ich vielleicht besser sagen sollte. Hast du nicht diesem schrecklichen Saisárasar das Auge ausgestochen? Hast du dich ihm nicht schon mehrfach entgegengestellt? Und welchen erfahreneren Kämpfer gibt es hierzulande, als deinen großen Freund, den Mönch? Hat er nicht ganz allein ein Dutzend oder mehr der Angreifer besiegt? Welche bessere, wehrhaftere Gesellschaft als die seinige könnte ich mir denn wünschen? Außer, dass mein Neffe Finn noch bei uns wäre,« fügte sie hinzu. »Und Wil nicht zu vergessen.« Mellow sah, wie ihre Augen plötzlich feucht zu schimmern begannen.

»Es ist eines, eine scharfe Klinge bei sich zu tragen«, antwortete er, noch immer nach den richtigen Worten suchend. »Ein anderes ist es, sie gegen einen lebenden Feind zu richten. Es ist grässlich, sie in Blut zu tauchen. Es ist scheinbar leicht, jemandem das Leben zu nehmen, aber es ist falsch. Notwendig vielleicht, aber … Es ist … Es fühlt sich falsch an, wenn du verstehst, was ich meine. Obwohl widerlich es noch weit besser trifft.«

Fionwens Augen verschossen Blitze.

»Hast du es deshalb vorgezogen, diesen Saisárasar nicht zu töten, als du es hättest tun können? Als du damit Finns und Wils Leben hättest retten können? Anstatt es zu opfern?«

»Als ich was?«, entfuhr es ihm.

»O ja, ich weiß Bescheid. Herr Bholobhorg hat es mir erzählt. Du sahest mit an, wie Finn in den Abgrund gestoßen wurde. Du warst dabei – und du hast nichts unternommen! Nichts! Meine beiden Neffen hast du gestern durch Untätigkeit dem gewaltsamen Tod überlassen. Weshalb, Mellow?« Sie warf den Kopf herum und keuchte: »Du warst da und hättest dich *ihm* entgegenwerfen müssen!« Nunmehr traten ihre Tränen deutlich hervor.

Ungehemmt rollten sie über die Wangen der jungen Taubertochter.

»Ich weiß nicht, was ich sagen soll«, erwiderte Mellow. Er erwog kurz, ihr von seiner gestrigen Übelkeit, dem Schwindel und der Ohnmacht zu erzählen, die zusammengenommen jeglichen Rettungsversuch unterbunden hatten. Doch er spürte, wie schwach und hilflos das klingen würde, noch ehe er etwas sagte.

Die Ausrede eines zögerlichen Angsthasen, die Rechtfertigung eines feigen Vahits, der sich davor fürchtete, zu tun, was getan werden musste; und sei es, das Blut eines Feindes zu vergießen.

Bei alledem, so dachte er erschrocken, bin ich mir nicht sicher, ob Fionwen nicht sogar Recht hat mit ihrem Vorwurf. Etwas wie eine kalte Hand griff nach seinem Herzen und drückte es schmerzhaft zusammen. Er wollte Luft holen und konnte es nicht, während er sich fragte, ob es stimmte, was sie sagte. Habe ich Finns Sturz vielleicht erst bewirkt? Bin ich allein schuld am Tod zweier verzweifelter Vahits? Die mir Freund und Gastgeber waren?

»Und deshalb schweigst du dich lieber aus, ja?«

Mellow griff in Fionwens Zügel und hielt beider Ponys an. Dann hob er den Blick und starrte in ihre zu Punkten zusammengeschmolzenen Pupillen. »Siehst du mich so? Bin ich für dich derjenige, der Finn und Wil getötet hat?« Seine Stimme zerbrach schier unter der Last der Anschuldigung.

Ein Wort formte sich tief in seiner Brust, es drängte hinauf und wollte heraus. Zugleich war es ihm, als bestünde das Wort aus Stacheln wie ein Dornenzweig, der ihn innerlich zerriss, als es Gestalt annahm und in seine Kehle emporstieg.

Niemals, nicht ein einziges Mal in den vergangenen 700 Jahren, an keinem einzigen Tag, seitdem die Vahits im Hüggelland lebten, hatte einer der ihren einen anderen Vahit getötet oder auch nur mutwillig dessen Tod herbeigeführt. Allein der Gedanke war derart unziemlich und abwegig, so fern und fremd, dass selbst das passende Wort dafür eines war, das die Vahits kaum verwendeten, eines, dessen Bedeutung sie nur aus den alten, schon halb vergessenen Schriften der Menschen kannten. Es einem einfachen Hüggellandbewohner auch nur vorzuwerfen war eine ungeheuerliche Beleidigung. Es aber einem Landhüter ins Gesicht zu schmettern, das war … unsäglich. Mellow schluckte schwer, doch das Wort in seiner Kehle wollte nicht, nein konnte nicht mehr vergehen! Es wallte auf, quoll über, brach sich in seinem Innern Bahn und schoss hervor: Hältst du mich für ihren *Mörder?«*

Sie zischte: »Bist du es? Nein, ein Mörder bist du nicht. Das würde ja voraussetzen, dass du es mit Absicht tatest. Aber *untätig* nenne ich dich, Mellow. Du hast in meinen Augen versagt. Du hast versagt, als es darauf ankam, deinen ältesten und innigsten Freund und seinen Vetter zu retten. Du hast versagt, als beide deiner Hilfe am dringendsten bedurften. Aber selbst das kann ich noch irgendwie begreifen. Ich bin der Angst am eigenen Leibe begegnet, und ich weiß, was sie im Geist eines friedliebenden Vahits anzurichten imstande ist. Selbst diese Angst werfe ich dir nicht vor. Was ich indes nicht verstehe, Mellow, das ist die klirrende Kälte deiner Seele. Seit gestern Abend reiten wir Seite an Seite. Nicht ein Wort der Trauer habe ich seitdem von dir vernommen. Gilt dir Freundschaft und Liebe denn so wenig? Kein Wort kam über deine Lippen, mit dem du Finns furchtbarem Sturz gedachtest. Kein Wort des Mitleids, und sei es nur wegen Wil, der niemandem etwas zuleide tat. Und was mich betrifft … Nicht ein Wort des Beileids hast du mir gegenüber geäußert. Obwohl nicht nur Finn und Wil, sondern viele andere meiner Familie gestern getötet worden sind. Was sage ich, viele? Nahezu *alle* sind dahin. Die Taubers? Es gibt sie nicht mehr. Die letzten beiden waren Finn und Wil. Falls du es vergessen hast: Als sie noch lebten, Mellow, haben alle im Tauberhaus dich gastfreundschaftlich aufgenommen. Den verständigen Herrn Helvogt, den bewunderten Landhüter, den geliebten Freund haben sie mit offenen Armen willkommen geheißen. Aber du? Du schweigst zu alledem! Zu ihrer aller Schicksal. Als bestünde dein Herz aus Eis, gefroren zu einem Klotz aus Kälte. Und mich? Mich würdest du am liebsten loswerden. Da frage ich mich, weshalb? Aus Sorge, Mellow? Aus Scham? Oder doch aus Wut, weil meine Anwesenheit dich an dein *Versäumnis* erinnert?«

Fionwen hielt bebend inne und holte tief Luft. Mit dem Ärmel wischte sie sich das tränenüberströmte Gesicht. Dann trieb sie wortlos ihren Grauschecken an, preschte vor und gesellte sich an Bhobhos Seite.

Mellow sah ihr nach. Er fühlte sich sprachlos und betroffen auf eine Weise, die er weder kannte noch dass er mit ihr umzugehen wusste. Er ließ sich zurückfallen und versank in düsteren Gedanken. Lange trottete er mit eiserner Miene hinter den anderen her. In ihm tobte ein Gewitter in einer Stärke, dass dessen Wucht dem Wüten der vergangenen Nacht in nichts nachstand. Er saß im Sattel und zitterte, und seine Kopfwunde sandte glühende Speere in sein Innerstes. Als alles Sieden endlich erstarb und sein Herz wieder ruhiger schlug, waren fast zwei Stunden vergangen. Der Zornesrauch verwehte. Aber ihm war, als bliebe nur leblose Leere in ihm zurück.

Als die Sonne nach vielen Meilen höher gestiegen war, endete die Senke abrupt in einem querlaufenden Tal mit hohen, steilen, teils überhängenden Wänden. Der Bach entschwand zu ihrer Linken, um sich irgendwo weiter südlich in die Grindel zu ergießen, wie Bhobho sagte. Sie aber folgten dem Tal in der entgegengesetzten Richtung. Es lief in einer sattelförmigen Lehne zwischen zwei grantigen Erhebungen aus, und als sie deren höchsten Punkt erreicht hatten, blickten sie ungehindert nach Westen.

Vor ihnen lag eine weite, baumlose Ebene, die zunächst flach war wie ein Pfannkuchen, aber von ihrer Mitte aus allmählich anstieg. Im Dunst dahinter sahen sie einen langgestreckten Bergrücken aufragen, dessen Gipfel umso höher anstiegen, je weiter nach Norden sie blickten. Weiße Klippen schimmerten im Licht der schräg auftreffenden Sonnenstrahlen bis zu ihnen herüber. Auf ihren Häuptern trugen sie Tupfen von Gold und Rot und Braun – Herbstwälder, die im Vormittagslicht erstrahlten.

»Das ist der Mehlberg«, sagte Bhobho. »An seinem Rand entlang verläuft die Mittelstraße.«

Mellow nickte bestätigend und deutete schräg nach rechts hinüber, wo der Bergrücken seine höchste Erhebung aufwies. »Und dass da vorn ist der Weißenhöher Pass.«

»Und der ist nicht zu umgehen?«, fragte Circendil.

»Nein«, antworteten Bhobho und Mellow gleichzeitig.

Der Mönch beschattete seine Augen und betrachtete das Land rechts des Passes. »Ich sehe, wie die Höhen dort schnell abfallen«, sagte er. »Das sieht für mich aus, als führe ein Weg um sie herum.«

»Glaub mir, es sieht nur so aus«, sagte Mellow. Er ritt ein paar Schritte vor und vermied es tunlichst, Fionwen anzusehen. »Du vergisst die Klimt mit ihren steilen Ufern. Dort ist kein Durchkommen. Der Pass ist der einzige Weg über die Klippen.«

»Und wo liegt Mittort?«

»Auf der anderen Seite. Dort drüben.« Mellow zeigte ein wenig nach links. »Am Fuß des Mehlbergs. Seine letzten Ausläufer umgeben es wie eine Bucht.«

»So habe ich uns wenigstens bisher richtig geführt. Lasst uns diese Ebene möglichst schnell durchqueren.«

»Es sind Vögel am Himmel«, sagte Bhobho nachdenklich. »Aber es sind keine Criargs.« Er deutete auf ein Pärchen Weihen, das über der Ebene kreiste.

»Das ist nur eine Frage der Zeit«, erwiderte der Mönch. »Kommt weiter.«

Etwa fünf Meilen waren es bis zur Straße. Sie ließen die Ponys ausgreifen, solange das Gelände eben war. Es glich zunächst wirklich einem Pfannkuchen: Bräunliches Gras erstreckte sich zu allen Seiten, in dem sich nur wenige buschige Inseln fanden und das kaum Sichtschutz bot. Erst mit dem Anstieg zeigten sich in dem einförmigen Gelbbraun weißgraue Stellen: einzelne Kalkfelsen, die krumm und schief aus dem Grasland hervorschauten wie Zähne im vereinsamenden Gebiss eines Greises.

Circendil hielt im schrägen Winkel auf die Straße zu und winkte Mellow zu sich heran. Gemeinsam ritten sie voraus. »Gab es Streit?«, fragte der Davenamönch nach einigen Minuten des Schweigens.

»Ja, obwohl ich es bedauere. Es lag nicht in meiner Absicht.«

»Willst du darüber reden?«

Mellow überlegte kurz, dann verneinte er. »Es ist zu früh dazu, glaube ich. Noch schmerzen ihre Worte sehr, und ich will dir nicht in den Ohren liegen damit.«

Circendil nickte. »Das ehrt dich. Nur vergiss nicht: Manchmal müssen wir über die Dinge reden, um sie zu verstehen. Darf ich fragen, worum es ging?«

Mellows Antwort bestand zunächst nur aus einem tiefen Seufzer. Dann gab er sich einen Ruck und sagte: »Um Finns Tod. Um Wils natürlich auch. Ich trage in ihren Augen Schuld daran. Weil ich … weil ich … es nicht verhindert habe.«

»Hättest du es denn verhindern können?«

»Hätte ich? Ich weiß es nicht. Ich weiß nur, dass ich es versucht habe. Und gerade dann, als ich alle meine Kräfte brauchte, verließen sie mich. Ich verlor das Bewusstsein am Ende, aber zuvor, da … da hätte ich mich regen müssen. Ich hätte etwas tun sollen, wenn ich auch nicht weiß, was. Es ging alles so schnell, Circendil. Ich war zu weit weg, und zu kraftlos. Ich konnte kaum denken, ja, nicht einmal klar sehen. Alles war verschwommen. Und doch – ich habe es nun einmal nicht verhindert. *Damit* hat sie Recht, und ich werde damit leben müssen.«

Der große Mensch aus Vindlian musterte Mellow mit seinen grünen Augen. »Und? Wirst du damit leben können?«

»Habe ich eine Wahl? Ach, es ist so schwer. Wenn ich mit etwas sehr beschäftigt bin, dann geht es irgendwie. Aber in den anderen Stunden? Immer wieder kehren meine Gedanken zu jenem Augenblick zurück, und ich sehe die beiden taumeln, wie sie sich aneinanderklammern, ehe sie fallen – erst Wil, dann Finn. Es ist so entsetzlich, dass ich keine Worte dafür finde, die auch nur annähernd beschreiben, wie … Ich meine, was ich …« Er verstummte und senkte den Blick. Erst nach einer Weile hob er den Kopf und sagte, zu Circendil aufblickend: »Siehst du, meine Lippen schweigen, weil mir die Worte fehlen. Aber genau das – mein Schweigen – wirft sie mir vor. Nur wie kann ich Worte finden, wenn sie mir nicht gegeben sind?«

»Du wirst sie wiederfinden«, antwortete Circendil. »Mit ein wenig Geduld, und der Zeit, die alle Wunden heilt.«

»Fionwen hätte in Aarienheim bleiben müssen«, sagte Mellow. »Nicht nur, weil sie mir grollt und meine Gesellschaft zu verabscheuen scheint. Sondern vor allem, weil sie bei uns in noch größerer Gefahr schwebt als dort.«

»Höre ich jetzt etwa Groll *mir* gegenüber in deiner Stimme?«

»Was? Nein. Ja, vielleicht, ein bisschen. Ich bin nur anderer Meinung. Ich kann nicht verstehen, weshalb du sie mitnahmst. Trotz deiner Warnung vorher und allem.«

»Ja. Und es wird dich überraschen – ich denke genau wie du. Mit dem Verstand betrachtet, gibt es keinen Grund, der es gerechtfertigt erscheinen lässt, dass wir nicht nur uns selbst, sondern auch noch eine junge Mutter mit ihrem Kind beschützen müssen.«

»Und doch hast du dich dazu entschieden?«

Der Davenamedhir nickte knapp. »Ja. Erinnere dich, wir sprachen über Amans unvorhersehbare Wege, noch ehe Fionwen zu uns stieß, nicht wahr? Nichts geschieht zufällig, nicht dieser Tage und zu keinem Tag. Alles ist in das große Gewebe von Ursache und Wirkung eingebunden, und selten überblicken wir die uns umgebenden Fäden zur Gänze. Wer kann sagen, ob deine Schwäche am Sturz nicht eine Folge von Amans Wirken ist? War es sein Wille, dann kann dein Scheitern bei der Rettung von Finn und Wil auch als Ursache gesehen werden. Als auslösendes Glied einer Kette von Ereignissen, die sonst nicht würden stattfinden können. Fionwens Entschluss, mit uns zu fliehen, ist dann eine Folgewirkung dieser Ursache. Und ihre Anwesenheit bei uns mag sich wiederum als weitere Ursache für eine Wirkung erweisen, derer wir uns noch nicht bewusst sind oder die überhaupt erst noch eintreten muss. Ich hörte nicht auf meinen Verstand, als Fionwen uns so inniglich bat, wenn du es wissen willst, sondern auf mein Herz. Mich überkam das Gefühl, es könne wichtig sein, sie bei uns zu haben, auch wenn ich keinen Grund dafür zu erkennen vermochte und dies auch bis jetzt nicht kann. Noch nicht, mein Freund. Aber Amans Wege *sind* unvorhersehbar und oft ganz und gar erstaunlich. Genau dieses Erstaunen überkam mich unter dem Blätterdach des Obstbaumhains, und so sagte ich kurz entschlossen – ja.«

Mellow musste plötzlich lächeln, und dabei bemerkte er seinerseits verwundert, wie sehr ihm die Wangenmuskeln vom stundenlangen Zusammenbeißen der Zähne schmerzten. »Das nimmt mir meinen Groll. Ich danke dir dafür, Circendil. Aber mein Unmut ist nichts im Vergleich zu jenem, den Fionwen gegen mich hegt.«

»Gib ihr Zeit. Sie hat so viel mehr verloren als du. Und gib damit auch Amans Wirken Zeit, sich zu zeigen.«

»Einverstanden. Wobei die Zeit uns andererseits gehörig auf den Nägeln brennt«, gab Mellow zu bedenken. »Was tun wir, sobald wir wieder mit Glimfáin zusammengetroffen sind? Er ist verletzt. Wir wissen nicht, ob er die Windbarke trotzdem wieder instand setzen konnte. Bei seinen Brandwunden und in der Kürze der Zeit? Wir haben ihn am Sonntagabend verlassen. Heute ist Donnerstag. Meinst du, er konnte es in vier Tagen schaffen?«

»Ich kann es nur hoffen. Wahrlich, ich hoffe es sehr. All unsere Pläne und Handlungen hängen davon ab, dass die Windbarke wieder schwebt.«

»Was hast du vor? Willst du dich wirklich zu Glimfáin gesellen? Mit ihm davonfliegen? Willst du das Hüggelland zurücklassen? Und es damit seinem Schicksal übergeben?«

Der Mönch richtete seinen Blick verwundert auf Mellow. »Jetzt erstaunst du mich. Ich dachte, unsere nächsten Schritte seien klar. Es gilt, Hilfe zu holen. Zunächst bei den Gidwargim. Dann müssen wir eine Botschaft nach Caras Berene entsenden. Vielleicht müssen wir sie selbst überbringen, wenn niemand sonst uns das abnehmen kann oder will. Revinore ist in größter Gefahr, wie uns der Brief an Saisárasar verraten hat. Und ich gebe dir Recht – auch in dieser Angelegenheit brennt uns die Zeit auf den Nägeln. Noch ist das Fest zu Alvain etwas mehr als zwei Monate entfernt, aber der Weg nach Süden ist weit und zweifelsohne voller Fährnisse. Ich nahm bisher an, wir gehen gemeinsam nach Süden, du und ich.«

»Ja«, erwiderte Mellow. »Und abermals nein. Ich dachte, du und Finn, ihr beide würdet gehen, während ich … nun ja … hierbleiben könnte, um das Hüggelland zu behüten. Was immer dazu nötig ist. Es ist meine vordringliche Aufgabe, als Landhüter und Helvogt. Ich kann nicht gehen, ohne meine geschworene Pflicht zu verletzen. Sosehr mich eine solche Reise auch reizen mag. Und zugleich ängstigt, wie ich gern zugeben will. Aber ich kann das Hüggelland nicht verlassen. Ich darf es nicht. Ich muss bleiben und meinen Leuten helfen.«

»Es fragt sich, ob du ihnen nicht mehr hilfst, wenn du mit mir gehst.«

»Wie meinst du das?«

»Ich spreche von Saisárasar. Wo immer du dich auch hinbegibst, er wird dich finden und bestrafen wollen. Sei dir dessen gewiss: Er hat weder den Verlust seines Auges noch die verletzte Schulter vergessen. Noch das Blut, das du ihm schuldest. Er hat seine persönliche Rache nur aufgeschoben, keinesfalls aber aufgegeben. Noch gehen ihm die Eroberung des Hüggellandes und die Einrichtung der Knechtschaft seiner Bewohner vor. Aber für wie lange? Dein Land hat ihm nichts entgegenzusetzen, und schon bald wird sein Feldzug gegen die Vahits gänzlich vollendet sein. Dann wird er sich um *dich* kümmern. Und alle werden in tödlicher Gefahr sein, die sich dann in deiner Nähe befinden. Gehst du aber jetzt, so wird er sich vorzeitig entscheiden müssen. Für die Rache oder für das Erreichen seiner Eroberungsziele. Und bedenke auch dies: Seine Ränke reichen bis Revinore, bis in die Königsburg von Caras

Berene hinein. Stören wir ihn dort, wird ihn das vielleicht aus dem Hüggelland herauslocken und er uns folgen. Dies aber könnte deiner Heimat nützlicher sein als all dein Wirken hier unter den Flügeln seiner Macht.«

Auf halber Strecke zur Mittelstraße hin hielt Circendil plötzlich an. Er hob den Blick und verfolgte aufmerksam den Flug des vorhin entdeckten Greifvogelpärchens.

»Merkwürdig«, murmelte er.

»Was meinst du?«, fragte Mellow. »Es sind doch bloß Weihen auf der Jagd.«

»Bis eben waren sie das. Sie kreisten gemeinsam. Aber dann hat sich das Männchen von seiner Frau getrennt und ist zu jenem Felsblock dort geflogen. Schau! Eben fliegt er zum zweiten Mal hinüber. Er geht tiefer und gaukelt; also hat er was entdeckt. Hörst du seinen Ruf?«

Sie lauschten. Ganz schwach vernahm Mellow ein heiseres *quiäh-quiäh.* Das wesentlich größere Weibchen antwortete. Es beendete das Kreisen und schloss zu ihrem Gatten auf. Aber ein gemeinsames Schlagen von Beute unterblieb – ihre Jagd fiel aus. Beide Vögel brachen ihr Gaukeln über dem Boden ab und stiegen zu größerer Höhe auf. Dann kreisten sie über dem Felsen, als wären sie unschlüssig, was zu tun sei.

»Eigenartig«, murmelte der Mönch erneut. Circendil lenkte Gwaeth aus ihrer bisherigen Richtung fort und hielt auf den Felsbrocken zu.

»Was ist denn?«, nörgelte Mellow. »Bis eben konnte es dir nicht schnell genug gehen. Und nun …«

»Dort drüben liegt etwas. Etwas, das als Beute für die Weihen hätte dienen können, aber zu groß ist, als dass sie sich daran wagen – solange es lebt. Sonst hätten sich die Weihen nicht zurückgehalten.«

»Na und? Es wird ein krankes Wild sein, ein Reh oder ein Hirsch …«

Er irrte sich. Es war kein Reh. Und auch kein Hirsch.

Es war ein totes Pony. Und neben ihm lag ein blutüberströmter Vahit. Unter seinem roten Hut lugten blonde Locken hervor, die fast so gülden schimmerten wie die eingestickte Sonnenblume über der Hutkrempe.

Mellow sprang aus dem Sattel, noch ehe Vanku richtig zum Halten gekommen war.

Er beugte sich über den bewegungslos daliegenden Landhüter.

»Das ist Taram Goldammer!«, sagte er erschüttert, als er sich aufrichtete. »Tallias Bruder. Was ist mit ihm passiert?«

Bhobho musterte den Himmel. Misstrauisch beäugte er die beiden kreisenden Weihen, als wüssten sie mehr darüber. Aber falls dem so war, verrieten sie es nicht. Und noch während er schaute, rief das Weibchen, und das Männchen antwortete. Sie hatten einen Entschluss gefasst. Sie würden sich andere Beute suchen. In einem weiten Bogen flogen sie davon. Bhobho kletterte aus dem Sattel und wischte sich die Stirn.

»Ich frage mich eher«, sagte er, »wie um alles in der Welt kommt er hierher? Er sollte in Dreihorsten sein, bei Gasakan Amsler, oder nicht?«

*

»Neues Unheil wirft seinen Schatten voraus.« Circendil betastete Tarams Hals und atmete auf. »Aman sei Dank. Er lebt, ganz wie ich vermutete. Weihen sind kluge Vögel. Sie vermögen mit ihren Augenschleiern so weithin zu hören wie die Eulen. Sie werden seinen Herzschlag wahrgenommen haben.«

Wie es sich herausstellte, war Taram bis auf Prellungen unverletzt. Das Gesicht des blonden Landhüters schimmerte in matten Gelb- und Grüntönen. Das viele Blut an seinen Kleidern und Händen stammte von dem toten Pony, dem der Nacken hinter den Ohren und nahe dem Rücken aufgerissen war. Diese doppelte Art der Wunden kannten Circendil und Mellow von der Schlacht am Mürmelkopf her – es war ein Klauenzugriff von gewaltigen Fängen, tückisch und tödlich zugleich.

Ein Criarg musste das Tier im Anflug gepackt und umgerissen haben.

Während Circendil Wasser aus seiner Flasche nahm und damit Tarams Lippen und Stirn benetzte, umrundete Mellow einmal den Felsen. Er fand auf der gegenüberliegenden Seite einen Flecken aufgewühlter Erde, herausgerissenes Gras und Blutspritzer am Boden. Aber es gab keine weitere Spur, weder die eines Criargs noch die eines Reiters. Und doch übersah er etwas. Es lag unmittelbar zu seinen Füßen in einem Büschel dichteren Grases. Ohne es zu bemerken, schritt er darüber hinweg.

Als er zu den anderen zurückkehrte, erwachte Taram soeben aus seiner Bewusstlosigkeit. Er schlug Circendils Hand beiseite und fuhr erschrocken auf. Dann erkannte er den Menschen wieder, ebenso Bhobho und Mellow neben ihm. Erleichtert sank er zur Erde zurück.

»Ihr?«, fragte er verwundert. »Wann immer wir zusammentreffen, ist das Staunen auf meiner Seite. Wie habt ihr mich gefunden?«

»Mit aufmerksamen Augen«, antwortete Circendil. »Wie viele waren es?«

»Wie? Ihr meint … Nur einer. Ein lediger Vogel obendrein. Ich sah und hörte ihn nicht einmal kommen. Er war plötzlich da. Alles ging furchtbar schnell. Tuwina …«

»Ruhig. Bleibt ruhig liegen.« Der Dir entnahm seinem Rucksack den Lederbeutel, in dem er seine Kräuter verwahrte. Er suchte darin und fand einen letzten Trieb halbvertrockeneter, weißblauer Blüten, deren Blätter er auf seinem Handrücken zerrieb. Ein schwacher Wohlgeruch stieg von den winzigen Krümeln auf: Er erquickte ihrer aller Herzen und verbreitete eine Ahnung von Frieden und sorgloser Heimeligkeit, wie ein Versprechen von Wärme und Wohlbehagen an einem klaren, reinen Sommermorgen.

»Atmet tief ein, Herr Taram. Ich wünschte, ich hätte heißes

Wasser, das würde die Wirkung vervielfachen. Aber es muss auch so gehen.«

»Was ist das?«

»*Lêndhumá*«, antwortete der Mönch. »Manche sagen auch Lindertau dazu. Ich fand zum Glück ein wenig davon während unseres Ritts nach Sturzbach.«

»So kommt Ihr aus Sturzbach? Ich war ebenfalls dort ...«

»Beruhigt Euch. Sagt uns zunächst, was hier mit Euch geschehen ist. Und tief einatmen.« Noch immer hielt der Davenamedhir dem blonden Vahit den Handrücken unter die Nase.

»Danke«, sagte Taram und nahm einen langen, tiefen Atemzug. Die Erschöpfung stand in sein Gesicht geschrieben; aber mit jedem Luftholen kehrte mehr gesunde Farbe in sein Antlitz zurück. Er setzte sich auf und berichtete.

*

»Die ganze Nacht hindurch ritt ich ohne Unterlass. Ich muss wohl im Reiten eingenickt sein. Und ich war von der Straße abgekommen, ohne es zu bemerken. Da gellte der Schrei meines Ponys. Er riss mich aus dem Dämmer, und ich erschrak wie selten zuvor. Glaubt mir! Niemals zuvor habe ich ein Tier dermaßen jämmerlich schreien hören. Es war auf den Tod getroffen worden. Wir wurden umgeworfen: durch Klaue, Flügel und Schnabel. Ich verlor die Steigbügel. Zu meinem Glück! In hohem Bogen flog ich aus dem Sattel. Beide Beine wären mir sonst gebrochen worden. So aber schlug ich nur auf. Nur! Es reichte, dass ich selber schrie. Zum weiteren Glück verfehlte ich den Felsblock; ich glaube nicht, dass *er* nachgegeben hätte, sondern stattdessen mein Hals. Noch auf dem Rücken liegend, trat mein Pony mit allen vieren um sich. Brave Tuwina. Sie hielt mir die Treue bis in den Tod. Sie kämpfte einen aussichtslosen Kampf, aber ich glaube, einer ihrer Hufe traf den Vogel schwer. Er wich jedenfalls zurück. Und floh. Dann verlor ich die Besinnung. Mehr weiß ich nicht.«

»Hier, trinkt davon«, sagte Circendil und reichte ihm seine Wasserflasche. »Und esst etwas von diesem Obst, wenn Ihr könnt, damit Ihr zu Kräften kommt. Dann hat eure Tuwina Euch also das Leben gerettet. Aber sagt, Herr Taram, was führt Euch in diese Gegend? Ihr wart in Sturzbach, sagtet Ihr. Ich wähnte Euch bei Gasakan Amsler in Dreihorsten …«

»Von Rechts wegen wäre dies auch mein Platz«, antwortete Taram finster. »Aber was rechtens ist, darüber gibt es neuerdings verschiedene Auffassungen. Herr Bholobhorg wird genau wissen, was ich meine.«

Bhobho nickte. »Du sprichst von eurem Gauvogt?«

»Von Herrn Gasakan, ja. Ich machte ihm Vorwürfe wegen des Briefes, den er von dir einbehalten wollte, obwohl das gegen das Recht verstößt. Da schrie er und meinte, er könne auf Tanninger Taugenichtse ebenso verzichten wie auf besserwisserische Vahindemische Großmäuler.

Überhaupt ist der Austauschdienst die dümmste Eingebung aller Zeiten, tobte er. Und Herr Wredian könne ihn mal. Was, verriet er nicht.

Also Großmäuler! Na, das sagte der Richtige. Ich nahm meinen Hut und ging grußlos zur Tür hinaus. Ich sattelte Tuwina und verließ Dreihorsten. In meinem Zorn wollte ich zurück nach Hause, nach Vahindema, und nahm die Straße nach Sturzbach. Das war am Montagabend, vielleicht eine halbe Stunde nachdem auch Bholobbhorg seinen Streit mit Gasakan hatte.«

»Dann … haben sie dir auch aufgelauert?« Bhobho reichte Taram einen weiteren Apfel.

»Aufgelauert? Wer denn? Nein. Aber etwas war schon merkwürdig an diesem Abend, falls du das meinst. Ich fand herrenloses Gut unterwegs auf der Straße.« Er beugte sich zur Seite. Aus der Satteltasche des neben ihm verendeten Tieres zog er einen breitkrempigen Landhüterhut hervor.

»Große Güte – mein Hut!«, entfuhr es Bhobho.

»Hier, nimm ihn wieder an dich. Und deinen Stab gleich

dazu. Er hängt am Sattelriemen. Beides fand ich wie gesagt auf der Straße. Es war einigermaßen naheliegend, wem sie gehören mussten. Zwar wusste ich nicht, welchen Weg du eingeschlagen hattest, aber außer dir war kein anderer Landhüter auf der Straße unterwegs. Die anderen Jungs wärmten sich ja die Füße im Landhüterhaus.

Doch du warst nirgendwo zu sehen. Ich nahm dies als schlechtes Zeichen, vermutete allerdings zunächst nur ein Missgeschick. Deshalb suchte ich nach dir, fand dich jedoch nicht. Da schwante mir Böses. Ich dachte an eure Erzählungen von den großen Vögeln oder an ein mögliches Unglück. Der Mond schien, und ich ritt schleunigst weiter. Umzukehren und wieder mit Gasakan aneinanderzugeraten wollte ich mir ersparen; mein Entschluss, den Dienst im Tiefengau aufzukündigen, stand felsenfest. Auch wenn dies vermutlich bedeutet, dass ich aus dem Eid und dem Dienst als Landhüter überhaupt entlassen werde. Aber darüber hat immer noch der Vahogathmáhir zu entscheiden.«

»Falls er noch lebt«, sagte Circendil leise. »Falls er überhaupt noch etwas entscheiden kann.«

»Jedenfalls«, fuhr Taram fort, »in Sturzbach machte ich Meldung – und bekam sogleich Grund, mich zum zweiten Mal an diesem Tag meines Landhüterdaseins zu schämen.

›Da der mutmaßliche Verlust im Tiefengau entstanden ist‹, so beschied man mich, ›ist die Vogtey im Untergau von Amts wegen nicht zuständig.‹

›Aber es handelt sich um einen verschollenen Untergauer Landhüter‹, begehrte ich auf.

›Um einen nur möglicherweise verschollenen Untergauer Landhüter‹, erhielt ich zur Antwort. ›Noch dazu einen in Obergauer Diensten!‹ Und man forderte mich auf, mein mir sicher bewilligtes Urlaubsgesuch vorzuweisen, andernfalls hätte ich mich zu erklären. ›Auf Fahnenflüchtigkeit steht eine strenge Strafe‹, erklärte man mir. Als ob ich das nicht selber wüsste!

In der Hoffnung, das würde irgendetwas bewirken, erklärte ich, der vermisste Landhüter habe einen Brief für den hiesigen Gauvogt bei sich getragen.« Taram Goldammer seufzte.

»Und?«, fragte Mellow.

»Oh, das bewirkte etwas. Ich erfuhr, dass der Gauvogt beim Abendessen weile und nicht gestört werden wolle. Da gab ich auf und ging. Niemand hielt mich zurück. Ich glaube, sie waren insgeheim froh, mich los zu sein. Immerhin, ich hatte meine Meldung gemacht, und mehr konnte ich nicht tun.«

»Du hättest nach uns beiden suchen können«, widersprach Mellow. »In der Bücherey hättest du Circendil und mich gefunden.«

»Davon wusste ich nichts«, verteidigte sich der junge Goldammer. »Ich wähnte euch in Aarienheim.«

»Bei meinem Schwerte!«, sagte Circendil in das peinliche Schweigen hinein. »Deshalb wird das Hüggelland niedergehen. Nicht wegen der geringen Größe seiner Bewohner. Nicht wegen der fehlenden Kriegskunst. Sondern wegen der Kleinlichkeit seiner Beamten wird es fallen. Und wegen einer jeden fehlenden Einsicht in Notwendigkeiten. Was seid ihr bloß für ein Volk!«

»In Teilen ein hungriges, wenn Ihr gestattet«, erwiderte Taram und biss in den Apfel. »Jedenfalls beschloss ich, die Nacht im Wirtshaus zu verbringen. Am Dienstagmorgen brach ich auf. Bis abends erreichte ich Unterlaich, noch eben rechtzeitig vor dem Wolkenbruch. Der Mittwoch sollte mich bis Vahindema bringen … Allein, er brachte Tod und Verderben.«

»Die Criargs kamen«, vermutete Mellow.

»Ja. Am nächsten Morgen, noch vor meinem Aufbruch. Sie stießen auf Unterlaich herab wie jagende Adler. Ihre Flügel warfen Schatten auf Haus und Garten. Es gab keinerlei Gegenwehr. Dennoch töteten die Vogelreiter vier Männer und eine Frau – einfach zum Spaß, wie mir schien. Sie trieben uns alle in einem Pferch zusammen. Ein Gidrog sprach unsere Sprache deutlich genug, dass man ihn verstehen konnte. Sein Name war Bugláz oder so ähnlich. Er erklärte das Brada für besetzt und verkündete …«

»... die Bestimmungen.« Bhobho vollendete den Satz mit fast tonloser Stimme, als erwache er nach einem schlechten Traum. Unterlaich war das Nachbardorf von Tanning. Er konnte sich ausmalen, wie es dort zur selben Zeit zugegangen sein musste. Er knüllte seinen wiedergefundenen Hut in der Hand, ohne es zu bemerken.

»Aber du bist hier und folglich entkommen«, sagte Mellow nachdenklich.

»Entkommen? Nein. Nachdem sie den alten Prangnam Kiebitz zu etwas ernannt hatten, das Bugláz *Gewährsmann* nannte, hießen sie alle Übrigen, ihre Arbeit wieder aufzunehmen. Bugláz verlangte fürs Erste nur Futter für die Vögel – und einen fetten Hammel für sich und seine Leute. Das und das strikte Einhalten aller Bestimmungen. Ich glaube nicht, dass sie viel begriffen haben, zum Beispiel was ein Wirtshaus ist und dass sich Fremde darin befanden. Wir alle durften an unsere bisherigen Arbeiten gehen – bis man uns brauche, hieß es.«

»So hat Saisárasar also die Wahrheit gesagt«, rief Mellow mit nicht geringerer Wut im Bauch als Bholobhorg. »Sie gehen überall gleich vor. Sie besetzen das Dorf, verlangen Gehorsam, töten nach Belieben ... Haben sie auch von Fahnen gesprochen?«

»Ja. Als Siegeszeichen des Einen von Ulúrlim und des neuen Herrn des Hüggellandes: Lukather. Wer immer das auch sein mag. Bugláz ließ sich ein Laken bringen, schnitt einem der Erschlagenen die Haare ab und benutzte sie als Pinsel. Er tauchte das Büschel in das Blut der Toten und malte uns das Zeichen vor. Er nannte es *Fe'e Hu*, was zunächst keiner verstand. In unserer Sprache laute der Name *Crúorbhel*, die Kriegsblume, erklärte Bugláz uns. Wir würden seine Bedeutung noch verstehen lernen, sobald erst der *Gorcunun* errichtet sei, sagte er. Und ehe ihr mich fragt: Nein, ich weiß nicht, was er damit meinte. Die Mitte seiner Zeichnung jedenfalls schwärzte er mit Kohlenasche. Bis zum Abend, verlangte Bugláz, sollte über jedem Dach eine solche Fahne wehen. Warum das nötig sei, verriet er nicht.«

»Lukather drückt dem Land damit seinen Stempel auf«, antwortete Circendil. »Diese Blume soll euch jeden Tag daran erinnern, *wem* ihr fortan Gehorsam schuldet.«

»Wie aber gelangtest du hierher?« Mellow beugte sich vor. »Das war die eigentliche Frage, falls du es vergessen hast.«

»Auf Umwegen, wäre die kurze Antwort. Aber sie würde verschweigen, was ich euch mitzuteilen versuche. Lass mich fortfahren. Also: Ich half zunächst, die Erschlagenen zu begraben. Sie hinderten uns nicht daran. Eine Weihesprecherin gehörte zu den Reisenden im Gasthaus. Sie entzündete die Traueröle und sang ihre Lieder. Dann schlossen wir die Gräber und gingen schließlich auseinander. Ich schloss mich ein paar Bauern an, die sich hinaus auf die Felder begaben, um ihr Tagwerk zu verrichten. Die Gidrogs beobachteten uns, aber sie hielten mich wohl für einen der Dörfler, und Tuwina für einen Ackergaul. Noch konnte ich nicht glauben, dass alle Bradas, dass unser gesamtes Land besetzt worden sein sollte …

Ich ritt weiter nach Zwischensee. Schon von Weitem sah ich, dass es hier gebrannt hatte. Noch immer schwelten die eingestürzten Dächer gleich dreier Häuser, ein viertes brannte weiterhin. Eine dicke Rauchsäule erhob sich über dem Dorf. Über den anderen Dächern aber wehten weiß und rot und schwarz die neuen Fahnen. Zwischensee war also ebenso gefallen wie Unterlaich – und befand sich im Besitz dieses *Lukather*.

Ich gebe zu, erst da begriff ich in vollem Umfang den Ernst der Lage. Ich dachte nach – und ich begann, um das Leben meiner Schwester Tallia zu fürchten. Eure Warnungen kamen mir erneut in den Sinn. Ihr kamt aus dem Obergau – Tallia befindet sich ebenda. Hier seid ihr zuerst auf den Feind getroffen. Kurzum: Ich malte mir das Schlimmste aus. Ich warf alle meine bisherigen Pläne über den Haufen. Ich ließ den Oberlaichsee links liegen und ritt querfeldein nach Norden, gen Mechellinde.

Der Rest ist schnell erzählt: Ich unterschätzte die Berge; sie hielten mich auf, obwohl ich nichts mehr verlangte als Eile. Ich verirrte mich in Sacktälern und musste mehrmals umkehren. Die Grindberge zwangen mich unbarmherzig nach Osten. Erst am Abend sah ich die Lichter von Ohnborn unter mir. Den Ort zu betreten wagte ich nicht. Ich erinnerte mich des nächtlichen Ausgehverbots und nahm an, sie meinten es ernst damit. Ich erreichte irgendwann die Straße, vor ihrem langen Aufstieg nach Wasserfels, und als ich sie im Finsteren entlangtrottete, geriet ich in das Gewitter. Das zwang mich zum Halten, doch brach ich auf, sobald es weniger heftig regnete.

Noch im Dunkeln umging ich Wasserfels und schlich mich zur Grindelbrücke. Ich fand sie von Gidrogs bewacht. Wieder wartete ich abseits der Straße, diesmal bis zum Sonnenaufgang. Die beiden Wachen blieben auf ihrem Posten; aber aus dem Dorf rumpelte in aller Frühe ein Wagen der Kowalhöhle zur Brücke, und er durfte anstandslos passieren. Auf dem Kutschbock saß Awol Kowal persönlich, und der alte Polterer würdigte die Gidrogs keines Blicks.

Da kam mir ein Gedanke, und ich war müde genug, das Wagnis einzugehen. Ich ritt zur Straße hinunter und trottete im Schritt Awol Kowal hinterher. Auch mich ließen sie vorbei, und ihr leises Grunzen mochten allenfalls Witze sein, die sie über mich rissen. Was ich euch sagen will: Sie verstehen offenbar nicht, was genau *zu unserer Arbeit* gehört! Sie schubsen uns herum und verlangen Fleisch und was nicht alles, aber sie begreifen kaum, was wir tun und ob irgendetwas davon nicht unserer Lebensart gehört. Sie lassen uns unser Leben weiterführen, von den Diensten abgesehen, die wir ihnen leisten müssen. Sie halten uns nicht auf, wenn wir die Bradas verlassen wollen. Sie haben nicht einmal begriffen, dass ich ein Fremder war und weder in Unterlaich noch in Wasserfels etwas zu schaffen hatte. Wie gesagt: Sie blickten furchterregend, aber sie ließen mich durch.«

»Eine Frage: Trugst du in Unterlaich oder Wasserfels deinen Hut?«

Taram starrte Mellow verständnislos an. Dann nickte er langsam. »Du hast Recht«, meinte er erstaunt. »Beim Schaufeln der

Gräber nahm ich ihn ab, weil er mich störte. Ich stopfte ihn in die Satteltasche. Und später vergaß ich ihn. Als es wie aus Eimern zu schütten begann, ließ ich ihn, wo er war, damit er nicht auch noch durchnässt wurde. Erst heut' Morgen, auf dem Ritt nach Mittort, holte ich ihn wieder hervor.«

»Also haben sie dich nicht als Landhüter erkannt. Wer einen roten Hut trägt, fällt auf. Und *darunter* könnte jederzeit ein Mellow oder ein Bholobhorg stecken. Hättest du deinen Hut getragen, so hätten sie dich angehalten, darauf wette ich.«

»Tarams Beobachtung«, sagte Circendil wie zu sich selbst, »ist für uns dennoch von einigem Wert.«

»Ich vermute mal«, meinte Bhobho, »unsere Gesichter sind denen so gleich wie uns die ihrigen. Es fällt mir immer noch schwer, einen Gidrog vom anderen zu unterscheiden. Wenn es ihnen umgekehrt ebenso geht, erscheint ihnen ein Vahit wie der andere.«

»Eben das meinte ich«, sagte Circendil. »Denn das heißt zu unserem Glück, ihr Vahits könnt euch frei und ohne Gefahr bewegen. Mich hingegen erkennen sie sofort. Solange ich bei euch bin, stelle *ich* die eigentliche Gefahr für euch dar. Und das bedeutet …«

»Willst du uns etwa verlassen?«, fragte Fionwen erschrocken.

Circendil lächelte und bejahte. »Es ist das Klügste in unserer Lage. So könnt ihr am Tage reisen, und niemand wird euch meinetwegen aufhalten. Ihr seid einfach eine Gruppe von Vahits, die ihrer Arbeit nachgehen. Weile ich hingegen bei euch, wird jeder sofort Bescheid wissen. Und inzwischen wird sich verbreitet haben, dass ich aus Aarienheim entkommen bin. Verlasst euch drauf: Sie suchen weiterhin nach mir und Mellow! Aber solange Mellow seinen blaubebänderten Hut verbirgt, kann er wenigstens einigermaßen sicher sein.«

»Es sei denn, ich laufe Saisárasar oder Drok direkt in die Arme?«

»Richtig. Das solltest du unbedingt vermeiden. Alles andere aber macht unsere Sache von nun an um ein Erhebliches leichter«, erklärte der Mönch mit Nachdruck. »Nehmen wir nur den Weißenhöher Pass. Ihr reitet ihn ohne mich hinan und werdet unbeschadet hinüberkommen. Ich hingegen kann mich nicht in einen Vahit verwandeln. Oder in etwas anderes.«

»Dafür fehlt uns leider eine Gilwe des Verwandelns«, feixte Mellow.

»Eine was?«, fragten Fionwen und Taram gleichzeitig.

Circendil winkte ab. »Hört nicht auf ihn. Er hat einen Schlag auf den Kopf erhalten, und seitdem redet er mitunter wirres Zeug.« Er seufzte tief und schüttelte den Kopf. »Scherze nie mit solchen Dingen«, fügte er leise an Mellow gewandt hinzu. »Die Gilwe des Verwandelns, ja? Es gibt tatsächlich eine, auf die dieser Name passen würde. Eine Schwarze Gilwe. Wie alle *dunbluódhan* ist sie von Lukathers eigener Hand gefertigt. Träfest du auf sie, so würdest du sie fürchten, mein Freund. Sei froh, dass dem nicht so ist.«

Mellow kratzte verlegen an seiner Lederkappe. Bhobho hingegen nickte vor sich hin; er war mit beim Rat gewesen und wusste seither, was eine Gilwe war.

»Lasst uns aufbrechen«, drängte der Davenamedhir. »Der Mittag rückt nahe. Taram, da Ihr ebenfalls in den Obergau wollt, überlasse ich Euch Gwaeth für eine Weile. Behandelt ihn gut. Ohne ihn stünden wir alle heute nicht hier. Bleibt zusammen. Und überlegt euch am besten eine glaubhafte Geschichte, die ihr vorbringen könnt, falls man euch doch anhält und befragt.«

»Was für eine Geschichte denn?«, fragte Fionwen. Sie verjagte eine Fliege, die sich ihrem Säugling auf die Wange setzen wollte. Der kleine Finnig in seinem Tragetuch schmatzte leise im Schlaf.

»Oh, das ist einfach«, antwortete Mellow, an niemand Bestimmten gerichtet, so als hätte nicht sie, sondern irgendwer gefragt. »Wir behaupten, Fionwen und … und Bhobho sind verheiratet. Und jetzt, da sie frisch bei ihrer Familie entbunden hat, sind sie als glückliche Eltern auf dem Weg zurück nach Hause. Heim nach … nach Muldweiler. Das erklärt zugleich den Weg. Ich selbst heiße ab jetzt … Benno Sperber und habe vor, in der Muldweiler Sägemühle zu arbeiten. Und Taram …«

»Ich arbeite schon dort als Geselle«, half der blonde Vahit aus. »Ich habe Holz nach Wasserfels geliefert, zur Kowalhöhle. Und da wir dasselbe Ziel haben, reisen wir zusammen.«

»Aber warum sollen wir denn überhaupt noch nach Muldweiler gehen?«, fragte Bhobho verwirrt. »Wenn es stimmt und wir gefahrlos die Straße benutzen können, so lasst uns doch über Vierstraß reisen, die Räuschelfurt benutzen und so auf dem kürzesten und leichtesten Weg nach Mechellinde reiten.«

»Du vergisst dabei etwas Entscheidendes«, erwiderte Mellow, »Du und ich sind in Vierstraß inzwischen gut bekannt. Und mehr noch in Mechellinde. Irgendein argloser Vahit wird uns erkennen und laut ›*Das ist doch der Tanninger Landhüter!*‹ rufen. Oder ›*Heda, Mellow, wie geht's denn immer?*‹. In Muldweiler hingegen kennt uns niemand. Aber dank Finns dortiger Verwandtschaft kann ich ein paar Namen nennen, wenn es darauf ankommt. Und so ›beweisen‹, dass wir die Wahrheit sagen. Und vergesst nicht: Wir *haben* eine gute Geschichte, die zu allem passt. Muldweiler ist die bessere Wahl.«

»Sehr richtig«, bestätigte der Mönch. »Die Geschichte wird euch schützen, sollte man euch sehen und befragen. Aber dennoch ist etwas Richtiges an Bhobhos Worten. Ihr könnt jetzt die Wildnis weitestgehend meiden. Ihr braucht keine Wälder aufzusuchen, um euch zu verstecken. Stattdessen könnt ihr getrost die kahlen Kalkbuckel überklettern. Überschreitet den Pass. Bleibt auf der Mittelstraße, nehmt die Brücke über die Klimt und reitet weiter, bis ihr den Rasteberg mit seiner Mühle vor euch liegen seht. Dann erst schlagt euch querfeldein. Lasst die alte Fokklinmühle auf dem Rasteberg und überhaupt Vierstraß in großem Bogen zu eurer Rechten liegen. So umgeht ihr allzu sorglos plappernde Vahits. Und folgt auf jeden Fall Tarams Beispiel: Verbergt bis auf Weiteres eure Hüte. Ihr alle drei. Auch du, Bhobho. Habt ihr verstanden? Gut. Dann befreit die tapfere Tuwina von ihrem Sattel. Taram wird ihn sicher behalten wollen. Also los.«

Die Vahits erhoben sich aus dem Gras. Sie nahmen dem toten

Pony den Sattel ab und legten ihn Gwaeth auf. Danach stiegen sie auf. »Wann, wie und wo treffen wir wieder zusammen?«, fragte Mellow.

»Spätestens in Muldweiler. Bei der Sägemühle der Muldweiler-Fokklins. Heute Abend, denke ich. Wahrscheinlich werde ich sogar vor euch da sein. Im Gegensatz zu euch kann ich den Weg abkürzen und … wartet, was haben wir denn hier?«

Er runzelte die Stirn, bückte sich und hob etwas aus dem Grase auf.

Es war ein tönernes Gefäß, nicht breiter als die Faust eines Menschen, aber nur zwei Finger dick. Seine Öffnung war mit Bast fest verschlossen. Die Außenwandung der kleinen Flasche trug ein gemaltes Zeichen aus roten Pinselstrichen: Das Bild erinnerte entfernt an eine züngelnde Flamme. Circendil schnupperte an dem tönernen Deckel und verzog das Gesicht. »Das ist überaus seltsam«, murmelte er. »Ihm haftet ein Geruch an, den ich zu kennen glaube. Ist dies ein Vahitgefäß?«

Er blickte sie fragend an und sah in vier verneinende Gesichter. Mellows Miene verfinsterte sich noch mehr, als ihm aufging, dass er vorhin an genau dieser Stelle achtlos vorübergegangen war. *So viel zu meinem Vorsatz, achtsamer und wohlüberlegter zu handeln*, dachte er niedergeschlagen. *Das ist wirklich nicht mein Tag heute.* Er spürte ein Krampfen in seinen Eingeweiden und fragte sich, wie viel Wut in einem Vahit wohl brodeln konnte, bis er notgedrungen platzte.

»Es war in den Marschwiesen«, sagte Circendil. »Eben fällt es mir ein. Nahe der Barke roch es stellenweise ganz ähnlich. Sollte das gar …? Vorsichtig schüttelte er das Fläschchen. Eine Flüssigkeit schwappte darin, ölig und schwerfälliger als Wasser.

Dann nickte er. »Ja«, sagte er und blickte ernst. »Dies hier ist abermals etwas, das der Feind verlor. Aber es gehört nicht zu Saisárasar und seinen Gidrogs. Dieser Fund ist von anderer Art. Wenn mich nicht alles täuscht, so hatte das Fläschchen einer bei sich, der das Feuer von Ulúrcrum zu entfachen weiß.«

Er verstaute die Flasche sorgsam in seiner Tasche.

»Ein Ledir hat es verloren, oder ich war nie ein Schüler Davens. Ich vermute, es gehört dem Reiter, dessen Criarg aus unbekanntem Grunde durchging und der später dann Euch angegriffen hat, Herr Taram. Vielleicht hing das Fläschchen am Sattelzeug und fiel herab, als Tuwinas Huf den Vogel traf? Wer weiß? Aber es hat etwas zu bedeuten! Nämlich dass mindestens ein Ledir noch immer etwas in diesen Landen sucht. Und ich ahne auch, wonach er sucht. Nach *wem* er sucht, sollte ich wohl sagen. Und er ist vielleicht ganz in der Nähe. Nehmt euch dreifach in Acht! Hütet euch vor jedermann! Und eilt euch, so rasch ihr könnt. Wir sehen uns in Muldweiler!«

Damit gab er Gwaeth einen Klaps. Das große Pony sprang voran, die anderen folgten ihm nach. Als Mellow sich nach einigen dutzend Klaftern umdrehte, um Circendil zum Abschied zuzuwinken, ließ er die Hand verwundert sinken.

Der Wind strich durch das Gras und ließ es leise rascheln.

Vereinzelte Grillen begannen zu zirpen.

Hummeln summten über den Halmen.

Alles war wie vorher. Der Felsblock schimmerte einsam im Sonnenlicht. Nur von dem hochgewachsenen Menschen in seinem grünen Mantel war nichts mehr zu sehen.

»Als habe der Erdboden ihn verschluckt«, murmelte Mellow verblüfft. »Das ist doch …« Dann grinste er. »Bei Gelegenheit muss ich ihn fragen, wie er das macht. Circendil mag nicht mehr der frischeste aller Mönche sein, aber er ist immer noch für Überraschungen gut.«

Mellow wendete Vanku um, schnalzte und ließ ihm die Zügel schießen. Hurtig sprengte er den anderen hinterher. Ein wenig Hoffnung erfüllte plötzlich sein Herz, ohne dass er hätte sagen können, warum.

*

Der Weißenhöher Pass trug seinen Namen zu Recht. Der wie ein Langbrot geformte Mehlberg glich einem Rücken, der den Tiefengau vom Mittelgau trennte. Er bestand auf seiner gesamten Länge aus weißlichem Kalkstein, dessen östliche Seite vielfach abgebrochen war, sodass der bloße Fels unterhalb der Wälder zutage trat. Es sah ein bisschen so aus, als habe ein hungriger Wrisilrhiob sein Brot von der Seite her angenagt, immer wieder, und dabei Biss um Biss nebeneinandergesetzt. Steile Klippenwände ragten deshalb linksseitig der Mittelstraße auf, während das Land rechts davon zunächst abfiel und nach rund zwei Meilen jene flache Pfannkuchenebene bildete, über die sie von Osten hergeritten waren.

Die Mittelstraße kam in Windungen von Mittort herauf und stieg weiter zum Pass hin an. Die vier Reiter hatten die Straße kaum erreicht und die erste der vor ihnen liegenden Kehren bezwungen, da hielt Fionwen ihren Grauschecken an. »Hört ihr das?«, fragte sie. Sie lauschten, aber alles, was sie hören konnten, war das warnende Schnauben der Ponys. Aber sie fühlten, wie diese eine Unruhe sie schneller atmen ließ.

Dann zeigte Taram nach Osten, und nun *sahen* sie, was die Tiere verunsicherte. Eine schwarze Wolke schob sich über die jenseitigen Hügelkämme, etwa dort, wo sie zu früherer Stunde nach dem letzten Tal die hinter ihnen liegende Lehne erklommen hatten. Aus der Ferne betrachtet, schien die Wolke nur klein zu sein: ein unbedeutender Flecken über dem einsamen Land, ein Schattenspiel unter den höheren, weißen Wolken. Doch noch während sie schauten, bewegte sie sich, unstet und als ob sie flimmerte. Viel zu schnell kam der Flecken näher, und alsbald löste er sich auf: in einzelne Punkte, die zu sperlingskleinen Vögeln wurden. Doch mit dem Herannahen wurden aus den Sperlingen Krähen, aus diesen Weihen, aus diesen dann Criargs mit gedrungenen, dunklen Buckeln auf ihrem Rücken. Schon flogen sie über die ersten der weitverteilten Felsen, die wie krumme Zähne aus dem Grasland aufschauten.

»Criargreiter!«, rief Mellow.

»Es müssen weit mehr als fünfzig sein!« Taram blinzelte in der Sonne und kniff die Augen zusammen. Er versuchte sie zu zählen, schüttelte verärgert den Kopf und nahm schließlich die ausgestreckte Hand zu Hilfe.

»Sie kommen direkt hierher!« Bhobho sah sich nach einer Deckung um. Es gab keine, nur die Flanke des Mehlbergs, vor der sie hielten.

»Nein, sie fliegen hoch, und noch höher«, widersprach Fionwen. »Seht!« Tatsächlich begannen die Raubvögel zu steigen. Und dann waren sie heran und zogen über sie hinweg, beachteten weder den Rücken des Mehlbergs unter sich noch irgendetwas, das sich davor auf der Straße aufhielt. Sie zählten am Ende einhundertzwanzig Flügelpaare, sechs lange, schwirrende Reihen von hintereinanderfliegenden Criargs; und obwohl die Reiter hoch über den Wipfeln flogen, hörten sie ein Rauschen über sich wie das entfernte Tosen eines Wasserfalls.

»Sie kommen vom Sturz«, vermutete Bhobho.

Mellow nickte und biss sich auf die Lippe. »Und sie fliegen genau nach Westen …«

»Nach Vahindema«, beendete Taram des anderen Vahits Gedanken dumpf.

Die vier Vahits sahen einander beklommen an. Noch immer verhielten sie im Schatten unterhalb der kalkigen Felsenklippe. Finnig in seinem Brusttuch regte sich und strampelte. Er rülpste leise. Winzige Bläschen bildeten sich um seinen Mund. Fionwen bemerkte es nicht.

»Was wollen sie nur von uns?« Die Stimme der jungen Mutter zitterte.

»Das Hüggelland«, antwortete Taram.

»Nein«, widersprach Mellow. »Es ist nicht das Land, auf das sie aus sind. Sie benutzen es nur. Weil es da ist und sich anbietet: als Futterplatz für ihre Vögel und Rastplatz vor dem Weiterflug nach

Revinore. Gekommen aber sind sie aus einem anderen Grund. Es ist etwas, das sie hier im Land suchen.«

Fionwen fröstelte und zog ihren Mantel enger um die Schultern. »Aber wonach suchen sie? Ist es diese Gilwe, von der du vorhin sprachst?«

»Nein. Und ja. Es geht nicht um die Gilwe, die ich im Scherz erwähnte. Aber eine ganz bestimmte suchen sie in der Tat. So wie Circendil. So wie wir, die wir ihm helfen. Alles, was hier passiert, dreht sich nur um diese eine besondere Gilwe.«

Taram runzelte die Stirn. »Und was macht sie so besonders? Kann sie denn Dinge verwandeln?«

»Nein, das kann sie nicht.« Mellow erinnerte sich gut an Circendils Erzählungen während des Rates von Mechellinde und verneinte mit großer Bestimmtheit.

Fionwen schlug die Hand vor den Mund. »Dann hat sie eine noch schrecklichere Zauberkraft als das Verwandeln?«

Sie scheut sich nach allem Gesagten nicht, mich derlei zu fragen, dachte Mellow zerknirscht und bewundernd zugleich. *Ich hingegen … ich habe Mühe, sie auch nur anzusehen.* Schließlich ging ihm auf, dass es die Furcht vor den so unerklärlichen Gilwen war, die aus Fionwen sprach, nicht etwa die Stimme ihres nachlassenden Zorns.

»Das ist überhaupt das Sonderbarste daran.« Wieder gab er sich alle Mühe, seine Worte beiläufig klingen zu lassen, so als seien sie keine unmittelbare Antwort auf Fionwens Frage, sondern etwas, das er an alle richtete. »Sie hat *nichts* von alledem. Keine Zauberkraft. Sie bewirkt rein gar nichts. Sie ist leer. Unter den übrigen Gilwen ist sie das, was ein leerer Krug unter gefüllten Bierhumpen wäre. Sie nennen sie die *Gluda*, die Reine. Um ihretwegen sterben unsere Verwandten und Freunde überall im Hüggelland. Ohne dass sie auch nur ahnen, weshalb.«

Jetzt, da er es aussprach, fielen ihm mit Macht Finn und Wilhag wieder ein. Seit dem Morgengrauen hatte er sich bemüht, nicht an ihren schrecklichen Tod zu denken. Für eine kleine Weile war es ihm gelungen. Bis Fionwen mit ihren Vorwürfen die frische Wunde wieder aufgerissen hatte.

Er blinzelte und vermochte die junge Frau nicht länger anzusehen. Ihre übergroße Ähnlichkeit mit Amafilia Fokklin, Finns Mutter, brannte ihm in den Augen. Und mehr noch in seiner Seele. Für einen Moment erkannte er die Züge seines Freundes in den ihrigen. Mehrmals musste er schlucken. Er hätte nicht sagen können, ob es Tränen waren, die er so hinunterdrückte, oder ein Kloß in seinem Hals, der ihm die Luft abschnürte. *So schmecken also Schande und das Wissen um das eigene Versagen*, dachte er. *Nach Eisen, wie Blut*. Plötzlich spürte er den Schmerz in seinem Mund – er hatte sich auf die Zunge gebissen, ohne es zu bemerken.

»Allein, um die Gluda zu wissen, schützt niemanden«, murmelte er, mehr zu sich selbst als zu den anderen. »Nein. Es ruft den Feind nur umso sicherer herbei.«

Er nahm Vanku brüsk herum und setzte sich an ihre Spitze. Sie ritten weiter, der Passhöhe entgegen. Die Hoffnung, die vor Kurzem noch in Mellows Herzen hatte Einzug halten wollen, entschwand mit dem Wind, der plötzlich von Osten blies.

6. KAPITEL

Die Fracht auf dem Wagen

AN DER HÖCHSTEN STELLE des Weißenhöher Passes wand sich die Straße in einem abwärtsgeneigten Knick nach Westen und führte sodann rasch bergab und tiefer in das Flusstal hinein.

Für einen Moment hielten sie an und schauten sich um. Steil unter ihnen schimmerten die weißen Wände der kreidefelsigen Schlucht herauf. Auf ihrem Grund stürzte sich wild schäumend die Klimt über spitze Wehre, die aus fast ebenso bleichem und hellgrauem Granit bestanden und aussahen wie die Fangzähne eines Ungeheuers. Das Tal zog sich quer zu ihrer bisherigen Richtung von West nach Ost. Es bildete eine gezackte Kerbe mitten im Hüggelland, als wäre sie von einem Giganten mit einem unvorstellbar großen, schartigen Messer hineingeschnitten worden.

Etwas unterhalb der Passhöhe erwartete die Reiter die nächste Kehre – die erste von vielen weiteren, ehe der Fahrweg auf etwa einem Drittel der Talhöhe die Brücke erreichte und die Straße ihre bisherige nördliche Richtung wieder aufnahm.

Aber für zwei oder drei Meilen ging es zuvor nach Westen, wobei sie im Zickzack ritten und längere Strecken flussaufwärts sowie kürzere flussabwärts zurücklegten. In schier endlosen Kurven und Schwüngen, Kehren und Windungen gelangten sie so bis zur halben Höhe hinab. Mal rauschte die Klimt zu ihrer Rechten, dann zu ihrer Linken. Nicht nur Mellow wurde allmählich schwindelig von dem unentwegten Hin und Her. Immer wieder trat der Weg auch hart an den Abhang heran, und an solchen Stellen hörten sie es brausen und schäumen, wobei die grollenden Wasser lauter wurden, je tiefer sie kamen.

Schon von Weitem konnten sie die Brücke sehen.

Sie war aus gelblichen Brandziegeln gemauert und unterhalb der beiden Bögen dunkel von Moosen und Flechten. Von plumper Bauart sei sie, sagten manche, ein gediegenes Vahitwerk, meinten andere.

Auf jeden Fall war sie von gänzlich verschiedener Form und Art als die drei weißen geschwungenen Caerabanbrücken, die seit alters her den Wirrelbach, die Mürmel und den Sturzbach in kühnen Bögen überspannten.

Jene waren ja auch *Dirined*, Menschenwerk, von den Baumeistern der Benutcaerdirin einst errichtet, lange bevor das kleinwüchsige Volk über den Alten Weg herauf ins Hüggelland gekommen war. Seit Jahrhunderten bestaunten die Vahits die menschlichen Hinterlassenschaften, denn sie verwitterten nie. Ganz im Gegensatz zu ihren eigenen Brücken, mit denen sie Jahr um Jahr ihre liebe Not hatten. Die Klimtbrücke bildete dabei keine Ausnahme.

Aus welchen Gründen die Dirin des schon halb vergessenen Reiches von Benutcane sowohl die drei Brücken als auch den noch unbegreiflicheren, ungeheuer hohen Turm des Acaeras Alamdil im Norden errichtet hatten, wusste dieser Tage niemand mehr. Ein ebensolches Rätsel war, weshalb sie nur drei der sieben Flüsse Uvaithlians überspannt und besonders die steilen Täler der Klimt wie auch der Grindel ohne Überbrückung zurückgelassen hatten.

Das größte Kopfzerbrechen aber bereitete den Vahits die Frage, weswegen die Menschen überhaupt einst gekommen waren, ihre Bauwerke errichtet hatten und danach wieder gegangen waren – es gab keinerlei Aufzeichnungen darüber, weder in der Hel noch in den drei Büchereyen des Hüggellandes.

Sie bekamen vorerst keine weiteren Criargs zu Gesicht, was besonders Fionwen zu beruhigen schien. Taram und Bhobho hingegen trieb der leere Himmel dazu an, sich wilden Mutmaßungen darüber hinzugeben, wie viele Gidrogs es derzeit im Hüggelland wohl geben mochte. Sie konnten sich nicht einigen und fragten schließlich Mellow nach seiner Meinung.

»Vielleicht kann man es schätzen«, antwortete er, »aber ich würde nicht darauf wetten wollen. Lasst uns mal sehen: Anfänglich waren es nur sechs, die mit Saisárasar kamen und sich des Acaeras Alamdils bemächtigten. Noch am Tag unserer Flucht kamen siebzehn weitere über dem Ringwall an. Es waren ihrer dann schon fünfzig, als sie uns in der Nacht der Mürmelkopfschlacht umzingelten. Etwa dieselbe Anzahl folgte Saisárasar nach Aarienheim, aber schon dies müssen in Teilen Neuankömmlinge gewesen sein, denn es gab mehr als ein Dutzend Tote in ihren Reihen. Aber das alles sagt uns nichts über ihre wahre Anzahl, die um vieles größer sein muss. Und ich frage mich, woher die alle eigentlich kommen.

Meine Schätzung stützt sich dabei sowohl auf Tarams Beobachtungen als auch auf eine Bemerkung Saisárasars. Der hatte doch behauptet, dass die Eroberung Aarienheims zur gleichen Zeit geschah, als auch die anderen Dörfer des Hüggellandes angegriffen und besetzt wurden. Nach Tarams Erlebnissen in Zwischensee wissen wir, dass diese Aussage der Wahrheit entspricht. Wie müssen wir uns das also vorstellen? Wie wir hörten, ließ Saisárasar zehn seiner Krieger als Besatzung von Aarienheim zurück, und wir können daher mutmaßen, dass er es bei allen anderen Bradas ganz ähnlich gehalten haben wird.«

»Wie viele Dörfer gibt es eigentlich?«, fragte Fionwen. »Ich kenne nicht alle mit Namen …«

»Von den drei Khênbradas abgesehen sind es zweiundzwanzig«, antwortete Taram.

»Das macht dann zweihundertzwanzig Gidrogs, verteilt zu je zehn auf alle Bradas«, rechnete Bhobho.

»Dazu sollten wir den Acaeras nicht vergessen«, gab Mellow zu bedenken. »Er wird ihn jedenfalls nicht unbewacht gelassen haben. Sagen wir, ebenfalls zehn Krieger?«

»Macht zweihundertdreißig. Und dann sind da noch die sechs, die mit ihm fliegen.«

Mellow nickte Bhobho zu. »Diese sechs und vermutlich noch etwa ein Dutzend, die wir für den Ringwall annehmen dürfen. Auch ihn wird er nicht unbesetzt lassen. Sagen wir also, zusammen zwanzig weitere?«

»Einverstanden. Macht zweihundertfünfzig.«

Mellow nickte. »Richtig. Allein für die Bradas.«

»In Sturzbach und Mechellinde wohnen jeweils rund 300 Vahits, in Vahindema sogar 500. Wie viele Gidrogs braucht es wohl, um die Großdörfer zu besetzen?«, fragte Taram.

»Mehr als zehn sind es auf jeden Fall. Was meint ihr? Fünfzig? Siebzig?« Bhobhos Augen wurden umso ungläubiger, je größer die aufgeworfenen Zahlen wurden. Sie einigten sich auf je fünfundsiebzig für Sturzbach und Mechellinde und hundert für Vahindema.

»Das wäre ja dann ein volles Halbtausend«, staunte Bhobho.

»Ja«, sagte Mellow. »Und der vorhin gesichtete Schwarm? Das sind meiner Ansicht nach gleichfalls Neuankömmlinge. Dringend benötigte Verstärkung, wie ich vermute.«

»Wieso denn das?«, fragte Bhobho, der immer noch mithilfe seiner Finger rechnete. »Wofür denn eine dringend benötigte Verstärkung?«

»Es hat Tote gegeben in Aarienheim«, erinnerte Mellow. »Unter den Gidrogs, meine ich. Es wird sie auch andernorts gegeben haben; Verluste, die Saisárasars Reihen lichteten.«

»Glaubst du wirklich, es hat zehn dutzend Tote gegeben? Denn 120 Vögel zählten wir vorhin.« Fionwen blickte noch befremdeter drein als Bholobhorg.

»Nein, weit weniger. Aber ganz gleich, wie viele starben, er muss diese Krieger unbedingt ersetzen, wenn er das Hüggelland besetzt halten will. Außerdem benötigt er darüber hinaus freie Kräfte, die er von den Besatzungsaufgaben abziehen und für andere Zwecke einsetzen kann. Denkt daran: Saisárasar hat eine Aufgabe hierzulande zu erledigen! Auch wenn wir nur ahnen können, worin die bestehen mag. Also müssen wir wenigstens zwanzig annehmen, die die Toten ersetzen, und somit hundert weitere Gidrogs zu den errechneten 500 hinzunehmen.«

»Also 600 Criargreiter«, murmelte Taram. »Das sind weit mehr, als ich dachte.«

»Da habt ihr eure Zahl«, sagte Mellow. »Und ihre bloße Größe wird das Hüggelland schnell an den Rand des Abgrunds treiben.«

»Damit meinst du nicht den Abgrund, an dem es ohnehin liegt?« Tarams matter Scherz war in Wahrheit eine in Vahindema beliebte Redensart, der sich vor allem die in der Hel Beschäftigten gern bedienten, wenn etwas schiefgelaufen war.

»Wenn es nur so wäre«, kam es gallig über Mellows Lippen, der diesen Scherz schon oft gehört hatte, sogar einmal von Wredian Gimpel, dem Bürgermeister. »Ich meine natürlich nicht den Sturz. Sondern die Anwesenheit so vieler zusätzlicher Esser. Dann noch ihre unersättlichen Vögel. Binnen weniger Wochen wird es kein einziges Schaf mehr im Hüggelland geben! Weil sie aufgefressen wurden von zu vielen hungrigen Mäulern und Schnäbeln. Und worauf sich die einen dann stürzen und woran die anderen sich vergreifen werden, wage ich mir nicht einmal auszumalen. Für uns Vahits wird jedenfalls kaum etwas übrig bleiben. Und was bedeutet das? Hungersnöte und Krankheiten wird es in jedem Brada geben. Den Schafen werden die Ponys folgen. Woraufhin alle Feldarbeit brachliegen wird. Kein Acker wird im Frühjahr mehr bestellt, keine Saat ausgebracht, kein Holz verrückt, kein Bote entsandt, kein Brief mehr befördert, kein Bier gebraut, keine Ladung veräußert, kein Wagen mehr gezogen werden. Jeder wird sich nur noch selbst der Nächste sein. Versteht ihr?

Unser heutiger Ritt ist keine gemütliche Reise von einem Gau zum anderen. Es ist bestenfalls ein verschrecktes, verzweifeltes Rennen, während der einst so sicher geglaubte Erdboden unter unseren Füßen längst schwankt und bebt. Wir erleben den Untergang des Hüggellandes. Ob wir es nun wahrhaben wollen oder nicht. Es bedarf dafür keiner weiteren Toten unter den Vahits mehr. Wer glaubt, es werde schon bald wieder wie früher sein, der irrt! All die Grauschnäppers und Wachtels, die irrig annehmen, alles werde schon irgendwie glimpflich ausgehen, wenn wir nur fügsam sind und den neuen Herren folgsam dienen – sie werden eines baldigen Morgens mit grummelndem Magen erwachen und feststellen, dass die Kammern leer und ihre Ställe und Scheunen geplündert sind.

Saisárasars Bestimmungen sind der reine Hohn. Augenwischerei! Sand, in unsere Augen gestreut, um uns blind zu machen für das, was wirklich geschieht. Nein, meine Freunde. Dies ist das Ende, das unsere Heimat ereilt. Es kommt in gewaltigen Sprüngen auf uns zu. Wie ein Raubtier der Tiefenlande kennt es kein Erbarmen. Axtdornschwerter und Vogelklauen sind dabei noch das wenigste, was wir zu fürchten haben.«

Er hielt inne, erschrocken von den eigenen Worten. Bestürzt sahen sich Fionwen, Bhobho und Taram an, doch Mellow sprach nicht weiter. Schweigend ritt er den anderen voran. Sie konnten die Tränen nicht sehen, die ihm das Gesicht hinunterrannen, aber er selbst fühlte sie heiß auf seinen Wangen brennen. Er zitterte mit einem Mal, und seine Kopfwunde unter der Lederkappe schmerzte stechend.

*

Der Himmel blieb zu ihrer aller Erleichterung frei, soweit es große Vögel betraf. Aber sie konnten förmlich zusehen, wie er sich zuzog.

Wolken drängten von Osten heran. Erst waren sie faserig und windzerrissen, dann schoben sie sich enger zusammen. Nur noch selten blinzelte das Blau durch sich allzu schnell verengende Schlitze. Für eine Viertelstunde spürten sie noch dankbar einige wärmende Strahlen der Mittagssonne auf ihren bemäntelten Rücken, aber auch die vermochten die eisigen Schatten, die Mellows Worte heraufbeschworen hatten, nicht zu vertreiben.

Eine Meile jenseits des Passes gesellte sich ihnen ein rasch fließender Bach hinzu, der neben der Böschung über zahllose weißglitzernde Treppchen sprang.

Erneut bat Fionwen ihre drei Begleiter, anzuhalten; Finnig strampelte in seinem Tuch, greinte und quengelte. Fionwen rümpfte vielsagend die Nase: Ihr Sohn bedurfte einer weiteren frischen Windel. Sie erledigten das Notwendige am Bachufer und ritten sofort weiter. Mellow drängte jetzt zur Eile, obwohl – oder vielmehr gerade weil – sie noch ein Stück weit gezwungen waren, langsam und vorsichtig zu reiten. Je tiefer sie vom Pass herunterkamen, desto weniger wurden sie glücklicherweise ein Opfer des kräftigen Windes. Die hinter ihnen aufragende Passhöhe hielt die heftigeren Böen von ihnen fern. Erst als sie die Brücke erreichten, packte er erneut zu und ließ ihre Mäntel flattern.

Schwaden von Nässe hingen trotz des von der Seite blasenden Windes über der Brücke wie wallender Nebel. Nicht nur der Bach bildete an dieser Stelle einen Wasserfall, auch die Klimt selbst brandete links neben ihnen über Zacken aus weißen schroffen Felsungetümen. Gurgelnd und zischend brodelte das Wasser zu ihnen herauf, während sie die Brücke eilig überquerten.

Drüben stieg das Gelände wieder an, glücklicherweise bedeutend sanfter als auf der Mehlberger Seite. Nach einer Meile sahen sie in einiger Entfernung die weißbefockten Flügel der Rasteberger Mühle vor sich kreisen. Daneben erkannten sie, klein wie Kieselsteine, die Häuser von Vierstraß mit ihren hellgetünchten Wänden. Über den Dächern schlugen Fahnen im Wind, grau-weiß wie Kaminrauch und Flecken tragend wie von Asche und Glut. Aus den Schornsteinen lispelte schräg aufsteigender Qualm. Kleckse aus Ocker und Braun lagen vor dem Brada – die abgeernteten Stoppelfelder. Verborgen an deren südlichen Rand, aber dicht an der Straße stehend, kündete der Grenzstein der Benutcaerdirin von der einstigen Gemarkung des Reiches. Noch konnten sie die Stele selbst nicht erblicken, doch bis auf Fionwen kannten die anderen den Stein und wussten ungefähr, wo er einst gesetzt worden war.

Hinter der breiten Kuppe des Rasteberges aber dräute, grau und verwaschen, der höhere Kretelberg. Aschgraue Wolken klebten an seiner Ostflanke.

Es hätte Mellow nicht gewundert, wenn es dort schon wieder regnete. Allein deswegen war er nur zu bereit, Circendils Ratschlag zu folgen: abzukürzen und sich nach links in die Büsche oder vielmehr in die felsigen Buckel zu schlagen. So würden sie nicht nur neugierigen Augen, sondern auch dem Wetter mit etwas Glück entgehen. Nach dem heftigen Gewitter der vergangenen Nacht hatte er von Regengüssen vorerst genug. Ein Ritt über Stock und Stein erschien ihm allemal erträglicher als endloses Frieren in durchweichten Kleidern.

Die anderen stimmten ihm zu; und eben wollten sie die Straße verlassen, als sie einen Wagen erblickten, der von Vierstraß kommend die Mittelstraße herunterrumpelte.

Ein einzelner Vahit lenkte das Gefährt, und wenn er nicht selig schlief, musste der Kutscher sie unbedingt bemerken. Er würde sich fragen, weshalb sie abseits der Straße über Land ritten; also blieben sie auf dem Weg und ritten ihm langsam entgegen.

»So viel zu unserer ach so dringend erstrebten Heimlichkeit.« Mellow haderte mit sich; zum einen, weil er nicht eher zu einem Entschluss gelangt war und zu noch größerer Eile gedrängt hatte, zum anderen, weil er das beunruhigende Gefühl hatte, die Dinge unbeabsichtigt schleifen zu lassen. Zum wiederholten Mal fragte er sich, was mit ihm los sei, und ob sein Schwindel tatsächlich wiederkehrte oder nur Einbildung war. War das verwirrende Gefühl in seinem Kopf noch auf den schwankenden Abstieg zur Klimtbrücke zurückzuführen?

Er blinzelte, nur wurde das Bild des näher kommenden Wagens dadurch auch nicht klarer. Es blieb ein verschwommener Fleck, der vor seiner Nase tanzte und ihn narrte. Mellow wischte sich fahrig über die Stirn. Trotz der Kühle des Windes wurde ihm eigentümlich heiß. Beides kommt gewiss davon, dass meine Narbe so brennt, sagte er sich.

Obwohl ihn der Gedanke beruhigen sollte, tat er das nicht.

»Aber das ist doch nur Awol Kowal«, sagte Taram, der die besten Augen von ihnen hatte. »Jetzt sehe ich ihn heut schon zum zweiten Mal, ohne dass er mich bemerkt.«

»Dieses Mal wird es sich nicht vermeiden lassen«, brummte Bhobho.

»Mir wäre wirklich lieber, wenn er uns nicht bemerkte«, sagte Mellow. »Aber dafür ist es zu spät. Kennt ihn einer von euch persönlich?«

»Ich kenne ihn nur vom Sehen«, antwortete Taram. »In Vahindema nennen sie ihn den Polterer. Er ist in Geschäften oft in der Hel zu finden und geht beim Vahogathmáhir ein und aus. Aber wir sind einander nie vorgestellt worden, wenn du das meinst.«

»Gut. Fionwen?«

Finns junge Muhme schüttelte stumm den Kopf.

»Bhobho?«

Der Tanninger Landhüter kratzte sich am Hinterkopf.

»Tja«, machte er. »Dummerweise kenne ich ihn. Und er wird sich an mich erinnern. Es gab mal Streit im Wirtshaus zu Tanning, und er war darin verwickelt. Nach dem fünften Krug *Dunkelzapf* neigte er dazu, nicht nur mehr mit seinen Worten zu poltern, wenn ihr versteht. Ich musste den Streit schlichten, was er mir übel nahm. Einer wie er fühlt sich stets im Recht.«

»Das ist gar nicht gut. Aber leider nicht zu ändern. Wir bleiben dennoch bei unserer Geschichte. Nur denk dran – du bist kein Landhüter mehr, sondern wohnst seit Jahr und Tag in Muldweiler. Gleich neben den Fokklin-Brüdern hast du ein Haus, und arbeitest in der Sägemühle. Doch genug jetzt; gleich ist er dicht genug heran, um uns zu verstehen.« Mellow setzte seine einfältigste Miene auf und blickte dem Polterer mit gemischten Gefühlen entgegen.

Über ihren Wortwechsel war der Wagen knarzend näher und näher gekommen; und jetzt sahen sie ihn wuchtig auf dem Kutschbock sitzen – einen kräftigen Vahit mit Nackenwulst, faltigem Gesicht und großen, derben Händen. Alle Kowals hatten dichtes, schwarzes Haar, und auch Awol bildete darin trotz seines Alters keine Ausnahme. Den Wagen schmückte auf beiden Seiten das bekannte Zeichen der Kowalhöhle, der besten Schmiedewerkstatt des Hüggellandes: ein silberner Hammer, der einen ebensolchen Amboss traf. Beides war eingerahmt von einer silbernen Linie, die wie ein Hufeisen geformt war: Ω. Nur war damit keines gemeint, sie stand als Zeichen für die uralte Höhle, in der Awol und seine Söhne seit Generationen die Feuer schürten und ihre unvergleichlichen Arbeiten vollbrachten.

Mellow rief sich das wenige, was er über Awol Kowal wusste, ins Gedächtnis. Awol war das Familienoberhaupt der Kowalsippe und der Onkel von Herrn Timan, dem zupackenden Wirt der *Taumelnden Mühle* zu Vierstraß. Außerdem war er unter den Vahitschmieden das, was Furgo Fokklin unter den Tintnern gewesen war – ein Cuorderir, ein anerkannter Meister seines Faches. Die Kowals genossen bedeutenden Einfluss im Hüggelland, und das schon seit langer Zeit. Wie die lange Reihe seiner Vorväter führte auch Awol Kowal den Vorsitz in der Schmiedegilde.

Eben jetzt schien der alte Polterer in gesprächiger Laune zu sein, denn er winkte den Entgegenkommenden zu wie jemand, der etwas Wichtiges zu sagen hatte.

»Brrr«, machte er und zog die Bremse an. Der vorgespannte Schimmel hielt schnaubend vor den Reitern. Auch sie zügelten ihre Ponys. Mellow fuhr mit der Hand grüßend zu seinem Hut, bis ihm einfiel, dass er keinen mehr auf dem Kopfe hatte.

»Na, wen haben wir denn hier?«, fragte Awol mit dröhnender Stimme. »Kaum ein schöner Tag zum Reisen, will ich meinen. Und dann noch dazu mit einem Säugling, wie ich sehe?«

»Ganz, wie man es nimmt, Herr Awol«, entgegnete Bhobho. »Nicht der Tag ist der Grund für unsere Reise, sondern eben das Kind hier im Arm meiner lieben Frau. Wir sind auf dem Weg nach Hause, wie du dir vielleicht denken kannst.«

»Nach Hause? Dann seid ihr aber auf dem besten Weg, euch richtig zu verlaufen, will ich meinen. Nach Tanning geht's grad entgegengesetzt, falls ihr es nicht wisst. Deine Redeweise ist doch Tanningsch, nicht wahr? Und dein Gesicht? Es will mir nicht … Doch. Warte! Ich kenne es, ich komm nur nicht gleich drauf. Jetzt hab ich's! Aber klar! Du bist der Spielverderber, dieser Feldschwirlbursche, der mir mein Bier verwehrte. Das und ein bisschen Spaß. Wo hast du deinen Hut gelassen, Junge?«

»Meinen Hut? Den hab ich schon vor einem Jahr an den Nagel gehängt, am Tag unseres Brautlaufs, als Geschenk für meine Frau. Ist nicht gut, immerzu unterwegs zu sein, fort von der Familie. Du weißt schon.« Er warf Fionwen einen Blick zu, wie ihn glückliche Väter und stolze Ehemänner zeigten.

»Aha«, machte Awol. »Also versuchst du es jetzt zur Abwechslung mal mit richtiger Arbeit, was? Ich will ehrlich sein: Ich mag die Hüter nicht, mochte sie nie. Sei froh, dass du sie verlassen hast. Mischen sich immerfort in Angelegenheiten ein, die sie nichts angehen. Aber lassen wir die alten Zeiten ruhen. Was treibst du denn jetzt, Junge?«

»Holzarbeiten«, gab Bhobho zurück. »Für die Fokklins in Muldweiler.«

»Ach ja?«, rief Awol. Dann lachte er. »Die Fokklins? Du liebe Güte! Da wärst du wohl besser bei den Hütern geblieben. Die Sägemühle ist nicht mehr in gutem Zustand, hört man. *In Schwierigkeiten*, sagen manche. *Heruntergekommen*, sagen andere. *Zu abgelegen*, sage ich. Und Gémo als auch Gatan Fokklin sind, na ja, schon ein bisschen verschroben, will ich wohl meinen. Zu alt und zu schrullig, um mehr zu leisten, als mit den Köpfen zu wackeln. Aber jeder auf seine Art. Ich hoffe nur, du bekommst deinen Lohn. Und? Wer seid ihr beide?«

»Auch dir einen guten Tag, Herr Awol«, sagte Taram, obwohl Awol bisher keinen Gruß von sich gegeben hatte. »Taram heiße ich, Geselle in der Sägemühle, zurück von der Holzausfuhr nach …« Im letzten Moment fing er Mellows warnenden Blick auf. Beinahe hätte er sich verplappert und »nach Wasserfels« gesagt, genau so, wie sie es vordem abgesprochen hatten. Aber diese Lüge hätte

Awol sofort durchschaut. Taram besann sich eben noch rechtzeitig eines Besseren (oder Schlechteren), täuschte ein Räuspern vor und sagte hastig: »Nach Tanning.«

»Nach Tanning?«, wunderte sich der alte Schmied. »Wo sie selbst eine Sägemühle haben?«

Bhobho biss sich auf die Lippen. Das stimmte.

Auch Mellow hielt den Atem an. Awol hatte völlig Recht. Tarams zu schnell erfundene Erklärung war schlechter als ein schlechter Witz. Der nahe Tanning liegende Sturzwald lieferte schließlich selbst vorzügliches Bauholz für den Untergau. Das nirgendwo anders als in der Sägemühle der Sperbers zurechtgeschnitten wurde. Die Sperbers!, dachte Mellow und sah Awol geradeheraus an.

Er nickte dazu heftig, als spräche ihm Awol aus der Seele.

»Wie's halt so immer kommt«, sagte er in breitestem Tanningsch. *Wiäs hoalt so ümmer kummet.* »Das Hüftleiden der guten Nattia macht es allen schwer in diesem Jahr.« *Des Huftlidda dera goden Nattia maahds ollesamt tabbisch heier.* »Die Mühle ruht derweil. Leider. Deshalb haben die Fokklins ausgeholfen.« *Dessa ham derna Fokklins usgehulfa.* »Benno Sperber, habe die Ehre.«

»Die Mühle ruht? Na, das ist wie ein Loch, in dem die Heller versickern. Aber, mein Wort darauf: Es kommen wieder bessere Zeiten. Gerade jetzt, mit den neuen Köpfen im Land und allem. Wer sich *denen* anpasst, der kann sich leicht und schnell manchen Grosheller verdienen, sage ich. Man muss halt nur richtig mit den Leuten reden. Und drüber weggucken, dass sie anders aussehen und reden als wir. Sie haben uns immerhin beträchtliche Schmiedearbeiten in Aussicht gestellt.« Awol hob die Hand an den Mund und sprach hinter dem Handrücken, als verrate er ein Geheimnis: »Genug zu tun für ein Jahr oder mehr. Hauptsächlich wohl nur Zierrat, aber …«

Er beugte sich vor und hob wichtigtuerisch den Zeigefinger: »Sie wollen scheint's irgendwo so ein Ding errichten. Einen Gorcunun. So wie ich's verstanden habe, soll das ein bedeutendes Bauwerk sein. Geht wohl darum, ihr Fe'e Hu, diese Kriegsblume, zu ehren! Habt ihr so was Albernes schon mal gehört? Das ergibt überhaupt keinen Sinn und ist darum natürlich Unfug. Aber, es ist deren Sache, oder? Mir kann's gleich sein. Von mir aus gern. Ihr wisst schon. Sie zahlen vielleicht nicht in klingender Münze, aber in Vergünstigungen …«

Er rieb sich die Hände. »Jeder muss sehen, wo er bleibt. Ihr wollt also alle nach Muldweiler? Schön, dann hab ich gute Nachrichten für euch. Wird wohl bald wieder ruhiger werden. Zumindest auf den Straßen, verlasst euch drauf. Der Mensch, den sie überall suchen …« Er beugte sich mit glänzenden Augen zu ihnen hinab. »Ihr wisst schon. Dieser Fremde, der den ganzen unnötigen Aufruhr verursacht hat, drüben in Mechellinde, mit seinem Kriegsgerede …« Er zwinkerte ihnen zu und deutete mit dem Daumen über die Schulter. »Der ist erledigt. Ein für alle Mal. Tot ist er. Starr wie 'ne Maus nach dem Hieb der Katze. Ein Pfeil traf ihn, und – *zack!* – das war's. Falls ihr mir nicht glaubt, er liegt hinten auf dem Wagen.«

Fionwen schlug die Hand vor den Mund. Entsetzen trat in ihre Augen.

Mellow glaubte zuerst, sich verhört zu haben. Er und Bhobho starrten einander sprachlos an. Bhobho schüttelte schier ungläubig den Kopf. Mellow holte tief Luft. Dann fragte er heiser: »Du redest von Circendil, dem Medhir aus Vindland?« Weder er selbst noch Awol bemerkten, dass er in seinem Schrecken völlig vergaß, in der Tanninger Mundart zu sprechen.

»Aber sicher«, meinte Awol zufrieden. »Wenn das sein Name war. Kann mir hübsch vorstellen, wie *das* die neuen Köpfe erfreuen wird. Immerhin haben sie gestern noch eine feine Belohnung ausgesetzt für den, der ihnen *seinen* Kopf bringt.«

Awol schmunzelte zufrieden und machte die Geste des Geldzählens.

Taram bewegte Gwaeth ein paar Schritte vor, bis er an den Wagen heranlangen konnte. Er lugte über die Seitenwand. »Es ist wahr«, sagte er beklommen, als er sich zu den anderen umdrehte. »Hier liegt wirklich einer. Groß und breit. Ein Mensch. Ein Pfeil steckt in seinem Hals. Er ist tot. Entweder das – oder ich habe noch nie einen Toten gesehen.«

*

»Das kann nicht sein!«, entfuhr es Mellow. »Ich meine: wenn du gütigst gestattest, Herr Awol.« Er rutschte aus Vankus Sattel und kletterte auf den Wagen, noch bevor der alte Polterer etwas dazu sagen konnte. Schon auf den ersten Blick sah Mellow, dass es sich bei dem Toten nicht um Circendil handelte. Zwar lag der Mensch mit dem Gesicht nach unten auf der Ladefläche, aber seine Kleidung war eine ganz andere als die des Davenamedhirs. Ein spitz zulaufender, pelzbekränzter Lederhelm saß auf dem Haupt. Eine dunkelrote Weste, vielleicht war es auch ein ärmelloser Mantel, bedeckte den Oberkörper und die Beine. Mit Bändern umwundene Fellstiefel schauten darunter hervor. Mellow kannte nur einen, der ähnliche Kleider getragen hatte: der Ledir Guan Lu. Glimfáins erklärter Feind. Der Feuerwerfer, der Finn, Tallia und den Gidwargum vergangenen Sonntag beinahe getötet hatte.

Awol Kowal drehte sich auf dem Kutschbock nach hinten. »Ganz schöner Brocken, was?«

Verglichen mit einem Vahit war der Tote in der Tat groß und breit, ganz wie Taram gesagt hatte. Aber ein Brocken? Awol übertreibt, dachte Mellow. Sicher, der Körper bedeckte fast die gesamte Ladefläche, aber dennoch war der Leichnam kleiner als der Mönch aus Daven, und seine Haut schimmerte gelblich. Mellow hatte Guan Lu nur einmal zu Gesicht bekommen, und das nur flüchtig während des Zweikampfes mit Circendil – aber als er sich vorbeugte und dem Toten die pechschwarzen Haare aus dem Gesicht strich, war er sich sicher. Dieser Mensch war zweifellos ein Ledir. Aber es war nicht Guan Lu. Was ging hier vor?

Mellow hob den Blick und sagte ernst:

»Schön? Dann bist du der Erste, der an einem Toten etwas Schönes finden kann. Wer ist er?«

Awol hob verwundert die Brauen. »Na, ganz wie du es eben selber sagtest. Es ist dieser Mönch oder was immer er ist. Gestern Abend gab's bei uns zu Hause eine Versammlung. Lakbáz ließ uns alle rufen wegen der Fahnen und allem. Ihr wisst schon.«

»Lakbáz?«

»Ihr Statthalter in Wasserfels. Ist'n ganz umgänglicher Kerl. Auch wenn er nicht so aussieht. Hat natürlich kein Benehmen nach unserer Weise. Er ist ziemlich ungeduldig, und schnell mit ein paar kräftigen Hieben bei der Hand. Aber, du meine Güte! Das haben sich die, die's traf, alle selber zuzuschreiben. Mein Wort drauf! Warum haben sie auch Lakbáz dummdreist widersprochen? Ich mein, wenn er doch zweifelsfrei das Sagen hat? Zustimmen und sonst den Mund halten ist da um vieles klüger, sag ich. Ein paar geschickte Worte hie und da vermögen selbst in ihm und seinen Leuten Begehrlichkeiten zu wecken. Versteht ihr? Solange sie was wollen, kann man mit ihnen reden. Lakbáz jedenfalls ist einem Handel nicht abgeneigt, und nur darauf kommt es an. Wo war ich? Ach so. Gestern Abend verrieten sie mir, sie hätten den Kerl unten in Aarienheim schon dingfest gemacht gehabt. Aber dann? Muss sich losgerissen haben. Ist denen entwischt, als wär' er nicht mehr als ein wildes Tier. Er ist fort, er und einer dieser vorlauten Hüter. So einer, der es mehr mit den Menschen als mit den Vahits hält, hört man. Na, den hier hat jedenfalls sein Schicksal ereilt.«

»Und es kam pfeilschnell, wie du hinzufügen könntest«, erwiderte Mellow. Einmal mehr fühlte er sich angewidert von Blut und Tod. Gleichzeitig half ihm der Ekel, seine grenzenlose Erleichterung vor Awol zu verbergen. Er sagte: »*Linfalas* und *Balog*, die beiden Enden desselben Stabes. Wer immer diesen Pfeil verschoss, hatte geschickte Hände. Oder großes Glück.«

Damit sprang Mellow vom Wagen, nahm Vankus Zügel auf und stieg zurück in den Sattel. »Ein Glück, das leider als Pech dieses Menschen endete. So fern der eigenen Heimat zu sterben, das muss … Es muss doppelt furchtbar sein. Wird es dort jemanden geben, der von seinem Schicksal erfährt? Der um ihn trauert? Der die Lieder in seinem Namen singt? Der sein Andenken bewahrt?«

»Sein Andenken?«, fragte Awol argwöhnisch. »Das Andenken eines Toren? Es zu bewahren, ist ebenso töricht wie der Tor selbst. Wäre er dort geblieben, wo er herkam, so lebte er noch. So einfach ist das. Das kommt davon, wenn man sich in fremde Angelegenheiten einmischt.«

»Wenn du es sagst«, antwortete Mellow, der nicht glauben wollte, was er doch hören musste.

»Hoffentlich kommt der andere noch rechtzeitig zur Vernunft«, sagte Awol abfällig. Er schien es genauso gehässig zu meinen wie er klang. »Hätte sich besser stellen sollen, als es noch möglich war. Jetzt ist's zu spät dafür. Sie machen ziemlich viel Aufhebens um ihn. Na, vermutlich hat er die Strafe verdient, die sie ihm angedeihen lassen wollen. Geschieht ihm also recht, wenn ihr mich fragt.«

»Von wem sprichst du denn da?«, wollte Bholobhorg wissen.

»Diesen Rohrsangflegel mein' ich natürlich. Den sie, statt ihn aus dem Hüterdienst zu entlassen, auch noch zum Helvogt gemacht haben, nach allem, was ich höre. Du liebe Einfalt! Dabei trägt der doch die Schuld an dem ganzen Schlamassel! Schließlich hat dieser ach so verständige Herr Mellow doch alle Fremden überhaupt erst hierhergeführt. Oder etwa nicht? Ohne ihn gäb's erst gar keinen Verdruss, das ist mal sicher.«

»Du gibst also Herrn Mellow die Schuld daran, dass die Fremden hier sind?«

»Wer will das denn wohl bestreiten? Denkt mal drüber nach. Andererseits, jetzt sind sie hier, und wir haben das passende Wechselgeld zu entrichten. Also voran und keine Müdigkeit gescheut! Solange ein Hammer in unserer Höhle erklingt, klingelt auch die Münze in der Truhe. Immer das Beste draus machen, sag ich. Na ja, und was diesen Rohrsanglümmel betrifft … Jedenfalls – ob Helvogt oder nicht – er sollte *denen* besser nicht in die Hände fallen. In Vierstraß haben sie jetzt ein scharfes Auge auf alles, was die Straßen herauf- oder hinabwill. Sie suchen ihn, und Lakbáz verriet, dass der Befehl, diesen Mellow in Haft zu nehmen, von ganz oben kommt. Wüsste natürlich selbst gern, wo der sich rumtreibt. Gibt sicher 'ne hübsche Vergünstigung auch für ihn. Grad für ihn, würd' ich mal schätzen.«

Taram fragte entgeistert: »Du … du würdest denen einen Vahit ausliefern?«

Awol Kowal spuckte aus, ehe er sagte: »Diesen schon. Er hat die Fremden ins Hüggelland geführt. Damit fing es ja schon mal an. Jetzt müssen wir uns mit ihnen einlassen, und ein jeder muss sehen, wo er bleibt. Hätt's auch gern lieber so, wie's vorher war. Aber dank Herrn Mellow«, er spuckte abermals aus, »sind die Dinge in ziemliche Unordnung geraten. Und unsereins muss jetzert alles richten, ist's nicht so?«

Mellow sah Awol geradeheraus an. »Mag sein. Wieso hast eigentlich ausgerechnet du den L…, äh diesen *Mönch* hier auf deinem Wagen, Herr Awol?«

Der Meister der Kowalhöhle klopfte auf den Kutschbock neben sich. »Tja nun, Herr, äh – Benno, richtig? Das liegt wohl daran, dass niemand sonst einen Wagen erübrigen kann zur Zeit. War grad wegen einer Lieferung oben bei Timan, meinem Neffen. Da kommt plötzlich einer angerannt und keucht was von einem Toten, der beim Grenzstein auf der Straße liegt. Wir alle sind gleich hin. Da lag er, und es war dieser Dir. Na, Getratsche und Getuschel gab's zuhauf. Wer der Kerl sei und alles.

Wie viele Menschen gibt's schon hierzulande?, frag ich. Jedenfalls, ich erzähl' *denen* von Lakbáz, ihrem Statthalter in Wasserfels, und dass es ihn nach dem Kopf des Menschen verlangt. Da sagten sie, ich solle heimfahren und Lakbáz den Kopf bringen, mit allem übrigen Drum und Dran, wenn er ihn schon unbedingt haben will. Sie halfen sogar beim Aufladen, und ab ging es. Und hier habt ihr mich. Wärt ihr nur eine Stunde früher aufgebrochen, so hättet womöglich ihr ihn gefunden.«

»Wie gut, dass nicht«, sagte Bhobho. »Was hätten wir schon groß mit einem Leichnam anfangen sollen? So jedenfalls ist es besser. Hm! Irgendwie hast du bei all der Aufregung wohl auch vergessen, ihnen in Vierstraß von Lakbáz' feiner Vergünstigung zu erzählen, hab ich Recht?«

»Tja«, griente Awol und zwinkerte.

»Nun, ich bin mir sicher, dass du jedenfalls erhalten wirst, was du verdienst«, sagte Mellow zweideutig. »Wir müssen weiter. Gute Fahrt, Herr Awol. Viel Glück bei deinen Geschäften. Und danke für die Neuigkeiten.«

»Gern geschehen. Meine Empfehlung an die alten Fokklins. Sagt ihnen, sie sollen wenigstens einmal schlau sein in ihrem Leben und *denen* helfen, wenn sie können. Könnte die letzte Gelegenheit für sie sein, ihre Sägemühle zu retten. Springt ganz schön was raus dabei, wenn sie es richtig anstellen. Hüah!«

Damit trieb der Schmied seinen Schimmel an, und der Wagen rumpelte an ihnen vorbei. Wenig später ließ Awol die Peitsche tanzen, und ratternd rollte das Gefährt zu Tal, der Klimtschlucht und der Brücke entgegen.

*

»Wisst ihr, was mich wundert?«, fragte Mellow.

»Weshalb Leute wie er es bei uns zu Ansehen, Wohlstand und Einfluss bringen können?«, fragte Taram.

»Das auch. Nein, ich meine zunächst den Pfeil. Er war kurz und glich diesen hier.« Er griff in seinen Köcher und holte einen von Rohmags Pfeilen hervor. »Das war eindeutig ein Vahitpfeil. Folglich hat ihn einer der unseren verschossen. Ein Jäger vermutlich. Awol hat meinen Bogen nicht einmal bemerkt, sonst hätte er bestimmt was dazu gesagt.«

»Die Aussicht auf die Belohnung wird seinen Blick getrübt haben«, meinte Taram leichthin. »Etwas anderes erscheint mir viel bedeutsamer.«

»Nämlich?«

»Ich frage es mich schon die ganze Zeit. War der Tote der Reiter jenes Criargs, der mich angegriffen hat?«

»Höchstwahrscheinlich«, antwortete Mellow. »Dort ein lediger Vogel, hier ein flügelloser Reiter. Wenn du eins und eins zusammenzählst … Es passt alles zusammen und sollte mich wirklich wundern, wenn … Aber was suchte er ausgerechnet am Grenzstein? Und weshalb ist ihm sein Criarg entflogen?«

In genau dem Moment, da er dies aussprach, überkam ihn ein ganz und gar eigenartiges Gefühl, das ihm wie glühende Hitze den Rücken hinabschoss, als wäre ihm ein Blitz in den Leib gefahren. Ihm war, als wüsste er für den Bruchteil eines Lidschlags, was hier wirklich vor sich ging. Als verstünde er plötzlich und in vollem Umfang, was sich vor seinen Augen ereignete. Als durchschaue er mit einem Mal das verwirrende Licht- und Schattenspiel eines täuschenden Gauklers, der große Gesten vollzieht, um damit die kleinen, aber entscheidenden Fingerbewegungen zu verbergen. Doch der Moment verging, ohne dass er den Gedanken zu fassen bekommen hätte. Eine Flut von Eindrücken und Erinnerungen schwemmte heran und drängte alles andere beiseite.

Als die Welle zurückwich, ließ sie nichts als verwaschene Leere und Unordnung in seinem Geist zurück, und wie ein Echo zuckte der Schmerz seiner Wunde darüber hinweg.

Er entsann sich des Spaziergangs, den Circendil und Finn zu ebenjenem Grenzstein unternommen hatten. Finn hatte ihm davon berichtet. Desgleichen von dem Lederriemen, den Inku unterwegs gefunden hatte. Später hatten sie gemeinsam festgestellt, woher der Riemen aller Wahrscheinlichkeit stammte. Er war vordem Bestandteil jener Tasche gewesen, die der Bote Saisárasars beim Angriff auf Finns Eltern verloren hatte. Jener Riemen war von dem Criargreiter entweder fortgeworfen worden oder ihm schlicht vom

Sattel abgefallen. Und das ausgerechnet unmittelbar über dem Grenzstein und gemeinsam mit Amafilias Tassel. Jetzt, sechs Tage später, suchte ein weiterer Handlanger Lukathers den Grenzstein auf. Gab es da einen Zusammenhang?

Bisher waren ihnen von den Ledirin nur zwei begegnet: der namenlose Tote und Guan Lu. Beide waren, im Gegensatz zu den übrigen Feinden, allein unterwegs gewesen. Beide gingen vermutlich völlig anderen Aufträgen nach als Saisárasar und seine Gidrogs. Über Guan Lu wussten sie immerhin eines mit Bestimmtheit: Er verfolgte Glimfáin, um der Gilwe des Wassers habhaft zu werden. Der Tote hingegen …? Hatte dieser Ledir etwa nach der vermissten Tasche und damit nach dem verlorenen Brief gesucht?

Nein, das ergibt keinen Sinn, sagte sich Mellow.

Es war richtig, am Grenzstein hatte Inku den abgerissenen Riemen der Tasche entdeckt, in der sich zuvor wiederum der Brief befunden hatte. Aber konnte der Ledir das wissen? Eher nicht. Etwas anderes musste ihn dorthin gelockt haben. War es die Tassel, die der Gidrog, Saisárasars Bote, dort fallen gelassen hatte? Nein, sie war für einen der Feuerkrieger Lukathers vermutlich ohne Wert. Außerdem: Von Amafilias Mantelschließe hätte er ebenso wenig Kenntnis haben können wie von dem abgefallenen Lederriemen. Etwas anderes musste ihn hergeführt haben. Nur was?

Er ist genau dort gelandet, überlegte Mellow. Er ist am Grenzstein vom Rücken seines Criargs gestiegen und hat sich umgesehen. Was also hat er gesucht? Oder hat er nicht nach etwas *ge*sucht, sondern vielmehr etwas *unter*sucht? Wurde er dabei beobachtet? Oder gar gestört? Brachte ihm das den tödlichen Pfeil ein? Floh der Criarg, weil …? Ja, weswegen?

Ich sehe es nicht, schimpfte Mellow sich selbst in Gedanken. Etwas geht vor sich, etwas passiert geradezu direkt vor meinen Augen, und ich verstehe es einfach nicht. Dabei verspeise ich meinen Hut, falls es nicht von Bedeutung ist.

Es ist der Grenzstein selbst!, dachte Mellow in plötzlichem Erkennen.

Irgendetwas haftet dem uralten Gemarkstein der Benutcaerdirin an.

Etwas, das aus irgendeinem Grund die Aufmerksamkeit des Feindes erregt!

Und falls dem so ist, dann will mir jetzt auch der bisher so unverständliche Abstecher des aus Revinore gekommenen Briefboten in neuem Licht erscheinen. Der kürzeste Flug von den Findlingen, wo wir den verlorenen Brief fanden, hin zum Acaeras Alamdil, wo Saisárasar auf das Eintreffen des Boten wartete, hätte den Reiter schnurgerade und entlang des Sturzes nach Norden führen müssen. Er aber ist nach Westen hin ausgewichen und über den Grenzstein hinweggeflogen … Nein, er hat sich nicht verflogen. Er hat diesen Weg absichtlich genommen. Fast so, als habe er sich den Ort ansehen wollen, an dem die alte Benutcane-Stele stand.

Ich habe es schon immer geahnt, schloss Mellow aus diesen Gedankengängen. Der einstige Tener Hirdalban hat den Grenzstein nicht willkürlich gesetzt, sondern ihn wissentlich und mit Bedacht an genau dieser Stelle unterhalb des Rasteberges aufgerichtet. Weshalb tat er das? Worauf weist der Grenzstein wirklich hin? Was markierte er einst? Oder markiert er das noch heute?

Einen Moment lang schwankte er, ob es nicht besser wäre, dieser Frage unverzüglich auf den Grund zu gehen. Der Grenzstein befand sich ja ganz in der Nähe, nur ein Stück weit die Straße hinauf, nicht mehr als drei Meilen von der Stelle entfernt, an der sie innehielten und Awols Wagen nachblickten.

Ich sollte ihn mir selbst ansehen, überlegte Mellow.

Aber was würde ihm das bringen? Und war es die Gefahr einer neuerlichen Begegnung wert?

Er kannte den Grenzstein von Kindesbeinen an. Im Laufe seines Lebens war er sicher dutzende Male an ihm vorbeigeritten. Allein, mit seinem Vater, mit den Brüdern. Oft hatte er angehalten, um die alte Inschrift zu lesen. An der Stele war nichts Auffälliges, abgesehen von der Tatsache, dass sie seit Urzeiten dort stand. Sie hatte schon 767 Jahre ihre stumme Pflicht erfüllt, ehe die Vahits überhaupt ins Hüggelland gezogen waren. Wahrscheinlich war sie genauso alt wie die drei Caeraban-Brücken und der Alte Turm. Zu Vahene im Jahr 135 des Zweiten Zeitalters hatten die menschlichen Steinmetze sie einstmals aufgestellt. Somit kündete die Inschrift des Steins seit unvorstellbaren 1477 Jahren von der damaligen Westgrenze – der *Taremark* – des längst untergegangenen Reiches von Benutcane.

Genau das würde ich zu sehen bekommen, dachte Mellow, und eben nicht mehr als das: einen Stein, der ein Stein war und nichts als ein Stein.

Außerdem wäre es viel zu gefährlich, dorthin zu gehen. *Jene*, wie Awol sie nannte, trieben sich jetzt dort herum. Insofern müssen wir dem Schmied sogar dankbar sein. Ohne die Begegnung mit ihm wären wir den Gidrogs nichtsahnend in die Fänge gelaufen.

Wobei, dachte er, noch ein zweiter Punkt höchst eigenartig ist.

Awols Worten zufolge hatten die Gidrogs in Vierstraß den Ledir fälschlich für Circendil gehalten. Sie hatten ihn mit jenem Menschen verwechselt, den Saisárasar suchte. Falls das zutraf, ergab sich daraus eine Reihe von Schlussfolgerungen. Es bedeutete, die Gidrogs hatten von der Anwesenheit der Ledirin im Hüggelland keinerlei Kenntnis. Sie schienen sie nicht einmal einordnen zu können als die Verbündeten, die sie doch waren. Offenbar vermochten sie Menschen kaum voneinander zu unterscheiden. Das entsprach Bhobhos früherer Vermutung, nach der für die Gidrogs ein Vahitgesicht wie das andere aussah. Offenbar verhielt es sich im Hinblick auf menschliche Gesichter ähnlich. Auf jeden Fall bedeutete es aber, dass die Ledirin unabhängig von Saisárasar handelten. Vielleicht, so dachte Mellow verblüfft, sogar ohne sein Wissen.

Und ein Drittes fiel Mellow auf. Die Criargs der Ledirin verhielten sich anders als die der Gidrogs. Sie schienen scheuer zu sein, reizbarer oder auch nur weniger treu. Vielleicht entstammen sie auch nur einer ungezügelteren Art, überlegte er. Immerhin sind beide Reitvögel ihren jeweiligen Herren durchgegangen. Der eine hat Finn mit sich geschleift, der andere sich auf Tuwina gestürzt.

All das mochten Zufälle sein, Beobachtungen ohne eine tiefere Bedeutung. Oder sie waren wichtig genug, um sie im Gedächtnis zu bewahren.

All diese Gedanken behielt er für sich. Nicht zuletzt Fionwens wegen – sie sollte nicht denken, er spiele sich mit weit hergeholten Mutmaßungen vor den anderen auf, um so sein Scheitern am Sturz zu überdecken. Mehr noch fürchtete er ihren Vorwurf, dass er *dafür* Worte übrig hätte, nur nicht für sie und ihren schweren Kummer. Also blieb er schweigend neben seinen Reisegefährten im Sattel sitzen, starrte wie sie dem kowalschen Wagen hinterher und knabberte gedankenverloren an seiner Unterlippe.

Als Awols Gefährt in der Klimtschlucht verschwand und damit vollständig außer Sichtweite war, setzten sie ihren Ritt fort. Mellow folgend, verließen sie die Straße und ritten querfeldein nach Westen. Einmal, als sein Blick gen Vierstraß schweifte, meinte Mellow den Grenzstein im Sonnenlicht aufscheinen zu sehen. Ein hellerer Strich vor dem gelblichen Braun der umliegenden Äcker. Doch als er die Augen zusammenkniff, war da nichts, und er schimpfte sich einen Narren.

Die Gaustraße verlief nur vier Meilen nördlich von ihnen, allein aufgrund seiner höheren Lage vermochten sie den Fahrweg nicht zu sehen. Felsige Buckel, manche grau, andere weiß glänzend wie Schnee, wieder andere stumpf wie Kreide – sie alle warfen ihre großen und kleinen Hänge um- und übereinander auf; und bald schon folgten sie den verschlungenen Kerben und Senken dazwischen.

Die Vahits blieben, wo immer es ging, auf erdigem Boden, der sich um die weißen Buckel in Gestalt dunkelgrüner und buschumsäumter Pfade schmiegte; aber wenn sie über steinige Platten und klackerndes Geröll kletterten, erklang das Poltern der Hufe inmitten der schrägen Wände hohl und laut.

Sie legten dabei mehr Meilen zurück, als sie tatsächlich vorwärtskamen.

Die Nachmittagssonne überholte sie, während sie dem Gewirr zu entrinnen trachteten. Schon stand sie als rotglühender Ball über dem in der Ferne kaum erahnbaren Cerenath, als die Kalkbuckel mit ihren herabgerollten Trümmersteinen endlich zurückblieben.

Sie ritten eine flache Felsentreppe hinab und sahen eine breite Erhebung vor sich aufragen. Als sie deren oberen Rand erklommen hatten, erweiterte sich die Höhe zu ihrer Freude zu einer weiten grünen Ebene, ohne einen einzigen weißen Flecken darin. Sie rieben sich unwillkürlich die Augen, die von dem ewigen Blinzeln auf die weißen Steine schmerzten.

»Endlich«, verkündete Mellow erleichtert. »Seht! Wir haben es bald geschafft. Da vorn liegt Vierblick. Und ein Stück weiter verläuft die Grenze zum Obergau. Wir sind fast da. Muldweiler ist nicht mehr weit.«

Schwach erkannten sie in der Ferne die Umrisse von Häusern. Taram glaubte sogar, drei der vier hiesigen Brochs im frühen Abenddunst auszumachen. Der vierte stand, wie Mellow sich erinnerte, verborgen in einem Seitental jenseits der gegenüberliegenden Seite des Bradas.

»Na schön«, sagte Mellow. »Lasst uns einen Bogen zur Rechten schlagen. Zwar gibt es von Vierblick aus ein Stück Straße nach Muldweiler hinüber, aber ich möchte es eingedenk Awols Worten über die Suche nach mir lieber nicht nehmen. Dieses letzte Stück ungebahnter Weg wird leichter sein als bisher. Und wir haben es doch auch so ganz gut geschafft, denke ich.«

Taram blickte zum Himmelsrand. »Und das nicht zu spät. Die Sonne wird in Kürze untergehen.«

»Ja, es dürfte zu dunkeln beginnen, sobald wir Muldweiler erreichen. Ha! Ganz wie es sich neuerdings geziemt. Wir wollen uns doch brav an die Bestimmungen halten, nicht wahr?« Mellow blickte grimmiger denn je. »Niemand soll uns schließlich zum

Vorwurf machen können, wir würden das nächtliche Ausgehverbot missachten.«

Bhobho sah Fionwen an und tippte sich vielsagend an die Stirn. Die junge Mutter zuckte lediglich mit den Schultern. Sie schien immer noch zornig auf Mellow zu sein. Oder sie war zu müde und zu erschöpft vom ungewohnten Reiten, um zu antworten. Sie drückte ihr Kind an sich und lenkte ihren Grauschecken, an Bhobhos Seite verbleibend, Mellow hinterdrein.

Taram Goldammer indes schüttelte sich, ehe er als Letzter sein Pony wendete. Als Einziger hatte er die kaum auszumachenden Stoffbahnen bemerkt: Weiß und rot und mit einem Klecks von Schwärze in der Mitte tanzte das Fe'e Hu über den Vierblicker Dächern. An Stangen gebunden, im Winde schlagend, verkündete es vor jedem Haus, wessen Wort hierzulande fortan galt.

7. KAPITEL

Am Mühlengrund

»Natürlich werden wir uns niemandem zeigen«, sagte Mellow nur wenig später, »solange wir das vermeiden können. Wer uns nicht erblickt, kann sich auch keine Gedanken darüber machen, wer wir sind und was wir vielleicht vorhaben.«

Während er dieses sagte, warteten sie in einem Gebüsch unweit der Gaustraße, die nun in nur noch ungefähr hundert Schritten vor ihnen durch ein Stück Wiese verlief.

Ein Reiter eilte auf einem braunweißgescheckten Pony von Osten heran. Er kam aus der Richtung von Vierstraß und überholte einen gemächlicher dahinrollenden Wagen, der Säcke geladen hatte. Dem Staub zufolge, den das Gefährt hinter sich herzog, enthielten die Säcke wohl Mehl aus der Rasteberger Mühle. Zwei Vahits hockten auf dem Kutschbock; sie winkten, doch der Reiter schien keine Zeit für ein Schwätzchen zu haben. Er hob kaum die Hand zum Gruß und war schon an ihnen vorbei. Die im Gebüsch Verborgenen sahen ihn kurz darauf in die Seitenstraße einbiegen, die zwischen zwei Hügelwangen verschwand und ins nahe Muldweiler führte. Der dahinzuckelnde Wagen folgte dem Reiter schwerfällig.

Die Sonne sank nun rasch hernieder. Bald war sie nur noch ein verwaschener, fliederfarbener Fleck in einem schmutzig grauen Tischtuch von Himmel. Ihr unterer Rand berührte eben die Wipfel der Wäldchen, die den oberen Rand der Muldweiler Mulde krönten.

*

Muldweiler lag auf dem Grund einer fast apfelförmigen Mulde, die in der Mitte zweier gebogener Hügelwölbungen entstanden war. Sie hatte auf Mellow schon bei früheren Besuchen den Eindruck gemacht, als sei das Brada förmlich zwischen ihnen eingesunken. Die Seitenstraße näherte sich dem Dorf von Süden. Beiderseits der Straße schmiegten sich die Muldweiler Felder an die Hügelflanken. Wie in Aarienheim gab es auch hier eine dichte Hecke aus Kirschlorbeer, die vor allem den Westen und Teile des nördlichen Dorfes gegen die von der Höhe hereindrängenden Schneewehen des Winters schützte.

Die Straße durchschnitt die Hecke dort, wo bei einem Apfel der Blütenrest gewesen wäre. Steil ansteigende Waldstücke bedeckten zwei Hügelkämme, die den wesentlichen Anteil der Muldweiler Mulde formten.

Sie erhoben sich jenseits der Hecke, sowohl im Norden als auch im heckenlosen Osten. Im fast rechten Winkel strebten die Mischwaldungen von den Kämmen herab und aufeinander zu, als hätten sie vor, den Spalt zwischen sich zu schließen. Doch hier, gleichsam am Stiel des Apfels, öffnete sich die Mulde nach Norden hin. Als kaum fünfzig Klafter breiter Durchlass lief sie zum Ufer der Moorrinn aus; ein ruhiges Nebenflüsschen, das kaum einen Steinwurf weiter in die Räuschel mündete.

An allen vier Ufern gab es feuchte Auwiesen. Im Frühjahr, wenn die Schneeschmelze einsetzte, überschwemmten die Wasser beide Flussarme nebst Wiesen und bildeten einen weitläufigen, vielbuchtigen See, aus dem vereinzelte Bäume hervorschauten und der sich bis fast zur Sägemühle erstreckte.

Die Häuser des Bradas waren kleiner als andernorts, und es gab unter den Behausungen des eigentlichen Dorfes weder Brochs noch Rundhäuser – ein Hinweis darauf, dass Muldweiler eine vergleichsweise junge Siedlung war. In der Tat war der Ort kaum älter als zweihundert Jahre.

Die Sägemühle des längst verblichenen Forro Fokklin drehte ihr oberschlägiges Rad abseits der übrigen Häuser in einem Gewässer, das den sinnigen Namen Feldbach trug. Es rann von den höher gelegenen Äckern herab. Die Mühle war einstmals das erste Gebäude des Ortes gewesen, oder richtiger: Das Dorf war überhaupt nur entstanden, *weil* es sie und den unternehmungslustigen Forro Fokklin gegeben hatte.

Forro war Furgo Fokklins Großvater und damit der Urgroßvater von Finn gewesen. Er war von Moorreet fort und an das gegenüberliegende Räuschelufer gezogen, weil zu seiner Zeit die neuen Bergwerksstollen in Zarten und Hinterzarten in die Hänge der Khênaith Eciranth getrieben worden waren. Grubenholz war plötzlich in Mengen im Hohengau benötigt worden, und Forro hatte es eigenhändig geschlagen und passgenau in seiner Mühle zugesägt. Damals liefen die Geschäfte gut.

Sie liefen sogar noch besser, als er darauf verzichtete, die klobigen Balken auf Wagen mühselig über die Gaustraße zu befördern. Stattdessen kam er auf eine absonderliche Idee: Er stellte Schaufler und Karrleute ein, und zwei Jahre lang gruben sie einen Kanal längs des »Apfelstiels« bis zum Arm der Moorrinn, eine Verbindung, die alle Windungen des Feldbachs abkürzte und obendrein breit genug war, einen Prahm auf ihr zu treideln. Einen eigenen, festen Treidelweg legten sie am rechten Ufer des Fokklin-Kanals an, und fortan zogen Ponys die Grubenholzladungen über das Wasser statt auf dem Land.

Wegen des Lärms der Säge errichteten diejenigen unter den Schauflern und Karrleuten, die bleiben wollten, ihre eigenen Häuser ein gutes Stück abseits der Mühle. So war das heutige Muldweiler entstanden. Sein Name erinnerte daran, dass die damaligen Kanalgräber dauerhaft in der Mulde verweilten.

Aber Forros Glückssträhne hielt nicht an. Der Bedarf an Stützhölzern und Stollenbalken ging mit den Jahren zurück, nachdem die neuen Minen erst eingerichtet waren. Immer seltener musste er seinen Prahm beladen, und immer seltener stakten flusserfahrene Vahits seine Fracht bis hinauf nach Obermuld. Dazu ereilte ihn persönliches Pech – seine rechte Hand geriet unter die Säge, weshalb er den Beinamen *der Einhändige* erhielt. Er übergab die Mühlengeschäfte notgedrungen seinem älteren Sohn Ferro. Allerdings war sein ruheloser Geist noch immer bereit, Herausforderungen zu suchen und anzunehmen.

»Mag auch meine rechte Hand dahin sein«, so soll er noch auf dem Krankenbett gesagt haben, »so kann ich mit links immer noch rühren.« Tatsächlich begann er, kaum dass er genesen war, und obschon er das Alter nahen fühlte, verschiedenste Tinten anzurühren; erst, um sich die Zeit zu vertreiben, und später, als sich zeigte, wie gut sie waren, mit Gewinn.

Als er sein Ende kommen fühlte, rief er seine beiden Söhne zu sich. Falang war Forros Zweitgeborener; und diesem vermachte er das Geheimnis seiner Tinten. Der ältere Ferro aber bekam das größere Erbe zugesprochen: die Sägemühle. Die beiden Brüder gerieten ob des ungleich verteilten Erbes sofort in Streit, wobei beide dachten, bei der Sägemühle handle es sich um den besseren Teil.

Mellow kannte diesen Abschnitt der fokklinschen Familiengeschichte nur zu gut. Finn hatte sie ihm oft erzählt, in den langen durchwachten Nächten ihrer Schulzeit und im Verlauf mancher bierseliger Abende ihrer Tubertel. Wie es durch Falang zur Gründung der Werkstatt Fokklinhand gekommen war. Wie er die geerbten Tinten zur Grundlage für den Reichtum der Moorreeter Fokklins zu nutzen verstand. Wie er nach und nach eine Tintnerey um die bloßen Rezepturen herum aufbaute und seinem Sohn Furgo damit den Weg ebnete, dereinst zum berühmtesten Tintner des Hüggellandes zu werden.

Noch bis in Finns erwachsene Tage hinein hielt sich unter den Muldweiler-Fokklins die Ansicht, nicht die Sägemühle, sondern die Mischanleitung der Tinten sei der eigentlich wertvolle Teil von Forros Hinterlassenschaften gewesen. Falang habe sie fortgenommen, murrten sie, über die Räuschel sei er gegangen und nicht wiedergekehrt; und so, wie sie es sagten, klang es, als habe er ihnen ihr wahres Erbe gestohlen.

Als der Mehlwagen zwischen den Hügelwölbungen verschwunden war, querten die vier Reiter eiligst die nunmehr verlassene Gaustraße.

Als sie die Böschung hinanritten, erloschen vor ihnen die eben noch hell erleuchteten Stoppelfelder. Jetzt, da der Sonnenball hinter die Muldweiler Kämme tauchte, verlor der Grund mit einem Schlag alle Farbe. Er verwandelte sich in graue und leblos daliegende Flächen, über die ein kalter Wind strich.

Als flösse alles Leben gleichsam aus den Feldern heraus, dachte Mellow. Der Gedanke erfüllte ihn mit zunehmender Ratlosigkeit und nährte den an ihm nagenden Zweifel. Ein Frösteln überkam ihn. Er warf sich trotz Lederkappe auch noch die Kapuze über den Kopf und wickelte sich enger in den Mantel.

Noch immer fehlt mir eine Eingebung, wie wir die Räuschel überqueren sollen.

Hinüberzuschwimmen verbot sich von selbst. Die Wasser der Räuschel waren die kältesten des Hüggellandes. Sie speisten sich aus den Gletschern des Khênaith Eciranth, den ewigen Eisfeldern der weißen Gipfel rund um Hinterzarten. Keiner der Vahits hätte ein Durchschwimmen des Flusses unbeschadet überstanden. Erst recht nicht der Säugling in Fionwens Armen.

»Falls es einen Weg hinüber gibt, werden wir ihn finden.«

Das hatte Circendil noch in Aarienheim behauptet. Möge uns Aman helfen, diese Worte zu bewahrheiten, dachte Mellow. Aber er glaubte selbst kaum mehr daran, wie er sich selber eingestand.

Erst Bhobhos nörgelndes Grummeln hinter ihm riss ihn aus seinen Gedanken.

Er drehte sich um und fragte: »Was ist denn?«

Der Tanninger Landhüter brachte sein Pony ruckartig zum Stehen. Er sah Mellow vorwurfsvoll an und schüttelte missbilligend den Kopf. »Siehst du es nicht selbst? Bei aller Achtung, die dir von Rechts wegen als Helvogt zustehen sollte und so weiter, Mellow, aber was soll das? Willst du, dass wir uns die Hälse brechen?«

Er deutete unwirsch voraus.

Unmittelbar vor ihnen liefen die Hangwiesen zu dem östlichen der beiden erwähnten Rücken hinauf. Eben dort hinauf wollten sie, um sich Muldweiler von der bewaldeten, heckenlosen Seite her zu nähern. Aber was von fern wie ein leicht zu bewältigender Hang ausgesehen hatte, entpuppte sich beim Näherkommen als mehrstufiges Hindernis in Gestalt dreier sich übereinandertürmender Karstwälle, ein jeder von ihnen höher als ein Broch. Oberhalb des Karstabbruchs begann ein verfilzter Baumbewuchs, der sich nach Norden zog.

Wären sie einfach der links von ihnen verlaufenden Straße gefolgt, so hätten sie Muldweiler ohne Mühen betreten können – von den Schwierigkeiten abgesehen, die ihnen die Gidrogs bereitet hätten. So aber zwang das Gelände sie, zur rechten Seite hin auszuweichen, allem Geschimpfe des erbosten Landhüters zum Trotz.

»›*Das letzte Stück ungebahnter Weg wird leichter sein als bisher*‹, ja?«, schimpfte Bholobhorg. »Wenn das so ist, dann verrate mir mal, wie wir da hinaufkommen sollen, ohne zu fliegen.«

Bhobho murrte völlig zu Recht, ein Umstand, der Mellows Selbstzweifel nur noch weiter schürte. *Ich bin ein schlechter Führer*, dachte er beklommen. *Hoffentlich stößt Circendil bald wieder zu uns. Etwas stimmt nicht mit mir. Ich werde nachlässig. Ich denke kaum noch zwei Schritte voraus, und wenn ich es tue, gerate ich darüber prompt ins Stolpern. Ich bin so müde, ich könnte im Sattel einnicken, und etwas scheint auch mit Vankus tapsigen Schritten nicht mehr zu stimmen. Er schlingert und schläft wohl seinerseits schon im Gehen. Oder bin ich es, der so schwankt?*

Mellow riss sich zusammen. Mit einer Hand hielt er sich am Sattelknauf fest. Er lenkte sein Pony die Ostseite des Hügels entlang und suchte die Karststufen nach einem Aufgang oder auch nur einer Lücke zwischen ihnen ab, doch vergeblich. Je weiter sie vorankamen, desto tiefer gelangten sie in eine schmale Talsohle hinein. Schilfartiges Gras, dessen Halme bis an die Bäuche der Ponys heranreichten, zischelte alsbald um sie herum, während sie für den zehnten Teil einer Meile dem Talgrund folgten. Der rechts ansteigende Hang gehörte schon zu keinem Hügel mehr, sondern war die Westseite eines *Aiths*, eines kleinen Berges. Er war der letzte nordwestliche Vertreter der weißen Felsenbuckelhöhen, durch die sie den Nachmittag über geritten waren.

Ein klarer Bach sprang von der oberhalb der Schatten noch mattrosa leuchtenden Bergkuppe zu ihnen herab, und sie ließen sich von ihm ein Stück weit hangaufwärts führen. Noch ehe die grauen und weißen Gesteinshalden damit begannen, die Bäume zu verdrängen, hielten sie an.

Erschöpft rutschten die Vahits aus ihren Sätteln.

An einem ebenen, nach Westen hin offenen Felsbalkon standen ein Dutzend Kiefern dicht beieinander, und längs des Baches wuchsen saftige Triebe, über die sich die Ponys trotz ihrer Erschöpfung mit Freude hermachten.

*

»So«, meinte Taram und ließ sich wie die anderen ins weiche Gras plumpsen. »Da wären wir. Endlich angekommen im Obergau. Hinter jenem Rücken dort drüben liegt also Muldweiler. Na schön. So weit reichte euer Plan. Wenigstens das, was ich davon verstanden habe. Abgesehen davon, dass ich ein Dach über dem Kopf, ein Feuer im Kamin und ein Bett mit weicher Decke schmerzlich vermisse – von einem gediegenen Abendmahl ganz zu schweigen –, habe ich nur eine Frage. Wie geht es jetzt weiter? Ihr wollt ungesehen über die Räuschel gehen, das habe ich begriffen. Wenn ich mir auch beim besten Willen nicht vorstellen kann, wie wir das schaffen sollen. Es sei denn, ihr habt allen Ernstes vor zu schwimmen.«

»Du weißt so gut wie ich, dass derlei nicht in Frage kommt.« Mellow nahm einen abgebrochenen Kiefernzweig zur Hand und drehte ihn gedankenverloren zwischen den Fingern. »Ich sinne seit dem Mittag darüber nach, wie wir die Räuschel bezwingen können. In meinen Gedanken wanderte ich unseren bisherigen Weg zurück. Am Ende kam ich wieder zur Räuschelfurt. Bhobho, erinnerst du dich noch an den Kahn des dortigen Wirtes?«

»Das Boot, das die Gidrogs zerschlagen haben? Ja, warum?«

»Ich frage mich, wer wohl das Holz dazu geliefert hat. Oder genauer: Wer den Kahn überhaupt gebaut haben mag. Bhremo Kannin, der Wirt? Wohl kaum. So, wie er seinen Schuppen vernachlässigt, wie er den Broch und alles Übrige hat runterkommen lassen, hat er nur höchst selten einen Hammer oder eine Säge in die Hand genommen. Wenn er nicht sowieso zwei linke Hände besaß. Und da soll er eigenhändig einen Kahn gezimmert haben? Ich kann's mir nicht vorstellen. Aber wer war es dann? Die Einzigen, die entlang der Räuschel etwas von Holzbearbeitung verstehen, sind die Fokklins hier in ihrer Mühle. Sie werden nicht nur die Bretter zurechtgesägt, sondern auch gleich den Kahn für Bhremo gebaut haben.«

»Na schön. Und was hilft uns das?« Tarams Lippen kräuselten sich spöttisch. Für einen Moment sah er seiner Schwester verblüffend ähnlich, ein Eindruck, den seine blonden Locken noch verstärkten. Mellow sah es, und sein Herz verkrampfte sich bei dem Gedanken daran, was er Tallia würde erzählen müssen.

»Ja, das frage ich mich auch gerade«, sagte Bhobho. »Der Kahn ist zerschlagen. Wir haben die Löcher im Rumpf mit eigenen Augen gesehen. Abgesehen davon befindet sich das Ding in Räuschelfurt und nicht hier. Worauf willst du also hinaus?«

»Ich folge einem Gedanken, der uns vielleicht trockenen Fußes über die Räuschel bringt. Erinnere dich: In Vierstraß haben wir tags drauf die Jungspunde in Marsch gesetzt …«

»Und zuvor den armen Ufan Fischreih zu ihrem Anführer gemacht«, grinste Bhobho. »Ich lache heute noch, wenn ich an sein verdutztes Gesicht denke. Hoffentlich war er klug genug, sich an die ihm mitgegebenen Ratschläge zu halten.«

Mellow nickte. »Du sagst es. Und einer der Ratschläge lautete, sich um Bhremos zertrümmerten Kahn zu kümmern, nicht wahr?

Was meinst du, Bhobho? Befand sich unter diesen ›Helden‹ auch nur einer, der ein Boot hätte zusammenflicken können? Bestimmt nicht. Also werden sie sich nach jemand erkundigt haben, der es kann. Und irgendeiner der Dörfler in Räuschelfurt wird ihnen Gémo und Gatan Fokklin empfohlen haben. Wenn er nicht ganz und gar auf den Kopf gefallen ist, hat daraufhin unser Ufan einen Boten nach Muldweiler entsandt.«

»Glaubst du das wirklich?«

»Ja. Ufan ist jung, aber kein Einfaltspinsel. Die entscheidende Frage ist: Was käme für die Fokklins leichter? Den zerschlagenen Kahn mühsam erst stromaufwärts zu befördern oder gleich hier, an Ort und Stelle, einen neuen zu bauen? In Muldweiler, wo sich nicht nur die Säge, sondern auch alles nötige Werkzeug dafür befindet?«

»Du willst damit sagen …«

»Nicht mehr als eine Hoffnung will ich damit zum Ausdruck bringen. Eine begründete Hoffnung, immerhin. Mit etwas Glück haben sie die Arbeit angefangen und vielleicht sogar schon beendet. Und wir können uns des neuen Kahns bedienen und damit über den Fluss setzen.«

Fionwen saß neben ihnen und wiegte Finnig in ihren Armen. Sie hatte den letzten Worten immer ungläubiger zugehört, und jetzt lachte sie schallend auf. »Nun hör schon auf, Mellow. Glaubst du selbst, was du da von dir gibst? Aus dir mag ja vieles sprechen, nur kein Holz- und Handwerksverstand. Ist das deine Hoffnung? Ich fasse es nicht! Wir Taubers kennen uns ein wenig aus mit der Holzarbeit, wie du weißt. Hölzer können sehr widerspenstig sein. Sie verlangen Zeit und Sorgfalt. Besonders, wenn Bretter in Form gebracht werden müssen wie bei einem Boot. Nie und nimmer reichte die Zeit für das aus, was du dir da in deiner Einfalt zusammenzimmerst. Sag, wann habt ihr Ufan in Vierstraß getroffen?«

»Am Montagmorgen.«

»Dann ist es bestimmt Montagabend gewesen, ehe der Bote

auch nur in Muldweiler eintraf. Richtig? Immer vorausgesetzt, Ufan setzte ihn überhaupt in Marsch. Es ist schon fraglich genug, ob jener Ufan zum einen so klug ist, wie du annimmst, und zum anderen, ob sich auch jemand auf den Weg machte, bloß weil er es sagte. Aber gesetzt den Fall, es wäre tatsächlich alles so gekommen. Dann haben die Fokklins mit dem Bau also frühestens am Dienstag begonnen, richtig?«

»Schon, aber …«

Fionwen ließ sich nicht unterbrechen. »Kein Aber. Außerdem konnten sie die Arbeit überhaupt nur aufnehmen, falls sie die geeigneten Hölzer dafür bereitliegen hatten und nicht erst schlagen mussten. Lass dir zudem gesagt sein: Es genügt nicht, Bretter einfach nur zuzusägen und dann hier und da ein paar Nägel einzuschlagen. Du liebe Güte! Ein Boot zu bauen ist schwer und langwierig, selbst für die, die es *können*. Sie mussten die Hölzer unter heißem Dampf biegen, sie anschließend passgenau verkeilen, die Lücken zwischen ihnen mit Pech und Werg abdichten und was nicht alles sonst noch bedenken. Das ist die Arbeit von einer Woche, wenn nicht mehr. Nie und nimmer konnten sie das in nur einem einzigen Tag schaffen. Du vergisst obendrein völlig das, was gestern allerorten geschah. Die Gidrogs kamen und taten *ihr* Werk, woraufhin alle Arbeit ruhte! Was glaubst du, ist aus deinem schönen Kahn geworden? Nichts, Herr Helvogt. Vergiss deinen Gedanken. Es gibt keinen Kahn. Sosehr ich mir selbst einen wünsche!«

Mellow spürte, wie ihm die Schamröte ins Gesicht stieg. Dann sprang er auf und warf den Kiefernast in den Bach. Es platschte und spritzte heftig. Am liebsten hätte er Fionwen angeschrien, still zu sein. Im letzten Moment fiel sein Blick auf Finnigs rosiges Antlitz, und er beherrschte sich. Noch beschämter als zuvor sah er dem Holzstück nach, wie es fortgespült wurde.

Noch während er gesprochen hatte, waren ihm seine Schlussfolgerungen zwar gewagt, aber immerhin als folgerichtig erschienen. Jetzt erkannte er, dass er bereitwillig nach nicht vorhandenen Strohhalmen griff. Er hatte seine Fähigkeit eingebüßt, klar zu denken, anders waren solche Fehlschlüsse nicht zu erklären. Fionwen hatte völlig Recht. Auch wenn sie ihm damit alle Hoffnung raubte. Eine lähmende Niedergeschlagenheit machte sich in ihm breit und verdrängte alles andere. Am liebsten wäre er vor Scham im Boden versunken.

»Schon gut«, meinte Taram beschwichtigend. »Es gibt keinen Kahn. Na gut. Nehmen wir mal an, wir gelangen trotzdem irgendwie trockenen Fußes hinüber. Meinetwegen mit einem Floß. Dafür sollte sich bei der Mühle doch leicht etwas finden lassen, oder? Einige Fässer, mit ein paar Brettern obendrauf meinetwegen. Was ich sagen will: Ich komme gern mit euch, soweit euer Ziel bei Mechellinde liegt. Es leben Verwandte von mir dort, bei denen ich Tallia zu finden hoffe. Was ist mit euch? Wohin wollt ihr euch drüben wenden?«

Fionwen fuhr bei seinen letzten Worten auf, obwohl sie sich gerade erst gesetzt hatte. Sie warf Taram einen Blick zu, in dem Erschöpfung, Gram und Vorwurf miteinander rangen. Schon öffnete sie den Mund wie zu einer geharnischten Antwort. Dann kniff sie die Lippen zusammen und schwieg. Brüsk drängte sie sich an Mellow vorbei. Unruhig stapfte sie zwischen den Stämmen auf und ab. Ihre Füße zertraten Kiefernzapfen und kickten gegen abgebrochene Äste. Finnig in ihrem Arm gluckste und erwachte von der verhaltenen Wut, die sie zu erfüllen schien. Leise begann er zu quengeln. Ein Eichelhäher im Geäst über ihnen hörte es und krächzte warnend.

Der Wächter des Waldes, dachte Mellow. Er warnt zu Recht. Die Angespanntheit unter uns ist beinahe mit Händen zu greifen. Selten habe ich mich so hilflos und schwach gefühlt. Die Stimmung eines jeden von uns könnte kaum schlechter sein. Anstatt einander beizustehen, fauchen wir uns an wie wütende Katzen. Ein Feuer, dachte er. Wie sehr sehne ich mich nach ein wenig Wärme. Wie gern verlöre ich mich jetzt im tröstenden Knistern von behaglich brennenden Scheiten. Es würde uns zweifellos ein wenig Zuversicht zurückgeben. Und vielleicht ein bisschen Helligkeit, um die Schatten auf unseren Seelen zu vertreiben. Aber nicht einmal das dürfen wir zu entzünden wagen.

Mellow seufzte, wandte sich Taram zu und nickte verdrossen.

Den ganzen Nachmittag über hatte er über ihr weiteres Vorgehen gegrübelt. Nur war er auch hierbei zu keinem befriedigenden Ergebnis gelangt. Nicht einmal darüber, wie viel er seinen Gefährten anvertrauen durfte. Circendil hatte ihn davor gewarnt, zu viel über ihre künftigen Schritte zu verraten. Was aber war zu viel? Was war zu wenig?

»Ja«, beantwortete er Tarams noch ausstehende Frage. »Unser Ziel ist weniger ein Ort als vielmehr ein Ding, wie ich noch keines zuvor gesehen habe. Ich kann es kaum erklären. Lass es mich so sagen: Bei Abhro Rabners Hammerschmiede liegt eine Hoffnung verborgen. Sie lag dort im Riedgras, sollte ich besser sagen. Und ich hoffe, sie liegt bei unserer Ankunft noch immer dort.«

Taram schnaubte. »Mellow, beim besten Willen – ich verstehe kein Wort von dem, was du da von dir gibst.«

»Das ist nicht verwunderlich. Es steckt eine lange Geschichte dahinter. Aber das ist meine Antwort: Es *gibt* eine Hoffnung für das Hüggelland, und sie wartet am Ende unseres Weges. Dorthin haben wir vor zu gehen.«

»Woraus diese Hoffnung wohl bestehen mag, möchte ich mal wissen.«

Mellow machte eine unbestimmte Geste. »Die Hoffnung besteht darin, das Hüggelland zu verlassen.«

»Über den Alten Weg beim Acaeras Alamdil? Hieß es nicht, dieser Weg sei nunmehr von Gidrogs versperrt? Ich denke, der Turm ist besetzt?«

»Das ist er auch. Dort ist kein Durchkommen. Ich weiß es, denn ich war dort. Aber es gibt eine Möglichkeit, das Hüggelland auf andere Weise zu verlassen. Mithilfe dieses Dings im Ried.«

»Das ist also jenes Eisen im Feuer, von dem Circendil sprach«, sagte Bhobho. Er sprang ebenfalls auf. »Was ist es, Mellow? Ein besonders langes Stück Seil, das ihr die Linvahogath hinunterzuwerfen gedenkt? Wollt ihr euch daran etwa hinablassen? Das ist Irrsinn. Mal abgesehen davon, dass es kein Seil gibt, das eine Meile weit reicht.«

»Kein Seil, Bhobho«, erwiderte Mellow. »Obwohl Seile dabei eine gewisse Rolle spielen, glaube ich. Auch dich bitte ich noch um etwas Geduld. Lass es mich so sagen: Es wartet bei der Hammerschmiede jemand auf uns, der uns weiterhelfen wird.«

»Jemand, der einen anderen Weg aus dem Hüggelland kennt?« Bhobho und Taram sahen sich ungläubig an.

Mellow bejahte.

»Aber warum«, begehrte Taram plötzlich auf, »warum sollte einer von uns das Hüggelland denn überhaupt verlassen wollen? Das wäre eine feige Flucht, Kameraden, um es beim Namen zu nennen. Das Hüggelland braucht jetzt jeden einzelnen gesunden Vahit wie nie zuvor. Uns Landhüter zuallererst. Warum also sollte auch nur einer von uns fortgehen wollen?«

»Um Hilfe zu holen?« Bhobho bückte sich, schnürte seinen Rucksack auf und begann an einem Handlaib Käse und einem übrig gebliebenen Stück Brot zu kauen.

»Zum Beispiel«, sagte Mellow. »Oder um zu verhindern, dass diese Hilfe besiegt wird, noch bevor sie uns ihre Hilfe bieten kann.«

»Das klingt mir alles nicht sehr einleuchtend. Entschuldige, für mich bleibt es eine Flucht.« Taram kramte unwirsch und vergeblich in seinen Satteltaschen nach Essbarem. Mellow reichte ihm von dem Obst und Käse, die Rohmag ihm eingepackt hatte.

»Ich jedenfalls werde ganz gewiss nicht fliehen«, fuhr Taram aufgebracht fort. »Ich werde nach Tallia suchen. Auch wenn ich dazu jeden Kiesel im Obergau einzeln umdrehen muss.«

»Um was zu tun, wenn du sie gefunden hast?«

»Ich werde mit ihr heim nach Vahindema gehen. Im Kreis unserer Familie wird sie sicherer sein als irgendwo allein in der Fremde.«

Mellow winkte ab. »Lass die Kiesel lieber da, wo sie liegen.« Er sprach so ruhig, wie er nur konnte. »Deine Suche wird nicht nötig sein. Tallia wartet dort, wo wir hinwollen.«

»Und das sagst du mir erst jetzt?«, rief Taram.

Mellow legte warnend die Hand an die Lippen. Taram winkte ab; aber er fuhr leiser fort: »Bei dem Jemand, der angeblich einen anderen Weg aus dem Hüggelland kennt? Bei diesem Schmied? Was sind das denn für Leute? Du hast sie bei fremden Männern gelassen? Was wollen die von ihr? Muss ich mir noch mehr Sorgen machen? Was für eine merkwürdige Geschichte erzählst du da bloß? Weiß Brango davon, ihr Verlobter?«

»Beruhige dich, es ist alles in Ordnung mit ihr«, entgegnete Mellow. Er legte dem trotzigen Landhüter eine Hand auf den Arm. »Herr Abhro ist ein ehrenwerter Vahit. Tallia geht es gut, sie wird dort beschützt. Ob Herr Brango davon weiß, entzieht sich meiner Kenntnis. Wichtig ist, sie leistet einem Verletzten wertvolle Hilfe. Nur darauf kommt es an. Alles Weitere wird sie dir bald selbst erzählen, nehme ich an.«

Wenn du nur wüsstest, wie merkwürdig die ganze Geschichte in Wahrheit ist, dachte Mellow. Dunkle Vorahnungen beschlichen ihn und kamen zu allen seinen übrigen Sorgen hinzu. Taram ahnte nichts von Finn und Tallia. Er würde zweifellos toben, sobald er von Tallias Gefühlen für Finn erfuhr und damit ihrer Untreue jenem Brango gegenüber. Viel schlimmer aber: Tallia ahnte noch nichts von Finns Tod.

Wo ist nur das Leben hin, dass ich noch vor wenigen Tagen führte?, fragte Mellow sich. Ein prasselndes Feuer im Kamin, ein Humpen Bier und harmloses, fröhliches Geplauder im Kreis von Freunden schienen ihm plötzlich weiter entrückt zu sein als das ferne Kloster zu Daven.

»Na ja, wir werden sehen«, erwiderte Taram dumpf. Er klang nur wenig überzeugt.

*

»Mellow! Bhobho! So seht doch! Da! *Sie kommen!*« Fionwen kam unter den Bäumen hervor zu ihnen zurückgerannt. Sie zeigte nach Südwesten und drückte den Säugling schützend an ihre Schulter. Finnig in ihrem Arm erschauerte unter dem Gefühl ihres Schreckens und begann sofort zu weinen.

Die drei Vahits folgten ihrem ausgestreckten Arm. Vor dem grauen Abendhimmel sahen sie schwärzliche Punkte, die eindeutig näher kamen. Sie formten einen kleinen Keil am Himmel, wie ein Schwarm verspäteter Kraniche.

»Bleibt leise«, forderte Mellow. »Und setzt euch. Lehnt euch an die Stämme der Bäume. Sie werden genau über unsere Köpfe hinwegfliegen. Bewegt euch nicht.«

Es war, wie er sagte. Die Vogellenker hielten ihre Reittiere in großer Höhe, hoch genug jedenfalls, dass sie weder das Rauschen der Schwingen hörten noch etwaige Rufe der Reiter vernahmen. Einer flog voran, je drei bildeten einen Winkel des Keils.

»Es sind sieben«, sagte Bhobho leise. »Das erinnert mich an etwas.«

»Was meinst du?«, kam Tarams Flüstern.

»Ihrer aller Anführer Saisárasar verließ gestern Mittag mit sechs Begleitern Aarienheim«, wisperte Mellow zurück. »Er flog nach Vahindema. Jene sieben da oben kommen von dort. Und ihre Flugrichtung weist genau nach Mechellinde. Von einem Hauptort des Hüggellandes zum andern … der Simorgh besichtigt seine Eroberungen.«

Als die Criargs genau über ihnen waren, kniff Mellow die Augen zusammen. »Ja, sagte er dann. »Er ist es. Ich kann seinen Mantel wehen sehen. Doch was ist das?«

Die sieben Flügelpaare unterbrachen mit einem Mal ihr Schlagen. In einem weiten Kreis begannen sie über dem Kammwald zu schweben, hinter dem die Vahits Muldweiler wussten. Einer der schwarzen Schatten löste sich aus ihrem Verbund und sank rasch tiefer, bis er hinter den Bäumen verschwand; die anderen kreisten ein Dutzend Mal oder mehr. Fünf Minuten vergingen.

Dann erschien über dem Wald ein aufsteigendes Flügelpaar, und gleich darauf ein zweites, das dem ersten folgte.

Schneller Flügelschlag trug beide Vögel und ihre Reiter empor, bis sie die Nähe der wartenden sechs erreichten. Der Kreis der nunmehr vereinten acht löste sich umgehend auf. Aus ihm wurde abermals ein Keil, dessen Spitze genau auf die Vahits zuhielt. Weit ausholend und für die Ohren der Vahits lautlos schlugen die Schwingen der Vögel. Dann waren sie heran. In schon beträchtlicher Höhe flogen sie über den Aith hinweg, schnell wie schwirrende Pfeile in der Nacht.

Rasch verschwanden die acht Reiter im letzten Licht der Dämmerung. Die vier Vahits erhoben sich und starrten den entschwindenden Großvögeln nach.

»Ihr wisst, was das bedeutet«, sagte Taram. »Er fliegt uns voraus.«

»Ja«, Mellow deutete missmutig nach Muldweiler hinüber, »und er hinterlässt Nachrichten auf seinem Weg. Und sicherlich Anweisungen, was uns betrifft.«

»Er hat sich Verstärkung geholt«, meinte Bholobhorg. »Oder was schließt ihr aus dem zusätzlichen Reiter?«

»Entweder das, oder er braucht seine Dienste, um die Nachrichten weiterzutragen.« Mellow zuckte mit den Schultern. »Vielleicht ist's nur ein zusätzlicher Bote, den er ausschickt. Vielleicht hat es mit uns zu tun, vielleicht auch nicht. Auf jeden Fall ist es einer weniger, der uns in Muldweiler entgegentreten kann.«

»Wem immer das ein Trost ist«, murmelte Taram. »Ich für meinen Teil lege lieber keinen Wert darauf, überhaupt gesehen zu werden. Das vermeidet das Entgegentreten, wenn ihr mich versteht.«

»Wir werden sehen«, antwortete Mellow. »Und alles unternehmen, um ungesehen zu bleiben. Ich für meinen Teil bin froh, dass Saisárasar fortfliegt.«

»Hoffentlich entgeht *ihm* euer ›Feuer‹ und das ›Eisen‹, das in ihm liegt«, sagte Bholobhorg. Seinem Tonfall nach glaubte er keinem seiner eigenen Worte.

»Möge Aman verhüten, dass er uns erwartet«, sagte Mellow. »Das ist alles, um was wir bitten können. Leider ist es nicht ausgeschlossen, dass er allein unseretwegen nach Mechellinde fliegt. Oder meinetwegen, um genau zu sein. Vielleicht hat Awol Kowal ein bisschen nachgedacht während seiner Fahrt. Und anschließend mit Lakbáz geredet. Wenn dieser einen schnellen Boten nach Vahindema geschickt hat … Nein, das passt nicht«, unterbrach er sich selbst. »Awol kann erst vor Kurzem in Wasserfels angekommen sein. Von der Kowalhöhle aus sind es weitere gut fünfzig Meilen bis Vahindema und noch einmal vierzig von dort bis Muldweiler. Auch wenn die Criargs mit Sturmwindflügeln eilen, so fliegen sie nicht so schnell. Oder vermögen sie es doch? Ach, ich kann es nicht einschätzen. Wenn er wegen mir – nein, wegen Circendil und mir – gekommen ist, dann wird der Simorgh uns erwarten.«

»Und alle Hoffnung ist zunichte.« Fionwen flüsterte es mit erstickender Stimme. Dann lachte sie schrill auf. »Kaum gewonnen, schon zerronnen, ja?«

Die drei männlichen Vahits sahen sich betreten an.

Selbst mit ihren Tränen kämpfend, trocknete Fionwen ihrem Säugling die seinigen. Sie ging auf und ab und wiegte ihn in ihrem Arm. Als er nicht aufhören wollte zu weinen, wandte sie sich ab, schlug ihren Mantel beiseite und legte Finnig an die Brust.

Darüber wurde es rasch dunkel. Nach einiger Zeit hörte das Greinen des kleinen Jungen auf, und Fionwen richtete ihre Kleider. Bhobho warf seinen Rucksack auf die Schultern. Taram stand am Rand des Felsbalkons und starrte in die Schatten unter ihnen.

»Wir müssen aufbrechen.« Mellow trat zu ihr und zog seinen eigenen Mantel enger. »Bist du bereit, Fionwen? Circendil erwartet uns bei der Mühle.«

Die junge Mutter zeigte ihm ein zaghaftes Lächeln, aus dem, noch während er sie ansah, ein zuversichtliches Nicken wurde. Wieder staunte Mellow über die Ähnlichkeit mit ihrer Schwester, Finns Mutter; und erneut ertappte er sich dabei, in ihrem Gesicht Finns vertraute Züge zu erblicken.

»Wir werden es schaffen«, murmelte er. Behutsam fuhr er dem Säugling über das dünne, schwarze Haar. Finnig strahlte ihn mit seinen blauen Augen an, als sei diese Geste etwas, das sein Herz zutiefst erwärmte. Mellow lächelte scheu zurück, ehe er sich abwandte. Aber in seinem eigenen Herzen behielt er diesen Augenblick als etwas ungemein Kostbares zurück. Kinderaugen, die ihm ihr ganzes Vertrauen schenkten, unbeeindruckt vom herrschenden Grauen und dem Verhängnis, das auf allzu schnellen Flügeln ritt.

*

Mit der Dunkelheit kroch die Kälte in ihre Kleider. Der Hang vor ihnen fing den vom Berg herabwehenden Fallwind ein. Die Wipfel der Bäume bewegten sich plötzlich gemeinsam, als wäre der Wald ein großes, sich regendes Tier, das raschelnd aus einem Schlummer erwacht.

Sie führten die Ponys an den Zügeln bergab, während sie dem Bachlauf ins Tal zurück folgten. Ab und zu hörten sie über sich das leise Klackern, mit dem sich Steine von den Felsen lösten und über feste Platten oder Halden kollerten.

Als sie die Talsohle erreichten, ging ein fast voller, bleicher Mond hinter dem weißen Aith auf. In seinem Licht fanden sie endlich einen schmalen Pfad, der sie in den gegenüberliegenden Wald hinaufführte; ein Wildwechsel nur, der sich an einem von dort herabrinnenden Bachlauf in den Wald hinauftastete.

Das Mondlicht drang fast waagerecht unter die Bäume und zauberte Keile von Helligkeit zwischen die pechschwarzen, Schatten werfenden Stämme. Sie fanden ein verfilztes Gewirr von alten, verschlungenen Wurzeln und umgeknickten Bäumen vor, durch das sie nicht zu reiten wagten. Wieder saßen sie ab und führten die Ponys an kurzen Zügeln hinauf und hinüber bis zum jenseitigen Saum.

Endlich, dachte Mellow. Er war müde bis in die Knochen und nach dem Aufstieg fast am Ende seiner Kräfte angelangt. *Hoffentlich weiß Circendil Rat. Noch ein Freund, dem ich Unrecht tat,* sinnierter und schämte sich, dass er ihm noch gestern Abend unterstellt hatte, er sei zu geschwächt, um noch folgerichtige Entscheidungen treffen zu können. Und heute, nach nur einem halben Tag des Führens, war er selbst es, der kaum noch eines klaren Gedankens mächtig war. Er kniff die Lippen zusammen und betrachtete Finnig in Fionwens Arm. Zugleich spürte er die Last der Verantwortung wie ein fassschweres Gewicht, das ihn niederdrückte, und er sehnte sich nach dem Moment, da er sie wieder abgeben konnte. Er ließ sich auf einen Baumstumpf sinken, einem von vielen, die ringsum aus dem Unterholz ragten. Erschöpft lehnte er seinen Kopf gegen Vankus Hals, der sich herabbeugte und ihn besorgt mit den Nüstern berührte. Dankbar fühlte er die Nähe des Tieres und die Verbundenheit, die sie füreinander empfanden. Er struwwelte die Mähne des Ponys, während er lautlos fragte:

Bist du dort unten, Circendil?

Matte Lichter schimmerten ihnen zwischen den Wipfeln tiefer stehender Bäume entgegen. Schräg unter ihnen lagen die Häuser von Muldweiler, kantige Schatten unter im Mondlicht schimmernden Dächern. Wartende Wände, dachte Mellow mit einem wehmütigen Seufzen, deren Inneres von Wärme erfüllt war, über deren heimeligen Feuern Töpfe hingen oder standen, mit wohlriechenden Suppen oder Aufläufen darin, die in den Stuben dampfend und blubbernd verlockende Düfte verbreiteten, ehe sie aus Spalten und Fenstern entkamen und ins Freie drangen. Fast meinte er, Erbsen und Kürbis und Kohl bis hier herauf riechen zu können. Oder waren es mit Nüssen versetzte Kräuterpilze, die in einer Pfanne schmorten? Zumindest roch er unverkennbar den Rauch von trockenem, verbrennendem Holz, und etwas in ihm zog sich zusammen. Völlig unerwartet dachte er plötzlich an seine Eltern und fragte sich, ob sie wohl noch lebten. Zuletzt hatte er mit ihnen am Sonntagabend in der Bücherey von Mechellinde gesprochen, eilige Worte des Abschieds murmelnd, voller Ungewissheit über das, was Mutter und Vater, aber auch ihn selbst und seine

Brüder erwartete. Wohin mochten sie sich aufgemacht haben, sie, die nun heimatlos waren?

Das brachte ihn zu der unmittelbar vor ihm liegenden Frage zurück.

Wo verbarg sich der Mönch?

*

Ein einzelnes Gebäude befand sich ein Stück weit abseits des Bradas. Es lag einsam da, ohne Nachbarbauten, dafür war es umgeben von langen Schichtstapeln unbearbeiteter Stämme. Es war ein wuchtiges, klobiges Ding von einem Haus, dessen drei Stockwerke den Feldbach an seinem Nordufer überragten. An den bachabgelegenen drei Seiten, in der Höhe des ersten Stockwerks, war es mit weiten Kragdachüberständen versehen, unter denen die Eigentümer zugeschnittene Hölzer verwahrten. Darüber erhoben sich die Arbeits- und Wohnräume, deren schmale Fenster sämtlich blind waren von festklebendem Sägemehl. Sie wirkten im Mondlicht wie die Augen von Toten: bleiche Lider in runzligen Gesichtern, für ewig geschlossen über einem längst gelebten Leben.

Ein durchdringender erdiger Holzgeruch erfüllte nach und nach die Luft und vertrieb endgültig Mellows Ahnungen von verheißungsvollen Töpfen. Der von der Mühle aufsteigende Luftstrom schmeckte nach Kiefern und frisch aufgerissenen Gräbern, er rief Mellow unwillkürlich den Geruch des Totenackers von Aarienheim während Amafilia Fokklins Beerdigung ins Gedächtnis.

Und nicht nur das – schon durch die Mühle selbst fühlte sich Mellow an das Tauberhaus in Aarienheim erinnert. Auch hier war über 200 Jahre hinweg immer wieder dazu-, obenauf- und danebengebaut worden, ohne ursprünglichen Plan und nur den irgendwann einmal wichtigen Erfordernissen gehorchend. Kerben und Ecken waren so entstanden wie Altersfalten. Vorsprünge und Nischen und darüber kreuz und quer genagelte Latten überzogen das Gebäude wie Narben, deren Nähte nie gezogen worden waren.

Spitz aufragende Gestelle und hervorstechende Kranbalken gaben dem Haus obendrein etwas von einem hochbetagten Igel, der ein Gutteil seiner Stacheln verloren hatte und nunmehr einem ungewissen Winter entgegendämmerte.

Die Mühle stand östlicher und ihnen damit näher als die übrigen Häuser Muldweilers. Sie war einseitig hell beleuchtet: In ihrem Hof loderte eines der Wachtfeuer, wie es die Gidrogs üblicherweise für die Nacht entfachten, der Rest des Hauses war dunkel. Die Flammen warfen ihren Schein nicht nur an der Langseite des Mühlhauses empor, sondern auch auf einen Weg, der daran vorbeiführte und an einer kleinen Brücke endete, die den Feldbach überspannte. Ein kleineres Licht bewegte sich dort.

»Ein Fackelträger«, sagte Taram. »Die Brücke wird bewacht.«

»Von jemandem mit Hauern im Gesicht und einem Axtdornschwert in der Hand.« Mellow verzog sein Gesicht, als ein unerwartet heftiger Schmerz von seiner Kopfwunde ausging.

»Was hast du?« Fionwen hatte Mellows Zusammenzucken trotz der sie umgebenden Dunkelheit bemerkt.

»Es ist nichts. Meine Narbe heilt, nehme ich an. Und sie verlangt nach Schmerzen dabei.« Von dem Schwindel, der ihn jetzt in immer kürzeren Abständen erfasste, schwieg er.

»Jedenfalls ist das dort die fokklinsche Sägemühle«, fuhr Mellow fort. »Circendil hat einen unsicheren Treffpunkt erwählt.«

»Wohin führt der Weg?«, fragte Bhobho. Er beugte sich gefährlich weit vor. Aber es gab nichts zu sehen außer tanzenden Schatten. Der Feuerschein reichte nicht über die kleine Brücke hinaus. Auf der anderen Seite des Weges leckte er an der Hauswand hoch, bis zum Dach der Sägemühle. Ein weißes Tuch flatterte dort an einer quergebundenen Stange und warf rote und schwarze Falten in die Nacht.

»Er biegt ab und geht in den Treidelweg über, der seinerseits bis zur Moorrinn führt. Der Kanal beginnt unmittelbar an der Brücke. Früher haben die Fokklins darauf und weiter dann auf dem Nebenfluss ihr Grubenholz bis zur Räuschel verholt.«

»In besseren Zeiten zweifellos.«

»Ob der alte Prahm noch da ist?«, überlegte Mellow. Und eben, als er es sich fragte, offenbarte sich ihm schlagartig die Lösung für ihr weiteres Vorgehen. Der Lastprahm würde groß genug sein, sie alle und ihre Ponys aufzunehmen. Vorausgesetzt, es gab ihn noch. Bei seinem letzten, vorjährigen Aufenthalt in Muldweiler hatte er das flache Boot in einem beklagenswerten Zustand im Kanal liegen sehen – unmittelbar bei der Brücke, vertäut an bis zum Wasser hinabreichenden Stufen. Warum hatte er nicht früher daran gedacht? Damals allerdings hatte er den Prahm kaum beachtet: Es war einfach ein langsam verrottendes Ding gewesen, von viereckiger Form, dreimal so lang wie breit. Im Kanal selbst hatten Seerosen mehr als die Hälfte der Wasserfläche bedeckt und angezeigt, dass sein Bett schon des Längeren nicht mehr gepflegt wurde.

»Einer von uns muss hinab«, sagte Mellow. »Ihn erwartet eine dreifache Aufgabe. Er muss Circendil finden. Ferner muss er nachprüfen, ob die Fokklins den alten Kahn noch nicht haben untergehen lassen. Das wird gefährlich, denn diese Erkundung muss unmittelbar am Rand des Feuerscheins und direkt vor den Augen der Gidrogwache dort unten erfolgen. Liegt der Prahm noch da, werden wir uns seiner bemächtigen. Und mit ihm über die Räuschel setzen. Falls er noch schwimmfähig ist, meine ich. Das kann ich jedoch nur hoffen, beim besten Willen aber nicht versprechen. Das gute Stück sah überaus alt und morsch aus, als ich das letzte Mal hier war.«

»Er *ist* alt«, sagte Fionwen, »wenn er wirklich aus Forros lange vergangenen Tagen stammt.«

»Alter Prahm oder nicht – das waren erst zwei«, sagte Taram. »Du sprachst von drei Aufgaben.«

»Die Brückenwache muss ausgeschaltet werden, bevor ihr anderen nachkommen könnt.«

Fionwen blickte besorgt zu Mellow hinüber, der beide Augen in jähem Schmerz zu Schlitzen verkniff. »Warum gehen wir nicht alle zusammen?«

»Wenn wir zusammen gehen«, gab er zur Antwort, »müssten wir uns unten in der Nähe der Gidrogs verstecken. Nicht auszudenken, wenn Finnig gerade dann anfinge zu weinen. Wir würden sofort entdeckt. Nein, einer muss voraus. Ich werde gehen.«

»Bist du sicher?«, fragte sie zurück. »Nimm es mir nicht übel, aber dein Aussehen gefällt mir gar nicht. Lass Herrn Taram gehen oder Herrn Bholobhorg. Du solltest dich besser schonen.«

»Schonen?« Er lachte leise. »Ein verführerischer Gedanke, fürwahr. Aber wenn ich Bhobho oder Taram vorausschicke, so besteht die Gefahr, dass sie Herrn Circendil verfehlen. Ich kenne ihn besser und weiß ein bisschen, wie er denkt. Ich habe außerdem die größte Erfahrung mit den Gidrogs und kann ihr Verhalten am sichersten von uns allen einschätzen. Nein, ich muss gehen. Und ein wenig Kopfschmerz wird mich nicht behindern.« Es war weit mehr Kopfschmerz als nur ein wenig, den er in seiner Wunde rasen fühlte, aber das behielt er für sich.

»Mellow hat Recht«, sagte Taram.

Bholobhorg brummte: »Leider. Höflicherweise hat er auch vergessen zu erwähnen, dass er bedeutend schneller laufen kann als ich. Mein Schnaufen würde alle Gidrogs herbeieilen lassen, ehe ich auch nur bei der Mühle wäre. Ich sag's ungern, aber es ist wahr: Er ist die beste Wahl.«

»Wie wissen wir, wann wir nachkommen sollen?«, fragte Fionwen.

Mellow überlegte kurz. Mit verzogener Miene strich er sich über die Lederkappe. »Wir brauchen ein Zeichen. Achtet auf die Fackel. Sobald sie erlischt, ist der Weg für euch frei. Kommt dann unverzüglich zur Brücke herab. Falls die Dinge anders laufen als erhofft, kehre ich zurück, und wir beratschlagen uns neu.«

Damit war es abgemacht.

Mellow drückte jedem von ihnen kurz die Schulter, dann lief er geduckt den Hang hinunter. Da der Mond in ihrem Rücken und noch tief über den Wipfeln stand, lag der hiesige Abhang des Waldrückens in nachtschwarzem Schatten. Binnen weniger

Augenblicke war Mellow ihren Blicken vollständig entschwunden.

*

Mellow tastete sich den Hang hinunter und rannte unten angekommen auf eine schräg von ihm fortlaufende Baumreihe zu. Umrisse verdichteten sich zu jungen Fichten, als er näher kam; erst hinter ihnen traf das Licht des Mondes wieder ebenen Boden und beschien ein noch nicht abgeerntetes Kürbisfeld. Der Wind hatte nur noch wenige Wolken übrig gelassen. Über sich sah Mellow einen größtenteils klaren Himmel, an dem die ersten Sterne zu voller Pracht erblühten. Er seinerseits spürte zwischenzeitlich jeden Schritt in seiner Schläfe, als stochere jemand mit einem Messer darin herum. Unwillig schüttelte er den Kopf und bereute es sofort – das war kein geeignetes Mittel, die Schmerzen zu vertreiben.

»Nimm dich gefälligst zusammen«, flüsterte er ins Mondlicht hinein, als er am Rand des Hügelschattens und zugleich an den Jungfichten vorbeilief. »Du kannst es dir später leisten wehzuklagen. Jetzt gilt es, Circendil zu finden.«

Bei der letzten Fichte duckte er sich. Unmittelbar vor ihm, in nur zehn Klaftern Entfernung, knickte der Weg nach rechts hin zum Treidelufer ein; geradeaus führte er über die aus Feldsteinen gesetzte Brücke weiter zur Mühle hin. Der Feldbach strudelte von links heran. Inmitten des Weges stand der Gidrog mit seiner Fackel. Er starrte fast in Mellows Richtung – ein Klotz aus Muskeln, gewappnet in Leder, der hauergesichtige Schädel von wild wucherndem Zottelhaar umgeben. Etwa dreißig Klafter hinter ihm loderte das Wachtfeuer.

Um zur Mühle zu gelangen, musste Mellow entweder über die Brücke gelangen und damit unmittelbar an ihrem Wächter vorbei, oder er schlug einen Bogen über das Kürbisfeld und näherte sich der Mühle von ihrer rückwärtigen Bachseite. Das Erste verbot sich von selbst, also machte Mellow kehrt und versuchte wenig später, nicht über die allenthalben sprießenden Feldfrüchte zu stolpern. Eine große Linde spendete reichlich Schatten, und er atmete auf, als er ihren Stamm erreichte und sich dagegenlehnte. Er hatte den halben Weg geschafft. Noch immer stand der Wächter bewegungslos in der Brückenmitte, und Mellow war so dicht herangekommen, dass er das Knistern seiner Fackel hören konnte.

Er war nun dem Feldbach ganz nahe. Röhricht, Bachbungen und Sumpfziest säumten das Ufer. Kleine Strudel gurgelten und schlugen als winzige Wellen gegen Farne und Stauden von Wasserfedern und Krötenbinsen. In der Ferne erklang ein Unkenruf. Nur wenige Schritte entfernt antwortete eine zweite. Mellow erschrak und duckte sich flach ins Gras, da er annahm, der Wächter würde nunmehr genau in seine Richtung schauen.

Erst als Mellow sicher war, dass der Gidrog nicht zu ihm herüberblickte, huschte er in den Schutz der Sträucher. Vor ihm ragte nun ein kreisrunder Schatten auf: das Mühlrad mit seinen Schaufelblättern. Es drehte sich plätschernd in seinem Grund; dahinter ragte eine gemauerte, mit Zimbelkraut überwucherte Mauer auf, über die sich der Feldbach auf das jeweils höchste Blatt des Rades ergoss.

Genau hierhin hätte sich Mellow begeben, wenn er selbst die Mühle als Treffpunkt vorgeschlagen hätte. Nirgendwo war eine Wassermühle mühlenhafter als an ihrem unverkennbaren Rad. Und genau hier, an dieser Stelle, würde auch Circendil warten. Mellow war sich sicher, den Davenamedhir inzwischen gut genug zu kennen, um dies behaupten zu können. Genau hier, rückwärtig gelegen und von der Straße aus nicht einsehbar, während das Wasserrauschen alle verdächtigen Geräusche übertönte – es war der geeignetste Ort für eine heimliche Verabredung, unverwechselbar und nahezu allen Blicken entzogen.

So weit stimmt alles, dachte Mellow. Dennoch schlich sich Sorge in sein Herz. Er zwang sich, gleichmäßig zu atmen. Dabei nahm er jeden einzelnen Busch und jeden Schatten dazwischen genau in Augenschein. Der höher kletternde Mond war ihm jetzt zu Diensten. Sein klares Licht ließ keinen Zweifel zu.

Der Ort war der richtige, darauf hätte Mellow sein blaues Hutband verwettet. Nur – Circendil war nicht da. Rad und Bach und Mühlengrund waren verlassen, Mellow wartete allein. Dass Circendil nicht hier war, konnte an höchstens drei zwingenden Gründen liegen, folgerte Mellow. Und keiner davon wollte ihm ernsthaft gefallen.

Zunächst: *Circendil ist noch gar nicht eingetroffen.*

Das bedeutete, er musste aufgehalten worden sein, denn die Zeit hätte ihm und seinen langen Beinen reichen müssen. Ein erfahrener Waldläufer wie er, der ohne Umwege eilen konnte und der zudem keine Rücksicht auf Gepäck, Ponys und Kleinkinder zu richten hatte, nahm es im hiesigen Teil des Hüggellandes leicht mit Mellows kleinem Tross auf.

Zweitens: *Er war schon hier und ist wieder gegangen.*

Entweder um sie zu suchen oder um etwas anderes zu erledigen, das keinen Aufschub duldete. Das Erste entsprach nicht Circendils Wesen; er gab keine Verabredung vor, um sie dann seinerseits nicht einzuhalten. Die zweite Annahme beunruhigte Mellow umso stärker. Was konnte so wichtig und dringend sein, dass es dem Mönch nicht erlaubte, auf sie zu warten? In ihrer Lage musste dies zweifellos ein höchst gefährlicher Grund sein.

Und drittens: *Der Mönch war nicht hier und würde auch nicht mehr kommen.*

Weil etwas ganz und gar Unerwartetes dies verhindert, durchzuckte es Mellow. Diese letzte Möglichkeit trieb ihm den Schweiß trotz der Nachtkühle auf die Stirn. Er wischte sie mit dem Ärmel trocken.

Ihm selbst standen jetzt nur mehr zwei Handlungsweisen offen: Entweder er wartete, ob Circendil noch käme, oder er kümmerte sich allein um die zwei noch zu erledigenden Aufgaben.

»Zu warten hat keinen Sinn«, flüsterte er. »Wenn er schon hier war und wieder ging, hat er ein Zeichen für uns hinterlassen. Wenn er noch nicht hier war, aber noch kommt, werde ich ihm ein Zeichen hinterlassen. Und wenn er ohnehin nicht mehr kommt, weil er nicht mehr kommen kann, dann ist Warten das Letzte, was ich tun sollte.«

Was für ein Zeichen hätte Circendil zurückgelassen?

Sicher eines, das einerseits unverdächtig war, andererseits aber Mellow als Hinweis zu erkennen vermochte. »Natürlich«, wisperte er, als ihm des Rätsels Lösung einfiel. »Einen Apfel. Wie schon einmal im Rudenforst. Er hätte einen Apfel liegen lassen. Einen unversehrten zum Zeichen, dass alles wohlauf steht, und einen irgendwie beschädigten als Hinweis, dass wir in Gefahr sind. Und wo? Am sichersten wäre ein Platz, wo man ihn gar nicht übersehen kann.«

Sein Blick fiel auf ein altes Fass, das dicht an der Hauswand der Mühle stand. Der Fassdeckel lag obenauf, und auf ihm … ein angebissener Apfel von jener Art, die im Aarienheimer Obsthain wuchs. Mellow sprang über den Bach und trat an das Fass heran. Er hielt den Apfel ins Mondlicht und nickte. Die Bissstelle war braun verfärbt, und Ameisen hatten den Apfel und seine Süße unlängst entdeckt.

Weiter war nichts Auffälliges an ihm, aber Mellow sagte der Zahnabdruck genug. Er war zu groß für einen Vahit, und er *beschädigte* die Frucht. »Also stehen die Dinge schlecht«, murmelte Mellow. »Weshalb wundert mich das nicht?«

Der Verfärbung der Bissstelle nach war der Davenamönch vor etwa einer Stunde hier gewesen – also ziemlich genau zu der Zeit, als einer von Saisárasars Vogelreitern oder gar der Dunkle selbst in Muldweiler gelandet war. Mellow ahnte, dass der kurze Aufenthalt des Reiters der Grund dafür war, weshalb Circendil den vereinbarten Treffpunkt vorzeitig verlassen hatte. Wenn es auch nicht der Criargreiter selbst, sondern vermutlich die Nachricht gewesen war, die den Mönch zu größerer Eile bewogen hatte. Am Ende dieses Gedankenfadens angelangt, war sich Mellow sicher, dass Circendil nicht mehr zur Sägemühle zurückkehren würde.

Falls meine Überlegungen der Wahrheit auch nur nahekommen, dachte er verdrossen. *Sicher bin ich mir bei alledem nicht. Aber mir bleibt keine andere Wahl. Ich werde nicht länger verweilen.*

Er nahm den Apfel auf und legte ihn neben das Fass nahe der Hauswand ins Gras. Die Ameisen würden ihn auch dort unschwer wiederfinden; und Circendil, falls er entgegen allen Erwartungen dennoch zurückkehrte, würde wissen, dass Mellow das Zeichen bemerkt, die Botschaft verstanden hatte und seinerseits nicht länger hatte bleiben können.

Anstatt den Bach erneut zu überqueren, blieb er dicht an der Wand. An der wasserabwärts gelegenen Hausecke lugte er vorsichtig zur Brücke hinüber. Der Wächter stand nicht mehr bewegungslos da wie ein Standbild seiner selbst. Er bewegte sich über die Brücke, machte an ihrem Ende kehrt und kehrte auf die dem Dorf zugewandte Seite zurück.

»Damit kommen wir zu Aufgabe Nummer zwei«, flüsterte Mellow. »Und ich habe es fast geahnt. Zur Kälte der Nacht und den Schmerzen in meinem Kopf kommen nun noch nasse Füße hinzu.«

Sein gehauchtes Flüstern war an sich so überflüssig wie nur etwas, aber es flößte ihm eigenartigerweise Mut ein, und es lenkte ihn von den Stichen in seinem Schädel ab. Er ließ sich auf den Hosenboden nieder und rutschte in das Bachbett hinein. Dann watete er, mit langsamen Schritten und tiefer gebeugt als ein Pilzsammler, im Wasser des gurgelnden Feldbachs auf die Brücke zu. Aus den nassen Füßen in seinen Stiefeln wurden schnell ebenso nasse Hosenbeine. Auch sein Mantel sog sich im Handumdrehen bis zur Hüfte voll und zog plötzlich schwer an ihm.

Dafür verriet das Licht der Fackel ihm zuverlässig, wo sich der Gidrog gerade befand: mal auf dem rechten, mal auf dem linken Brückenende.

Um die helle Haut seines Gesichtes zu verbergen, zog Mellow die Kapuze tief in die Stirn. Von oben musste er wie ein flechtenüberzogener Stein im Bach wirken, falls ein Blick auf ihn fiel. Jedenfalls hoffte er das.

Je näher er der Brücke kam, desto langsamer bewegte er sich – und verharrte still, sobald das Licht direkt über ihm flackerte. Schließlich verhielt er lautlos unter dem Brückenbogen. Die Kälte nahm zu. Er drang in eine fast undurchdringliche Dunkelheit vor, in der die Strudel des Baches widerhallten. Doch die Brücke war nicht breit, das Mondlicht erhellte jenseits der Unterführung den Beginn des Kanals – und beschien ein kantiges, flaches Ding aus rauem, verwittertem Holz, das so groß wie schwerfällig im Wasser dümpelte.

Es war der alte Prahm der Fokklins.

Und er scheint trotz seines hohen Alters immer noch aus eigener Kraft zu schwimmen, dachte Mellow hoffnungsvoll. *Jedenfalls nach allem, was ich erkennen kann.*

Damit war auch die zweite Aufgabe erfüllt. Zur Sicherheit drückte er gegen die über ihm aufragende Wandung, um zu sehen, ob der Prahm sich auch wirklich bewegte und nicht etwa auf dem Grund festsaß. Es kostete ihn bedeutend mehr Kraft als erwartet. Erst nachdem er sich in den engen Spalt gedrängt hatte, den die glitschigen Steine des gemauerten Ufers mit der Bordwand des Prahms bildeten, und sich mit den Füßen an den Steinen abdrückte, während er seinen Rücken gegen das Holz presste, verspürte er eine sanfte Bewegung. Der Spalt weitete sich. Schwerfällig ächzte der Prahm in seinen Haltetauen.

Mellow tastete sich aus dem Spalt heraus und hangelte sich an der treppenabgewandten Seite des Wassergefährts entlang. Plötzlich verlor er beinahe den Grund unter seinen Füßen, und wäre um ein Haar gänzlich ins Wasser gefallen. Vorsichtig spürte er mit den Füßen nach festem Boden, und fand zunächst keinen. Hier endete das eigentliche Bachbett und ging in den tieferen und breiteren Kanal über. Modriger war der auch, wie Mellow zu riechen glaubte, als er behutsam tastend in das tiefere Wasser vordrang.

Beide Enden des Prahms waren gleich geformt und boten keinen Anhalt, wo vorn sein sollte. Bug wie Heck waren rechteckig zugeschnitten und ragten drei oder vier Fuß über dem Wasserspiegel auf. Mellow verbarg seinen Kopf unter dem Teil, der von der Brücke ab- und dem Ausgang des Kanals zugewandt war. Er stand nun bis zum Hals im Wasser und war wenigstens so nass wie die Wasserratten, die es hier sicherlich irgendwo gab. *Ratten!*, durchfuhr es Mellow. Daran hatte er nicht gedacht. Er hasste Ratten wie nichts sonst auf der Welt, und dieser Hass war sowohl auf Ekel wie auf Furcht gewachsen.

Ich wollte, Finn wäre an meiner Seite, dachte er zum er-wusste-nicht-mehr-wievielten Mal an diesem Tag. Finn hatte sich vor keiner Ratte jemals geekelt oder gefürchtet. Unvergessen war zwischen ihnen beiden jene Strafarbeit, die Herr Ludowig Gurler ihnen vor Jahren aufgebrummt hatte. Im Keller der Bücherey hatten sie die Rattenfallen entleeren sollen … ein Albtraum aus Jugendtagen, den Mellow noch manche Nacht erneut träumte und aus dem er jedes Mal schweißgebadet erwachte. Jedes Plätschern ließ ihn deshalb jetzt zusammenzucken, und die Schmerzen in seiner Wunde und die Kälte des Wassers taten ein Übriges. Er fühlte sich mit jedem Atemzug schrecklicher, fast, als wäre er selbst nicht mehr als ein nasser Lappen, fortgeworfen, vergessen und zu nichts mehr nütze.

»Du musst hier dringend raus«, wisperte er. »Du bist säumig, Mellow. Du hast noch eine dritte Aufgabe zu erledigen. Beende dein Bad und dein Selbstmitleid und beeile dich.«

Er wartete, bis der Fackelschein ganz auf der dem Dorf zugewandten Seite angelangt war, und noch ein wenig länger, bis er sicher war, dass der Gidrog auf dem jenseitigen Brückenende kurz anhielt. Sofort zog er sich an den Steinstufen aus dem Wasser, so leise, wie es ihm nur möglich war. Notgedrungen legte er seine Stiefel und den Mantel ab. In den Stiefeln schwappte das Wasser. Der Mantel war pitschnass und vollgesogen. Er lastete förmlich auf seinen Schultern, wog schwer wie ein Radkürbis und tropfte in einem fort.

Dicht an den Prahm gedrückt hoffte er, man würde den nassen Haufen für einen vergessenen Sack oder einen moosüberwucherten Treppenstein halten, sollte der Gidrog über die Brückenbrüstung herunterlugen. Er legte den Pfeilköcher daneben; auch er war vollgelaufen. Mellow hoffte innigst, die Pfeile darin mochten keinen Schaden durch die Feuchtigkeit genommen haben.

Das Licht des Wächters näherte sich, hielt kurz an und entfernte sich wieder.

Mellow nahm Domags Bogen und einen seiner Pfeile zur Hand.

Er hatte sich erst ein paarmal in seinem Leben an einem Bogen versucht – und feststellen müssen, dass etwas, das so leicht aussah wie das Verschießen eines Pfeils, es keineswegs auch sein musste. Er war ein schlechter Schütze, ganz ohne Frage. Oder vielmehr ein ungeübter. Woran es ihm in Hinsicht auf die Treffsicherheit ermangelte – und das war so gut wie alles –, das würde er jetzt durch einen möglichst geringen Abstand zu seinem Ziel wettmachen müssen. Nun, ein Ziel, das sich nur vier oder fünf Schritte vor ihm befand, würde selbst er nicht verfehlen.

Wenn alles gut geht.

Abermals wartete er, bis der Gidrog seine diesseitige Wendung vollzogen hatte. Diesmal allerdings dauerte es, denn der Hauergesichtige ließ seinen Blick ausgiebig über den Osthang und entlang des Waldsaums schweifen. Minutenlang starrte er hinauf, als könnten seine Augen mehr in der Nacht erkennen als bloße Bahnen von Mondlicht und Kleckse tintenschwarzer Finsternis.

Endlich machte er kehrt. Das Knistern der Fackel entfernte sich.

Mellow huschte die Stufen und dann die geringe Böschung zur Brücke hinauf. Er lief barfuß und damit so gut wie lautlos. Ein paar Schritte folgte er dem breiten Rücken des Gidrogs hinterdrein. Im Laufen zog er die Sehne zurück. Er spannte den Bogen, bis der Pfeil an seinem Ohrläppchen anstieß. Nur fünf Schritte vor ihm hielt der Wächter unversehens an, als habe er etwas gehört. Und drehte sich um!

Er *hatte* etwas gehört.

Mellow erstarrte. Sein Herz klopfte ihm bis zum Hals. Sein Blick trübte sich. Nicht vor Schreck, denn halb und halb hatte er mit einer Entdeckung gerechnet.

Nein, ihm verschwamm der Blick vor der ungeheuren Welle an Schmerz, die plötzlich seine Wange hinunterbrandete, die seinen Arm zittern ließ und ihm die Hand verkrampfte. Ohne es verhindern zu können, ließ Mellow die Sehne schnellen. Es summte laut, der Pfeil surrte davon. Er verschwand irgendwo hinaus in die Schwärze der Nacht.

Der Wächter entdeckte den vor ihm stehenden Vahit sofort.

Er wechselte die Fackel von der Rechten in die Linke. Mit der anderen Hand zog er das Axtdornschwert. All diese Bewegungen vollzog der Gidrog so schnell, als wären sie eine einzige. Schon sprang der Wächter auf Mellow zu, schon schwang er sein Schwert zum tödlichen Hieb und riss den mit Hauzähnen gefüllten Mund auf – um eine Warnung zu brüllen oder um ihn zu verhöhnen oder um einen Kampfschrei auszustoßen – Mellow sollte es nie erfahren.

Durch seinen Schmerzanfall war er wie gelähmt. Er wankte und hoffte dabei, dass er es zur Seite schaffte. Einen Schritt nur, und einen halbgetaumelten zweiten. Ob ihn das aus der Reichweite des Schwertes brachte, und ob ihn ein erfolgreiches Ausweichen überhaupt retten würde – er wusste es nicht.

Mit einem Pfeifen schwirrte ein zweiter Pfeil aus der Dunkelheit heran. Ein schmatzendes *Tschack!* ertönte, und die Spitze fuhr dem Gidrog ins Genick. Sie bohrte sich durch den dicken Hals ins Hinterhaupt, brach dann mit einem noch hässlicheren, knochenbrechenden Laut aus der Stirn wieder hervor. Blut und Hirn und Knochenstücke spritzten auf den Weg. Wie ein gefällter Baum kippte der Hauergesichtige nach vorn, und sein Schwert klirrte auf den Steinen. Reglos blieb er vor Mellow liegen.

Die Fackel lag, der Wächterhand entfallen, auf dem Brückenweg, doch sie brannte noch. Mellow fiel vor Schwäche auf die Knie. Das Licht versengte seine Augen. Sein Blick verschleierte sich. Er sah zuckende Flecken und griff mehrfach ins Leere, ehe er endlich die Fackel ertastet hatte. Mit letzter Kraft, einer Kraft, die ihm immer mehr entschwand, warf er das Licht über die Brückenbrüstung.

Funkensprühend wirbelte es davon. Zischend erlosch die Fackel im Wasser des Kanals.

Mellow versank zugleich in innerer Schwärze. Würgend erbrach er sich. Der Brückenweg zog plötzlich mit aller Macht an ihm. Er fiel vornüber. Unmittelbar vor den im Tod erstarrten Augen des Gidrogs schlug er auf.

»Noch ein Pfeil im Hals!«, dachte er, vielleicht sprach er es auch aus. Dann schwanden ihm die Sinne. Das Letzte, was er wahrnahm, waren die kalten, besudelten Steine an seiner Wange.

8. KAPITEL

Muldweiler

Mellow riss voller Schrecken die Augen auf. Wie viel Zeit verstrichen war, seitdem er das Bewusstsein verloren hatte, wusste er nicht einzuschätzen, aber es war immer noch Nacht, er lag immer noch am Boden, und ihm war immer noch kalt.

Zu seiner Verwunderung erinnerte er sich an jede Einzelheit: An den Anblick des toten Gidrogs vor ihm auf dem Brückengestein. An den Pfeil, der das Haupt des Hauergesichtigen von hinten durchbohrt hatte. An die Fackel, die er in einem letzten Aufbäumen in den Kanal geworfen hatte, um sie zum Verlöschen zu bringen. An die Pfütze seines eigenen Erbrochenen, in die er vornübergefallen war und in der er nun mit dem Gesicht lag.

An alles das erinnerte er sich, und allein diese Tatsache beruhigte ihn zutiefst. Um wie vieles schlimmer war sein Erwachen doch gestern Morgen gewesen! Als er alles vergessen zu haben schien, was ihm widerfahren war, und er weder Stunde noch Richtung bestimmen konnte, geschweige denn, das Geschehen um ihn herum zu verstehen.

Erleichtert atmete er auf. Bis er merkte, dass *nichts* davon stimmte.

Anstatt bäuchlings ausgestreckt lag er flach auf dem Rücken.

Anstelle der besudelten Steine unmittelbar vor seinen Augen blickte er in einen sternenübersäten Himmel hinauf, in dem der Mond eine Handvoll träge dahintreibender Wolken beschien, von denen eine sich soeben anschickte, ihn zu verhüllen. Noch während er schaute, wurde es dunkel, als zöge jemand einen Vorhang vor ein Fenster. Das Mondlicht blieb hinter der Wolke zurück, die geballten Schatten darunter verloren schlagartig alle Formen und Kanten.

Er tastete unsicher umher. Verwirrt spürte er rissiges Holz statt des kalten Brückengesteins unter seinen Fingern. Er lag auf rauen, schrundigen Brettern, und ihm war, als würde dieser Untergrund zudem kaum merklich schwanken. Entweder das, oder ihm war immer noch schwindelig, obwohl er unbewegt am Boden lag. Wenn ich nur nicht so entsetzlich frieren würde, dachte er.

Seine Beruhigung schlug in zunehmende Besorgnis um. Mellow begann ernstlich, an seinem Verstand zu zweifeln. Da spürte er eine Bewegung und erschrak.

»Na, da bist du ja wieder«, sagte jemand. Eine fremde Stimme, die zudem sehr leise sprach; kaum ein Wispern in der Nacht. Immerhin erkannte Mellow, dass sie zu einem Vahit gehörte.

Mellow wollte auffahren, doch eine kräftige Hand drückte ihn zurück.

»Liegen bleiben«, raunte der Unbekannte. »Bleib still. Beweg dich nicht und kein Laut. Ich höre Schritte. Es kommt jemand.«

Tatsächlich hörte auch Mellow jetzt ein erst dumpfes Stampfen und dann ein mehrfaches, helleres *Klippediklapp* – Ponyhufe, die plötzlich einen steinernen Untergrund trafen. Gleichzeitig vernahmen seine Ohren ein viel näherliegendes Geräusch oberhalb seines Kopfes. Das leise Knarzen einer langsam gespannten Sehne. Er blickte hinter sich. Mit gespreizten Beinen stand der andere in Schatten gehüllt da. Er hielt einen der kleinen Vahit-Jagdbogen schussbereit, den eingelegten Pfeil auf etwas gerichtet, das sich noch tiefer irgendwo im Dunkeln verbarg.

Das ließ Mellow vollends wach werden. »Runter mit dem Pfeil!«, raunte er seinerseits. »Das sind Freunde. Sie haben mein Zeichen gesehen und kommen wie verabredet herbei.«

»Bist du sicher? Und von was für einem Zeichen sprichst du überhaupt?«

»Vom Erlöschen der Fackel. Ich warf sie in den Kanal, wie du vielleicht bemerkt hast. Als Zeichen, dass sie kommen sollen.«

»Deine Freunde also, ja? Wie viele sind es?«

»Drei. Nein, vier. Zwei Landhüter und eine Frau. Sie hat ihr Kind dabei.«

Der Unbekannte nahm zögernd den Bogen runter. Den Pfeil behielt er auf der halb gespannten Sehne.

»Was wollt ihr hier?«

Die abweisende Kälte in der Stimme des anderen fand ihr Echo in Mellows zitternden Gliedern. Nur mit Mühe konnte er ein Klappern seiner Zähne verhindern. Er begann, seine Arme kräftig auf und ab zu rubbeln, um sich so wenigstens das Gefühl von Wärme zu verschaffen. Es half nicht, oder kaum. Alles, was er erreichte, war, die Nässe in seinen Kleidern auf der Haut zu verreiben und so die feuchte Kälte noch tiefer in seinen Körper zu treiben; einmal mehr sehnte er sich nach einem Feuer. Er wusste es in diesem Moment noch nicht, aber er brauchte tatsächlich nicht mehr lange auf eines zu warten, und als er es dann beinahe vor sich hatte, war es das Letzte, was er erblicken wollte.

Mellow biss sich auf die Lippen. Sollte er dem Unbekannten einfach die Wahrheit sagen? Was, wenn der Bogenschütze einer vom Schlage der Wachtels war, den selbsternannten Suchern von Aarienheim? Einer, der sie umgehend verriet? Einer wie Awol Kowal, der gern »richtig« mit »denen« redete?

Das ist ausgemachter Blödsinn, schalt er sich im nächsten Moment. Du denkst dummes Zeug, weil du zitterst und frierst. Der da hat vor Kurzem einen Gidrog erschossen, falls du es vergessen haben solltest … und dir damit ganz nebenbei dein kleines bisschen Leben gerettet. Du bist ihm einen Dank schuldig, Mellow, wenn schon nichts sonst. Dazu alles Vertrauen, das du nur aufbringen kannst.

»Was wir wollen? Hilfe, wenn du schon fragst«, antwortete er. »Wir werden gesucht. Wegen, na ja, wegen einer Reihe unliebsamer Vorfälle. Unliebsam für *die*«, fügte er hinzu. Unwillkürlich warf er einen Blick über die Schulter. Doch von der Dorfseite her blieb alles still. Der Tod der Brückenwache war noch nicht bemerkt worden. Aber das konnte jederzeit geschehen. »Wenn sie uns schnappen, ist's um uns geschehen. Wir wollen – nein, wir müssen – über die Räuschel. Heimlich, still und leise, wie du dir vielleicht denken kannst.«

»Leise? Deine Freunde sollen um aller Waldgeister willen hier und jetzt erst einmal leise sein. Du liebe Güte! Warum halten sie ihre Ponys nicht ruhig? Das Geklapper ist leicht bis drüben zum Feuer zu hören. Da steht der nächste Wachtposten. Da, schon wieder. Es hilft nichts. Ich geh sie holen. Du bleibst hier. Nenn mir ihre Namen, schnell.«

»Nenn mir erst den deinigen.«

»Dharso Zeisig«, antwortete der andere.

Mellow riss verwundert die Augen auf, während er rasch die gewünschte Auskunft gab. Der Bogenschütze nickte, tat einen Sprung und verschmolz mit den umliegenden Treppenstufen. Der Untergrund, auf dem Mellow indes immer noch lag, wippte kaum merklich nach. Da wurde Mellow klar, wo oder besser worauf er sich befand.

Er setzte sich auf und starrte zunehmend missmutiger ins Dunkel hinein. Vergeblich suchte er die Nachtschatten zu durchdringen. Das Licht des Wachtfeuers vor der Sägemühle leuchtete weiterhin in seinem Rücken; jenseits des Kanals und gut und gern dreißig Klafter entfernt. Da seine Scheite auf dem höhergelegenen Hof der Fokklinmühle geschichtet waren, fiel kaum etwas von dem flackernden Licht bis zu Mellow hinunter auf die pechschwarze Wasseroberfläche. Auch der Prahm, auf den er irgendwie gekommen sein musste, lag außerhalb des zuckenden Lichtkreises. Nur die obersten Brückensteine schimmerten an ihren Rändern rötlich; der Rest der Wölbung war mehr zu ahnen als zu sehen, eine graue Ansammlung von groben Geviertklötzen, unter denen der Feldbach gluckste.

Mellows Kopfschmerzen waren zum Glück so rasch verflogen, wie sie gekommen waren. Dennoch spürte er den Schwindel gleichsam in der Nähe lauern, wie einen im Gebüsch verharrenden Borstler, der bereit war, sich schon im nächsten Augenblick erneut auf ihn zu stürzen. Die Wundnaht unter der Lederkappe pochte kräftig im Takt seines Herzschlags, ein Wummern, das ihm dumpf in den Ohren widerhallte.

Mellows Finger ertasteten das Dollbord des Prahms. Dahinter begannen Steinstufen, die zum Treidelweg und der Brücke hochführten. Mellows nackte Füße froren ihn am meisten, und er fragte sich, wie er im Dunkeln seine Stiefel finden mochte. Diese, seinen Pfeilköcher und den triefenden Mantel. Domags Bogen lag derweil neben seinen Knien, ohne Pfeile so nutzlos wie eine Feder ohne Tinte.

Seine Geduld wurde stärker beansprucht, als er geglaubt hatte. Obwohl es ihm endlos vorkam, vergingen tatsächlich kaum mehr als fünf Minuten, bis er neuerliches Hufgeklapper hörte – sehr nahe jetzt und auf den gesetzten Steinen von verräterischer Lautstärke. Und eben über diese Stufen stiegen sie nun hintereinander herunter: Dharso Zeisig voran, dann Taram, gefolgt von Fionwen. Bhobho machte den Abschluss. Der Mond hatte inzwischen den Rand der ihn verdeckenden Wolke erreicht und sandte dünne silbrige Strahlen schräg in die Talmulde hinab.

Alle führten ihre Ponys am Zügel. Taram sogar deren zwei: die Stallbrüder Gwaeth und Vanku. Auch Dharso hatte jetzt zu Mellows Überraschung ein Pony bei sich. Es war braunweißgescheckt und wie die anderen gesattelt. Es kam ihm bekannt vor, und dann erinnerte er sich – es war das Pony des eiligen Reiters, der im Sonnenuntergang den Mehlwagen auf der Straße überholt und keine Zeit für einen Gruß erübrigt hatte. War Dharso Zeisig dieser Reiter gewesen?

»Mellow? Bist du da?«, wisperte es ihm entgegen. Es war Fionwen.

»Hier«, flüsterte er zurück. Deutlich hörte er die junge Frau aufatmen.

»Geht es dir gut?«

»Ja«, log er. »Mach dir keine Sorgen um mich. Herr Dharso?«

»Ja?«

»Sag, wirst du uns helfen?«

»Tue ich das nicht längst?«

»Ich meine: Wirst du uns deinen Prahm leihen?«

»Meinen Prahm?« Mellow hörte den anderen leise lachen. »Zunächst einmal: Er gehört meinen Großonkeln Gémo und Gatan. Und sie werden ihn kaum vermissen, falls sie ihn in ihrer Tüddelei nicht längst vergessen haben, was wahrscheinlicher ist. Und leihen willst du ihn? Wenn ich es mir alles so richtig zusammenreime – dein Zeichen, dein Bad im Kanal und überhaupt –, so hattet ihr vor, ihn auch ohne Erlaubnis zu benutzen, nicht wahr? Die Landhüter haben ein Wort dafür, ich glaube, es lautet steh…«

»Stehlen? Das träfe nur zu, wenn wir ihn behalten wollten, was ganz sicher nicht der Fall ist. Im übrigen *sind* wir Landhüter, falls dich das beruhigt.«

»Er untertreibt«, warf Bholobhorg ein. »Du sprichst mit keinem Geringeren als dem Helvogt Mellow Rohrsang.«

»Also Helvogt und Landhüter«, gab Dharso zurück. »Na, das sollte einen eigentlich beschwichtigen. Aber ihr alle kommt ohne Hut daher, was zum einen die Vorschriften verletzt, soweit *ich* weiß, und was es zum anderen ein wenig schwierig macht, euch zu erkennen, falls *ihr* es nicht wusstet. Oder nennst du das unansehnliche Ding da auf deinem Kopf einen Hut?« Er deutete auf Mellows Lederkappe.

Schlagartig war die Stimmung umgesprungen, ohne dass Mellow einen Grund dafür erkennen konnte. Dharsos Tonfall hatte plötzlich eine eigenartige Schärfe angenommen, die ihn höchst befremdete. Taram zog aus der Satteltasche seinen Hut hervor und stülpte ihn sich mit Nachdruck auf den Kopf. Bholobhorg zögerte nur kurz, dann tat er es ihm gleich.

»Sprich nicht so«, entgegnete Mellow und erhob sich. »Auch wenn die Umstände nicht mehr dieselben sind wie früher. Früher, als Landhüter und Vogte noch die Obrigkeit vertraten, meine ich.

Nicht diese Gewährsleute und Statthalter, die wir jetzt haben. Wir sind jedoch immer noch ehrbare Vahits, was du achten solltest. Es könnte sonst sein, dass sich ein Landhüter trotz allem Gedanken über einen macht, der einen nichtsahnenden Feind von hinten erschießt.«

Dharso Zeisig packte seinen Bogen und schüttelte ihn wütend. »Ach ja? Und weshalb? Um einem das Leben zu retten, der sich scheint's zu viele Gedanken macht, ja? Wofür es übrigens neuerdings nicht einmal mehr ein Wort des Dankes gibt. Ist das die Ehre, von der du sprichst, *ehrenwerter Herr?*«

Fionwens Blick flog vom einen zum anderen. Bei dem Wort »Dank« funkelten ihre Augen auf, und sie fuhr dazwischen: »Seid ihr beide noch gescheit? Hört sofort auf mit dem Unsinn. Seid ihr erwachsene Vahits oder kleine Jungen, die ihre Kräfte messen wollen? Wir sind alle in derselben Notlage, falls ihr es vergessen habt. Gibt es für euch wirklich nichts Wichtigeres zu klären als die Frage von Kopfbedeckungen?«

Dharso und Mellow starrten einander finster an.

»Also schön«, meinte Mellow endlich, die beiden Worte langziehend wie jemand, der wider besseres Wissen in etwas einwilligt. »Frau Fionwen hat Recht. Übrigens ist sie eine entfernte Verwandte von dir. Wenigstens ihr gegenüber solltest du freundlich sein, Herr Dharso. Was mich betrifft – zufälligerweise ist dein Vetter Finn Fokklin mein bester Freund. Er war es, sollte ich sagen, denn inzwischen ist er tot. Ihm zu Ehren will ich so tun, als wären die letzten Worte nicht gefallen.«

»Was sagst du da? Finn ist tot?« In das eben noch wütende Gesicht Dharso Zeisigs mischten sich Bestürzung und Fassungslosigkeit.

»Ja. Aber lass uns darüber später reden. Wenn die unmittelbare Gefahr vorbei ist. Dann, Dharso, wird auch die Zeit für Dankesworte gekommen sein. Einverstanden?«

Dharso nickte stumm, bückte sich und warf Mellows immer noch triefnassen Mantel an Bord. Mit einem Klatschen landete der Stoff auf den Decksbrettern. Den Pfeilköcher und den Rucksack warf er nicht, sondern reichte sie Mellow hinüber. Ebenso die Stiefel.

»Also schön«, sagte er dann, die Worte genau wie vordem Mellow betonend. »Ich werde euch helfen. Aber nur aus dem einen Grund, weil ich selbst über die Räuschel muss, und allein kann ich den schweren Prahm nicht bewegen. Nachdem euer Helvogt so töricht war, in das offene Schwert dieses Brückenwächters zu rennen, blieb mir keine Wahl, als den Gidrog zu erschießen. Und keine Zeit, um ihn zu umrunden, wenn ihr mich versteht. Seinetwegen werden sie nun ebenfalls nach mir suchen.« Er ließ offen, wen er damit meinte: den toten Wächter oder den törichten Helvogt.

»Verteilt euch auf dem Prahm«, fuhr Dharso leise fort. »Je zwei Ponys nebeneinander. Führt sie, damit sie nicht scheuen. Du da, mit dem Großen, gehst voran. Wenn die anderen sehen, dass er sich traut, werden sie seinem Beispiel folgen.«

Da trat der Mond vollends hervor, und sein silbernes Licht flößte allen Zuversicht ein, den Vahits ebenso wie den Ponys. Taram tat, wie ihm geheißen. Gwaeth folgte ihm willig auf den Prahm hinauf und schien trotz des ungewohnten Untergrunds keinerlei Angst zu kennen. Mellow nahm Vankus Zügel und schnalzte. Das rappenschwarze Pony zögerte nur kurz, dann war es ebenfalls sicher an Bord. Von da an ging es seitens der Tiere ohne Bedenken: Auch Dumpel und Fionwens Grauschecke kletterten nacheinander auf das hölzerne Gefährt hinüber. Zuletzt stand nur noch Dharso mit seinem Pony auf den Steinstufen.

»Setzt euch besser«, wies Dharso sie an. »Löst die Halteleinen, oder zerschneidet sie, wenn es sein muss. Sie sind alt und widerspenstig. Vorn liegt ein aufgerolltes Seil – werft es mir rüber.«

Bhobho zog wortlos seinen erbeuteten Säbel aus dem Gürtel und schnitt eifrig an dem Strick herum, der, vor vielen Jahren zu einem Knoten geschlungen, den Prahm an einen Haltering band. Der Knoten war mit der Zeit von Wind und Wasser, Frost und

Sonnenlicht zu einem unlösbaren knorrigen Klumpen verbacken. Trotz aller Sprödigkeit war der Strick hart wie ein ausgeblichener Knochen.

Doch endlich fiel er entzwei.

Mellow ging zu Taram nach vorn und kappte die Halteleine mit seinem Wacala.

Tallias Bruder warf Dharso das aufgerollte Seil zu. Dieser fing das gut zehn Klafter lange Stück auf und band es an das Sattelhorn seines Braunschecken. Das andere Ende saß fest an einer im Prahmholz eingelassenen Klampe.

»Gut so. Jetzt nehmt euch von den bereitliegenden Stangen und helft staken. Sorgt aber vor allem dafür, dass wir nicht anstoßen.«

Taram winkte zum Zeichen, dass er verstanden hatte. Er ergriff einen der Staken, kniete sich an das vordere Ende des Prahms und sah plötzlich mit seinem Hut aus wie einer der uralten Fährleute in den aus den Menschenreichen geretteten Büchern.

Mellow streichelte nacheinander die Ponys, sprach ihnen beruhigend zu, ging dann zurück und setzte sich neben Fionwen.

»Achtung, es geht los.« Dharso führte seinen Braunschecken über den Treidelweg. Das Seil spannte sich. Ein Ruck lief durch den Prahm. Deutlich spürten sie, wie sich das Gefährt zu bewegen begann. Lautlos folgte es dem Zug des Seiles den Kanal entlang. Dann und wann spürten sie, wie sie an Seerosen entlangrutschten, die leise schabend über die Seiten des Prahms strichen.

Langsam blieben Brücke, das Feuer und die Sägemühle hinter ihnen zurück.

Mellow atmete auf, als auch der durchdringende Holzgeruch verschwand und es stattdessen nach Weide und frischen Gräsern zu duften begann. Er konnte es kaum fassen, aber keine der Gidrogwachen hatte sie entdeckt.

Sie glitten an abgeernteten Feldern vorbei, die beiderseits des Kanals im Mondlicht raschelten. Eine gewellte Fläche erschien, mit verstreut darauf weidendem Vieh. Dann hörten sie ein Plätschern – ein von der Kammhöhe herabspringendes Rinnsal unterfloss den Treidelpfad und ergoss sich in den Kanal. Sie sahen die Höhe, von der es kam, zu ihrer Rechten ansteigen, ein grauer Hucken vor dem mondhellen Himmel. Ihm gegenüber, zu ihrer Linken, erhob sich nun die Westlehne des Muldweilertals. Zwischen den Höhenrücken aber öffnete sich das Land, und auf dessen Sohle erstreckte sich der Kanal genau nach Norden.

»Was war denn auf einmal los zwischen dir und Herrn Dharso?« Fionwen zog den Mantel bauschig über dem Bündel in ihrem Arm zusammen. Finnig schlief unbekümmert in der Wärme der kleinen Höhle, die sie ihm so schuf.

»Ich weiß nicht«, antwortete Mellow schulterzuckend. »Er war von Anfang an … na ja, merkwürdig. Als trüge ich die Schuld an etwas, von dem ich nicht mal weiß, was es ist.« Fast so wie bei dir, hätte er beinahe hinzugefügt. »Als die Rede auf den Prahm kam, benahm er sich plötzlich, als nähmen wir *ihm* etwas weg. Und nicht seinen Onkeln. Das mit dem Stehlen war ihm sichtlich ernst. Seine Wut entfachte die meinige, nehme ich an. Ich bin … ich meine, er hat ja Recht von wegen des nicht erwähnten Dankes und so weiter. Er hat mir das Leben gerettet vorhin. Aber ehe ich Worte dafür finden konnte, kamt ihr herbei und …«

Er verstummte, als er bemerkte, dass er Dharso gegenüber wiederum genau das getan hatte, was Fionwen ihm ihrerseits vorgeworfen hatte. Er dachte, wie zurückgehaltene Worte mehr Zorn erzeugen können als ausgesprochene, und fragte sich, weshalb er neuerdings manchen Dingen gegenüber eher schwieg als sprach – wider besseres Wissen. Er blickte von Fionwen hinüber auf den Treidelweg und sah zu, wie Dharso Zeisig seinem Pony voranging: ein schlanker, jugendlicher Vahit, der ihn, jetzt da er ihn beobachtete, in seinem Gang stark an Finn erinnerte. Beide waren fast gleichaltrig, gleich groß und mit derselben Fülle braunen Haares ausgestattet. Sie bewegten sich sogar auf ähnliche Weise …

Da entlud sich in ihm schlagartig die Antwort auf seine stumme Frage, und in seinen Taschen ballte er die Hände zu Fäusten. *Es ist beider verwandschaftliche Nähe zu Finn, die mich bei Trost- oder*

Dankesworten stocken lässt! In Fionwens Antlitz vermag ich Finns Züge wiederzuerkennen, in Dharso hingegen seine Art, sich zu regen und zu geben.

Beides war kaum verwunderlich, waren sie doch schließlich verwandt mit ihm. Doch nahm er ihnen diese Ähnlichkeit auf eigenartige Weise übel. Als stahlen sie ihm damit etwas, das ihm allein zu gehören schien, das er verinnerlicht hatte. Es war, als zerrten sie es aus ihm hervor und hielten es ihm vor Augen, als narrten sie ihn, verspotteten ihn mit seinem Schmerz, und der Trauer über Finns Tod.

Beiden tue ich Unrecht damit, sagte er sich. Sie sind, was sie sind – Teil seines Blutes. Und eben, als er dies dachte, erfüllte ihn plötzlich eine Wehmut, für die er keinen Namen fand. *Ich neide ihnen ihre Verwandtschaft, ihre Blutnähe zu Finn, den ich als meinen Bruder erachtete.* Diese Erkenntnis, das Aufdecken der wahren Ursache seiner Sprachlosigkeit gegenüber Fionwen und Dharso, verschlug ihm schier den Atem. Obwohl er sich vornahm, sein Verhalten beiden gegenüber zu ändern, ahnte er, wie schwer ihm das dennoch fallen würde.

Dharsos Pony zog sie beständig weiter, oder vielmehr den Prahm, der länger war, als der Kanal in seiner Breite maß. Bald hatte Taram den Bogen raus und verhinderte mit seiner Stange, dass der Bug des Lastkahns dem Seilzug nachgab, herumschwenkte und immerfort das Ufer berührte. Bhobho nahm schon kurz darauf einen weiteren Staken auf und sorgte auf seiner Seite dafür, dass das ausscherende Heck nicht an das gegenüberliegende Ufer stieß.

»Mellow?« Fionwens Stimme riss ihn aus seinen Gedanken.

»Ja?«

»Du bist zu streng mit dir, und ich war es auch. In all meinem Kummer über die vielen, vielen Toten habe ich nicht bedacht, dass auch du mehr verloren hast, mehr als ein Vahit überhaupt ertragen sollte. Dein Heimatdorf Rudenforst ist abgebrannt, richtig? Ihr musstet alles dort aufgeben?«

Er nickte stumm.

»Und du hast mit Finn deinen besten Freund verloren. Nein, schlimmer, du hast mitansehen müssen, wie er in den Tod getrieben wurde. Ich … ich habe keine beste Freundin, von meinen Schwestern abgesehen, und kann es daher kaum ermessen, was dieser Verlust für dich bedeutet.«

»Finn war … mir wie ein Bruder.« Er brachte den Satz nur unter Schlucken heraus.

»Ich war zu eigensinnig, als ich Worte des Trostes von dir erwartete, und nicht bedachte, dass du selber des Trostes bedurftest.« Mellow war sich nicht sicher, was er darauf erwidern sollte. *Trost*, dachte er. *Benötige ich Trost?* Hatte er nicht vielmehr ausreichend Mut, etwas Hoffnung, ein wenig Zuversicht nötig? *Wahrscheinlich von alledem, aber lieber noch wären mir trockene Kleider. Und eine geschützte Ecke, in der ich ein wenig die Augen schließen kann.*

Entgegen diesem frommen Wunsch machte sich jedoch zunehmende Unruhe in ihm breit.

Mellow drehte sich in den folgenden Minuten immer wieder um. Abwechselnd richtete er seine Aufmerksamkeit nach vorn, zu den Seiten und nach hinten, dem schwindenden Brada zu. Dort war es geradezu verdächtig still. Wenn vordem zehn Gidrogs als Besatzung eingesetzt waren, überlegte er, dann muss ich den einen abziehen, der mit Saisárasar fortflog. Und ebenso jenen, den Dharso erschossen hat. Wo stecken die anderen acht? Sicher werden einige am Dorfeingang wachen, sagte er sich, aber nicht alle. Vielleicht zwei. Schlafen die übrigen sechs?

Er lauschte, aber alles, was er hören konnte, war das gelegentliche Schnauben der Ponys auf dem Prahm, der gedämpfte Hufschlag ihres Treidelponys und das leise Plätschern der Staken im Wasser des Kanals. Dazu das gelegentliche Quaken von Fröschen und der nächtliche Jagdruf einer Eule.

Er wandte sich wieder Finns junger Muhme zu. »Der Tag war anstrengend für euch, Fionwen. Sag, wie geht es dir? Und deinem Sohn?«

»Es ist kalt, ein Feuer wäre hilfreich. Ein Dach und eine warme Mahlzeit geradezu willkommen. Danach sehne ich mich ebenso wie wir alle hier. Und du bestimmt besonders. Aber alles drei gäbe ich für eine Nacht, in der wir schlafen könnten ohne Angst.«

Mellow seufzte leise. »Allein, nur Schlaf zu finden, wäre eine Wohltat. Für jeden von uns. Wir sind alle übermüdet – und noch liegt ein Fluss vor uns, ehe diese Nacht endet. Zwei Flüsse, um genau zu sein.«

»Das heißt, weder Schlaf noch Sorglosigkeit für uns bis auf Weiteres?«

»Ich fürchte es, ja.« Ein aufflatterndes Flügelpaar erschreckte sie: Eine Ente suchte vor dem näher kommenden Schatten des Prahms das Weite.

Er holte tief Luft und sagte: »Ich will es dir jetzt sagen, ehe es … ehe ich vielleicht nicht mehr dazu komme. Ich bitte dich, mir meine Schweigsamkeit zu verzeihen, Fionwen. Nicht aus Kälte im Herzen schwieg ich. Sondern aus Mangel an Worten. Und aus Mangel an Zeit. Zu vieles war zu tun und in zu großer Hast zu bedenken. Dein Kummer ist auch der meinige. Es ist, wie du sagtest: Ich trauere ebenso wie du. Bitte glaube mir das. Nur schloss mir die Trauer die Lippen fester, als ich selbst es bemerkte. Ich vermisse Finn auf eine Weise, die ich nicht beschreiben kann. Wilhags Tod geht mir gleichfalls nahe, obwohl ich ihn kaum kannte. Und der deiner Verwandten ebenso. Ich weiß nicht, wann der Tag sein wird, an dem wir alle angemessen der Opfer gedenken können. Wann wir jene zu ehren in der Lage sind, die der gestrige Morgen forderte. Aber dieser Tag wird kommen, und dann werde ich an deiner Seite stehen und mit dir die *Hedhin Sahaya*, das Lied der Wahrheit, singen. Darauf gebe ich dir mein Wort!«

Fionwen hob den Kopf und sah ihn unverwandt an. »Ich glaube dir«, sagte sie leise. Erstmals, seit Wochen, wie es ihm schien, lächelte sie, und er ging zögerlich darauf ein. Sie legte ihm sachte eine Hand auf den Arm.

»Ich habe weiter nachgedacht, Fionwen. Du warst im Recht,

und ich im Unrecht, als ich dir riet, besser in Aarienheim zu bleiben. Ich will dir nichts vormachen, dein Sohn und du, ihr beide *seid* gefährdet, wohin immer ihr auch geht. Das ahnst oder weißt du, und deshalb gingst du mit uns. Darum flohst du Aarienheim. Doch wohin kannst du gehen? Wo sind euer beider Leben *nicht* länger bedroht? Sie mögen es, Vahitfrauen an ihre Criargs zu verfüttern. Das musste ich am Alten Turm selbst erfahren. Und die Idee, den kleinen Finnig vor deinen Augen zu zerquetschen? Das ist zweifellos ein Gedanke, der ihrem Wesen entspricht. Diese Drohung ist ernst gemeint gewesen. Das bedeutet aber: Solange diese Kriegsblume über allen Dächern weht, Fionwen, gilt die Bedrohung von Aarienheim für euch beide. Und zwar überall im Hüggelland. Ihr seid innerhalb seiner Grenzen nirgendwo mehr sicher.«

Fionwen zog ihre Hand zurück. »Das also meintest du ... Wir hätten ebenso gut bleiben können?«

Irgendwo blökte ein Schaf in der Nacht. Zwei oder drei andere antworteten verstört.

»Was eure Gefährdung betrifft – ja. Indes gibt es diesen besonderen Weg, der euch Hoffnung geben kann. Ich sprach schon auf dem Aith davon.«

Er schwieg. Im selben Moment bemerkte er, wie Bhobho den Kopf von seiner Stakstange hob und ihn seinerseits scharf musterte.

Fionwen flüsterte, und doch klang es hoffnungsvoll, als sie fragte: »Welcher Weg könnte uns denn noch offenstehen?«

»Ihr müsst das Hüggelland verlassen«, antwortete Mellow.

»Aber ... du meinst ... wie mein Urahn Bartolo?«

In der Familie der Taubers war der selige Bartolo die Berühmtheit schlechthin. Er hatte behauptet, als einziger Vahit jemals das Hüggelland verlassen zu haben. Angeblich war er über den Alten Weg hinab- und bis zum Ufer des Tarduils gewandert, um dort Kräuter für seine Frau Tessina zu sammeln. Anschließend, so ging die Mär, sei er wohlbehalten zurückgekehrt. Beweise für diese Reise gab es außer seinen Worten keine, und vieles, was er seinerzeit erzählt hatte, klang zu abenteuerlich, als dass es der Wahrheit entsprechen konnte. Aber Bartolos Geschichte hatte immerhin eine Vorstellung davon in den Köpfen der Taubers hinterlassen, wie und dass es grundsätzlich möglich war, das Hüggelland zu verlassen.

»Nein, nicht wie Bartolo«, antwortete Mellow ernst. »Ganz und gar nicht wie er. Ich meine etwas völlig anderes.«

Er blickte auf, denn aus den nahen Wassern des links neben dem Kanal verlaufenden Feldbachs erhob sich schnatternd ein ganzer Schwarm verschlafener Enten aus dem Uferdickicht. Beleidigtes Gequäke und Geknäke erfüllte die Nachtstille, als die Wasservögel tropfenspritzend aufstiegen und flügelschlagend nach Norden flohen.

Eigenartig, dachte er, während er ihnen nachsah. *Eigentlich sollte sie unser Nahen nicht weiter stören.* Es waren zwanzig oder mehr Klafter bis zum Bett des Feldbachs, genug, dass die Vögel sich sicher fühlen konnten. Auch sollten sie die Anwesenheit von Vahits gewöhnt sein, selbst des Nachts. Dann zuckte er mit den Schultern. *Ein Fuchs*, dachte er.

Tatsächlich hörte er es im Dickicht leise rascheln wie von sich entfernenden Pfoten. Dann unterblieb auch dieses Geräusch, und das Gezirpe, Geschwirre und Gesumme von Nachtinsekten trat an seine Stelle. Allein das Plätschern von Bhobhos und Tarams Staken verblieb, und es schien Mellow lauter zu klingen als zuvor.

Der Kanal der Muldweiler-Fokklins war das einzige Bauwerk seiner Art im ganzen Hüggelland. Forros Schaufler hatten damals, vor achtundneunzig Jahren, zu ihrem Glück nur etwas mehr als hundertzwanzig Klafter weit zu graben gehabt, um den Lauf der Moorrinn zu erreichen. Ein fast schnurgerades Stück Wasserweg hatten sie so den Auwiesen abgetrotzt. Mit vermörtelten Steinen hatten sie seinen Verlauf ausgekleidet, doch die waren längst unter Schlick und Mulm begraben und von Wasserpflanzen überwuchert.

Erst kurz vor der Einmündung in die vergleichsweise winzige Moorrinn machte der künstliche Wasserweg einen leichten Schwenk nach rechts. Vor dem Knick wuchsen ein Halbdutzend Erlen, deren Stämme von dichtem Strauchwerk umgeben waren: eine den Blick versperrende Mauer, im Dunkeln schon gar, aus Blattwerk und Borke, die den Treidelpfad fast überwucherte und erst endete, als der Kanal seinen Knick vollzogen hatte.

Kaum war Dharso mit seinem Pony an diesen Punkt angelangt, als er förmlich zurückschreckte, sein Pony jäh halten ließ und ihnen aufgeregt winkte, die Fahrt des Prahms abzubremsen, was ihnen mit den Staken so gerade eben gelang, kurz bevor sie selbst den Knickpunkt erreichten. Das Zugseil erschlaffte und klatschte ins Wasser.

Dharso sprang vom Weg herab zu ihnen in den Prahm und kauerte sich neben Mellow und Fionwen. Die anderen lauschten aufmerksam.

»Ein Feuer brennt voraus«, berichtete er. »Nicht so groß wie das an der Mühle. Aber es reicht völlig, um die Kanalmündung zu erleuchten. Am Ende des Treidelweges lauern sie. Zwei Wachtposten. Wir können nicht weiter.«

»Und auch nicht zurück.« Taram, der am Bug stand, deutete den Pfad entlang nach hinten. Zwei punktförmige Lichter tanzten dort in der Finsternis. Fackeln. Hinter den Feldern, etwa dort, wo die Brücke liegen musste. Plötzlich bewegten sie sich schneller, eilten aufeinander zu, verschmolzen zu einem einzigen Klecks.

Die Gidrogs hatten den Leichnam des Brückenwächters entdeckt.

Acht von ihnen besetzen das Brada. Zwei Wachtposten hier, zählte Mellow blitzschnell in Gedanken ab. *Macht sechs. Zwei Fackelträger an der Brücke. Macht vier. Wo sind diese vier?*

Ein mehrkehliges Aufbrüllen beantwortete seine stumme Frage. Etwas Schweres durchbrach das Schilf am linken Kanalufer. Schatten flogen durch die Luft.

Donnernd und polternd landeten sie auf dem Prahm. *Padumm!*

Dubomm! Das Holz unter den plumpen Füßen dröhnte. Zwei oder drei der Ponys wieherten erschrocken. Hauerzähne blitzten weiß im Mondlicht auf. Hände streckten sich vor und rissen die beiden sitzenden Vahits um. Am Bug platschte es laut. Taram war nicht mehr zu sehen. Mellow fühlte, wie er ergriffen wurde, und schlug schwer mit dem Kopf auf den Decksplanken auf. Fionwen neben ihm schrie. Dharso, der eben noch neben ihnen gekauert hatte, war verschwunden. Schnelle Schritte auf dem Treidelpfad verklangen abrupt.

»Sie sind hier!«, gellte eine andere Stimme. Bhobho. Als ob sie das nicht schon wussten. Der beleibte Tanninger stand als Einziger noch. Er schwang seinen Staken herum, hielt ihn wie einen Speer vor sich gestreckt.

Bhobho traf mit der Spitze einen der Gidrogs gegen die Brust. Rücklings krachte der Hauergesichtige auf die Decksbretter, und abermals dröhnte dumpf der Prahm: *Bodomm!*

Ein zweiter Gidrog schrie etwas hinaus in die Nacht: *»Báirthaba lukarn umain! Umain!«*

Ein dritter ergriff mit beiden Fäusten Bhobhos Staken und riss daran.

Die Stange wirbelte davon und riss den Tanninger von den Füßen. Bhobho kreischte auf, als sein Schwung ihn in hohem Bogen emporhob. Wie der Mehlkloß eines Wrisilrhiobs klatschte er ins Wasser. Mellow wie auch Fionwen wurden von einer aufspritzenden Wasserwand überschüttet. Finnig begann lauthals zu plärren und mit allen vieren zu zappeln.

Der Prahm krängte inzwischen mal zur einen, mal zur anderen Seite. Beständige Gewichtsverlagerungen durch die hin und her drängenden Gidrogs brachten das Gefährt zum Schaukeln. Die verwirrten Ponys wieherten erschrocken auf und traten um sich, hilflos um ihr Gleichgewicht kämpfend. Ein Huftritt traf einen der zottelhaarigen Krieger, was ihn zur Seite springen ließ. Fionwen rollte sich herum oder wurde gerollt; weitaus schneller jedenfalls, als Mellow nach ihr fassen konnte. Es platschte ein drittes Mal, und plötzlich befand er sich allein an Bord. Von den drei Gidrogs abgesehen, die sich an den Ponys vorbeidrängten und auf ihn zukamen. Und auch der vierte, den Bhobho niedergestoßen hatte, war noch da. Er sprang in Windeseile wieder auf, beugte sich zischend vor, fasste Mellow bei den Aufschlägen seiner Weste und zerrte ihn hoch. Er hob ihn gänzlich von den Beinen und hielt ihn mit einer Hand vor sich hingestreckt.

»Hab ihn!«, blaffte er in Mellows Gesicht. »Die Kröte des Herrn. Hab ihn feste!«

»Hast du nur gedacht!«, giftete Mellow zurück. Mit beiden Beinen frei in der Luft strampelnd, holte er Schwung, krümmte sich zusammen und trieb dem Gidrog beide Fersen mit aller ihm möglichen Wucht unter das Kinn. Ein undeutlicher Laut entfuhr dem Hauermund. Mit weit aufgerissenen Augen kippte der Krieger hintenüber, und Mellow fand sich im nächsten Moment auf der Brust des Gidrogs stehend wieder, nicht weniger verblüfft, als es der unter ihm Liegende sein musste. Doch dann sah er, dass der Gestürzte gar nichts mehr dachte; seine Augen waren verdreht, nur noch das Weiße blinkte aus den Augenhöhlen hervor. Die beiden nächststehenden Krieger fuhren indes mit allen vier Händen vor, um Mellow ihrerseits zu schnappen.

Er tauchte unter den einander behindernden Armpaaren hinweg, robbte vor und schlängelte sich zwischen zwei stämmigen Beinen hindurch, die über ihm aufragten wie Türme aus Knochen und Fleisch.

Blitzschnell warf er sich auf den Rücken, zog die eigenen Beine an und trat senkrecht nach oben. Der Getroffene brüllte auf und sank vorwärts auf die Knie. Mellow schaffte es, seine Beine in Sicherheit zu bringen, doch geriet er dadurch mit dem Oberkörper in die Reichweite des vierten Gidrogs, der hinter den beiden anderen gewartet hatte. Gefurchte Hände, auf deren Fläche er problemlos hätte Platz nehmen können, schossen über seine Schultern vor und schlossen sich um seine Ellbogen. Sie drückten zu, fesselten ihn auf die Decksplanken wie Schraubstöcke und drohten ihm die Gelenke zu brechen, wenn nicht sogar zu zerquetschen. Der Hauergesichtige kniete umgekehrt auf Mellows Schultern. Er grinste und bleckte seine Fangzähne über Mellows Gesicht, der auf dem Rücken liegend die verzerrte Fratze über sich dräuen sah: Kinn und Mund oben, Augen und Stirn unten, die Zottelhaare ein wirres Geflecht, das zu ihm niederhing. Modrig riechendes Spritzwasser tropfte von den vorspringenden Zähnen. Obwohl sich Mellow vom Gürtel an aufwärts nicht mehr rühren konnte, drückte der Gidrog nochmals fester zu, und der Vahit stöhnte auf.

Doch dann stak mitten in der über ihn gebeugten Stirn plötzlich ein Pfeil, den Mellow weder kommen gesehen noch gehört hatte. Erst als ein knackendes Geräusch, wie von brechendem Holz, in seine Ohren drang, erblickte er das Geschoss. Dem Vahit entfuhr ein Schreckenslaut.

Der fürchterliche Druck der ihn auf die Planken pressenden Gidrogarme erschlaffte. Der eben noch übermächtige Hauergesichtige sackte nach unten, und er brach neben seinem Beinahegefangenen zusammen. Mellow hob den Kopf und sah, dass von den beiden anderen Gidrogs nur noch einer stand und sich soeben ungläubig über einen zweiten Leichnam beugte. Seinem Kumpanen steckte ein Pfeil im Auge: Klein war das Geschoss und von vahitischer Machart, doch nichtsdestoweniger tödlich. Für Sekunden war der Gidrog abgelenkt. Er bleckte die Zähne, hob die breite, lederbewehrte Brust und richtete sich zur Gänze auf. Unstet, doch kampfbereit blickte er um sich und suchte das Dunkel des Treidelpfades mit seinen Blicken zu durchdringen. Wo verbarg sich bloß der unsichtbare Bogenschütze?

Der Gidrog knurrte unsicher.

Für den Augenblick blieb Mellow unbeachtet. Er holte tief Luft, rollte sich herum und ließ sich der Länge nach übers Dollbord plumpsen. Die aufgewühlten Wellen des Kanals nahmen den Körper des Vahits auf.

Kaum unter der Wasseroberfläche, öffnete er die im Fallen geschlossenen Augen. Doch was er sah, war, dass er nichts mehr sah.

Aufgewirbelter Mulm umgab ihn von allen Seiten, umschwebte ihn wie Schwaden vergossener Tinte, als habe jemand ein ganzes Fass davon in den Kanal geschüttet. Das Mondlicht reichte nicht einmal handtief und schimmerte allenfalls auf der Oberfläche des alten Wasserwegs wie eine fast vergessene Ahnung von silberner Reinheit. Es gab weder ein Oben noch ein Unten. Mellow trat erst suchend, dann angsterfüllt aus.

Schwebte, oder sank er? Er spürte es nicht. Die Luft wurde ihm knapp. Er machte ein paar unbeholfene Schwimmzüge, die ihn nirgendwohin brachten. Das Wasser *gluckste* schwer in seinen Ohren, ein verstörendes Geräusch, das ihm überlaut erschien, und umso lauter wurde, je weniger Luft ihm verblieb. Er stieß den verbrauchten Atem aus und sah nicht einmal mehr, ob und wohin er aufstieg, sah nichts als tintenerfülltes Dunkel.

*

Etwas schlug nach ihm. Dann packte es ihn am Kragen, zog mit großer Kraft daran. Die Luft wäre ihm abgedrückt worden, wäre da noch Luft gewesen, die irgendwie hätte abgedrückt werden können.

Dann ein heftiger Ruck, der ihm das Kinn auf die Brust presste. Er wurde nach *hinten* gezerrt, und unwillkürlich nahm er an, dies sei das langvermisste Unten, das ihn endlich und endgültig zum Kanalgrund hinabzwang. Er trat und ruderte und wehrte sich verzweifelt, doch das, was ihn gepackt hielt, ließ nicht locker.

Im Gegenteil, ein zweites Greifen gesellte sich zum ersten. Im gemeinsamen Zugriff gelang es, Mellows Gegenwehr zu ersticken. Die Kraft, die ihn zog, die gewaltsam an ihm zerrte, gewann: Mit einem Schütteln, ungeheurem Schäumen und inmitten eines Regenschauers von Wassertropfen durchbrach Mellow die Grenze zwischen Finsternis und Silberlicht.

»Hab ihn!« Jemand rief das, rief es zu irgendwem. Weitere Hände kamen hinzu, fassten, griffen, hoben an.

Plötzlich lag er auf durchweichtem, nassem Gras. Zutiefst erschrocken war er von der jähen Schwere, die sein eigener Körper fühlte. Doch gierig sog er die Luft in seine Lungen, wälzte sich, hustete Wasser, Schleim und Widerliches aus, keuchte und kam mit dem Ausspeien, Schlucken und Würgen völlig durcheinander.

Er wollte sprechen, etwas sagen, doch brachte er nur lallende Laute hervor.

»Beruhige dich«, hörte er dieselbe Stimme sagen, und nun erkannte er sie als die von Taram Goldammer. Ein ebenfalls triefnasses Gesicht beugte sich über ihn, über das sich dunkle Locken kringelten. »Was wolltest du da unten, wenn du nicht schwimmen kannst?«

»Ich kann schwimmen«, wollte er antworten, aber was aus seinem Mund kam, war nur ein neuerliches Hervorwürgen von Unsäglichem. Dabei stimmte es: Er hatte schon in seiner frühen Kindheit zu schwimmen gelernt, in den versteckten Weihern des Rudenforstes, beim sommerlichen Baden; Sahaso und Kampo hatten es ihm beigebracht. Und außerdem war Tarams Unterstellung ein Unding – um als Landhüter angenommen zu werden, musste man, unter anderem, schwimmen können. Dann begriff er, dass Taram seine Bemerkung als Scherz gedacht hatte. Statt einer Antwort winkte er müde ab.

Es gelang ihm, den Kopf zu heben. Er lag am Ufer des Kanals, nur einen Schritt vom Treidelweg entfernt. An seiner anderen Seite standen Bhobho und Fionwen. Beide waren bis auf die Haut durchnässt. Finnig weinte leise im Arm seiner Mutter. Alle drei zitterten, selbst Bhobho. Dharso Zeisig war indes ebenso wenig zu sehen wie sein Pony. »Was ist …?«

»Was geschehen ist?«, fragte Bholobhorg. »Na, wenn du es nicht weißt. Du bist ins Wasser gefallen, übrigens sehr zum Missfallen von jemandem mit großen Zähnen im Gesicht, falls du es wissen willst. Doch anstatt wieder aufzutauchen, hast du dich entschlossen, ein Weilchen auf dem Grund dieser künstlichen Rinne hier zu bleiben. Glücklicherweise bemerkte Taram, wie du reingeplumpst bist; ich war dazu viel zu beschäftigt, wie du dir denken kannst.«

»Beschäftigt? Mit was de…«

»Herr Bholobhorg rettete unser beider Leben!«, sprudelte Fionwen hervor. »Ohne ihn wären Finnig und ich ertrunken.«

»Ertrun…«

»So wie du«, pflichtete Taram ihr bei. »Ich stand schon am Ufer, halb benommen, nachdem mich der erste Angriff in den Kanal geworfen hatte. Da sah ich, wie der Gidrog sich zu dir umdrehte. Ich warf meinen Landhüterstab nach ihm, was ihm jedoch nicht mehr als ein wütendes Grunzen entlockte. Da fielst du ins Wasser. Immerhin hielt ihn mein Stab davon ab, dir hinterherzuspringen. Stattdessen ergriff er seinen Kameraden, oder wie die Gidrogs ihresgleichen zu nennen belieben; jenen, den du bewusstlos getreten hattest. Mit ihm als Gepäck auf den Schultern, sprang er in einem gewaltigen Satz auf das linke Ufer zurück und verschwand im Schilf. Du kamst nicht wieder zum Vorschein. Also bin ich zurück in den Moddertrog hier, schnappte mir meinen Stab und hab nach dir gestochert. Zu sehen gab es ja nichts. Endlich stieß ich auf etwas Nachgiebiges …«

»Danke auch sehr dafür«, sagte Mellow und rieb sich die schmerzende Stelle. »Das wird einen blauen Fleck mehr geben. Zur Abwechslung mal einer, der vom Freund stammt und nicht vom Feind.«

»Er macht schon wieder dumme Witze«, sagte Bhobho. »Das Schlimmste ist demnach vorbei.«

Selten irrte er sich mehr als in diesem Augenblick.

Zwei breitschultrige Gestalten bogen bei seinen letzten Worten um die Erlen und das sie umgebende Gebüsch, jene Ansammlung von Gewächsen, die Mellow schon vorhin wie eine Mauer aus Blattwerk und Borke erschienen war. Beide trugen blakende Fackeln vor sich her und schwangen ihre Axtdornschwerter in der Rechten. Sie verhielten mitten im Lauf, als sie die Vahits erblickten. Der Richtung nach, aus der sie kamen, handelte es sich um die beiden Kanalwachen, die Dharso weiter vorn an der Einmündung gesehen hatte. Einer von ihnen stieß ein abfälliges Grunzen aus. Es war jedoch kein Ausdruck der Überraschung, sondern eindeutig ein Befehl.

Natürlich! Der Ruf!, durchfuhr es Mellow. Der Schrei ihres Artgenossen hatte die beiden vom Feuer hergelockt.

Er wollte aufspringen, doch alles, was er schaffte, war, sich halb herumzudrehen. Noch ehe er auch nur auf die Knie kam, war schon der erste der beiden Gidrogs bei ihm. Die Fackel, ansatzlos geworfen, streifte Tarams Schulter, der aufschreiend zurückwich und ins Erlendickicht krachte. Eisen klirrte auf Eisen, und das Axtdornschwert schlug Mellow sein noch nicht ganz gezogenes Wacala aus der Hand. Ein hartbesohlter Fuß traf Mellows Brust und stieß ihn zurück ins Gras; drückend senkte sich die ledrige Sohle auf ihn, ein Gewicht, gegen das er nichts auszurichten vermochte. Die Klinge des Schwertes fuhr herab und blieb mit ihrem Dorn nur einen Fingerbreit von seiner Kehle stehen. Mellow erstarrte. Der Gidrog fesselte ihn: mit Fuß, unbarmherzigem Blick und dem Ende des verwaisten Zugseils, das er mit der frei gewordenen linken Hand vom Boden klaubte und blitzschnell um des Vahits Fuß- und Handgelenke wand.

Währenddessen wehrte der zweite Gidrog Bhobhos ungelenken Angriff mit geradezu beiläufiger Leichtigkeit ab. Bhobho verlor seinen Säbel wie zuvor Mellow das Wacala. Die geschwungene Fackel seines zottigen Gegenübers versengte ihm den Hut. Er sprang zurück und versuchte, allein mit bloßen Händen und seiner breiten Gestalt, Fionwen und ihren Sohn zu schützen. Doch sein Unterfangen wurde von einem gemeinen Tritt beendet, der ihm das Knie unter dem Körper wegschlug.

Bhobho stöhnte auf und fiel vornüber auf sein Gesicht. Im Nu war ein Seil auch um seine Gelenke geschlungen, und er vermochte sich so wenig zu rühren wie vordem Mellow, der hilflos neben ihm am Boden lag. Der Gidrog, der ihn bezwungen hatte, bedeutete Fionwen mit der Schwertspitze, sich ins Gras zu hocken. Die Geste benötigte keine Worte. Die junge Frau nickte und tat, wie ihr befohlen, ängstlich ihren Sohn an sich pressend.

Der zweite Krieger machte sich daran, die Ponys nacheinander vom Prahm herüber auf den Treidelweg zu schaffen. Als alle Tiere sicher auf den Uferdamm gebracht waren, wechselten die Gidrogs einige Worte in ihrer klobigen Sprache. Daraufhin sprang der eine wieder auf den Prahm, zog sein Axtschwert und begann im Licht seiner Fackel, auf das Gefährt unter ihm einzuhacken. Sein Schwert war schwer, sein Arm stark, das Holz hingegen morsch und brüchig. Splitter flogen schon nach wenigen Hieben, und er grunzte zufrieden, als er den Unterboden des Prahms fußbreit durchlöchert hatte. Deutlich hörten die Vahits das einschießende Wasser gurgeln. Ein eigenartiger Ton erklang dazu, als ob der alte Prahm aufstöhnte. Es dauerte nicht lange, und der ehemalige Lastkahn bekam eine deutlich sichtbare Schlagseite.

Sein Schwertgeselle hielt derweil stumme Wache. Er hielt die Klinge gesenkt, doch war er aufmerksam und handlungsbereit.

Der andere kam zurück ans Ufer, stellte sich mit Blickrichtung zur Sägemühle auf den Treidelweg und schwenkte seine Fackel im Halbkreis. Funkensprühend loderte die Flamme von links nach rechts und zurück. Mellow sah über seine Schulter und erkannte, dass dieses Zeichen gesehen und beantwortet wurde: Ein Pünktchen Licht bewegte sich drüben waagerecht hin und her.

O du große Not!, dachte Mellow verzweifelt. *Aman, bitte hilf!* Der Hauergesichtige rief die anderen herbei. Wenn nicht schnell etwas geschah … *Circendil, wo bist du nur? Jetzt wäre ein wirklich guter Augenblick, dich zu zeigen! Ich wäre nicht böse für den Auftritt selbst des ermattetsten aller Mönche! Beeil dich, wenn du kannst!*

Er lauschte angestrengt und rechnete fast damit, die schweren Schritte seines Dirinfreundes über die Marschen eilen zu hören. Doch der stumme Hilferuf blieb unbeantwortet.

Mellow warf einen raschen Blick über die andere Schulter, sah Fionwens verweintes Gesicht im Mondlicht glänzen und runzelte die Stirn.

Wo ist Taram abgeblieben?, fragte sich Mellow. Und wo steckt Dharso?

Beide waren wie vom Erdboden verschluckt.

*

Das Aufstöhnen des zu Tode verwundeten Prahms änderte sich: Es gerann zunehmend zu einem tieferen Säuseln, schließlich zu einem abgrundtiefen Seufzen, das schließlich jäh erstarb. Die linke Bordseite tauchte blubbernd unter Wasser, die rechte hob sich, drehte sich träge und sank, doch nicht zur Gänze; ein schmaler Grat der Bordwand schwamm noch oder konnte nicht untergehen, weil der Rumpf des Prahms den Grund berührte. Die beiden Stakstangen trieben neben dem vollgelaufenen Boot, als wären sie die nicht mehr benötigten Krücken am Krankenlager eines hingeschiedenen Greises.

Damit ist unsere Hoffnung dahin, die Räuschel zu überqueren, dachte Mellow in ohnmächtiger Wut.

Der Fackelträger hörte auf, Signale zu geben, und steckte seine Fackeln in das weiche Erdreich; offenbar wollten die beiden mit ihren Gefangenen die Ankunft ihrer Kumpane abwarten.

Wenn es wirklich acht waren, überlegte Mellow fieberhaft, wie viele können es dann noch sein? Zwei Tote treiben im Kanal. Das heißt, sie sind nur noch zu sechst. Zwei sind hier bei uns. Zwei sind bei der Brücke. Und einer hat den anderen in die Dunkelheit fortgetragen. Sobald sie sich hier versammelt haben, ist es endgültig vorbei. Gegen sechs Gidrogs haben wir keine Aussicht auf ein Davonkommen.

Wieder fielen kurze, abgehackte Worte in der Grunzsprache. Einer der beiden Wächter trat vor Fionwen hin. Mit herrischer Geste verlangte er, sie möge ihm das Bündel in ihren Armen reichen. Als sie sich weigerte, verabreichte er ihr eine klatschende Ohrfeige, die sie hintenüberkippen ließ. Wimmernd ließ sie Finnig fallen, der sofort gellend schrie. Der Gidrog ergriff den Jungen, schüttelte ihn zuerst und hielt ihn dann an den Füßen über sich, als wolle er ihm bei lebendigem Leibe den Kopf abbeißen. Fionwen kreischte auf und vergaß sich und ihre Angst. Sie schnellte aus dem Gras, seitlich hinüber zu einer Stelle, an der etwas im Licht des Mondes schimmerte. Es war Mellows Wacala. Doch was immer sie damit vorhatte, wurde von dem zweiten Gidrog vereitelt – er riss sie an den Haaren zurück und schleuderte sie achtlos mehrere Klafter weit, wo sie abseits des Treidelwegs niederstürzte und reglos liegen blieb.

Der erste stieß ein kehliges Brodeln aus, was wohl ein Lachen war. Der zweite stimmte ein. Der erste wog das Bündel in seiner breiten Hand ab, als wolle er sich vergewissern, ob es nicht zu leicht war für das, was er damit vorhatte. Offenbar befriedigte ihn, was er spürte. Im nächsten Augenblick warf er Finnig in einem hohen Bogen dem anderen zu. Der zweite fing den Säugling vor Vergnügen glucksend auf. Und warf es zurück. Mellow wollte schreien, wollte aufbegehren, wollte irgendetwas tun, doch vor Entsetzen brachte er keinen einzigen Ton hervor. Starr lag er stattdessen da, wagte nicht, ja vermochte nicht zu atmen. Bhobho neben ihm erging es ebenso. Mit aufgerissenem Mund verfolgten sie das Hin und Her, hörten das flehende Schreien des Kindes, das bald nur noch ein dünnes Wehklagen war. Der erste wurde des einfachen Fangens offenbar schnell überdrüssig. Er begann, das Kind senkrecht über sich in die Luft zu werfen – vier, fünf, sechs Klafter in die Höhe. Erst kurz vor dem Aufprallen fing er das herabstürzende Bündel wieder auf. Wieder warf er es seinem Artgenossen zu. Der tat es ihm nach. Und übertrumpfte sein Vorbild: Noch höher warf er das hilflose Kind hinauf, noch später fing er es auf. Sein Kumpan murmelte etwas, das beifällig klang. Er winkte dem Zweiten, wollte ihn seinerseits übertreffen.

Ein vertrautes Geräusch unterbrach das grausige Ballspiel.

Dumpfes Hufgetrappel schwoll schnell an.

Es kam aus Richtung der östlichen Höhe. Die beiden Gidrogs warfen ihr Spielzeug achtlos ins Gras, zogen ihre Schwerter und stellten sich Seite an Seite auf, abseits der Fackeln, bereit, den Ankömmling zu empfangen. Der unsichtbare Reiter galoppierte irgendwo voraus, kam wohl näher, ließ sich aber nicht sehen.

Die Gidrogs blickten sich verständnislos an.

Dann ein neues Geräusch. Bissig und lauter als ein böswilliges Insekt. Diesmal hörte es Mellow, ehe er es sah – ein Schwirren zischte heran, gefolgt von einem schmatzenden *Flagg!* – der Gewinner des Wurfwettbewerbs wirbelte herum und starb, noch während er fiel.

Der andere fuhr zur Seite, suchte den unsichtbaren Bogenschützen. Er war schlau genug, sich dabei sofort in die Hocke fallen zu lassen, um ein niedrigeres Ziel zu bieten, aber nicht schnell genug, um jenem Wurf auszuweichen, den er nicht erwartete – er beugte sich gleichsam in einen heranschnellenden Landhüterstab hinein. Der wie eine Lanze geworfene Stecken traf ihn an der Stirn, und er kippte mit einem ächzenden Laut zur Seite.

Da zeigte sich der Reiter. Er ritt hinter den Erlen hervor, und Taram sprang aus dem Sattel des Braunweißgescheckten. Er suchte und fand Bhobhos Säbel. Im nächsten Moment beugte er sich zu Bhobho nieder und zerschnitt dessen Fesseln. Auch Mellows Bande fielen, von dem hinzutretenden Dharso gelöst, der Mellow anschließend die Hand entgegenstreckte und ihn auf die Füße zog.

»Hier, das gehört wohl dir«, sagte er und reichte ihm das Wacala.

»Ihr kommt wahrlich keinen Augenblick zu spät«, keuchte Mellow und rannte hinüber zu der Stelle, an der Finnig im Gras lag.

Mellow beugte sich nieder. Vorsichtig hob er das hilflose Bündel auf. Er atmete so erleichtert auf wie nie zuvor in seinem Leben. Finnig lebte, sein kleines Herz schlug heftig; doch seine geweiteten Augen blickten starr geradeaus. Der Säugling schien nichts wahrzunehmen außer einer namenlosen Furcht. Nichts erschütterte Mellow mehr in dieser Nacht als dieses Starren, dieses Nicht-Blicken, dieses Nicht-sehen-Wollen eines geschundenen und zu Tode erschrockenen Wesens.

Mellow fühlte Tränen des Mitleids in sich aufsteigen. Er besaß keine Kraft mehr, ihnen Einhalt zu gebieten. Er weinte; dabei streichelte er Finnig und murmelte Worte, an die er sich später nicht mehr erinnerte. Alle Laute um ihn herum klangen dumpf, wie in einem nahezu lautlosen Traum; und wie durch Regenschlieren sah er Bhobho und Taram bei Fionwen knien, sah sie sich aufrichten, sah sich selbst, wie er Finnig in ihre Arme legte, sah Dharso, der den verschossenen Pfeile, aus dem toten Gidrog zog und in seinen Köcher steckte. Alle Bewegungen schienen ihm übertrieben langsam und zäh, als sei die Welt ein Honigtopf, in den hinein er gefallen war. Eine Trommel schlug hallend in sein Bewusstsein, *Tschung!*, oder es hörte sich zumindest so an. Später erkannte er das fortwährende dunkle Tönen als den Hufschlag seines Ponys, das langsam über scheinbar endlose Auwiesen dahinschritt, *dakabadam!, dakabadum!*, und er wusste nicht, wann er überhaupt in den Sattel gestiegen war oder wohin er ritt.

Dann bemerkte er, dass er keineswegs allein war, sondern zwischen Taram und Dharso ritt, und hinter ihnen folgten Fionwen und Bhobho. Mellow fing Fionwens sowohl erleichterten wie bekümmerten Blick auf, und er ahnte, dass der kleine Finnig, obwohl er im Brusttuch seiner Mutter lag, noch immer still an den Folgen des Erlebten litt. Er fasste hinter sich, und da waren sein Mantel, Domags Bogen und sein Köcher, an seinem Sattel festgebunden. Und zu seiner Verwunderung trug er seine Stiefel, und fragte sich, wer sie ihm angezogen haben mochte.

Zu ihrer Linken floss erhaben ein schweigender Fluss: breit und dunkel und nur in den Wellen im vorgerückten Mondlicht schillernd.

Es war die Räuschel.

Dharso führte sie. Er kannte, sagte er, jeden Wegbreit Bodens zwischen Muldweiler und dem Ufer. Und wirklich, sie ritten durch Sumpfland und über feuchte Wiesen, deren Halme auch Schilf hätten sein können oder es sogar waren, doch auch wenn der Boden unter ihnen schwarz war und vor Feuchtigkeit unter den Hufen schmatzte, so gerieten sie nie in Bedrängnis. Zumindest nicht durch den Morast.

»Sie sind immer noch hinter uns«, hörte er Taram sagen. »Und hinter uns her, schätze ich. Noch vier, wenn ich richtig gezählt habe. Oder fünf, falls ich den Stab nicht stark genug geschwungen habe. Ich traf ihn mit dem stumpfen Ende, nicht mit der Spitze.«

»Sie werden nicht aufgeben«, sagte Dharso. »Nicht jetzt, nachdem sie wissen, wer ihr seid.«

»Nicht jetzt, nachdem wir vier von ihnen töteten«, bekräftigte Mellow.

Er sagte *wir*, aber er war sich nur zu sehr der Tatsache bewusst, dass drei Gidrogs allein von Dharsos Pfeilen zur Strecke gebracht worden waren. Drei von ihnen hat er in nur einer Nacht getötet, und doch reitet er seelenruhig an meiner Seite. Fraglos, Dharso Zeisig ist ein hervorragender Bogenschütze. Aber was, bei Amans Gunst und Weisheit, ist er nur für ein Vahit? Hat er sein Gewissen verloren? Oder nicht nur das? Er warf dem neben ihm Reitenden einen prüfenden Blick zu, doch alles, was er sah, war ein murrig dreinblickender Vahit mit einer entfernten Ähnlichkeit zu Finn, die jetzt, aus der Nähe betrachtet und da er sich nicht selbst bewegte, zusehends verblasste. Er war etwas kräftiger gebaut als Finn, mit breiteren Schultern und schwieligeren Händen. Allein das braune Haar war dem des Tintnersohns zum Verwechseln ähnlich, in Fülle und Länge sowie der Art, wie beide es trugen. Dies und dieser eigenartige Zug um das Kinn herum, dachte Mellow. Doch was bei Finn lebhaft und fröhlich gewirkt hatte, gab Dharsos Antlitz etwas Trotziges und zugleich Trauriges. Aber es war gewiss keine Trauer um den Tod der Gidrogs, die Dharso da empfand. Es wirkte auf Mellow eher, als hätte Dharso sich längst selber verloren gegeben, und die Traurigkeit, die man in ihm erkennen konnte, verzehre ihn langsam, aber unaufhaltsam von innen.

»Du führst uns, und ich bin dir dankbar dafür«, sagte Mellow. »Ebenso wie ich dir dankbar bin für alles, was du für uns tatest.

Ohne dich hätte diese Nacht ein übles Ende gefunden, daran habe ich keinen Zweifel.«

»Es ist nach Mitternacht, aber noch ist diese Nacht nicht zu Ende«, entgegnete Dharso. »Unser Plan – euer Plan – fiel jedenfalls so richtig schön ins Wasser, so viel steht mal fest.«

Mellow unterließ es, darauf einzugehen. »Wo sind wir?«

»Unterhalb von Muldweiler, und wohl auch schon unterhalb von Moorreet. Wir nähern uns der Stelle, an der wir spätestens drüben hätten an Land gehen müssen. Weiter die Räuschel hinab kommen ab jetzt nur noch unwegsame Auwälder. Eigentlich ist es müßig, darüber nachzudenken. Jetzt sind wir zwar hier, nur bringt uns nichts hinüber, es sei denn, wir reiten weiter bis zur Furt.«

Er hielt sein Pony an und starrte über das Wasser. »Siehst du die beiden Felsen dort? Und dazwischen das Hellere? Das ist angeschwemmter Sand, der Beginn einer Art Weg, wenn du so willst, der vom Ufer hinauf zur Mürmelstraße weiter nördlich führt.«

Die Räuschel war an dieser Stelle schon recht breit, bedeutend mächtiger als jeder andere Fluss im Hüggelland. Mellow schätzte, dass das andere Ufer gewiss achtzig Klafter entfernt war, aber das Wasser und das Mondlicht täuschten, es mochten auch mehr sein. Vielleicht gar eine Zehntelmeile. Doch das spielte keine Rolle mehr.

»Drüben gibt es Wald«, sagte er. »Hier nicht.«

»Nicht mehr«, erläuterte Dharso. »Einst reichten die Bäume bis an beide Ufer heran. Viele von ihnen sind in die Hohengauer Stollen gewandert.«

»So viel dazu, möglicherweise ein Floß zu bauen. Das war Tarams zweiter Plan.«

Der Vahindemer Landhüter hob abwehrend die Hand. »He, ich hatte nicht mal einen ersten. Ich sprach zudem von den Fässern und dem Holz, das bei der Sägemühle zu finden gewesen wäre.«

»Was für Fässer?«, fragte Dharso verwundert.

»Vergiss es«, sagte Mellow müde. Er seufzte. »Also dann doch weiter bis zur Furt – der letzte Ort, an den ich gelangen wollte. Das hätten wir kürzer haben können, davon abgesehen. Wir sind …«

Er wurde unterbrochen. Ein Schrei ertönte vom Himmel; langgezogen, und er stammte nicht aus einem Mund mit Lippen. Ein rasch dahingleitender Schatten schoss über ihnen dahin.

»Criarg!« Bhobho und Taram riefen ihre Warnung gleichzeitig. Ein Reiter hockte auf dem Rücken des Großvogels und lenkte das Tier über den Fluss hinaus. Dort beschrieb er einen Bogen und stieg höher. Das Fauchen der weit ausschlagenden Schwingen war deutlich zu hören. Es verursachte Mellow eine Gänsehaut. Sein Unbehagen wuchs, noch während er dem Criarg nachstarrte.

Er wendete Vanku nach hinten, aus einer Ahnung heraus, die mehr war als ein Kribbeln im Rücken. »Ja«, sagte er. »Sie haben uns gefunden. Vier Fackeln. Dort drüben, neben der hohen Weide. Sie verstecken sich nicht einmal mehr. Und dem Schwanken ihrer Lichter nach zu urteilen bewegen sie sich schnell. Sie rennen. Sie kommen näher. Sie wissen, wo wir sind.«

»Vier und einer, der den Vogel reitet«, sagte Bhobho. »Macht zusammen fünf. Das sind unsere Freunde aus Muldweiler.«

»Hier warten zwei Bögen und zwei Klingen«, rechnete Dharso dagegen. »Und eure Stäbe nicht zu vergessen.«

»Ich kann mit dem Bogen nicht umgehen«, erwiderte Mellow.

»Weshalb trägst du ihn dann?«

»Anstatt das zu fragen, lass lieber etwas hören, das uns weiterhilft«, murrte Taram.

»Wir sollten zu fliehen versuchen«, schlug Fionwen vor.

»Wohin?«, fragte Mellow. »Ich meine, solange sie diesen einen über unseren Häuptern kreisen lassen, verfügen sie über Augen, denen nichts entgeht.«

»Dann sollten wir ihm das Kreisen verleiden«, sagte Dharso. Er zog einen Pfeil aus dem Köcher und legte ihn auf die Sehne. Weit spannte er den Bogen aus, folgte mit der Spitze dem nun ruhig dahingleitenden Criarg. Doch der Criargreiter flog hoch und schnell; zu hoch und zu schnell für einen sicheren Schuss. Als seine Hände zu zittern begannen, entspannte Dharso die Sehne.

Widerwillig ließ er die Waffe sinken.

»Sie wissen um deinen Bogen«, murmelte Bhobho.

»Zweifellos«, überlegte Mellow laut. »Aber da stimmt etwas nicht. Sie wissen auch, dass ihre Fackeln uns verraten, was sie tun. Sie wissen ganz genau, dass wir sie sehen können. Also wollen sie genau das. Nur können sie uns so nicht ergreifen. Sie haben demnach gar nicht vor, uns zu … was ist das?« Er fuhr im Sattel herum und blickte nach Osten, in die Richtung, in die sie bisher geritten waren, die Räuschel abwärts. »Habt ihr das eben auch gehört?«

»Was denn? Flügelschlag?« Fionwen lenkte ihren Grauschecken neben Vanku.

»Nein, ein Rumpeln«, meinte er unsicher. »Oder Stampfen. Wie von rennenden Ponys.«

»Oder trampelnden Füßen!«, schrie Taram auf. Er stand in den Steigbügeln und deutete in die von Mellow gewiesene Richtung. »Du hast Recht. Da sind sie!«

Jetzt hörten es alle. Und gleich darauf sahen sie es.

Eine lange Kette von heranpreschenden Gidrogkriegern rannte nebeneinander flussaufwärts, nicht länger heimlich und verborgen, sondern offen – und dabei sprangen sie so schnell wie galoppierende Ponys. Sie waren kaum mehr fünfzig Klafter entfernt, und der rechte Flügel ihrer Kette schwang schon herum, wie das schnellere Ende einer geworfenen Leine. Nicht mehr lange, und sie waren eingeschlossen, mit dem Flussbett im Rücken.

»Es sind zehn!«, verkündete Taram. »Die Besatzung aus Räuschelfurt, wenn ihr mich fragt.«

»Also ist die verfluchte Furt dort jetzt frei, ja?«, stieß Bhobho hervor. »Weil alle hier sind? Na großartig. Genau das, was wir brauchen.«

»Sie werden sich mit den andern vier zu vereinigen suchen.« Kaum hatte Mellow das gesagt, erloschen wie zur Bestätigung die Fackeln.

»Wir können die Linie nicht mehr durchbrechen«, rief er. »Wahrscheinlich kein Einziger von uns. Zumal sie damit rechnen. Uns bleibt nur der Fluss. Zurück zum Ufer! Alle! Nun macht schon! Los!« Er riss Vanku herum und gab ihm die Fersen.

»Aber die kalten Wasser!«, rief Fionwen dicht hinter ihm. »Wir holen uns den Tod!«

»Lieber hole ich ihn mir, als dass ich ihn mir bringen lasse«, rief er zurück. »Treibt die Ponys ins Wasser. Haltet euch am Sattelzeug fest. Lasst die Tiere das Schwimmen besorgen. Hört ihr? Nutzt die Strömung, und geht nicht gegen sie an. Habt ihr verstanden? Fionwen?«

»Ich kann nicht schwimmen, Mellow.«

Das hatte er völlig vergessen.

»Beim verrotteten Siebenwurz!« Wild blickte er sich um, aber es blieb ihnen keine andere Wahl. Die Kette der heraneilenden Gidrogs zog sich schon in einem Halbkreis um sie herum und gleichzeitig enger zusammen. Rufe vom rechten Ende zeigten an, dass die vier Verfolger aus Muldweiler den Anschluss zu den Ihrigen hergestellt hatten. Der Criargreiter lenkte seinen Vogel weit über den Fluss hinaus, ehe er erneut abkippte und in sicherer Höhe zum diesseitigen Ufer zurückflog. Er brüllte etwas; es klang wie eine Warnung. Mellow blieb keine Zeit, darüber nachzudenken.

»Das ist wirklich das Letzte, was wir tun sollten!«, rief Bhobho, als sie den Uferrand erreichten. »Eher bade ich in einem Gerbertrog, als freiwillig in dieses Eiswasser zu springen!«

»Niemand hat etwas von freiwillig gesagt«, versetzte Taram. »Willst du dich etwa durch ihre Reihe kämpfen? Oder dich ihnen gleich ergeben?«

»Ich war schon zwei Mal ihr Gefangener«, gab Bhobho zurück. »Auf ein drittes Mal verzichte ich. Aber selbst eine Jauchegrube würde ich lieber durchschwimmen als das da.«

Mellow machte dem Gezänke ein Ende. »Dann hinein mit euch. Fionwen, halt dich gut fest. Und bleib an meiner Seite.«

Er lenkte Vanku ins aufspritzende Flusswasser und trieb ihn

weiter und weiter hinein, bis er spürte, wie das Pony von der Strömung von den Hufen gerissen wurde. Er glitt aus dem Sattel und erstarrte fast unter dem Schock der ihn empfangenden Kälte. Mit eisigen Fingern umklammerte er das Sattelhorn. Während Vanku ihn zog, blickte er sich zu seinen Gefährten um. Taram schwamm an der Seite des starken Gwaeths. Dharso hielt mit ihm mit, er hatte das Zeug seines Braunscheckens ebenso sicher ergriffen wie Tallias Bruder. Bhobho trieb mehr als er schwamm neben Dumpel. Fionwen hingegen spuckte Wasser.

Ihre Hand steckte unsicher zwischen Ponyleib und Sattelgurt. Doch sie hielt sich nicht etwa am Riemen fest, wie Mellow zu seinem Schrecken sah, ihre Finger rutschten stattdessen am Fell des Ponys auf und ab, je nachdem, wie sich ihr Grauschecke beim Schwimmen im Wasser bewegte. Es gelang ihr nicht, einen festeren Griff zu bekommen. In der anderen Armbeuge hielt sie Finnig umschlungen. Immer wieder bemühte sie sich, ihn hinauf auf den Rücken des Ponys zu schieben, und ebenso oft wollte und wollte ihr das nicht gelingen. Da geriet sie in eine stärker strudelnde Welle, verschluckte sich und ließ vor Schreck und Überraschung das Bündel fahren. Im nächsten Augenblick war Finnig verschwunden.

»Finnig!« Fionwens panikerfüllter Schrei ließ die Wasser erzittern. *»Mellow! Er ist weg!«*

»Ich hab's gesehen!«, brüllte er zurück.

Was soll ich nur tun? Meine Hände werden schon taub. Selbst wenn ich Finnig sehen könnte … Ich schaffe es nicht mehr, länger als einige wenige Züge ohne Vankus Hilfe zu schwimmen. In seiner Verzweiflung schrie er innerlich: *»Aman! Wenn es dich wirklich gibt … Wenn du wirklich gütig bist und nicht nur ein Hirngespinst metumnebelter Mönche, dann beweise dich! Rette uns! Wir brauchen deine Hilfe – jetzt!«*

Er stemmte sich verzweifelt auf den Sattel hinauf, reckte den Hals, so weit es ihm möglich war. Wild blickte er suchend um sich, ob in der flirrenden Strömung ein Fetzen von Finnigs Tüchern auftauchte. Oder irgendein anderes Zeichen, das ihm verriet, wo das Kind war. Doch da gab es nichts, abgesehen von Wellen, winzigen Strudeln und dem darauf widerscheinenden Schimmer eines allmählich sinkenden Mondes.

Unwillkürlich schaute er dabei auch zum Ufer zurück.

Die Gidrogs standen am Wasserrand nahe beieinander und äugten zu ihnen hinüber. Seltsamerweise hatte sich keiner von ihnen selbst ins Wasser begeben; aber alle umringten einen, der eigenartig gespannt zuvorderst stand, als verfolge er den noch nicht vollendeten Flug eines …

… Steins!

Hart wurde Mellow von dem kantigen Wurfgeschoss getroffen. Zum Glück nicht an der Lederkappe. Doch an der ohnehin fast tauben Hand, mit der er sich am Sattelhorn festklammerte. Der Stein prallte ab und schlug Vanku gegen den Hinterkopf. Das brave Tier wimmerte kläglich auf.

Mellow ließ los. Oder richtiger, er rutschte ab, ob er wollte oder nicht. Seine Hand gehorchte ihm nicht mehr, und fast sofort versank er japsend unter einem unerwartet vorspringenden Wellenkeil.

Es geht nicht!, dachte er entsetzt. *Ich schaffe es nicht. Ich kann selbst kaum noch schwimmen. Ich weiß nicht, wo der Junge ist. Ob er überhaupt noch lebt. Ich habe uns alle in den Tod getrieben. Wir sind verloren!*

Rasch trieb er kreiselnd von Vanku und den anderen fort. Er hörte Fionwens flehendes Schreien, vermochte aber weder sie noch den Säugling zu sehen. Mellow schnappte nach Luft, war bereit, erneut in dieser fürchterlichen Nacht zu tauchen, obwohl er sich nur mit Bangen an das letzte Mal erinnerte. Er presste die Lippen zusammen, hielt den Atem an und ließ sich hinabsinken.

Das war der Augenblick, da er ein Fallen spürte. Sein Magen hob sich, als spränge er drei oder vier Klafter hoch von einem Felsvorsprung hinab. Mit einem Platschen plumpste er auf den feuchten Schlickboden des Flusses.

Da war kein Wasser mehr.

Er lag auf dem Rücken, unter ihm war nachgiebiger dünner Schmand, klebriger Modder, über festeren Flusssand verteilt, beides dunkel und eindringlich stinkend, ohne dass er hätte sagen können, wonach.

Unweit von ihm zappelte Vanku auf dem Rücken, über und über mit Flussschlamm besudelt. Bhobho und Dumpel wälzten sich auf einer kiesigen flachen Insel, die eben noch von den Fluten der Räuschel überspült worden war. Ebenso erging es Taram und Dharso mit ihren Ponys. Fionwen als Einzige rannte, rannte flussabwärts. Sie sprang über halb sandigen, halb kiesigen Grund, dem davonrauschenden Wasser nach, das schneller floh, als sie ihre Schritte zu setzen vermochte. Sie schrie dabei Finnigs Namen, ehe sie, halb dem Wahnsinn nahe, plötzlich auflachte. Sie hob etwas Fleckiges aus den Resten des abfließenden Wassers auf, etwas, das sich an einer Astgabel eines einst versunkenen Stückes Schwemmholzes verfangen hatte. Sie drückte das Bündel an sich und drehte sich dabei um sich selbst, als wiege sie sich in einem Taumlerreigen.

Mellow, der sich jäh in einem Traum wähnte, wandte den Kopf und starrte fassungslos flussaufwärts oder vielmehr dahin, wo ein Fluss hätte sein sollen. Statt seiner erhob sich über die gesamte Breite der Räuschel eine allmählich wachsende Wand aus Wasser – Wasser, das nicht mehr dem Flussbett folgte, sondern von etwas gestaut wurde, das unsichtbar war oder so durchsichtig wie eine Scheibe. Jedenfalls kam Mellow der Vergleich mit einer dicken Scheibe dem, was er sah, noch am nächsten. Er gewahrte eine senkrechte Wand aus Wasser, glatt und immer höher aufragend, hinter der es sprudelte und schäumte. Er sah im letzten Licht des Mondes verzerrt Fische auf- und niedersteigen, sah Blasen umherwirbeln, sah Schlieren im Wasser tanzen wie Laub in einem Herbstwind. Er konnte nicht glauben, was er doch mit eigenen Augen erblickte. Die Wand – wenn es eine Wand war – schluckte alle Geräusche, die ein Fluss von Rechts wegen hätte machen müssen, und ersetzte sie durch eine leise, fast knisternde Stille, in der es lediglich pitschte und tröpfelte in den winzigen Pfützen und Lachen, die in den diesseitigen Riefen des Flussbetts verblieben waren.

Und noch etwas war da zu hören …

Ein Lied, falls es ein Lied war; doch eines, wie er es nie zuvor vernommen.

Omazid–i-núibra-khum!, erklang es vom gegenüberliegenden Ufer her. *Mazid-maná-khinmartum!* So sang es, nicht eintönig, aber auch nicht melodisch. *Omazid-i-maná-num!*

Es war mit nichts zu vergleichen, was die Vahits jemals gehört hatten.

Laut kamen die Worte, klar die Töne, von einer tiefen Stimme vorgetragen, die Mellows Herz berührte, die ihn aufstehen ließ, die ihn zurück auf die Füße hob und damit zurückbrachte in ein Leben, das er schon verloren geglaubt hatte. Er schwang sich auf Vankus Rücken, Traumreiter, der er war. Sah, wie auch die anderen ihre Ponys bestiegen, und während die Stimme immer weitersang – *Omazid–i-núibra-khum!* – fanden sie sich. Nebeneinander ritten sie, schweigend durchmaßen sie die Breite der gestauten Räuschel, und so stiegen sie am nördlichen Ufer aus dem verwaisten Flussbett heraus. Blassblaues Leuchten umtanzte den linken der beiden Felsen. Es zuckte seit- und himmelwärts und geisterte wie Funkenschlag über Schilfgras, Ried, Baum und Auwaldgebüsch.

Kaum waren sie auf der sanft höherführenden Sandbank angelangt, welche gerade jene war, die ihnen Dharso noch vor Kurzem gewiesen hatte, da brachen der Gesang und das blauflimmernde Glimmen so übergangslos ab, wie beides begonnen hatte.

Einen gefühlten Atemzug lang herrschte Stille – eine schwere, beängstigende Lautlosigkeit, in die hinein der Mond silbern schwieg. Der Zauber verflog – unwillkürlich blickten sie zurück –, worauf die Wand aus Wasser mit ohrenbetäubender Wucht zerbarst. Es rauschte, brauste, toste und gloste auf eine Weise ins Flussbett zurück, dass das herabschmetternde Donnern der haltlosen Wassermassen alles andere übertönte. Eine ungeheure Welle wogte hoch, stürzte in sich selbst zusammen, wurde zu einer Flut, in der es schob, krachte und polterte von Steinen, in der es rumorte von Schwemmholz und Knochen und in der es brodelnd zischelte von Mitgerissenem zuhauf. Die brochhohe Welle schoss heran und vorbei, und plötzlich war der Fluss wieder da, breit und kalt und strömend und mächtig, und er nahm mit sich, was immer ihm im Wege lag. Der modrige Gestank des Schlickbettes hielt sich noch einen Augenblick über den Wassern, dann verwehte auch er, vertrieben von einem einsetzenden kühlen Wind, in dem feinste Nebeltröpfchen hingen wie nach einem herbstlichen Platzregen über den Marschen.

Die fünf Vahits aber zitterten mit einem Mal.

Nicht allein vor Nässe, obwohl sie nichts bei sich trugen, das sie nicht hätten auswringen können. Ihr innerliches wie äußerliches Beben hatte einen bedeutsameren, weitaus urtümlicheren Grund: Zu nah war ihnen der Tod gewesen, zu oft hatten sie ihm ins Antlitz schauen müssen, und schließlich zu unbegreiflich erschien ihnen, was sie errettet hatte.

Da sprach die Stimme. Sie kam von einem der beiden Felsen herab, die Dharso ihnen vom anderen Ufer aus gezeigt hatte. Es war ohne Zweifel dieselbe Stimme, die gerade noch gesungen hatte. Nur sprach sie jetzt leiser und grummeliger. Aber noch immer klang sie volltönend und tief, und sie sprach zu ihnen:

»Huarrhm! Bei Rumóins geretteten Bärten! Das nenne ich mal einen gelungenen Streich. Seid getrost, ihr Vahatin. Kommt näher. Fürchtet euch nicht. Es erwarten euch Freunde.«

9. KAPITEL

Endlich ein Feuer

DIE SANDBANK, AUF deren leicht geneigter Fläche sie das Räuschelufer hinanritten, war etwa zweihundert Klafter lang und nur rund vierzig breit – ein mattleuchtender Flecken vor dem dunkleren Grau der ansteigenden Böschung. Sie war an ihren Schmalseiten von dichten Schilffeldern umstanden, deren Spitzen im Wind raschelten und über die das schräge Mondlicht strich.

An ihrem flussaufwärts gelegenen Ende befanden sich die beiden Felsen, die Dharso ihnen vom anderen Ufer aus als Landmarken gezeigt hatte. Beide bestanden aus weißlichem Stein. In ihrer Höhe und Massigkeit erinnerten die zwei Ungetüme Mellow ein bisschen an die verwaisten Tortürme des Ringwalls beim Acaeras Alamdil.

Und tatsächlich bildeten sie auf ihre Weise eine Art Tor.

Zwischen den fast senkrechten Felswänden entdeckten sie beim Näherkommen den Beginn eines Weges, halb verborgen hinter Verwehungen: Ein schmaler, sandiger Trampelpfad führte sie, ganz als wolle er selbst eine der Ringwallrampen nachahmen, hinauf auf das eigentliche Räuschelufer. Hinter den Felsen hörte der lose Sand auf, und der Boden wurde fester. Wildes Gras wuchs hier, durchsetzt mit harthalmigen Riedinseln und niedrigen Hagebuttensträuchern. Als sie hindurchgeritten waren, fanden sie ihre Sprache wieder, als habe die Felsenpforte sie von einem Bann befreit.

»Was … was war das?« Bholobhorg stieß nur diese vier Worte hervor. Er keuchte sie geradezu heraus. In seiner Frage drückte sich all seine Erschütterung aus, sein Unglaube und eine völlige Fassungslosigkeit. Kringerde und ihre so feststehenden Gesetze

hatten sich vor seinen Augen plötzlich als wandelbar erwiesen, als nur vermeintlich verlässlich, und die Welt war auf einmal noch unverständlicher als zuvor. Die Welt, die er kannte, war nicht länger die, in der er lebte. Er schwankte wie ein Betrunkener im Sattel, als er sich umwandte. »Wie kann …? Ich meine, es ist doch nicht …« Er verstummte, deutete mit bebender Hand zwischen die Felsen zurück und starrte entgeistert dem wieder alltäglich wirkenden Flusslauf nach.

»Ich glaube, ich weiß, was das war«, antwortete Mellow langsam. »Oder vielmehr, wer dies zuwege brachte. Ich erkenne die Stimme. Sie gehört Glimfáin. Er ist in der Tat ein Freund.«

Bhobho schien seine Erklärung nicht zu hören. Er hockte nur da, quetschte seinen Hut und murmelte undeutlich vor sich hin.

»So tief wie dieser Glimfáin klingt kein Vahit«, sagte Taram misstrauisch. »Und das ist auch kein Hüggellandname. Ist er etwa dieser Jemand, zu dem ihr unterwegs seid?«

»Ja. Und du hast Recht – Glimfáin ist kein Vahit, sondern ein Dwarg. Ein Gidwargum, wie sie selber sich nennen.«

»Und das mit Recht!«, dröhnte es da seitlich von ihnen. »Denn so lautet der Name unseres Volkes. Auch wenn dies hierzulande kaum jemand mehr erinnert.«

Als sie sich umdrehten, sahen sie zwei breite Gestalten langsam von der flachen Oberseite des linken Felsenturms herabsteigen. Der festere, dicht mit Gras bewachsene Böschungshang reichte an der Rückseite der Felsen bis fast an deren Höhe heran. Die beiden Herabkommenden hatten so das Haupt des einen Steins mit Leichtigkeit erklimmen können. Beide Gestalten waren in den Augen der Vahits unnatürlich groß, und sie warfen im Mondlicht noch gewaltigere Schatten, während sie die sanfte Neigung bewältigten. Der Gidwargum stützte sich dabei mit der Achsel schwer auf eine Krücke, die andere Hand suchte Halt auf der Schulter des Menschen an seiner Seite.

»Ihr seid spät dran«, sagte der Davenamönch. »Nicht zu spät, aber später, als ihr solltet.«

»Dafür waren wir noch rechtzeitig hier«, brummte Glimfáin. »Huorrhm! Seid willkommen, ihr Vahatin. Verzeiht, wenn ich euch nicht voller Freude entgegeneile. Noch wollen meine Beine nicht so wie ich.«

»Circendil!« Fionwens grenzenlose Erleichterung war beinahe mit Händen zu greifen. Sie floss förmlich aus ihr heraus, gleich der Nässe, die ihr aus den Kleidern rann. »Endlich. Ich fürchtete, du wärest …«

»Aufgehalten worden? Bei Aman, das wurde ich in der Tat. Und ich sorgte mich seit dem frühen Abend, ob meine Verspätung zu eurem Nutzen oder eurem Schaden geriete. Jetzt sehe ich, dass euch Schaden ereilte. Ihr seht schlimm aus, eine wie die anderen. Aber ihr habt es geschafft, und das ist alles, was ich trotz allem zu hoffen wagte. Seid ihr wohlauf?«

Fionwen strich die triefende Kapuze ihres Mantels zurück und schüttelte verneinend den Kopf. Ihr Haar schaute in tropfenden Strähnen unter der Reisehaube hervor. »Nein! Mein Sohn, Cirdendil. Er ist völlig still. Er lebt, aber … Ich habe entsetzliche Angst um ihn. Bitte sieh nach ihm, sogleich!«

Circendil trat an Fionwens Grauschecken heran und nahm den Säugling aus den Armen der Mutter entgegen.

»Dieses Wasser«, sagte sie und musste niesen. »Dazu die Kälte. Finnigs Schweigsamkeit ist doch nicht natürlich, oder? Sieh nur, er ist blass wie der Mond dort hinten. Er weint nicht einmal mehr. Können wir ihn wärmen? Ein Feuer entfachen? So sag doch was!«

»Alles dies wird geschehen«, antwortete der Davenamedhir. »Aber nicht hier. Gedulde dich. Nur einen Steinwurf den Weg hinauf wartet man auf uns. Lasst mich zunächst nur prüfen, ob …« Er legte sein Ohr an das Herz des Säuglings und nickte dann. »Ja, er lebt. Doch ist Eile geboten. Rasch, herunter mit seinen Kleidern!«

Während Fionwen mit fliegenden Händen der Anweisung folgte und ihren Sohn von Hemd, Leibchen und Windel befreite, zerrte der Mönch sein Nachthemd aus dem Rucksack. »Hier, darin wickele ihn ein. Und dann nimm ihn zurück und wärme ihn so gut du kannst, für kurze Zeit. Jetzt folgt mir. Glimfáin, werden deine Beine etwas größere Schritte machen können?«

Der Gidwargum brummte etwas Unverständliches in seinen Bart. Er setzte einen humpelnden Schritt und stieß seine Krücke fester in den hartsandigen Boden.

Da erklang ein ferner Criargschrei. Von weit über den Fluss schien er herangetragen zu werden, von jenseits des Ufers.

Der Ruf, wenn es ein Ruf war, wurde nicht beantwortet und auch nicht wiederholt.

Mellow lauschte aufmerksam, aber es kam nichts mehr. Er spähte zwischen den beiden Felsen hindurch, über die ruhig fließende Räuschel hinweg. Drüben erkannte er kaum das nächtliche südliche Flussufer mit seinen Schilf- und Riedgewächsen und einigen krummen Erlen. Keine Fackeln drohten mehr, sie zu verfolgen, kein Wachtfeuer loderte auf, um das sich Gidrogwachen scharten. Der Mond warf letzte lange Schatten nach Osten, aber mehr vermochte er nicht zu sehen.

Es herrscht eine wahre Unkenstille, dachte Mellow. Er konnte selbst kaum glauben, dass dort drüben noch vor wenigen Minuten vierzehn Gidrogs auf sie eingestürmt waren. Wohl hörte er leise Frösche und Moorunken in den Dickichten quaken, aber da waren keinerlei Grunzlaute mehr in der Luft, weder von Gidrogs noch von neugierigen Borstlern, die des Nachts aus dem Wald kamen und im Sumpfboden herumschnüffelten.

»Eigenartig«, murmelte er, »mir fällt erst jetzt auf, dass keiner von denen uns gefolgt ist. Dabei hätten sie uns auf ihren schnellen Beinen leicht einholen können, als die Wasser verschwanden. Weshalb kamen sie nicht?«

»Der Criargreiter entdeckte uns, als wir gerade oben auf dem Felsen standen.« Glimfáin hob eine Faust und schüttelte sie drohend. »Wir sahen euch dem Ufer zureiten. Da flog er heran, erblickte uns und kehrte um. Den anderen rief er eine Warnung zu. Möglich, dass er annahm, hier wären viel mehr Kämpfer. Oder der

Gidrog auf seinem Vogel erkannte trotz der Entfernung, was ich da in der Hand hielt.«

»Und ehe du damit beginnst«, sagte Circendil drängend, »uns die Vorzüge von Barlins Werk zu schildern, haben wir zuvor noch einen Hügel zu umgehen. Schnell voran, Herr Dwarg! Gib mir deinen Arm. Auch mich verlangt es nach einem Feuer.«

Damit packte er Glimfáin unter der freien Achsel und führte ihn den gewundenen Trampelpfad hinauf. Die anderen ritten im Gänsemarsch hinterdrein. Trotz der Behinderung seiner verbrannten Beine trug der gedrungene Dwarg *Nemandáur* auf dem Rücken gegürtet – die wertvolle Axt aus Imilthyldum, die Finn für ihn gerettet hatte. Mellow dachte daran zurück, wie Glimfáin seinem Freund als Dank dafür den nicht minder wertvollen Dolch *Maúrgin* geschenkt hatte, doch der war nun ebenso verloren wie …

»Herr Dwarg! Ha! Es heißt Gidwargum«, hörten sie Glimfáin leise grummeln, während er an der Seite des Menschen mehr hing, als dass er selber voranschritt.

Wenig später hatten sie die vorspringende Flanke eines Hügels umrundet und waren vom anderen Flussufer aus nicht mehr zu sehen. Der Weg wurde breiter und weitete sich plötzlich zu einem flachen Rund, einer Mulde zwischen den Hügeln. Mellow ritt neben Taram. Bhobho und Fionwen folgten. Dharso bildete den Abschluss, ein schweigendes, finsteres Gesicht, das über dem braunen Ponyhaar im bleichen Mondlicht zu schweben schien.

Plötzlich erwachte die Mulde zu nächtlichem Leben.

»Da seid ihr ja endlich!«, begrüßte sie eine freudige Vahitstimme. Mellow zuckte zusammen. Taram horchte auf. Drei dunkel gewandete Gestalten sprangen auf und liefen ihnen entgegen. Ein einspänniger Fuhrwagen stand unter einer Birke, daneben grasten zwei gesattelte Ponys.

Bitte nicht, dachte Mellow. Bitte nicht jetzt und nicht hier. Ich kann nicht mehr. Ich brauche ein Feuer und eine Decke, ein wenig Wärme und etwas zu essen. Schon eine Gelegenheit, um ein wenig zu mir zu kommen, würde helfen. Dann, vielleicht, mag es an der Zeit sein, nur nicht jetzt, bitte.

Aber Aman oder die Waldbaghule oder das Schicksal selbst kannten kein Erbarmen, nicht mit ihm, nicht an diesem Ort und nicht zu dieser Stunde.

»Seid mir gegrüßt«, hörte er die Stimme sagen. »Zwei Gesichter, die ich kenne. Dazu drei, die ich nie zuvor sah. Und eines bringst du mir, das ich nicht erwartete.« Unverkennbar erklang ihre helle Stimme. Besorgt und dennoch fröhlich kamen ihre Worte aus einem Schleier von goldlockigen Haaren hervor, unter dem ihr übriges Gesicht in Schatten fiel. Nur ihre Augen schimmerten. »Aber das eine und einzige Gesicht, das ich am meisten ersehne, fehlt. Sag es mir, Mellow! Wo ist Finn?«

*

»Lass ihn doch erst einmal aus dem Sattel steigen«, riefen zwei größere Vahits. Sie trugen breitkrempige Hüte mit langen grünen Bändern daran. Sahaso und Kampo zerrten ihren jüngeren Bruder regelrecht von Vankus Rücken herunter, ehe sie ihn in fortwährendem Schultergeklopfe und kurzen, aber festen Umarmungen förmlich ertränkten.

Mellow ließ ihr stürmisches Willkommen stumm über sich ergehen. Von dem, was sie sagten und fragten, bekam er kaum etwas mit. Stattdessen starrte er unentwegt Tallia Goldammer an und brachte kein Wort heraus. Circendil half Fionwen aus dem Sattel und beugte sich sogleich über das weiße Bündel, das den Säugling enthielt. Bhobho kümmerte sich derweil um Dumpel, Vanku und den Grauschecken, und Glimfáin ließ sich unter Stöhnen auf einem Erdwurf nieder. Nur Dharso saß noch im Sattel und schien nicht recht zu wissen, wie er sich verhalten sollte.

Taram band Gwaeth neben den anderen Ponys am Wagen an. Lächend trat er dann herbei und zog seine Schwester zu sich heran. Plötzlich stutzte er und schob sie auf Armeslänge von sich.

»Weshalb fragst du nach Herrn Finn?« Dann lachte er auf und sagte: »Ich werde scheint's vergesslich. Natürlich, ihr kennt euch ja. Ihr habt sogar zusammen zu Abend gegessen – er erzählte mir davon. Aber sag, Schwesterherz, wie erging es dir?«

»Du hast Finn gesehen? Und mit ihm gesprochen? Wieso ist er nicht bei euch?«

»Was hast du denn immerfort nur mit Herrn Finn? Außerdem ist er …«

»Haltet ein!«, rief Circendil mit einem Mal. Er blickte von Finnigs kleinem Körper auf und schüttelte den Kopf. »Schweigt einen Moment. Herr Taram, ich ersuche Euch. Auch ihr anderen Vahits! Ich benötige Eure Hilfe. Sofort, versteht Ihr? Das Erzählen verschieben wir auf später. Taram – Ihr entfacht ein Feuer, so rasch Ihr nur könnt! Alles Weitere kann und muss vorerst warten. Wir benötigen zuallererst einen Kessel, eine Schale oder wenigstens eine Feldpfanne. Ist derlei im Wagen? – Kampo? Gut. Dazu die Kräutertasche aus meinem Rucksack. Schnell! Du und Fionwen, ihr geht mir bei Finnig zur Hand. – Sahaso, lass deinen Mantel hier für Frau Fionwen. Du indes reitest voraus und besorgst trockene Sachen für alle. Eile dich. Und sag außerdem Abhro, er soll die vorbereiteten Feuer schüren. Ja, diese Nacht noch. Wir kommen nach, sobald ich weiß, was mit dem kleinen Finnig ist. Bhobho? Nimm Kampos Mantel, ein paar Zweige und all dein Geschick zusammen. Bau ein Bettchen oder meinetwegen ein Nest für den Jungen daraus. Er wird ab jetzt im Wagen reisen. Ah, da haben wir ja auch Herrn Dharso. Gut, dass Ihr Euch entschieden habt. Auch für Euch habe ich eine Aufgabe. Seid Ihr des Flechtens kundig? Gut. Dann helft Herrn Bholobhorg beim Bau der Lagerstatt. Und du, Mellow …?« Er hielt inne und warf einen bezeichnenden Blick auf Tallia. »Du fröstelst am stärksten, wie ich sehe. Vielleicht leiht dir Fräulein Tallia vorübergehend ihren Mantel, wenigstens so lange, bis das Feuer brennt. Setzt euch beiseite und seht uns andern beim Arbeiten zu. Und während du versuchst, ein wenig warm zu werden, kannst du ihr *in aller Ruhe* erzählen, was sie so sehr zu wissen begehrt. Habt ihr verstanden? Wissen alle, was sie tun sollen?« Sein eindringlicher Blick traf Mellow. »Dann los.«

*

Niemand erhob Widerspruch, alle kamen Circendils Aufforderungen nach. Sei es, weil sie sein Drängen spürten oder sich einfach der Überzeugungskraft seiner Worte ergaben.

Kampo kramte am Fuhrwagen herum.

Sein Bruder bestieg eines der Ponys und ritt in die Nacht davon. Der Mönch wickelte den Säugling aus dem Nachthemd, horchte abermals an dessen Brust, betastete die winzigen Hände und Füße und zog ein sorgenvolles Gesicht. Er machte einen neuerlichen Kleiderwickel aus dem linnenen Nachthemd und bedeckte Finnig dann zusätzlich mit seinem eigenen Mantel. Fionwen hockte, ihrerseits in Sahasos Mantel gehüllt, neben ihm und ließ ihren Sohn nicht aus den Augen.

Taram sammelte Feuerholz am Rand des nahen Auwaldes ein. Bhobho und Dharso gingen mit ihm, auf der Suche nach einigen passenden, biegsamen Zweigen. Die drei kehrten rasch zu ihrem behelfsmäßigen Lagerplatz zurück, beladen mit trockenen Ästen.

Nur ein Feuer zu entfachen, wollte ihnen einfach nicht gelingen.

Ihre eigenen Zunderbüchsen waren durchnässt, und kein Funke wollte haften, sosehr sie mit den Messerrücken auch auf ihre Feuersteine schlugen.

Der Gidwargum winkte kopfschüttelnd ab, als er ihr hilfloses Bemühen sah. Schwerfällig rappelte er sich auf. Dann hinkte er an seiner Krücke zu ihnen hinüber. Er stieß einen handlangen metallenen Stab in das aufgeschichtete Holz. Schon züngelte eine Flamme aus der Spitze des dünnen Stabes hervor, und wenig später brannten munter Zweig und Ast, ganz ohne Zunder und das mühsame Anblasen winziger Glutkörnchen. Glimfáin richtete sich stöhnend auf, aber er brummte zufrieden, schmunzelte in die erstaunten Gesichter der Vahits, machte kehrt und hockte sich erneut auf seinem Erdwurf nieder.

In der Feldpfanne, die Kampo ihnen reichte, erhitzten sie auf Geheiß des Mönchs Wasser. Als es heiß genug war, löste der Mönch seine letzten krümeligen Reste *Lêndhumá* darin auf. Wieder stieg der erquickende Duft aus dem Sud auf, den die Vahits schon vom Vormittag her kannten, als Circendil nur die Blätter zerrieben hatte; nur war der Geruch jetzt stärker und süßlich und schwer. Aus der bloßen Ahnung von Frieden wurde ein tiefes Atmen von Ruhe und behüteter Stille. Heimeligkeit erfüllte sie, wenigstens so lange, wie das Wasser siedete. Doch es war nicht lange genug – Wärme und Wohlbehagen, die eben noch ihre Herzen weiteten und trösteten, vergingen viel zu schnell. Bald umfing sie wieder die Kühle der Nacht, und selbst das kleine Feuer erschien ihnen nicht mehr als eine Handvoll allzu rasch zu Asche ersterbenden Holzes. Der Mond versank vollends, erst hinter eiligen Wolken, dann hinter dem Cerenath. Kalt blinkten die Sterne, zu denen hinauf der Rauch des Feuers sich kräuselte.

Während all dies geschah, saßen Mellow und Tallia nahe des Wagens beieinander. Arglos und beinahe rührend hatte Tallia ihren Mantel um seine Schultern gelegt, und er kam sich schon wie ein Verräter vor, noch ehe er auch nur ein Wort geäußert hatte.

»Da seid ihr also«, sagte Tallia. »Fast fünf Tage seid ihr fortgewesen. Fünf Tage? Mir kam es wie fünf Wochen vor. Und ihr? Hattet ihr Erfolg? Wie geht es Finns Eltern? Ist das Kleine dort das Neugeborene? Ich meine, ist diese Frau diejenige, derentwegen Finns Eltern nach Aarienheim fuhren? Finns Muhme? Und was ist mit deinem Kopf geschehen? Du bist verletzt worden, oder? Gab es Kämpfe? Sind …«

»Du liebe Güte, Tallia«, fiel er ihr ins Wort. »Wenn du noch weitere Fragen stellst, vergesse ich darüber schon die ersten, und du erfährst deren Antworten nie. Lass mich … Ja, lass mich am besten einfach reden, gut? Und verzeih, wenn ich mich nur kurzfasse. Ich bin müde wie nie zuvor in meinem Leben. Nur hast du ein Recht darauf zu erfahren, was geschehen ist, darum … lass mich sprechen, und alle Fragen hebe dir für später auf. Einverstanden?«

Sie nickte heftig, und eine Welle lief durch ihr goldfarbenes Haar. Wie ein Brautfächer fiel es ihr in unzähligen Locken bis weit auf den Rücken hinab. Sie sah ihn erwartungsfroh an, und ihm schnürte es den Hals zusammen.

»Ja«, begann er, nach Worten ringend, »das dort ist Frau Fionwen, die jüngste Schwester von Finns Mutter; und ja, das ist ihr neugeborener Sohn. Sie hat ihm den Namen Finnig gegeben, nach ihrem Neffen, deinem … Finn. Amafilia und Furgo Fokklin waren rechtzeitig vor Ort, um bei der Geburt zu helfen. Finnig ist jetzt kaum mehr als eine Woche alt. Acht Tage – nein neun, es ist schon nach Mitternacht, nicht wahr?« Mellow stockte. »Und … und schon hat er die grausame Härte des Lebens zu spüren bekommen. Alles das ist zum Teil meine Schuld, und er tut mir so unendlich leid … Aber ich schweife ab. Wir kamen ebenfalls nach Aarienheim. Finn ließen wir bei seinen Verwandten, den Taubers. Circendil und ich ritten weiter nach Sturzbach.«

»Und hattet ihr …?«

Mellow atmete tief ein. Der Duft des Lindertaus stieg aus dem Pfannenrund auf und gab ihm den Mut, weiterzusprechen.

»Ja, wir hatten Erfolg. Wir fanden die Abschrift und erhielten dadurch einen Hinweis auf die Gluda. Wir kehrten eiligst nach Aarienheim zurück.«

»Dann seid ihr vorausgeritten, und Finn kommt mit seinen Eltern nach?«

Mellow sah sie betroffen an und schüttelte wie benommen den Kopf. »In gewisser Weise ist er … bei seinen Eltern, mit ihnen vereint … ja. Aber lass mich der Reihe nach erzählen. Ich war schon zu voreilig. Finns Mutter starb bei einem Angriff eines Gidrogs, und Herr Furgo wurde schwer verletzt, noch ehe wir Aarienheim erreichten. Deshalb blieb Finn zurück.«

Tallias Augen weiteten sich in sichtlicher Bestürzung. Sie wollte etwas sagen, doch Mellow hob bittend und abwehrend zugleich die Hand.

»Dann kehrten Circendil und ich von unserem Ritt nach Sturzbach zurück. Doch von diesem Augenblick an liefen die Dinge schlechter. Erst geriet Bhobho in den Bann einer fürchterlichen Gemme, einer Sinyanhwe, dann ich … Finn rettete uns beide, indem er die Sinyanhwe an sich brachte. Derweil wurde Aarienheim von einem großen Schwarm Criargreiter angegriffen. Es regnete Tod und Asche. Saisárasar erhob einen Blutzoll ohnegleichen, den vor allem die Taubers zu entrichten hatten: Frau Fionwen verlor ihre gesamte Familie.«

»Ihr gesamte Familie …?«

»Auch Herr Furgo starb. Circendil kämpfte tapfer, aber er focht einen Kampf, der schon verloren war, ehe er begann. Der Dir geriet in Gefangenschaft und vermochte das Schlimmste nicht zu verhindern.«

»Das Schlimmste …«, echote Tallia abermals. Ihre Augen wurden übergroß, wandelten sich zu Seen aus ahnungsvollen Tiefen.

»Das Schlimmste«, sagte Mellow, und nun vermochte er die Tränen nicht länger aus seiner Stimme zu halten. »Es verschonte mich. Aber zugleich zwang es mich, das Folgende mit eigenen Augen anzusehen. Saisárasar stellte Finn und seinen Vetter Wilhag, unmittelbar am Zaun des Sturzes. Er zerhieb den Zaun mit seinem Schwert. Er schlug die beiden, und sie stürzten nieder. Doch nicht zu Boden.«

Er senkte die Augen nieder.

»Sie stürzten …? Nicht zu … Boden? Doch nicht etwa …?« Tallia hatte seinen Arm ergriffen und drückte, nein presste ihn, dass er hätte schreien mögen. Sie keuchte: »… hinab in den Sturz?«

Mellow vermochte nur noch zu nicken.

Da sprang sie auf und stand taumelnd da. »Finn ist tot?« Ihre Stimme war nicht mehr als ein Hauch in der Nacht. »Willst du mir das damit sagen?«

Er erhob sich ebenfalls. Er ergriff ihre Hände. Sie schüttelte sie ab wie etwas, das ihre Haut versengte. »Und du hast es nicht verhindert?«

Ich war zu schwach. Ich stand zu weit entfernt. Ich war nicht in der Lage, etwas zu tun. Das wollte er sagen. Es gelang ihm nicht.

Ich war zu feige, dachte er stattdessen. Und wusste, dass dies die Wahrheit war. Er brachte kein Wort mehr heraus. Alles vor seinem Angesicht verschwamm in einem Meer von Tränen.

Das Brennen des Schlages, mit dem sie ihn ohrfeigte, spürte er erst nach einer Weile auf seiner Wange. Es war kalt und heiß wie Feuer und Eis. Sie traf die Wange, über der die Narbe pochte. Aber nicht deswegen keuchte er im selben Augenblick auf, da ihre Hand ihn traf. Nein, ihr Schlag verbrannte ihm sengend das Herz. Dieser Schmerz presste ihn nieder. Er spürte, wie es in seiner Brust aufloderte, sich krümmte und nur langsam besser wurde.

Dieser Schmerz war das Schlimmste, schlimmer und schrecklicher als alles, von dem er zu berichten gehabt hatte.

*

In den Minuten zuvor hatte der Mönch den Säugling erneut aus den Kleiderwickeln befreit. Nun, da der kleine Körper entblößt in seinem Arm ruhte, stachen Fionwen und ihm die bläulich verfärbten Arme und Beine ins Auge. Seine winzigen Gliedmaßen waren eiskalt, und was sich noch an verbliebener Wärme in Finnig gehalten hatte, sammelte sich in seiner Körpermitte, doch Circendil vermochte sie auch dort kaum zu erspüren. Er nahm seinen langen Mantel, bauschte ihn und legte den Jungen in die so entstandenen Falten hinein; mit dem oberen Teil deckte er ihn zu. Dann hauchte er seine Hände warm, führte sie unter die Decke, die sein Mantel war, und legte sie dem Säugling an Brust und Rücken.

»Da, sieh nur, er hört zu zittern auf«, sagte Fionwen. Sie brachte es mit unendlicher Erleichterung hervor, doch Circendil schüttelte darüber den Kopf.

»Eben das ist ein ernster Anlass zur Sorge«, widersprach er. »Würde er noch zittern, so bewegten sich seine Muskeln dabei, und dies brächte ihm Wärme. Aber selbst dafür ist er schon zu schwach. Wir müssen ihm die Wärme geben, die er nicht mehr selber aufzubringen vermag. Aber vorsichtig, Fionwen. Jede Eile ist jetzt von Übel.«

»Dann gib ihn mir zurück, dass ich ihn reibe ...« Fionwen streckte die Hände nach Finnig aus.

»Das eben wäre ein Fehler, sosehr ich deinen Wunsch danach auch nachvollziehe. Es wäre ein Fehler, der ihm den Tod brächte. Du hast seine blau verfärbten Arme und Beine gesehen? Nun, sie sind verfärbt, weil sich jetzt sein Blut dort sammelt. Jenes Blut, dessen dunkle Farbe anzeigt, dass es längst zu kalt ist, um noch von seinem Herzen erwärmt werden zu können. Würdest du ihn jetzt reiben, so geriete dieses kalte Blut in Bewegung. Es flösse zurück in seinen Leib und würde ihn unweigerlich töten. Sein kleines Herz würde einfach aufhören zu schlagen. Verstehst du das?«

Fionwens eigenes Zittern verstärkte sich, und darin ging ihr Nicken beinahe unter. Abermals hauchte der Davenamedhir seine Hände warm und führte sie zurück unter die schwere Decke. »Das Beste ist, du trocknest dich selbst, soweit irgend möglich. Lege dein Kleid ab, hülle dich allein in den Mantel. Erst wenn du selber wieder trocken geworden bist, kannst du mit deiner Wärme deinen Sohn versorgen.« Circendil verzog den Mund zu einem schiefen Lächeln. »Verzeih, wenn ich dich schon nun schon zum zweiten Mal bitte, dich zu entkleiden. Derlei ist selbst bei uns Vindländern nicht Sitte. Doch Scham ist hier fehl am Platze; und dein nasses Kleid schadet dir und ihm mehr, als Blicke es jemals könnten.«

Da flammte der Holzstapel auf, von Glimfáin entzündet. Circendil nahm den Säugling samt Mantel auf und bettete ihn so dicht an das Feuer, wie er es verantworten konnte. Er selbst drückte seinen eigenen Körper eng gegen den Mantelstoff, sodass Finnig von zwei Seiten Wärme zugeführt bekam. Fionwen fuhr mit raschen Bewegungen aus ihren Sachen und hockte sich dann, in Sahasos großen Mantel gewickelt, neben den Menschen.

»Wir dürfen ihn nur langsam erwärmen«, sagte Circendil. »Sobald das Wasser siedet, wird der Lindertau seine Lebensgeister zurückrufen. Solange müssen wir uns gedulden – und Aman bitten, über Finnig zu wachen.«

Immer wieder, während die Feldpfanne sich über dem Feuer knackend erhitzte, wärmte Circendil das Kind mit seinen angehauchten Händen. Kurz bevor das Wasser brodelte, suchte er in seiner Kräutertasche nach den spärlichen Resten von *Lêndhumá;* alles, was davon übrig war, warf er in die zischende Pfanne. Der aufsteigende Duft erfüllte alle, die nahebei standen oder saßen, mit neuer Kraft, als ob sie ein oder zwei Stunden geruht hätten. Er stieg in ihrer aller Nasen und vertrieb sogar Fionwens Niesen, verwehte es, und es kam nicht wieder. Circendil fühlte Mellows Blick für einen Augenblick auf sich ruhen und nickte ihm aufmunternd zu. Doch ein grauer Hauch legte sich über Mellows Züge, und blieb an ihm haften, als sich der Duft viel zu schnell auflöste.

In Finnigs Gesicht aber kehrte neue Farbe zurück. Seine Nasenflügel zitterten. Die bläulichen Lippen wurden rosarot, und in die bleichen Wangen kehrte Leben zurück. Plötzlich begann er sich wieder zu regen, und die Starre fiel von ihm ab. Seine blauen Augen zuckten umher und suchten die seiner Mutter; und als Circendil nickte, nahm sie ihren Sohn auf und drückte ihn behutsam an ihr nacktes Herz.

Circendil legte seinen Mantel um ihre Schultern und breitete ihn wie ein Zelt über beiden aus. Das erhitzte Wasser aber ließ er von Kampo in seinen Wasserschlauch füllen, ein Mitbringsel seiner Wanderschaft. Den sogleich Wärme verströmenden Schlauch reichte er Fionwen, und sie schob ihn dankbar unter den sie bedeckenden Stoff.

Zuvor, als das Feuer gerade eben brannte, machten sich Bhobho und Dharso daran, aus den gefundenen Zweigen einen Korb für

Finnig zu flechten. Sie ließen sich dabei in der Nähe von Glimfáins Erdwurf nieder. Mit einer Mischung aus Scheu und Neugierde beäugten sie immer wieder verstohlen den Gidwargum.

Taram kniete am Boden und schürte das Feuer, wie ihm von dem Menschen aufgetragen worden war; aber er würdigte Glimfáin zuerst kaum eines Blicks, sondern drehte sich immer wieder zu seiner Schwester um, die wie müßig beim Wagen saß und sich mit Mellow unterhielt, als gäbe es nichts Wichtigeres. Er rümpfte die Nase; und als das Feuer züngelnd Nahrung fand, richtete er sich auf. Am Ende schnaubte er wie ein zurückgewiesenes Ponyfohlen, als er sah, dass Tallia kein Ende fand. Da er nichts mehr zu verrichten hatte, baute er sich furchtlos vor dem Gidwargum auf und sagte: »Also Glimfáin ist euer Name, wie ich hörte?«

Das bärtige Gesicht unter dem dichten Wust rotbrauner Haare nickte bedächtig.

»Was ist das für ein Ding da in Eurer Tasche?«

Die Hand des Gidwargums fuhr zu einem prall gefüllten ledernen Beutel, den er eng an seinem Gürtel befestigt hatte. Was immer der Beutel enthielt, er umschloss ihn vollständig mit seiner Hand, als wolle er ihn schützen. Dann nickte er abermals, diesmal verstehend. Er zog die Hand zurück und holte aus einer Tasche den spannenlangen Metallstab hervor.

»Fragt Ihr nach diesem hier?«

»Ja. Ist es das, was ich vermute? Ein Zauberstab? Und Ihr – seid Ihr demnach ein Zauberer?«

Glimfáin maß den vor ihm Stehenden mit einem langen Blick. »Wäre ich ein Zauberer, so würde ich zuallererst Euren Namen aus Eurem Mund hervorzaubern, dessen könnt Ihr sicher sein. Auch wenn Ihr ein Landhüter seid, wie ich an Eurem Hut erkenne.«

Taram erschrak und wich unwillkürlich einen Schritt zurück. Fahrig brachte er ein kurzes Lachen hervor. »Verzeiht, ich wollte nicht unhöflich sein. Taram Goldammer heiße ich. Was ich …«

»Goldammer?«, grummelte der Gidwargum. »Dann seid Ihr ein Verwandter der hübschen Vahatirmaid dort?«

»Sie ist meine Schwester. Was habt Ihr mit ihr zu …«

»Dann will ich dir um ihretwillen deine Unhöflichkeiten verzeihen, Taram Goldammer. Ich verdanke deiner Schwester viel. Ein Hoch auf die Froschsalbe einer Vahitfrau – und ein weiteres auf Tallia, die sie einem Verwundeten zu geben versteht. Ohne sie würde ich noch das Krankenlager hüten, nehme ich an. Oder, wahrscheinlicher noch, auf dem Felde liegen, verblutet und verbrannt. Andererseits war es mir vergönnt, ihr ebenso das Leben zu retten, wenn ich das erwähnen darf. Huorrhm! Was dieses Ding hier betrifft, nach dem du fragtest: Das ist ein Feuerzeug, gute Gidwargenarbeit, nicht mehr, nicht weniger. Ganz nützlich manchmal in der Wildnis, und bei einigen anderen Gelegenheiten. Aber es ist nichts Zauberisches an ihm, soweit ich weiß.«

»Dennoch müsst Ihr ein Zauberer sein«, widersprach der aufgebrachte Vahit. »Auch wenn dies kein Zauberstab sein mag, wie Ihr behauptet. Wart Ihr es nicht, der den Fluss teilte? Mellow meinte, Eure Stimme zu erkennen. Ihr habt gesungen und den Fluss bezwungen!«

»Nun ja.« Der Rotmähnige ächzte und verlagerte sein Gewicht im Sitzen. »Ein wenig war ich daran schon beteiligt. Gesungen habe ich in der Tat, und ein besonderer Sänger bin ich jetzt fürwahr, einer der Galim, falls du den Ausdruck dafür in meiner Sprache wissen willst.«

Bholobhorg hob den Blick und starrte Glimfáin mit einem völlig überraschten Gesichtsausdruck an. Er zog die Stirn in Falten. Endlich setzte er mehrfach zum Sprechen an, ehe er hervorsprudelte:

»Also ein *Sänger* seid Ihr? Ich habe von einem Eures Volkes gehört, von Nórin Langfuß, einem der Sänger und Träger einer Gilwe. Demnach … folglich seid auch Ihr ein Gilwenschmied? Ein – wie heißt es noch – einer der Wahren Meister der Mazakhum-Schmiedekunst?«

Nun war es an Glimfáin, verblüfft dreinzuschauen. »Bei Rumóins Schlüsseln! Was weißt du darüber, kleiner Vahit? Auch wenn das Wort falsch ist, das du benutzt. Es heißt Margathankhum, nicht Mazakhum. Und du kennst sogar den Namen des großen Nórin, des Anführers der acht?«

»Diese und andere Dinge mehr wurden beim Rat erwähnt; und ich wollte, ich hätte mehr von dem behalten, was dort gesprochen wurde. Aber zurück zu Euch: Also seid Ihr ein Gilwenträger?«

Glimfáin seufzte. »Leugnen wäre wohl sinnlos, was? Ja, ich trage Barlins Werk bei mir, die erste Gilwe, die je geschaffen wurde. Es ist die Gilwe des Wassers, und da habt ihr das Geheimnis, das den Fluss bezwang. Aber ich bin kein Margathankhum-Schmied, wie du annahmst. Die Kunst der Herstellung von Gilwen ist seit langer Zeit verloren, und ich wünschte sehr, ich meinerseits wüsste mehr darüber als nur das.«

»Das war es also«, murmelte Dharso Zeisig. »Ich meine, dann war dieses blaue Leuchten, das ich sah … Es war etwas, das von Euch ausging?«

Glimfáin nickte. Er holte tief Luft und sog den Duft des Lindertaus ein, der sich soeben aus dem Pfannenrund erhob. Dann summte er gedankenverloren ein paar Takte eines Liedes, ehe er murmelte: »Ja, so müsste einer unserer Verse in eurer Sprache lauten, denke ich:

Blaue Funken, springend,
schwingend Lebensborn.
Schimmernd der Wasser Licht, so dicht,
hört des Lebens Horn.
Betörend der Lieder Glanz, wie Tanz.
Lauschend der Wellen Schall.
Erklingen die Lieder,
fallen sie nieder,
– der Tropfen
Widerhall.«

Glimfáin verstummte. Er blickte die Vahits prüfend an, dann nestelte er an dem Lederbeutel. Er griff hinein und holte einen faustgroßen Kristall hervor, von kugelrunder Form und vollständig glatt und durchsichtig wie Glas. Es ging kein Leuchten von ihm aus. »Ja«, sagte er abermals. Er hielt den gläsernen Ball auf seinen gespreizten Fingerspitzen. »Werft einen Blick auf Barlins Werk. Es sei euch vergönnt, denn ihm verdankt ihr euer Leben, nicht mir. Dies ist die erste der Gilwen, die Erstgeschaffene. Der Wahre Meister Barlin gab ihr die Hinwendung des Wassers, dem Urstoff allen Lebens. Er erschuf sie als ein Werkzeug, gedacht dazu, das Wasser zu lenken und zu bezähmen, es herbeizurufen oder festzuhalten, ganz wie Not und Bedrängnis es erfordern. Es ist kein Zauberwerk, o nein, doch ein Werk der höchsten der Hohen Künste ist es, unvergleichlich und unnachahmlich. Den Gipfel des Wissens meines Volkes stellt es dar, und der Preis dafür war zu hoch; denn zugleich erblickt ihr in ihm die Ursache für unseren Niedergang.«

Er seufzte abermals. Umständlich verstaute er die Gilwe wieder in der Ledertasche seines Gürtels. Dann sah er die Vahits an und brummte: »Aber bei allem Kummer, den die Gilwen über uns brachten – ich behaupte dennoch, heute war diese Eine zur rechten Zeit am rechten Ort.«

Er hatte kaum zu Ende gesprochen, da wurde Tallias Stimme plötzlich laut. Sie blickten zum Wagen hinüber und sahen, wie das Vahitmädchen auffuhr, ausholte und schallend Mellows Wange traf. Kampo und Taram stürzten hinzu. Der eine zog seine Schwester in den Arm, die haltlos zu schluchzen begann; der andere fing seinen Bruder auf, der kraftlos zu Boden sackte.

Glimfáin wuchtete sich auf seine Krücke. »Kleine Vahitmaid!«, rief er besorgt. »Was ist geschehen?«

»Finn ist tot …!« Ihre Stimme, ohnehin tränenerstickt, kippte. Sie bewegte noch die Lippen, aber ihr Mund brachte nicht mal mehr ein Flüstern hervor.

»Bei Porogláins Fluten!«, grollte der Gidwargum. Er schwenkte herum. »Finn ist tot? Circendil? Ist das wahr?«

Der Mönch neigte nur stumm den Kopf. Anstelle eines Nickens senkte er die Lider. Er hob um Verzeihung heischend die Schultern, bat still um Nachsicht dafür, bis jetzt von Finns Tod geschwiegen zu haben.

»Wehe«, rief Glimfáin aus. »Dann hat Maúrgin ihn nicht beschützen können!«

»Nicht in diesem Kampf«, erwiderte Circendil. »Saisárasar selbst stieß ihn in den Abgrund hinab.«

»Mellow hat es mitangesehen«, sagte Fionwen leise.

»Und er hat es nicht verhindert!« Tallia machte sich von ihrem Bruder los. »Warum nicht, Mellow, warum?«

Kampo wehrte ihre Fäuste ab, mit denen sie abermals nach Mellow zu schlagen suchte. »Tallia, bitte. Es geht ihm schlecht, siehst du das nicht?«

»Na und?«, schrie sie. »Soll er doch zugrunde gehen. Er hat es verdient. Er hat Finn schmählich im Stich gelassen. Dabei hat er mir versprochen, auf ihn achtzugeben. Sein bester Freund wollte er sein, ja? Oh, es ist wahr, was die Alten sagen: Wer solche Freunde hat …« Sie ließ von Mellow ab und warf sich in Tarams Arme zurück. Nun weinte sie still, ihre Schultern bebten, der Rücken unter dem Lockenschleier krümmte sich, und ihr Bruder hielt sie, drückte sie fest und tröstend an sich, obwohl er nicht wusste, weshalb sie an seiner Brust schier zerbrach. Stumm ließ er sie gewähren, während sich sein eigenes Gesicht vor lauter ungestellten Fragen furchte.

Glimfáin humpelte schwerfällig an Circendils Seite. »Das ist schlechte Kunde, oder ich habe nie eine schlechte vernommen. Dann liegt der kleine unerschrockene Mann also zerschmettert am Fuß der Felsenmauer?«

»Ja. Und mit ihm sein Vetter Wil.«

»Dann wehe auch ihm. Und nicht zu vergessen: Maúrgin liegt

mit ihnen dort unten«, meinte der Dwarg. »Wir werden gleichfalls hinabgehen. Und wenn nicht wir beide, dann ich allein. Allen Gefahren zum Trotz! Ich werde diese Gegend nicht verlassen, ohne nach Rumóins alter Klinge gesucht zu haben. Zum dritten Mal sage ich: Wehe! Zu alt und ehrwürdig ist sie, zu ruhmreich sind die Taten, die um ihretwillen und mit ihrer Hilfe vollbracht wurden, als dass ich sie in einem trostlosen Sumpf vermodern lasse. Ich muss sie suchen, Circendil.«

»Ja«, antwortete der Davenamedhir. »Wir werden sie suchen. Und zwei Leichname bestatten, so wir sie finden. Davens Ehre verlangt es, und Dwargenehre gewiss nicht minder.«

»So sei es, Freund.«

»So sei es. Lass uns aufbrechen. Von diesem Fluss und von diesem Land. Und zuvor nach Maúrgin suchen. Die Welt ist in Aufruhr begriffen, und es mag sehr wohl sein, dass es einer uralten Klinge aus Dwargenstahl bestimmt ist, den entscheidenden Streich zu führen.«

»Bei Nemgláins zersprungenem Hammer! Es heißt Imilthyldum. Oder meinetwegen *Himmelsdünn*, wie Abhro es in seiner Einfalt zu nennen beliebt. Es ist bester Gidwargumstahl, wenn du schon ausgerechnet Stahl als Gleichnis wählen musst. Dwargenstahl! Also wirklich! Hört mir denn hier überhaupt niemand zu?«

Circendil lächelte ein betrübtes Lächeln, voller Wehmut und Kummer und Trauer um einen, den er vermisste. Dann gab er sich einen Ruck und sagte, mit einem jähen Gefühl neu erwachender Hoffnung:

»Doch, mein Freund. Ich glaube, es hören dich mehr, als du denkst.«

*

Sie hielten das Feuer noch etwa eine Stunde lang in Gang, ehe sie es herunterbrennen ließen. In dieser Zeit vertrieben sie mit emsigem Wringen und der Hitze der Flammen die gröbste Nässe aus den Kleidern derer, die in der Räuschel gewesen waren. Kampo fand zu ihrer Freude einen Handsack Hafer im Wagen, den er geschickt zu nutzen verstand. Er rührte in der breiten Feldpfanne einen dicken Brei an, in den er ein paar der noch vorhandenen Äpfel aus dem Aarienheimer Obsthain schnitt. Mit Honig aus Rudenforst gesüßt war das Ganze um einiges schmackhafter als es aussah, und die Reisenden machten sich mit beträchtlichem Appetit darüber her. Es war für Mellow und Fionwen die erste warme Mahlzeit seit Dienstagabend; Bhobho behauptete sogar, das letzte warme Essen in der *Taumelnden Mühle* gegessen zu haben, und das war ihr gemeinsames Frühstück am Dienstagmorgen gewesen.

Glimfáin kletterte mit Circendils Hilfe auf den von Tallia gelenkten Wagen. Der Mönch bestand darauf, dass Fionwen ebenfalls auf Abhros Gefährt mitfuhr. Den mehr oder weniger fertiggeflochtenen Bettkorb hatten sie sicher zu Fionwens Füßen abgestellt. Er sah wirklich mehr nach einem zerzausten Vogelnest aus, das ungeschickte Schnäbel in zu großer Eile zusammengestochert hatten, denn nach einem Korb, der diesen Namen verdiente. Aber er hatte immerhin einen Henkel erhalten, und in dem darin ausgebreiteten Mantel ruhte Finnig und schlief. Er atmete wieder gleichmäßig und sah schon fast wieder rosig aus, und so waren sie es zufrieden.

Als Mellow in den Sattel steigen wollte, fiel er vor Erschöpfung zweimal zu Boden. Da hieß ihn der Mönch, gleichfalls auf den Wagen zu klettern, und duldete keine Widerrede. Mellow wurde am Ende ebenso hinaufgeschoben wie zuvor der Gidwargum, bei dem es jedoch die Verletzungen waren, die ihn der Hilfe bedürftig sein ließen.

Kampo bestieg sein eigenes Pony und führte Vanku und den Grauschecken, die ledigen Tiere. Er ritt voran, da er den Weg am besten kannte. Bhobho, Taram und Dharso bildeten die Nachhut.

Damit brachen sie auf.

Es ging ein Stück eines Hanges hinauf, den der Pfad in Schlangenlinien erklomm. Kampo hatte von Abhro Rabner erfahren, dass dies vor mehr als dreihundert Jahren ein häufig begangener Weg gewesen war. Die Sandbank war damals eine Furt gewesen, die Sámdafurt, ehe eine gewaltige Frühjahrsflut mehr als die Hälfte des angeschwemmten Sandes weggerissen und die alte Furt für immer unpassierbar gemacht hatte.

Zu beiden Seiten schwiegen die Bäume der Auwalde. Nachdem sie deren Breite durchmessen hatten, teilte sich der Weg. Geradeaus und ein wenig steil ginge es hinauf zur Mürmelstraße, erklärte Kampo; sie aber folgten der Abzweigung nach links, die sie um den jetzt schon nahen Waldsaum des Schmiedewäldchens herum nach Westen führte.

Dharso Zeisig ritt seit der Abzweigung neben dem Wagen her, und Mellow nutzte die Gelegenheit, eine Frage loszuwerden, die ihm seit Stunden auf der Zunge lag. »Vorhin, auf der Brücke«, sagte er. »Ohne dich wäre sie das Letzte gewesen, was ich zu Lebzeiten gesehen hätte. Oder vielmehr ihre Steine, auf denen ich lag, meine ich. Dein Pfeil kam im letzten Augenblick, und ich kann dir nicht genug dafür danken.«

Dharso verzog keine Miene, doch nickte er. »Dein Pfeil, mein Pfeil. Wer ihn verschoss, spielt keine Rolle, oder? Solange nur der Gidrog starb dabei. Und er musste sterben, sonst wären sie schon bei der Mühle über mich und dich und deine Gefährten hergefallen.«

Mellow erwiderte zögerlich das Nicken. »Wahrscheinlich stimmt, was du sagst. Was ich indes nicht verstehe, ist: Wie kamst du nach Muldweiler? Und ich meine damit nicht den Rücken deines Ponys. Soweit ich von Finn erfuhr, sprach er mit dir, als wir in Vierstraß waren. Du wohnst doch dort, im Haus deiner Eltern, nicht wahr? Und Finn riet dir, dich der Vahitwehr in Mechellinde anzuschließen, wenn ich mich recht erinnere.«

»Ja. Von wegen den belastbaren Sägerschultern und der starken Arme von Holzarbeitern, die Bögen zu spannen verstehen und nicht schon nach dem ersten Dutzend Pfeilen ermüden.« Dharso lachte freundlos auf. »In meinem Fall hatte er sogar Recht damit. Mein Großvater Rodo lehrte mich, einen Bogen zu bauen, und er brachte mir auch das Schießen bei. Als Finn seine Warnung mir gegenüber ausgesprochen hatte, und er – zusammen mit Euch, Herr Dir – am Dienstagmorgen meine Schwelle verlassen hatte, da schwankte ich, ob ich nicht tatsächlich nach Mechellinde gehen sollte. Ich schämte mich, weil offenbar niemand in meinem Heimatdorf bereit war, den Feinden entgegenzutreten – falls es überhaupt Feinde gab, denn gesehen hatte ich keinen bisher. Jedenfalls machte ich mich reisebereit, sattelte mein Pony und traf schon bald nach der Wegkreuzung auf einen Trupp Wasserfelser, die unter einem Jungspund namens Ufan Fischreih unterwegs nach Räuschelfurt waren.«

Bhobho hinter ihm grinste.

»Wir kamen in Räuschelfurt an und trafen auf ratlose Dörfler, die einen toten Gidrog umringten, der beim Furtlerbroch lag. Andere hatten unten am Ufer einen toten Vogel gefunden.«

»Das war jener, den Finn erstach«, warf Mellow ein.

»Wirklich? Das wusste ich nicht. Wir suchten weiter und fanden noch mehr Tote im Wirtshaus. Da brach ohne Vorwarnung das Unheil über uns herein. Criargreiter stießen aus dem Himmel herab; sieben oder acht, so genau konnte ich es nicht sehen. Einer landete auf dem Dach des Brochs und schrie Befehle. Die anderen fuhren unter uns wie entfesselte Fuílferran. Vogelklauen rissen, und Reiterschwerter schnitten, und beides war tödlich. Ufans Schar schmolz schneller zusammen als eine Handvoll Schnee an einem heißen Sommertag. Es gab unsägliches Geschrei und noch Unsäglicheres, was meine Augen sahen. Überall war Blut, kostbares Vahitblut.« Dharso hielt einen Moment inne. »Es troff von Klauen, Schnäbeln und geschwungenen Klingen. Es war entsetzlich. Ich verschoss fünf oder sechs Pfeile, aber ich weiß nicht einmal, ob ich auch nur mit einem mehr traf als Heckengestrüpp oder Gras. Plötzlich sah ich mich abgedrängt, allein zwischen den Häusern. Einer fand mich und bleckte die Hauer. Da tötete ich zum ersten Mal, und ich wusste kaum, was ich tat.« Dharso fuhr sich mit der Hand über die Augen.

»Also konnte der Broch nicht gehalten werden«, mutmaßte Circendil leise. »Die Furt gehörte ihnen, und damit der Zugang zum Obergau.«

»Ja«, antwortete Dharso. »An ein Weiterreiten nach Mechellinde war nicht mehr zu denken.«

»Und wir? Wir sind mitschuldig an ihrem Tod!«, brach es aus Mellow hervor. »Niemals hätten wir Ufan und seine unbedarften ›Helden‹ fortschicken dürfen. Schon gar nicht dorthin, woher wir kamen.«

»Es war mein Rat«, sagte Circendil. »Wenn jemanden eine Schuld trifft, dann mich. Ich hoffte, sie würden mehr Zeit haben: um sich zu verschanzen oder um sich gegebenenfalls zurückzuziehen. Und ich unterschätzte offensichtlich ihre Wehrhaftigkeit und ihren Mut. Gleichzeitig überschätzte ich ihre Vernunft, fürchte ich. Nach den Maßstäben meines Landes waren sie erwachsen, allesamt Leute über zwanzig, und das ließ mich glauben, sie wären alldem gewachsen. Nach euren Maßstäben hingegen waren sie noch Kinder.«

»Weder noch«, erwiderte Mellow. »Die meisten befanden sich in der Tubertel. Aber das bedeutet wohl das, was du meinst: Leichtsinn, Ungeduld und zu wenig Weitblick, gepaart mit zu viel Ungestüm.«

»Und sie ließen sich führen von einem, dem schon die erste Nachtwache seines Lebens zu lang wurde. Wehe ihnen allen, Mellow. Und wehe uns, die wir solche Fehler begingen, ohne es zu bemerken. Aman war nicht bei uns an diesem Dienstagmorgen.«

»War er es überhaupt seitdem?«, fragte Mellow dumpf zurück.

»Sprich bitte weiter«, sagte der Davenamönch.

»Noch einige Zeit lang«, sagte Dharso, »ertönten die Schreie. Dann kehrte Stille ein. Ich weiß es nicht mit Bestimmtheit, aber ich glaube, sie haben Ufans Leute bis auf den Letzten aufgerieben.

Ich mied die Straße und stahl mich tief hinein in die Kretelheide. Dort traf ich auf entflohene Räuschelfurter, die schon am Vortag geflohen waren und sich nun anschickten heimzukehren. Ich beschwor sie, davon abzulassen. Dann irrte ich den Tag und die Nacht durch die Heide. Ich war aufgebracht, ängstlich, wütend und wähnte mich auf der Flucht. Dabei weiß ich nicht einmal, ob sie mich verfolgten. Ein paar Stunden schlief ich in einem Gebüsch; erst am frühen Morgen wagte ich mich nach Vierstraß zurück.«

»Das war der Mittwochmorgen.« Fionwen wechselte einen vielsagenden Blick mit Mellow.

»Ja«, fuhr Dharso fort. »Ich kam zu spät, um zu erleben, wie Vierstraß erobert wurde. Als ich nichtsahnend die Mittelstraße herabkam, ritt ich förmlich in ihre Arme. Ein Gidrog, der größte unter ihnen, ein Kerl namens Asmág, hielt eine Versammlung aller Dorfbewohner ab, im Hof der *Taumelnden Mühle*. Er nannte es ein Gericht. Ihr wisst es sicher – es kamen die Fahnen, die Bestimmungen und der Gewährsmann und alles Übrige zur Sprache. Die Vierstraßer schlugen Timan Kowal vor für dieses Amt, doch der lehnte ab. Da zeigte uns Asmág, was er davon hielt. Er ließ eine Vahitfrau vorführen, brach ihr mit eigenen Händen vor aller Augen den Hals und verfütterte sie an Ort und Stelle an die in der Nähe wartenden Criargs.«

Plötzlich sah er sie mit tränennassen Augen an. »Diese Frau war meine Mutter, versteht ihr? Amarita Zeisig, die Tochter meines Großvaters Rodo – sie ließen sie von gierigen Schnäbeln zerfetzen und verschlingen, nur weil sich Timan Kowal geweigert hatte, ihr Gewährsmann zu sein!«

Allein Glimfáin grollte etwas in seinen Bart. Alle anderen schwiegen, betroffen und sprachlos angesichts der entsetzlichen Vorstellung. Nur Mellow regte sich; er dachte voller Grauen an den Acaeras Alamdil zurück, an Anselma Borker und ihr gleichartiges Schicksal.

»Ich schrie, ich tobte«, sagte Dharso. »Das schien Asmág Spaß zu machen. Timan trat vor ihn hin und sagte, er willige ein, Gewährsmann zu sein. Asmág aber schob ihn beiseite. Er bellte einige Befehle; ich sollte ergriffen werden. Aber noch stand mein Pony gesattelt auf der Straße. Ich war schneller, kleiner und wendiger. Ich entkam ihnen und ritt abermals in die Kretelheide, wo ich mich auskenne, sie aber nicht. Den Tag über verbarg ich mich in den Falten des Kretelbergs. In der vorgerückten Nacht, als das Gewitter vorbei war, schlich ich mich zu unserem Haus hinab, um mir etwas zu essen zu besorgen. Es war noch früh am Morgen, gerade dämmerte es, da sah ich, wie Asmág allein das Dorf verließ. Er ging die Mittelstraße hinunter. Ich aber umrannte die Häuser und folgte ihm heimlich. Er war mir etwas schuldig, und die Gelegenheit dazu war günstig und würde vielleicht nie wiederkehren.

Asmág folgte der Straße bis zum Grenzstein und wartete dort; auf was oder wen, sollte ich gleich erfahren, denn ich brauchte meinerseits nicht lange zu warten. Ich lag ein Stück abseits in einem Heuberg verborgen, und da sah ich ihn auf dem Feld landen – einen Criarg. Doch sein Reiter war kein Gidrog, sondern ein Mensch. Kein Mensch wie Ihr, Herr Circendil, sondern anders. Noch … fremder, wenn Ihr versteht.«

»Spitzer Lederhut, umwundene Stiefel, gezopfter Bart, lange rötliche Weste?«, fragte Mellow.

»Ja. Woher …? Doch gleich. Die beiden sprachen miteinander, und zu meiner Verblüffung benutzten sie unsere Sprache. Beide schienen jeweils die eigentliche Sprache des anderen nicht zu beherrschen. Ich lag nahe genug in meiner Deckung und verstand jedes Wort, wenigstens dem Wortlaut nach. Die Bedeutung dessen, was ich hörte, entzog sich mir allerdings.«

Circendil hob fragend die Brauen. »Wovon redeten sie?«

»Sie wechselten keinen Gruß. Aber sie bestätigten einander, dass dies der Ort sei.

›Hier wird es sein‹, sagte der Mensch, dessen Haut so gelblich war wie sandiger Lehm.

›An diesem Ding hier?‹ Der Gidrog stieß ein Grunzen aus und rüttelte an dem Grenzstein. Doch der stand fest wie seit jeher.

›Genau hier‹, bekräftigte der Mensch. ›Und das Ding da reißt ihr fort. Der Platz muss völlig eben sein für den Gorcunun.‹

›Wann?‹, kam es von Asmág.

›Dieser Tag und ein weiterer, daraufhin wird es erfolgen, in der Nacht‹, antwortete der Mensch. ›Der Herr befiehlt es. Und so geschieht es. Sie werden zu viert sein.‹

›Wie immer‹, knurrte Asmág daraufhin.

Und dann hob der Mensch etwas in die Höhe, das eine Astgabel hätte sein können, doch dies Ding bestand aus reinem Arut. Alt und grün angelaufen war das Metall, wie junges Moos. Er ging damit mehrfach um den Grenzstein herum. Die Gabel bebte, je näher er damit der Stele kam.«

»Aus Kupfer?«, fragte der Mönch. »Eigenartig. Du hattest im Übrigen großes Glück, dass sie dich nicht bemerkten.«

»Glück?«, entfuhr es Dharso. »Ich weiß nicht, ob es Glück war oder die Arutgabel, die mich verriet. Jedenfalls kreiselte der Mensch herum und deutete auf den Heuberg, unter dem ich lag. Ich fuhr in meinem Schrecken auf. Asmág lachte und sprang auf mich zu. Mit bloßen Händen griff er nach mir. Ich warf ihm eine Handvoll Heustaub ins Gesicht und entwischte ihm zum zweiten Mal. Ich rannte, den Hang hinauf, was ein weiterer Fehler war. Jetzt setzte der Mensch mir nach, und er schwang ein langes, gekrümmtes Schwert.

Mir blieb nichts anderes übrig. Ich spannte im Laufen den Bogen, warf mich herum und schoss. Der Pfeil traf ihn in den Hals; er war fast sofort tot. Unweit des Grenzsteins brach er zusammen.

Asmág brüllte jetzt, ob vor Zorn oder weil er Hilfe von den Seinen herbeirief, ich weiß es nicht. Als er sah, dass ich halten blieb und nicht vor ihm floh, brach er in etwas aus, was wohl ein Lachen sein sollte. Da stand ich, in seinen Augen winzig, einen ebenso winzigen Bogen in der Hand, mit einem noch winzigeren Pfeil auf der Sehne. Ich zitterte vor Wut über das, was er meiner Mutter angetan hatte, aber auch vor Furcht, der ich mich nicht schäme. Endlich schoss ich.

Ich traf auch ihn, allerdings hatte ich, wenn auch länger, so doch schlechter gezielt als zuvor. Der Pfeil verfehlte seinen Hals und blieb in seiner Schulter stecken. Wieder brüllte er, aber dieses Mal vor Schmerz. Er taumelte, sah den Criarg des Menschen in seiner Nähe, wankte darauf zu und zog sich in den Sattel.

Dann floh er, auf schweren Schwingen, aber heftig blutend, denn er war so töricht, den Pfeil herauszureißen, ehe er in die Zügel griff. Während er den Himmel zu erklimmen suchte und nicht auf mich achtete, rannte ich wie ein Feldhase und verbarg mich in einem der Heuhaufen des Nachbarackers. Ein paar Mal kreiste er, vergeblich Ausschau haltend, dann brach er seine Suche ab. Er flog gen Vierstraß.

Ich aber machte, dass ich fortkam. Stunden danach, es war schon weit nach Mittag, schlich ich mich zum Versteck meines Ponys zurück. Nun floh auch ich, eilte fort, in Richtung des einzigen Ortes, an dem ich neue Pfeile bekommen konnte und vielleicht ein wenig Hoffnung: zur Sägemühle meiner Familie, zurück nach Muldweiler.

Und so kam ich in der Abenddämmerung dort an. Die beiden alten Fokklins schliefen, und ich füllte in der Werkstatt meinen Köcher, so schnell es mir von der Hand ging. Ich hatte keine Pläne für später – ich wusste nur, dass sie mich suchen würden. Ich wollte nichts weiter, als so schnell und so weit wie möglich fortzureiten. Entweder über die Räuschel, falls ich Vahits fände, die mit mir den Prahm steuerten, oder allein hinauf in die Berge.« Dharso zuckte mit den Schultern. »Ihr wisst, wie es gekommen ist. Und hier habt ihr mich.«

»Und wir haben ein neues Rätsel«, sagte Circendil. »Wieder fiel dieses Wort – *Gorcunun*. Weiß jemand von euch, was es bedeuten könnte?« Alle verneinten. »Taram erwähnte es zuerst, erinnert ihr euch?«

»Auch Awol Kowal sprach es aus«, sagte Taram. Auf Circendils fragenden Blick erklärte er: »Wir begegneten ihm unterwegs. Er sagte, es sei der Name für ein Bauwerk. Und zwar eines, mit dem sie die Kriegsblume zu ehren gedachten oder so. Er fand es lächerlich, und ich kann es ihm nicht verdenken.«

»Ah, das Fe'e Hu«, sagte Circendil bedächtig. »Es ist ein Zeichen, das wissen wir. Ein Kriegszeichen. Das Zeichen von Lukathers Macht, das über allen Häusern prangen soll. Aber es muss mehr sein als das. Es *bezeichnet* auch etwas. Etwa diesen Gorcunun?«

»Vielleicht. Oder vielleicht das, wofür ein Gorcunun steht«, sagte Mellow.

Keiner von ihnen ahnte, wie nahe er der Wahrheit damit kam.

»Ich hörte dieses Wort ebenfalls«, sagte Circendil nach einer Weile. »Vor Kurzem. Heute, nein gestern Abend erst. In Muldweiler. Ich hörte es, aber ich maß ihm keine Bedeutung bei, obwohl ich mich erinnerte, dass Taram es auch schon einmal erwähnte. Als ich euch verließ, kam ich gut voran. Während ihr dem Pass entgegenrittet, fand ich eine schmale Schlucht, einen Einschnitt im Laib des Mehlbergs. Ich folgte ihr und kam schneller hinauf, als ich angenommen hatte. Von Weitem sah ich die Klimt in ihrem Tal. Ich aber lief nach Westen. Die fünf Geländewellen und ihre Täler hielten mich auf, aber dann hatte ich leichteres Spiel und lief durch schattige Wälder und über flache Hügel. Zwei Stunden vor Sonnenuntergang sah ich Vierblick vor mir. Ich überschritt die Klimt auf der kleinen Brücke; das Dorf selbst umging ich. Die Straße führte mich nach Muldweiler, und ich erreichte das Brada bei Sonnenuntergang. Ich sah Vahits auf den Wegen, aber auch die zu erwartenden Gidrogs und ihren Vogelschwarm, zusammengehockt im Westen des Dorfes. Ich gelangte ungesehen die Mulde hinab und schlich mich zur Mühlenrückseite. Dor…«

»Ich weiß schon, du hieltest Rast und verspeistest ein Stückchen eines Apfels«, kam es von Mellow.

»So kann man es nennen. Immerhin hast du das bemerkt und warst klug genug, meine Botschaft zu verstehen. Meine Rast wurde allerdings unterbrochen, kaum dass ich sie begonnen hatte.«

»Ein Cirarg landete …«

»… und es war zu meiner großen Überraschung Saisárasar selbst. Er landete und schritt geradewegs zur Mühle. Glücklicherweise nicht zu deren Rückseite. Er verlangte den Gewährsmann zu sprechen, und dieser eilte mit dem gidrogschen Statthalter aus dem Haus.«

»Hast du ihre Namen gehört?«, fragte Dharso.

»Namáz und Rodo.«

»Dann ist mein Großvater …? Oh, nicht auch noch er! Bei allen gütigen Waldgeistern!«

»Beide kamen heraus. Die drei sprachen Caeredwaine miteinander, vermutlich, damit dein Großvater sie verstehen konnte. Mir war es nur zu recht, denn so bekam ich jedes Wort mit. Ich schlich hinzu und versteckte mich hinter einem Holzstapel. Zuerst beschrieb Saisárasar dich und mich, Mellow. Er rief seine Gefolgschaft zu erhöhter Wachsamkeit auf und erneuerte den Befehl, uns zu fangen und ihm vorzuführen. Lebend, nach Möglichkeit, aber zur Not auch tot. Dann verlangte er von Namáz einen Krieger, der ihn begleiten sollte. Und bei diesem Wortwechsel hörte ich das besagte Wort erneut. Denn als dieser Gidrog mit seinem Reittier dazustieß, befahl er ihm:

Du fliegst unverzüglich nach Osten zum stillen See! Berichte Ensamot, alles ist bereit!

Den Gidrog schienen die Hintergründe nicht zu interessieren, vielleicht war er auch einfach nur zu einfältig, nachzufragen, was Saisárasar damit meinte.

›Die vier mögen kommen!‹, erhielt er aufgetragen. ›Alles für die Errichtung des Gorcununs ist vorbereitet. In zwei Nächten von jetzt an erwarte ich Amuul!‹ Ich erschrak zutiefst, denn dieser Name war gewiss der letzte, den ich zu hören hoffte.«

»Amuul!«, unterbrach Mellow aufkeuchend den Bericht des

Mönchs. »Er wird hierherkommen, um einen Gorcunun zu errichten?«

»So habe ich es verstanden. Dein Großvater wurde angewiesen, Holz für einen Palisadenzaun zuzuspitzen und die Pfähle sodann zum Grenzstein nach Vierstraß zu befördern. Sie verlangen viele Pfähle, und ihm bleibt nur wenig Zeit. Als Gewährsmann habe er dies zu gewährleisten, betonte Saisárasar. Dann gab er ein Zeichen. Er und der Bote bestiegen ihre Vögel und flogen davon. Einen Moment lang bereute ich, ihn nicht dort gleich bei der Mühle gestellt zu haben. Aber sie waren zu dritt, die anderen standen in der Nähe, und ich war vom weiten, schnellen Lauf erschöpft. Obendrein schmerzte mein Bein wieder, das mir seit der Schlacht am Mürmelkopf Schwierigkeiten bereitet. Wie auch immer, ich ließ ihn ziehen. *Wir sehen uns wieder, Simorgh*, dachte ich. Dessen war und bin ich mir immer noch sicher.

Mir wurde bewusst, wie uns die Zeit davonzurennen begann. Wenn wir das Hüggelland verlassen wollten, dann mussten wir es baldigst tun, ehe einer nahte, der dies mit seiner Schwarzen Gilwe mit Leichtigkeit vereiteln konnte. Und ich befürchte, Amuul wird nicht der einzige Dunbluódur sein. *Die vier mögen kommen!*, hieß es. Also biss ich in meinen Apfel, legte ihn für dich auf das Fass und machte eiligst, dass ich fortkam.

Um Zeit zu gewinnen, musste ich Glimfáin aufsuchen, sofort und in dieser Nacht noch.

Ich lief den Pfad am Kanal entlang, und plötzlich frohlockte ich. Mellow wird den alten Kahn sehen, dachte ich bei mir, er wird ihn sehen und zu nutzen verstehen. In meiner Freude war ich zu unachtsam. Man hörte meine Schritte, glaube ich.

Jemand, vermutlich Namáz, rief etwas in der Gidrogsprache. Zwei kamen mir nach. Ich hätte sie überwältigen können, doch hätte ich damit die anderen auf mich gezogen. Einen Moment lang überlegte ich, ob das nicht sogar gut für euch sei. Doch dabei konnte jederzeit etwas schiefgehen. Es reichte ja, dass nur einer entkam und schon würden binnen Kurzem Weitere erscheinen und jeden Stein und Strauch absuchen. Besser war es, sie glaubten, sich geirrt zu haben. Schläfrige Ruhe seitens der Wachen würde euch dienlicher sein, als wenn einer oder zwei weniger da wären, die restlichen aber aufs Höchste alarmiert. So ließ ich auch diese beiden ungeschoren an mir vorbei. Sie gingen bis zum Kanalende vor und entzündeten dort ein Wachtfeuer, das seinen Schein auf Wasser und Ufer warf und so auch diesen Weg versperrte. *Aber Mellow hat Augen im Kopf*, beruhigte ich mich, *er wird das Feuer rechtzeitig bemerken und einen Weg finden, es zu umgehen oder die Gidrogs zu täuschen*. Ich wusste, dass du Bogen und Pfeile mit dir führst. Und am Ringwall hattest du gut aufgepasst, so dass es dir nicht schwerfallen sollte, die Wachen auf die gleiche Weise wie dort fortzulocken. So dachte und hoffte ich zugleich.

Ich selbst umging Wald und Wachtposten und schwamm nahe der Einmündung des kleinen Flüsschens über die Räuschel. Ein kalter Fluss, der selbst mir einiges abverlangte. Aber ich gelangte glücklich hinüber.

Der Mond trat hervor und leistete mir gute Dienste. Ich ging ihm entgegen, nass und frierend, aber heilfroh, dass Aman euch einen Kahn in den Weg gelegt hat. Bald sah ich Lichter zu meiner Linken schimmern – Moorreet, nehme ich an. Ich lief durch halbentwässerte Torfwiesen, kletterte über Zäune und traf hernach auf die Straße. Ab da kannte ich mich wieder einigermaßen aus. Ich fand den Wald und die Hammerschmiede und berichtete dort, was geschehen war.«

»Und ich«, dröhnte Glimfáin, »war indes auch nicht müßig gewesen. Wir alle nicht, sollte ich besser sagen. Abhro war eine große Hilfe, seine Gesellen nicht minder, und Fräulein Tallia hier umsorgte mich gütiger als meine eigene Mutter. Um es kurz zu machen: Die *Galim* steht bereit. Trotz der Kürze der Zeit. Huarrhm! Sie ist noch immer ein Wrack, aber eines, das eine Weile wird schweben können, darauf gebe ich euch mein Wort. Ihr Kochendherz schlägt wieder, und das war meine größte Sorge.«

Circendil räusperte sich und sagte:

»Meine Sorge lag näher und war drängender. Während ich mich am Schmiedefeuer wärmte, beratschlagten wir, wie wir euch zu Hilfe eilen könnten. Abhro gab uns den Hinweis auf die alte Sandbank, die frühere Sámdafurt. ›Wenn sie mit einem Kahn unterwegs sind, dann kommen sie dort vorbei, meinte er. Und dort müssen sie anlanden, wenn sie zu uns wollen.‹ Unverzüglich brachen wir auf. Um Glimfáins Beine zu schonen, nahmen wir Abhros Fuhrwagen. Und auch ich war dankbar, nicht mehr laufen zu müssen.«

»So kamen wir«, schloss Glimfáin, »zu genau der rechten Zeit an den einzig rechten Ort. Bei allen drei Bärten Rumóins! Wir haben Glück gehabt, unfassbares Glück! Und am meisten von uns dieser Spuck-in-den-Wind von einem Vahitkind. Ha!«

Er lachte dröhnend auf, und die anderen stimmten mit ein. Sogar Finnig griente im Schlaf. Fionwen bemerkte es und machte Mellow mit einem Nicken darauf aufmerksam. Matt und am Ende ihrer Kräfte sahen sie sich über den Astkorb hinweg an. Zerschlissen und verfroren, wie sie waren, lächelten sie einander für den Moment doch zu. Etwas wie neuer Lebensmut lag darin, eine Ahnung von keimender Hoffnung auf einen vielleicht neuen, besseren Tag. Ihr Zwist ward vergessen, versunken in einem Fluss, der selbst für atemlose Augenblicke vergessen hatte, Fluss zu sein.

Fionwen beugte sich vor, ergriff Mellows Hand und drückte sie dankbar; und als sie ihn losließ, begriff sie erstaunt, dass er in einen unruhigen Schlaf gefallen war. Sein Kopf ruckte vor und zurück, pendelte seitwärts und im Kreise im Takt des schwankenden Wagens. Aber Mellow erwachte nicht. Nicht, als sie die Straße querten, und nicht, als sie das dichter werdende Ried schon unter den Rädern knirschen hörten. Er schlief im Sitzen, bis sie die verkohlten Marschwiesen erreicht hatten. Er schrak erst auf, als der Fuhrwagen mit einem Ruck zum Stehen kam.

10. KAPITEL

Mellows Entscheidung

Der Anblick war verwirrend, geradezu verstörend und anders als alles, was Vahitaugen jemals gesehen hatten.

Sechs Feuer brannten, in einem langgestreckten Kreis angeordnet. Über den Flammen dräuten Gestelle. Sie waren wie kleine, gleichseitige Dächer geformt, die auf langen Stecken ruhten, ohne dass sich Wände darunter befanden. Dampf stieg von nassen Schindeln auf, mit denen die spitz zulaufenden Dächer gedeckt waren. Am Gipfelpunkt eines jeden Dachs waren lange Schläuche befestigt, die so dick wie das Bein eines Menschen waren. Und als wären sie selber Beine, allerdings wie von Spinnen, liefen die Schläuche auf etwas in ihrer Mitte zu, das sich im Innern des Kreises befand und im ersten Augenblick wie der ungeheure Leib einer Spinne wirkte. Dort bündelten sie sich und endeten unterhalb einer Öffnung, die aufgerissen wie ein gefräßiger Schlund über den Enden der Schläuche verharrte. Dieser Leib aber schwebte! Zehn oder fünfzehn Klafter in der Höhe verhielt er, leicht in sich wogend, als wohne ihm eigenes Leben inne.

Dieser Anblick war fremder als alles, was sich Mellow auch nur im Entferntesten vorzustellen vermochte. Er bemerkte, dass ihm der Mund offen stand, und klappte ihn verlegen wieder zu.

Die untere Rundung des sich über dem Ried wölbenden Leibes wurde von den Feuern beleuchtet, wie der auf der Unterseite helle Bauch eines Fisches. Das Flackern der Flammen zuckte daran entlang und erweckte den Eindruck, als wiege sich das Ungetüm in nur mühsam gezügelter Ungeduld. Der obere Buckel des gewaltigen Etwas aber verschmolz mit dem Nachtdunkel des Himmels. Und nun, da er hinaufstarrte, erblickte Mellow tatsächlich etwas, das ihn an Fischflossen erinnerte. An jenem Ende, das er unwillkürlich als die Schwanzseite des »Fisches« empfand, ragten drei flossenähnliche Gebilde aus dem Leib heraus, und Mellow erkannte Rippen in dem dünnen Stoff. Sie wirkten wie die Latten in einem Segel der Fischerboote, mit denen die Vahits den Lammspringer See befuhren.

Lange Seile hingen von dem leicht schwankenden Leib herab, umschlangen ihn und fielen zu beiden Seiten wie einzelne Haare bis zum Boden. Nein, doch nicht ganz – sie endeten an dem Ding, das Mellow zu seiner Erleichterung wiedererkannte. Es war der Rumpf der Windbarke, mit der Glimfáin ins Hüggelland gekommen war. Ein richtiges Segel, ebenfalls mit Latten verstärkt, schlug träge im Wind, über und zugleich hinter der wie abgeschnitten wirkenden Kante am Heck des dunklen Bootskörpers.

Mellow blinzelte, halb geblendet von den Flammen.

Er sah nun, dass die Barke, die wirklich wie ein Boot geformt war, mit schrägem Heck und einem spitz zulaufenden Bug, durch die Leinen mit dem aufgeblasenen Leib darüber fest verbunden war oder richtiger, an ihm hing. Andere Seile liefen vom Rumpf der Barke zu Angeln, die im Boden steckten, als sei die Windbarke selbst ein Tausendfüßler, mit dünnen, nicht mehr zählbaren Gliedmaßen, die das Ried darunter vorsichtig betasteten.

Jetzt erst bemerkte Mellow, wo sie sich hier befanden: Dies war der Absturzort der Windbarke in den Marschwiesen. Ein eigenartiger Aschendunst stieg vom Boden auf, der nicht von den Feuern herrührte – Mellow erkannte den unangenehmen Geruch wieder, den die Feuer von Ulúrcrum dem Ried in weitem Umkreis aufgedrückt hatten.

Mellow sah jetzt auch außerhalb des Feuerkreises aufgestellte Tische, mit Werkzeugen beladen und von allen möglichen anderen Dingen übersät. Abhro Rabner stand dort und starrte hinauf zu der Schwebeblase. Er winkte seinen Gesellen, Giran und Franan, die von Feuer zu Feuer eilten und mit Stangen die Stärke der

Flammen regelten. Sahaso Rohrsang stand ebenfalls dort, neben seinem Pony; er grinste unter dem breitkrempigen Hut. Und auf seiner anderen Seite wartete ein hochgewachsener, älterer Vahit in einer roten Weste, die unter seinem langen Mantel hervorblitzte. Die goldenen Knöpfe daran blinkten im Feuerschein.

Auch die anderen Vahits staunten das seltsame Gefährt an, selbst Tallia und Kampo, die das Gebilde immerhin schon seit Tagen hinlänglich kannten. Doch es war das erste Mal, dass sie die Schwebeblase in voller Größe erblickten, und ihnen erging es wie allen anderen – ihnen stockte vor Verblüffung der Atem.

»Ist sie nicht herrlich?« Glimfáin blickte schmunzelnd in die Runde. Mit Circendils Hilfe rutschte er vom Wagen. Er zeigte mit der Krücke auf seine Windbarke. »Dabei ist die *Galim* nicht einmal besonders groß. Ihr solltet erst einmal die Kriegsbarken meines Volkes sehen!« Er warf einen prüfenden Blick hinauf, dann nickte er zufrieden. »Alles, was recht ist! Gute Arbeit, Abhro. Bei Nemgláins Hammer! Ich hätte es selbst nicht besser machen können.«

»Ach was«, winkte Abhro ab. »Zugegeben, das war alles ein bisschen verzwickte Hantiererei mit der korrekten Hitze der Essen, das ja. Aber nicht mehr, nicht weniger. Besser als Steinekochen war's allemal, würd' ich sagen. Die Blase ist jetzt rundum dicht, alle Lecks sind vernäht und verklebt. Den Rest übernimmt die *Galim* selbst, wenn das stimmt, was du von deinem Kochendherz behauptest.«

»Dann nehmt die Essen fort, und lasst die Schläuche herab.«

»Ihr habt's gehört – Franan, Giran. Und verbrennt euch nicht die Finger dabei.«

Die beiden Schmiedegesellen wandten sich von den Feuerstellen ab. Sie begannen, an durchhängenden Halteseilen zu ziehen. Langsam senkten sich die »Spinnenbeine« herab. Giran fing ihre an einen Holzring gebundenen Enden auf. Anschließend liefen er und Franan auseinander und legten die Schläuche der Länge nach im Ried aus.

Glimfáins Blicke flogen derweil vor und zurück, hinauf und wieder herab. »Habt ihr die Wantseile überprüft? Die Steuerketten?«

»Dreimal. Sie halten, mein Wort drauf. Alle Knoten sind so geschlungen, wie du es uns zeigtest. Und die Ketten sind gefettet, ehe du fragst. Alles Gestänge läuft rund. Die *Galim* ist startbereit, nach dem, was ich darüber sagen kann.«

»Das wollte ich hören, mein gelehriger Vahitfreund. Meine Ausrüstung?«

»Befindet sich alles bis auf die letzte Kiste an Bord.«

»Die Vorräte?«

»So viel sich in unseren Kammern fand. Dazu drei kleine Fässer mit Wasser. Abgesehen von dem, was im Kessel schwappt. Ja, und auch unser letztes Krümelchen Holzkohle hast du erhalten, so wie du verlangtest. Die Schmiede wird auf Tage hin ruhen müssen.«

»Gut, sehr gut.« Glimfáin humpelte einmal um die Windbarke herum, zurrte ächzend an diesem, zog knurrend an jenem, ehe er nach einer Umrundung bei der Mitte der Längsseite stehen blieb. Er schob einen Riegel zurück, und herunter klappte eine mehrstufige Steigtreppe.

Der Gidwargum trat beiseite, verbeugte sich vor den Vahits und rief mit unüberhörbarem Stolz in der Stimme: »Windschmied Glimfáin bittet alle, die sich ihm anvertrauen wollen, an Bord der *Galim* zu gehen. Ganz zu Euren Diensten!«

*

Bholobhorg legte Mellow eine schwere Hand auf die Schulter, als sie alle vom Wagen und von den Ponys geklettert waren. Etwas hilflos und scheu standen die Vahits nebeneinander vor der Treppe der *Galim*. »Das ist also das ›Eisen im Feuer‹, von dem du sprachest, ja? Jetzt verstehe ich, weshalb du dich immerzu herumdrücktest und nicht mit der Sprache rauskamst. Du meine Güte!

Ich hätt' dir kein Wort von dem da geglaubt. Nicht ein einziges, ich schwör's dir.«

»Ich auch nicht«, kam es von Taram. »Und dieses Ding kann fliegen?«

»Es fährt«, antwortete Glimfáin an Mellows Stelle. »Windbarken fliegen nicht. Sie fahren.«

»Aha«, machte Tallias Bruder. Mehr sagte er nicht. Aber er umschloss die Schultern seiner Schwester fest mit dem Arm.

Dharso Zeisig trat als Einziger näher an die Wandung der *Galim* heran und musterte aufmerksam das leise schlagende Segel. Erst jetzt sah Mellow davor eine Vorrichtung, die er nicht verstand: ein zweiflügeliges, doppelt verdrehtes Blatt aus dünnerem Holz. Nein, eigentlich waren es eher zwei missratene Paddelblätter, deren Stiele abhandengekommen waren und die nun mit ihren verwaisten Stielseiten aneinanderhingen – ineinander verzapft oder geklinkt oder wie immer die richtige Bezeichnung dafür lauten mochte. »Damit bewegt Ihr sie fort, nicht wahr?«, fragte Dharso und deutete genau auf die Blätter, deren Sinn sich Mellow nicht erschließen wollte.

Jetzt war es an Glimfáin, verwundert dreinzublicken. Dann erstrahlte er unter seinem Bart und nickte beifällig. »Bei Nemgláins Torheit«, murmelte er. »Ein Vahit mit einem Auge für das Wesentliche. Ist das zu fassen? Dieses Völkchen erstaunt mich immer wieder. Wir Gidwargim waren mit Blindheit geschlagen in all den vergangenen Jahren. Uns euch und dem Lande nicht zu zeigen, war ein Fehler, und er war nicht der einzige und nicht der geringste, den wir begingen.«

»Dann ist also die Stunde des Abschieds gekommen«, sagte Mellow in das ersterbende Knistern der Feuer hinein. Er seufzte schwer. Plötzlich fühlte er Vankus Hals hinter sich, wie er sich an ihn drückte: eine vertraute, beruhigende Wärme ging von dem braven Tier aus. Er rieb dem Rappenpony die Nüstern und bekam ein inniges, dankbares Schnauben dafür. Etwas an Vankus glänzenden Augen gemahnte Mellow daran, dass diese bevorstehende

Trennung ein Abschied für lange Zeit war, ein besonderer Moment in ihrer aller Leben. Er zog seinen Hut aus der Satteltasche und stülpte ihn sich über die Lederkappe. Er straffte die Schultern, legte die Hand auf den Griff seines Wacala und hob beinahe verwegen das Kinn. Das blaue Band wehte im Wind. Mellow Rohrsang, der Helvogt, war wieder da. Und er wird bleiben, dachte er. Unter dem Hut steckt immer noch ein Landhüter. Sosehr ich euch alle auch vermissen werde.

»Wer wird mit dir gehen? Verzeiht – mit euch?« Er blickte fragend von Circendil zu Glimfáin.

»Wir bleiben hier«, sagte der hinzutretende Hammerschmied mit aller ihm zur Verfügung stehenden Bestimmtheit. »Das Hüggelland braucht uns«, erklärte Abhro, als er Glimfáins hochgezogene Brauen bemerkte. »Sosehr ich dein Angebot, uns mitzunehmen, auch zu schätzen weiß – von Schmied zu Schmied und so weiter. Aber unser Platz ist nun mal hier.«

»Dann soll es so sein«, brummte der Gidwargum.

»Ganz wie der meinige«, setzte Taram nach. »Ich denke nicht daran, zu fliehen. Irgendwer muss den Gidrogs Widerstand leisten. Noch weiß ich nicht wie, aber jemand muss damit anfangen.«

»Dann sei willkommen in unseren zugegeben noch sehr dünnen Reihen«, sagte Sahaso, der mit dem schweigsamen älteren Vahit langsam näher trat. Mellow erkannte ihn erst jetzt – es war Uranam Weidenmeis, der Sverunmáhir des Hüggellandes. Der freundliche alte Vahit war einer der Sieben Schöffen, der Herold der Hel. Er war der Stellvertreter des Bürgermeisters und Verweser der Hüggellandpost.

»Ja«, sagte Herr Uranam. »Sei willkommen. Noch gibt es keine Vahitwehr, und es wird auf absehbare Zeit auch keine geben, fürchte ich. Trotz der Bemühungen unserer beiden nimmermüden Vogte hier.« Er streifte Sahaso und Kampo mit einem dankbaren Blick. »Aber es wird eine geheime Gruppe entstehen, die Widerstand leistet. Jeder, der helfen will, ist uns willkommen.«

»Dann folge ich diesem Ruf gern«, antwortete Taram. »Das heißt, falls ihr zwei Bedingungen anzunehmen bereit seid. Ihr müsst wissen: Ich bin in Dreihorsten aus dem Landhüterdienst ausgeschieden – ohne Erlaubnis und im Streit mit Gasakan Amsler. Hierfür bitte ich dich als Vertreter der Hel um nachträgliche Genehmigung.«

»Geschenkt«, winkte der Sverunmáhir ab. »Ich entbinde dich hiermit vor Zeugen *aus* deiner Pflicht als Landhüter. Und nehme dich *in* die Pflicht als Verteidiger der Freiheit. Und zweitens?«

»Zweitens muss ich meine Schwester Tallia zuvor nach Vahindema bringen. Heim zu unserer Familie. Ihr Verlobter erwartet sie dort.«

»Taram, ich …« Tallia löste sich aus seinem Arm.

»Was denn?«

»Ich bin nicht länger Brangos Verlobte. Ich habe ihm einen Brief geschrieben und hoffe, er hat ihn noch erhalten, bevor die Gidrogs … Du weißt schon. Ich liebe Finn, Finn Fokklin, den Sohn des Tintners von Moorreet.«

»Aber Finn ist tot!«

Tallias schwere Locken flogen, als sie den Kopf schüttelte. »Ist er das? Ich kann es nicht in meinem Herzen fühlen, Taram. Sahst du seinen Leichnam? Hat irgendwer den gesehen? Er könnte noch leben. Für mich ist Finn ein Vermisster, kein Gefallener. Und solange ich keinen Beweis für seinen Tod habe, werde ich auf ihn warten. Und ich werde hoffen und ihn lieben, sosehr ich das aus der Ferne nur vermag.«

»Warten? Wo denn? Etwa hier?«

»Wenn es sein muss.«

»Es muss nicht sein«, sagte Glimfáin. »Mit Finn fiel auch der Dolch – sein *Schwert* – Maúrgin in den Abgrund. Sobald wir aufgebrochen sind, wird unser erster Halt dem Fuß der Felsenmauer gelten, und ich werde nach der Klinge suchen. Und nach dem, der sie trug.«

»Dann gehe ich mit euch!«, rief Tallia.

»Das dulde ich nicht!«, belferte Taram.

»Was willst du dagegen tun?«

»Ich werde … Du wirst …« Er brach ab und wandte sich hilfesuchend an den Sverunmáhir. »So sag doch auch was, verständiger Herr!«, rief er.

»Ich sage«, meinte Uranam bedächtig, »wenn das Herz spricht, wie im Falle der jungen Dame hier, so ist es meist klüger als der Verstand. Und obendrein stärker als jeglicher Wille. Lass sie gehen, Herr Taram. Sie ist bei Mensch und Dwarg in den besten Händen.«

»Dwarg!«, grollte es unter Glimfáins Bart hervor. »Mir hört hier einfach keiner zu.« Es klang finsterer, als es gemeint war, denn unter seinem dichten Wust von Bart verzog sich etwas zu einem breiten Lächeln.

Circendil trat zu ihnen hin. Er warf sich seinen Mantel wieder über die Schultern, nachdem sie Finnig in seinem Korb in eine echte Decke gewickelt hatten. Fionwen bewachte seinen Schlaf. Der Mönch sah Taram ernst aus seinen grünen Augen an, als er sagte: »Tallia ist als Frau nirgendwo im Hüggelland sicher. Nicht in Vahindema und auch nicht hier. Aus irgendeinem Grund bevorzugen hungrige Criargschnäbel weibliche Vahits. Wenn Ihr sie sicher wissen wollt, Taram, dann lasst sie mit uns gehen. Und sie wird nicht allein unter lauter Männern reisen, falls Euch das bekümmert. Frau Fionwen wird uns ebenfalls begleiten.«

»Na schön«, presste Taram heraus. Doch es klang verbittert und alles andere als schön. Aber Tallia nahm es als Einverständnis und umarmte ihren Bruder.

»Und Ihr, Herr Dharso?«, fragte Circendil. »Euer Name wird bald unter den Gidrogs die Runde machen. Ihr werden ebenso gesucht werden wie Mellow und ich. Kommt Ihr mit uns?«

Dharso biss sich auf die Unterlippe. Er sah einen Moment lang wirklich aus wie ein nachdenklicher Finn. Sein Entschluss kam schnell. Er nickte stumm und begann, seinem Pony die Satteltaschen abzunehmen.

»Also die beiden jungen Damen«, zählte Glimfáin an seinen wulstigen Fingern auf. »Nande Fionwen und Nande Tallia. Dazu der Spuck-in-den-Wind. Ferner Dharso. Natürlich Circendil und ich. Wer noch?«

Bholobhorg trat vor Uranam hin. »Erlaubst du mir, mit ihnen zu gehen?«

Der Sverunmáhir hob überrascht die Brauen. »Aus welchem Grund?«

»Aus keinem bestimmten, Herr«, antwortete Bhobho. »Oder aus einem Gemenge vieler Gründe. Ich habe Herrn Circendil meinen Säbel versprochen, und er nahm ihn an, wenn du verstehst. Ich will dazu beitragen, Hilfe für das Hüggelland zu holen. Und ich versprach Frau Fionwen, sie und ihren Sohn zu beschützen.«

»Versprechen soll man halten«, erwiderte Uranam nach kurzem Nachdenken. »Gebrochene Versprechen sind gesprochene Verbrechen, und du als Landhüter solltest derlei unterbinden. Ich gewähre dir die Mitreise. Und mehr noch: Ich entbinde auch dich aus deiner Pflicht als Landhüter. Aber ich nehme dich hiermit in die Pflicht als meinen persönlichen Dienstmann. Als Schutzwart des Sverunmáhirs. Als diesen nehme ich dich, Bholobhorg Feldschwirl, und ich nehme dich mit. Denn auch ich werde die *Galim* besteigen und mit ihr fortfahren. Und es ist keine Flucht, Herr Taram! Ich gehe mit Glimfáin nach Kuningorst, der neuen Grube der Dwarge in den östlichen Bergen, um sie um Hilfe zu bitten für unser Land und Volk. Willst du mein Schutzwart sein, Bholobhorg Säbelträger?«

»Bis auf Weiteres«, antwortete der Tanninger. »So lange, bis Herr Circendil ruft und er meinen Säbel braucht. Oder falls Frau Fionwen in Not gerät. Bist du damit einverstanden?«

»Ich bin es«, sagte Uranam Weidenmeis.

»Dann macht euch alle bereit«, rief Glimfaín. »Kommt an Bord. Und nehmt nur das Nötigste mit. Vor allem Decken, Waffen und warme Kleider.«

»Ich konnte nicht allzu viel davon besorgen«, entschuldigte sich

Sahaso. »Ein paar Hemden der Schmiede, das ist alles. Immerhin sind sie trocken. Dazu die Decken aus deiner Lagerstatt in der Scheune. Mehr war nicht da.«

»Dann muss das reichen. Also hoch mit euch.«

Circendil legte, während die Aufgerufenen die Klapptreppe der *Galim* einer nach dem anderen hinaufstiegen, die Hand auf eine bewegungslos in den Schatten verharrende Schulter. »Was ist mit dir, Mellow?«, fragte er leise.

Mellow blickte auf, als erwache er abermals aus einem fiebrigen Traum.

»Ich kann nicht mitkommen«, erwiderte er. »Ich wünschte es, aber ich kann nicht. Taram hat Recht. Jemand muss ihnen Widerstand leisten. Meine Brüder brauchen mich jetzt. Das Hüggelland braucht mich. Ich habe geschworen, es zu hüten, Schaden von ihm zu nehmen und für seine Bewohner einzustehen. Wie sollte ich das tun, wenn ich jetzt fortginge? Wie könnte ich die Meinen im Stich lassen? Ich kann nicht mitkommen, Circendil.«

Der Mönch nickte, wie zum Verständnis, dann schüttelte er heftig den Kopf. »Ich sagte es schon gestern zu dir: Bleibst du, so stellst du eine Gefahr dar für alle, die sich bei dir befinden. Saisárasar wird nicht eher ruhen, bis er dich in seinen Fängen hat – erst recht nach dem heutigen Tage. Ich wiederhole mich gern: Seine Ränke reichen bis Revinore, bis in die Königsburg von Caras Berene hinein. Noch befindet er sich hier, und wir könnten vermutlich inzwischen seine dortigen Pläne empfindlich stören, und dann würde er das Hüggelland verlassen müssen. Und sobald er fort wäre, hätten es deine Brüder und Taram leichter. Komm mit uns, Mellow. Wir werden ihn wissen lassen, dass ›die Kröte‹ ihn auch in Revinore zu ärgern versteht.«

Mellow lächelte matt, aber er hob abwehrend die Hände, als beschütze ihn dies vor Circendils Worten. »Nein«, sagte er schweren Herzens. »Mein Platz ist hier. Und sei es nur, um all den ängstlichen Wachtels und Grauschnäppers und Kowals ins Gewissen zu reden. Oder um Frauen wie Anselma zu beschützen. Ich kann euch nicht begleiten. Es sind zu viele … was ist das?«

Ein dumpfes Stampfen ließ die *Galim* erzittern. Ein eigenartiges Geräusch drang aus dem Innern des Rumpfes, ein Pochen, ein metallenes Schlagen, untermalt vom Zischen austretenden Dampfes. Ein helles Licht flammte am Ende eines Rohrs auf. Wie vordem die Schläuche, lag dessen Mündung unterhalb des »Schlundes« und spie und spuckte einen Feuerstrahl in die Höhe und in die gähnende Öffnung hinein. In seinem Schein sah Mellow den Gidwargum an bronzefarbenen Zahnrädern hantieren, sie drehen und wenden. Er zog an Hebeln und kurbelte an einem großen Rad. Rötlich schimmernde Gläser in metallenen Gestellen schoben sich vor und übereinander und überschütteten Glimfáin mit weinrotem Glanz.

»Habt keine Sorge, ihr Vahits«, dröhnte der Gidwargum über den anhaltenden Lärm hinweg. »Das ist das Kochendherz der *Galim*. Es schlägt, weil es schlagen muss, und das Zittern zeigt an, dass und wie sehr sie lebt und voller Kraft ist. Seid ihr so weit? Macht euch bereit. Nehmt Abschied voneinander. – Abhro? Giran? Franan? Löst die Erdhaken! Zuerst die an den Seiten, dann die am Heck. Immer zugleich, von achtern nach vorn. Die Bugleine zuletzt. Verstanden? Gut so.«

Die drei Schmiede liefen geduckt um die Wandung des Rumpfes. Sie zogen wie geheißen die Angeln aus ihren Halterungen. Die *Galim* ächzte und bebte, und je mehr Leinen gelöst wurden, desto stärker drehte sich ihr Bug in den Wind.

Mellow sah Tallia, Fionwen und die anderen an der Bordwand stehen.

»Ich habe keinem von ihnen Lebewohl gesagt«, murmelte er. »Wieder einmal habe ich zu viel geschwiegen, wo Worte angebracht gewesen wären.«

»Dann komm mit hinauf und verabschiede dich.«

»Nein«, erwiderte Mellow. »Ich will die *Galim* nicht betreten. Keinem von ihnen könnte ich in die Augen blicken. Für sie muss es so aussehen, als ließe ich sie im Stich. Was nicht stimmt, aber sie würden es so verstehen. Du weißt, wen ich meine. Fionwen. Und Tallia. Ich würde schwanken, so sie mich bäten, mit ihnen zu gehen. Nein, lass mich hier stehen, mit beiden Beinen fest auf dem Boden des Hüggellandes. Sprich du in meinem Namen zu ihnen, und sage ihnen … Dass es mir leid tut. Sag ihnen, ich konnte nicht anders, als zu tun, was mein Herz mir befahl.«

»Ich achte dein Herz, doch mein Verstand rät mir immer noch, dich umzustimmen. Komm mit uns, Mellow.«

Das blaue Band flatterte über sein Gesicht, und er strich es beiseite, während er den Kopf schüttelte, endgültig und entschlossen.

»Sehen wir uns wieder, Circendil?«, fragte er stattdessen.

Er blickte nach oben und winkte den bisherigen Reisegefährten zu. Sie winkten zurück. Fionwen rief etwas, das er nicht verstand. Tallia sah ihn nur an, und der Ausdruck ihrer Augen war schwer zu deuten. Mellow las immer noch Trotz darin, Bitterkeit, doch auch ein bisschen Hoffnung. Aber vielleicht täuschte er sich, und sie fragte sich stumm, weshalb er zurückblieb.

»Aber natürlich«, meinte der Mönch erstaunt. »Wir haben schließlich einen Sieg zu feiern. Eines fernen Tages, vielleicht auch früher. Und wir werden ihn erringen, falls es in unseren Kräften steht.«

»Unten in Aarienheim – als ich allein durch das Brada ritt, da gab es einen Augenblick, da schwor ich mir … eines Tages, da würde ich …« Er brach ab und senkte die Lider.

»Was, Mellow?«

»Lukather von seinem Thron zu stoßen!«, brach es aus Mellow hervor. Er lachte auf, schrill sogar, im vollen Bewusstsein, wie anmaßend, ja lächerlich sein Anspruch für die Ohren des Davenamedhir klingen musste. »Das schwor ich mir. Sag, kann es einen größeren Narren geben als mich?«

Circendils Mundwinkel zuckten, doch er lächelte nicht. »›Narrenmund tut oftmals Wahrheit kund‹, sagt man in Vindlian«, meinte er in großem Ernst. »Und falls Aman *diesen Sieg* uns zugedacht hat, dann wird es so kommen. Seine Pfade sind oft überwuchert und wenig begangen. Aber sie führen alle an das von ihm vorbestimmte Ziel. Hege Zuversicht. Ich kehre zurück, und wenn möglich, bringe ich ein paar frische Mönche mit, versprochen.«

»Die würden uns guttun«, sagte Mellow, nunmehr lächelnd. »Ja, das würden sie.«

Circendil kniete sich nieder, und die beiden ungleichen Freunde umarmten einander.

»Aman sei mit dir«, sagte Mellow, als sie sich lösten.

»Und er behüte dich. Und wo ich es sage – ich hätte mich längst um deine Wunde kümmern sollen. Aber die Sorge um Finnig vertrieb jeden anderen Gedanken. Eile tat Not und alles ...« Circendil brach ab. Er setzte seinen Fuß auf die Treppe. »Verzeih einem achtlosen Ordensmann.«

»Finnig lebt. Und ich lebe. Mach dir keine Sorgen. Wir werden beide ...«

Er sprach diesen Satz niemals zu Ende.

Ein Schatten flog heran, schnell und dicht über den Boden gleitend. Circendil bemerkte ihn, doch zu spät. Er wirbelte herum. Er schaffte es, seine Klinge blankzuziehen. Im nächsten Augenblick verging sein Schwertarm in einer Wolke von Blut.

Ein schwarzer Mantel breitete flatternd seine Falten aus. Er schnellte vom Rücken eines Criargs herab. Die Gestalt darunter stieß ein Schwert nach vorn, hart und unaufhaltsam; und noch während der Angreifer federnd vor der Steigtreppe landete, biss das Schwert zu wie eine vorschnappende Schlange.

Es traf Circendil schwer.

Der Großvogel schwang sich zu gleicher Zeit neben Mellow herum.

Er war nicht gelandet, und die Schwingen streiften hart peitschend den Boden. Ein Flügel traf ihn und schmetterte den Vahit von den Füßen. Der Criarg streckte die Klauen vor, aber er landete nicht, sondern beschrieb eine aufwärtsführende Kurve, scharf über den anderen Flügel kippend. Knapp verfehlte er die weiche Wand der Schwebeblase und verschwand, ein Schemen in der Nacht.

Circendil aber schrie auf und stürzte, erst auf die Knie, dann vollends zu Boden.

Saisárasar betrachtete dies unbewegt, auch wenn sein linkes Auge zornig im roten Licht der durchscheinenden Gläser über seinem Haupt funkelte. Er hob sein Schwert, riss die gleißende Klinge mit der Linken in die Höhe. Im nächsten Augenblick ließ er es niederfahren auf den grünbemantelten Mann, der zuckend zu seinen Füßen lag.

Mellows Welt wurde übergangslos still. Als hielte sie den Atem an und tauche gleichzeitig ein in ein zäheres Fließen der Zeit. Alle Bewegungen um ihn herum vollzogen sich mit erschreckender Langsamkeit. Und auch er selbst war gefangen in dieser geronnenen Hast, war wie ein Löffel, der in einen Napf mit Honig fiel. Er brauchte Stunden, um auf die Füße zu kommen, um sein Wacala aus der Scheide am Gürtel zu ziehen, um seine Beine in das lautlos krachende Ried zu stemmen. Er benötigte einen halben Tag, um sich dem einäugigen Menschen entgegenzuwerfen. Er flog durch die Luft, die ihm dichter schien, als Honig es jemals sein konnte. Er sah Circendil unter sich, das Gesicht zu einer Grimasse höchsten Schmerzes verzerrt. Wieder verging ein halber Tag, ehe er den schweren Mantel des Dunklen endlich vor sich sah, ihn ergriff, ihn festhielt und dann mit unsäglicher Weile daran riss, als wäre er das Gewicht eines behäbigen Pendels, dessen unaufhaltsamer Schwung das Gleichgewicht zerstörte. Zugleich stieß er sein Wacala vor, ein langsames, geruhsames Biegen seines Arms war alles, was er sah und fühlte, doch dann ein Widerstand an der Spitze des Messers, hart und widerstrebend und nachgiebig zugleich.

Saisárasars Schwert schnitt durch die Honigluft, ein langer, quälend schleichender Halbkreis des Todes, der plötzlich unstet wurde und seine Richtung verlor. Das scharfe Schwert wirbelte jäh zur Seite, noch von der Hand gehalten, an der der Mantel zerrte. Mellows Sprung und Schwung zogen den Nodir nach hinten. Das vom Wacala durchstochene Bein knickte ein. Saisárasars Schwert schlug fehl. Schwarze Erde spritzte neben dem Kopf des Mönchs auf, und mit einem Mal war die gewohnte Zeit wieder da.

Mellow hörte Schreie, das Stampfen der *Galim*, das Wiehern eines Ponys, den pfeifenden Atem seiner eigenen Lungen. Er überschlug sich, verfing sich in den Mantelfalten, fiel und kam dadurch wieder frei. Der schwere Körper des Simorgh aber strauchelte, stolperte, verlor den Boden unter den Füßen und stürzte über Mellows Rücken hinweg ins Ried.

Vanku stieg auf die Hinterbeine und schlug mit den Vorderhufen aus. Wieder wieherte er, erschrocken und dennoch in höchster Sorge um seinen Herrn. Noch hielt Saisárasar sein Schwert in der Hand, obgleich er am Boden und auf dem Rücken lag. Vor Zorn aufbrüllend stieß er es hoch, sich der treffenden Hufe erwehrend, statt sich fortzurollen. Die Klinge fuhr dem Pony bis zur Hälfte in den Leib, doch nicht ins Herz. Noch lebte das Tier. Einen qualvollen Laut stieß es aus, dröhnend und klagend, während es die Vorderbeine niedersinken ließ.

Schwankend und bebend stand Vanku für einen endlosen Augenblick da. Sein Blut schoss an dem Schwertheft vorbei und tränkte Saisárasars Arm, während sich dem Maul ein Stöhnen entwand, das in ein gurgelndes Röcheln überging, welches Mellows Herz zu Eis erfrieren ließ. Ein Geräusch war dies, das er nie, niemals mehr vergaß.

Den Simorgh kümmerten weder Pony noch Vahit. Er zog sein Schwert aus dem schwankenden Leib hervor, und aus dem nunmehr doppelt handlangen Schnitt quollen die Eingeweide nach, während Saisárasar sich unter dem Pony hervorrollte. Auf einem Bein humpelnd erhob er sich in dem Moment, als Vanku die letzten Kräfte verließen. Das Pony knickte ein und fiel um. Sein Stöhnen erstarb, es ertrank in stoßweisen Schwallen von Blut.

Mellow hielt immer noch sein Wacala umklammert. Es war ihm

aus irgendeinem Umstand heraus in der Hand verblieben, obwohl er es in das Bein des Menschen getrieben hatte. Doch nun vermochte er nichts damit anzufangen, konnte weder die Schneide noch sich selbst erheben. Er lag nur da und stierte, zu keiner Bewegung fähig, den aufgerissenen Bauch seines getreuen Ponys an, seines langjährigen Gefährten und tierischen Freundes. Er sah das Leben aus der klaffenden Wunde rinnen, sah, wie es fortgeschwemmt wurde, hinaus aus zitterndem Fleisch.

Circendils Linke ertastete sein Schwert. Mit einer ungeheuren Anstrengung wand er sich um und wuchtete sich auf die Knie hoch. Er stieß die Spitze ins Erdreich und zog sich an das Heft geklammert auf die Beine, während das Blut ihm von der Schulter rann und er den rechten Arm nicht mehr bewegen konnte. Noch fühlte er keinen Schmerz, doch er wusste, der würde einsetzen. Sehr bald schon, und er würde beides sein: schneidend und lähmend. Was ihm verblieb, waren höchstens wenige Minuten, vielleicht Augenblicke nur, ehe sein Körper verstanden hatte, was mit ihm geschehen war, und ihn mit Schmerzen überrollte.

Er blickte sich hastig um. Was er erblickte, ließ ihn aufstöhnen. Vielleicht entwand sich das Stöhnen ihm auch als Vorahnung des kommenden Schmerzes; er wusste es nicht zu sagen.

Schlagartig fühlte er sich an Aarienheim erinnert. Gidrogs liefen von allen Seiten auf die *Galim* zu. Schon kletterten einige an der Bordwand hoch, andere hangelten sich die wenigen noch nicht gelösten Leinen hinauf. Circendil sah Glimfáins Axt aufblitzen. Bei den Tischen wurde gleichfalls gekämpft. Sahaso stand auf dem einen, Kampo auf den anderem Tisch. Beide stachen mit ihren Wacalas um sich, und wenigstens zwei leblose Körper vor ihnen zeigten, dass die beiden wehrhaft waren und ihre Stiche tödlich sein konnten. Die drei Schmiede hatten Mistgabeln ergriffen und handhabten sie wie Lanzen in einer Schlacht – sie bildeten Schulter an Schulter eine Reihe, und die Zinken waren ein Hindernis für die gegen sie anlaufenden Gidrogs, wenn auch nur ein einstweiliges. Neun hölzerne Spitzen gegen wenigstens ebenso viele Axtdornschwerter – es war unschwer vorauszusagen, wie ihr Kampf zu enden drohte.

Da sah Circendil, wie das schwarze Pony fiel. Simorgh Schwarzmantel stand daneben. Er schien nur ein Bein belasten zu können, und fast wäre dem Mönch ein Lachen geglückt, als er Saisárasars neuerliche Verwundung erkannte. Beide Menschen humpelten gebeugt aufeinander zu, wie verkehrte Spiegelbilder nahmen sie aneinander Maß, hell die Haut des einen, dunkel die des anderen. Einer glich dem anderen: im Wehen ihrer Mäntel, und mehr noch in der Art, wie sie sich bewegten.

Wie der Simorgh zog auch Circendil sein Bein nach, in dem neuer Schmerz den Oberschenkel hinauflief; und wie dieser hielt er sein Schwert in der linken Hand statt in der rechten. Beiden hing der rechte Arm herab wie ein nutzloses Stück Ballast.

Dennoch ginge der Sieg an mich, falls dies ein Wettbewerb wäre, durchzuckte es Circendil in jäh aufwallender Schadenfreude; auch sie eine Vorstufe des alsbaldigen Wundschmerzes, wie er ahnte. *Er hat ein Auge mehr eingebüßt als ich*, dachte der Mönch grimmig, dann zwang er sich, alle Gedanken abzuschütteln, und wurde eins mit dem geschliffenen Stahl in seiner Hand.

Ihre Klingen trafen klirrend aufeinander. Funken stoben. Circendil spürte jeden Hieb wie ein Beben durch seinen Körper jagen, und als fernes Echo antwortete glühendes Stechen in seiner verletzten rechten Schulter.

»Aller guten Dinge sind drei!«, rief er, als ihm bewusst wurde, dass sie sich nunmehr zum dritten Mal gegenüberstanden. Er duckte sich eben noch rechtzeitig unter einem waagerechten Streich und keuchte ob des leidigen Beifalls, den ihm sein Bein dafür zollte.

»Du irrst!«, erwiderte Saisárasar. Zischend sog er die Luft ein. Er führte einen Aufwärtsschlag und unterlief damit eine Finte Circendils. Beider Klingen schabten aneinander entlang, und Stahl sang schrill auf Stahl. »Es sind sechs. Sechs, hörst du, Kolryndir? Falls du überhaupt so weit zählen kannst. Aber du wirst nicht alt genug werden, um es zu erlernen!« Noch im Schlagen wandelte er seinen Hieb zu einem Stich, und dem entging Circendil nur um Haaresbreite.

Völlig auf alles achtend, was sein Gegenüber tat, in jeder Bewegung des Gegners lesend, wie er es in Andor Daven gelernt hatte, fiel dem Mönch der vom Ponyblut nasse Arm Saisárasars als mögliche Schwachstelle auf. Seine Hand muss glitschig sein. Sein Griff nicht zuverlässig. Er ist bestrebt, dem Kampf genauso schnell ein Ende zu bereiten wie ich. Sein Bein blutet, während meines nur schmerzt. So sei es denn.

An den eigenen rechten Arm, der ihm blutüberströmt und taub herabhing wie ein angebrochener, pendelnder Ast im Sturm, wagte er indes kaum zu denken. Schon spürte er den Wundschmerz nahen, fühlte seine Drohung jenseits des kräftezehrenden Kampfes, und wusste, jener Gegner würde ihn binnen weniger Augenblicke überwältigen, falls Saisárasar ihm nicht noch zuvorkam.

Circendil duckte sich und knickte dabei mit dem verletzten Bein ein, zumindest sah es echt genug aus, dass der Nodir einen Vorteil für sich zu erkennen glaubte. Der Dunkle lachte auf. Wild zog er sein Schwert herab, schwang es von der rechten Schulter mit aller Wucht nach links unten. Circendil beugte sich noch tiefer, tauchte gar unter die eigene Klinge und hielt sie schützend über seinen Kopf. Was Saisárasar entging, war deren Spitze, die hinter Circendils gekrümmtem Rücken im Erdreich steckte. Als sein eigenes Schwert auf die vindländische Schneide traf, war dessen Wucht zu gewaltig und der zweifach gegebene Widerstand für die von Blut überlaufene Hand zu groß. Saisárasars Schwert entglitt seinem Griff und flog surrend hinfort. Im nächsten Moment traf ihn Circendils unverletzte Schulter genau dahin, wo vor zwei Tagen noch Mellows Wacala dem Dunkelhäutigen in den Leib gefahren war. Mit einem erstickten Laut fiel Saisárasar nieder, lag da und rührte sich nicht mehr.

Circendil fiel vor Erleichterung und Erschöpfung selbst vornüber auf die Knie. Erneut zog er sich an seinem Schwert zurück auf die Füße, langsamer diesmal, und schwerer atmend. Als er endlich stand, schwankte er. Das war der Moment, da ihn der Schmerz mit aller lähmenden Eindringlichkeit packte. Seine Schulter brodelte und kochte mit einem Mal in einem alles verzehrenden Feuer. Reine Pein entwaffnete auch ihn und warf ihn neben seinem Feind zu Boden.

Glimfáin fluchte in der Sprache der Gidwargim, während er abwechselnd nach von außen in die *Galim* langenden Händen schlug und nebenher Leinen kappte. Mit jedem abgeschlagenen Seil fiel auch ein daran hängender Gidrog.

Dharsos Bogen sang. Pfeil um Pfeil verließ in rascher Folge die Sehne. Sie fanden Hauerzahnmünder, Zottelhaarstirnen und ungedeckte Hälse.

Bhobhos Säbel tanzte. Schneller als er es befürchtet hatte, ward seine Klinge gerufen, und schneller, als er es selbst für möglich hielt, schnitt er in Arme und sich über die Bordwand schwingen wollende Beine. Als allein die Bugleine die *Galim* an Ort und Stelle hielt, blieben die Kletterer aus, und das Deck der Windbarke war plötzlich frei von Feinden.

Dharso beugte sich über die Bordwand und zielte nach unten. Sechs Pfeile verschoss er noch und nahm so den Druck von den drei Vahitschmieden, dann war sein Köcher leer. Bhobho sprang die Steigtreppe hinab und rammte seinen Säbel in den Rücken eines Gidrogs, der Taram zu zertrampeln beabsichtigte.

Dann war der Angriff so plötzlich vorbei, wie er begonnen hatte. Zwei oder drei Gidrogrücken sah Glimfáin noch im Dunkel des Rieds verschwinden, dann kehrte Ruhe ein.

Der Gidwargum sah Sahaso und Kampo bei etwas knien und erwiderte ihr aufgeregtes Winken, bis er begriff, dass sie nach ihm riefen. Schwerfällig tastete er sich mit Dharsos Hilfe die Treppe hinab und hinkte zu ihnen hin.

»Bei Tyrfings Tücke!«, stieß er hervor, als er sah, wovor die Vahits knieten. Circendil lag in seinem eigenen Blut, und neben ihm, ein schwarzer Haufen im Ried, lag Saisárasar, ebenso regungslos wie der Mönch.

»Er lebt, glaube ich«, sagte Kampo. »Aber er ist sehr schwer verletzt.«

Glimfáin besah sich die Schulter des Menschen und zuckte beinahe hilflos mit den eigenen. »Das sieht nicht gut aus«, sagte der Gidwargum nach kurzem Nachdenken. »Aber es geht nicht anders. Helft mir. Abhro. Her mit der Trage, mit der ihr mich gerettet habt. Giran, Franan. Sammelt die Seile auf. Schlingt sie um die Trage, wir ziehen ihn hinauf.«

*

Während dies geschah, achtete niemand auf Mellow. Er hockte nur da, das Wacala noch immer in der Hand, obwohl die Kämpfe längst zum Stillstand gekommen waren und er keiner Waffe mehr bedurfte. Er starrte auf das tote Pony, hob die Hand und brachte es doch nicht fertig, das entseelte brave Tier zu berühren. Eine beinahe heilige Scheu hielt ihn davon ab.

Vanku war von ihm gegangen. Das Pony war für ihn gleichsam in den Tod gesprungen. Es hatte versucht, ihm, seinem Herrn, das Leben zu retten. So viel Liebe von einem Tier zu erfahren und dennoch sein Hinscheiden miterleben zu müssen, war mehr, als Mellow noch verkraften konnte.

Endlich erhob er sich, schob das Holzarbeitermesser in den Gürtel zurück und stand dann unschlüssig da. Ich werde eine Schaufel brauchen, dachte er, Vanku soll nicht unbestattet bleiben. Unwillkürlich sah er sich um, suchte nach etwas, das ihm hierzu dienlich sein mochte, und erst jetzt bemerkte er die herbeigeholte Trage, den Davenamönch darauf und die Vahits, die mit vereinten Kräften an einem eilig angebrachten Flaschenzug zogen, um den Schwerverwundeten vorsichtig zur *Galim* hinaufzuhieven.

Sahaso erblickte Mellow und kam ihm entgegen. Als er erfuhr, dass Vanku tot war, rief er nach Kampo. Alle drei hatten den Ponyhengst im Stall ihres Vaters aufwachsen sehen, und ihre Trauer um ihn kam der um einen geliebten Vahit nicht nur nahe.

Da rief Glimfáin, dass Circendil sicher an Bord sei, und er verlangte nach Verbandszeug und der Kräutertasche des Mönchs.

Schon wollte Mellow die Steigtreppe hinaufsteigen, um nach seinem Menschenfreund zu sehen, da hielt Sahaso ihn zurück.

»Warte, Mellow«, sagte er. »So sieh doch, er kommt! Es ist unmöglich, aber er kommt!«

»Wer denn?«, fragte Mellow.

»Dein Vanku!«

Mellow fuhr herum, sein Gesicht war ein einziger Ausdruck des Zweifelns. Aber ja, da kam er. Mit langsamen Schritten, fast torkelnd einen Huf vor den anderen setzend, strauchelnd, wankend. Die Liebe zu Mellow hatte ihn noch einmal ins Leben zurückgerufen und zu ihm hingetrieben.

Es war ein Anblick, der allen, die ihn sahen, das Herz zerbrach.

Die drei Rohrsangbrüder sprangen dem Tier entgegen. Aus Vankus Unterleib hingen Darmschlingen heraus, und es tropften fingerdicke Blutfäden davon herab. Mellow war als Erster bei ihm, hielt ihm den Kopf und drückte seine Wange gegen die Nüstern des Ponys. Er wollte ihn auffangen und schaffte es doch nicht; erst brach Vanku hinten ein, dann gaben seine Vorderläufe nach. Noch einmal versuchte der Hengst, auf die Beine zu kommen, doch vergeblich. Mellow umschlang den Hals des Tieres und schmiegte sich an ihn, er bekam ein mattes Schnauben als Antwort, und liebevoll leckte Vanku ihm Gesicht und Stirn, ein letztes Mal, ehe er den Kopf kraftlos sinken ließ.

Seine schwarzen, treuen Augen brachen, und aus der Brust drang ein Wiehern, ein leises, tiefes, ersterbendes Wiehern, eines, wie Mellow niemals zuvor ein Wiehern bei einem Pony vernommen hatte.

Mellow kniete neben ihm, er schob die Hand unter das Maul,

und Vanku leckte sie, während Mellow den Kopf in seinen Schoß bettete. So saß er da und weinte, und alle, die ihn umringten, standen still und schwiegen. Das Spiel der Zunge ging fort und fort, aber langsamer wurde es, immer leiser die Berührung, bis der Ponyhengst die Zunge nicht mehr bewegen konnte. Ein Zittern schüttelte ihn, ein letztes Hauchen traf Mellows Hand, ein erlösender Schauder.

Vanku war tot.

Später wusste Mellow nicht einzuschätzen, wie lange er dagesessen hatte, den leblosen Kopf an sich gepresst, die weiche Mähne streichelnd. Seine Brüder ließen ihm Zeit, aber endlich kamen sie und holten ihn, sie halfen ihm auf und führten ihn beiseite. Sahaso legte eine Decke über den schwarzen Leib des Ponys, und halb und halb hörte Mellow ihn reden. Hörte seinen ältesten Bruder sagen, er werde sich um alles kümmern, während der Zeit, da Mellow fort sei. Mellow verstand kaum, was Sahaso meinte, und jemand drückte ihn an sich, und er erkannte Kampo kaum wieder.

Dann fand er sich irgendwann neben Circendils Lagerstatt kniend wieder, ohne zu wissen, wie und wann er die *Galim* bestiegen hatte. Und er starrte auf das fahle, eingefallen wirkende Gesicht des Davenamönches hinab, der auf seiner Trage ruhte, die Augen geschlossen hatte und einen Schlaf schlief, der totenähnlich anmutete und wohl auch war. Ab und an nahm er ein Tuch und trocknete den kalten Schweiß auf Circendils Stirn. Glimfáin hatte dem Dir die Schulterwunde verbunden; aber der Gidwargum blickte ernster als je zuvor, als er kam und nach beiden sah.

Nach einer Weile setzte sich Herr Uranam zu ihm. Er brachte einen Becher heißen Tees mit sich und ließ nicht ab, ehe nicht Mellow ein paar Schlucke davon trank. Danach erging es ihm etwas besser, und erst jetzt bemerkte er, dass er die Abfahrt der *Galim* völlig verpasst hatte. Das Kochendherz fauchte in regelmäßigen Abständen, es sandte seinen Flammenstrahl hinauf in den Schlund der Schwebeblase, und das Stampfen, das in ihm schlug wie der

Puls eines lebendigen Wesens, wurde bald eintönig und einschläfernd. Ob er wirklich darüber einschlief? Er wusste es nicht. Aber in seinen Beinen stachen Nadeln, als er sie irgendwann bewegte.

Unter der *Galim* zogen langsame Schatten vorbei: Graue formlose Gebilde erblickte Mellow, die ihm fremdartig erschienen und Wälder sein mochten oder Felder oder Hügel. Weitab zu ihrer Linken glitzerte ein Gewässer, das nur der Lammspringer See sein konnte. Als er nach oben blickte, verblassten ringsum die Sterne, und die dunkelste Stunde der Nacht brach an, die Stunde vor dem Morgengrauen.

»Wohin fahren wir?«, fragte er den Sverunmáhir, als der Tee längst erkaltet war und ein kaum wahrnehmbarer Schimmer über dem östlichen Himmelsrand den beginnenden Tag ankündigte. Der Bug der *Galim* zeigte dorthin, nach Osten; doch hinter ihnen war alles Land dunkel und schwer.

»Zu einem Ort namens Kuningorst«, sagte Uranam. »Dort leben Gidwargim, die uns helfen werden. Zuvor aber lässt Glimfáin die Barke an den Fuß der Linvahogath sinken. Er will Gewissheit haben über … nun ja, den Tod Finns und den Verbleib Maúrgins.«

»Wo sind Sahaso und Kampo? Die Schmiede? Und Taram?«

»Sie blieben zurück, wie sie es wünschten.«

»Auch jetzt noch, nachdem wir alles verloren haben?«

»Nicht alles, Mellow, nein, nicht alles. Wir haben im Gegenteil sogar etwas gewonnen. Nicht viel, könntest du sagen, aber mehr als nichts ist es allemal.«

»Nämlich? Du meinst, weil Saisárasar tot ist?«

Uranam runzelte die Stirn. »Wer sagt dir, dass er tot ist?«

»Ich selbst sah ihn neben Circendil liegen, ehe … ehe Vanku kam.«

Der Stellvertreter des Vahogathmáhirs seufzte schwer. »Er lag da, das ist richtig. Aber er gab entweder nur vor, tot zu sein, oder er schlief totenstarr. Als wir alle dem Sterben deines Ponys beiwohnten, war Dharso als Einziger unter uns wachsam. Er rief eine Warnung, doch zu spät. Zwei Gidrogs hatten sich herbeigeschlichen und schleppten den Dunklen eben fort, als Dharso herumfuhr. Die Dunkelheit verschluckte sie. Nur Glimfáin hätte es gewagt, ihnen nachzusetzen, doch seine Brandwunden ließen es nicht zu, dass er ihnen nachrannte. So blieb er bei uns. Wir lauschten alle; auf Schritte, auf Stimmen, auf Flügelschlag. Doch nichts. Wir fanden keine Spur mehr von ihm. Nicht von ihm, nicht von seinem Mantel oder Schwert. Er ist fort.«

»Und er wird wiederkommen. Also ist doch alles verloren.«

Uranam lächelte verhalten. Er sagte: »Sieh es einmal so. Wir haben unsere Freiheit erhalten können. Wir haben überlebt – diesen Angriff und die Angriffe zuvor. Trotz all unserer Verletzungen, die jeder auf seine Weise erlitt. Mögen die Wunden auch schmerzen, wir haben es überlebt. Wir sind dem Gefängnis Uvdirlian entronnen. Dank Glimfáin ist es uns von nun an möglich, die Dinge zu verändern. Es mag uns gelingen, Boten nach Revinore zu schicken und die Menschen dort zu warnen. Wir werden dem Hüggelland Hilfe verschaffen können. Wir werden selbst Hilfe erhalten – von den Dwargen Kuningorsts. Ich bin zudem guter Hoffnung, dass es uns gelingen wird, eine Nachricht nach Andor Daven zu senden, sei es von Kuningorst oder aber von Caras Berene aus. Die Mitglieder von Circendils Orden werden alles Erdenkliche tun, um Kolryn zu verteidigen, und damit auch das Hüggelland. Nein, es ist nicht alles verloren. Noch nicht. Unsere Spielsteine vermögen vielleicht nur geringe Kräfte aufzubringen, und ihre Stellung auf dem Brett mag ungünstig sein, ihre Anzahl gering … Nun gut, sage ich. Dennoch *sind* wir im Spiel, Mellow, und das ist mehr, als ich seit unserem Rat in Mechellinde zu hoffen wagte.«

»Zwei unserer Steine sind vom Brett genommen worden«, erwiderte Mellow dumpf. »Finn und Wilhag Tauber sind tot. Und der mächtigste Stein, über den wir verfügen, ist ein schwer verletzter Mann in unserer Mitte, der am Rande seines Grabes liegt.«

»Am Rande bedeutet nicht dasselbe wie darinnen«, entgegnete Herr Uranam. »Und tot? Sind sie das? Weißt du das sicher?«

»Wir werden es wissen, noch diesen Morgen. Wenn wir erst ihre Leichen gefunden haben. Mir graust es schon jetzt davor.«

»Vielleicht«, sagte der ältere Vahit bedächtig, »falls wir ihre Leichen finden. Wir werden sehen. Es könnte sich herausstellen, dass diese beiden Spielsteine, um im Bild zu bleiben, nur vom Brett gefallen sind. Vielleicht sind sie ja gar von ihm genommen worden, auch wenn unser Gegner das in seiner Niedertracht denkt. Des Feindes Annahmen und die Wirklichkeit, das kann ein bedeutender Unterschied sein. Vielleicht ist es sogar der spielentscheidende, wer weiß? Vom Brett gefallene Steine können zurückgestellt werden. Lass uns nicht verzagen, sondern zuversichtlich in die Zukunft blicken, Mellow. Aller Fährnisse und beklemmender Verluste zum Trotz! Blicken wir beherzt in diesen beginnenden Morgen und darüber hinaus. Noch leben wir, und noch lebt auch Circendil, obwohl die Zeit ihm zu enteilen scheint. Aber schau: Da vorn ist ein erster Lichtstrahl. Fahl und schwach ist er noch, und darin mag er uns Vahits gleichen. Aber er wird heller werden, kraftvoller und mächtiger erstrahlen. Nimm ihn als Hoffnungsschimmer, wenn du kannst. Nein, noch ist nicht alles verloren.«

Mellow nickte stumm. Er beugte sich vor. Und dann tat er etwas, das er nie zuvor getan: Er bewegte seine Hand und schlug ein Zeichen über Circendils Stirn. Es war das Zeichen Amans, das er von Circendil gelernt hatte, das Zeichen des sich verzweigenden Weges: λ.

TEIL II

11. KAPITEL

Über den Schattenfennen

Blaue Himmel tanzten.

Sie drehten sich in einem Reigen, mit dunklen Wäldern, trunken taumelnd. Rasender Rotfels, scharfe Schründe, die auf ihn zujagten und zugleich vor ihm flohen.

Immer tiefer fiel er. Und schneller. Kopfüber. Beinunter. Aufblitzende Wasser als Spiegel der Sonne, die lächelnd lockten. Ein Schatten sprang auf und wuchs, gebar einen Laut, der furchtbarer klang als das Pfeifen des Windes.

Atemloses Entsetzen erfasste ihn.

Da war ein Gesicht – nein, die Fratze des Todes. Und ebenso plötzlich war da nur noch eisige Leere, die ihn jäh umgab. Singende Stille.

Hämmerndes Herz, peitschend wie Flügelschlag, stumm wie schon gestorben.

Dann war nichts mehr. Nur noch …

Finn Fokklin fiel.

Und da war doch etwas. Mehr als ein Schatten. Und wie der Wind wuchs es heran. Behänder, als er es begreifen konnte.

Ein Gesicht, mit schreckensweit aufgerissenen Hauerzähnen. Ein Gidrog im Sattel eines Criargs.

Darunter breite Flügel, geschwinder gleitend als ein geworfener Stein, und scheinbar doch für einen Moment verharrend.

Darüber ein Geschoss, mit Armen und Beinen. Ein stürzender Vahit. Senkrecht raste er an der Felsenmauer hinab, dicht gefolgt von einem zweiten.

Wil, nur eine Winzigkeit früher in den Sturz gestoßen als Finn, traf den Criargreiter mit der vollen Wucht seines Falls. Er schlug ihm, nein, er *hämmerte* ihm seinen Leib auf die lederumspannten Schultern – in jenem flüchtigen Wimpernschlag eines Augenblicks, da der Großvogel direkt unter ihm war.

Wils Beine und Arme aber schlugen um den Kopf des Gidrogs, rascher als es selbst die pfeilschnell vorspringende Zunge eines Sumpffrosches vermocht hätte. Und sie blieben dort. Sie hafteten fest: an Stirn und Ohren, an Hauerzahn und Nasenrücken. Als wäre Wil selbst ein Frosch, und seine Hände nichts als Saugnäpfe, unlösbar, solange ihr Besitzer lebte. Und noch lebte er in der Tat. Jenseits aller Willenskraft und weit fern von allem Verstehen packte Wilhag unerbittlich zu, als es wider allen Hoffens etwas zu ergreifen gab.

Die Gliedmaßen des Vahits machten den Gidrog blind. Sie machten ihn rasend. Sie machten ihn zu etwas, das nicht mehr über den Flug gebot, das nicht mehr lenkte, sondern das unter der Wucht zusammenknickte. Etwas, das in der Höhe erniedrigt wurde, das schwankte, das bebte und das sein Gleichgewicht verlor.

Der Druck, der plötzlich auf den Schultern des Gidrogs lastete, setzte sich auf direktem Weg über dessen Beine in den Sattel hinein fort. Die Kraft des Aufpralls presste das harte Leder tief in das Federkleid des Criargs. Damit wurde der Rücken des Raubvogels gestaucht und …

Das Tier vergaß vor Schreck, was Fliegen war. Panisch zog es die Flügel eng an den Leib und suchte sein Heil darin, sich so klein wie möglich zumachen. Sein Schwung erstarb, es gab nichts mehr, das ihn in der Luft hielt: ein Innehalten, das keines war. Dann begann er mit allem, was an ihm hing, in die Tiefe zu stürzen wie ein Stein.

Die Fratze über ihm schrie auf. Ein zweites Krachen folgte dem ersten. Wie ein jagender Trommelschlag dem vorangehenden. Nur noch schlimmer. Noch knochenbrechender. Noch erschütternder.

Finn traf den Gidrog und Wil zugleich. Seine Arme prallten gegen Wil, der sich am Kopf des Reiters festklammerte. Seine Füße schmetterten dem Gidrog, der sich noch vom ersten Hammerschlag krümmte, auf den Rücken.

Der Körper des Criargs schluckte den neuerlichen Aufprall und wirbelte davon. In die Richtung, in die er ohnehin stürzte: hinab in die Schattenfenne. Nur schneller als zuvor.

Für den Bruchteil einer Sekunde fühlte Finn etwas an seinen Händen.

Jenseits allen Denkens wusste er nur eins genau: Es war ihm nur dieser eine, dieser winzige Augenblick gegeben. Nur dieser Spalt zwischen zwei Sekunden würde über sein Leben entscheiden.

Gelang es ihm, dieses Etwas zu ergreifen, es zu fassen zu kriegen, sich seinerseits daran festzuklammern, dann – dann vermochte er diesen Sturz hinab durch irgendein Wunder, durch irgendeine unbegreifliche Fügung aufzuhalten.

Und er tauchte ein in diesen bloßen Hauch von einem Daseinsfunken. Er griff zu – *jetzt!* Mit einer unglaublichen Kraft, die nicht mehr die seine war.

Selbst die gezackten eisernen Backen einer Schmiedezange hätten nicht fester zufassen können. Er schloss die Finger. Er presste sie zusammen, geschwinder und fester, als er es auch nur zu denken vermochte. Der Spalt fiel zu.

Er ballte, ohne zu wissen, was er tat, die Hände um das, was er fühlte, zu Fäusten.

Und keinen Augenblick zu spät!

Sein ganzes Gewicht zerrte mit einem Mal an ihm und quälte seine Arme. Als er herumgeschleudert wurde, riss die Fliehkraft sie ihm beinahe aus den Schultern. Und mehr als das: Der ungeheure Schwung, die unselige Gewalt des Falls entlud sich in ihm, zersprengte seinen Körper schier. *So also fühlte sich Sterben an …*

Halt fest! Es wollte nicht gelingen. Es gelang dennoch. Es musste. Er erwischte etwas weniger Nachgiebiges als Haare und Haut, etwas Festeres. Ein Stück Leder? Einen Riemen! Aman sei Dank! Aber: aufgehalten? War es das? War das Unglück aufgehalten? Nein, denn nun stürzten alle vier.

Wil rutschte vom Kopf des Gidrogs ab, während sie alle umeinander kugelten, als wären ihre Leiber ein einziger zusammengebackener Ball, der sich in der Luft drehte.

Irgendwie bekam Finn den Gürtel seines Vetters zu fassen. Nicht weil er ihn bewusst zu retten versuchte, sondern weil er glaubte, einen zweiten Griff für seine Hand gefunden zu haben. Doch plötzlich zerrte Wils Gewicht an seiner rechten, und ihrer beider Gewicht an seiner linken Hand, und er selbst war nicht mehr als ein zum Zerreißen gespanntes Seil, das sich zwischen einem Schulterriemen des Gidrogs und Wilhags Gürtel spannte. Seine linke Schulter wollte ihm aus dem Gelenk springen, drohte zu bersten wie ein vom Wagen herabrollendes Fass. Er schloss die Augen vor dem Sturzschwall an Schmerzen, die ihn überschütteten.

Als er die Augen wieder aufsperrte, fiel sein Blick auf rotwangigen Stein. Gefährlich nah war plötzlich die Felswand der Linvahogath, oder sie war schon immer so nah gewesen: Wirbelnde Grate, gezackte Gesimse sah er … und sah sie doch kaum, zu rasch fielen sie daran vorbei.

Der Gidrog rutschte im sich rasend drehenden Sattel hin und her. Noch hielt er die Zügel, und gellend rief er etwas, immer wieder … bis der Criarg gehorchte oder seine Triebe es ihm befahlen. Das Tier streckte seine Flügel aus. Ein nicht zu beschreibender Ruck durchfuhr sie alle vier. Wil schlug schwer gegen den Sattel und verkrallte sich in Leder und Federn. Finns Hand kam unversehens frei, und auch er hielt sich sofort wieder an irgendwas fest.

Aus dem Sturz wurde ein langes, ihm sehr langsam vorkommendes, sich nur allmählich aufrichtendes Gleiten, bis der Gidrog oder der Criarg selbst die Waage wiederfanden. Flügelschlag! Endlich! Aber schon ragte die Felswand dicht neben ihnen auf, Riefen und Schründe eilten näher, immer noch näher, bis im letzten Moment … Schwingenspitzen streiften den Fels. Ob es am Ende der Wind war, der an der Felswand hochwehte, oder die Angst des nunmehr völlig verstörten Tieres, ob es ein Fehler des Gidrogs im Halten der vier bebenden Zügel war oder eine Folge aus alledem – Finns Finger glitten ab. Er verlor jeglichen Halt.

Er fühlte sich jäh emporgehoben, geschleudert wie von einer Wurfmaschine der Dirin. Er schoss auf die Felswand zu – schon glaubte er, an ihr zu zerschellen –, da schlug er unmittelbar vor ihr auf einem Felsensims auf. Es war ein schmales Stück waagerecht vorspringenden Gesteins, kaum breiter als drei Klafter und höchstens ein Dutzend lang. Wil klatschte neben ihm auf, als wäre er ein Sack voll nasser Wäsche.

Am schlimmsten aber erwischte es den Gidrog. Er wog das Dreifache eines Vahits oder mehr. Er flog über sie hinweg und prallte, mit dem Kopf nach unten, rücklings gegen die senkrechte Wand. Im nächsten Moment rutschte er, in eine Wolke aus rieselndem Steinmehl gehüllt, daran herunter, bis er reglos auf dem Simsbrett liegen blieb, nur einen Schritt von den beiden Vahits entfernt. Und zwei vom Rand des Abgrunds. Sein Schwert entfiel ihm dabei. Mit einem hässlichen Klirren klemperte es neben Finns Kopf zu Boden.

Der angstgeborene oder vielleicht auch nur wütende Schrei des Criargs ließ sie herumfahren – und sich flach an das Gesims pressen.

Wippend, wie drohend über sie gebeugt, dabei mit den langen Flügeln schlagend, versuchte das Tier auf dem Rand des Simses Halt zu finden. Es krallte sich ein, vergeblich. Es warf sich vor und zurück, es reichte nicht. Der Schnabel fuhr nieder, hakte sich in eine unebene Stelle dicht neben Wilhags Fuß. Steinchen bröckelten unter den Raubvogelkrallen fort, während der Criarg flatternd sein Gleichgewicht suchte. Es zu finden war ihm erst völlig, dann fast unmöglich. Eine Klaue stieß gegen das dem Gidrog entfallene Axtdornschwert. Es schabte kreischend über den flachen Stein und verschwand. Lautlos fiel es in die Tiefe.

Einen schwindelerregenden Moment lang drohte auch der Criarg von der Kante wegzubrechen. Ein Sturmwind an Flügelschlägen setzte ein. Dann, indem er sein ganzes Gewicht nach vorn warf, gelang es ihm, sich aufzurichten. Er verharrte stocksteif. Vorsichtig und unendlich langsam zog das Tier die Flügel ein.

Dabei glotzte es die Vahits aus verständnislosen, dunkelgelb angelaufenen Augen an. Ein abgehacktes, leises Pfeifen entwich durch die Nasenlöcher im oberen Schnabel, einer Wölbung, die allein schon beinahe halb so groß war wie sie selbst. Kaum mehr als ein Zischen war es, doch die Vahits hörten es in ihrer eigenen Angst. Hastig und stoßweise kam es, pumpend und jagend, ein Echo des wie wild hämmernden Vogelherzens.

Ihre eigenen Herzen schlugen nicht minder.

Finn tastete umher und befühlte den festen Grund unter seinen Fingern. Erst presste er die Hände gegen den rauen Stein. Dann drückte er darauf herum wie auf etwas, das nicht da sein sollte und es doch war. Auf dem er zu seinem fast starren Erstaunen zu liegen gekommen war. Das ihn hielt, so unfassbar es schien. Er lauschte. Da war kein Rauschen mehr. Kein Schlagen und Knallen von Mantelsäumen und Ärmelaufschlägen. Er fiel nicht mehr, obwohl ihm sein Magen immer noch vorgaukelte, er würde weiter haltlos stürzen.

Finn lag auf seinem geschulterten Rucksack, mit dem Gesicht nach oben, und was er erblickte, entsetzte ihn: Er sah nur eine in den Himmel reichende, schier endlose Wand aus rotwangigem Fels, die hinauf- und immer nur hinaufstrebte, bis sie sich irgendwo in träge treibenden Wolken verlor. Auch zur Rechten wie zur Linken erstreckte sich der Stein bis in die fernsten Dünste hinein – nichts anderes gab es als diese eine Felswand, rot und riefig und rissig. Sie füllte alles aus in ihrer unwirklichen Größe. Wie oft hatte er bei den Taubers gestanden und mit ihnen in den

Sturz hinabgeschaut? Aber niemals hatte er sich die Felsenstufe zu den Tiefenlanden so gewaltig vorgestellt, niemals hatte er sie zuvor mit eigenen Augen *gesehen;* und in einer winzigen Ecke seines Bewusstseins verstand er nun, weshalb das ihr Name war: Linvahogath, die lange Bergmauer.

Abermals langte er zu. Er fasste nach, immer wieder neu befingerte er den Staub und die Steinchen, auf denen er lag, ehe ihn das Erkennen überkam, ehe er begriff, ehe er es auch nur zu begreifen wagte … bis er selber daran glaubte: Er lebte noch!

Wider alle Erwartung lebe ich!, dachte er, noch benommen von Angst und Schwindel. Gegen jede Wahrscheinlichkeit! Der nächste, schon klarer werdende Blick verriet ihm, dass es wohl auch gegen jede Aussicht so blieb, wenn auch nur für den Moment.

*

Bei dem Sims handelte es sich um ein mehr oder weniger gleichmäßiges und waagerecht ausgerichtetes Stück Fels. Geformt war es wie eine missmutig vorgestülpte Unterlippe, dabei auf der Oberseite nach vorn springend wie ein trotzig vorgeschobener Kiefer, darunter nach innen gewölbt, mit sich zurückziehenden und danach steil abfallenden Seiten.

Wie ein halber Mund, ein Unterkiefer, dachte Finn unwillkürlich.

Denn die Wand hinter ihnen wich ein wenig zurück und bildete eine flache senkrechte Mulde aus, die dem Sims seine eigentliche Breite gab.

Ein geöffneter Steinmund ohne Oberlippe und bar der Zähne.

Wie zum Ausgleich war er mit einer Scharte versehen. Wind und Regen, Frost und Hitze hatten seit einer halben Ewigkeit an dem Gestein genagt. Sie hatten es gewaschen, gebrochen und eingerissen. So war eine breite Kerbe entstanden, einer Scharte nicht unähnlich, gelegen an der rechten äußeren, abbröckelnden Kante.

Loses Geröll hatte sich darin wie in einem Trichter gesammelt. Es konnte jeden Augenblick den Halt verlieren. Was mit dem Rest des Simses geschehen würde, falls das Geröll abging, wollte Finn gar nicht wissen.

Über diese Kerbe mit ihren losen Bröckeln hinwegzuklettern käme einer Wahnsinnstat gleich. Ebenso gut hätten sie sofort in die Tiefe springen können. Zumal es sinnlos gewesen wäre, denn eine Kletterei hätte sie nirgendwohin geführt. Schon nach zwei Klaftern wuchs die Lippe jenseits des Einschnitts mit der Felsenmauer zusammen und verschmolz mit ihr zu der senkrechten Wand, der sie entsprang.

Die andere Seite des Simses war dreckig und stank.

Hier war das Gestein vollgekotet und mit allem möglichen Unrat verschmutzt, in dem bleiche Knochen noch das Ansehnlichste waren. Ein dunkler Fleckenteppich wie von altem, angetrocknetem Blut umgab einen auseinandergebrochenen Adlerhorst, der gleichsam am Ende des Lippenschwungs klebte und offenbar schon seit Jahren verlassen war. Das trockene Holz des Nestes war fast so bleich wie die umherliegenden Knochen – graue Aststücke, zu einem unentwirrbaren Haufen gesteckt, geschoben und verflochten. Hinter dem Horst gab noch eine freie Fläche von einem Schritt Breite: ein zur Felswand gebogenes Dreieck, überzogen mit einer Kruste aus weiß-schwärzlichem Vogeldung. Hinter der Spitze des Dreiecks aber lauerte nur noch grausige Tiefe.

Die beiden Vahits wagten kaum, sich zu bewegen.

Hinter ihnen, hinter ihren Köpfen, dicht an der Felswand, lag ausgestreckt der bewusstlose Gidrog. Vor ihnen, sie immer noch anglotzend, hockte der Criarg am Rand des Simses. Er wartete; worauf, wusste nur er allein.

»Wil?«

Finn hauchte den Namen seines Vetters nur, um den Großvogel nicht zu erschrecken. Oder um ihn nicht etwa voreilig zu ermuntern, sein Warten einzustellen. Worauf er sicher tun würde, was Criargs tun, wenn sie nicht flogen oder glotzten: fressen. Finns

Blick flog zu den Knochen hinüber, und er schüttelte sich innerlich.

»Ja?« Wil antwortete ebenso leise.

»Aman sei Dank, du lebst.«

»Noch ja. Wie lange noch, ist eine ganz andere Frage. Wir stecken bis zur Unterlippe in diesem Schlamassel fest, wie es gar keinen schlimmeren geben kann.«

»Wie wahr. Bis zur Unterlippe trifft es recht gut. Dieser Sims hier sieht mir wirklich so aus, als wolle er uns verspeisen.«

»Du hast Recht; ich fühle mich schon wie ein Vahitkrümel, seit ich hier bin. Und es ist kein schönes Gefühl. Bleibt die Frage, ob er uns ausspuckt oder verschlingt.«

»Wer? Der Steinmund?«

»Na ja, irgendwie. Aber es trifft auch auf das Tier hier zu, den Criarg.«

Das Pfeifen über ihnen wurde leiser, der Atem des Vogels beruhigte sich.

»Wir müssen hier weg, Wil.«

»Ich will aber nicht springen, falls du das meinst. Ich hab's erst kürzlich versucht, weißt du, und es gefiel mir ganz und gar nicht.«

Finn hörte ein Schmirgeln hinter sich und warf einen Blick über die Schulter. Der Gidrog bewegte sich in seiner Ohnmacht. Es konnte nicht mehr lange dauern, bis er erwachte.

»Das habe ich auch nicht vor. Kannst du von deiner Warte aus erkennen, ob der Sattel noch hält?«

»Sieht fest aus, ja. Aber was *hast* du vor? Du willst doch nicht etwa …?«

»Fliegen? Genau das will ich. Weil es alles ist, was uns zur Rettung bleibt. Oder hast du einen besseren Vorschlag?«

»Ich habe überhaupt keinen Vorschlag. Außer hinabspringen, aber der taugt nichts.«

»Da hast du's. Hilf mir, meinen Rucksack zu öffnen. Ich komme nicht selber dran.«

»Kann das nicht warten? Ich denke, du willst mit ihm fliegen.«

»Ja, aber dazu müssen wir in den Sattel gelangen. So, wie der Criarg im Augenblick steht, kommen wir aber nicht an seinem Kopf vorbei. Schau doch selbst: Der Sattel schwebt fast über dem Abgrund. Wir müssen das Vieh dazu bewegen, sich ein Stück weit zu drehen. Nur dann reichen wir überhaupt an den Sattel heran. Und wir müssen uns beeilen, ehe der Reiter erwacht.«

»Und wie willst du das bewerkstelligen?«

Finn verzog den Mund zu einem schiefen Grinsen. »Ich sah einen von ihnen Würmer aus dem Boden ziehen. Würmer, Wil. Sie verschmähen also auch kleine Happen nicht. Wenn wir ihn irgendwie ködern können, dann wird er sich bewegen, verstehst du? Mit etwas Glück wird er uns seine Seite zuwenden. Dann können wir aufsteigen und … na ja, alles Weitere in die Wege leiten.«

»Aha«, machte Wil. »Du hast demnach Würmer in deinem Rucksack?«

»Nein.« Finns Grinsen gefror, als ein Bein des Gidrogs zuckte und über den Sims schabte. Kleine Steinchen rieselten nach.

»Dann verstehe ich es nicht.«

»Keine Würmer, Wil. Ich habe mir die Reste von dem Hasenfleisch eingepackt für Inku. Für unterwegs, meine ich; du hast es doch selber von eurem Nachbarn Rohmag besorgt. Wenn sie Würmer mögen, dann vielleicht auch Hase. Ich hoff's nur, ja? Wir müssen es versuchen. Hol es raus, es liegt gleich obenauf.«

Finn legte sich vorsichtig auf die Seite, so dass Wil an den Rucksack herankam. Er hörte, wie Wil die Schnallen löste, dann spürte er die Hand seines Vetters, wie sie in den Rucksack fuhr. Sie kam mit einem Päckchen wieder zum Vorschein: ein Tuch aus Walnutias Küche, mehrfach ineinandergeschlagen. Es enthielt die schon für den Welpen zurechtgeschnittenen Stücke. Wil legte es Finn in die Hand.

»Hier«, sagte er.

»Danke. Mach vorher den Rucksack wieder zu. Sonst purzelt beim Fliegen alles heraus.«

»Wo du es ansprichst«, erwiderte Wil und tat, wie ihm geheißen. »Ich meine, das Fliegen und alles. Wie willst du denn …? Ich meine, ich weiß, du bist schon einmal mit einem geflogen. Aber das war doch was anderes.«

»Eins nach dem anderen. Dieses Mal werde ich alle vier Zügel in meiner Hand halten, und ich hab jetzt auch eine Vorstellung davon, wie sie zu bedienen sind. Es wird schon gehen. Jetzt aufgepasst. Hab keine Angst, wenn er sich bewegt, denn das wollen wir ja.«

Wil zog eine zweifelnde Grimasse, nickte aber.

Finn nahm ein Stück Hasenfleisch und bewegte es langsam vor den gelben Augen des Criargs hin und her. »Hier, nimm, mein Freund«, sagte er. »Das ist für dich. Weil du uns gerettet hast. Wir Vahits vergessen so etwas nicht. Lass es dir schmecken.« Damit warf er es vor dem großen Schnabel auf den Boden.

Einen Moment lag schien es, als wolle der Raubvogel die Leckerei missachten. Dann bewegte er den Kopf. Vorsichtig stupste er das für ihn winzige Bröckchen an, ob es sich vielleicht bewegte. Als er erkannte, dass es sich um totes Fleisch handelte, zögerte er. Finn stöhnte lautlos; sein Plan ging nicht auf. Dann fuhr die Zunge heraus. Das Stück Hase verschwand im Innern des gewölbten Schnabels. Ein Happen, ein Schlucken. Die Augen des Criargs hefteten sich auf Finn.

Wil sah es und erschrak. »Nun mach schon. Wirf ihm noch einen Brocken hin. Ehe er sich für dich als Mahlzeit entscheidet.«

Finn nickte. Er hatte das zweite Stückchen schon in den Fingern. Wieder zeigte er es zuerst dem Großvogel, ehe er es warf. Der hatte begriffen, was kam, und schnappte sich den Fleischbissen noch in der Luft. Dabei geriet er beinahe wieder aus dem Gleichgewicht. Angehobene Flügel glichen das Schwanken aus. Finn wartete, bis die Schwingen wieder eng am Körper lagen.

»Siehst du«, sagte er. »Du solltest dich besser etwas drehen, mein Freund. Dann ist's für dich leichter. Hier, nimm. Und du gib acht, Wil.«

Dieses Mal warf er das Fleischbröckchen etwas weiter nach

links. Um es zu erreichen, musste der Criarg seinen linken Fuß vom Rand des Simses lösen und ihn flach auf das Gestein stellen. Dabei schwang der lange Schwanz herum, bis er fast auf dem Gesims auflag.

»Sehr gut«, lobte Finn und belohnte die gelungene Bewegung mit einem weiteren Leckerbissen. »Wil, bist du bereit? Wir müssen nacheinander in den Sattel hinauf. Du kletterst zuerst. Halt dich gut fest und hilf mir dann hoch. Nach dem nächsten Happen – jetzt.«

Wil hatte schon gekniet und stand jetzt langsam auf. Er streckte die Hände aus und griff nach dem Sattelzeug. Wieder flog ein Fleischstückchen, wieder schlang der Criarg es herunter. Offenbar ist er ziemlich ausgehungert, dachte Finn. Womöglich liegt schon ein langer Flug hinter ihm. Hoffentlich folgt er dem Zug der Zügel. Nur noch zwei Hasenbrocken lagen in dem Tuch.

Den ersten warf er, als Wil im Sattel angelangt war und mehr darin lag als saß, die Beine weit gespreizt in dem für Vahits viel zu großen Stück Leder. Den letzten legte Finn mehr hin, als dass er es warf; der Criarg sollte so ruhig stehen wie möglich. Dabei umfasste er im Bücken alle vier Zügel, ließ sie durchhängen und wand sie sich um das Handgelenk. Dann zog er sich am Steigbügel hoch. Wil beugte sich vor und hob den Rucksack mit an, um Finns zu helfen. Irgendwie bekam Finn die Beine mit hinauf. Wil rutschte nach hinten, Finn an ihm vorbei nach vorn. Plötzlich saßen beide eng hintereinander auf dem breiten Rücken.

»Halt dich an mir fest *und* irgendwie am Sattel«, sagte Finn. Dann verteilte er die Zügel in seinen Händen und tastete, selber Halt suchend, nach dem Sattelhorn. Jetzt, da es so weit war, wurde ihm bewusst, dass er nicht die geringste Ahnung hatte, wie er den Criarg in Bewegung versetzen sollte.

Daran habe ich nicht gedacht! Sie rennen und nehmen Anlauf, um in die Luft zu steigen! Aber hier ist kein Platz zum Rennen! Wie soll ich …?

»Was ist?«, fragte Wil, der Finns Zögern missverstand. »Wenn du darauf warten willst, bis ich richtig Angst bekomme, bist du auf dem besten Weg dazu. Nur kann es dann zu spät sein. Beeil dich. Der Gidrog erwacht.«

Finns Kopf fuhr in heller Aufruhr nach links, und wirklich – der Hauergesichtige stöhnte leise. Noch lag er am Boden, halb auf die Ellbogen gestützt, den Kopf mit den steinstaubigen Zottelhaaren gesenkt. Aber er bewegte sich weiter, schob die Knie unter seinen Leib, begann sich aufzurichten, blickte sich um – und sah die beiden Vahits im Sattel seines Reittiers sitzen! Ein drohender Laut, der kein Stöhnen mehr war, quoll zwischen den aufgerissenen Hauern hervor.

Wil, der sich erst zum zweiten Mal einem Gidrog aus unmittelbarer Nähe gegenübersah, stieß einen halb erstickten Schreckensschrei aus. Finn spürte deutlich, wie sein Vetter hinter ihm zu zittern begann.

Finn schnalzte hektisch mit den Zügeln, wie er es vom Reiten kannte. Vergeblich. Was Smod und jedes andere Vahitpony zum Laufen gebracht hätte, versagte bei diesem Criarg jedoch kläglich. Finn rief etwas, was genau, erinnerte er nicht, es war ohnehin einerlei. Ungestüm ruckte er an jenem der vier Zügel, der den Kopf nach unten bewegte. Es bewirkte nichts. Zwar folgte der Kopf dem Zug, aber der Großvogel machte keine Bewegung darüber hinaus. Schon gar keine, die sie vom Rand des Gesimses fortbrachte. Und damit aus der Reichweite seines eigentlichen Reiters.

Der Gidrog tastete unwirsch nach seinem Schwert. Erst jetzt bemerkte er dessen Fehlen. Vielleicht verblüffte ihn das, jedenfalls zögerte er zunächst. Was er dabei von sich gab, war zweifellos ein Schimpfen. Er klang wie ein verärgerter Borstler, der seinen Wald nicht mit einem Nebenbuhler zu teilen beabsichtigte. Doch das hielt ihn nicht mehr als eine oder zwei Sekunden zurück. Dann stand er auf seinen stämmigen Beinen, klotzig, als wäre er selbst ein Fels. Er streckte beide Arme aus, um Finn die Zügel aus den Händen zu reißen.

Der Gidrog machte ansatzlos einen halben Schritt nach vorn. Schon war er da, war damit so nah, dass Finn den Leib des Gidrogs gegen sein linkes Bein drücken fühlte. Ein Schwall übelriechender Fremdheit drang auf Finn ein, ein Geruch, der ihm sofortige Übelkeit bereitete.

Finn beugte sich so weit er es vermochte nach rechts zur Seite, und einen Sekundenbruchteil lang irrte sein Blick in die Tiefe unter ihm. Noch immer befanden sie sich in schwindelerregender Höhe, noch immer lag wenigstens eine halbe Meile dunstigen Nichts zwischen dem Criarg und dem dunklen Grün der Schattenfenne. Finn schwankte und zwang sich, den Blick zu heben – und dem Gidrog in das verzerrte Antlitz zu blicken.

Der Krieger zog den Kopf zwischen die erhobenen Schultern, spannte die Oberarme für einen gewaltigen Schlag. Als ob er besonderer Kraft bedurft hätte! Dabei funkelte er die Vahits an wie ein tollwütiger Eber. Nicht allein Zorn lag in diesem Blick. Vor allem etwas, das er nur als blendende Verachtung zu lesen vermochte, fand Finn in den stehenden Pupillen, soweit es einem Vahit überhaupt möglich war, im Ausdruck fremdartig senkrechter Augenschlitze irgendetwas zu verstehen.

Finn nahm das Bündel der Zügelenden und schlug sie – ehe er selbst begriff, was er da tat – dem Zottelhaarigen wie eine vierschwänzige Peitsche einmal quer über das Gesicht.

Der Gidrog riss den Hauermund auf und brüllte.

Ob vor Verblüffung oder vor Wut, ob vor Schmerz oder nur aus dem Grund, dass er mit einer Gegenwehr nicht gerechnet hatte – es war ein Fehler. Denn der Criarg bezog das Brüllen auf sich.

Er drehte sich, nein, er sprang in einem einzigen Satz um einen Viertelkreis. Sein breiter Schwanz fuhr herum wie das Blatt einer Sense. Finn hörte ein fauchendes Zischen und dumpfes *Bumpf!* hinter seinem Rücken. Der breite Schwanz traf den Hauergesichtigen in der Leibesmitte. Der Gidrog wurde durch die Wucht von den Beinen geschleudert und krachte ein zweites Mal gegen die rückwärtige Felswand.

Der Criarg aber hockte nun halb nach vorn gebeugt an der Kante des Gesimses, den Schnabel auf den Sturz gerichtet. Aufgeregt, als wäre er noch ein Jungtier, trippelte der Vogel nach rechts, kam der Kerbe mit ihrem bröckelnden Rand immer näher und wischte mit dem Schwanz dagegen.

Steine kollerten zur Seite, kleinere Splitter flogen weg, das Geröll knirschte, schmirgelte und ruckelte. Dann brach etwas mit einem dröhnenden Knacken. Der gesamte Trichter, angefüllt mit Steinen und Geröllbröckchen aller Größen bis hin zum Umfang einer Vahitfaust, geriet ins Rutschen. Es rüttelte und schüttelte. Der Sims bebte. Erst neigte er sich mahlend, dann polternd dem Abgrund entgegen. Die Kante sackte einen ganzen Fußbreit tiefer. In der Drehbewegung, mit der Finns Blick nach rechts zur Kerbe flog, sah er aus den Augenwinkeln auch den Gidrog schwankend auf die Füße kommen.

Plötzlich klaffte dort ein Loch, wo eben noch die Scharte gewesen war. Ein breiter Riss ging von ihr aus, lief bis zur Felswand zurück und schien darin zu verschwinden. Der äußere rechte Teil des Simses kippte nach vorn und stürzte als ein einziges großes Stück in die Tiefe. Auch der größere Teil der Gesimsplatte bewegte sich, drehte sich allmählich seitlich, als wolle er dem entrissenen Brocken folgen und würde doch noch von der Mauer zurückgehalten. Das Drehen setzte aus und begann erneut. Lautes Knirschen begleitete das Wackeln des Simses, dem ein mehrfaches Knacken folgte. Aus feinen Rissen quoll Steinstaub.

Noch immer hockte der Criarg an der Kante und rang mit sich, ob er davonfliegen sollte oder nicht. Auch er wurde von unerklärlichen Kräften an der Kante gehalten. War es Treue zu seinem Reiter? War es Angst vor Bestrafung? War es eine noch größere, namenlose Furcht, erwachsen aus dem zuvor Erlebten? Fürchtete er, dass fallendes Gestein ihn im Fluge treffen würde?

Seitlich hinter ihm kämpfte der Gidrog um sein Gleichgewicht. Der Boden unter seinen Füßen bebte. Es gab kein Entrinnen mehr.

»Es kracht alles weg!«, schrie Wil mit überkippender Stimme. »Warum fliegt dieser Vogel nicht? Finn? Wir haben …«

Er brach ab, denn ihre Welt stürzte ein. Endgültig und haltlos.

Zumindest der Teil der Welt, auf dem sie verlorener hockten als Mäuse auf einem Ast, der einen Wasserfall hinabschoss. Ungläubig sah Finn, wie der Gidrog zwei schnellende Sätze vorwärts machte und dann in einer Staubwolke verschwand.

Der Sattel, der Vogel, das Gesims, alles zusammen geriet in taumelnde Bewegung; sie rutschten, schlidderten, fielen nach vorn.

Eine dichte, quellende Wolke aus pulvrigem Steinstaub hüllte jählings alles ein. Emporgespien wie der Auswurf eines Wrisilrhiobs. Oder etwas noch Schlimmeres.

Ehe sich Finn versah, hob sich sein Magen. Er wollte ihm schier aus dem Schlund springen. Wie ein steinharter Pfropfen presste er von unten gegen die Kehle. Jedenfalls fühlte es sich für Finn in seinem Entsetzen so und nicht anders an.

Warum bist du nicht geflogen?!, dachte Finn, erneut gefangen in einem Spalt zwischen zwei Augenblicken. Und im nächsten Moment befahl er sich selbst:

Die Zügel! Halt die Zügel fest!

Da spürte er, wie ein fürchterlicher Stoß den Vogelkörper traf.

Der Criarg schrie auf. Nach seiner Art rief er ein schrilles und anhaltendes, mehrfaches *Iiii-Iiiiääh!* Es war ein notgepeinigter Schmerzensschrei, der schmerzend in Finns Ohren gellte.

Sie schossen aus der Steinwolke heraus.

Doch sie fielen mehr, als dass sie flogen.

Erst jetzt bemerkte Finn die ausgebreiteten Flügel neben sich. Er gewahrte sie erst dadurch, dass der Vogel sie heftiger bewegte als alles, was Finn bisher an einem Criarg an Flügelschlägen gesehen hatte. Und doch wurde aus dem Fallen kein Flug, allenfalls ein Gleiten, das immer steiler wurde und sich mehr und mehr beschleunigte. Die Luft rauschte tosend in Finns Ohren. Er hörte

Wil etwas rufen, das er nicht verstand. Erst als sein Vetter ihm die Hand auf die Schulter hämmerte und in heller Panik nach unten deutete, beugte Finn den Kopf zur Tiefe.

Nein!, dachte er, noch tiefer erschrocken. Jetzt wusste er, was Stoß, Schmerz und Schrei des Criargs verursacht hatte.

Der Gidrog hing unter ihnen. Mit beiden Fäusten krallte er sich an die Klauen des Vogels!

Ihr Gewicht war zu groß, die Geschwindigkeit des Vogels noch zu gering, um alle drei, die Vahits und den Gidrog, zu tragen.

Finn hörte den Hauergesichtigen unter sich zornig rufen: hervorgepresste Grunzlaute, die für einen Vahit keinen Sinn ergaben. Finn vermutete, dass es sich um Befehle handelte, die der Reiter dem Vogel zurief. Doch was immer der Gidrog damit auch beabsichtigte, sein Criarg hörte nicht auf ihn.

Wäre nicht das Sattelhorn gewesen, so wären Finn und der sich an ihn klammernde Wil über den abgesenkten Kopf gerutscht. Die Zügel waren ihm kein Halt. Überhaupt waren sie ihm während des trudelnden Absackens des Tieres so nutzlos wie ein Schlitten im Sommer.

Die Schattenfenne, jene aus der Höhe so endlos erscheinende, graugrüne Ausdehnung von Morast und Tümpeln, tausendfach gewundenen Wasserläufen und drohenden Baumkronen darüber, die aus schlierigem Dunst und Nebeln hervorwucherten – jene formlose Ansammlung von Pflanzenwuchs und Feuchtigkeit von jeder nur denkbaren Art und Weise, alles dies verlor seine Unförmigkeit binnen weniger Atemzüge.

Plötzlich sprangen ihnen die Wipfel breiter Bäume entgegen.

Mit Flechten behangene Äste reckten sich wie knorrige Greisenhände in die Höhe, die aus sumpfigen Wiesen in den Himmel griffen. Aus dem Grau lösten sich hellere Farben und wurden zu nassem Gras, gelblich und braun und verfault. Die Luft wurde dick und roch nach Moder und Vergänglichkeit, zahllose Pfützen blitzten auf und verschwanden.

Der Criarg raste dem Boden entgegen. Immer schneller wirbelten die Fenne heran und vorbei. Immer unausweichlicher kamen die Wipfel von Schwarzerlen und Moorbirken, von Bruch- und Lorbeerweiden näher, so wollte es Finn erscheinen. Aber er täuschte sich, was das Fallen betraf. Aus dem anfänglichen Sturz war ein Gleiten geworden. Nun, schon vergleichsweise dicht über den Fennen, konnte sich der Vogel mit weit gebreiteten Schwingen in der Luft halten, obwohl es immer noch kein eigentliches Fliegen war.

Der Gidrog stellte sein sinnloses Rufen ein, und eben deswegen sah Finn zu ihm hinab. Wil bemerkte es im selben Augenblick wie Finn. »Bei allen Waldgeistern! Was macht er denn jetzt?«

»Nichts Gutes«, antwortete Finn. Der Hauergesichtige hatte einen gekrümmten Dolch gezogen und ihn sich zwischen die fest zusammengepressten Lippen gesteckt. Er änderte seinen Griff, hielt sich nur noch mit einer Hand an der Klaue fest und nahm die Klinge aus seinem Mund. Weit führte er sie über den Kopf mit den fliegenden Zottelhaaren. Finn spürte eine schabende Bewegung als Widerhall in seinem rechten Bein.

Etwas rieb am Sattelgurt. Es rieb kräftig daran.

Finn vermochte sich keinen Reim darauf zu machen und vergewisserte sich, dass er noch alle Zügel in seiner Hand hielt. Der Criarg flog jetzt tatsächlich – mit weiten Schlägen teilte er die Luft und gewann sogar ein wenig an Höhe. Das Reiben unter Finn ließ indes nicht nach. Mit einem Mal begriff er, was der Gidrog tat!

»Er schneidet den Sattelgurt durch!«, brüllte im nächsten Moment Wil in sein Ohr.

»Ich weiß. Ich kann nur nichts dagegen tun.«

Plötzlich schrie der Criarg auf, wieder vor Schmerz. Ein Schütteln lief durch seinen Leib. Im Fliegen beugte er den Kopf zur Seite herunter. Er hackte mit dem Schnabel unter sich. Ob er den Gidrog mit dem Schnabelhieb traf, vermochte Finn nicht zu erkennen. Aber er bezweifelte es. Das Reiben setzte abermals ein und wurde stärker.

Jeden Augenblick konnte der Sattelgurt reißen.

Sprang der mehrfach vernähte Lederriemen entzwei, war es um sie geschehen.

Finn war sich vollauf darüber im Klaren, was das bedeutete.

Ohne den Gurt würde der Sattel schon beim nächsten Flügelschlag vom Rücken des Vogels herabrutschen. Mit ihm würden die beiden Vahits herunterfallen. Noch bewegte sich der Großvogel etwa dreimal so hoch wie die höchsten Baumkronen. Einen Fall aus dieser Höhe würden sie nicht überleben. Selbst wenn ein Baum sie auffing, wie es Finn schon einmal erlebt hatte.

Was hat der Gidrog nur vor?, fragte sich Finn. Zugleich überschlugen sich seine Gedanken.

Vielleicht hofft er, sein Reittier nach unserem Fall allein durch Rufe lenken zu können, dachte Finn. Oder das Tier war so abgerichtet, dass es nach dem Verlust des Sattels unverzüglich landete. Aber welche Gründe den Gidrog auch zu seinem Tun bewogen haben mochten, er ging dabei das unberechenbare Wagnis ein, den Criarg mit seinem Dolch zu verletzen. Und offenbar hatte er genau das eben getan.

Für den Criarg war es zu viel.

Angriffe und waghalsige Sturzbewegungen mochte er ertragen. Auch mitten im Flug von herabfallenden Dingen getroffen zu werden. Alles das lag in seiner Erfahrungswelt und ängstigte ihn vielleicht, aber es ging von anderem und anderen aus und war Teil der Gefahren, denen zu trotzen man ihn erzogen hatte.

Der neuerliche Schrecken ging hingegen eindeutig von seinem Herrn aus. Er kam gleichsam von innen, entstand aus der eigenen Vertrautheit des Horstes und erschütterte ihn in seiner tiefsten Vogelseele. Sein eigener Herr griff ihn an! Das war Verrat oder das, was ein Criarg als solchen zu empfinden vermochte. Alles, was an Treue in seinem Herzen verankert gewesen sein mochte, löste sich unter der beißenden Klinge des Dolches und verwehte zu nichts.

Aus Unterwürfigkeit erwuchs Aufbegehren.

Aus Schmerz schlüpfte Wut.

Aus Enttäuschung kroch das Ende der Täuschung.

Das Tier wusste sich nicht mehr anders zu helfen, da es den Verräter nicht mit dem Schnabel erreichen konnte. Es ging tiefer und tiefer. Ein dunkelgrüner Schatten zog in Finns Blickfeld: eine mehr als 40 Klafter aufragende Baumkrone, breit und spitz zulaufend wie der Gipfel eines grünen Berges.

Der Criarg hielt genau auf sie zu.

Eine Eller!, durchzuckte es Finn. *Er fliegt in sie hinein!*

Im letzten Moment vor dem Zusammenprall stellte der Criarg die Flügel steiler und flog so dicht über den Wipfel hinweg, dass seine Füße die oberen Blätter streiften. Doch der an seinen Klauen hängende Gidrog geriet mitten hinein in das Geäst. Es prasselte, trommelte, schlug und fetzte. Der Gidrog schrie auf. Dann verschwand er, als habe die Eller ihn verschluckt.

Um das schwere Gewicht erleichtert und der Gefahr enthoben, stieg der Criarg sogleich höher und stieß einen abermaligen, befreit klingenden Ruf aus. Mit langen Flügelschlägen ließ er die Schwarzerle hinter sich. Er flog zunehmend nach Osten, Amas Linscalve, der Insel Langschelf, entgegen.

Tatsächlich sahen Finn und Wil schon nach kurzer Zeit ein breites Wasser vorausschimmern: Es kam von Norden herab und erstreckte sich weiter, als sie trotz ihrer Höhe auch nur zu blicken vermochten, nach Süden. Was da vor ihnen lag, war ein mächtiger Strom und konnte nur der Tarduil sein, auf dessen Oberfläche sich der Sonnenschein spiegelte, auch wenn sich das schnell ansteigende Ostufer in den Schatten des gezackten und steilen Höhenrückens der Flussinsel duckte.

Ein weiteres Gewässer lief wie eine hingeworfene Leine in unzähligen Biegungen von links auf sie zu und enteilte wie sie nach Osten, dem Tarduil entgegen. Der Criarg flog darüber hinweg, entschied sich dann aber, dem gewundenen Flusslauf zu folgen.

All diese vielfach miteinander verbundenen Bäche und Gräben, Rinnen und kleinen Flüsse wurden von den Wassern Uvaithlians hervorgebracht, die in großen und kleinen Wasserfällen die Linvahogath hinabstürzten und die Fenne speisten. Jener namenlose Fluss, den der Criarg nun hinabflog, führte einen Gutteil der Wasser des Berenduils mit sich: ein letzter Abschiedsgruß, den das Hüggelland ihnen nachsandte. Doch weder Finn noch Wil waren dessen gewahr.

»Kannst du erkennen, wie weit der Gurt beschädigt ist?«, fragte Finn über die Schulter.

»Leider nein. Oder zum Glück, ganz wie du willst.«

»Was?«

»Ich meine: Wenn er nicht mehr hielte, würden wir es wissen, oder?«

»Ich fürchte ja. Die Frage ist nur, wie lange er noch hält.«

»Nicht mehr lange. Das, werter Vetter, fürchte ich, wo du schon fragst. Was ist mit diesen Zügeln? Meinst du, du kannst unsren gefiederten Freund zum Landen bringen?«

»Zum Landen?« Finns Lachen kam schrill. »Ich kann ihn ein wenig in die gewünschte Richtung lenken, wenn du glaubst, es nützte etwas. Oder nach oben oder nach unten. Aber landen? Ich weiß beim besten Willen nicht, wie ich das bewerkstelligen soll.«

»Dann überleg dir etwas. Und mach schnell. Ich will nicht herausfinden, wie es ist, zwar auf einem Sattel zu sitzen, aber ohne Vogel darunter.«

»Ich auch nicht, das darfst du mir glauben.«

»Dann bring ihn tiefer.«

»Das könnte ich. Aber dann? Siehst du hier vielleicht irgendwo einen Platz zum Landen? Wann immer ich bisher Criargs niedergehen sah, wählten sie festen Grund dafür. Wiesen, gewiss, aber keine wie die da unten, Wil. Nichts Matschiges, um es beim Namen zu nennen.«

»Na schön. Andererseits ist *matschig* vielleicht genau das Richtige für uns. Morast ist zumindest weicher als fester Grund.«

»Wenn du stehst, vielleicht. Aber nicht, wenn du so schnell bist wie wir. Selbst Wasser ist hart, wenn du von der Höhe einer Baumkrone aus hineinspringst. Ich weiß das, denn ich hab's getan, und es war nichts, was ich wiederholen möchte.«

Finn dachte mit Schaudern an seine »Landung« in dem Moorreeter Bruchtümpel zurück, bei der er ohne die Rettung durch Ridibund Rohrammer und seine Söhne fraglos ertrunken wäre.

»Was also dann?«

»Ich hätte da einen Einfall, auch wenn er dir nicht gefallen wird.«

»Was kann das wohl noch sein, an einem Morgen wie diesem?«

Finn sagte es ihm. Sofort spürte er, wie sich Wil an seine Schulter klammerte.

»Das gefällt mir aber ganz und gar nicht«, rief Wil zurück.

»Weißt du was Klügeres?«

»Nein.«

Vor ihnen ragte inzwischen die Insel Langschelf auf: überwiegend weißliches Kalkgestein, das aus der Nähe noch stärker an den gezackten Rücken eines Untieres erinnerte, das im Grün der Fenne gründelte. Der Criarg versuchte an Höhe zu gewinnen, um der hoch aufragenden Seite der Insel auszuweichen, doch schon nach wenigen Flügelschlägen gab er es auf. Seine Kraft war erschöpft. Oder er war weit stärker verletzt, als es den Anschein hatte: durch den Sprung des Gidrogs vom Gesims herab, oder vom Schnitt des Dolches, vielleicht von beidem.

Zögernd setzte Wil hinzu: »Ich muss verrückt sein, weißt du das? Du übrigens auch. Ich kann nicht schwimmen. Und du selbst sagst, auch Wasser ist hart, wenn man hineinspringt. Bringen wir es hinter uns, wenn es nicht anders geht. Ich weiß uns auch keinen besseren Rat.«

Finn nickte. Behutsam zog er an dem Zügel, der den Kopf des Vogels nach unten lenkte. Doch da machte der Flusslauf unter ihnen eine Biegung nach Süden. Schon war nichts anderes unter ihnen als dichteres Gesträuch mit hohen, schlanken Bäumen darin, nur noch dann und wann von einem glitzernden Tümpel unterbrochen.

Plötzlich und schneller als erwartet war der Waldstrich zu Ende.

Blaue Wasser schimmerten.

Flirrende Lichter blendeten Finn – von den Wellen gespaltene Sonnenstrahlen, die auf sie zujagten und zugleich vor ihnen flohen.

Sie schossen über die Uferböschung hinaus. Schlagartig verlor Finn jedes Höhengefühl. Wie dicht über dem Wasser befanden sie sich? Vier Klafter? Zwei? Sieben? Und so breit der Tarduil war, so behäbig seine Wasser dahinströmten, so unbeweglich wollten sie Finn auch vorkommen. Gar nicht mehr weich wirkten sie, sondern hart wie Eis, gefroren im Augenblick, mit bewegungslosen Wellenkämmen, eingezwängt zwischen zu schmal beieinanderstehenden Ufern.

Viel zu schnell raste die östliche Böschung heran.

Der Criarg begann von allein, eine Kurve zu fliegen. Er wich den ansteigenden Hängen aus und schoss dicht über dem Wasser nach Süden. Dunkle Ränder bildeten den Ufersaum. Davor, am Übergang zwischen Wasser und Land, glitzerten nasse Kiesel, manche größer als ein Vahitkopf. Scharfe Schründe drohten auch hier, die Finn erst im Nachhinein als tausendfach gebrochenes Schwemmholz erkannte: hart, grau und wie Speersitzen aufragend.

Immer tiefer flog der Criarg. Und schneller. Den Kopf hielt er wie zur Jagd gesenkt, die Beine unter sich abgespreizt. Die Schwingen waren ausgebreitet, mit aufgestellten Schwungfedern.

Aufblitzende Wasser, Spiegel der Sonne, die lächelnd lockten. Der Ufersaum sprang auf und wuchs. In Finns Ohren, vielleicht auch nur in seinem Geist, entstand ein Laut, der furchtbarer klang als das Pfeifen des Windes.

Reißendes Leder.

Sie kamen nicht mehr dazu, auszuführen, was Finns Plan gewesen war: sich dicht über dem Fluss in die flacheren Uferwellen fallen zu lassen.

Der Sattel kippte einfach zur Seite. Die beiden Vahits fühlten sich wie von einer Wrisilrhiobfaust erfasst und in die Fluten des Tarduil geschleudert.

Aber längst waren sie viel zu dicht am Ufer.

Finn sah ein Feld von Steinen vom Grund heraufschimmern, während er mit dem Kopf voran ins Wasser stürzte.

Er schluckte eine Menge davon, kaum dass er es berührte. Er sank nicht bloß – er wurde tief in das hoch aufspritzende Nass hineingeschleudert, bis hinab auf den Grund des Flusses.

Ein Grund, der zu seicht unter der Oberfläche lauerte.

Der zu nah war. Zu steinern. Zu hart.

Über ihm klatschten die Wellen zusammen.

Finn sah nur noch aufgewühltes Wasser. Schützend streckte er die Arme aus, fühlte glatte Flächen zwischen seinen Fingern tanzen und dann – einen dumpfen, heftigen Schlag gegen seinen Kopf. Ein fußgroßer Kieselstein torkelte an seinem Gesicht vorbei.

Wasser drang ihm in den geöffneten Mund.

Er wollte vor Schmerzen schreien. Vielleicht tat er es auch.

Aber nicht mal mehr er selbst hörte sein Gurgeln.

12. KAPITEL

Nieselregen und Erdforellen

GILWEN WAREN NICHT für Vahithände gemacht. Finn trug daher schwer an seiner Gilwe. Er spürte ihr Gewicht an seinen Armen zerren. Er benötigte beide Hände, um sie zu tragen. Zu groß, zu schwer war sie für nur eine Hand. So kam er nur langsam vorwärts, denn die Kugel aus adamanthartem Kristall zog ihn beinahe zu Boden. Seine Knie zitterten ob der Anstrengung.

Er sah hinunter und entdeckte, wie schmutzig die Gilwe geworden war. Angetrockneter Schlamm bedeckte die eine Hälfte der sonst so glasklaren Kugel, doch in ihr glomm noch ein schwaches Licht von tiefblauen Funken. Der Schlamm stammte von dem kalten Fluss, in den hinein sie gefallen war, daran erinnerte er sich. Er selbst fror ganz erbärmlich und ging in noch feuchten Kleidern umher, denn er war hinterhergesprungen, um sie zu retten. Tief und tiefer hatte er tauchen müssen, hatte ganze Dunkelheiten zu durchschwimmen, ehe er sie wiederfand. Als er sie unter Wasser endlich entdeckte, während er kaum noch Luft bekam, da geschah etwas Sonderbares. Denn das Flusswasser löste sich auf, und fast ganz unter Schlamm begraben lag die Gilwe da, eingesunken in den Modder und kaum noch zu erkennen unter den überall herumliegenden Kieseln und abgestorbenen Ästen.

Erleichtert hatte Finn sie aus dem Flussbett geborgen, und jetzt eilte er über Marschwiesen dahin. Es war Nacht. Völlig dunkel war es nicht, auch wenn kein Mond schien, doch ein graues Glimmen überzog den Himmel, und Finn sah wenigstens den Boden unter seinen Füßen im zuckenden Licht der blauen Funken. Er wusste jetzt, dass er verfolgt wurde. Sie jagten ihn, weil sie um jeden Preis haben wollten, was er besaß. Finn hörte ihre mächtigen Schwingen über das Riedland peitschen. Rufe eilten durch die Trübnis. Vor ihm, hinter ihm, zu seinen Seiten. Er drehte sich, suchte einen Ausweg, aber er war eingekreist, und eine Stimme höhnte laut. Sie lachte ihn aus und nannte ihn einen Wicht, hieß ihn einen närrischen Brunnenhopser. Finn duckte sich über die Gilwe tief ins Gras und ahnte, dass nur sie ihn würde retten können.

Er hob sie vor sein Antlitz und schaute hinein, und er sah darin den Funken aus blauem Licht umherzüngeln. Er fühlte, nein, er wusste, dass sie bereit war. Bereit, wenn er es war. Bloß ein Lied würde er singen müssen, ein Lied, das er gut und vollständig und seit Jahren kannte, das ihm aber gerade nicht einfallen wollte. Ausgerechnet jetzt nicht, da er es dringender benötigte als jemals zuvor. Er räusperte sich und summte es an in seiner Furcht. Ein fliehendes Wispern nur war es in der feuchtkalten Nacht. Es stahl sich über seine Lippen, doch die Melodie wollte nicht stimmen, und die passenden Worte entglitten ihm, ehe er sie in sein Lied einzufügen vermochte.

Da löste sich ein Schemen aus der Dunkelheit. Ein Mantel, schwärzer als die Nacht, schlug knallend. Ein Schwert, lang und Grauen erregend, fuhr sirrend aus der Scheide.

Ja, er war es, und er war da.

Finn keuchte auf. Sein Wispern erstarb, bevor es ein Lied gebar. Die Spitze des Schwertes fand ihr Spiegelbild in der Kringwandung der Gilwe. Verbogen und verzerrt sah er sie in der glatten Wölbung in seinen Händen, doch gerade und von tödlicher Schärfe hielt er die Schneide direkt an seinen Hals.

»Gib sie mir«, sagte der Dunkle. »Ich will sie für dich wahren.«

Finn presste die Gilwe an sich. Die Brust tat ihm schon weh vor lauter Pressen.

»Gib sie mir – du bist ihrer nicht würdig.«

»Du auch nicht«, stieß Finn hervor.

»Ich werde sie nicht verlieren, so wie du.«

»Es war keine Absicht.«

»Nein, es war Torheit«, ätzte der Dunkle. »Eine Vahitalberei. Du hast sie bei deinem Absturz fallen gelassen. Darauf steht der Tod.«

»Aber es war kein Absturz«, begehrte Finn auf. »Wir sind nicht abgestürzt. Es war eine Notlandung.«

»Finn? Was redest du da?«

»Es *war* eine Notlandung!«, wiederholte er. Er flehte jetzt, wollte, dass man ihm glaubte. Der Dunkle stand vor ihm. Hoch ragte er auf, zu hoch, um sein Gesicht zu sehen. Zu mächtig, ihm zu widerstehen.

Das Schwert wurde gedreht und geschwungen. Mit der Breitseite der Klinge traf das Metall auf Finns Wangen, es ohrfeigte ihn rechts und links und wieder rechts. Kalt floss es ihm über Lippen, Stirn und Nase.

Ich verströme kaltes Blut, dachte Finn erschrocken, also bin ich schon tot.

»Finn? Wach auf! Hörst du? Nun komm schon, ja?«

Da verbarg der Dunkle nicht länger sein Antlitz, und es verwandelte sich in Wils besorgtes Gesicht, das sich über ihn beugte. Finns Vetter hielt ein Tuch in den Händen, aus dem es tropfte. Finn holte tief Luft und versuchte sich mit einem Zipfel seines Mantels zu trocknen, doch das misslang. Der Stoff war noch feucht von seinem unfreiwilligen Bad.

»Entschuldige das neuerliche Wasser«, sagte Wil. »Aber du warst in einem Traum gefangen oder irgendetwas in der Art. Du keuchtest und hast gesprochen wie jemand, der sehr große Angst verspürt, und du wolltest und wolltest nicht wach werden. Ich hab dich immer wieder gerufen, aber du hörtest nicht. Da habe ich nachgeholfen, und ich hoffe, du verzeihst mir die Ohrfeigen.«

»Du hast mich geschlagen?«

»Es ging nicht anders, entschuldige auch das. Obwohl es wohl zuletzt eher das Wasser war, das dich endgültig weckte, als ich es dir ins Gesicht träufelte. Du wolltest deinerseits das Wasser nicht hergeben, das du zuvor geschluckt hattest. Eine Zeit lang habe ich auf deiner Brust herumgedrückt wie – na ja, so wie der Dir es tat. Ich erinnerte mich daran, was du mir auf dem Beukel erzählt hattest – wie der Mönch dich ins Leben zurückholte, als du in der Räuschel untergegangen warst. Den Waldgeistern sei Dank, Finn. Ich hatte schon geglaubt, du wärest in ein Fieber gefallen oder etwas noch Schlimmeres, obwohl deine Haut so kalt ist wie die eines Fischs. Was mich zurück zu meinem begonnenen Vorhaben führen sollte. Ich hab Holz gesammelt in der Zwischenzeit, während du schliefst. Nachdem ich dich aus dem Wasser gezogen hatte, sollte ich besser sagen. Es ist genügend davon da, nur will's nicht leicht anbrennen. Dabei ist's knochentrocken, ich meine: Es ist hart und alt und so bleich, als bestünde es selber aus Knochen. Alles Harz, das mal darin war, ist vergangen, fürchte ich. Es will einfach nicht brennen.«

Er deutete auf einen Haufen, den er am Kieselstrand geschichtet hatte. Finn rappelte sich langsam hoch und sah jetzt, dass er nahe des Flussufers auf ebendiesem Kieselstrand gelegen hatte. Krüppelige Büsche säumten es, und Unmengen an angeschwemmtem, fast weißem Holz lagen herum. Die Sonne beschien jetzt die hinter ihm aufsteigenden Hänge, die aber eher als Steilufer zu bezeichnen waren. Finn erinnerte sich daran, wie er es zuvor vom Rücken des Criargs aus im Schatten liegen gesehen hatte.

»Wie spät ist es?«

»Eine gute Frage. Es muss wohl um die Mittagszeit sein, schätze ich, falls die Sonne in den Tiefenlanden nicht anders scheint als im Hüggelland. Sie ist nach Süden gewandert oder sollte es zumindest, wenn alles mit rechten Dingen zugeht.«

»Es ist dieselbe Sonne, Wil. Weshalb sollte sie hier anders scheinen?«

»Ich weiß nicht. Hier unten ist alles … anders. Riech nur mal die Luft – so dick und schwer ist sie bei uns nicht, oder?«

Finn sog den Atem tief ein und nickte. »Irgendwie seltsam schmeckt sie schon. Aber vergiss den Fluss nicht. Einen solchen

Strom gibt es bei uns oben nicht. Er verändert sicher auch die Luft.«

»Ich sage doch, hier ist alles anders. Oder fremdartig, das trifft es eher.«

»Fremd? Wie man es nimmt. Immerhin sind wir hier die Fremden, Wil.«

»Ja, das stimmt. Aber sag: Ist das überhaupt zu fassen? Wir leben noch, und wir sind heil in den Tiefenlanden angekommen, mit nur ein paar Kratzern und Beulen hie und da.«

»Beulen hie und da? Na, ich danke auch dafür«, erwiderte Finn. »Was immer du sagst – das Ding hier an meinem Kopf ist größer als alle deine Beulen zusammengenommen, wenigstens soweit ich das sehen kann. Und du vergisst die Ohrfeigen, die mir unlängst jemand verpasst hat.«

»Die hast du bekommen, weil sonst nichts half. Das würde ich ohne Gewissensbisse wieder tun. Aber ich habe dir nicht nur etwas gegeben, sondern musste dir auch etwas nehmen. Dein herabhängendes Ohrläppchen sah nicht gut aus, Finn. Nein, fass nicht hin, es ist … na ja. Eben fort, verstehst du? Es war ohnehin fast durchtrennt und baumelte nur noch an einem Zipfel deiner Haut. Ich glaube nicht, dass es dir von allein wieder angewachsen wäre. Ich habe es mit deinem scharfen Schwert abgeschnitten, während du schliefst, und *das* verschafft mir Gewissensbisse. Aber ehe du darüber zornig wirst … Ich fürchtete um dein Ohr, dass die Wunde noch größer werden könnte, dass sie sich entzündet und so weiter. Den Dreck und alles konnte ich abwaschen, aber das Ohrläppchen war nicht zu retten. Der Schnitt hat kaum geblutet, wenn es dich beruhigt, und die Wunde scheint mir jetzt schon etwas abgeschwollen zu sein.«

Wil machte eine Pause und sah dabei aus, als erwarte er eine gehörige Schelte. Finn missachtete Wils Rat und tastete vorsichtig die rechte Wange hinauf. Während Mellow unter dem Einfluss der Sinyanhwe gestanden hatte, war es zu einem Handgemenge zwischen ihnen gekommen. Dabei hatte Mellow am Ende zu seinem Wacala gegriffen und Finn zu erstechen versucht. Es war der Beginn der ungeheuerlichen Geschehnisse gewesen, an diesem an Ungeheuerlichkeiten so reichhaltigen Morgen.

Sein Ohr fühlte sich seltsam fremd an, so als sei mit dem fehlenden Ohrlappen auch das Gefühl für Berührungen abhandengekommen, aber davon abgesehen fühlte Finn zumindest keinen Schmerz.

»Du hast richtig gehandelt«, sagte er. »Mach dir keine Vorwürfe.«

Wils Züge entspannten sich.

»Davon abgesehen hast du außerdem Recht in dem, was du sagtest. Wir leben, obwohl ich es weder glauben noch richtig begreifen kann. Wir hätten das alles eigentlich gar nicht überstehen dürfen, wenn du verstehst, was ich damit sagen will. So viel Glück im Unglück kann niemand für sich beanspruchen. Ich meine: Nicht, dass ich mich darüber beklage. Aber ... es ist so unwirklich. *Niemand* stürzt in den Sturz und sitzt hernach einfach gemütlich in den Tiefenlanden herum und beschwert sich über so ungemein wesentliche Dinge wie sich nicht recht entzündendes Holz. Doch genau das tun wir.«

»Na ja, gemütlich geht für mich eben anders«, grinste Wil schwach. »Dazu gehört auf jeden Fall etwas Wärme. Und etwas zu essen. Ich bin hungriger als ein Fuílfrar, falls du es wissen willst.«

»Hunger? Ich kann jetzt nichts essen. Nimm dir meinetwegen so viel von meinen Vorräten aus dem Rucksack, wie du nur willst. Unsere Großmutter hat mir ein wenig eingepackt für die Reise zurück nach Hause. – Nach Hause! Du liebe Güte! Ahnst du überhaupt, wie weit weg wir von zu Hause sind?«

»Ehrlich gesagt – nein«, antwortete Wil. »Zumindest nicht was Meilen oder Wegstunden betrifft. Und auch nicht, falls du Aarienheim oder Moorreet meinst. Da ist mir nur die grobe Richtung klar: nach oben. Ja, ich weiß schon, damit beginnt die Sache knifflig zu werden. Aber eins nach dem anderen. Was mich im Augenblick viel mehr beschäftigt, ist etwas anderes. Das da ...«, er deutete auf die spielenden Wellen des gemächlich fließenden Stroms hinaus, »… ist doch der Tarduil, richtig? Der Strom, den wir tagein, tagaus von oben sehen können, nicht wahr? Und wir, Finn, wir beide sitzen hier an seinem Ufer. Am Ufer des Tarduil! Mann! Wohin mein Urahn Bartolo einst ging. Und er stieg – *nur*, muss ich fast sagen – den Alten Weg hinab und betrachtete den Fluss von dort. Wir aber sind viel weiter im Süden gelandet, oder? Das heißt, wir sind auch viel weiter gekommen als er. Oder jeder andere. Das bedeutet aber: Kein Vahit ist vor uns jemals so weit gereist wie wir. Überleg mal! Das ist doch das Bedeutsamste, was jemals geschah! Stell es dir nur mal vor! Man wird Bücher über uns schreiben. Bücher, Finn! Oder halt! Nein, du! Du wirst selber eines schreiben. Das wolltest du doch immer, nicht wahr? Da hast du's. Wie willst du es nennen?«

Finn sah seinen Vetter erst baff, dann eine ganze Weile lang kopfschüttelnderweise an. Endlich sagte er unter schwerem Schlucken: »*Ich* habe die Beule am Schädel, aber *du* bist der, der irre zu reden beginnt, mein Lieber. Jetzt mal im Ernst: Du fragst wirklich danach, wie ich ein Buch zu nennen beabsichtige? Ein Buch? Hast du etwa verdrängt, was derzeit im Hüggelland vor sich geht? Ist dir der Schrecken von Aarienheim schon entfallen? All die Toten heute Morgen? Die Nachbarn? Unsere Familie? Unsere Freunde? Smod? Inku? Circendil? Mellow?« Er starrte Wil zunehmend entgeistert an und zählte flüsternd weiter auf: »Mein Vater? Meine Mutter? Deine Eltern? All unsere Vettern und Kusinen, Oheime, Muhmen, nicht zuletzt Opa Hámlat und Oma Walnutia? Kannst du sie alle einfach so vergessen?«

Mit dem letzten Satz sprang er auf.

Alle eben noch gespürte Erleichterung wich einer inneren Not, einer beklemmenden Sorge, einem unsäglichen Gefühl, das weit über alles hinausreichte, was er je zu ertragen für möglich gehalten hatte.

Finns Herz raste plötzlich. Er schwankte in jähem Schwindel, und kalter Schweiß trat ihm auf die Stirn. Ein Rauschen dröhnte in seinen Ohren, während ihm speiübel wurde und seine Knie einknickten. Er sank auf die harten Kiesel nieder, ohne sich dessen noch bewusst zu werden. Schwärze wallte vor seinen Augen, und hätte er noch sehen können, so hätte er vielleicht Wils erschrockenen Blick bemerkt, der seinerseits in Finns blasses Gesicht starrte und seinen Vetter auffing, ehe dieser gänzlich niederschlug.

*

»Was ist mit dir, Finn? Finn?«

Die Schwärze kräuselte sich und sank mit Finn zu Boden, ehe sie gleichsam zwischen den Kieseln versickerte. Gleißende Helligkeit flutete über ihn hinweg. Die Sonne blendete ihn. Er schloss gepeinigt die Augen und versuchte sich umzudrehen. Wegen etwas, von dem er schon im Moment der Handlung nicht mehr wusste, was es war, schüttelte er den Kopf. Dann nahm er dankbar nickend Wils Hilfe an und richtete sich in eine halb sitzende Stellung auf; von der Sonne abgewandt saß er eine ganze Weile stumm an Wils Seite. Beide blickten sie schweigend auf den Tarduil hinaus. Endlich ließ das rasende Schlagen seines Herzens nach, und Finns Atem wurde wieder ruhiger.

»Du liebe Güte. Ich weiß nicht. Die Schwäche kam ganz plötzlich über mich.«

»Geht es wieder? Du sahst bleich aus wie ein Laken.«

»So fühle ich mich auch – wie ein benutztes Laken. Wie ein klammes Laken, obendrein. Mir ist furchtbar kalt.«

»Eben deshalb brauchen wir ein Feuer. Zieh besser deine nassen Sachen aus, Finn. Schau, dort drüben steht eine Kiefer. Wenn es Harz ist, das diesen alten Ästen fehlt, so wird sie es uns geben. Ich bin gleich zurück.« Damit sprang er auf, begab sich hinüber zu dem bezeichneten Baum und machte sich emsig am Stamm der Kiefer zu schaffen, die jenseits des Kieselstrandes am Fuß des beginnenden Steilanstiegs vor einem stark nach innen gewölbten Überhang stand. Finn folgte derweil Wils Rat und zog sich aus.

Er breitete seine Kleider in die Sonne aus und hoffte, sie alsbald wieder anlegen zu können. Nur seinen Mantel behielt er um sich geschlungen. Trotz seiner Nässe schützte er vor dem Wind, der den Fluss entlangstrich.

Wil trug Kiefernäste herbei und obendrauf das, was er einen Schatz nannte: harzige, aneinanderhaftende Bruchstücke von der Baumrinde. Es waren nicht allzu viele, und Wils Finger sahen dennoch aus wie die eines übereifrigen Waldarbeiters. »Mehr war mit bloßen Händen nicht zu schaffen«, bedauerte er.

Finn betrachtete die mit Nadeln übersäten Haare seines Vetters und musste wider Willen lächeln.

»Ich muss mich bei dir entschuldigen, Wil. Steine tun Köpfen nicht allzu gut, fürchte ich. Und dieser alberne Flusskiesel war schon der zweite Stein gegen meinen Kopf, in nicht mal einem Tag Abstand.« Er meinte damit das Geschoss, das Bholobhorg Feldschwirl in der gestrigen Nacht nach ihm geworfen hatte, oben auf dem Beukelfelsen. Jener Gelbstein, der sich als heimtückische Sinyanhwe entpuppt und Mellow in den Bann geschlagen hatte. Er spürte diese erste Beule nicht weniger als die zweite.

»Hier, nimm das«, sagte er, nachdem er tief in seinem Rucksack gewühlt hatte. Er reichte Wil das Wacala, das Holzarbeitermesser der Rohrsangs, ein Geschenk, das ihm Sahaso gemacht hatte, Mellows Bruder. »Seitdem ich Maúrgin bei mir trage, hat mich das hier ziemlich nutzlos begleitet, fürchte ich. Das Wacala sollte deine Hände künftig schonen. Beim Abschaben von Rinde, meine ich. Und vielleicht rettet es dir sogar das Leben. Ich trug es während der Schlacht am Mürmelkopf. Die Klinge erinnert sich an den Geschmack von Gidrogblut. Nun nimm schon.«

Ich höre mich schon an wie Glimfáin, dachte er. *Eine berühmte Klinge, in wer weiß wie vielen Schlachten getragen und so weiter.* Zugleich zog neuerliche Sorge in sein Herz.

Wil schüttelte abwehrend die vom Harz klebrigen Hände. An einigen einzelnen, größeren Felsen entlang des Strandes wuchsen wahre Felder von dickem Moos. Er pflückte sich zunächst etwas davon und rubbelte mit ihm die Hände so sauber, wie es eben gehen wollte. Erst dann nahm er dankbar das Wacala entgegen und heftete es sich an seinen Gürtel.

Wenig später schlugen sie eine winzige Flamme aus dem Flint in Finns Zunderbüchse und sahen zu, wie sie am Harz zu lecken begann und die Kiefernäste in Brand setzte. Bald prasselte ein kleines Lagerfeuer, und Finns Stimmung besserte sich ein wenig.

»So«, meinte Wil zufrieden und legte einen der bleichen Äste nach. »Auch wenn's schlecht brennt, so ist das hier immer noch besser als nichts. Für Wärme hätten wir damit gesorgt. Kommen wir zum zweiten Punkt – dem Essen. Lass mal sehen, was Oma dir an Wegzehrung eingepackt hat.«

Sie fanden in Finns Rucksack einige kleine Päckchen, die in verblichene, aber saubere Tücher eingeschlagen waren: mit Gurken belegte Brote, einige Äpfel, ein Stück Hartkäse und sogar ein Bund Möhren.

Deren Anblick rührte Finn zu Tränen, und für eine Viertelstunde lang vermochte er nichts zu essen und wollte auch nichts erklären. Er stierte blicklos in das flirrende Flusswasser hinein. Immer wieder sah er Smod vor sich: das Axtschwert im Rücken, das herrliche Fell besudelt, mit brechenden Augen, die noch im Tode voller Liebe blickten. Finn schüttelte sich ein ums andere Mal, und dann sah er Tuluk vor sich, den Gidrog, der Smods Rückgrat zerteilt hatte, ehe alles in Finns Erinnerung zu einer nicht enden wollenden Welle von Blut verschwamm.

Endlich aß er doch etwas. Wenig nur, und das widerstrebend und ohne dass er etwas schmeckte, doch immerhin. Sie tranken den Reiseschlauch leer und füllten ihn mit Tarduilwasser erneut.

»So«, sagte Wil abermals. »Oma sei Dank. Aber für ein weiteres Festmahl wird's nicht mehr reichen, so viel ist sicher. Allenfalls für einen kargen Ohnmachtshappen.«

»Es war für einen Tagesritt berechnet. Und nur für einen Vahit.«

»Damit stehen wir vor einer ernstzunehmenden Hürde, Finn. Wovon sollen wir hier leben?«

»Hier?«, lachte Finn freudlos. »Willst du auf der Amas Linscalve Wurzeln schlagen?«

»Mit *hier* meine ich außerhalb des Hüggellandes«, verteidigte sich Wil. »Und nein, ich will hier nicht bleiben. Aber meiner Ansicht nach stecken wir ziemlich in der Klemme. Ich hab ein wenig umhergeguckt, während du schliefest. Und was ich erkennen konnte, ist nicht sehr erbaulich. Hier unten gibt es nichts als Wildnis. Drüben, auf der anderen Seite des Tarduils, wird es sogar noch weit schlimmer sein als auf dieser Insel, fürchte ich. Dort kann alles Mögliche hinter jedem Busch lauern. Um ins Hüggelland zurückzukommen, müssen wir der Länge nach die Schattenfenne durchwandern. Das heißt: Wir müssen uns durch ausgedehnte Sümpfe, Tümpel und Flussarme kämpfen, bis ganz zum Alten Weg hinauf. Wie weit ist das?«

»Achtzig oder neunzig Meilen«, schätzte Finn. »Immerzu nach Norden. So wir diese Richtung überhaupt halten könnten.«

»Dann ist es viel weiter, als ich dachte. Und es macht unsere Klemme noch dramatischer. Wie lange würden wir brauchen?«

»Durch die Fenne? Wir könnten von Glück sagen, wenn wir auch nur zehn Meilen am Tag schafften.«

»Das wären dann acht, vielleicht neun Tage. Günstigstenfalls sechs. Und dann geht's erst richtig los mit dem Verdruss.«

»Was meinst du damit?«

»Wir müssen zunächst den Alten Weg finden. Oder wiederfinden. Er ist längst verwildert und verborgen. Wir würden auch vergeblich nach einem Wegweiser Ausschau halten.«

»Bartolo ist den Tennlén Alam entlanggegangen«, erinnerte ihn Finn. »Hin und wieder zurück. Hat dein Urgroßvater gar nichts darüber hinterlassen?«

»Na ja, Erzählungen halt. Hie und da eingestreut, wie alte Leute so sind. Wie du weißt, hat ihm kaum jemand geglaubt. An was ich mich noch davon entsinne, ist dies: ›Der Alte Weg beginnt oberhalb der beiden Tarduilarme, jenseits des letzten Wasserfalls.‹ Was immer er damit auch sagen wollte. Diese Beschreibung hat er jedenfalls immer wieder betont. Mein Vater erzählte mir davon. Und manchmal Urgroßmutter Muldwyrda. Vom Alten selbst hab ich's nie gehört.«

»Dann müssen wir genau dort mit der Suche beginnen, Wil.«

»Na schön. Sagen wir, wir finden den Alten Weg. Der Tennlén Alam führt steil bergauf, heißt es. Bartolo sagte: ›Wie eine tausendfach gewundene Schlange.‹ Wie lang mag er dann tatsächlich sein?«

»Vielleicht dreißig Meilen. Allenfalls vierzig, schätze ich.«

»Die aber steil bergauf führen«, wiederholte Wil. »Wie lange? Vier, fünf Tage?«

Finn stimmte zu.

»Also benötigen wir wenigstens sechs Tage für die Fenne und weitere vier Tage für den Tennlén Alam. Zehn Tage, wenn alles gut geht und wir keine Zeit mit Suchen verlieren. Oder anderen Unwägbarkeiten.«

»Meinetwegen. Aber dann stünden wir vor dem Ringwall und wüssten nicht mehr weiter. Um deine Worte zu gebrauchen: Dann geht der Verdruss erst richtig los. Noch einmal gelangen wir nicht so leicht über die Brücke. Es sind inzwischen viel mehr Gidrogs im Land. Die Tore werden scharf bewacht sein.«

»Das kümmert mich heute nicht, Finn. Lass es uns feststellen, sobald wir dort sind. Aber zehn Tage? Ich meine, wie sollen wir zehn Tage, die leicht auch zu zwölf oder mehr Tage werden können, ohne Essen überstehen? Wovon sollen wir leben?«

»Ich verstehe ja, was du meinst«, seufzte Finn. »Nicht überall wachsen Apfelbäume. Obwohl sie es am oberen Ende des Alten Weges tun. Und da wir schon einmal bei undurchführbaren Plänen angelangt sind – was würde es uns überhaupt nützen, ins Hüggelland zurückzukehren?«

Wil starrte Finn sprachlos an. »Wie bitte? Was sagst du da?«, brachte er endlich hervor.

»Was immer wir vorfänden, Wil, es wäre nicht mehr die Heimat, die wir kennen. Überleg doch selbst. Wir wären wenigstens zehn Tage unterwegs, wie du sagst. Das Hüggelland befindet sich dann zehn Tage unter der Herrschaft Saisárasars. Vielleicht würde es uns noch irgendwie gelingen, heimlich hineinzukommen. Aber dann? Wir würden durch Feindesland marschieren; Meile um Meile und keineswegs sicherer als hier. Und selbst wenn es uns dann noch gelänge, uns unentdeckt durch den Obergau bis zu Abhros Hammerschmiede und Glimfáin durchzuschlagen – weitere fünfundfünfzig Meilen, Wil! –, so kämen wir in jedem Fall zu spät.«

»Zu spät? Wofür?«

Finn zuckte mit den Schultern. »Denken wir uns zehn Tage weiter. Vielleicht hat Glimfáin Saisárasars Angriff überlebt, trotz seiner Brandverletzungen. Dann wird es ihm während dieser zehn Tage gelungen sein, seine Windbarke wieder flottzubekommen. Das hieße, er wird auf und davon sein. Wenn er aber den Gidrogs unterlag, was ich eher annehme, dann liegt er jetzt erschlagen in den Marschwiesen. In beiden Fällen kämen wir zu spät. Wir könnten weder mit ihm gehen, noch wären wir in der Lage, ihn vor dem Tode zu bewahren.«

An Tallia Goldammer und an das ihr drohende Schicksal wagte Finn erst gar nicht zu denken. Ein eigenartiger Schmerz durchfuhr seine Brust, und er stöhnte auf, jetzt, da Tallia ihm vor dem inneren Auge erschien. Bei Aman, wie sehr er sie vermisste! Er zwinkerte mit aller Macht die Tränen fort, die in ihm hochschießen wollten, als er die furchtbare Wahrheit in ihrer vollen Tragweite begriff: Er würde Tallia niemals wiedersehen. Entweder würde sie mit Glimfáin das Hüggelland verlassen, oder sie würde an seiner Seite sterben, war vielleicht schon tot. Wie Anselma, dachte er, entzweigerissen von hungrigen Criargschnäbeln … Oder – und Finn wusste nicht, ob das schlimmer für ihn war – sie würde nach Vahindema fliehen und dort an der Seite ihres Verlobten Brango ihre letzten Tage verbringen. Bis Saisárasar kam und alles zu Ende ging.

Finn fuhr sich mit der Hand über das Gesicht. Verständnislos blickte er Wil an. »Wie bitte? Ich war eben nicht …«

»War nicht zu übersehen. Ich fragte: Du willst also sagen …?«

»Ja«, machte Finn und fand den Faden wieder. »Gingen wir ins Hüggelland zurück, so könnten wir weder etwas zu seiner Rettung beitragen noch auch nur zu unseren Freunden gelangen. Selbst wenn sie die nächsten Tage überhaupt überleben. Entweder sind sie tot oder fort. Ich glaube eher, dass sie sterben werden. Du hast doch gesehen, wie die Gidrogs in Aarienheim gewütet haben. Ja, Wil, *das* will ich damit sagen. Es ist sinnlos. Tut mir leid.«

Finn beugte sich im Sitzen vor und legte sein Gesicht auf die angewinkelten Knie. Er ergriff einen Kieselstein und warf ihn wütend wie ein Kind von sich. Wils abwesender Blick folgte dem Kiesel. Mit einem vor dem Rauschen des Flusses kaum hörbaren Plumps fiel der Stein ins Wasser.

Da leuchteten Wils Augen auf, und er begann leise zu lachen.

»Seliger Urgroßvater!«, rief er aus. »Das ist es. Wie konnte ich es nur vergessen?«

Jetzt war es an Finn, seinen Vetter anzustarren.

Wil winkte aufgeregt mit den Händen. Er deutete in verschiedene Richtungen zugleich.

»Es fällt mir jetzt erst wieder ein. Bartolo stand damals ratlos am Ufer dieses Stromes hier und hatte die gleiche Herausforderung zu meistern wie wir. Unterwegs hatte er nämlich alle seine Vorräte aufgebraucht. Zwar hatte er die von Muldwyrda erbetenen Kräuter gefunden, aber sein eigener Magen blieb darüber leer. Er erzählte später, dass er sich Fische fing, gleich hier im Tarduil. Und was Bartolo gelang, das können wir auch. Kopf hoch, Finn. Lass uns aufstehen und Fische fangen.«

»Fische fangen«, wiederholte Finn. Wils Begeisterung erschien ihm geradezu absonderlich. »Gleich hier im Fluss. Verrätst du mir bitte auch, wie?«

»Wenn du aufhörst, so missmutig dreinzublicken, erfährst du die ganze Geschichte. Bartolo fing die Fische, indem er sie an Stellen *speerte*, wo sie über den Flusskieseln besonders gut zu sehen waren. Kiesige Stellen, Finn! Wir hocken hier mitten darauf.

Die Forellen lieben solche Stellen, und im Seichten lassen sie sich leicht aufspießen. Und Holz zum Anfertigen von Speeren gibt es wahrlich zuhauf.«

Er sprang auf und blickte sich wild entschlossen um. Dann zückte er sein Wacala und suchte eine Weile in den Schwemmholzablagerungen herum, bis er ein paar einigermaßen gerade Zweige gefunden hatte, die sich als Speere eigneten. Das unnachgiebige Holz war schwer zuzuschneiden, aber es gelang Wil. Und die Spitzen waren nach einigem Behau genau so, wie er sie brauchte: hart und überraschend scharf. Seichte, klare Uferstellen gab es mehr als genug, und jetzt, da sie darauf achteten, sahen sie tatsächlich Fische über den nahen Ufergrund huschen oder im rasch strömenden Wasser stehen, darunter einige große Forellen, die im Mittagslicht die wärmenden Strahlen der Sonne begrüßten.

Nach einer Weile und etlichen Fehlversuchen hatten sie Glück: Sie konnten fünf der Fische erlegen und trugen sie zum Feuer hinüber.

»Wo ist eigentlich der Criarg abgeblieben?«, fragte Finn auf dem Rückweg.

»Davongeflogen«, antwortete Wil knapp. »Nehme ich jedenfalls an. Bis ich dich aus dem Wasser hatte, war er fort.«

Am Feuer machte sich Wil ans Ausnehmen. »Diese Fisch-Geschichte geht übrigens noch weiter«, sagte er dabei gewichtig. »Und jetzt wird sie sozusagen schmackhaft. Dort vorn an den Felsen wächst doch reichlich Moos. Bartolo wickelte die Forellen darin ein und garte sie langsam in der heißen Asche seines Feuers. Wir werden es genauso machen. Freu dich darauf, Finn. Wir haben nicht nur diesen furchtbar grässlichen Sturz überlebt. Zur Belohnung gibt es für uns außerdem Erdforellen nach Bartolos Art zum Abendessen. Wir müssen nicht nur nicht des Hungers sterben, das wird sogar lecker! Was sagst du dazu?«

*

Finn sagte dazu zunächst einmal gar nichts. Aber er half, drei der Fische in die dicken Moosfladen zu wickeln. Die beiden übrigen wollten sie später zubereiten, weil ihr Feuer nicht groß genug für alle fünf zugleich war. Sie schoben die Glut beiseite, vertieften die Höhlung in der Erde unter den Kieseln, legten die Mooswickel hinein und deckten alles wieder mit der Asche zu. Wil holte frisches altes Holz und hielt sorgsam das Feuer in Gang.

Dann warteten sie.

Die Sonne wanderte über den Tarduil und zog weiter nach Westen. Als sie über der gut zehn Meilen entfernten Klippe der Linvahogath stand, holten tiefe Schatten die Felswand deutlicher hervor und färbten sie dabei fast schwarz. Es kam den Vahits vor, als fliehe das verblassende Rot des Tages die Steine binnen weniger Augenblicke; tatsächlich dauerte es länger als eine halbe Stunde, bis ein langer Schatten den Sturz von Nord nach Süd vollständig umhüllte. Dann wuchs der Schatten auf sie zu. Er leckte aus der in der Entfernung scheinbar nur noch handbreiten Felsenstufe hervor. Nach und nach bedeckte er die Fenne unter sich.

Die Forellen garten derweil langsam in ihrem Bett aus Erde und Aschenglut. Währenddessen nahmen die Vahits ihre längst getrockneten Kleider wieder an sich und richteten ein Lager. Diese Arbeit bestand hauptsächlich aus der Suche nach brennbarem Astwerk und dem Sichten dessen, was sie mit sich führten. Und das war wenig genug. Nur Finn war für eine Reise ausgerüstet gewesen, als das Verhängnis des Morgens über sie hereingebrochen war. Und insgeheim war er froh, einiges an Gewicht loszuwerden. Dass er Wil sein Wacala überlassen konnte, war ein Anfang gewesen. Jetzt kramte Finn seinen leichteren Mantel aus dem Rucksack. Er selbst behielt den dickeren, jenen, den er sich in Moorreet noch zusätzlich eingepackt hatte. Den dünneren reichte er an seinen Vetter weiter. Will – mantellos, wie er war – gab es auf, in seine Hände zu hauchen, und wickelte sich dankbar hinein. Er hatte in der einsetzenden Abendkühle doch stärker gefroren, als er zugeben wollte. Angesichts der bevorstehenden Nacht war er froh, nicht mehr so dicht am Feuer sitzen zu müssen, um warm zu bleiben.

Allmählich verbreitete sich ein appetitlicher Duft über dem Strand. Doch mit einem Mal sah Wil auf und schaute besorgt nach Westen.

»Was meinst du? Ob sie unser Feuer bemerken können?«

»Vielleicht, wenn es völlig dunkel geworden ist. Solange die Sonne noch scheint, auf keinen Fall. Dazu sind wir zu weit fort.«

»Na, ich weiß nicht«, erwiderte Wil. »Den Rauch zum Beispiel *könnten* sie wahrnehmen. Und du hast erzählt, die Augen der Criargs sehen weithin und scharf.«

»Mellow vermutete das«, sagte Finn dumpf und presste die Lippen zusammen. Wil verstand, nickte und sagte nichts. Sie hatten beide mitangesehen, wie Saisárasar Mellow niedergestreckt hatte, wie zum Hohn mit Mellows eigenem Wacala.

»Auch er ist tot«, sagte Finn langsam; und er wusste, es war kein Albtraum, aus dem er erwachte, sondern ein bitteres Geschehnis dieses frühen Morgens. »Nie sah ich so viel Blut auf dem Haupt eines Vahits. Warum, Wil? Warum geschieht mir das? Saisárasar nahm mir meine beiden besten Freunde. Mellow und Circendil fielen unter seiner Hand, während wir schon auf Vankus Rücken saßen, du und ich. Nein, ich tue zwei anderen Unrecht. Er nahm mir durch sein Wirken meine *vier* besten Freunde. Mellow, Circendil. Smod. Inku. Und meine Eltern nahm er mir ebenso. So wie dir die deinen. Wenn es jemals ein Buch über diese Tage geben sollte, dann, mein lieber Wil, dann wird der 10. Oktober darin der Schwarztag sein – der schlimmste aller Tage, die das Hüggelland je erlebte.«

Er blickte lauschend auf, als ob er etwas gehört habe. Auf Wils fragenden Blick schüttelte er verneinend den Kopf und fuhr fort: »Ich vermag nicht zu trauern, Wil. Ich weiß nicht einmal, womit oder bei wem ich damit beginnen sollte. Es ist alles so – so abgrundtief unwirklich für mich. Wir sitzen hier am Feuer, und der Bratenduft der Fische macht mich tatsächlich hungrig, wofür ich mich fast schäme. Dabei sind wir in die Einsamkeit verschlagen, sind weiter von zu Hause fort, als es jemals ein Vahit war oder auch nur sein sollte. Das Hüggelland ist zu einem heimgesuchten Kriegsgebiet geworden. All unsere Freunde und Verwandte sind tot – denk beispielsweise nur an den erst wenige Tage alten Finnig, meinen Namensvetter. Und Fionwen, unsere Muhme – sie wird wie so viele Vahitfrauen ein Futter für die Raubvögel werden. Wenn nicht etwas ganz und gar Unerwartetes geschieht. Doch was sollte das sein? Die Toten kehren nicht zu den Lebenden zurück. Alle, die hätten helfen können, sind dahin: der aufrechteste aller Landhüter und Helvogte und selbst Circendil, der Davenamedhir. Aman hat ihn nicht beschützt und auch den guten Mellow nicht. Weshalb, Wil? Weshalb nicht?«

Wieder lauschte er, und abermals winkte er ab.

»Ich höre gewiss schon Gespenster, Wil, das ist es. Oder vielmehr: Es ist nichts. Wo war ich? Ach ja. Meine Seele hat keinen Namen für das Grauen, das mich allein beim Tode Inkus umfing. Der kleine, tapsige, unschuldige Welpe! Er gab sein Leben für mich, Wil. Obwohl es aussichtslos war, eine törichte Tat. Und doch war es die größte Tat auf Kringerdes weitem Rücken, die ein Hund zu leisten vermag, denn sie wurde aus reinster Liebe vollbracht. Zu mir, Wil. Er ist für mich gestorben. Es ist, als sei ich ein leibhaftiger Fluch. Alle, die mich lieben, scheinen reihum zu sterben. Ich bringe jedem den Tod, Wil. Auch dir – beinahe. Nur durch ein Wunder sind wir dem Sturz entgangen. Ach, ich wünschte, ich besäße eine Gilwe. Damit könnte ich uns beide vielleicht beschützen. Aber so? Ich habe Angst vor jedem kommenden Augenblick, Wil, denn er könnte dir ebenso schnell den Tod bringen wie all den anderen.«

»Jetzt hör aber mal wieder auf!«, rief Wil, der langsam ärgerlich wurde. »Hörst du dir eigentlich selber zu? Vorhin behauptetest du, ich rede irre, aber was du da von dir gibst, ist nicht nur ausgemacht dummes Zeug, sondern vor allem unwahr. Nimm nur das Letzte zum Beispiel: *Wir sind dem Sturz entgangen«*, äffte er Finn nach. »So ein Blödsinn. Du warst es, der die Chance – unsere einzige Chance – ergriffen hat, der nicht losgelassen hat, wo keiner es geschafft hätte, den Griff zu halten. Du hast den Vogel nach unten gelenkt, und bist den Gidrog losgeworden. Entgangen! Wir sind nicht gegangen, sondern geflogen, falls du es vergessen hast. Mit Flügeln und allem …«

Will hielt inne, stutzte und sprang auf. »Flügel!«, schrie er.

»Criarg!«, gellte Finn im selben Augenblick.

Das Fauchen der Schwingen kam gegen den Wind und von Süden her. Sie hörten es erst, als sie weit ausgespannte Flügel über sich sahen, die von der Steilhöhe auf sie herabschossen.

*

Es war nur ein reiterloser Vogel, und sein Flug war kein Angriff. Die ausgebreiteten Federn bremsten den großen Körper dicht über dem Kiesbett ab. Mit immer noch großer Geschwindigkeit rauschte der Criarg über ihre Köpfe hinweg, ehe er zu landen wagte, dreißig Klafter oder mehr flussabwärts. Fast stürzte er, als seine vorgestreckten Klauen nicht schnell genug Halt auf den nachgiebigen Kieseln fanden. Dann drehte er sich, sah die Vahits am Ufer bei ihrem Feuer stehen und begann auf sie zuzugehen. Langsam, als sei er sich selbst seiner Sache nicht sicher.

Finn und Wil sahen sich verdutzt an.

Wil wollte sein Wacala ziehen, Finn legte ihm jedoch die Hand auf den Arm. »Reize ihn nicht«, sagte er leise. »Wenn er der ist, für den ich ihn halte, weiß er, was eine Klinge ist.«

Der Criarg trug keinen Sattel, aber als er näher kam, erkannten sie ihn endgültig an der Blutspur, die sich über seine Brust zog.

Der Gang des Großvogels war eigenartig: Er hoppelte und humpelte auf dem linken Bein, mit dem er kaum auftrat. Mit Pausen, in denen er das verletzte Bein anzog, ehe er es wieder zu setzen wagte, dauerte es eine ganze Weile, bis er etwa zehn Klafter abseits des Feuers verhielt. Die losen Zügel hingen herab. Der Criarg beäugte sie. Aber er machte keine Anstalten, sich ihnen weiter zu nähern. Selbst Wil sah schließlich ein, dass der Vogel auf seine Weise um Hilfe bat – es war so ziemlich das Letzte, was sie von einem Criarg erwartet hätten.

»Was sollten wir tun?«, fragte Wilhag leise.

»Ich vermutete vorhin schon, dass er ausgehungert ist«, antwortete Finn nachdenklich. »Wahrscheinlich liegt eine längere Reise hinter ihm – ehe er uns als Gepäck auffing, meine ich. Jetzt ist er verletzt. Zu seinem Reiter zurückzukehren kam für ihn nach dessen Freveltat nicht mehr in Frage. Die Zügel werden ihn beim Jagen behindern, vielleicht ist es auch sein Bein oder der Schnitt des Gidrogdolches. Er hat Hunger, wenn du mich fragst. Vielleicht hat er den Duft unserer Fische gerochen. Obwohl gegarter Fisch nicht das sein wird, was er ersehnt. Aber vielleicht wird ihm das hier schmecken.«

Er bückte sich und hob eine der beiden übrig gelassenen Forellen auf. Wie zuvor auf dem Sims zeigte er zuerst deutlich, was er in der Hand hielt. Der Criarg ließ Finn nicht aus den Augen. Dann warf Finn den Fisch. Nahe genug, dass der Vogel keinen weiteren Schritt zu machen brauchte. Das große Tier beugte den Kopf. Wieder stupste zuerst der Schnabel gegen die geschenkte Beute, ehe der Criarg den Fisch im Ganzen verschlang.

»Glaubst du, er erkennt dich wieder?«

»Ich weiß nicht, ob er uns zu unterscheiden vermag. Aber er weiß, dass wir ihm kein Leid zufügten. Und er wird sich an die Hasenleckerei erinnert haben. Das hat ihn zurückgeführt. Offenbar vertraut er uns auf seine Weise.«

»Gib ihm rasch noch den zweiten Fisch«, bat Wil. »Ehe er es sich anders überlegt und uns als Mahlzeit ansieht.«

Finn nickte und nahm die letzte der gespeerten Forellen auf. Er packte sie an der Schwanzflosse, hielt sie hoch, trat dabei seinerseits etwas näher und warf den Fisch dem Großvogel zu. Was den Vahits als vollständige Mahlzeit diente, war dem Criarg kaum mehr als ein Happs. Ein schnelles Schlingen, und schon richtete er seine Augen auf die Stelle, an der die Fische gelegen hatten. Er hielt den Kopf leicht schräg gestellt, als wolle er fragen, ob noch mehr zu erwarten sei. Als weitere Happen ausblieben, zog der Raubvogel erneut das verletzte Bein an sich und begann, sich das Federkleid zu putzen.

»Das kann doch alles nicht wahr sein«, flüsterte Finn. »Was ist das nur für ein Tag? Ich füttere einen Criarg. Einen Criarg, Wil. Was ist, wenn er bei uns bleiben will?«

Wil sah ihn groß an. Dann legte er beide Hände zusammen wie ein Zelt und berührte mit den aneinandergedrückten Zeigefingern mehrfach seine Lippen. »Hm. Ich frage mich eher: Was ist, wenn er es nicht tut?«

»Wie meinst du das? Er wäre eine ständige Gefahr, wenn er es täte.«

»Oder eine überraschende Lösung«, sagte Wil bedächtig. »Für all unsere übrigen Schwierigkeiten. Was glaubst du, wäre es möglich, dass er jetzt uns für seine rechtmäßigen Reiter hält? Ich meine, nach allem, was passiert ist?«

»Du meinst – o nein.«

»Doch. Was wäre, wenn wir mit dem Criarg heimflögen?«

»Das kann ich nicht«, sagte Finn mit Nachdruck. »Nicht noch einmal.«

»Wieso? Du bist schon zweimal mit einem Criarg geflogen. Weshalb es nicht ein drittes Mal versuchen?«

»Weil … na, weil beide Flüge eben keine Flüge waren. Sie sind nicht mit dem zu vergleichen, was du da vorhast. Mit dem ersten bin ich nicht selbst geflogen, sondern bestenfalls mitgeflogen worden. Und mit dem hiesigen sind wir mehr oder weniger abgestürzt.«

»Es war eine Notlandung«, grinste Wil. »Wie ein gewisser Jemand unlängst nicht müde wurde zu betonen.«

»Ja, von mir aus. Aber das … das mit dem Fliegen geht nicht.«

»Weil …?«

»Weil … weil das jedes Mal schrecklich endet. Beim ersten Mal hing ich hilflos im Sattel und hatte schieres Glück, nur durch das Geäst einer Eiche zu krachen, ohne mir dabei den Hals zu brechen. Das zweite Mal wirst du nicht vergessen haben! Sah es für dich so aus, als könnte ich einen solchen Vogel wahrlich reiten?«

»Papperlapapp! Konntest du gleich von Anfang an sicher auf einem Pony reiten?«

»Natürlich nicht, aber das ist …«

»Was?«

»Was anderes«, murmelte Finn.

»Überleg doch mal: Wenn es uns gelänge, das Vertrauen unseres Lebensretters hier zu gewinnen? Wenn wir es schaffen könnten, ihn in die Lüfte zu bewegen? Dann würden wir die rund 80 Meilen, die uns von der Hammerschmiede trennen, in welcher Zeit zurücklegen?«

»Schwer zu sagen. In drei Stunden vielleicht?«

»In drei Stunden! In drei Stunden anstatt in zehn oder eher fünfzehn Tagen. Wir könnten deinen Freund Glimfáin sogar warnen, falls die Gidrogs noch nicht über die Hammerschmiede hergefallen sind.«

»Das stimmt ja alles, aber … ich kann nicht.«

»Oben auf dem Sims klangst du ganz anders.«

»Das war ja auch etwas anderes. Wir hatten nur diese eine Gelegenheit. Wir wären getötet worden, wenn wir nicht geflogen wären.«

»Also war es doch ein Flug!«, trumpfte Wil auf.

»Du verdrehst mir die Worte im Munde.«

»Tue ich das? Was ist denn mit: ›Dieses Mal werde ich alle vier Zügel in meiner Hand halten, und ich hab eine Vorstellung davon, wie sie zu bedienen sind.‹ Erinnerst du dich? Es wird schon gehen, hast du gesagt. Ja, es wird schon gehen, sage jetzt ich. Auf, lass uns nach dem Sattel suchen. Ehe es zu dunkel dafür ist.«

»Nein, Wil. Das ist Wahnsinn. Die Linvahogath ist über eine Meile hoch. Schon der Gedanke daran lässt mich schwindeln. Ich kann nicht noch einmal fliegen.«

»Das ist dein letztes Wort?«

»Was ein Heimfliegen betrifft – ja.«

»Aha«, machte Wil, immer verärgerter. »Das ist also übrig geblieben von deinen ach so hochfliegenden Plänen, ja? Von wegen das Hüggelland retten und allem. Was ist mit der Gluda, die immer noch gefunden werden muss? Und wofür du sehr wahrscheinlich auf die Hilfe Glimfáins angewiesen bist? Was ist gar mit den Drei Königreichen, die gleichfalls bedroht sind? Hast du den verlorenen Brief schon vergessen? Du, mein Lieber, ja du! Du steckst nun mal in dieser Geschichte drin. Und selbst das stimmt nicht mal, du stehst erst an ihrem Anfang. Und schon kneifst du? Weil es ein bisschen windig und dir schwindelig werden könnte? Du meine Güte, Finn!«

Wil stampfte so heftig mit dem Fuß auf, dass ein Stein klackend auf einen anderen sprang. »Ich mag ja noch nicht volljährig sein. Und ein einfacher Schreinersohn obendrein. Aber ich kann ein Muster erkennen, wenn ich eines erblicke. Du … du benimmst dich grad wieder mal so wie in der Sache mit deinem Vater!«

»Was hat denn mein Vater damit zu tun?«

»Alles, Herr Hochwohlgeboren. Da legt dir das Schicksal die beste aller Werkstätten, die das Hüggelland jemals sah, zu Füßen, und was machst du? Du kneifst. Bücher willst du stattdessen schreiben, richtig? Aha! Über Dinge, die die Nachwelt wissen sollte, oder? Dann fang mal damit an, indem du die Dinge *ermöglichst*, die berichtenswert sind.«

»Was denn für Dinge?«, keuchte Finn.

»Zum Beispiel die Geschichte, wie Finn und Wil trotz aller Ängste heimflogen zu den Ihren. Und komm mir nicht mit deinem wehleidigen ›Ich habe meine Tubertel scheint's schlecht genutzt!‹ daher. Das hast du. Und nicht nur das. Du hast nicht nur sie schlecht genutzt, mein lieber Vetter! Du nutzt auch sonst scheint's Gelegenheiten schlecht, wenn sie sich dir bieten – *Herr Kneifer!*«

Die letzten Worte stieß Wil in heiliger Wut hervor. Es fehlte nicht viel, und er hätte Finn einen Schubs gegeben. Zornig ließ er die schon erhobenen Arme sinken. Er beugte sich zum Feuer nieder und machte sich daran, die dunkelbraun verfärbten Mooswickel aus der Asche zu graben.

Finn wandte sich seinerseits wütend ab. Er kickte einen Stein von sich, der kollernd über das Kiesbett rollte. Dann schnappte er sich die von Wil zurechtgeschnittenen Speere und entfernte sich ein reichliches Stück. Da hockte er dann am Ufer, starrte ins Wasser und zwang sich gewaltsam zur Ruhe. Als die Sonne blutrot versank, kam er mit fünf weiteren gespeerten Forellen zurück.

»Aber nicht mehr heute«, sagte er, als er sich schwer neben Wil fallen ließ. Er deutete auf die heraufziehende Dämmerung. »Morgen früh werden wir nach dem Sattel suchen. Wenn der Tarduil ihn nicht davongetragen hat, werden wir ihn finden. Und dann werden wir unseren Flug versuchen.«

Wil nickte und übernahm es, drei der frisch gefangenen Fische an den Criarg zu verfüttern. Der Raubvogel verspeiste sie mit sichtlichem Behagen. Die anderen beiden wickelte Wil in neues Moos und garte sie anschließend wie die ersten drei. »Die werden unser Frühstück«, erklärte er.

Während sie schweigend aßen, musste Finn an den Acaeras Alamdil denken, jenen Ort, an dem Mellow und er zum ersten Mal Criargs erblickt hatten. Auch dort hatte ein Feuer gebrannt. Und Mellow hatte etwas zu ihm gesagt, das ihm schlagartig wieder in den Sinn kam.

Versuche niemals etwas. Sonst wirst du scheitern. Das waren Mellows Worte gewesen, damals im Verlies des Alten Turms.

Sie sind das, was mir von ihm bleibt, dachte er. Sein Vermächtnis an mich. *Tu es einfach. Hörst du?*, hatte Mellow weitersprechend gefragt.

»Ja«, dachte er, und er sprach es unwillkürlich laut aus. »Ich höre dich.«

»Das wurde aber auch Zeit«, antwortete Wil lächelnd, der die Worte auf sich bezog.

Finn lächelte zurück und nickte. Alle Wut war verraucht.

Der Criarg aber hockte neben dem Feuer, ein verstörender Anblick, an den sich Finn nur schwer gewöhnen konnte. Dennoch: Der Vogel lag friedlich da, in eine Mulde aus Kieseln gedrückt, den Kopf auf die Brust gesenkt, und mit dem Sonnenuntergang schloss er die Augen und begann zu schlafen.

*

Als die Frühstücksfische gar waren, nahm Wil sie aus dem Feuer und löschte die Glut. Noch immer befürchtete er, man könne sie von oben entdecken, und so ganz Unrecht hatte er damit zweifellos nicht.

Zum Schlafen suchten die beiden Vahits Schutz unter dem weit nach innen gewölbten Überhang, vor dem Wils Harzkiefer einsam Wache stand. Sie wickelten sich eng in ihre Mäntel und schliefen ein oder zwei Stunden.

Dann weckte sie mächtiges Donnergetöse. Blitze zuckten über einen sternenlosen Himmel. Sie schreckten hoch, verstört, und wussten im ersten Moment nicht, wo sie sich befanden. Ein Platzregen überschüttete die Insel und die Weite des Tarduil. Kleine Fontänen spritzen in allen Winkeln von den Kieseln des Strandes hoch. Der Criarg verließ sein Steinnest und hopste und humpelte zu ihnen unter den Überhang, wo er sich neben den beiden Vahits niederließ.

»Du bist friedlich und klug obendrein«, sagte Wil zu ihm, als der Vogel sich eng an den Überhang schmiegte. »Und du hast heute unser Leben gerettet. Gleich zweimal sogar, was nicht vergessen werden sollte. Du hast dir einen Namen verdient.«

»Ich träume offenbar noch«, erwiderte Finn, als Wil ihn fragend ansah. »Erst füttere ich einen Criarg, dann gebe ich ihm auch noch einen Namen. Das muss ein Traum sein!«

Wil lauschte hinaus. Der Platzregen zog weiter. Nur ein sanftes Nieseln blieb ihnen erhalten. Es erfüllte die Nachtluft und brachte eine empfindliche Kälte mit sich. Dann machte er eine auffordernde Geste, die »Na und?« bedeutete.

»Also gut, wie wäre es beispielsweise mit … mit Cirwirran?«

Cirwirran war ein Caeredwaine-Wort, das wörtlich »vom Himmel herabfließend« bedeutete. Im Hüggelland bezeichnete es das, was sie sahen: den Nieselregen. Finn hatte einen müden Scherz machen wollen, aber Wil nickte begeistert.

»Ja, das passt richtig gut, denke ich. Der Himmel ist sein ureigenes Gebiet. Cirwirran klingt außerdem ganz so, als schlüge er seine Flügel im Fluge. Ein schöner Vogelname, Finn.« Er wandte sich dem Großvogel zu. »Also aufgemerkt, Herr Criarg! Du hörst ab jetzt auf den Namen Cirwirran.«

Der Criarg öffnete den Schnabel einen Schlitz weit, weit genug, dass sie seine Zunge sehen konnten; aber alles, was er dazu beizutragen hatte, war ein leises Schmatzen. Immerhin klang es zufrieden, und Wil zwinkerte seinem Vetter zu. »Er mag ihn«, behauptete er.

»Cirwirran«, murmelte Finn und schloss ergeben wieder die Augen. »Ich glaub's einfach nicht.«

Noch lange hörten sie das Donnergrollen über dem Tarduil rumoren, bis es sich irgendwann in Richtung der Schattenfenne entfernte.

Mit seiner vollen Wucht entlädt es sich über dem Hüggelland, dachte Finn, während er schon fast wieder einnickte. Über einem unscharfen Bild von nächtlichen Reitern, die über windgepeitschte Wiesen ritten und dann in ein enges Tal bogen und mürrisch einem tosenden Regen trotzten, schlief er endlich ein.

13. KAPITEL

Gilladién

Unvertrautes Vogelgezwitscher weckte sie. Zu aberhunderten hockten kleine, fremdartige blauweiße Vögel überall in den dichten Weidenbüschen und wuchernden Sträuchern des ansteigenden Inselhangs. Sie sprangen aufgeregt herum und flogen in kleinen Schwärmen immer wieder auf und nieder. Dabei vollführten sie einen erklecklichen Lärm, mit dem sie den Beginn des Tages begrüßten – und jeden Gedanken an weiteren Schlaf vertrieben. Finn und Wil rieben sich die Augen, als sie sich aus ihren Mänteln schälten, an der Kiefer vorbeilugten und einen rot aufflammenden handbreiten Strich im Westen erblickten: ein dicker Strich, der rotgolden gleißend von Nord nach Süd deutete und dabei wuchs.

»Was ist das?«, fragte Wil verwundert.

»Unsere Heimat«, sagte Finn, von dem Anblick ergriffen. »Die Linvahogath. Sie erwacht.«

Und wirklich – die lange Bergmauer erglühte unter den ersten Sonnenstrahlen. Es sah aus, als erfasse sie ein Eigenleben. Ein Steinleben, in dem jeder Grat und jeder Schrund eine Flamme für sich gebar, die sich allmählich zu einem atemberaubenden Feuerreigen vereinigten. Ihre rötlichen Felsen ertranken schier im aufsteigenden satten Blut der Morgenröte. Vor ihren Augen verwandelte die Linvahogath sich zu etwas, das vor dem noch nachtdunkelblauen Himmel strahlend gelb und rot und golden widerglänzte. Der aufscheinende Schimmer berührte die beiden wie gebannt schauenden Vahits zutiefst. Was sie sahen, war auf unerklärliche Weise einfach nur schön.

»Ich wusste nicht, dass das Hüggelland aus der Ferne so aussieht«, sagte Wil beinahe andächtig. »So etwas habe ich noch nie zuvor gesehen.«

»Ich auch nicht. Aber ich bin dankbar, dass ich diesen Anblick gezeigt bekomme. Schau genau hin, Wil. Schau hin und bewahre das Bild fest in deinem Herzen. Es soll uns Trost sein und Antrieb zugleich, eines Tages ins Hüggelland zurückzukehren. Nimm zugleich Abschied. Wir werden nicht heimfliegen. Nicht heute, Wil.«

»Was redest du denn da?«

»Ich habe nachgedacht in der Nacht. Eine Zeit lang vermochte ich nicht zu schlafen. Mich schmerzte jeder Knochen im Leibe, und der harte Boden tat ein Übriges. Das, und – na ja, unser neuer Freund Cirwirran hier schnarcht. Neben der Art und Weise, wie er riecht, meine ich.«

»Es ist mit dem Morgen weniger geworden, meine ich. Aber lenk nicht ab. Was soll das bedeuten mit Abschied nehmen und nicht fliegen?«

»Nicht heimfliegen, habe ich gesagt. Es wäre falsch, jetzt ins Hüggelland zurückzukehren. Sicher, wir könnten Glimfáin vielleicht rechtzeitig erreichen. Falls, aber nur *falls* wir nicht von umherstreifenden Criargreitern erspäht würden. Das aber wäre so gut wie sicher. Es werden inzwischen mehr von ihnen in der Luft sein als jemals zuvor. Würden wir ihnen begegnen, wäre es um uns geschehen. Aber das ist nicht der Hauptgrund, weshalb ich nicht ins Hüggelland zurückwill. Mit vollem Recht erinnertest du mich gestern an den verlorenen Brief. Ich trage ihn bei mir, ihn und die Karte, deren Bedeutung wir nicht kennen. Flögen wir ins Hüggelland zurück, so fielen Brief und Karte wieder an Saisárasar zurück. Jetzt aber haben *wir* ihn, und das Schreiben zeigt die Verschwörung auf, die im Königshaus von Revinore vor sich geht. Ich sehe es jetzt so: Das Schicksal hat uns Cirwirran gesandt. Durch ihn können wir schneller und weiter reisen, als wir uns auch nur vorzustellen vermögen. Saisárasars Bote zog von Caras Berene bis nach Aarienheim. Wir werden diesen Weg in umgekehrter Richtung fliegen. Der Grund ist ebenso einfach wie zwingend: Nur wir sind in der Lage, das Schlimmste in der Hauptstadt des Königreiches noch zu verhindern. Nur wir beide, Wil. Zwei aus ihrer Heimat vertriebene Vahits. Verstehst du? Zugleich sind wir auch ihren spähenden Augen entronnen. Wir sind in der Lage, unbemerkt von Saisárasar und seinen Schergen zu handeln. Das ist die Aufgabe, der ich mich stellen muss. Du hast gestern etwas von Gelegenheiten gesagt, die ich nutzen soll, wenn sie sich mir bieten. Hier ist sie, Wil. Und sie bietet sich nur heute und hier. Wir werden nach Revinore fliegen! Um dem König zu helfen. Und um von ihm Hilfe für das Hüggelland zu erbitten!«

Wil starrte seinen Vetter an, bis er erkannte, dass es diesem völlig ernst mit dem Gesagten war.

»Na, das nenne ich mal eine gelungene Überraschung«, war alles, was ihm dazu einfiel.

Cirwirran aber hockte ungerührt neben ihnen und putzte sich das Gefieder. Die Blutspur über der Brust war abgeleckt und fast verblasst.

»Also auf«, sagte Finn ungeduldig. »Wir haben eine Menge zu erledigen, noch ehe die Sonne die Höhe erklimmt. Wir müssen den Sattel finden und den zerrissenen Gurt daran flicken. Und wir müssen uns einen Forellenvorrat anlegen; gebackene für uns und rohe für ihn. Und Frühstück wäre auch nicht schlecht. Kommst du?«

Wil machte ein Gesicht wie jemand, der die Waldgeister um Hilfe angefleht hatte, sie erhielt und nun nicht wusste, wie ihm geschah.

Immer noch verschlafen trottete er Finn hinterdrein.

*

Den Sattel fanden sie ein Stück flussabwärts. Er trieb im seichten Wasser, aufgefangen von einer abgestorbenen Ulme, deren Stamm in den Tarduil gesunken war.

Sie trugen den Sattel zu ihrer Feuerstelle und besahen sich den Schaden am Gurt. Das Leder war angeschnitten und dann zerrissen; aber mithilfe des Wacalas und Wils geschickten Händen bastelten sie aus einem von Walnutias Küchentüchern einen Flicken mit dicken Tuchknoten über frisch ins Leder gebohrten Löchern. Dann entfachte Wil das Feuer neu, und Finn übernahm die abermalige Speerjagd nach Flussforellen.

Sie mästeten, wie Wil es nannte, Cirwirran mit gleich vier großen Fischen. Den Rest wickelten sie wie zuvor in Moosfladen ein. Während die Forellen in der Asche garten, räumten sie alles an im Wege liegendem Schwemmholz beiseite, das Cirwirran beim Anlauf stören konnte. Einige größere Steine rollten sie am Ende noch in den Fluss, so dass der Criarg ausreichend freie Bahn hatte, um sich in die Lüfte zu schwingen. Erst bei dieser Arbeit dachten sie an Cirwirrans verletztes Bein, doch zu ihrer Erleichterung sahen sie, dass der Criarg leichter als gestern zum Fluss hinuntertapste, um zu trinken. Er stand sicher auf beiden Fängen, und Finns Hoffnung wuchs, dass Cirwirran würde auffliegen können.

Wil fand bei ihrer Arbeit unweit der Kiefer einen weiteren Schatz, einen, der Bartolo entzückt hätte, wie er behauptete. Er hielt ein Büschel kleinblättriger Pflanzen in der Hand, und strahlte über das ganze Gesicht. »Das ist Nusskraut«, verkündete er stolz. »Heute gibt es Bartolos Erdforellen, aber zur Abwechslung zubereitet nach Wil Taubers Art.«

Finn hob fragend die Brauen, aber Wil wollte nicht mehr sagen. Sie wuchteten das letzte Wurzelstück beiseite und befanden, dass die Bahn für Cirwirran breit und lang genug sei.

Über alldem wurde es Tag, und sie aßen die gestern zubereiteten und heute nur kurz erhitzten Fische, über die Wil das Nusskraut krümelte. Es verlieh den Fischen einen unerwartet herzhaften Geschmack, der Finn verblüffte. *Ich muss mich künftig wirklich mehr um Kräuter kümmern*, dachte er, während sich seine Stimmung mit jedem Bissen verbesserte, *alle scheinen mehr darüber zu wissen als ich. Von Giunda Blässner in Rudenforst angefangen bis hin zu*

Wil. Flüchtig dachte er dabei auch an Circendils Lindertau, doch er verdrängte den Gedanken an den gefallenen Mönch so rasch er es vermochte, da ihn neuer Kummer zu übermannen drohte.

Dann legten sie Cirwirran den Sattel auf, und zu ihrem Erstaunen ging dies leicht und ohne jeglichen Widerstand vonstatten. Der Criarg schien das Sattelleder als Teil seiner selbst zu betrachten und hielt still, wie wohl schon unzählige Male zuvor. Dabei ergingen sich die beiden Vahits in wechselseitigen Ermahnungen und Belehrungen. Sie nahmen sich vor, sich am Sattel anzubinden, unter keinen Umständen die Zügel fahren zu lassen, und gaben einander ähnliche gute Ratschläge mehr.

Endlich war alles bereit. Sie löschten das Feuer mit Wasser. Finn schulterte seinen Rucksack, und Wil lief zum Tarduil und füllte den Reiseschlauch bis zum Platzen.

Als er wieder bei Finn stand, sahen sich die beiden Vettern prüfend an.

»Hast du Angst?«, fragte Wil.

»Ich wäre dumm, hätte ich keine.«

»Mir geht es ebenso. Haben wir eine Wahl?«

»Nein. Jedenfalls keine, die einen Sinn ergäbe.«

»Also auf nach Revinore?«

»Ja. Auf nach Revinore«, sagte Finn entschlossen.

Er drehte sich zu Cirwirran um, klammen Herzens und doch so zuversichtlich, wie er es vermochte. Er sah es weder kommen, noch hörte er ein Geräusch.

Der Criarg stieß einen gellenden Warnschrei aus.

Sand spritzte vor Finns Füßen auf.

Etwas bohrte sich in den Grund und steckte dort fest. Etwas Langes, Zitterndes, das eben noch nicht da gewesen war. Finn erschrak zutiefst und machte einen unwillkürlichen Satz zur Seite. Er dachte an eine Schlange, die sich aus dem Sandbett schnellte, doch dann sah er, dass das Etwas keine Schlange war. Es war überhaupt kein Tier.

Es war ein Pfeil.

Grau, gefiedert und länger als ein Vahitarm.

Noch während Finns Herz ihm bis zum Halse schlug, trat eine große Gestalt unter den Büschen hervor. Sie trug einen langen Bogen, und hielt auf der Sehne eingelegt einen weiteren Pfeil auf sie gerichtet. Die Gestalt war fremdartiger als alles, was Finn bisher gesehen hatte. Aber die Spitze des Pfeils zeigte unmissverständlich auf Finns Brust.

»Keine Bewegung! Oder es ist eure letzte!«, hörte Finn den Fremden sagen.

Beim Klang der Stimme richteten sich die Härchen an Finns Unterarmen auf, und er wusste nicht, ob vor Furcht oder vor blassem Erstaunen. Sie war noch eigenartiger als das Aussehen des Wesens. Sie hatte etwas Metallisches an sich. Doch war sie nicht etwa von harter Melodie wie das Hämmern auf einem Amboss, sondern viel weicher. Sanfter und im Hintergrund singend, erinnerten die Worte an das Schwingen einer wohlgestimmten Glocke. Dennoch klang die Stimme bestimmt und unnachgiebig, und Finn bezweifelte nicht einen Augenblick lang, dass der Sprecher meinte, was er da so nachdrücklich sagte.

Der Fremde trat völlig aus dem Unterholz, und jetzt sahen sie auch sein Gesicht. Eine Art Kapuze lag zusammengefaltet auf seinen Schultern, und sie erblickten darüber deutlich einen völlig kahlgeschorenen Schädel. Weiße Verzierungen waren darübergemalt, und nicht nur über dem Hinterhaupt, sondern auch über Stirn und Wangen: geschwungene Linien, darinnen kleine Kreise und Punkte, überzogen das Antlitz und liefen bis zum Halsansatz hinab.

Das ist kein Mensch!, dachte Finn und erschrak darüber tiefer als angesichts des auf ihn abgeschossenen Pfeils. Und als hätte es noch eines Beweises ihrer Fremdheit bedurft, wandte die Gestalt sich halb über die Schulter und rief: *»Gilladién! Avendunain balarill.«*

»Anunéi Dirill?«, hörten sie eine andere, hellere Stimme antworten. Auch sie hatte einen glockengleichen Unterton, die Ahnung

einer leise schwingenden Bronzeschale. Eine Stimme, die Finn wortwörtlich unter die Haut ging. Seine Gänsehaut verstärkte sich.

»*Fingmanyiul. Mawini nunnias demen*«, gab der Fremde zurück.

Es raschelte im Gebüsch, und ein weiterer gespannter Bogen zeigte sich am Ende eines langen, schlanken Arms. Dieser Pfeil zielte mit seiner Spitze auf Wil.

Die zweite Gestalt war fraglos weiblich. Und ebenso unwirklich wie ein Waldbaghul.

Beide Fremden waren ähnlich in verschwimmendes Grün, Grausilber und Braun gekleidet. Sie trugen Hosen, dazu enganliegende und wohl auch mehrteilige Obergewänder, die in den Augen der Vahits von absonderlichem Schnitt waren. Diese Kleider waren aus einem Stoff gewebt, wie sie dergleichen nie zuvor gesehen hatten. Hohe Stiefel bedeckten die Unterschenkel, breite Gürtel mit Taschen daran umschlossen die Hüften. Beide hatten Pfeilköcher geschultert und nutzten eine Art Geschirr, aus dem die Griffe von Dolchen und Schwertern hervorragten.

Die Frau war nicht kahlgeschoren wie der Mann. Ihre Haare waren kurz: Schneeweißer Flaum von kaum der Länge eines Fingerglieds umgab ein Gesicht, das bestürzend schön und schmerzhaft vollkommen wirkte. Es zeigte eine solch überwältigende Ausgewogenheit, eine sich über alles Bekannte erhebende Ebenmäßigkeit, dass es die Vahits zugleich betörte und verwirrte. Ihre Züge waren unendlich fein und dabei fordernd, schwungvoll und doch lieblich. Schön wie die Blüte einer namenlosen Blume und doch von einer darunter lauernden Kraft erfüllt, wie es sich selbst ein begnadeter Maler oder Bildhauer nicht einmal in seinen kühnsten Träumen vorzustellen gewagt hätte. Ihre Augen irritierten Finn am meisten. Sie glichen dunkelblauen Seen, in denen funkelnde Inseln aus Gold schwammen.

Die Schritte der Frau waren so lautlos wie geschmeidig. In drei, vier weiten Sätzen lief sie leichtfüßig auf die Vahits zu, als ob ihre Stiefel den Sand und die Kiesel kaum berührten.

Cirwirran kreischte abermals warnend.

Sein Kopf flog herum, als er die huschenden Bewegungen der fremden Frau erfasste. Was in seinem Raubvogelgehirn vor sich ging, wussten weder Finn noch Wil später zu sagen. Aber für sie beide wirkte es, als fürchte er um das Wohl seiner neuen Reiter. Er senkte den Kopf, spreizte die Flügel und schlug damit aus. Sein Körper spannte und streckte sich. Cirwirran sprang mit einem gewaltigen Satz der Fremden entgegen. Eine auf zehn Klafter ausgebreitete Mauer aus Federwerk wölbte sich schützend vor die Vahits.

Ein letzter, drohender Schrei des Vogels.

Ein tödlicher Fehler.

Ein Bogen sang.

Es war derjenige der Frau. Der graue Pfeil durchbohrte den zur Verteidigung gesenkten Raubvogelkopf und tötete Cirwirran auf der Stelle. Noch im Aufsetzen überschlug sich der Criarg. Er fiel mit einem dumpfen Laut auf den Rücken und verendete zuckend.

»Nein!«, schrien beide Vahits wie aus einem Mund.

Ihre fassungslosen Entsetzensrufe brachten sie erst recht in Bedrängnis. Im Nu hatten Finn und Wil die Dolche der beiden Fremden an ihren Kehlen und wurden rücklings auf die Kiesel geworfen. Die Frau kniete über Finn, der Mann hielt Wil niedergedrückt.

»Still!«, gebot der Kahlgeschorene. »Ich warnte euch schon zuvor! Keine Bewegung mehr. Wer oder was seid ihr?«

»Wir … sind Vahits«, antwortete Finn zögernd.

»Was sind Vahits?«

»Wir sind Bewohner des Hüggellandes. Oder Uvaithlians, falls Euch das etwas sagt.«

Der Kahle sah die Frau fragend an. *»Balmeléin?«*

Sie verneinte mit einer kurzen Geste. Jedenfalls nahm Finn an, dass der waagerechte Strich ihrer Hand eine Verneinung signalisierte. *»Dini malon«*, sagte sie. Sie nahm den Dolch ein Stück weit zurück. Ihr Nicken war eine Aufforderung an Finn, zu sprechen.

Jetzt, da sie sich über ihn beugte, sah Finn das untrüglichste Merkmal ihrer Fremdheit. Auf ihrer Stirn zeigte sich nämlich eine Erhebung, ein Wulst, einer dicken Narbe nicht unähnlich. Doch war es keine Narbe, sondern ein ebenmäßiges und glattes Auf und Nieder ihrer Stirnhaut, als ob darunter ein fast ringförmiger Knorpel wuchs.

Geformt war dieses Merkmal wie ein umgedrehter Tropfen, oben breiter als unten, und spitz zulaufend, dabei bis über die Nasenwurzel reichend. Und auch die Augenbrauen waren stärker betont als bei Menschen und Dwargen, ja selbst Gidrogs: Auch unter den Brauen wuchsen Knorpel, die annähernd gerade verliefen und nur kaum merkliche, aufwärtsgeschwungene Bögen bildeten.

Wenn auch sie Amans Geschöpfe sind, dachte Finn, dann hat er ihnen ein wahrlich unverwechselbares Zeichen mitgegeben. Denn auch das Antlitz des Kahlen wies die entsprechenden Wölbungen auf, nur verbargen sie sich bei ihm zum Teil unter den weißlichen Zeichnungen.

»Wir … wir suchen Freunde und Hilfe in der Fremde«, wagte Finn endlich zu sagen. »Wir sind friedlich. Wir sind nicht freiwillig hier. Wir wollen niemandem etwas tun.«

»Ihr tragt Waffen«, blaffte der Kahlköpfige. »Und ihr seid ertappt worden im Beisein eines *Cencyr.*«

»Wobei ertappt?« Wil wand sich unter der Hand des Fremden hervor, und seltsamerweise ließ dieser das zu. Auch Finn erhob sich langsam. Die Frau ließ ihn allerdings nicht für einen Moment aus den Augen, und der Dolch des Mannes schwebte über Wilhags Haupt.

»Er meint Cirwirran«, sagte Finn leise. »Den ersten Freund, den wir hier fanden. Er rettete unser Leben. Und er war unsere einzige Hoffnung. Ihr habt ihn ohne Not getötet.«

»Er griff uns an.«

»Er wollte uns nur beschützen. Ihr tratet zuerst als Feinde auf.«

»Wir waren vorsichtig.«

»Ihr wart voreilig, meint Ihr.«

»Und du bist frech, *demendir.*«

»Ich weiß nicht, was das bedeutet.«

»Demendir? Es bedeutet Halbmensch. Das seid ihr doch, oder? *Demendirill?*«

»Wir sind Vahits«, wiederholte Finn und wandte den Blick von dem am Boden liegenden Cirwirran ab. »Keine Menschen. Was immer Ihr sagt.«

»Ihr solltet Euch selbst erklären«, verlangte Wil.

»Was immer an diesem Platz geschieht«, sagte der Kahle ungehalten, »das bestimmen wir. Gebt mir eure Klingen, und ich verschone euch womöglich. Dann setzt euch nieder. Und beantwortet unsere Fragen.«

»Lass ihnen ihre Waffen, Anglirion«, sagte die Frau. Sie stand auf und steckte ihren vielfach verzierten Dolch zurück. »Sie können uns nicht gefährlich werden. Weder damit noch mit etwas anderem. Sie sind harmlos. Selbst du solltest das sehen können.«

*

Die beiden Vahits gehorchten und setzten sich. Der als Anglirion Angesprochene murmelte etwas Unverständliches in seiner Sprache. Es klang mürrisch und ungeduldig. Ganz offensichtlich war er mit dem jetzt sanfteren Auftreten der Frau nicht einverstanden.

»Ihr lebt nicht auf dieser Insel?«, fragte sie.

»Nein«, antwortete Finn. »Wir kommen aus dem Hüggelland, wie ich schon sagte. Die Menschen nennen es Uvaithlian. Es ist … einige Tagesreisen entfernt.«

»Dann seid ihr beiden entweder weitaus leichtsinniger oder viel mutiger, als es den Anschein hat. Zwei Kinder in unseren Augen, allein in der Wildnis. Ihr seid doch keine Kinder?«, fragte sie mit einem raschen Blick zu Wil.

»Wir mögen beide jung sein, aber wir sind Erwachsene«, antwortete er.

»Dann gibt es noch andere von euch in der Nähe? Nur in einer Gruppe wärt ihr unter Umständen stark genug, die Fährnisse der Wildnis zu überstehen.«

»Es gibt keine anderen Vahits in der Nähe«, ergriff Finn wieder das Wort. »Unser Hiersein ist ein Unglücksfall, und das meine ich wörtlich. Wir sind von der Höhe dort drüben herabgestoßen worden.«

»*Balmeléin!*«, rief Anglirion verächtlich dazwischen. »Dann wärt ihr beide tot. Sie lügen, Gilladién.«

»Ich sage die Wahrheit. Cirwirran – der Vogel, den Ihr getötet habt – fing uns unfreiwillig auf. Wir landeten auf seinem Rücken, und er trug uns hierher. Mit ihm wollten wir soeben diese Insel verlassen. Da kamt Ihr und bedrohtet uns. Das ist alles, was ich sagen kann. Verzeiht: Ist Gilladién Euer Name?«

»Nicht ganz«, erwiderte die Frau und lächelte zum ersten Mal. »Ich bin Numared Gilladién Linnfalwe. Und das ist Tiumas Anglirion. Wir sind …«

»… nichts, was die beiden etwas anginge!« Anglirion wog den Dolch, den er immer noch in seiner Hand hielt. Dann bückte er sich und schnitt damit den Pfeil aus dem Kopf des Criargs.

»Ich glaube ihnen«, sagte Gilladién, an den Mann gewandt. Ihr Blick fiel zurück auf Wil. »Also eure Heimat ist oberhalb dieser Felsenstufe dort?«

»Ja. Und mit seinem Tod«, Wil wies mit dem Kinn zu dem Criarg, »habt Ihr uns jeglichen Rückweg versperrt. Er war unsere einzige Hoffnung, uns heimzutragen.«

»Das haben wir nicht gewusst«, sagte die Frau. »Es war ein Missverständnis. Und eines, das ich bedauere.«

»Das bringt Cirwirran nicht zurück ins Leben.« Wil biss die Lippen zusammen.

»Nein. Und es fesselt uns an diese Flussinsel«, setzte Finn hinzu. »Dank Euch sind wir in eine weitaus schlimmere Lage geraten, als Ihr auch nur ermessen könnt.«

Anglirion sah auf und sagte einen schnellen Satz in seiner eigenen Sprache. Gilladién wiederholte daraufhin die Geste der Verneinung. »Sprich so, dass sie uns verstehen können«, sagte sie. »Wenigstens diese Höflichkeit sind wir ihnen schuldig.«

»Wir schulden ihnen gar nichts. Wer sich in die Wildnis hinauswagt, muss mit Ungemach rechnen. Auch wenn es halbe Kinder sind.«

»Halbe Menschen«, verbesserte Gilladién.

»Wir sind Vahits«, riefen Finn und Wil wieder wie aus einem Mund.

»Was immer sie sind, sie verschwenden unsere Zeit. Beeil dich mit ihnen.« Der Kahlköpfige wandte sich ab und ging zum Fluss, um den Pfeil zu reinigen.

»Wer oder was seid Ihr?«, wagte Finn zu fragen.

Gilladién wiegte den Kopf, was halb spöttisch, halb nachsichtig wirkte.

»Wir sind Ausgesandte«, antwortete sie.

»Und was führt *Euch* hierher?«

Das abwägende Lächeln der Frau wurde breiter. »Die Pflicht, kleiner Mann.«

»Ich heiße Finn, Finn Fokklin. Das ist Wil Tauber, mein Vetter. Die Pflicht wem gegenüber?«

»Unserem Auftrag gegenüber, Finn Fokklin.«

»Nur Finn, Frau Gilladién.«

»Nur Gilladién, Finn.« Aller Spott war aus ihren Zügen verschwunden, und ihr Lächeln nun freundlich. Finn erwiderte es zögerlich.

»Ihr haltet Euch bedeckt mit dem, was Ihr sagt«, meinte er.

»Ja«, gab sie unumwunden zu. »Es würde viel zu weit führen, jetzt alles zu erklären. Habt ihr einen Vogelschwarm gesehen? Bestehend aus *Cencyrill*, aus Vögeln wie euer Cirwirran hier?«

»Ja. Nein. Nicht heute«, antwortete Finn.

»Wann?« Anglirion hob den noch im Sand steckenden ersten Pfeil auf und wischte ihn sauber.

»Gestern«, warf Wil ein, »im Hüggelland. Reiter ritten auf den

Tieren. Sie überfielen mein Heimatdorf. In der Folge dieses Angriffs stürzten Finn und ich von jener Felsenstufe.«

Anglirion schlug verärgert mit dem Pfeil gegen sein Hosenbein. »So sind sie uns entwischt. Trotz unserer Eile waren wir zu langsam. Bist du nun zufrieden?« Er sah Gilladién missbilligend an, als ginge es um eine frühere und noch nicht beigelegte Meinungsverschiedenheit.

»Ich bin bestürzt«, sagte sie und ließ offen, ob sie Anglirions Frage meinte oder Wils Auskunft. »Dann war euer Hüggelland ihr Ziel?«

»Ja«, sagte Finn. »Während wir hier reden, sind sie dabei, es zu erobern. Die Reiter auf ihren Vögeln.«

Anglirion deutete mit der Pfeilspitze auf Wils Nase. »Und doch verstandet ihr euch prächtig mit diesem Cencyr hier. Was seid ihr? Ein Dienstvolk des Daírantyrs?«

»Des was?«, begehrte Wil auf.

»Er meint Lukather«, sagte Finn leise.

»Na bitte, was habe ich gesagt? – Sie kennen Lukather!« Anglirion trat einen Schritt zurück. »Was wisst ihr über ihn?«

»So nannten ihn einst die Féar«, antwortete Finn, der die Augen nicht von dem Pfeil lassen konnte. Erst jetzt war es ihm möglich, ihn aus der Nähe zu betrachten, und was er sah, ließ seine Gedanken rasen. »Das bedeutet *der Meister der Tränen*, soweit ich weiß.«

»Du überraschst mich, kleiner Mann. Entschuldige – Finn.« Gilladién wechselte einen unergründlichen Blick mit ihrem Begleiter. »Wobei du Recht hast. Die Féar nannten ihn so. Und sie nennen ihn immer noch so.«

Wil hörte nicht darauf. »Die Criargs – die großen Vögel, will ich sagen –, sie sind nicht das Übel. Die Gidrogs richten sie ab, ja. Aber das wahre Übel sind ihre Reiter. Cirwirran war froh, glaube ich, den seinigen los zu sein. Er blieb freiwillig bei uns, nachdem er unser Leben gerettet hatte. Und er hätte uns auch weiterhin geholfen. Mehr wissen wir nicht über die Vögel. Außer, dass ihre Reiter uns angreifen. Würden sie das tun, wenn wir in ihren Diensten stünden?«

»Nein«, gab Gilladén zu. »Aber nachdem sie euer Land erst vollständig erobert haben, werden die Vahits zu einem Dienstvolk geworden sein. So war es stets, und so wird es auch hierzulande wieder sein.«

»Ich habe einen Pfeil wie diesen schon einmal gesehen«, sagte Finn. »Vor acht Tagen. An der Nordgrenze des Hüggellandes. Er tötete einen Criarg. Einen Cencyr, wie Ihr sie nennt. Habt Ihr diesen Pfeil verschossen?«

Gilladién erhob sich und funkelte Anglirion vorwurfsvoll an. »Na bitte«, sagte sie, vorwurfsvoll seine vorherigen Worte gebrauchend. »Ich wusste, deine Voreiligkeit würde früher oder später jemanden auf unsere Spur bringen.«

»Er flog niedrig genug«, verteidigte sich der Gescholtene. »Er war ein Feind, und er war unvorsichtig. Der Vogel starb? Ich dachte, der Pfeil wäre fehlgegangen.«

»Oh, er traf«, sagte Finn. »Er traf das Reittier ihres Anführers, das aber noch landen konnte, bevor es verendete. Ihr hättet die Not des Hüggellandes verhindern können, wenn Ihr nicht das Tier, sondern den Reiter getötet hättet. Er nannte Euch Graupfeil. Und gab uns die Schuld am Tod seines Reitvogels. Eurem Fehlschuss verdanke ich seine Feindschaft.«

»Wie lautet sein Name?«

»Saisárasar.«

»Das nächste Mal werde ich sorgfältiger zielen, und weder er noch du sollt Anlass zur Klage haben.«

»Ich klage nicht«, erwiderte Finn düster. »Ich stelle nur fest. Obwohl ich hinreichend Grund zur Anklage hätte. Euer voreiliger Schuss, Anglirion, brachte mir einen Todfeind ein. Euer ebenso voreiliger Schuss, Gilladién, nahm mir die Aussicht auf eine Rettung aus der Wildnis. Wenn dies alles Missverständnisse waren, wie Ihr sagt, und nicht doch von Absicht getragen, was zu glauben ich mich bemühe, so steht Ihr beide tief in unserer Schuld. Wir haben euch nichts zuleide getan. Ihr hingegen wart weniger untätig.«

Er machte eine Pause, in der er nach Regungen in den Gesichtern Anglirions und Gilladiéns suchte. Das weiß übermalte Antlitz des Mannes zuckte, und seine Augenfarbe wurde dunkler. Die betörend schöne Frau indes straffte sich. Sie hob den Kopf, blickte zur Linvahogath hinüber und sagte: »Sie haben Recht, Anglirion.«

»Vor allem haben sie uns Zeit gekostet. Der Schwarm ist fort, wir kennen jetzt sein Ziel. Und die Absicht dahinter ebenso. Lass uns umkehren. Unsere Aufgabe hier ist erfüllt. Die Unsrigen warten.«

»Wir sind zumindest mitschuldig an ihrer Lage.«

Angliron blieb ungehalten. »Und doch ist ihr Weg unsere Sache nicht.«

»Wir können sie nicht sich selbst überlassen!«, widersprach Gilladién. »Sie würden sterben.«

»Ich habe ihnen ihr Leben nicht gegeben. Und es liegt nicht an mir, ihnen ihren Tod zu nehmen. Sollte dieser ihnen bestimmt sein. Was keineswegs sicher ist. Wir wissen jetzt, wohin der Schwarm flog«, wiederholte er. »Das war es, was wir erfahren wollten. Alles Weitere geht uns nicht an.«

»Doch, es geht uns etwas an. Wir müssen uns ihrer annehmen. Immerhin haben wir den Cencyr getötet, der ihre Rettung gewesen wäre.«

»Du hast ihn getötet. Nicht ich«, beharrte Anglirion.

»Ja. Und es war ein Fehler. Deshalb stehen wir in ihrer Schuld.«

»Ich stehe in niemandes Schuld. Schon gar nicht in der Schuld dieser Demendirill. Aber ich stehe im Auftrag des Rates. Wie du auch, Gilladién.«

»Ich habe es nicht einen Augenblick vergessen.«

»Dann komm endlich. Überlass diese hier ihrem Schicksal. Da Becúnan und Sindros noch nicht eingetroffen sind, muss etwas sie aufgehalten haben. Wir müssen uns eilen.«

»Dann nehmen wir die Vahits mit.«

»Auf keinen Fall.«

Ein wechselseitiger Wortschwall in der fremden Sprache setzte ein. Die eigenartigen Färbung der beiden Stimmen erweckte in den Ohren der Vahits beinahe den Eindruck, als ob sie sangen. Je größer der Nachdruck war, mit dem sie sprachen, umso klangvoller oder melodischer wurde jeder ihrer hin wie her geschleuderten Sätze. Am Ende schien sich die Frau durchzusetzen, denn Anglirion verstummte, schulterte seinen Bogen und wandte sich ab.

Gilladién aber winkte den Vahits. »Nehmt eure Sachen auf und folgt mir«, sagte sie. »Wir können euch nicht heimgeleiten. Aber wir können euch einladen, mit uns zu kommen. So können wir euch beschützen, und ihr seid sicher. Andernfalls wird die Wildnis euch verschlingen.«

»Und wenn wir nicht mitgehen wollen?«

»Es steht dir frei, zu bleiben, Finn. Und auch dir, Wil. Aber es wäre unklug. Und angesichts euer Feinde höchst töricht. Unser Pfad führt uns zurück nach Norden, und wir werden einen geeigneteren Punkt finden, an dem sich unsere Wege wieder trennen. Und ich wünsche mir, dass es dann in Freundschaft geschieht. Aber nicht hier und jetzt, nicht auf dieser Insel. Schon sie zu verlassen würde euch schwerfallen, wenn es sich nicht sogar als unmöglich erweist. Folgt mir. Wir haben einen langen Marsch vor uns.«

»Euer Freund Anglirion, er ist doch dagegen?«

»Das ist er. Aber er beugt sich meinem Wunsch. In unserem Volk ist es Sitte, die Wünsche der Angehörigen der Hohen Häuser wie einen Befehl zu deuten. Ich bin ein Kind des Hauses Numared. Anglirion wird mir vielleicht widersprechen, wenn er anderer Meinung ist, aber er wird sich meinem Wunsch stets fügen.«

»Ihr gehört zum Volk der Féar, nicht wahr?«, fragte Finn.

Gilladién blinzelte überrascht. »Das ist richtig, kleiner Mann. Ich sehe, unsere alten Pfade sind noch nicht völlig vergessen. Das gibt mir Hoffnung. Nicht nur für unsere Bekanntschaft. Sondern auch für dieses ganze, weite Land. Nun kommt, Anglirion wird nicht länger warten wollen.«

*

Sie gingen flussabwärts. Noch ein ganzes Stück jenseits der umgesunkenen Ulme sahen sie Anglirion dem Hang zu seiner Linken zustreben. Dort wartete er; und als sie bei ihm anlangten, drehte er sich wortlos um und erklomm einen steilen Pfad, den ein trockengefallener Bach in die Westseite der Insel Langschelf gegraben hatte.

Auf halber Höhe wurde das Bachbett beinahe eben und verlief nun südlich. Die Féar half den Vahits an Stellen, an denen der Bach über scharfe Felsbrocken gesprungen war. Anglirion eilte meist weit voraus, und seine Ungeduld war schwer zu übersehen. Noch deutlicher zeigte er seinen Unmut über die Anwesenheit der Vahits, und er rührte im Gegensatz zu Gilladién keinen Finger, wenn es galt, umgestürzte Bäume zu überklettern. Oder vahithohe Stufen zu erklimmen. Oder Senken zu überspringen, die der Bach in den Rücken der Insel gespült hatte.

Dabei gelangten sie immer weiter nach Süden, aber auch höher hinauf, bis sie oberhalb der Hangbüsche den Tarduil in seiner vollen Breite überblicken konnten. Dann verlor sich das Bachbett irgendwann zwischen krüppeligen Föhren, und Anglirion folgte stattdessen einem nur ellenbreiten Grat, der mitten hinein in die erste Kluft der steilen und vielfach gezackten Spitzfelsen führte, die der Insel ihr untierartiges Aussehen verliehen.

Es war schon spät am Vormittag, als sie durch ein Felsentor hinaus ins Freie traten: Sie standen unversehens auf einem breiten Söller, der weit nach Süden blickte. Unter sich sahen sie ein beeindruckendes Schauspiel: Spitz wie der Bug eines gewaltigen Schiffes lief die Insel aus. Von beiden Seiten wälzten sich die hier nun schneller strömenden Wasser der geteilten Tarduilarme heran und vereinigten sich in unzähligen Wirbeln und aufschäumenden Wellen – ein Lichtertanz von Gischt und gelb und weiß und grünlich schimmerndem Untergrund.

Die beiden Féar atmeten nicht einmal schwer. Die Vahits hingegen waren vom Aufstieg erschöpft, und wie nicht anders zu erwarten gewesen war, murrte Anglirion darüber. Es war das erste Mal, dass er seit ihrem Aufbruch sprach. »Sie sind lästige Fesseln am Bein«, sagte er. »Du begehst einen Fehler.«

»Ich bemühe mich vielmehr, einen begangenen Fehler wiedergutzumachen«, erwiderte Gilladién.

»Dennoch halten sie uns auf. Schau dich um: Hier ist nichts. Es gibt kein Zeichen von Sindros oder Becúnan. Sie sind nicht wie verabredet gekommen. Und sie haben sich auch vor unserem Eintreffen nicht an diesem Ort aufgehalten. Das missfällt mir. Etwas hat ihre Ankunft verhindert, und du weißt selbst, was das bedeuten kann. Lass sie hier. Gib die Demendirill frei, so dass wir endlich eilen können.«

»Frei?«, fragte Wil argwöhnisch. »Sind wir etwa Gefangene?«

»Nein, natürlich nicht«, antwortete die Féar. »Anglirion meinte, ich solle euch aus meiner Verantwortung freilassen.«

»Warum gehen wir seit Stunden nach Süden?«, wollte Finn wissen. »Ihr sagtet, euer Pfad führe euch nach Norden.«

»Unsere Gefährten hätten auf diesem Söller zu uns stoßen sollen. Diese Verabredung ist der eine Grund. Der andere ist der, dass wir die Insel südlich umrunden müssen. Ein gradliniges Übersteigen ihres Rückens hätte euch überfordert. Uns wäre es möglich gewesen, aber es hätte noch mehr Zeit gekostet. Ab jetzt werden wir uns nordwärts halten und an der Ostseite der Insel entlangwandern. Und Anglirions Sorge ist berechtigt. Eile tut not, solange wir nicht wissen, was mit Becúnan und Sindros geschehen ist. Kommt weiter.«

»Keiner rührt sich!«, drängte Anglirion plötzlich mit gedämpfter Stimme. »Runter mit euren Köpfen. Lehnt euch eng an die Felsen! Gebt acht!«

Er deutete zum Osthimmel, und jetzt erkannten sie, was er

meinte. Ein großer Schwarm Criargs, mehr als hundert an der Zahl, sammelte sich jenseits des zweiten Tarduilarms. In sechs langen Reihen überflogen sie hintereinander die Südspitze der Insel. Zu hoch für Anglirions Bogen, aber tief genug, dass sie die geduckt in den Sätteln hockenden Gidrogs erkennen konnten, wie sie sich über ihre Zügel beugten. Ihre Schatten huschten über die aufgewühlten Wasser. Schnell wie der Wind entschwanden sie nach Westen. Sie flogen der Linvahogath entgegen.

»Sie besetzen das Hüggelland«, murmelte Finn voll dunkler Gedanken.

Gilladién sah ihnen nach und nickte. »Dieser Schwarm bestätigt eure Worte«, erklärte sie. »Wir nahmen an, dass heimlich ein Krieg vorbereitet würde. Jetzt sehe ich, dass er bereits begonnen hat. Wo diese herkommen, warten noch viele. Und nicht nur sie.«

Anglirion führte sie durch einen nur schulterbreiten Spalt zwischen zwei Zackenfelsen zuerst nach Osten und dann längs eines scharfen Abbruchs nach Norden. Hier gab es kein Bachbett, dem sie folgen konnten. Sie gingen auf schräg abfallendem Boden oder tasteten sich entlang lotrechter Wände. Unter ihnen rauschte leise der Tarduil in seinem östlichen Arm. Dieser war schmaler als sein westliches Gegenstück, aber nicht nur weniger breit, sondern auch unruhiger: Er floss bedeutend schneller, und zischende Gischtnebel flogen immer wieder an Stellen auf, wo große Felsblöcke aus den Wassermassen ragten.

Der Nachmittag wurde warm, oder sie spürten den Wind bei ihrer anstrengenden Kletterei nicht so sehr, obwohl er ihnen beständig entgegenblies. Allmählich kamen sie tiefer. Das Schäumen des Tarduil erklang zunehmend lauter und überdeckte bald alle anderen Geräusche der Umgebung, selbst das Tschilpen der umherschießenden Schwalben, die dicht über den Sträuchern nach Insekten jagten.

Bis zum Einbruch der Dämmerung waren die Vahits am Ende ihrer Kräfte angelangt, und Gilladién befahl zu lagern. Anglirion wandte seinen kahlen Kopf ärgerlich nach Norden und sah dann abschätzig auf die Vahits herab. »Wir hätten schon viel früher bei den Stromschnellen sein können. Was sage ich! Ohne diese beiden Hemmnisse hier könnten wir längst auf dem anderen Ufer und schon im Schutz des großen Waldes sein.«

»Was für Stromschnellen?«, fragte Wil, völlig außer Atem. Er trug zur Abwechslung Finns Rucksack. Ermattet ließ er ihn von den Schultern gleiten und warf sich förmlich in ein Bett aus Kiefernnadeln.

»Welcher große Wald?«, fragte Finn, der kaum noch seine Füße spürte.

Die Féarfrau deutete mit ihrer schlanken Hand über den Fluss. »Wir kannten den Wald einst als den Arryn Wrisilion. Wie er heute heißt, wissen wir nicht. Die Stromschnellen haben keinen Namen, zumindest keinen, den wir nennen könnten. Wir werden sie morgen früh überqueren und uns danach dem Wald anvertrauen.« Ihr ausgestreckter Finger wies auf einen dunkelgrünen Schatten, der am anderen Ufer dräute.

»Arryn Wrisilion – was bedeutet das?«, fragte Finn nach. In ihm wurden unbestimmte Ahnungen wach, und er dachte an einen anderen Wald zurück, in dem von heimlichen Augen die Rede gewesen war, und an die begründete Furcht der Vahits, die an seinem Rande lebten. Gelebt hatten, verbesserte er sich in Gedanken – Rudenforst war abgebrannt.

»Es sind Wörter eurer Sprache. Nein, eurer einstigen Sprache, sollte ich wohl sagen. Einst war der Arryn Wirisilion ein Teil Arryons, des mächtigsten aller Wälder, der ganz Aren – oder Kolryn – vom Rand des Eises bis zu den Steilklippen des Südens überzog. Und er ist immer noch ungezähmt und wild. Ein gefährlicher Ort; trotz oder wegen seines hohen Alters. Ihr beide wäret verloren, ginget ihr allein hinein.«

»Es wäre besser, sie gingen überhaupt nicht hinein«, sagte Anglirion. »Besser für sie und leichter für uns.«

»Solange sie bei uns bleiben, sind sie in Sicherheit.«

»Der Wald ist tückisch, und Becúnan und Sindros sind nicht bis hierher gelangt. Alle Sicherheit ist trügerisch.«

»Die Gründe dafür müssen nicht im Arryn selbst liegen.«

»Nein«, sagte Anglirion. »Aber das wäre ein noch schlimmeres Zeichen. Denn dann lägen die Gründe dafür an den Ufern des kalten Sees.«

»Was ist das – der kalte See?« Wil wechselte einen besorgten Blick mit Finn.

»Der Uled Alas? Von dort brachen wir in höchster Eile auf«, sagte die Féar. »Eigentlich zu viert. Um dem Schwarm zu folgen, der euer Dorf heimsuchte. Wenn unsere Gefährten aufgehalten worden sind, dann kehren wir womöglich dorthin zurück.«

»Mir gefällt nicht, wie sich die Dinge entwickeln«, beharrte Anglirion.

»Wir haben gezögert, Tiumas.« Das Lächeln der Frau ließ die Falten auf der bemalten Stirn des kahlköpfigen Mannes schmelzen. »Zu lange hat unser Volk gezögert. Du weißt es. Viele hundert Jahre zu lang erachteten wir es nicht für nötig zu handeln. Es ist längst später geworden, als wir wahrhaben wollen. Doch werden einige Stunden auch nicht mehr schaden. Diese Vahits aber benötigen unsere Hilfe, und wir werden sie ihnen nicht vorenthalten.«

»Tu, was du tun musst«, erwiderte er.

»Ich wünsche es, Tiumas.«

Damit fielen beide in ein andächtiges Schweigen. Stumm wandten sie sich dem Abendrot zu und sahen zu, wie der Himmel sich in ein Gewand aus fliederfarbenen Wolken schlug, ehe grauere Bänke alle Farben aufsogen.

Beide Féar hatten keine Einwände, als Finn und Wil vorschlugen, ein Lagerfeuer zu entfachen. Die Vahits brieten den Fisch, der für Cirwirran gedacht gewesen war, aßen ihn lustlos und schliefen dabei fast schon im Sitzen ein.

Die Nacht wurde kalt.

*

Am nächsten Morgen weckte Gilladién die Vahits, kaum dass der Sonnenball über die Wipfel des Waldes leckte. Nach einem eiligen Fischfrühstück, an dem sich die Féar nicht beteiligten, brachen sie auf. Anglirion fand einen Weg unter dem Dach von dicht wachsenden, windkrummen Kiefern, der rasch abwärtsführte. Bald bog er nach Süden und dann nach Osten ab, und als die Bäume in Gesträuch ausliefen, standen sie plötzlich am Ufer des Flusses. Wie Nebel hingen feinste Wassertröpfchen in der Luft, und das Getöse der Stromschnellen machte eine Verständigung nur noch mit Schreien möglich.

»Wie bitte sollen wir denn da heil hinübergelangen?«

Pfeilschnell schossen die Wasser über gefangene Baumstämme, spülten kreuz und quer über aufeinandergeschaufelte Felsblöcke und spritzten über vorgestreckte Zungen. Unter der weißschäumenden Oberfläche lauerten Grate, Spalte und Wirbelgruben; und Finn vermochte weder einen Weg ans andere Ufer zu erkennen noch auch nur die Zahl der großen Schlünde zu erfassen, die im tosenden Flusslauf ihrer harrten.

»Dies ist die schmalste Stelle!«, rief Gilladién. »Näher treten beide Ufer nirgendwo zueinander. Wir werden über die Felsen springen.«

»Ihr vielleicht, mit euren langen Beinen!«, weigerte sich Wil. »Wir aber werden schon beim ersten Stein hinfortgerissen werden. Wenn Ihr verlangt, dass wir euch folgen, so ist das unser augenblicklicher Tod!«

»Na bitte!«, rief Anglirion. »Wenn sie nicht mal das schaffen …? Es ist, wie ich gestern sagte. Ihr Weg ist unsere Sache nicht!«

»Wir könnten sie tragen, Anglirion!«

»Sie haben ihre eigenen Beine.«

»Das ist dein letztes Wort?«

»Nein. Aber mein letztes Wort in dieser Sache! Wenn sie es nicht selber schaffen, ist es ihnen nicht bestimmt, uns zu begleiten!«

»Dann geh du voraus. Ich folge nach!« Alle Freundlichkeit war aus dem Gesicht der Féar verschwunden.

Anglirion nickte. Er sprang aus dem Stand auf den nächsten im tosenden Wasser liegenden Felsen. Er stieß sich daran ab und landete auf einem zweiten, einer flachen, geneigten Ebene, über die schäumende, wadenhohe Wellen geradezu dahinschossen. Wieder schnellte er sich ab und wieder. Nicht einmal trat er fehl, rutschte ab oder geriet auch nur im Geringsten ins Schwanken. Ein letzter, dreifacher Satz, und er stand wohlbehalten am gegenüberliegenden Ufer.

»Das schaffen wir nie!«, stöhnte Wil.

»Er hat Recht, und Ihr wisst das!«, rief Finn. Er dachte mit Schaudern an das zusätzliche Gewicht des Rucksacks auf seinem Rücken.

Die Féar nickte.

Sie holte aus einer Gürteltasche eine kleine Flasche aus silbrigem Metall hervor und reichte sie den Vahits. »Trinkt dies!«, verlangte sie.

»Was ist das?«

»Ein besonderer Trank meines Volkes. Wir nennen ihn *limfalwe*. Er besiegt den Schwindel und schützt zugleich vor der Kälte des Wassers. Trinkt jeder nur einen Schluck. Es wird euch Sicherheit verleihen und alle Kraft, die ihr braucht. Habt Vertrauen!«

Finn sah Wil ein wenig ratlos an, erwiderte dessen Schulterzucken und nahm beherzt einen Schluck. Der Trank schmeckte süßlich und bitter zugleich. Wie nach einer unbekannten Frucht und Gewürzen, die ein wenig auf der Zunge brannten. Weiter spürte Finn nichts. Weder verspürte er eine Kraft in ihm anwachsen noch eine Zunahme an Zuversicht. Wil trank und verzog das Gesicht. »Und das soll uns helfen?«

»Es ist *limfalwe*. Es hilft. Habt Vertrauen!«, wiederholte sie. »Und nun geht voran. Ich folge euch nach.«

»Lass mich zuerst«, rief Finn in das Getöse des Gewässers hinein. Ohne eine Antwort abzuwarten, sprang er vorwärts und landete auf demselben Felsen wie vor ihm Anglirion. Erstaunt stellte er fest, dass er in keiner einzigen Sekunde das Wissen darüber verlor, wie und wohin und wie weit er sich zu bewegen hatte. Nicht einen Fingerbreit schwankte er, auch nicht bei seinem nächsten Sprung und auch nicht beim übernächsten.

Aber er musste sich seinen eigenen Weg über die wild umgischteten Steine suchen. Jene, auf denen Anglirion über den Fluss gelaufen war, lagen für seine kurzen Beine zu weit auseinander. Seltsamerweise fand er aber immer einen Tritt, glitt nicht ab und vermochte stets, dem Drängen des seine Beine umspülenden Wassers genau den richtigen Gegendruck entgegenzusetzen.

Schneller als er geglaubt hatte, sah er das Ostufer vor sich, nur noch einen, allerdings langen Felsengrat entfernt. Er lief leichtfüßig auf dem Grat entlang, der so schmal war wie ein gespanntes Seil. Oder eine hochkant gestellte Messerschneide. Mittendrin sprang er auch noch über einen herausragenden Zacken hinweg und landete federnd auf den Zehenspitzen. Er sah nicht nach unten und stand plötzlich sicher auf der anderen Seite. Anglirion hätte ihm die Hand reichen können, aber er tat es nicht.

Finn drehte sich um. Verblüfft beobachtete er Wil, der über die Flusssteine hüpfte wie ein Ball. Ein ums andere Mal verschlangen ihn scheinbar die Wellen, aber immer wieder tauchte sein lachendes Gesicht über den Gischtschlieren auf. Er sprang erneut und landete selbst auf spitz aufragenden Zackenkronen so sicher wie auf dem vertrauten Boden seiner Kammer. Wenig später stand er, besprüht, und wie Finn vor Nässe triefend, aber unverletzt und guter Dinge neben Anglirion.

Als Gilladién über die Stromschnellen kam, sah es aus, als schwebe sie dicht über den Wassern – sie schien mehr durch die Luft zu fliegen, als dass sie die Felsen berührte. Es dauerte nur wenige Augenblicke, und sie erklomm das Ufer. Ein paar Wasserspritzer hatten sie benetzt. Sie streifte die Tropfen von ihren Kleidern und trat zu den wartenden drei hinzu.

»Na ja«, meinte Wil und blickte Anglirion an. »Es war ein wenig Gleichgewicht vonnöten, aber mehr nicht. Ihr solltet mehr Vertrauen in unsere Beine setzen.«

»Du hast ihnen zu trinken gegeben?«, fragte er Gilladién, ohne Wil zu beachten.

»Ich verspürte Durst und trank selbst«, antwortete sie mit einem herausfordernden Lächeln. »Es war nur höflich, ihnen auch etwas anzubieten.«

»Du hättest es nicht tun dürfen. Limfalwe ist allein unserem Volk vorbehalten.«

»Es ist noch früh«, sagte sie und gähnte übertrieben. »Ich muss es vergessen haben.«

»Allein hätten sie es niemals geschafft!«

»Ihr könnt es nicht abstreiten!«, rief Finn. »Jeder von uns beiden ging allein über den Tarduil, Anglirion! Ihr merkt es vielleicht nicht, aber Ihr seid Euch gerade selber untreu geworden. Was kümmert es Euch, ob wir den Fluss überquerten? Unsere Wege sind schließlich Eure Sache nicht, und wo Ihr Recht habt, da habt Ihr Recht. Wo geht es bitte weiter?«

Ein Zucken, das zu einem nicht mehr im Zaum zu haltenden Zittern wurde, ergriff mit einem Mal Finns Oberschenkel. Wil erging es ähnlich. Auch wenn der Trank ihren Gleichgewichtssinn geschärft hatte, so war das Überschreiten der Stromschnellen dennoch ein Kraftakt für die Vahits gewesen, und ihre Muskeln bebten entweder davon, oder sie verspürten eine Nebenwirkung des Limfalwetrunks.

»Mir wäre nach einer kurzen Rast«, sagte Wil. »Nur ein paar Minuten des Sammelns, wenn Ihr versteht. Was immer Ihr sagt: Meine Beine schmerzen und zittern wie Espenlaub.«

»Das ist meine Sache nicht«, blaffte der Féar. Er funkelte Finn dabei an.

Brüsk wandte sich der Kahlköpfige ab und ging auf den nahen Waldrand zu.

Wil kniff die Lippen zusammen und ließ ergeben die Arme fallen. »Dann eben nicht«, murmelte er. Es hätte nicht viel gefehlt, und er hätte dem Féar glatt die Zunge herausgestreckt. Finn sah es in seines Vetters Gesicht arbeiten, sah die Lippen zucken und sich dennoch nicht öffnen, obwohl Wil schon den Kiefer vorstreckte. Die sprichwörtliche Tauberhöflichkeit obsiegte.

»Ich weiß jetzt, was Arryn Wrisilion bedeutet«, sagte Finn, dem ein anderer Gedanken in den Sinn kam. »Es müssen Wörter in ganz altem Caeredwaine sein. Arryn – wie *ryn* in Kolryn. Wrisilion – wie *wrisil* in Wrisilrhiob. Es bedeutet ›der Wilde Wald‹, Wil.«

»Das hört sich nicht mal entfernt so an, als wäre es der rechte Ort für uns.«

»Nein, ganz und gar nicht.«

»Gehen wir trotzdem?«

Finn drehte sich ein letztes Mal um und blickte auf den Fluss mit seinen schäumenden Fluten.

»Als ich inmitten der Wasser war, da kam mir ein Gedanke. Mir erscheint dieser Morgen wie ein Kartenspiel im *Rauschenden Adler*, Wil. Das Blatt liegt auf dem Tisch, das Spiel fängt an. Wir können nur mit den Karten trumpfen, die wir in die Hand bekommen. Das mag bedeuten, dass wir alles auf die letzte setzen müssen. Es mag bedeuten, dass wir verlieren. Aber wir haben nichts anderes, und das Spiel hat begonnen. Die Karten sind verteilt. Nehmen wir sie auf. Gehen wir.«

Damit schob er seinen Rucksack zurecht, wandte sich um und betrat, Wil folgend, den Wilden Wald.

Die Féarfrau folgte ihnen, lautlos, den Bogen in der Hand.

14. KAPITEL

Der Wilde Wald

ANGLIRION LIEF IHNEN voraus und erklomm einen allmählich ansteigenden Hang, der sich unter grauschweigenden Bäumen mit dicken Stämmen längs des östlichen Tarduilarms erstreckte und ab der Stelle zu ihren Füßen zu steigen begann, an der sie den Fluss nicht mehr hinter sich hören konnten. Oben sicherte er nach allen Seiten, ehe er ihnen winkte, ihm zu folgen.

Es fiel Finn schwer, die Féar im Auge zu behalten, sobald der Mann auch nur zwanzig Klafter vorausgeeilt war oder die Frau um diese Strecke zurückfiel. Ihre grün und grausilbern gehaltenen Kleidungsstücke verschmolzen mit dem Zwielicht unter den Wipfeln; das Braun ihrer Stiefel glich dem der den Boden bedeckenden Herbstblätter. Selbst seine weiße Kopfbemalung und ihr heller Kopfflaum narrten den Blick: Sie erschienen Finn wie zufällig durch die Zweige flirrendes Sonnenlicht auf im Winde schwankenden, sich rasch wiegenden Ästen.

Der Kahlköpfige bildete wie zuvor die Vorhut ihres kleinen Trupps. Gilladíen sicherte nach hinten. Die Vahits bemühten sich nach Kräften, mit den weit ausgreifenden Schritten der beiden Féar mitzuhalten, aber es war von vorneherein aussichtslos. Sie stolperten bald die Walderhebungen hinab und keuchten immer langsamer werdend hinter Anglirion die nächste hinauf. Das Auf und Nieder und vor allem das Fehlen eines gebahnten Weges erschöpfte sie allzu schnell. Schon nach einer Dreiviertelstunde konnten sie nicht mehr. Gilladién erkannte das und bedeutete Anglirion mit einem Pfiff zu warten.

»Wir kämen vermutlich sogar schneller durch diesen Wald,

wenn wir einfach nur sitzen blieben!«, sagte der Féar verdrießlich, als sie ihn endlich eingeholt hatten.

»Um was zu tun?«, fragte Gilladién spöttisch.

»Um abzuwarten, bis *ilámen grendu* sich eines fernen Tages dieses Waldes nicht mehr erinnert.« Anglirion kräuselte die Lippen und stieß wütend das Ende seines Bogens in den weichen Boden. »Selbst das dürfte noch rascher vonstattengehen als diese unerträgliche Schleicherei.«

»Du übertreibst maßlos. Dein Zorn lebt in dir, und niemand außer dir entfacht ihn stets aufs Neue. Es liegt in deinen Händen, das zu ändern, wenn ich dich erinnern darf! Ich wiederhole gern meinen Vorschlag von vorhin: Wir könnten sie tragen.«

»Das könnten wir«, sagte er. »Nur sehe ich nicht …«

»Ihr braucht Euch nicht erst zu wiederholen«, unterbrach ihn Finn. Mit einer Häme, die ihn selbst erstaunte, sagte er: »Wir haben es inzwischen verstanden: Es ist Eure Sache nicht!«

»Das ist kein Scherz, Demendir.«

»Ich scherze nicht. Wir sind, was wir sind. Klein, kurzbeinig und nicht für solche Anstrengungen geschaffen. Ob Ihr es nun wahrhaben wollt oder nicht: Eurer Tempo hetzt uns zu Tode. Entweder Ihr gönnt uns eine Rast, oder Ihr mäßigt Eure Eile.«

»Eile? Du weißt nicht, was Eile heißt. Jeder Baum wächst doch schneller, als eure winzigen Füße sich bewegen.«

Finn beugte sich vor und schöpfte mühsam Atem. Dankbar übergab er den Rucksack an Wil. Dann sagte er: »Werft Ihr mir etwa vor, dass ich klein bin? Zürnt Ihr ob meiner Schwäche? Dann ist es also *das*, was das Alter mit Eurem Volke macht? Ihr werdet zänkisch und überhebt Euch verächtlich über Andersgeborene. Noch gestern stand ich wie starr und staunte ehrfürchtig, als ich Euch erblickte. Und als ich Euch als das erkannte, was Ihr seid, da freute ich mich. Denn ich meinte Euch und Euer Volk zu kennen, aus unseren alten Schriften und Büchern. Darin heißen wir Euch Fernen oder Feen, und wir blicken in Gestalt von Märchen und Sagen hoch zu Euch auf. Denn wisset: Ihr galtet meinem Volk von jeher als weise und freundlich, als mitfühlend und edel, als hilfsbereit und groß in jeder Weise. Jetzt danke ich Euch, Anglirion, für diesen Augenöffner! Euer Wesen ist dem unseren nicht nur fremd, es ist auf betrübliche Weise unterschieden von ihm, das kann ich nun sehen. Ihr seid uns wahrlich fern, und – Fern, der Ihr seid – Ihr verdient diesen Namen. Eilt hinfort, wenn es das ist, was Ihr begehrt. Ich bitte Euch! Wenn wir Euch hindern, so geht! Geht voraus und kehrt nicht wieder. Lasst uns zurück, so seid Ihr uns los. Und wir werden wegen Eures Abschieds keine Tränen weinen, grämt Euch dessen nicht. Nur verschont mich mit Eurer peinlichen Überheblichkeit! Geht mir aus den Augen mit Eurem Hochmut! Und wenn Eile Euch dabei hilft, so soll's mir recht sein.«

Damit ließ er sich rücklings in einen Haufen Laub fallen und starrte in die Wipfel hinauf. Seine Brust hob und senkte sich, und nur er allein wusste, dass dies noch mehr eine Folge seiner Rede war als die der ihr vorausgegangenen Hetzerei.

Anglirions Augen verfärbten sich, und er maß Finn mit einem langen, finsteren, geradezu vernichtenden Blick. Gilladién betrachtete schweigend ihre Stiefelspitzen. Wil klappte vernehmlich den ihm vor Verblüffung offen stehenden Mund zu.

Vielleicht war es dieser Laut, der sie alle aus ihrer Erstarrung riss.

Anglirion warf sich den Bogen über die Schulter. »Ein schnelleres Vorankommen *ist* unser ureigenstes Anliegen«, sagte er, und es wirkte, als erkläre er es den Bäumen. »Ich nehme den Zaghaften. Und den Rucksack. Du trägst den Vorlauten. Sonst könnte *ich* laut werden. Folgt rasch.«

Sprach's und schnappte sich Wil mitsamt des Gepäcks. Im nächsten Augenblick sprang er vorwärts und preschte durch das Unterholz. Finn hörte noch Wils empörtes »Was soll das heißen – den Zaghaften?«. Aber er bekam eine etwaige Antwort Anglirions nicht mehr mit, falls dieser überhaupt etwas darauf erwiderte.

»Was ist?« Finn erhob sich umständlich und streifte das Laub von seinem Mantel.

»Ich habe nichts gesagt.« Gilladién ging in die Hocke und brachte ihr Gesicht auf dieselbe Höhe wie seines. Der Goldschimmer in ihren Augen überstrahlte alles, was Finn je an funkelnden Blicken gesehen hatte. Mit großer Aufmerksamkeit und noch größerer Eindringlichkeit ruhten ihre Augen auf ihm, und er fühlte sich bis auf den Grund seines Herzens von ihr durchschaut.

»Eben das verwundert mich. Ihr müsst verärgert sein.«

»Weshalb?«

»Wegen der Dinge, die ich über Euer Volk sagte.«

»Manche Wahrheiten müssen ausgesprochen werden«, sagte sie mit einem milden Wiegen ihrer schönen Wangen. »Manchmal von kleinen Leuten mit großem Mut. Im Übrigen gebe ich dir sogar Recht.«

»Was? Dann ... dann hättet Ihr ... Weshalb habt Ihr dann nichts zu ihm gesagt?«

»Weshalb sollte ich? Wolltest du bevormundet werden? Du hast eine eigene Stimme, Finn. Du kannst sehr gut für dich selber sprechen. Ich habe daran nicht gezweifelt. Und Anglirion kennt meine Meinung. Mein Volk ist wahrlich alt, uralt sogar. Vielleicht hat sich sogar noch Weisheit in einigen von uns erhalten. Etwas mehr als du annimmst, meine ich. Ich hoffe es.« Sie lachte auf, hell wie Glockengeläut. »Aber wir begingen Fehler, und wir begehen sie immer noch, und darin liegt ein großer, ewiger Kummer. Wenn auch nicht der größte von allen.« Ein Schatten verdunkelte jählings ihr Gesicht, doch sie schüttelte sich frei davon. »Anglirion ist ein *illinyiur*, musst du wissen. Ein ›für sich selbst Geborener‹, wie es in eurer Sprache heißen würde. Eine Bezeichnung, die für euch kaum einen Sinn ergibt, fürchte ich. Alle Illinyiul denken wie er. Sie befolgen das Gebot der Nichteinmischung in alle nichtféarische Belange. Nur was die Féar unmittelbar betrifft, ist ihnen von Bedeutung; alles Übrige kümmert sie nicht.«

»Ich verstehe«, sagte Finn, der wenig genug verstand. »Wenn er ein ...«, er zögerte vor dem fremden Wort, »... ein Illinyiur ist – was seid dann Ihr?«

Sie nickte anerkennend. »Du denkst mit, und das zeigt, dass mehr in dir steckt, als es deine helle Stimme und dein halbwüchsiges Äußeres vermuten lassen. Nun denn. Ich bin eine *arweyiur*, eine ›für das Leben Geborene‹. Auch das sagt dir wenig, nicht wahr?«

Finn hob fragend die Brauen. »Sind wir das nicht alle? Zum Leben geboren, meine ich?«

»In einem allgemeinen Sinne, ja. Im engeren féarnischen Sinn bedeutet es, dass die Arweyiul sich im Gegensatz zu den Illinyiul für alle kringirdischen Belange verantwortlich fühlen, nicht nur für die unseres Volkes. Anglirion verhält sich also nicht euretwegen so abweisend, sondern weil seine Einstellung ihm dies befiehlt. Im Übrigen würde er toben, erführe er, dass ich dir davon erzähle.«

Gilladiéns Mundwinkel zuckten verdächtig, und sie rollte die Augen.

Auf einmal bestand eine Brücke zwischen ihnen beiden, erkannte Finn, eine Brücke, gezimmert aus beginnendem Verständnis und auf Pfählen jungen Vertrauens ruhend.

Finn grinste schelmisch, als er die Bedeutung dahinter erkannte. »Jetzt begreife ich. Ihr müsst ziemlich häufig Meinungsverschiedenheiten haben, Anglirion und du. Oder irre ich mich?«

Gilladién seufzte und sagte dann in unerwartet vertraulichem Ton: »Nein. Es liegt ein ewiger Kummer darin, wie ich schon sagte. Ein schon sehr lange andauernder und lästiger Kummer. Er betrifft alle Illinyiul und Arweyiul. Er reicht zurück bis in die Tage, da Lukather auf Kringerde erschien. In gewisser Weise ist der Hass zwischen dem Daírantyr und uns durch diesen Kummer noch befeuert worden, auch wenn es dessen nicht bedurft hätte.«

Finn nickte. Er begriff kaum etwas von dem Gesagten und hätte gern mehr zu diesem Punkt erfragt. Aber er wurde plötzlich unruhig und deutete in die Richtung, in der Anglirion mit Wil entschwunden war. Mit jedem Schritt schleppte der Féar seinen Vetter weiter davon. Es erfüllte ihn die wachsende Furcht, Wil in den Weiten des Waldes zu verlieren.

»Willst du mich wirklich tragen?«, fragte er unsicher.

Die Féar fand zu ihrem leicht spöttischen Gesichtsausdruck zurück. »Geschwinder als der Wind, Finn Fokklin. Klettere auf meinen Rücken. Und halte dich so gut fest, wie du kannst.«

Finn tat, wie ihm geheißen.

Etwas scheu berührte er den festen, warmen Körper der fremdartigen Frau. Ein eigenartiger Wohlgeruch haftete an ihr und ihren Kleidern; harziger Tannenduft vielleicht oder der Abrieb von Moosen. Die Féar umfasste seine Schenkel, und er hakte sich an ihrem Waffengeschirr ein. Sein Gesicht lag plötzlich eng an ihren weißen Haaren, und er staunte, wie sanft und weich, dabei gleichzeitig aber unglaublich dicht sie waren. Sie dufteten noch stärker, wie eine Ahnung von frischen, fernen Blumen auf sonnenbeschienenen Bergwiesen über tiefen, verheißungsvoll kühlen Tälern.

Gilladién richtete sich auf.

Finn fragte sich verwirrt, ob er wach war oder dies alles träumte. *Gleich werde ich von einer Fee durch den Wilden Wald getragen*, dachte er wie benommen. *Niemand im Hüggelland wird es mir glauben!*

Einen winzigen Augenblick lang fragte er sich, wie sich wohl Bartolo Tauber vor vielen Jahren gefühlt haben mochte bei seiner Rückkehr, als auch ihm niemand glauben wollte, was er von seiner Reise zu berichten wusste.

Im nächsten Moment schossen sie durch das Dickicht, und die Zweige schlugen klatschend hinter ihnen zusammen.

Gilladién lief eine Senke hinab, wurde schneller und schneller, und dann rannte sie die gegenüberliegende Seite wieder hinauf, ohne langsamer zu werden. Wahrlich geschwinder als der Wind sprang sie vorwärts in einer Weise, dass ihm darüber schier Hören und Sehen und jeder Gedanke an seinen Urgroßvater Bartolo vor anhaltendem Staunen verging.

*

Nachdem er sein Staunen über die Gelenkigkeit und noch weit mehr über die Sprungkraft und die Geschwindigkeit ihrer Beine überwunden hatte, fand Finn nach einer Weile Zeit, sich auf Gilladiéns Rücken einzurichten. Seine Schenkel lagen unter ihren Achseln auf ihren angewinkelten Armen, und sie hielt ihn an seinen Knien fest und stützte ihn. Dabei lief sie leicht vornübergebeugt, so dass er sicher und so bequem wie möglich saß. Als das Gelände flacher wurde, verfiel sie in einen gleichmäßigen Trab, der sie schneller voranbrachte, als der Trab eines Hüggellandponys es vermocht hätte.

Der Wald wurde dunkler und auch dichter, je tiefer sie in ihn eindrangen. Das konnte er trotz der unvermindert schnell zwischen den Stämmen hindurchhuschenden Féar sehen – und vor allem *riechen*. Eine grünsickernde Stickigkeit machte sich allmählich unter den Bäumen breit, die selbst ihm, der er sich nicht zu bewegen brauchte, das Atmen erschwerte. Er fragte sich im Stillen, wie es Gilladién dabei erging.

Sie kamen an unzähligen umgestürzten Bäumen vorbei, die Gilladién entweder übersprang oder unter denen sie durchtauchte; einmal lief sie sogar einen schräg aufsteigenden Stamm hinauf und benutzte ihn als Sprungschanze, um in hohem Bogen über einen algengrünen Weiher von sechs oder sieben Klaftern Breite zu setzen. Sie fing die Landung weich in den Knien auf und rannte weiter. Danach kamen sie in eine weitläufige Senke hinab, auf deren Grund es modrig roch; modriger noch als im Rest des Waldes. Hier wuchsen mehr Flechten als andernorts: zerzauste braungrüne Bärte, die in der Schattenkühle von Luftwurzeln und Baumgerippen herabhingen wie jahrhundertealte, mottenzerfessene Wandbehänge.

Am jenseitigen Ende der Senke wurde es wieder heller, die Bäume traten auseinander und gaben etwas mehr Raum – ein Umstand, den Gilladién zum Erreichen noch größerer Geschwindigkeit nutzte. Dabei schien sie stets zu wissen, welchen Weg sie einzuschlagen hatte. Sie zögerte nur einmal, als ein grauer Felsenturm sich plötzlich vor ihnen aus dem Waldboden erhob, als sei er ohne ersichtlichen Grund von unten durch das Erdreich gestoßen worden.

Sie bückte sich und untersuchte den Boden, an dem Finn nicht das Geringste auffiel, außer dass es eben Waldboden war: bedeckt mit Laub, spärlichen braunen Graszipfeln und einem kaum nennenswerten Feld einiger dutzend faltiger Pilze. Gilladién aber lachte plötzlich auf und ließ die Felsansammlung zu ihrer Rechten liegen.

Noch einmal ging es für eine halbe Stunde unter schweigenden Bäumen dahin, und während all dieser Zeit sah und hörte Finn nichts außer dem leisen Rascheln ihrer eilenden Schritte.

Weder Anglirion noch Wil vermochte er vorauszuentdecken, und immer, wenn er dachte, sie auf einer Lichtung oder auf dem Kamm einer Bodenwelle wartend zu sehen, erwiesen sich die vermeintlichen Gesichte als absonderlich geformte Sträucher oder einsame, aus dem Dickicht ragende Findlinge.

Doch dann, als er seine Sorge um Wils Verbleib kaum mehr für sich behalten konnte, sah er die beiden ungleichen Gestalten an einem schmalen Bachufer knien.

Über ihren Köpfen war das Astwerk stärker ausgedünnt als in der weiteren Umgebung, so dass man den Platz fast eine Lichtung nennen konnte. Finn sah ein Stück des Himmels und nach Westen ziehende Wolken. Die Sonne warf steile, scharf voneinander abgehobene Bahnen von Licht und Schatten auf den Waldesgrund, aber dort, wo der Féar und der Vahit warteten, war die Luft trotz der Öffnung über ihnen immer noch stickig wie in einem lange geschlossenen Zimmer.

»Da seid ihr ja«, begrüßte sie Wil. Anglirion wandte nicht einmal den Kopf. Er trank langsam weiter und ließ sich auch durch die Ankunft der Féar nicht in seinem Tun stören. Gilladién setzte Finn ab. Sie sah sich eingehend um, musterte aufmerksam das Gebüsch beiderseits des Ufers und kniete sich neben ihren Gefährten. Auch sie trank, in langsamen, bedächtigen Schlucken, die sie mit den Händen schöpfte.

»Wie weit sind wir wohl in diesen Wald vorgedrungen?«, fragte Wil. Er kaute dabei und reichte auch Finn etwas zu essen aus dem Rucksack: einen schon harten Brotkanten und den vorletzten Mooswickel mit kalter Forelle.

»Da fragst du was«, sagte Finn. »Ebenso gut könntest du die Zahl der Bäume erfragen, an denen wir vorüberkamen. Ich weiß es beim besten Willen nicht, Wil. Nicht in Meilen jedenfalls. In Wegstunden? Es muss etwa eine Stunde vor Mittag sein. Wir sind also seit zweieinhalb oder drei Stunden unterwegs. Doch wie viel Weg die Féar in einer Stunde zurücklegen, in einem Wald wie diesem oder überhaupt, schon das zu sagen fällt mir schwer. Vielleicht ist's diese Stickigkeit, die mir jede Möglichkeit nimmt, etwas klar zu beurteilen. Die Luft hier schlägt mir aufs Gemüt, ganz ehrlich.«

»Ja«, sagte Wil. »Jemand sollte den Wald mal lüften, das wäre ein Anfang. Und etwas Licht hineinbringen, wenn er schon dabei ist.«

»Was ist eine Meile?«, fragte Gilladién, über die Schulter sprechend.

»Eintausend unserer Doppelschritte«, erklärte Finn. »Es entspricht dem, was auch ein Maß der Menschen ist: die kolrynische Meile. Nur wonach dieses sich errechnet, das weiß ich nicht. Aber es ist ein sehr altes Maß, das kann ich sagen.«

»Alt nach eurer Zeitrechnung, nehme ich an. Vielleicht stammt es aus Benutcane?«

»Vielleicht. Ihr kennt das alte Reich der Menschen?«, staunte Wil.

»Ja«, antwortete Gilladién. »Ich war in meiner Jugend einst Gast in Caras Benutcaer.«

»Warte«, sagte Finn, sich vorbeugend. »Sag das noch mal. In deiner Jugend willst du in Caras Benutcaer gewesen sein? Wann war das?«

»Vor 1283 Jahren. Ich erinnere es so genau, weil ich in jenem Jahr meinen 125. Geburtstag beging. Es war zugleich ein trauriges Jahr, denn ein Freund meiner Mutter war gestorben, und sein Tod war der Anlass des Besuchs.«

»Dann seid Ihr … dann bist du 1408 Jahre alt?« Wils Mund blieb wieder einmal offen stehen.

»Ja«, sagte Gilladién. »Erschreckt euch das?«

»Nun ja, man sieht es dir jedenfalls nicht an.« Finn zuckte hilflos mit den Schultern. Sich dermaßen lange Zeiträume auch nur vorzustellen fiel ihm schon schwer. Sich auszumalen, wie es war, sie zu *erleben*, überstieg seine Kräfte. Er langte seinerseits hinüber und drückte Wils offenen Mund mit dem Zeigefinger unter dem Kinn zu. »Ist er denn auch so alt?«, fragte er leise und deutete auf Anglirions Rücken.

»Was? Nein. Er ist noch nicht einmal tausend Jahre jung.«

»Es geht niemanden etwas an, wie viel Jahre der Endyaluëne ich auf Ilámen Grendu wandele«, sagte der Féar und setzte sein behutsames Trinken fort.

»Was bedeutet das?«, fragte Finn.

Gilladién unterbrach ihr Wasserschöpfen. »Ilámen Grendu heißt Lichtenstein. Der Lichtenstein. So nennen wir diese Welt, die ihr Kringerde heißt.«

»Und Endyaluëne?«

»Es bedeutet so viel wie ›die Endlosigkeit‹. Wir zählen die Jahre nach der Endyaluëne. Vom ersten Tage des Hierseins unseres Volkes an.«

»Und wieder was gelernt«, witzelte Wil.

»Das alles geht sie nichts an«, beharrte Anglirion. Er zog langsam einen Pfeil aus dem Köcher und wusch ihn, obwohl er völlig sauber war. An die neben ihm kniende Gilladién gerichtet, sagte er bedeutend leiser: »Du hast ihn auch gesehen?«

»Ja. Hinter dem vierten Busch rechts von mir.« Lauter fuhr sie fort: »Das Maß, von dem ich sprach, war damals in Benutcaer gang und gäbe. Es hieß *Dirarám* und bezeichnete die Strecke, die ein Mann in einer Viertelstunde zu Fuß zu schaffen vermochte. Die Viertelstunde hieß *Rámwarás*, nach dem Gefäß der Wasseruhr. Ihr kennt es auch nicht, wie ich sehe. Nun ja, der Dirarám dürfte eurer Meile ziemlich nahekommen, schätze ich. Vielleicht ist er sogar der Ursprung des heutigen Maßes.« Sie flüsterte ansatzlos weiter: »Er ist allein.«

»Kundschafter?« Anglirion nickte und tat, als wüsche er nunmehr seine Hände. Der Pfeil lag neben ihm.

»Vermutlich. Er ist unerfahren. Sehr wahrscheinlich jung.« Auch Gilladién beugte sich dicht über das Wasser. Finn und Wil wechselten einen besorgten Blick.

»Ja. Er beachtet die Richtung des Windes nicht. Ich kann ihn riechen.«

»Ich auch. Es ist kein Gidrog.«

»Was dann?« Anglirion gab vor, seinen Schultergurt zurechtzurücken. Dabei nahm er den ihn hindernden Bogen ab und legte ihn unauffällig neben sich zu dem Pfeil.

»Ein Arryndir. Ein Waldmensch.« Gilladién stand auf und streckte sich. »Caras Benutcaer war einst eine stolze Stadt«, sagte sie, laut genug, dass es bis über den Bachlauf hin zu vernehmen war. Ihre Handbewegungen standen im völligen Widerspruch zu dem, was sie sagte. Finn aber begriff, was sie bedeuteten: *Steckt eure Sachen zurück! Macht euch bereit! Seid auf alles gefasst!*

*

Plötzlich bemerkte Finn, dass der Wald den Atem anzuhalten schien. Die Bäume standen still und schwiegen. Kein Vogellaut erklang. Der Wind schlief unvermittelt ein, und dennoch hörte er das etwas entferntere Knarzen von Ästen. Das leise Rieseln des Baches gluckste mit einem Mal laut in seinen Ohren. Das aufgeregte Summen unsichtbarer Waldinsekten erschreckte ihn, besonders, weil auch dieses Geräusch urplötzlich erstarb.

Etwas zischte; seltsamerweise kam das Zischen von oben. Noch von oberhalb der Bäume. Wenn er sich nicht täuschte, sogar von weitaus höher. Abgesehen davon, dass ein solches Zischen nicht an einen Ort wie diesen gehörte, wurde es mit jedem Mal lauter und absonderlicher. Ein tiefes Brummen gesellte sich hinzu, und dann glitt ein Schatten über sie hinweg, der gar kein Schatten war, sondern ein Fleck. Finn legte den Kopf in den Nacken, und für einen flüchtigen Moment lang erschien weit oberhalb des offenen Walddaches *etwas* – eine bräunlich-glänzende Wolke glitt vor den übrigen und viel höher stehenden Wolken vorbei. Länglich geformt war es, mit einer runden Spitze und drei keilförmigen Auswüchsen an der rückwärtigen Seite. Zweifellos war es die sonderbarste Wolke, die Finn jemals gesehen hatte. Es bewegte sich rascher, als Finn es betrachten konnte. Es war nicht auszumachen, ob es selbst brummte oder ob es vor dem Brummen floh. Das Geräusch jedoch klang, als sei es sehr verärgert, wer immer es auch ausstieß. Es zischte noch einmal laut auf, gefolgt von einem tieferen und leiser werdenden Zischen, dann war alles vorbei. Der Himmel zeigte sich wieder klar, die Wolken schwiegen, und Finn fragte sich, ob er wirklich etwas bemerkt hatte. Oder ob sein Verstand infolge des Verlaufs der letzten beiden Tage nicht doch gelitten hatte.

Es war einfach zu viel in zu kurzer Zeit geschehen. Vor Aarienheim und danach. Das Auftauchen Saisárasars und seiner Gidrogs hatte seine bis dahin so festgefügt geglaubte Welt aus den Angeln gehoben. Dann brannte Rudenforst. Noch in Mechellinde hatte er sich das erste Mal seiner Haut erwehren müssen und sein Wacala blankgezogen. Wenig später, während der Schlacht am Mürmelkopf, hatte er das erste Mal getötet. In Notwehr, gewiss; und doch und zu seinem eigenen Schauder willentlich. Noch immer litt er an der Erinnerung an klaffendes Fleisch, an daraus hervorschießendes Blut, an Qualen und namenlose Ängste. Das Erscheinen Amuuls war an Entsetzlichkeit das bis dahin Schlimmste, das er erlebt hatte. Dazu Tallias unerwartete Zuneigung: ein allzu schnell vergänglicher Sonnenstrahl vor dem heraufziehenden Sturm.

Dann die Feuer von Ulúrcrum. Glimfáin. Die Gilwe. Der Tod seiner Mutter. Der verlorene Brief. Die Sinyanhwe und Mellows Tod. Gefolgt vom Furchtbarsten, ihm zugleich als Ende wie als Anfang erscheinend: der Fall in den Sturz am Mittwoch. Das ihm immer noch märchenhaft dünkende Zusammentreffen mit den Féar am Donnerstag. Der verwirrende Lauf heute Morgen: erst über die Stromschnellen, dann durch den Wald bis hierher ...

In seinem Kopf drehten sie sich wahllos: Namen, Ereignisse und Erinnerungen, verkettet durch Schrecken und Fetzen von Worten. Finn rief sich das Datum in Erinnerung, damit wenigstens ewas so Einfaches und Vertrautes ihm half, sich wieder zurechtzufinden.

Heute ist der 12. Oktober, ein Freitag, dachte er wie in einem Krampf, der sich nicht lösen wollte. Wir haben fast Mittag, und ich weiß nicht einmal genau, warum ich an diesem beunruhigenden Ort bin, an dem es zischt und brummt und an dem ...

Der heimliche Kundschafter!

Über dem rätselhaften Auftauchen des Wolkenflecks hatte er die Warnungen der beiden Féar völlig vergessen.

Anglirion hielt seinen Bogen und den eingelegten Pfeil in Händen, aber beides deutete auf den Boden. Gilladién machte eine beruhigende Geste – die Gefahr war, falls eine bestanden hatte, vorüber.

Ohne dass Finn auch nur mitbekommen hatte, wieso.

»Er ist fort«, sagte Anglirion.

»Die Windbarke hat ihn erschreckt«, meinte Gilladién.

»Die Windbarke?«, riefen Finn und Wil wie aus einem Mund.

Da klapste sich Finn plötzlich an die Stirn, und er schüttelte über seine Begriffsstutzigkeit den Kopf. »Ich hätte es wissen müssen«, murmelte er. »Aber ich sah sie niemals schweben. Ich weiß, was das war, Wil. Das war Glimfáin. Vielmehr seine *Galim*. Er hat das Hüggelland verlassen. Er ist fort. Aber es bedeutet zugleich, dass er lebt. Wenn wir es nur rechtzeitig gewusst hätten! Wir hätten ihm ein Zeichen geben können. Mein Herz wird mir schwer, wenn ich bedenke, was er womöglich mit sich nahm.«

»Wer ist Glimfáin?«, fragte Anglirion rasch.

»Natürlich ein Gidwargum«, sagte Gilladién. »Was nahm er mit sich, Finn?«

»Zweierlei, nehme ich an. Eines ist mir wichtig, das andere ihm. Da ist einmal Tallia Goldammer, der mein Herz gehört. Sie pflegte ihn gesund, und ich hoffe, sie ist mit ihm gegangen. Das andere ist eine … warte. Bitte sage mir: Haben eure Namen in eurer Sprache eine besondere Bedeutung, Gilladién?«

»Im Allgemeinen schon. Mein Name würde etwa ›Licht der Hoffnung‹ heißen, wollte man ihn übersetzen.«

»Weil *Gil* Licht bedeutet?«

Da sah ihn die Féar erstaunt an und sagte: »Jetzt ist es an mir, den Mund aufzusperren, als wäre ich ein Vahit. Woher kennst du dieses Wort?«

»Ich kenne es nicht«, sagte er. »Oder ich erkannte es zunächst nicht, wie ich vielleicht richtiger sagen sollte. Ich kenne nämlich sehr wohl ein ähnliches Wort. Es lautet in unserer Sprache ›Schönheit aus Licht‹. Und *Gilwe* in der eurigen.«

Gilladién und Anglirion warfen sich einen beinahe bestürzten Blick zu.

Beide hoben zugleich ihre weißlichen Brauen. Anglirions Faust schoss vor und schloss sich um Finns Mantelkragen.

»Was weißt du über Gilwen, Vahit?«, fragte er ungläubig.

»Na ja«, sagte Finn so harmlos wie möglich. »Sie sind ganz hübsch. Sie machen ihrem Namen alle Ehre, denke ich. Und sie sind gefährlich auf ihre Weise. Aber ganz nützlich, wenn man ihr Lied zu singen versteht.«

Gilladién ahmte Finn nach, indem sie sich ebenfalls gegen die Stirn schlug, wenn auch übertrieben. »Galim«, sagte sie langsam. »Das ist Gidwargaur und bedeutet ›Sänger‹. Sollte er wirklich so närrisch sein und seine Windbarke ausgerechnet *Galim* nennen? Dann ist dieser Glimfáin demnach ein Sänger, ja? Verstehst du?

Er hat eine Gilwe bei sich, Tiumas! Sieh in Finns Gesicht, und du weißt es!«

»Wir müssen reden«, sagte Anglirion. »Doch nicht jetzt. Später. Kommt mit.« Er führte sie über den Bach bis zu dem von Gilladién bezeichneten Strauch. In der weichen Erde dahinter fanden sie den Abdruck eines Knies und die Umrisse eines unbekleideten Fußes.

»Es ist, wie ich vermutete«, sagte Gilladién. »Ein Mensch kauerte hier und beobachtete uns. Ein junger Mensch, der Abdruck ist kleiner als der eines ausgewachsenen Mannes. Ein unerfahrener Kundschafter.«

Anglirion fuhr die Linien der Vertiefungen nach. »Die Barke lenkte uns alle ab. Sie mag ihn erschreckt haben, aber ihr Auftauchen gab ihm zugleich die Gelegenheit zu verschwinden. Kein Schuhwerk, keine Beinkleider«, fügte er hinzu. »Waffen?«

Gilladién wog den Kopf. »Nur leichte. Er behielt sie in der Hand oder am Körper.«

»Er hat uns ausgespäht«, sagte Finn nachdenklich. »Für wen? Gehört er zu den Menschen von Revinore?«

»Was ist das?«, fragte der Kahlköpfige.

»Der Name eines Menschenkönigreiches«, antwortete Finn. »Dieses Königreiches hier, sollte ich eigentlich sagen. Wir stehen auf revinorischem Boden, nach allem, was ich weiß.«

»Wir gingen schon weit in diesem Land«, sagte Gilladién. »Nirgendwo sahen wir Festungen oder auch nur Siedlungen. Ein Königreich, sagst du? Wenn das stimmt, ist es ein eigenartiges Reich. Hier sollte eigentlich alles Benutcaneland sein. Einst wandelte ich in diesem Wald, und er lag in der sicheren Obhut der Benethnin, der Ratsherren von Benutcaer.«

»Das Reich von Benutcane ist vor langer Zeit vergangen«, erwiderte Finn. »Vor über 700 Jahren.«

»Das erklärt manches«, sagte die Féarfrau. Sie sah Anglirion an. »Das wussten wir nicht.«

»Dieses Revinore«, sagte Anglirion. »Sind die dort lebenden Menschen … frei?«

»Noch ja«, antwortete Finn und dachte dabei an den Brief in seiner Tasche. »Abermals betone ich: nach allem, was ich weiß. Aber wenn Ihr an Lukather denkt … Er streckt seine Hände dieser Tage nach allen hiesigen Landen aus. Und unser Heimatland – das Hüggelland – war das erste, das fiel. Wir erhoffen uns Hilfe von Revinore, aber es ist unsicher, ob wir sie erhalten.«

»Nicht von diesem Teil des Landes, so viel ist gewiss. Doch nun kommt. Der Kundschafter soll uns nicht länger bekümmern. Wir verlassen diesen Abschnitt des Waldes.«

Doch Anglirion irrte sich – der Kundschafter bekümmerte sie, kaum dass sie erneut aufgebrochen waren. Diesmal sahen sie ihn, in einer Windbruchschneise, die er vor ihnen querte. Er trug einen dünnen Speer, spähte kurz in ihre Richtung und lief dann, ohne sie zu bemerken, nach Norden.

Als sie die Schneise erreichten, sahen sie, dass sie noch ein gutes Stück nach Norden führte, und sie folgten ihr. Vor ihnen lief nun eine sichtbare Spur durch Laub und Gras, die aber schon nach einigen Minuten in den Wald eintauchte. Als sie den Saum durchschritten und ihre Augen sich wieder an das Zwielicht gewöhnt hatten, sahen sie den Jungen einen jetzt deutlich erkennbaren Weg hinabhasten: ein ungebahnter Weg, einer, den Wind und Wetter geschaffen hatten, kaum mehr als ein breiter Spalt zwischen den Bäumen, der umso öfter steinerne Kanten aufwies, je tiefer hinab er sich senkte.

»Ein Umhang aus Wolfsfell«, knurrte Anglirion, als sie die natürlichen Mauern aus schräg aufragendem Gestein erreichten. Zwischen ihnen führte der Pfad hinein und senkte sich dabei leicht. Es gab keinen anderen Weg, als ihm zu folgen; oberhalb der Felskanten wuchs zu beiden Seiten dichtes, nahezu undurchdringliches Tannengestrüpp.

»Ein Lendenschurz aus Rotwildfell«, ergänzte Gilladién. Die

beiden Vahits hockten wieder wie zuvor auf den Rücken der Féar, die Beine von den Armen ihrer Träger gehalten. »Folgen wir? Oder wählen wir den Umweg zurück bis zur Schneise?«

»Wir folgen«, sagte Anglirion.

Leichten Fußes und so gut wie unhörbar eilte er den sich senkenden Pfad hinab. Gilladién folgte mit Finn hinterdrein. Nach einiger Zeit erkannten sie, dass die Felskanten nicht nur zu hohen und glatten Mauern geworden waren, die viele Klafter hoch sich zu beiden Seiten des Pfades türmten, sondern dass sie sich plötzlich zu einem tief im Waldgrund ausbreitenden Felsental erweiterten. Helles Nachmittagslicht beschien einen fast kreisrunden, bunt gefärbten Wald im Wald, und Finn meinte, in der Mitte des Tals Wasser plätschern zu hören. Gelblich und rötlich sahen sie die Felsen das Tal vollständig umschließen, und es war fraglich, ob es drüben einen anderen Ausgang gab oder ob sie sich am Eingang eines Sacktals befanden. Wo immer sie die Wände erblickten, schienen sie fast lotrecht und unersteigbar zu sein.

»Kommt es mir nur so vor, oder lockt uns dieser Knabe in eine Falle?«, fragte Wil.

»Eine Falle?« Anglirion schnaubte verächtlich. »Was für eine Falle sollte uns gefährlich werden können?«

»Andere Menschen«, gab Wil zu bedenken.

»Felle tragende Dirill. Na und?«

Hinter ihnen und oberhalb der Mauerkrone ächzten Äste. Ihr Knarren klang alles andere als beruhigend, fand Finn. Aber er sagte nichts. Er vertraute der grenzenlosen Erfahrung einer über 1400-jährigen Frau mehr als seinem eigenen mulmigen Gefühl.

»Es könnten viele sein, Tiumas. Es sind Wolfsjäger, vergiss das nicht.«

»Na und?«, wiederholte er. »Selbst dreißig Waldwilde schrecken mich nicht. Dich etwa? Und größer als das wird ihre Gruppe kaum sein. Sie vermöchten sich sonst nicht zu ernähren. *Falls* überhaupt eine Gruppe hier lagert. Und wenn sie es tut, so handelt es sich um unvorsichtige Leute. Bemerkst du irgendwo Wachen? Ich auch nicht. Also kommt. Wolfsjäger! Als gäbe es nichts anderes zu bedenken.«

Damit lief er weiter, und Gilladién folgte schweigend. Finn bemerkte, wie sie die immer höher aufragenden Talwände aufmerksam betrachtete; doch sie zögerte nicht und lief den Pfad, der sich nun in Windungen hinabschlängelte, entlang.

Unten, auf der Talsohle, wurde das Geräusch rinnenden Wassers deutlicher, und die Sonne beschien ein rotbraun und grüngolden leuchtendes Blätterdach. Wehende Fäden des Altweibersommers flirrten in der Sonne. *Ein friedliches Bild*, dachte Finn, *ein Ort, der geradezu zum Verweilen einlud.* Als Finn dem Spiel der Webfäden nachsah und darüber nachsann, bemerkte er, dass etliche der Spinnennetze beschädigt waren. Finn sträubten sich urplötzlich die Nackenhaare. Er wandte den Kopf und starrte zurück.

»Hier war jemand«, sagte er. »Seht ihr? Jemand hat die Webernetze zerrissen. Was ist, wenn sie uns den Rückweg versperren?«, fragte er Gilladíen. »Und es keinen anderen Ausgang gibt?«

Er erhielt keine Antwort.

Ringsum brodelte der Boden hoch, so schien es ihm. Als ob der Wald selber kochte, wogte es unter den Ästen und sprudelte eine Flut hervor, die ihresgleichen suchte. Bäume krachten und splitterten. Geschrei und tiefes Gebrüll hallten von den Felswänden wider. Finn sah Beine wirbeln und Speere und Steinhämmer und -äxte. Ein Wirrwarr sondergleichen brach los.

Etwas flog heran, traf Finn hart an der Seite und fegte ihn von Gilladiéns Schulter. Er fühlte sich jäh an die Schlacht beim Mürmelkopf erinnert, als ein Gidrog ihn von Smods Sattel heruntergerissen hatte. Wie vor genau sieben Tagen flog er auch jetzt durch die Luft, und wie am Ufer der Mürmel schlug er auch diesmal schwer mit dem Rücken auf. Sein Atem setzte aus wie bei jenem Kampf – nur war es diesmal kein Gidrogfuß, der wie ein rammender Pfosten auf ihn niederfuhr.

*

Was auf ihn heruntersauste, war ein beinstarkes Stück Baumstamm, zugespitzt, als wenn ein Biber ihn angefertigt hätte. Ein Griff steckte in dem Stamm, und ein fellbehangener Mann hielt den Griff mit beiden Händen. Er beugte sich weit zurück, um so viel Schwung wie möglich zu holen. Dann fuhr der hölzerne Hammer herab. Finns Lähmung fiel von ihm an; schlagartig, als platze ein Knoten. Finn glaubte sogar ein Knallen zu hören, scharf und schmerzhaft, als ob eine Peitsche zwischen seinen Ohren schnalzte. Irgendeine innere Kraft bewirkte, dass er sich so eben noch herumwälzte. Nur dadurch entging er dem niedersausenden Hammer, doch höchstens um die Breite eine Fadens. Dennoch erwischte der zugespitzte Kopf einen Zipfel seines Mantels. Mit zerrender Wucht nagelte der Holzpflock den zerreißenden Stoff in den Waldboden.

Finn sah voller Schrecken nach oben. Über sich, über dem Griff des plumpen, beidhändigen Hammers, erblickte er halbblinde, blutunterlaufene Augen. Das bärtige Gesicht eines großen, verdreckten Menschen. Der Mann war hager und fast nackt. Er trug einen Wolfsumhang, aber dieser Mensch war nicht der junge Kundschafter. Das Kopfteil des Fells hatte er über den eigenen Schädel gezogen, die Wolfsschnauze bedeckte seine Nase. Er beugte sich nieder. Wütend ruckte er an dem Hammergriff, um die Spitze freizubekommen. Dabei riss er den Mund auf, weit klaffend, als besäße er selbst einen Fuílfrarrachen, und brüllte seine Wut heraus. Finn wallte der Gestank von fauligen Zähnen entgegen.

Finn lag auf dem Rücken und sah neben sich und um ihn herum Erde aufspritzen. Weggeschleudertes Laub fiel wie brauner Schnee zu Boden. Zahllose bloße Füße stampften in den Blätterhaufen umher, vollführten einen wahren Trommelwirbel aus vorschnellenden und zurückweichenden Beinen – um mehr zu erkennen, blieb ihm keine Zeit.

Nicht nur der Mann über ihm brüllte, während er den Hammer endlich freibekam und zu einem neuerlichen Hieb hochwuchtete.

Ein unvorstellbarer Lärm erschütterte das Talrund. Dann mischte sich ein noch tieferes, bedrohlicheres Grollen hinein – das markerschütternde Gebrüll von kampfbereiten Raubtieren. Über alledem gellten kurze Rufe: scharfe Befehle einer tiefen Menschenstimme, aber auch schnell gewechselte Worte im Singsang der Féarsprache.

Der Wilde aus dem Wald schwang seinen Hammer erst im Kreis, dann hoch und höher bis über die Schultern. Finn griff nach dem Karbeol an seiner linken Hüfte. Eilends wollte er Maúrgin ziehen, aber er verhedderte sich in einer Falte seines Mantels, dessen Zipfel immer noch tief eingedrückt im Erdreich festklebte. Mit einem Keuchen gelang es ihm, sich und den Mantel loszureißen.

Schon beugte der Mann den Rücken. Finn rollte sich in seiner Not gegen die nackten Unterschenkel des Menschen, und so ging auch dieser Hieb fehl. Mit einem dumpfen Geräusch zerstampfte der Hammerkopf die Stelle, an der eben noch Finns Füße gewesen waren. Der mit beiden Händen ausgeführte Schwung war so gewaltig, dass der Wolfsmann davon selbst von den Beinen gerissen wurde. Er kugelte über Finn hinweg und landete jenseits seines nachwippenden Hammerstiels auf dem Rücken. Unter ihm erkannte Finn den handbreit vorstehenden Wulst einer armdicken Baumwurzel. Das Gebrüll des Menschen erstarb in einem schmerzvollen Ächzen.

Finn bekam Maúrgin frei. Er sah den Wilden für Sekunden reglos am Boden liegen, wehrlos in seiner Benommenheit. Finn wusste seltsam klar, was folgerichtig gewesen wäre. Schaffte es der große Mann erneut auf die Beine, so waren Finns Aussichten, diesen Kampf lebend zu überstehen, mehr als gering. Die Wut des Mannes, zweimal gefehlt zu haben, verwandelte das Wolfsgesicht unter dem grauen Fell in eine nach Blut gierende Fratze.

Finn hob die Dwargenklinge – und stöhnte plötzlich auf. Er hätte nur zuzuschlagen oder zuzustoßen brauchen. Der Tod des anderen wäre unabwendbar gewesen. Allein, er tat es nicht. Er konnte es nicht.

Wie festgewachsen stand er da, während der unbeschreibliche Lärm um ihn die Luft zum Zittern brachte. Die Schneide aus Imilthyldum bebte in seiner Hand. Er konnte es nicht. Gidrogs hatte er getötet, ja. Sie waren grausam zu ihm gewesen. Zu etlichen Vahits, die er gekannt hatte. Zu seinen Eltern. Zu Smod und Inku. Aber das da vor ihm war ein Mensch. Ein grausamer Mensch, ohne Zweifel, und wahrscheinlich roh und ebenso gefährlich wie Saisárasars Criargreiter. Aber Finn vermochte nicht ihn zu töten. Er starrte zwei, drei endlos lange Sekunden auf den über und über verdreckten Waldwilden hinab, sah ihn die Zähne fletschen und tat es nicht. Obwohl der Fellbehangene schon zweimal versucht hatte, ihn zu erschlagen, und es sicher ein drittes Mal versuchen würde.

Und wirklich – der Wilde schnellte sich auf, warf sich nach vorn zu seinem Hammer – und starb, noch ehe er den Griff umfassen konnte. Ein langer Pfeil steckte in seinem Rücken.

Eine gellende, fremde Stimme schrie irgendwo in höchster Not: »Matsag! Gossom! Zu Hilfe!« Das letzte Wort ertrank in einem Röcheln. Finn sah etwas aufblitzen: ein Fernenschwert, schmal, gebogen und tödlich schnell.

Finn erkannte Gilladién, zehn Klafter entfernt sah er sie stehen und nicken. Doch im nächsten Moment erstarrte sie. Er fuhr herum, und seine Hand verkrampfte sich vor Schreck; einzig diese Reaktion verhinderte, dass er Maúrgin fallen ließ.

Ein schmatzendes Stampfen ließ den Boden erbeben. Eine fellbedeckte Hand mit langen Klauen daran bog eine Birke beiseite, als wäre sie nicht mehr als ein niederes Sträuchlein am Wegesrand. Finn erblickte zwei entsetzlich dicke Fellbeine, jedes breiter als ein Buchenstamm, und allein diese Beine ragten höher hinauf, als ein Mensch oder Féar groß war. Dichtes, graubraunes Fell lief am Körper herab wie ein Wasserfall, als die Gestalt zwischen den Bäumen hervortrat. Fast dreieinhalb Klafter ragte sie in die Höhe und trug das Haupt eines Bären. Ein tiefes Grollen kam aus einem Rachen, der groß genug schien, um Finn als Höhle dienen zu können.

Gilladién schnellte sich vor und riss Finn mit sich.

»Komm!«, rief sie ihm zu, während sie einem geschleuderten Speer auswich. »Ein *wrisann!* Dies ist kein guter Tag.«

»Noch einer! Bleibt zurück!«, schrie Anglirion, ein gutes Stück weit entfernt. Finns Blick ruckte herum. Der Féar verschoss Pfeil um Pfeil – Wil stand wie gelähmt neben ihm. Hinter den beiden ragte eine ähnlich große Fellgestalt auf wie die auf Finns Seite des Talkessels.

»Gossom groß!«, schallte es bis zu ihnen hinüber. Anglirion antwortete mit einem weiteren Pfeil.

Dieser fuhr dem fast baumhohen Wesen endlich ins Bein. Die anderen waren abgeprallt oder hatten keine wichtigen Stellen getroffen. Eine Hand wischte sie beiläufig weg, als wären ihre Schäfte nicht mehr als zufälliger Vogeldreck. Auch der letzte Pfeil zerbrach. Dröhnend stapfte es auf sie zu.

»Das sind … Wrisilrhiobs«, stöhnte Finn.

»Ja. Bärlinge. Missgeburten aus Lukathers Verliesen! Renn weiter! Stell dich mit dem Rücken zur Wand. Hier kannst du nichts tun!«

Finn lief noch einige Schritte weiter, bis er gegen die Talwand taumelte. Hinter sich barsten kleinere Bäume, oder Äste zersplitterten. Er hörte das Krachen von Fels gegen Fels, während er herumfuhr, als ein Rütteln durch die Steinwand lief. Splitter rieselten herab. Wieder bückte sich der Bärling und hob einen Brocken an, der mehr als einen Klafter durchmaß. Dieses Mal schleuderte er kürzer, und Gilladién entging dem Wurfgeschoss nur durch einen beherzten Sprung.

Erst jetzt sah Finn die Leichen von fünf Männern und einer Frau im Talrund liegen. Speere steckten in allen möglichen Winkeln im Boden. Ein rostiges Messer war zerbrochen, eine dornenbesetzte Keule klebte wie ein Käfer an der Rinde einer Eiche. Ein Fleck lief von ihr herab. Es sah aus, als ob der Stamm selbst rotes Blut vergösse. Noch standen zwei der Wilden auf ihren Beinen: ein grauhaariger und der junge Kundschafter.

Der ältere schrie etwas, das wie »Tallik! Kümmer dich um den anderen!« klang. Der jüngere winkte verstehend und drehte sich suchend um.

Der andere hob einen Hirchhornbogen. Sein krummer Pfeil zielte auf Wil. Doch Anglirion bemerkte es trotz des auf ihn eindringenden Wrisanns. Sein grauer Pfeil heulte schon durch die Luft, ehe die Sehne des älteren Mannes misstönend sang. Da schwang Gossom – wenn dies sein Name war – eine Keule mit einem Kopf aus Stein. »Gossom groß!«, dröhnte es abermals aus dem Mund des Bärriesen, und die Keule nahm Anglirion den Bogen mit einem pfeifenden Streich.

Zugleich kam Gilladién auf die Füße und stellte sich schützend vor Finn. Der andere Wrisilrhiob – mit Namen Matsag, seinem Grollen nach zu schließen – gab das Felsklotzwerfen auf. Er ließ sich auf alle viere fallen. Die trennenden zwanzig Klafter zwischen ihnen lief er wie ein Bär. Schneller als ein Pony im Galopp war er heran. Zu schnell für Gilladién, die keinen Pfeil mehr auf die Sehne bekam.

Eine Pranke zerteilte die Luft. Waagerecht zischte sie, wie eine Sense, ein unwiderstehliches Bündel aus Muskeln und Sehnen. Sie pflügte Gilladién beiseite, als wöge sie nichts. Finn sah Blut aufspritzen und Fetzen ihrer Bekleidung davonfliegen. Die Féar wurde von Matsag fortgeschleudert. Sie krachte gegen die Eiche mit der daran feststeckenden Keule. Der Zusammenprall löste den Rindenbiss, und die Keule sackte herab. Ihre Dornen senkten sich in Gilladiéns Oberschenkel, der sofort zu bluten begann.

Matsag stieß ein Zufriedenheit erahnendes Brüllen aus, hob und senkte dabei seine Bärennase. Er sog die Luft ein und genoss offenbar den Geruch des frischen Blutes, der von der bewegungslos zusammengesunkenen Féar ausging.

Dann änderte sich sein Grollen.

Er richtete sich auf und deutete auf Finn. »Tallik!«, rief Matsag, ungeduldig und drohend: eine sprechende Mauer aus Fell und mit stampfenden Säulenbeinen.

Im nächsten Augenblick sah Matsag Wil frei und unbehelligt stehen. Langsam wandte er sich von Finn ab und dem vor Schreck erstarrten Wil zu.

Erst im letzten Moment gewahrte Finn die Absichten Talliks. Aus dem Augenwinkel heraus sah er eine Bewegung. Der jugendliche Kundschafter warf seinen Speer nicht, sondern rannte gegen Finn an, die Waffe wie eine Lanze vorgestreckt. Etwas zerbrach, und Finn hoffte, dass es der Speer war, der neben ihm, zwischen Arm und Hüfte, gegen die Talwand stieß.

Doch es war nicht der Speer, der zerbrach. Es war ein abgerissener Ast, auf den der junge Angreifer trat.

Tallik verlor im Rollen und Brechen des Astes unter seinem bloßen Fuß das Gleichgewicht und prallte schwer gegen Finn. Dadurch lief er förmlich in Maúrgin hinein und schrie, als ihm die blattförmige Schneide schräg in den Leib fuhr und die Eingeweide zerfetzte. Der Schwung des Jungen presste Finns Schwerthand mit dem Karbeolknauf voran gegen die Felswand. Weder Schwertgriff noch Hand gaben auch nur um eine Haarbreite nach, und die Klinge drang dem Kundschafter aus dem Rücken wieder heraus. Als Finn sie entsetzt zurückzog, sank Tallik vor ihm zusammen. Er war tot, bevor er den Boden erreichte.

Finns Hand aber sah aus, als habe er mit ihr in Talliks Bauchhöhle gewühlt.

Angewidert hielt er Maúrgin von sich gestreckt.

Da hörte er Wils ängstlichen Hilferuf. Ohne nachzudenken, klaubte er den Speer vom Boden auf, packte ihn, so fest er nur konnte, und tat es Tallik nach. Er rannte sinnloses Zeug brüllend los. Aus vollem Lauf trieb er die Speerspitze in den höchsten Punkt am Körper des Wrisilrhiobs, den er zu erreichen vermochte. Das war das Gesäß, und der Speer drang kaum durch das Fell und die Fettschicht darunter. Zu Finns Erschrecken zersplitterte der Schaft unter seinen Fingern.

Matsag grollte nur verärgert.

Immerhin spürte er den winzigen Stich. Aber er drehte sich um und ging nicht mehr allein gegen Wil vor. Mit seinen Klauenhänden schlug er abwechselnd nach beiden Vahits. Nur durch doppeltes Glück wurde keiner dabei getroffen. Aber Máurgin nahm dem Bärling eine Klaue, als dessen letzter Hieb zu nahe kam.

Finn wurde durch seinen eigenen Streich neben Wil geworfen. Dadurch hatte sie der Wrisilrhiob vor sich, und sie selbst standen mit dem Rücken gefangen zur Wand. Die blutende Tatzenhand erhoben, lutschte der Bärling an seiner Wunde. Dabei sah er auf die Vahits herab, betrachtete sie nachdenklich, wie eine Katze, die auf zwei Mäuse hinabstarrt, die sich toll erdreisten, sich gegen ihr Spiel zur Wehr zu setzen.

»Anglirion!«, rief Wil.

Es kam keine Antwort. Der Féar hätte auch keine zu geben vermocht. Seine gesamte Aufmerksamkeit galt seinem Gegner. Gossom, der andere Bärling, hatte ihm mit seiner Steinkeule den Bogen genommen. Jetzt umkreisten sie einander, und ein ums andere Mal hämmerte der Wrisann seine Waffe gegen Anglirion. Ein jedes Mal unterlief der Féar den Steinkopf oder übersprang den Arm des Wrisilrhiobs, und das wuterfüllte »Gossom groß!« donnerte durch das Tal. Krachend schlug die steinerne Keule dazu den Takt.

Gleichbleibend, dumpf, vor allem aber unermüdlich fuhr die Waffe nieder. Anglirions Sprünge wurden zusehends schwächer. Und ungenauer, schon lief er fast in einen besonders wuchtigen Hieb hinein.

»Gossom ist vielleicht groß, aber langsam«, höhnte Anglirion, doch er keuchte inzwischen schwer. Seine Bemalungen waren verschmiert, und Blut – sein eigenes? fremdes? – lief ihm die Schläfen hinab. »Gossom ist ein Faulpelz«, stichelte er, aber es war eben nicht mehr als das – eine bedeutungslose Stichelei. Mit Worten und mit seinem Dolch. Sein Schwert hatte er während des Kampfes verloren.

Matsag schüttelte seine verletzte Hand. Er gab das Lutschen auf und leckte sich die Lippen, als er auf die Vahits herabsah.

»Anglirion!«, schrie Wil außer sich.

Der Féar hörte ihn.

Oder er erkannte eine Gelegenheit, um den kräftezehrenden Keulentanz zu beenden. Er sprang vor und setzte einen Fuß auf Gossoms gebeugten Oberschenkel. Dann lief er weiter an der Gestalt des Wrisilrhiobs hoch, als wäre dieser ein Flussstein und der Wald die Stromschnelle, die er bezwang. Anglirion vollführte eine geschraubte Drehung. Plötzlich saß er dem Bärling im Nacken. Der Dolch blitzte auf. Mit einem Aufschrei trieb der Féar dem Feind die Klinge durch die Bärennase bis ins Auge.

Doch das tötete den Bärling nicht, und Gossom sah buchstäblich rot. Er fasste über sich und riss Anglirion von seiner Schulter herunter. Noch im Fallen wurde der Féar schwer von einem Tritt getroffen. Sich mehrfach überschlagend, flog Anglirion einige Klafter durch die Luft. Nahe des schmalen Wasserlaufs stürzte er nieder und rührte sich zu Finns Entsetzen nicht mehr.

Gossom hingegen stimmte ein Siegesgrollen an, in das Matsag dröhnend einfiel.

Dabei verbaute der eine Fellberg den Vahits jeden Fluchtweg. Als der andere schwer wankend zu ihm schlurfte, ahnte Finn, dass dies nunmehr das Ende war. Die sich vor ihnen auftürmenden Rücken der beiden fast gleich großen Wrisilrhiobs verdunkelten die Sonne.

Gossom, halb geblendet, griff nach Wil. Mit einem Schmatzen zerrte er ihn hoch. Das Bärenmaul klappte auf. Finn sah messerscharfe *doppelte* Zahnreihen darin – Gossom wollte offenbar einen Vahit genießen, ehe er seine Wunden leckte.

Ein heranschwirrender Pfeil stanzte ein zusätzliches Loch in seinen Pelz, und diese Wunde war tödlich. Gossom ließ Wil fallen und sackte gurgelnd auf die Knie. Plötzlich fiel wieder Sonnenlicht auf Finn, und er blinzelte. Als Gossom gänzlich zu Boden stürzte, sah er hinter ihm eine rothaarige Frau stehen, den Bogen noch erhoben, einen weiteren Pfeil auf der Sehne.

»Dieser galt ihm«, sagte sie. Mit ihrer singenden Stimme gab sie sich als Féar zu erkennen. »Der nächste gehört dir, wenn du ihn haben willst!«

Matsag drehte sich langsam herum, betrachtete den toten Gossom zu seinen Füßen und begriff, was der auf sein Herz gerichtete Pfeil bedeutete.

»Du bist der Letzte, der übrig ist«, fuhr die Féar fort. »Alle anderen sind tot. Geh, und du bleibst der Einzige, der überlebt. Bleibe, und du bleibst für immer.«

Matsag hob die Tatzenhände, doch es schien nicht, als wolle er die Frau angreifen, sondern zeigen, dass er bereit war aufzugeben. »Das ist Matsags Wald«, grollte er. »Und Matsags Tal.«

»Sprich noch ein weiteres Wort, und es wird zu Matsags Grab!«, drohte die Féar. »Geh oder bleib! Entscheide dich jetzt!« Die Spitze des Pfeils folgte dem Wrisilrhiob, während er zurückwich, blieb selbst noch auf ihn gerichtet, als er den Talaufgang erreichte und den Hang hochtrottete. Erst als er außer Sichtweite war, ließ die Frau ihren Bogen sinken. »Seid ihr verletzt?«, fragte sie.

Die Vahits schüttelten stumm die Köpfe. Beide vermochten sie kein Wort zu sagen. Die Frau mit den mehr als schulterlangen rötlichen Haaren beugte sich über Anglirion.

»Dein Angreifer ist tot«, sagte sie. »Aber du lebst, Ilar sei Dank. Warte.« Sie nestelte an ihrem Gürtel und holte eine Flasche hervor, die derjenigen glich, die Gilladíen bei sich trug und die den Limfalwetrank enthielt.

Die Frau flößte Anglirion einen oder zwei Schlucke davon ein; dann eilte sie zu Gilladién und verfuhr auf die gleiche Weise mit ihr. Erst danach löste sie die herabgefallene Keule vorsichtig aus ihrem verletzten Bein. Sie zog ein braunes Tuch hervor, mit dem sie die Wunde verband. Darüber kam Gilladién zu Bewusstsein, und sie lächelte, als sie erkannte, wer bei ihr kniete.

»Becúnan«, sagte sie. »Du bist hier.«

»Doch kam ich zu spät, *cennan*, verzeih.«

»Du sollst mich nicht so nennen, wie oft soll ich es dir noch sagen?«

»Du bist, was du bist: Cennan, meine Hohe Frau. Vermagst du allein aufzustehen?«

»Ja. Und danke. Wo sind die Vahits?«

»Du meinst diese beiden hier?« Damit schob Becúnan Finn und Wil an Gilladiéns Seite. Sie selbst eilte zu Anglirion zurück, der sich stöhnend aufsetzte.

»Ihr lebt«, sagte Gilladién sichtlich erleichtert. »Wie habt ihr ...«

»Verzeih, Cennan, aber wir müssen uns eilen«, rief Becúnan. »Der Wrisann darf uns den Ausgang nicht versperren!«

Sie hatte Recht. Sie hörten Matsag von oben wutentbrannt brüllen, und Rufe aus Menschenkehlen antworteten ihm.

»Ihm nach«, sagte Anglirion. »Wo sind mein Bogen und mein Schwert?«

Sie fanden sie inmitten der Erschlagenen, und Becúnan sammelte sich emsig bückend in aller Schnelle die verschossenen grauen Pfeile auf. Sie reichte die Bündel an ihre Gefährten zurück.

Dann liefen sie den gewundenen Weg hinauf, die drei Féar vorweg und die Vahits langsamer hinterdrein.

Tatsächlich hockte der Wrisilrhiob am Talausgang hinter einem hastigen Verhau aus wütend ausgerissenen Tannen. Um sich hatte er eine kleine Schar der Wilden des Waldes versammelt: das letzte Aufgebot seiner Gruppe, im Wald Zurückgelassene, die nicht am Hinterhalt teilgenommen hatten. Finn glaubte Frauen und sogar Kinder unter ihnen zu sehen.

Die fellbehangenen Männer riefen Unflätiges und schwangen drohend Speere. Einige davon flogen klappernd auf sie nieder, aber sie bildeten nicht die eigentliche Gefahr, denn den Wurfgeschossen konnten sie rechtzeitig ausweichen. Matsag aber stand plötzlich über dem Verhau und hob einen weiteren, gewaltigen Felsklotz hoch über seine Schultern. Mit einem Brüllen, das jeden Tumbarabläser in die Flucht geschlagen hätte, warf er den schweren Brocken, und es fehlte nicht viel, und der aufprallende und dann kollernd bergab rollende Stein hätte die Vahits dahingerafft, wäre es ihnen nicht gelungen, sich im letzten Moment eng an die Felswand zu pressen.

Daraufhin sangen die Bögen der Féar.

Matsag verlor einige weitere Männer – so viele unnötige Opfer. Mit den Toten im Talrund und jenen hier bedeutete es einen hohen Blutzoll für ihn und seine Leute, ehe er es endlich einsah und den Tag als verloren gab.

Zornesbrüllend hörten sie ihn endgültig fliehen.

Dem allmählich sich entfernenden Krachen und Splittern nach trat er im Vorüberhasten gegen Bäume, die ihm nicht schnell genug aus dem Wege sprangen. Von den Menschen stöberten sie nur noch Fußspuren auf, dazu eine fallen gelassene, bereits halb abgenagte und schon madige Rehkeule sowie ein abgestreiftes, räudiges Fuílfrarfell. Aber abseits der Toten fanden sie keinen der Lebendigen mehr vor.

Matsags Herrschaft in diesem Teil des Arryn Wrisilions war vorbei.

Ob für immer oder nur bis auf Weiteres, dachte Finn völlig erschöpft, das mögen allein die Waldgeister wissen.

15. KAPITEL

Am kalten See

Die zuvor entdeckte Windschneise lenkte sie in einem weiten Bogen um das verborgene Tal herum. Aber schon nach einer halben Meile verlor sich das, was Wil einen Weg nannte, zwischen umgesunkenem Bruchholz und wandelte sich zu einem bloßen, schmalen Trittpfad: Tote, einst mächtige Baumstämme lagen kreuz und quer um- und übereinander und säumten ihre Strecke auf viele hundert Doppelschritte. Sternmieren und Lerchensporn umgaben das Totholz, und Waldreben krochen die noch lebenden Stämme hinauf. Ihre Fruchtschöpfe leuchteten allenthalben wie gelber Kerzenschimmer.

Sie liefen jetzt alle fünf zu Fuß, und Becúnan führte sie – dieser Pfad sei jener, erklärte die Féar, der sie selbst aus dem Norden hergeführt hatte.

Porlinge wucherten wie Moos auf den vielfach hohlen Stämmen. In den eingefallenen Holzhöhlungen fanden sie an einigen Stellen Herbsttumbaras, begehrte Speisepilze, die auch im Hüggelland vorkamen und die Wil begeistert aufsammelte. Er verwahrte sie in einem von Walnutias Tüchern. Es reiche, behauptete er, für mehr als eine ausgiebige Mahlzeit, und das für alle. Die Féar ließen ihn wortlos gewähren.

Die Bäume traten bald wieder enger zusammen, und ehe sie sich versahen, schritten sie wieder unter einem dichten, wenn auch hohen Blätterdach dahin. Ein Rinnsal kreuzte ihre Richtung; sie hörten es im Dickicht eher rieseln, als dass sie es sahen. Es kam von einer Walderhebung herab, sprang über etliche Stufen und fiel schließlich aus einem fast schwarzen Bett einen halben Klafter tief, ehe es geräuschvoll in ein großes Steinbecken plätscherte. Aus diesem schwappte es träge über und entschwand im Unterholz nach Süden. Das Wasser war frisch und klar, und sie beschlossen, hier zu rasten und sich vor allem von den Spuren des Kampfes zu reinigen.

Gilladiéns Verletzungen erwiesen sich als ernster denn gedacht. Sie musste erhebliche Schmerzen fühlen, doch sie klagte mit keinem Wort darüber. Ihr rechter Unterarm wies eine fingerbreite, zweifache Klauenspur auf, die fast die gesamte Elle entlanglief. Die Stichwunden der Dornenkeule in ihrem Oberschenkel waren tiefer, aber sie hatten keine Nerven oder Sehnen durchtrennt. Sie konnte aus eigener Kraft gehen, nur würde sie bis auf Weiteres keinen Vahit mehr tragen können.

Becúnan kümmerte sich jetzt eingehender um diese Wunden, als dies unten im Talrund hatte geschehen können. Sie legte breite, gemaserte Blätter einer den Vahits unbekannten Pflanze auf die klaffenden Schnittstellen; als sie feucht wurden, verklebten sie und hielten die Ränder der Risse zusammen. Becúnan band die Blätter mit abgeschnittenen Fetzen von Gilladiéns Ärmel fest. Dann saß sie eine Weile bewegungslos neben der weißhaarigen Frau, umfasste die Hände Gilladiéns, schloss selbst die Augen und murmelte eigenartige, kraftvolle Worte in der Sprache der Féar. Ob es nun diese Worte waren, die Blätter oder die Zeit, die über die Behandlung verstrich – die Blutung hörte auf, und Gilladiéns Züge entspannten sich.

Anglirion hatte einige derbe Schläge und stumpfe Keulenhiebe einstecken müssen, aber darüber hinaus war er unverletzt geblieben; das auf seinen Schläfen geronnene Blut stammte von seinen Gegnern. Er wusch sich die Reste seiner Bemalung ab und wirkte dann in Finns und Wils Augen fremd – fremder noch als ohnehin. Nun sahen sie auch, dass seine Stirn- und Brauenknorpel ebenso deutlich hervortraten, wie dies bei Gilladién und Becúnan der Fall war.

Finn war froh, seine Hände endlich von all der unsäglichen Klebrigkeit befreien zu können. Er kratzte das angetrocknete Blut von Maúrgins Klinge und schrubbte sich seine gleichfalls besudelten Hosenbeine.

Nachdenklich schaute er dabei dem davonfließenden, verfärbten Wasser nach.

»Vielleicht irre ich mich«, sagte er stirnrunzelnd, »aber dieses Wasser könnte seiner Fließrichtung nach gut jenes sein, das wir im Talkessel sahen. Und jetzt, da ich darüber nachdenke, will mich etwas daran verwundern.«

»Was meinst du?«, fragte Wil.

»Den schmalen Bachlauf unten auf der Talsohle. Ich meine, wohin fließt dieses Wasser? Wir sahen diesen Bach, und sein Wasser kam von oben herab. Da aber Wasser nicht bergauf fließen kann und wir keinen zweiten Ausgang fanden ... Ich meine: Dieses Rinnsal hätte den gesamten Talkessel im Laufe der Zeit eigentlich in einen See verwandeln müssen, oder?«

»Jetzt, wo du es erwähnst ... Aber ist das denn wichtig?«

»Wichtig?«, fragte Finn und lächelte schief. »Ganz ehrlich? Ich habe keine Ahnung. Mellow sagte einmal, es sei wichtig, auch auf Kleinigkeiten zu achten. ›Die Welt setzt sich aus Kleinigkeiten zusammen, Finn‹, betonte er. ›Wenn wir das Große verstehen wollen, so müssen wir stets das Kleine in Betracht ziehen‹. Na ja, so war er halt. Um auf meinen Bach zurückzukommen – ich nehme an, er versickert in irgendwelchen Löchern im Talboden. Und das bedeutet, es muss Höhlungen geben unter diesem Wald, zumindest unter jenem Talkessel, und vielleicht auch noch andernorts in diesen Landen.«

Wil wollte etwas erwidern, doch er wurde durch Anglirion abgelenkt.

»Sprich jetzt!«, forderte Anglirion die rothaarige Féar auf. Der Kahlköpfige bannte die Angesprochene förmlich mit seinem Blick. »Warum kommst du allein? Weshalb versäumtet ihr den vereinbarten Treffpunkt am Söller?«

Becúnan bedachte die beiden Vahits mit einem sorgenvollen Blick. Sie murmelte: *»Aculwini bal Sindros anunwë ilam hadhwen.«*

»Benutze ihre Sprache«, sagte Gilladién. »Finn und Wil sollen alles hören und verstehen.«

»Wie du verlangst, Cennan.« Becúnan redete schnell und senkte die Augen. »Dann wiederhole ich mich. Ich sagte eben: Ich wünschte, Sindros Irrtum möge nicht von Dauer sein und sich von selbst erhellen. Doch Ilar nahm ihr Licht von ihm.«

Anglirions Blick wurde hart. »Was ist geschehen?«

»Er ist gefangen worden. Südlich des kalten Sees.«

»Du hast es nicht verhindert.« Gilladiéns leise Bemerkung war eine Feststellung, keine Frage.

»Nein, Cennan. Ich … wir hatten uns getrennt. Ich suchte die Umgebung unseres Lagerplatzes ab. Wir standen kurz vor dem Aufbruch. Während ich unsere Spuren tilgte, entdeckte Sindros einen Trupp Gidrogs.« Becúnan machte eine unverständliche Handbewegung. »Er ging offen auf sie zu. Ich bemerkte es zu spät. Doch er trat ihnen entgegen und lud sie mit Gesten ein, sich zu ihm zu setzen. Ich rief ihm eine Warnung zu, doch er hörte mich nicht. Vielleicht wollte er mich auch nicht hören. Ein Knüppel traf ihn von hinten, während der Anführer des Trupps so tat, als wolle er Sindros' Einladung Folge leisten. Sie warfen ein Netz über ihn, hoben ihn auf und eilten mit ihm fort, ehe ich etwas dagegen tun konnte.«

»Also hat er seine Dummheit wahr gemacht«, sagte Gilladién. »Er wollte ja schon früher mit ihnen reden.«

»Arweyiulischer Narr!«

»Du vergisst dich, Tiumas!« Gilladiéns Augen flammten auf.

Anglirion beendete das Reinigen seines Dolches. »Er *ist* ein Arweyiur. Und hat als Narr gehandelt. Kein Illinyiur wäre auf einen solchen Einfall gekommen. Inzwischen wird er hoffentlich begriffen haben, dass es eine Dummheit war.« Mit Nachdruck schob er die Klinge in sein Waffengeschirr zurück. »Weiter. Was dann?«

»Ich verfolgte sie. Einen drei viertel Tag lang. Sie kehrten zu dem Feldlager am kleineren See zurück, das wir schon kennen.«

Gilladién wechselte einen Blick mit Anglirion. »Sie halten also immer noch das Tal von Tilon Idil besetzt?«

»Ja, Cennan. Und es sind ihrer mehr als zuvor. Viel mehr. Sie fangen Fische im großen See, und sie jagen Hirsche. Es gibt Herden davon rund um den Uled Alas. Etliche Gruppen sind unterwegs, nur um Fleisch zu erbeuten. Ein solcher Trupp war es auch, den Sindros erblickte und in seiner Gutmütigkeit zu sich winkte.«

»Weshalb hast du sie mit ihm ziehen lassen?«

»Bald trafen sie mit anderen Heimkehrern zusammen; es waren ihrer zu viele. Ich wagte nicht, Sindros zu befreien. Nicht um meinetwillen, sondern weil ich um sein Leben bangte. Und noch etwas Unerfreuliches fand ich heraus. Ich fürchte, sie haben mittlerweile den Zugang zu Tilon Idil selbst entdeckt. Ich schlich mich so nah heran, wie es mir möglich war, ohne von ihren Wachen bemerkt zu werden. Ich konnte sehen, wie sie Sindros bis zur Felswand führten und kurz darauf darin verschwanden. Aber das war nicht das Merkwürdigste, was ich sah.«

»Sondern?« Anglirion schritt ungeduldig vor dem Steinbecken auf und ab.

»Die Gidrogs tun dort etwas. Ich meine, etwas *anderes,* als nur ihre Vögel rasten zu lassen und sie mit Futter zu versorgen. Sie glätteten sorgfältig ein Stück des Talbodens. Bäume wurden gefällt und ein Ring aus Palisaden errichtet. Ein dunkelhäutiger Mensch befehligt sie dabei, und er überwacht diese Arbeiten streng. Sie ducken sich vor seinem Zorn, das konnte ich sehen. Aber es ist keine Festung, die sie anlegen. Hinter dem Palisadenzaun ist nichts weiter als ein freier Platz. Festgestampfte Erde. Alle Sträucher wurden herausgerissen. Als ich ging, stellten sie gerade die Arbeiten ein. Es hatte den Anschein, als ob sie auf etwas warten. Auf etwas oder auf jemanden.«

»Mich kümmert jenes andere mehr, wenn es wahr ist, was du sagst. Falls sie Tilon Idil entdeckt haben …«

»Dort befindet sich nichts mehr von Wert, Tiumas«, fiel Gilladién ihm sanft ins Wort. »Selbst wenn sie die oberen Zugänge gefunden haben, so sind die unteren Bereiche unzugänglich und größtenteils verschüttet. Es ist ein bloßer Zufall, dass sie jenes Tal als Landeplatz für ihre Reitvögel erwählten. Im weiten Umkreis ist es das bestgeeignete Versteck, um ihre Anwesenheit zu verbergen. *Das* hat sie dorthin geführt, nicht Tilon Idil.«

»Ich müsste lügen, wollte ich behaupten, ich verstünde, wovon ihr sprecht«, warf Finn ein. »Aber ein Freund von mir lehrte mich, dem Zufall zu misstrauen. Was immer dieses Tilon Idil auch sein mag ... Wenn sich Gidrogs dort tummeln, so hat es etwas zu bedeuten. Nichts Gutes, nach allem, was ich von ihnen weiß.«

Gilladién tat den Einwand ab. »Sie tummeln sich nicht in Tilon Idil selbst, sondern nur im *darüber* befindlichen Tal von Tilon Idil. Das ist ein Unterschied.«

»Immerhin führten sie Sindros hinein«, erinnerte Becúnan.

»Sicherlich nur in eine der oberen Kammern«, sagte Gilladién. »Ihn dort zu bewachen ist leichter, als ihn im freien Feld zu belassen. Außerdem zeigen die von dir beobachteten übrigen Arbeiten, dass sie etwas für sie Wichtigeres im Sinn haben müssen, als die längst verwehten Geheimnisse von Tilon Idil zu ergründen.«

»Verzeiht – einen dunkelhäutigen Menschen saht Ihr dort?«, fragte Finn. »Konntet Ihr seinen Namen in Erfahrung bringen?«

Becúnans Blick hob sich fragend zu Gilladién. Erst als diese nickte, sagte sie: »Ja, ich hörte ihn. Die Gidrogs gebrauchten ihn ehrfürchtig. Er lautet Ensamot.«

»Nicht Saisárasar?«, rief Finn verwundert.

»Nein – Ensamot. Ich bin mir sicher.«

»Eigenartig«, murmelte er. »Ich danke Euch.« Was in Amans Namen hatte das zu bedeuten? Und wer war jener Ensamot?

»Was mögen sie dort wohl vorhaben?«, überlegte Wil laut. »Wozu plätten sie den Boden, wenn sie nichts darauf errichten wollen?«

»Ich frage mich eher, auf was oder wen sie warten«, antwortete Finn.

*

Finn war erleichtert darüber, dass Anglirion über Becúnans Ankunft das Thema Gilwen aus seinem Denken zunächst verdrängt zu haben schien. Doch sein überaus ernstes *Wir müssen reden!* klang in Finns Gedanken noch lange nach, auch als sie sich längst schon auf ihrem weiteren Weg nach Norden befanden.

Die Vahits wurden seit ihrem Aufbruch vom Steinbecken wieder von den Féar getragen. Wil abermals von Anglirion, Finn hingegen von Becúnan, um Gilladiéns Bein zu schonen.

Die rothaarige Frau fügte sich Anglirions Aufforderung sofort. Sie nahm Finn widerspruchslos auf ihren Rücken; aber sie wechselte selbst kein Wort mit dem Gast auf ihrer Schulter. Finn fragte sich im Stillen, ob sie in ihm jetzt auch »den Vorlauten« sah und deshalb nichts sagte, oder ob ihre Schweigsamkeit andere Gründe hatte, deren Verständnis sich ihm entzog.

Den ganzen Nachmittag über legten sie Meile um Meile zurück. Sie waren etwas langsamer unterwegs als am Vormittag, was Gilladiéns Verletzung geschuldet war, aber nicht weniger stetig. Sie blieben nun beieinander, doch seit ihrem Aufbruch führte sie Becúnan, und die anderen trabten in ihrer Spur.

Der wilde Wald änderte sich, je weiter sie nach Norden kamen. Die dunklen Laubbäume wurden lichter. Sie durchmischten sich immer stärker mit Kiefern, die im zunehmend sandiger werdenden Boden wuchsen und einen angenehmeren Duft verströmten. Es war auch nicht mehr so stickig, und Finn hoffte inständig, dass dies so bliebe.

Finn bemerkte mit der Zeit in Becúnans Schritten ein immer öfter auftretendes Schlurfen. Als der Abend sich ankündigte, wurde offensichtlich, dass die Féarfrau entkräftet war und nicht einmal mehr mit der verletzten Gilladién mithalten konnte.

»Ich bin seit dem gestrigen Tagesanbruch unentwegt auf den Beinen«, entschuldigte sie sich. »Auch die Nacht über lief ich ohne Unterlass, um euch so rasch wie möglich einzuholen. Heute nun ging es den halben Weg zurück, den ich gekommen bin. Ich sollte nicht müde sein, aber ich bin es. Verzeih, Cennan.«

»Wir werden bald rasten«, antwortete Gilladién.

»Im Wald rumsitzen«, brummte Anglirion. »Die neue Art, Eile zu zeigen.«

»Hör nicht auf ihn«, sagte Gilladién. »Er nörgelt, weil er in Wirklichkeit ermattet ist wie wir alle.«

Sie erklommen in der Dämmerung den kahlen Kamm eines flachen Berges, der ihnen bei Tage einen weiten Ausblick auf das vor ihnen liegende Land geboten hätte und am nächsten Morgen vielleicht auch bieten würde. Für jetzt sahen sie nur noch dunkle, tiefhängende Ballungen von Osten heranrücken. Als zöge am Horizont ein Heer herauf, dessen quellende Staubwolken sie sahen – Wolken, die in Wahrheit regenschwer waren. Sie breiteten fast schwarze Schatten über die Niederungen aus.

Auf der Höhe beschlossen sie, im Windschutz einiger Sträucher zu nächtigen. Zu Wils Enttäuschung erlaubte ihnen Anglirion kein Feuer. Wil betrachtete seufzend seine mittägliche Pilzernte, ehe er sie missmutig wieder im Rucksack verstaute. Lustlos kauten die Vahits die letzten aufgesparten Reste von Walnutias Vorräten und nuckelten das letzte bisschen Fischfleisch von den Gräten der letzten Forelle.

Die drei Féar aßen kaum etwas: einige Nüsse und ein wenig Brot oder Kuchen, das war alles, was sie bei sich führten. Dann gebot Anglirion ihnen allen zu schlafen; er selbst übernahm die Nachtwache.

Finn sah ihn später etwas abseits ihres Lagerplatzes stehen – eine stumme, bewegungslos verharrende Gestalt, die unermüdlich nach Norden blickte.

Finn für seinen Teil war einerseits heilfroh, dem Hinterhalt der

Wilden und der Begegnung mit den Wrisilrhiobs unbeschadet entronnen zu sein. Andererseits war er völlig unzufrieden mit ihrer Lage.

Er entfernte sich immer weiter vom Hüggelland, und schlimmer noch, er konnte nicht dorthin zurück. Sein Plan, mit Cirwirran in den Süden zu fliegen, war von Gilladiéns vorschnellem Schuss vereitelt worden.

Nun werde ich stattdessen gelaufen, dachte er. *Nur wohin und wozu, das mögen die Waldgeister wissen. Oder Aman, meinetwegen.* Er wälzte sich auf die andere Seite.

Dann dachte er an die *Galim* und an die Gidwargim, zu denen Glimfáin zweifellos unterwegs war. Irgendwo auf dieser Seite des Tarduil haben sie ihre neue Grube, erinnerte er sich. In unbestimmter Ferne, aber dennoch vermutlich näher liegend als Caras Berene. Die Akhanaith endh Anth-i-dheriltené … Wie weit mochte es von hier aus bis zu den Bergen des untergegangenen Mondes sein? Dies Gebirge lag im Osten der Linvahogath, und geradenwegs nach Osten war auch die Windbarke gefahren. Dort würde Glimfáin jetzt sein. In der Obhut der Seinigen. Und mit ihm auch Tallia, vielleicht …

Eben dorthin sollten wir gleichfalls gehen, dachte Finn. Die Dwarge würden uns helfen. Aber stattdessen werden Wil und ich wie überflüssiges Gepäck in eine Gegend verschleppt, in die wir weder wollen noch dass sie uns etwas zu nützen vermag.

Und wohin bringen sie uns? An einen kalten See, dessen bloße Erwähnung ihn jedes Mal frösteln ließ, und dann auch noch ausgerechnet zu einem großen Feldlager der Gidrogs. Die Andeutungen über Tilon Idil beunruhigten ihn vielleicht noch stärker, ohne dass er hätte erklären können, weshalb.

Neben der Gefahr, an eben diese Gidrogs unser Leben zu verlieren – ›Es sind ihrer mehr als zuvor, viel mehr‹, hörte er in Gedanken Becúnan sagen –, verlieren wir vor allem Zeit!

Am liebsten, erkannte er, während er dalag und ins blinzelnde Mondlicht starrte, am liebsten hätte er die drei Féar sofort verlassen. Trotz aller Fährnisse der Wildnis. Aber er fürchtete, sich zu verirren und schlussendlich mit Wil zu verhungern. *Am Ende ereilt dich doch noch die Schuld an deines Vetters Tod*, dachte er betrübt. *Finn Fokklin, Todbringer seiner Freunde und verlachter Feind seiner Feinde.*

Ein irrsinniger Gedanke. So weit ist es also schon mit mir gekommen. Tote können schließlich keine Schuld mehr tragen. Oder doch? Die Lebenden sicherlich. Schwer atmend dachte er: *Am heutigen Tage habe ich abermals Blut vergossen. Ich habe wieder getötet. In Notwehr und durch unseliges Geschick, das ja. Und dennoch!* Er sah das verzweifelte, schmerzverzerrte Antlitz des Kundschafters wieder vor sich, sah, wie das junge Leben aus dem glatten Gesicht entwich, und der scharfe Geruch des Todes stieg ihm erneut in die Nase. Schaudernd warf er sich herum und wickelte sich enger in seinen zerrissenen Mantel. *Ob Wil wohl noch wach lag?* Gewiss fror sein Vetter in dem dünneren Mantel noch heftiger als er selbst. Plötzlich sehnte er sich danach, an seinem Schreibtisch in der warmen Schrifferstube von Fokklinhand zu sitzen und die einst so ungeliebten Listen seines Vaters zu führen. Ein tröstlicher Gedanke. Bis ihm einfiel, dass seine Eltern beide erschlagen waren. Und Fokklinhand etwas war, das er vermutlich niemals mehr wieder sah.

Der Schlaf wollte lange Zeit nicht kommen.

*

Der Morgen weckte sie mit einer fahlen Röte, die schnell in ein goldenes Leuchten umschlug, das ihnen in den Augen schmerzte. Sie sahen jetzt mit zusammengekniffenen Lidern, dass der flache Berg im Westen kürzer war als nach Osten hin. Vor ihnen erstreckte sich ein weithin abfallender Hang, der seine Ausläufer in milchigem Golddunst badete. Gelbbraunes Gras verdrängte ab hier den Wald und bedeckte eine weite Fläche, die sie nicht überschauen konnten. Sie hatten mit dem Bergkamm die Grenze des Arryn Wrisilions erreicht. Das Gras saugte sich voll mit dem frühen Licht des Morgens und schimmerte golden. Aber sie sahen fern am Horizont auch dunklere Flecken darin wie Inseln, und es waren keine Wälder. Ihre Farbe erinnerte an die Schattenfenne.

Wil schien Ähnliches zu denken. »Sag nicht, dass dort noch mehr Sümpfe lauern.«

Becúnan lächelte zum ersten Mal, seitdem sie sie kannten. »Dann sage ich es nicht, obwohl es welche sind. Doch sie sind nicht ausgedehnt, und die Steppen führen um sie herum.«

»Wie weit sind wir bisher gegangen?«, fragte Wil.

»Wir?« Anglirion gab einen halb ärgerlichen, halb belustigten Laut von sich.

»Wenn es zutrifft«, sagte Gilladién, »dass ein Dirarám eurer Meile entspricht, dann kamen wir gestern trotz allem ganz gut voran. Von den Stromschnellen aus gemessen waren es rund 25 Meilen bis zu jener Stelle, an der wir die Windbarke sahen. Noch einmal so viel legten wir nach Matsags Hinterhalt zurück – also 50 Meilen insgesamt seit dem Tarduil. Dabei haben wir uns nur allmählich von seinem Ufer entfernt. Der große Strom kommt von Norden herab, wir gingen indessen nordöstlicher.«

»Wie weit ist es noch bis zum kalten See?«, fragte Finn.

»Nicht mehr ganz so weit, etwa 40 Meilen.«

»Wir werden ihn heute erreichen«, bestätigte Becúnan.

Anglirion beschattete seine Augen. »Ich sehe Vögel am Himmel. Drüben, über dem am weitesten rechts liegenden Sumpf.« Die beiden Frauen wandten sich in die bezeichnete Richtung, und erblickten sie nach einigem Suchen auch. Finn und Wil vermochten indes nicht einmal ein Pünktchen zu erkennen.

»Das sind keine Criargs.« Gilladién schüttelte den Kopf. »Aasvögel vielleicht. Oder morgendliche Jäger.«

»Wenn es Aasvögel sind, so haben sie etwas entdeckt«, meinte Anglirion. »Und was dort kreucht, lebt noch. Sonst sähen wir sie nicht.«

»Es werden wandernde Dirill sein«, meinte Becúnan. »Sindros

und ich kamen an ein paar armseligen Hütten vorbei, die entlang des Südufers des Sees stehen. Rohe Bauten, mit ein paar Gattern herum. Die Menschen dort sind in Felle und Leder gekleidet.« Einige Gruppen zögen derzeit mit Sack und Pack umher, berichtete sie weiter, mit Frauen und Kindern, Sippen, auf dem Weg nach Süden. »Sie fühlen den Winter nahen, vermute ich, und fliehen in wärmere Gefilde. Diese Menschen haben offenbar alles vergessen, was wir ihnen einst an Wissen schenkten. Sie sind kaum mehr als die Wilden, die wir hier antrafen in den dunklen Jahren *vor* der Unterweisung.«

»Ja«, stimmte Anglirion ihr zu, »die Unterweisung erweist sich im Nachhinein als Fehlschlag. Wo sind die stolzen Türme von Benutcane geblieben? Wo wehen ihre Banner? Die einst so hohen Absichten des Rates der Verbündeten Völker – sie sind dahin. *Nichts* ist geblieben. Verweht ist alles Wissen wie das Laub des Herbstes. Sieh es endlich ein, Gilladién: Lavinors Pläne sind gescheitert, so wie wir es seit langem fürchteten. Wir sollten umkehren, sobald wir Sindros befreit haben. Der Rat muss erfahren, dass das Bollwerk zerbröckelt ist.«

Gilladién holte tief Luft. »Wie bitte? Wir? Wir, sagt ihr? *Ihr* wollt ihnen Wissen geschenkt haben? Es waren allein die Arweyiul, die als Lehrende zu den Dirill gingen. Die Illinyiul haben niemals auch nur einen Finger gerührt.«

Anglirion legte ihr eine Hand auf die Schulter. »Das ist Haarspalterei, und du weißt das. Wir lehrten nicht, das ist wahr. Aber wir halfen euch Arweyiul, als ihr an eurem törichten Plan festhieltet. Bauten wir nicht die Schulen für euch? Ist Tilon Idil denn nicht unser Werk?«

Gilladién streifte seine Hand fort. »Euer Werk? Ihr habt an Tilon Idil mitgewirkt, das ja. Aber den größten Teil der Arbeit leisteten die Gidwargim. Ihr zogt euch, kaum dass die Pläne gediehen waren, zurück zu Spiel und eitlem Jagdvergnügen in den Bergen. Es war eure Sache nicht, die Menschen zu Größerem zu erziehen.«

»Es war sinnlos, und wir ahnten es. Die Menschen sind zu Höherem nicht fähig. Sie sind es nicht, und sie waren es nie. Blick dich um, und du siehst es selbst. Was von allem blieb, sind Waldwilde, die sich um hergelaufene Wrisann scharen.«

»Du vergisst die Menschen, von denen Finn erzählte. Die Dirill von Revinore.«

»Was werden sie sein? Ein zusammengeschrumpfter Haufen, der sich kaum noch der einstigen Größe erinnern wird. Die Erben von Benutcane mögen alles sein, aber sie sind nicht mehr Benutcane selbst, so viel ist sicher. Ich habe die Worte des Vahits nicht vergessen. Ist dies hier nicht revinorischer Boden, auf dem wir stehen, Gilladién?«

Die Sonne hatte sich während seiner Rede über den Himmelsrand geschoben und übergoss nun die Flanke des Berges mit hellerem Licht. Drei oder vier Steinwürfe von ihrem Lagerplatz entfernt trafen ihre Strahlen auf eine gerade Linie aus aufeinandergeschichteten Steinen. Eine halbhohe, zerbrochene Mauer schimmerte plötzlich jenseits der Büsche auf, von Efeu und Moosen überwuchert. Schwach ließ sich noch die Rundung eines einstigen Turms erahnen, dessen Reste sich zwischen Filzrosendickichten versteckten. Er mochte einst den Bergkamm bewacht haben, dachte Finn, und er fragte sich, wie lange dies wohl her war.

»Da hast du dein Revinore!«, rief Anglirion und deutete auf die Ruine. »Und so was soll uns gegen den Daírantyr helfen?«

»Es ist nicht *mein* Revinore«, schnappte die Féar. »Aber es könnte sehr wohl das Wirken Lukathers sein, das wir hier erblicken, in der einen oder anderen Weise. Dann trifft die Menschen keine Schuld an dem, was in ihrem Reich geschah und das wir nun vorfinden. Immerhin überließen wir sie sich selbst und zogen uns zurück. Und weshalb? Auf das Bestreben der Illinyiul hin. Ihr verlangtet die Unterweisung zu beenden, und wir fügten uns. *Das* war der Fehler der Arweyiul, und nicht die Unterweisung selbst. Tilon Idil könnte noch immer Weisheit lehren und die Kunst vermitteln, für die es einst entstand: die Kunst des Bergbaus und der Metallurgie. Und dann, Tiumas, dann sähe dieses Land anders aus. Es wäre blühend, voller Leben und nicht verlassen von bemitleidenswerten Menschen, die den nahenden Winter fliehen. Vor allem wäre es frei von Gidrogs und ihrem Schrecken! Aber das war ja eure Sache nicht!« Gilladién wandte sich ab.

Finn und Wil sahen sich betreten an und wagten nicht, auch nur ein Wort in die lastende Stille hinein zu sagen. Die Stimmung war vergällt, und daran vermochte auch die höherkletternde Sonne nichts zu ändern. Der Riss zwischen den Illinyiul und den Arweyiul ging tiefer, als zunächst zu erkennen gewesen war; und halb und halb ahnten sie, dass diese Auseinandersetzung noch viel weitreichendere Folgen haben würde, als sie es sich mit ihrem begrenzten Vahitwissen vorzustellen vermochten. Immerhin gab Finn im Stillen Anglirion und Becúnan in einem Recht: Wenn die Wilden oder die nach Süden wandernden Menschen wirklich die Bevölkerung des vor Kurzem noch als so stolz gedachten Revinores darstellten, dann war das Hüggelland von dieser Seite her verloren. Hilfe konnten die Vahits von derart armseligen Dirin nicht erwarten.

Finn blickte die drei Féar an, und Zweifel wuchsen in ihm. Aber dann schalt er sich einen Narren. Er hatte über allem Gerede Circendil völlig aus seinen Gedanken verbannt. Der Davenamönch hatte ihnen von den mächtigen Reichen Arelian und Revinore erzählt. Auch das, was er von Vindland berichtet hatte, entsprach nicht dem Eindruck, den sie hier am Boden des Sturzes gewannen. Mehr noch erweckte sein eigenes Auftreten nicht im Mindesten den Anschein, als seien die Heimat des Mönchs oder die anderen beiden Königreiche wehrlos und gar armselig.

Anglirion schloss aus dem, was er sah, auf das, was er sehen wollte, erkannte Finn. Er war ein Féar, und alle féarischen Angelegenheiten waren ihm höchst bedeutsam und wichtig. Alles andere fiel dagegen zur Bedeutungslosigkeit ab, und seine Verachtung verwehrte ihm den Blick auf die fernerliegenden Gegebenheiten. Diese Verachtung schmerzte Finn umso mehr, je länger er darüber nachdachte. Denn er sagte sich zu Recht, dass sie auch die Vahits mit einschloss; und mehr als alles andere begann ihn die Überheblichkeit des Féar zu wurmen.

Wehmütig erinnerte er sich an seine Mutter, die ihm in früheren Jahren von der Größe der Fernen erzählt hatte, von den märchenhaften Feen in Angellin, von der Zauberkraft, die ihnen gegeben war; und er entsann sich des Abends an seinem Geburtstagsfest, als sie gemeinsam die Sternschnuppe – das *Feenlicht* – beobachteten, und seine Mutter ihn aufgefordert hatte, sich etwas zu wünschen. Er fragte sich verwirrt, was er sich an jenem Abend gewünscht hatte, und stellte fest, dass er sich nicht mehr daran erinnerte.

*

Der Tag wurde freundlich, wenn auch kühl. Die Stimmung in ihrer Gruppe blieb ebenfalls noch lange Zeit unterkühlt und geriet bei Weitem nicht so freundlich wie das Wetter. Die Féar waren kurz angebunden und sprachen nach Gilladiéns Zurechtweisung nur noch das Nötigste miteinander. Anglirion übergab Wil der Obhut Becúnans und eilte sodann den anderen weit voraus. Um ihren Weg zu sichern, wie er behauptete. Finn nahm deshalb notgedrungen wieder seinen Platz auf Gilladíens Schulter ein, ungeachtet ihrer Verletzungen.

Bis zum Mittag legten sie die Hälfte der vierzig Meilen zurück, die sie sich für den Tag vorgenommen hatten. Wil erhielt die Gelegenheit, seine Pilze mit ein paar Kräutern über einem kleinen Feuerchen auf einem flachen Stein zu schmoren. Nach dieser Mahlzeit fühlten sich die Vahits gleich viel besser, und sie behielten auch noch reichlich für ein Abendessen zurück, denn die Féar lehnten Wils Pilzeintopf, wie er ihn nannte, ab.

Dann liefen sie wie zuvor in den Nachmittag dieses Samstags hinein, rannten in größtmöglicher Eile über die baumlose Steppe, ohne Pfad und Weg, aber immer nach Nordosten. Je näher sie dem kalten See kamen, desto vorsichtiger verhielten sich die Féar.

Mehrfach sichteten sie Schwärme von berittenen Vögeln. Becúnan warnte erneut vor den Jagdgruppen der Gidrogs, aber sie kamen keinem dieser Trupps nahe genug, dass ihnen eine Gefahr daraus erwachsen konnte.

Längst war die Linvahogath nicht mehr im Westen zu sehen. Dafür mehrten sich die Anzeichen, dass sie sich einer größeren Wasserfläche näherten. Die Luft roch frischer, ein beständiger Wind wehte, und Schwäne sowie Enten flogen in geringer Höhe über das Steppengras. Ab und an hörten sie das brunftige Röhren von Hirschrufen in der Ferne.

Das Land vor ihnen wurde wieder welliger, als die Sonne im Westen stand. Anglirion kehrte zu ihnen zurück und hieß sie nun langsamer gehen. Er führte sie zu einem einsamen Hügel und in ein Stück Wald, das dessen Kuppe bedeckte. Dort lagerten sie dicht an dem nach Nordosten blickenden Saum mit freiem Blick auf das Land darunter.

Vor den Augen der staunenden Vahits dehnte sich eine schier unüberschaubar große, blaugeriffelte Fläche aus. Der kalte See war um vieles ausgedehnter, als sie zuvor angenommen hatten. Ein namenloser Fluss speise ihn, erzählte Becúnan; dieser durchfloss den Uled Alas von Nordost nach Südwest. Von der Stelle, wo sie sich im Sichtschutz des Waldsaums verbargen, sahen sie auf die Bucht hinaus, die der Abfluss des Sees in die Steppe gewaschen hatte. Schilf wuchs an den Ufern und stand in breiten Ansammlungen bis weit in den See hinaus: ganze Wälder aus Halmen, übermannshoch und ein willkommener Schutz für zahllose Vogelarten. Sie hörten das Rascheln und das Geschnatter bis zu ihnen herauf, denn der Wind strich vom See herüber und trug ihnen die Geräusche zu.

»Wie breit ist dieses *Meer?*«, fragte Finn verblüfft, der nie an einem größeren Gewässer als dem Lammspringer See gestanden hatte.

»Das ist kein Meer, auch wenn es den Anschein hat«, erwiderte Gilladíen. »Doch der See ist groß, da gebe ich dir völlig Recht.

Von Ufer zu Ufer mögen es mehr als 50 Meilen sein. Es gab eine Zeit, da zogen weiße Segel auf dem Wasser dahin. Ich erlebte sie nicht selbst, das war vor rund 1700 Jahren. Damals gab es Menschen hier, und sie waren beides: wissbegierig und stolz.«

»Benutcaerdirin, vermutlich«, sagte Wil.

»Wir nannten sie Benutcaer*dirill*«, antwortete Gilladién und lächelte versonnen, in Erinnerungen versunken. »Aber erst später. Nachdem sie sich zu ihrem Steinernen Bund zusammengefunden hatten.«

Sie blickten noch eine Weile auf den See hinaus. Dann gefror ihr Lächeln so plötzlich, wie es gekommen war.

Mindestens sechzig Criargs zogen in einem langen Bogen über das Wasser, der sich zusehends zu einem weitgeschwungenen Kreis wandelte. Nacheinander gingen sie einzeln tiefer und wurden dann, von einem Moment auf den anderen, verschluckt. Als wären sie in die Verwerfungen hineingetaucht, die sie am Westufer des Sees in einiger Entfernung erblicken konnten.

»Es stimmt, sie landen im Tal von Tilon Idil«, sagte die weißhaarige Féar. Ein Anflug von Traurigkeit mischte sich in ihre schwingende Stimme.

»Immerhin kennen wir diesen Ort«, sagte Anglirion.

»Dem Namen nach, Tiumas. Aus alten Berichten.«

»Ich war dort«, sagte Becúnan. »Und mir gefiel nicht, was ich sah.«

*

»Wer geht?«, fragte Anglirion. Die Sonne rötete sich im Westen und versank als großer, flammender Ball hinter dem Wald, in dem sie hockten. Die abendlichen Strahlen fielen fast waagerecht durch die Bäume, und das Gesicht des Kahlköpfigen lag im Schatten.

»Keinesfalls du«, bestimmte Gilladién. »Du hattest die Wache in der Nacht und musst für dich zunächst den Schlaf nachholen, den du nicht bekamst.«

»Dann ich«, sagte Becúnan.

»Auch du nicht.«

»Cennan …«

»Nein. Du bist am weitesten von uns gelaufen, davon eine ganze Nacht hindurch, und du bist erschöpfter, als du sein solltest. Ihr beide müsst in dieser Nacht wieder bei Kräften sein. Du schläfst ebenfalls. Ich gehe.«

»Aber ich war schon dor…«

»Nachher werden wir beide dort gewesen sein. Und mit uns Finn. Er wird mich begleiten.«

»Was soll das?«, begehrte Anglirion auf. »Du bist verletzt. Und jetzt willst du das Lager des Feindes erkunden und dich dabei auch noch mit diesem Vahit abgeben?«

»Meine Verletzung hinderte dich nicht, mir Finns Gewicht aufzubürden, als der Tag noch jung war.« Sie blinzelte Finn zu. »Obwohl ich dich nicht als Last empfand, kleiner Mann. Nun, da der Tag zur Neige geht, kommt deine Fürsorge etwas spät, Anglirion. Es bleibt dabei: Finn begleitet mich. Ich wünsche es so.«

So kam es, dass sich Finn wenig später an der Seite der Féar wiederfand. Beide lagen flach und bis über die Schultern versteckt im Gras. Sie spähten über die Kante in ein gewaltiges Loch in der Landschaft. Dabei lagen sie am oberen Rande eines Talrunds hingestreckt, das in Finns Augen eine ferne, aber dennoch verblüffende Ähnlichkeit mit Matsags Waldtal aufwies. Nur war der hiesige Talkessel etwa zwanzigmal so groß und ragte gewiss dreimal so hoch auf. Finn schätzte die Höhe der Felswände auf nicht weniger als sechzig Klafter. Aber genau wie im Arryn Wrisilion fielen die steinernen Wände lotrecht hinab, und sie konnten nur einen einzigen Auf- oder vielmehr Niedergang erblicken, der am Südende der weitläufigen Vertiefung in Windungen zum Grund hinabführte. Dieser Weg folgte einer schräg abfallenden Schlucht, die ein Wasserlauf in den Stein geschnitten hatte; und er war breit genug, dass fünf oder sechs Ponyreiter nebeneinander hätten hinabreiten können. Noch einen weiteren, sogar stärkeren Wasserzulauf gab es an der Nordostseite des Tals. Hier stürzte ein Wasserfall die Felswand hinab und schäumte in einem Becken auf, ehe er überlief und einen kurzen Bach zu einem kleinen See hin schickte.

Der Talboden hob sich nur an den Felsseiten leicht, war ansonsten aber flach wie ein Brett. Und im Gegensatz zu Matsags Tal gab es nur einen geringen Baumbestand, dafür aber umso mehr Wiesen, die den See umgaben. Dieser See markierte die tiefstgelegene Stelle, und so ergoss sich auch der durch die Schlucht hinabströmende Wasserlauf in ihn.

Wieder stutzte Finn über die Frage des sich nicht weiter aufstauenden Wassers. Es muss unterirdisch abfließen, dachte er, ganz wie in Matsags Tal, sonst wäre auch dieser Felsenkessel zu einer einzigen großen Wanne für einen tiefen See geworden. Plötzlich schien ihm der tatsächlich vorhandene kleine See nicht mehr zu sein als ein winziges Pfützchen.

Gilladien deutete zur westlichen Seeseite. »Cencyrill«, flüsterte sie.

Auf den weitflächigen Wiesen sahen sie hunderte von Criargs einzeln oder in Pulks beieinanderhocken. Eine nicht mehr zählbare Anzahl von Gidrogs wuselte geschäftig im Tal hin und her. Die einen, erkannte Finn, versorgten die Reitvögel mit Fisch und Fleisch. Andere führten ihre Criargs zur Tränke an den See. Wieder andere saßen in Gruppen um flackernde Feuerstellen oder begannen soeben, welche zu entfachen. Säuerlicher Bratengeruch drang mit fettgeschwängertem Rauch aus dem Talkessel herauf: Auf langen Spießen drehten sich die kopflosen Leiber erlegter Tiere über hochzischenden Flammen. Haufen mit blutigen Häuten lagen neben Stapeln von Feuerholz entlang des Bachufers.

Fackeln wurden entzündet und in Halterungen aufgepflanzt oder in den Boden gerammt. Finn sah Wachposten kommen und gehen. Jene, die gingen, nahmen sich einen Vorrat an Fackeln mit. Die meisten Posten wurden an dem oberen Eingang und unteren Ausgang der Schlucht bezogen, und vermutlich auch im Verlauf der Schlucht selbst. Andere strebten einem von ihrer Höhe aus deutlich erkennbaren freien Platz zu, der von einer kreisförmigen Holzwand umgeben war – von der Palisade, die Becúnan erwähnt hatte. Noch immer war die Innenfläche dieses Kreises frei, und die abendlichen Schatten hätten ihn verdunkelt, wenn die Feuer und Fackeln nicht gewesen wären.

Finn gab Becúnan Recht: Alles rund um den festgestapften Platz erweckte den Eindruck, als ob die Gidrogs auf etwas Besonderes warteten. Der Platz lag rechts des Wasserfalls, im Osten des Tals.

»Was aber ist Tilon Idil?«, fragte Finn flüsternd. »Ich meine: *Wo* ist es? Ich sehe nichts als eine Senke, mit einem zugegebenermaßen anheimelnden See in der Mitte. Zwischen euch war vorhin die Rede von Felsen, in die hinein man gehen könne. Ich kann aber nichts dergleichen erkennen.«

»Das liegt daran, dass wir uns genau über diesem Zugang befinden. Du kannst ihn von hier aus nicht sehen. Es ist ein Höhleneingang. Tilon Idil ist die einzige der alten Schulen, die nicht zu ebener Erde erbaut wurde. Sondern unter der Erde. Unter diesem Tal.«

»Wie eine Grube der Gidwargim.«

Gilladién nickte. »Tatsächlich haben die Gidwargim Tilon Idil zum größten Teil erschaffen. Hier lehrten einst die beiden verbündeten Völker die Menschen gemeinsam, was in der Erde verborgen liegt und wie man diese Schätze abbauen kann. Metalle, Edelsteine wie den Karbeol an deinem Schwert, und vieles weitere.«

»Warum hier? Ich meine: Hier ist doch nichts, außer diesem Tal.«

»Die wahren Schätze sind unsichtbar, sagen die Gidwargim. Dieser Ort ist etwas Besonderes. Auf vielfältige Weise. Oder er war es zumindest für einige Zeit. So ist zum einen dieses Tal nur der Deckel auf einer ganzen Reihe von ausgedehnten Höhlungen.«

»Dorthinein ergießt sich das Wasser des Sees«, murmelte Finn.

»Richtig. Und diese abfließenden Wasser haben in unermüdlicher Arbeit Kristalle freigewaschen und Metalle angesammelt, und alles ist hier dicht beieinander zu finden und nicht wie sonst weit verstreut. Ein ausgezeichneter Ort, um die Kunst des Bergbaus sowohl zu lehren als auch sie zu erlernen. Wie es einst die Menschen taten. Aber Tilon Idil wurde noch aus einem anderen Grund hier errichtet, und der ist nur schwer zu erklären.«

»Versuch es. Nein, tu es einfach«, verbesserte er sich schnell.

Die Féar maß ihn mit einem nachdenklichen Blick. Dann sagte sie: »Diese Welt – Kringerde, wie ihr sie nennt, Ilámen Grendu in unserer Sprache …«

»… Naubrimir in Gidwargaur …«, warf Finn nickend ein.

»Du erstaunst mich ein ums andere Mal mehr, Finn Fokklin«, unterbrach sie sich selbst. »Du scheinst viel mehr zu wissen und zu verstehen, als man auf den ersten Blick vermuten würde.«

»Ich höre zu. Oder willst du damit sagen, ich sehe dümmer aus, als ich bin?«

»Nein, ich … Du bist auch noch ein Wortverdreher, weißt du das?« Sie blickte ihn erstaunt an.

»Meine Mutter wurde nicht müde, mich darauf hinzuweisen.«

Die Féar lächelte wissend. »Mütter«, sagte sie. »Manchmal sind sie schwierig, nicht wahr?«

»Manchmal ja«, sagte er. »Aber immer lieben sie uns.«

»Und du? Liebst du deine Mutter?«

»Ich liebte sie. Sie ist tot. Von einem Criarg erschlagen. Vor … Es war gestern vor einer Woche.«

»Das tut mir leid.«

Finn zuckte mit den Schultern. »Es kommt mir schon vor, als läge es Jahre zurück. Als könne die Zeit sich dehnen. Wie war es für dich?«

»Was meinst du?«

»Als deine Mutter starb?«

»Meine Mutter lebt noch.«

»Aber – wie kann das sein?«

»Die Zeit«, sagte Gilladién. »Für uns Féar dehnt sie sich wirklich, wenn auch auf euch fremde Weise. Meine Mutter ist Thengilvién, die Tochter Areldiéns. Numared Thengilvién Hadhun. Das bedeutet …«

»Thengilvién aus dem Hohen Haus der Numared, nicht wahr? Nur was Hadhun bedeutet, weiß ich nicht.«

Gilladién nickte langsam. »Es heißt so viel wie ›die Verirrte‹ oder ›die Verlorene‹. Wir Féar geben uns Beinamen. Der ihrige war Hadhun. Sie verirrte sich und verlor … Nein, das gehört nicht hierher. Später vielleicht.«

»Dann ist Anglirion auch ein Beiname?«

»Ja. Du kannst es mit ›Weißzorn‹ übersetzen.«

»Ich frage jetzt nicht, warum.«

»Nein«, lachte sie leise. »Sein voller Name lautet Turid Tiumas Anglirion.«

»Also Tiumas aus dem Hohen Haus der Turid, genannt Weißzorn.«

»Nenn ihn niemals so. Nicht in eurer Sprache, meine ich. Er würde es uns beiden verübeln.«

Finn nickte. »Du nanntest bisher seinen Hausnamen nicht.«

»Das stimmt. Sein Vater verbot es Anglirion, ihn zu führen. Auch darüber verliere bitte ihm gegenüber kein Wort.«

Finn versprach es und dachte bei sich: Fremde Völker haben fremde Bräuche. »Und Becúnan?«

»Ist einfach Becúnan.«

»Kein Beiname? Kein Hohes Haus?«

»Becúnan gehört keinem der Hohen Häuser an«, sagte Gilladién. »Deshalb … aber das führt schon wieder zu weit.«

»Ein Letztes noch«, bat er. »Dein Beiname ist mir entfallen …«

»Linnfalwe«, sagte sie.

»Wie der Trank, den du uns bei den Stromschnellen gabst?«

»Nein, nicht wie der Trank. Dieser heißt *limfalwe*. Ich bin Linnfalwe. Für euch mögen diese Wörter kaum einen Unterschied machen. Für uns ist er erheblich.«

Finn sah sie fragend an.

Die so unfassbar schöne Féar wandte ihm ihr Gesicht zu und

blickte ihm tief in die Augen. »In euer Sprache heißt Linnfalwe ›welkes Vertrauen‹, sagte sie leise.

»Nun«, druckste er, »das ist kein sehr ehrwürdiger Name. Weshalb …«

»Pscht«, machte sie und legte ihm einen Finger auf die Lippen. »Nicht jetzt, Finn. Vor allem nicht hier, in der möglichen Hörweite feindlicher Ohren. Komm, wir haben genug gesehen. Ich weiß nun genug und fände mich jetzt auch im völligen Dunkeln zurecht. Aber sie werden ihre Feuer ohnehin brennen lassen. Wir müssen zurück. Es gilt, einen Kriegsrat zu halten.«

Nachdem sie zurückgerobbt waren und längst wieder aufrecht gingen, hielt Finn die Féar am Arm zurück. »Wie soll ich dich nun nennen?«, fragte er unsicher. »Gilladién oder Linnfalwe?«

Sie ging langsam in die Knie und brachte ihrer beider Gesichter auf eine Höhe. »Entscheide selbst«, sagte sie lächelnd. »Ich bin die für dich, die du in mir siehst.«

»Ich glaube nicht, dass du *diesen* Beinamen verdient hast.«

Gilladiéns Lächeln gefror.

»Leider doch, Finn. Und du ahnst nicht einmal, wie sehr.«

*

Über der glatten Fläche des kalten Sees stand groß und rund der volle Mond, scheinbar nur einen Fingerbreit über den Wassern. Eine Straße aus funkelndem Silberlicht malte er in den Uled Alas, während die Féar und der Vahit den einsamen Hügel erreichten und zu seiner Kuppe aufstiegen. Der Wind des Tages war eingeschlafen, und das Schilfrascheln war verstummt. Kurz vor dem Kuppenwald entsann sich Finn wieder der eigentlichen Sache, nach der er hatte fragen wollen.

»Tilon Idil sei aus noch einem zweiten Umstand besonders, sagtest du vorhin«, erinnerte er sie. »Du erwähntest etwas, das nur schwer zu erklären sei …«

»Richtig.« Gilladién blieb stehen und vertiefte sich in den Anblick des Vollmonds. »Hast du jemals von Kraftlinien gehört, Finn?«

»Von was?«

»Ich nehme das als ein Nein«, seufzte sie. »Also dann: Die Welt, auf der wir wandeln – sie besteht nicht nur aus Hügeln, Bergen, Flüssen und Wäldern, sondern auch …«

»Aus Seen«, meinte Finn und nickte zum Uled Alas hinüber.

»Ja. Aber jenseits von all den sichtbaren Dingen ist da noch etwas, das du zwar erfahren, aber nicht greifen kannst. Ganz Kringerde ist von einer Unzahl von Linien überzogen, die aus nichts anderem bestehen als aus unsichtbarer, fließender Kraft. Die Tiere folgen diesen Linien auf ihren Zügen und Wanderungen, und mancherorts kreuzen sich die Linien, wie die Maschen eines Netzes. Diese Kreuzungspunkte sind wie Knoten, sie geben dem gesamten Gebilde seine Festigkeit. Verstehst du, was ich meine?«

»Ich versuche es mir vorzustellen.«

»Tu es einfach, wie kürzlich jemand zu mir sagte«, neckte sie ihn. »Manche dieser Knotenpunkte sind – wie soll ich sagen – wichtiger, wertvoller, als andere.«

»Warum?«

»An ihnen kreuzen sich nicht nur zwei, sondern mehrere der Kraftlinien. An diesen Punkten bündelt sich das *ya* – so nennen wir Féar diese Kraft. Stell dir ein Fischernetz vor, in das an einigen Knoten Edelsteine eingeflochten sind. Diese Steine sollen die Besonderheit jener Stellen verdeutlichen.«

»Ich stelle es mir vor. Aber was hat das mit Tilon Idil zu tun?«

»Tilon Idil«, hob die Féar an, »ist über einem dieser besonderen Kreuzungspunkte errichtet worden. Das Ya mehrerer Linien fließt in Tilon Idil zusammen. So entsteht eine Kraft, die vor allem die Gidwargim aufzuspüren und zu nutzen verstehen. Orte wie diese sind meistens weit über Kringerdes Rücken verstreut, aber es gibt auch Bereiche, da liegen sie dichter beieinander. Der Nordwesten dieses Erdteils ist ein solcher Bereich.«

»Wie … woher weiß man, wo sich diese Linien kreuzen?«

»Man kann das Ya erfahren. Du kannst es, wenn du empfindsam genug bist, spüren. Einige wenige meines Volkes können die Kraftlinien sogar sehen. Die Gidwargim benutzten früher Gerätschaften dafür; ob sie es heute noch tun, weiß ich nicht.«

Finn kratzte sich nachdenklich am Hinterkopf. »Kann es sein …«, hub er an. »Ich meine: Ist es möglich, dass die Gidrogs diese Ya-Linien ebenfalls aufspüren können?«

»Es ist nicht völlig auszuschließen, aber es sollte mich wundern. Weshalb fragst du?«

»Es ist nur so ein Gefühl«, antwortete Finn. »Ich frage mich, ob jener eingezäunte freie Platz nicht mit diesem Ya und seinen Kreuzungspunkten zu tun hat. Was ist, wenn ihre Anwesenheit – genau oberhalb von Tilon Idil! – mehr zu bedeuten hat, wenn es sich nicht einfach um das zufällige Auffinden eines geschützten Tals handelt?«

Gilladién starrte zum Mond hinauf und kniff ihre Lippen zusammen. Aus den vollendet geschwungenen Linien ihres Mundes wurde ein krauser Knoten. Dann fand ihr Blick den seinigen. Finn sah den Goldschimmer ihrer Augen verblassen.

Sie gab keine Antwort, aber das musste sie auch nicht.

*

Anglirion und Becúnan hatten geschlafen, wachten aber sofort auf, als Finn und Gilladién zurückkehrten. Die Féar berichtete ihren Gefährten, was sie auf ihrem Erkundungsgang gesehen hatten.

»So habt ihr Sindros nicht erblickt?«, fragte Anglirion.

Gilladién bedauerte. »Er wird in den oberen Kammern gefangen sein.«

»Das heißt, wir müssen hinein, um ihn herauszuholen.«

»Ja«, antwortete Gilladién und beschrieb die Verteilung der Wachposten.

»Somit scheidet der Schluchtweg für uns aus«, fasste Anglirion zusammen. »Aber der äußere Rand des Talkessels ist unbewacht?«

»Ja. Zuerst hielt ich das für seltsam. Aber es liegt ein gewisser Sinn darin. Ich nehme an, sie verlassen sich da ganz auf die Augen der auf- und hineinfliegenden Criarggreiter. Finn und ich konnten uns jedenfalls dem Rand nähern, ohne auf Wachen zu stoßen.«

»Dann sollte das zur Grundlage unseres Befreiungsplans werden.«

Becúnan nickte. »Es gibt drei entscheidende Fragen. Wie kommen wir in den Talkessel? Wo finden wir Sindros? Und wie gelangen wir wieder hinaus?«

»Es gibt noch eine vierte«, sagte Gilladién. »Was geschieht in der Zwischenzeit mit den Vahits?«

»Sie warten hier«, bestimmte Anglirion. »Sie sollen den Wald nach Essbarem absuchen. Nach Sindros' Befreiung werden wir auf der Flucht sein. Es wird uns keine Zeit bleiben, uns unterwegs um Nahrung zu kümmern.«

»Ein ausgezeichneter Einfall«, warf Finn ein. »Es ist Nacht, es ist dunkel, und wir suchen nach Waldfrüchten.«

Anglirion schnaubte: »Der Mond steht voll am Himmel. Strengt eure Augen an. Oder richtet euch darauf ein, einen oder zwei Tage mit leerem Magen verbringen zu müssen.«

Finn sah Wil nur kopfschüttelnd an, sagte aber nichts weiter.

Anglirion seinerseits beachtete die Vahits nicht länger. »Da wir nicht über den Schluchtweg hinabkönnen, ohne auf Wachen zu stoßen, benötigen wir unsere Seile. Aneinandergeknüpft sollte ihre Länge reichen, uns bis zum Talgrund abzuseilen.«

»Beim Wasserfall«, ergänzte Gilladién. »Oder vielmehr unter ihm. Allerdings zwingt uns das, anschließend das Tal der gesamten Länge nach zu durchqueren. Die Zugänge zu Tilon Idil befinden sich im Südwesten, der Fall stürzt im Nordosten hinab. Aber das ist nicht zu ändern.«

»Immerhin verbirgt er unseren Abstieg.« Becúnan sah Anglirion an. »Wie verhalten wir uns, wenn wir auf unserem Weg zum Eingang von Tilon Idil entdeckt werden?«

»Schnell«, erwiderte Anglirion hart. »Schnell, lautlos und mit der Schärfe unserer Dolche. Zuerst die Kehlen, dann die Herzen. So können sie nicht schreien.«

Gilladién beugte sich vor. Sie sagte: »Also gut. Wir sind den Wasserfall hinab. Wir haben das Tal durchquert, leise, unbemerkt. Wir stehen vor der Vorhöhle und gehen hinein. Wie finden wir den eigentlichen Zugang?«

Anglirion winkte ab. »Da die Gidrogs Tilon Idil entdeckt haben, steht das Tor offen. Wir werden es sehen.«

»Gut. Als Nächstes über die Treppe, hinab bis fast zur Brücke. Am Fuß der Treppe liegen die oberen Kammern. Es wird Wachen geben.«

»Und es gibt unsere Bögen«, sagte Anglirion.

»Dann weiter. Wir töten die Wachen. Wir finden Sindros. Wir kehren an die Oberfläche zurück und durchqueren das Tal. Wird Sindros den Aufstieg schaffen?«

»Limfalwe«, sagte Anglirion nur. »Sind wir uns einig?«

»Ich habe nur noch eine Frage«, sagte Becúnan.

Anglirion nickte. »Sprich.«

»Wohin wenden wir uns, nachdem wir das Tal verlassen haben?«

»Unser Schiff wartet im Nordosten an der Küste«, sagte Gilladién. »Der kürzeste Weg dorthin führt nördlich um den Uled Alas herum.«

»Ja, gut«, warf Anglirion ein. »Und dann, wie ich schon früher sagte, sollten wir umkehren, um die Unsrigen über die hiesigen Verhältnisse zu unterrichten.«

»Darf ich einen Vorschlag machen?«, fragte Becúnan. »Lasst uns den kalten See *südlich* umrunden. Das erwarten sie nicht. Falls sie das Schiff aus der Luft gesehen haben sollten, so werden sie uns zuerst am Nordufer des Uled Alas suchen. Lasst uns stattdessen zu den verlassenen Hütten der Menschen gehen. Dort werden sie uns höchstwahrscheinlich nicht vermuten.«

»Wo treffen wir die Vahits wieder?« Gilladién hob fragend die Brauen.

»Sie werden unsere Flucht behindern. Am besten wäre es, wir träfen sie gar nicht wieder.«

Finn sah von Anglirion zu den anderen und fühlte einen nie zuvor gekannten Ärger in sich hochwallen. Er empfand es als erniedrigend, ja demütigend, mitanhören zu müssen, wie über sie gesprochen und entschieden wurde, ohne dass einer der drei *mit* ihnen redete.

»Die Gidrogs würden sie aufspüren«, entgegnete die weißhaarige Féar.

Anglirion maß sie nur mit einem langen Blick, der alles sagte. *Es ist unsere Sache nicht*, verkündeten seine Augen. Gilladién schüttelte langsam den Kopf. »Nein.«

Der Kahlköpfige warf die Hände hoch und ließ sie auf seine Schenkel klatschen. »Unser Leben hängt davon ab, wie schnell wir uns bewegen. Willst du es ihretwegen aufs Spiel setzen?«

»Unser *aller* Leben, Tiumas. Auch ihres.«

»Sie werden ohnehin in Kürze gealtert und gestorben sein, Cennan«, gab Becúnan zu bedenken. »Ihr Leben währt kaum länger als ein Blinzeln.«

»Es ist deswegen nicht weniger wert.«

»Verzeih, Cennan, aber darüber denken die Illinyiul anders.«

»Ich weiß«, sagte Gilladién. »Und ich schäme mich dafür.«

Anglirion hob eine Hand. »Dann vernimm meinen Vorschlag zur Güte«, sagte er und deutete zur Bucht hinunter. »Wir bestimmen hiermit das nahe Ufer des fortführenden Flusses zu unser aller Treffpunkt. An jener großen Eiche dort. So müssen wir nicht erst den Hügel hinauf, wenn unsere Flucht begonnen hat. Wir können zum See hin abkürzen. Entweder erwarten die Vahits unter ihrem Wipfel unsere Rückkehr. Oder sie gehen ihrer eigenen Wege. Wohin immer diese führen mögen. Bist du damit zufrieden gestellt? Gut. Jetzt lasst uns noch einige Stunden schlafen. Der Mond muss sich noch weit in den Südwesten bewegen, ehe wir aufbrechen. So wird er den Höhleneingang von Tilon Idil in lange Schatten hüllen, und wir können ungesehen hinein. Die Wachen werden zu dieser Zeit schon den Morgen herbeisehnen und weniger aufmerksam sein.«

»Wer übernimmt unsere Wache?«, fragte Becúnan.

»Die Vahits«, beschloss Anglirion. »Einer von ihnen. Der andere soll sammeln gehen. So sind sie zur Ausnahme mal für etwas nützlich.«

Damit war anscheinend alles gesagt.

Die Féar streckten sich aus und waren schneller eingeschlafen, als Finn und Wil ihre Verärgerung überwinden konnten.

Eine Weile saßen die beiden Vahits nur stumm da und starrten auf den blanken See hinaus. Nach einer halben Stunde winkte Finn seinem Vetter, ihm leise zu folgen. Sie entfernten sich ein gutes Stück weit und taten so, als suchten sie zwischen den Wurzeln nach Essbarem.

»Ich kann gar nicht glauben, was ich da hören musste«, wisperte Wil.

»Ich auch nicht. Sie verachten uns, oder zumindest Anglirion tut es. Bei Becúnan bin ich mir nicht sicher. Gilladién ist entgegenkommender, aber auch sie ist eine Féar. Was sollen wir tun?«

»Mich zieht nichts zu jener Eiche, wenn du mich fragst.«

»Mich auch nicht. Es sei denn …«

»Es sei denn was? Komm mir jetzt nicht wieder mit einer deiner Dummheiten, Finn.«

»Sie verachten uns, weil sie uns nichts zutrauen«, erklärte Finn. »Dabei stellen sie selber Pläne auf, die unklug sind und rein gar nichts taugen.«

»Was meinst du?«

»Na, ihr Weg durch das Tal zum Beispiel. Niemals schaffen sie es, das Gebiet unter hunderten von Gidrogs unbemerkt zu durchqueren. Und das gleich zweimal. Das geht schief, sage ich dir.«

»Es sind Féar, Finn.«

»Ja, und was sagt uns das? Denk nur an Matsags Hinterhalt. Anglirion hat auch die Wolfsjäger unterschätzt. Wir kennen die

Gidrogs. Sie offenbar nicht. Na ja, schon, aber nicht so gut, meine ich. Nicht so wie wir. Das geht auf jeden Fall schief«, wiederholte er.

»Also, wie verhalten wir uns?«

»Du«, grinste Finn, »wirst ein paar Waldfrüchte sammeln.«

»O nein.«

»O doch. Vorher allerdings wirst du mich begleiten. Noch nicht gleich, sie schlafen noch nicht fest genug. Inzwischen vernimm *meinen* Plan.«

Ein einzelner Vahit, erläuterte Finn, könne unter Umständen genau das erreichen, was den Féar unmöglich erschien. Ein einzelner Vahit, klein und lautlos, könnte sich vielleicht doch an den Wachen des Schluchtwegs vorbeischleichen – immer schön sachte hinab und vorsichtig. Unten angelangt, hätte dies einen entscheidenden Vorteil: Der Höhleneingang lag vergleichsweise nahe der Stelle, an welcher der Schluchtweg in den Talkessel mündete. Ein einzelner Vahit bräuchte dann das Tal nicht der Länge nach zu durchqueren, sondern nur einen geringen Teil. Im Innern der Vorhöhle müsste man dann sehen, sagte er. Aber er, Finn, klein wie er war, hätte jedenfalls die besten Aussichten, bis zu Sindros vorzudringen, ohne entdeckt zu werden. Die Féar hingegen würden ganz sicher bemerkt werden. Zumal der Mond zwar den Zugang im Südwesten in Schatten hüllen würde, wie Anglirion vorhergesagt hatte. Dafür würde er jedoch sein Licht nach Osten werfen, und der Wasserfall würde ganz im hellen Mondschein liegen. Diesen Umstand hatten die Féar entweder nicht bedacht, oder sie maßen ihm keine Bedeutung bei.

Der Nachteil *seines* gleichfalls vollkommen närrischen Plans sei jedoch offensichtlich, gab Wil zurück.

»Ja«, gab Finn zu. »Wie ich mit Sindros wieder aus dem Talkessel entkommen soll, ist mir auch schleierhaft. Aber da kommst du ins Spiel.«

»Bitte nicht.«

»Bitte doch. Angenommen, du würdest am Schluchtweg für

eine Ablenkung sorgen – von oben, wo keine Wachen stehen. Angenommen, du würdest etwas hinabfallen lassen, etwas Unerwartetes über den Rand werfen oder rollen … Das würde für ziemliche Verwirrung sorgen. Dies aber könnte Sindros und mir die Gelegenheit verschaffen, heimlich zu entwischen.«

»Es könnte, es würde, es wäre«, unkte Wil. »Hörst du dir eigentlich selber zu? Hätte, sollte, möchte lautet dein Plan?«

»Wenn er gelingt, ich meine: Wenn alles gut geht, dann bringt das die Féar in unsere Schuld. Begreif doch! Selbst Anglirion und Becúnan müssen uns dann anerkennen. So können wir die Féar als Verbündete gewinnen, um uns und dem Hüggelland zu helfen. Aus Dankbarkeit. Du hast doch das nördliche Revinore kennengelernt. Keine Festungen, keine Siedlungen, keine Straßen, kein gar nichts. Hier ist niemand sonst, der uns helfen könnte. Nur die Féar. Wir müssen sie für uns gewinnen. Und die Befreiung ihres Gefährten ist der einzige Schlüssel dazu. Na, was sagst du?«

»Mich stören die vielen Vielleichts in deinem Plan«, erwiderte Wil. »Vor allem, weil du sie mit keiner Silbe erwähnst. Und es stört mich noch weit mehr, dass deinem Plan genau genommen die gesamte zweite Hälfte fehlt.«

»Die obliegt dir, Wil. Wenn du deinen Teil erfüllst und die Wachen aus dem Schluchtweg lockst – ganz gleich womit: mit Lärm, mit geisterhaften Lichtern, mit herabfallenden Steinen –, so wird es gelingen.«

»Na, ich weiß nicht. Was ist, wenn ich es nicht schaffe?«

»Zu scheitern ist in dieser Nacht keine Wahl, die ich dir lasse.« Finn legte seinem Vetter beide Hände auf die Schultern. »Denn wenn du es nicht schaffst, mein lieber Wil, war meine ganze Mühe vergeblich. Sie werden uns fangen oder gleich abstechen. Um Verbündete zu finden, brauchen wir uns dann jedenfalls nicht mehr zu kümmern. Das war's dann, wie unser Witamáhir Ludowig Gurler immer am Ende seiner Unterrichtsstunden zu sagen pflegte. Mach also deine Augen auf und werde irgendwie findig. Sieh zu, Wil. Ich lege mein Leben in deine Hände. Und nicht nur meines.

Betrachte es so, wie es ist – an dir und deinem Tauberverstand hängt das Wohl und Wehe des Hüggellandes!«

»Aber du weißt nicht, in welchem Zustand dieser Sindros ist«, warf Will als letztes Bedenken ein.

»Féar sind stark, Will. Es wird, es muss klappen.«

Mitten in der Nacht erhoben sie sich. Unbemerkt stahlen sich die Vahits davon. Sie trippelten den Hügel westlich hinab und wandten sich dann dem Seeufer zu. Wie durch die Nacht huschende Nagetiere kamen sie sich vor: klein, unscheinbar und durch ihre dunklen Mäntel trotz des Mondlichts kaum zu erkennen. Dennoch klopfte ihnen beiden das Herz bis zum Hals.

Den Eingang zum Schluchtweg brauchten sie indes nicht lange zu suchen. Ein großes Wachtfeuer brannte lichterloh davor. Es wies ihnen schon von Weitem den Weg.

16. KAPITEL

Die Treppe von Tilon Idil

Zu ihrer rechten Seite hin lag der Uled Alas, ein wahres Ungetüm an See, das still wie ein blankgeputzter Spiegel dalag. Dünne Wolkenfetzen hingen darüber und bewegten sich nicht. Sein Ufer, nur eine Meile entfernt, stieg im Westen leicht an und bildete eine flache, größtenteils hartsandige Tafelerhebung aus, die zur seeabgewandten Seite noch gemächlicher abfiel. An seiner höchsten Stelle ragten einige Felsspitzen aus der fast ebenen Fläche auf, in deren Schutz sich ein paar windzerzauste Kiefern duckten. Ein Rinnsal trat aus diesen Felsen zutage; doch anstatt zum großen Wasser des Uled Alas zu eilen, stahl sich der winzige Bach in die entgegengesetzte Richtung davon. Entlang des Bachbetts wuchsen verfilzte Hagebuttensträucher. Immer wieder lagen ihnen entweder diese dornigen Inseln oder aber kniehohe Köpfe welliger, großblättriger Pflanzen im Weg, die Finn für eine Art wilden Kohl hielt.

Die beiden Vahits gingen vorsichtig und langsam und achteten angestrengt darauf, nicht gegen die nachtschwarzen Kohlköpfe zu stoßen, was zweifellos ein verräterisches Rascheln verursacht und ihren ganzen Plan im Vorfeld vereitelt hätte.

Dann machten sie sich noch kleiner, als sie waren. Sie verbargen sich hinter einer Erdfalte und lugten über deren Rand. Was sie sahen, ließ Wil beinahe aufstöhnen – eben noch rechtzeitig schlug er sich die Hand vor den Mund und unterdrückte seinen Laut.

Zwei Steinwürfe entfernt brannte das große Wachtfeuer. Der schmale Bach plätscherte an den Flammen vorbei und verschwand in einer breiten Kuhle zwischen dornigem Gestrüpp. Ein niedergetrampelter Streifen Gras längs des Ufers zeigte an, wo fast schon ein vielbegangener Weg entstanden war – das Werk von zahllosen Gidrogfüßen. Finn war sich sicher, dass die Kuhle nur von ihrer Warte aus wie eine Kuhle aussah. In Wirklichkeit senkte sie sich hinter den Dornenbüschen immer tiefer und ging in die Felsenschlucht über, die den Zugang des Tals bildete.

Die Wache selbst bestand aus vier Kriegern. Zwei Gidrogs saßen etwas abgerückt vom Feuer; ihre Aufgabe bestand offenbar darin, es in Gang zu halten und den Weg in seinem Lichtschein im Auge zu behalten. Zwei andere zogen mit dem Feuer als Mittelpunkt in einem ausgedehnten Halbkreis wachsame Bahnen. Sie trugen Fackeln und bewegten sich aufeinander zu, passierten den anderen und entfernten sich wieder, ehe sie an den Endpunkten des Halbkreises kehrtmachten und das Spiel sich wiederholte. Der Halbkreis hatten den Durchmesser eines Steinwurfs und reichte damit etwa bis zur Hälfte der Strecke zwischen dem Muldeneingang und der Erdfalte, hinter der die beiden Vahits hervorspähten.

»Da willst du also durch, ja?«, wisperte Wil. »Immer schön sachte und hinab und so weiter, was? Schlag's dir aus dem Kopf, Finn. Sie werden dich erwischen, noch ehe du ›hier bin ich‹ rufen könntest.«

»Es gibt nun mal keinen anderen Weg«, hauchte Finn zurück.

»Willst du wirklich für einen Féar dein Leben aufs Spiel setzen? Dazu noch für einen, den du nicht einmal kennst?«

»Nicht für einen Féar, Wil«, flüsterte er. »Allenfalls *auch* für ihn. Ich mach's, weil es die einzige Möglichkeit darstellt, für alle Vahits im Hüggelland die Hilfe der Féar zu erringen. Wenn ich die Gelegenheit jetzt nicht ergreife, sie uns zu verpflichten, so ist es zu spät. Sie gehen zurück, klettern auf ihr Schiff und verlassen Kolryn wieder. Du hast sie doch gehört. Sie sind Ausgesandte des Rates ihres Volkes, Kundschafter. Wenn sie erst fort sind, so bleiben sie fort. Es wäre nicht das erste Mal, dass sie gehen und nicht wiederkehren.«

»Sie werden dem Rat berichten, was hierzulande vor sich geht.«

»Ja, aber was wird das bewirken? Nicht das Geringste. Sie wissen jetzt, dass der Daírantyr mit uns Vahits und meinetwegen mit ganz Kolryn beschäftigt ist. Sie werden sich zurücklehnen und erst einmal ein paar Jahrhunderte abwarten. Sie denken nicht wie wir, Wil. Unser Schicksal kümmert sie nicht. Wir sind für sie wie Eintagsfliegen – nichts, womit es sich zu beschäftigen lohnt. Aber sie sorgen sich um einander umso mehr. Jemand, der ihnen hilft, wird darum ihre Anerkennung finden. Deshalb werde ich jetzt da hinuntergehen.«

»Na schön«, hauchte Wil. »Deine Hoffnung in allen Ehren. Nur weiß ich immer noch nicht, wie ich die Wachen ablenken soll. Und wie stellst du dir vor, dass ich sie sogar aus dem Schluchtweg herauslocke?«

»Tu das Ungewöhnlichste, was dir dazu einfällt. Du könntest … Warte, da kommt mir ein völlig abwegiger Gedanke. Genau das, was du brauchst.« Er fingerte tief in dem Rucksack herum, den Wil auf dem Rücken trug. »Hier«, sagte er. »Meine Nainflöte. Es ist ein Stück Hüggelland, wenn du so willst. Und ich kann mir keinen besseren Anlass denken, sie zu gebrauchen. Hör genau zu. Halte dich verborgen, aber spiele etwas. Keine Melodie, sondern willkürliche Töne, ja? Und dann bewege dich leise fort, oben, am Rand des Talkessels. Bewege dich und wiederhole das Spiel. Das wird ihre Neugier wecken. Und es wird ihre dicken Köpfe vor ein Rätsel stellen. Was sie zu hören bekommen, stellt keine Gefahr dar, ist aber etwas, das sie untersuchen müssen. Wichtig ist nur, dass du immer in Bewegung bleibst. Du darfst aber nicht rennen, sondern musst dich unhörbar leise bewegen. Also: Flötenspiel – Bewegung, Flötenspiel – Bewegung. So werden sie nicht herausbekommen, was sie da hören oder woher es kommt.«

Wil nahm die Flöte und hielt sie unglücklich in der Hand. »Na schön. Nur wie weiß ich, wann ich anfangen soll zu spielen?«

Finn dachte angestrengt nach. Dabei stopfte er etwas in seine Westentasche, das er gleichfalls aus dem Rucksack gezogen hatte. »Das ist das Schwierigste«, wisperte er. Ich kann dir weder von unten ein Zeichen geben noch dich rufen. Wir können uns nur auf eine Zeit einigen. Auf einen ungefähren Zeitpunkt, um genau zu sein. Vor uns liegt das Talrund. Im Norden, nicht wahr? Damit weißt du, wo Westen ist. Sobald der Mond im Westen steht – sagen wir, genau so weit über dem Horizont, dass er noch einmal unter sich selbst passen würde –, beginnst du zu spielen. Das ist in ungefähr vier Stunden. Genauer kann ich es dir nicht angeben.«

»Genauer kannst du es nicht mehr überlegen, wolltest du wohl sagen? So viel Zeit hast du nicht, Finn. Die Féar wollen ihren Befreiungsversuch unternehmen, wenn der Mond bereits im Südwesten steht, also in weniger als zwei Stunden.«

»Du hast Recht«, gab Finn zerknirscht zu. Er war nachgerade erschüttert. Wie konnte ihm ein solcher Fehler nur unterlaufen?

»Da ist noch was«, drängte Wil. »Was glaubst du, was die Féar tun werden, sobald sie erwachen und unser Fehlen bemerken?«

»Nach uns suchen? Nein, damit würde Anglirion keine Zeit vergeuden.«

»Eben. Sie werden ihren Befreiungsversuch wie geplant angehen.«

Finn holte tief Luft, ehe er wisperte: »Du hast abermals Recht. Sie wissen ja nicht, was wir vorhaben. Also werden sie … so ein Mist.«

»Du sagst es. Das bedeutet, du hast viel weniger Zeit als du dachtest. Du musst mit allem *fertig* sein, *ehe* der Mond im Südwesten steht. Sonst seilen sie sich ab und kommen dir in die Quere.«

»Das würde alles verderben. Daran habe ich wirklich nicht gedacht.«

»Davon rede ich. Du machst schon jetzt schwere Fehler. Gib es lieber auf, ehe es zu spät ist.«

»Dann muss ich mich eben sputen.«

»Du hast aber nur wenig mehr als eine Stunde. Finn, um deine Worte zu gebrauchen – das geht schief. Wir … wir werden einen anderen Weg finden, dem Hüggelland zu helfen.«

»Wie denn? Willst du etwa Matsag fragen?«

Wil schüttelte nur stumm den Kopf.

»Na also. Wir schaffen das. Also abgemacht: In einer und einer Viertelstunde fängst du an zu spielen. Wirst du die Zeit einschätzen können?«

»Ich achte auf die Sterne. Es sind dieselben wie zu Hause. Aber wie kommen wir zwei *danach* wieder zusammen?«, fragte Wil. »Bei der besagten Eiche?«

»Der Baum ist so gut wie jeder andere Treffpunkt. Ja, bei der Eiche.«

Wil deutete zum Feuer. »Und wie willst du an denen nun vorbeikommen?«

Finn wiegte den Kopf. Dann grinste er schief. »Wie Circendil im Rudenforst«, sagte er. Sprach's und füllte sich zwei Hände voll Sand in seine Hosentasche.

»Was tust du da?«

»Du spielst seit Neuestem gern mit der Nainflöte«, erwiderte Finn. »Ich spiele in Vollmondnächten neuerdings gern mit Sand. So ist jedem das Seine gegeben. Wünsch mir Glück, lieber Vetter.«

»Auf Wiedersehen«, hauchte Wil. Er wollte ihm alles Glück dieser Nacht wünschen. Das und gute Wiederkehr.

Aber da war Finn schon nicht mehr an seiner Seite.

*

Der Moment war günstig.

Nein, günstiger als jeder andere zuvor, dachte Finn. *Die beiden hin- und herschreitenden Wachposten befinden sich soeben an den Wendepunkten ihres Halbkreises. Die Feuerwächter erheben sich und legen neues Brennholz nach. Das ist die Gelegenheit.*

Die Gidrogs am Feuer wandten der Finn schützenden Erdfalte den Rücken zu. Das Feuer prasselte auf, als sie darin herumstocherten. Die wandernden Wächter blickten in die andere Richtung.

Der junge Vahit zögerte nicht länger und lief los. Der Sand

dämpfte seine Schritte, und er kam ungehindert bis hinter eines der Dornengebüsche, die die Mulde einrahmten. Der Feuerschein warf tiefe Schatten, die ihn zuverlässig verbargen.

Er wartete, bis die beiden Gidrogs sich wieder gesetzt hatten.

Die in ihrem Halbrund gehenden Wachen trafen sich und gingen weiter, strebten wieder auseinander.

Als sie ihm weit genug entfernt schienen, warf er eine Handvoll Sand in hohem Bogen auf das jenseitige, zweite Dornengestrüpp. Selbst dieses leise Rascheln auf den harten Blättern genügte. Im Nu standen die beiden Feuerwächter auf und untersuchten das linke Gesträuch. Er lugte um das rechte, sah keinen der beiden hinter dem Buschwerk hervorschauen und war sich sicher, dass auch sie ihn nicht würden erblicken können. Wenn er schnell genug war.

Jetzt, sagte er sich in Gedanken. *Tu es oder lass es.*

Geschwind wie ein Marder huschte er zwischen die Saumgewächse und lief zuerst den Muldenweg entlang und dann in den beginnenden Schluchtweg hinein.

Er folgte dem Rieseln des Wassers. Bald sah er, dass sich die immer höher aufsteigenden Wände zu drei aufeinanderfolgenden Kehren krümmten.

Er atmete auf, als er die erste Kehre hinter sich gelassen hatte und damit von der Mulde aus nicht mehr zu sehen war. Im nächsten Augenblick verharrte er und drückte sich so eng wie möglich an die Seite der Neigschlucht, die den Mondschatten warf. In der zweiten Biegung, etwa siebzig Klafter entfernt, brannte ein weiteres, sichtlich kleineres Feuer. Sein Schein leuchtete die Breite des Schluchtwegs vollständig aus. Ein Gidrog lehnte sitzend an der linken, der Scheitelwand der Kurve, so dass er den Weg zugleich hinauf- und hinabblicken konnte. Wenn er denn blickte! Auch nach zwei Minuten hatte sich der Gidrog nicht einmal gerührt, und in Finn keimte die dünne Hoffnung auf, dass er vielleicht eingenickt war.

Der Mondschatten reichte bis auf zehn Klafter an die Kehre

heran; ab hier vertrieb der Feuerschein die Dunkelheit. Als Finn bis dorthin geschlichen war, hörte er den Gidrog leise grunzen. Er erschrak und packte den Griff Maúrgins, bereit, die Klinge binnen eines Wimpernschlags zu ziehen. Dann ging ihm auf, dass die Laute, die er für ein Grunzen gehalten hatte, das Schnarchen des Wächters waren.

Finn entschied sich, das Wagnis einzugehen und an dem schlafenden Wächter vorbeizuschleichen. Den Gidrog aufzuwecken wäre noch weitaus gefährlicher. Auf Zehenspitzen tastete er sich um die Kurve, lief auf Zehenspitzen im hellen Feuerschein an dem schnarchenden Gidrog vorbei, tauchte in den neuen Mondschatten der Schluchtwand ein und machte, dass er hinunter zur nächsten und letzten Kehre kam.

Die Kurve lag im Dunkeln, und als er sie umrundet hatte, sah er den Ausgang des Schluchtwegs vor sich: ein oben breiter und unten spitz zulaufender Spalt, wie von einem gewaltigen Keil in den Fels getrieben. Neuerlicher Flammenschein spielte mit den Schatten der vor dem Taleingang stehenden Bäume. Finn schlich hinzu und lugte um die scharfkantige Felsmauer, die das Ende des Weges beschloss.

Ein weiterer Wachtposten, der unmittelbar am Bachufer stand, beaufsichtigte dieses Feuer. Er kehrte Finn den Rücken zu, war aber hellwach und auf seinem Posten. Er lehnte am Stamm einer Esche und betrachtete das, was sich zu dieser späten oder vielmehr frühen Stunde im Talkessel bewegte. Finn tat es ihm gleich. Aufmerksam ließ er seine Blicke über das Tal von Tilon Idil schweifen.

Der Bach verließ den Eingang und schlängelte sich hinüber zu dem See im Mittelpunkt der Senke. Obwohl die gegenüberliegende Seite des Tals fast eine halbe Meile entfernt war, konnte Finn den Wasserfall im Nordosten des Kessels hören und im hellen Mondlicht auch deutlich erkennen. Finn blickte unwillkürlich dorthin und an ihm hinauf. Er erkannte den weißlichen Schimmer des aufschäumenden Wassers, und plötzlich, als sich etwas vor der Gischt bewegte, stockte ihm schier der Atem.

Ein Stück versetzt zu seiner Rechten, aber von seiner Warte aus noch vor dem Wasserfall, lag die kreisrunde und freie, eingeebnete Fläche hinter ihrem Palisadenzaun.

Und eben dorthinab schwebte etwas!

Wie ein Blatt im Herbstwind sank ein gewaltiges Felsungetüm die Talwand herunter. Ohne dass Seile es gehalten hätten.

Frei wie ein Criarg, dachte Finn in seinem Erstaunen. Nur bedeutend langsamer.

Es war gewiss zwanzig Klafter lang und drei, wenn nicht vier Klafter breit und ebenso stark – größer als ein Vahithaus. Höher als ein Broch. Und nicht nur eines dieser ungeheuren Gewichte flog da herab. Sondern ein zweites folgte. Dann ein drittes, ein viertes, als wären sie an einer unsichtbaren Kette aufgereiht. Am Ende zählte Finn sechs dieser Felsen: Alle waren sie gleich groß und von derselben Form einer Dolchklinge wie der erste.

Sechslinge, die einander gleichen wie ein Ei dem anderen, dachte Finn fassungslos. Wie kann …?

Da hörte er es. Ein leises Summen wehte zu ihm herüber. Kein Singen war es, kein Brummen wie das einer Windbarke. Es war ein stehender Laut, fremdartig und durchdringend, der Finn durch Mark und Bein drang. Ihm sträubten sich die Nackenhaare.

Und dann sah er es: Ein irrlichterndes blaues Flackern ging von der hohen Kante des Talrunds seitlich des Wasserfalls aus. Funken sprangen umher und schossen in die Nacht, bläulich zuckend und gleißend. Jemand steht dort oben, dachte Finn entsetzt. Genau dort, wohin die Féar in wenig mehr als einer Stunde gehen werden oder schon auf dem Weg dorthin sind.

Oh, er kannte dieses Leuchten. Schon einmal hatte er diese Art des blauen Flackerns gesehen. Vor genau sieben Tagen. Auf der Auwiese nahe des Mürmelkopfs.

Amuul, der Dunbluódur, war auf diese Weise erschienen.

Bitte nicht!, dachte Finn, zitternd, im Schatten des Mondes verharrend, und er fühlte sich entlarvt und preisgegeben.

Allein, verlassen und verloren.

Aber noch hatte niemand ihn entdeckt. Die Sechslinge schwebten auf die festgestampfte Freifläche zu. Wie von Geisterhänden geführt, richteten sie sich senkrecht auf und ordneten sich zu in einem gleichmäßigen Kreis oder Sechseck aus. Dann senkten sie sich auf die Erde hinab. Das Summen wurde lauter und höher, als die Ungetüme den Boden berührten und zu etwa einem Drittel darin versanken. Finn vermochte nicht hinter die Palisade zu blicken, aber er nahm nicht an, dass jemand dort drinnen blitzschnell Löcher grub oder sonstige Hilfe leistete. Vorhin erst, als er mit Gilladién das Tal von oben beobachtet hatte, hatte es jedenfalls noch keine Vertiefungen gegeben.

Dennoch versanken die Klingen aus Felsgestein mit ihrem kräftigeren Ende im Boden. Die schmaleren Dolchklingenseiten stachen senkrecht in den Nachthimmel.

Als alles dies binnen weniger Atemzüge geschehen war, brach das Summen ab.

Das blauzuckende Licht oben an der Abbruchkante erstarb. Jetzt sah Finn, wie Bewegungen am Zaun entstanden. Er erkannte, dass sich fast alle Gidrogs dort eingefunden hatten, um dem Schauspiel beizuwohnen. Mit dem Abklingen des Summens löste sich ihre Starre. Sie schickten sich an, zurück in die übrigen Bereiche des Tals zu strömen, zu ihren Feuern, ihren Schlafplätzen, ihren Criargs.

Der nächste Gedanke bescherte ihm ein Frösteln. *Ich muss mich eilen, ehe der Dunbluódur herabkommt! Und er wird kommen, um sein Werk zu begutachten! Was immer es ist. Wozu immer es dient. Ein Dunbluódur. Warum ausgerechnet in dieser Nacht?*, fragte er sich verzweifelt.

Finn huschte lautlos zwischen der Esche und der Talwand hindurch und lief entlang der lotrechten Felsen nach Westen. Der Schatten der sechzig Klafter hohen Talwandung begleitete ihn, bis er unversehens vor einer gähnenden Öffnung stand. Glut schimmerte fahlrot in einer Aschenmulde davor; hier hatte noch vor

Kurzem ein Wachtfeuer gebrannt. Doch seine Wächter hatten sich entfernt, und es war ausgegangen. Vermutlich hatte ihre Neugier auch sie zum Palisadenzaun getrieben.

Sie werden in Kürze zurückkehren, überlegte Finn. Er blickte sich hektisch um. Rufe wurden aus der Talmitte laut. Das bis auf die Kohlenreste niedergebrannte Feuer überzeugte Finn, dass er hier vor dem einstigen Eingang zu Tilon Idil stehen musste. Dunkle Vorsprünge und zerbrochene Steine, die in hohen Haufen beiderseits der Höhlenöffnung lagen, bestätigten seine Annahme: Sie mochten einst zu einem die Höhle verbergenden Vorbau gehört haben – einem ersten Tor vielleicht oder einem Zugangshaus oder was auch immer. Jetzt sah der Höhleneingang wenig vertrauenerweckend aus, der Verfall verlieh ihm das Aussehen eines klaffenden Mauls mit abgebrochenen Zähnen.

Finn nahm seinen ganzen Mut zusammen. Er blickte sich ein letztes Mal um, holte tief Luft und betrat den aufgesperrten Schlund.

*

Die Höhle war noch um einiges größer als jene, durch die Mellow, Gatabaid und er den geheimen Fluchtweg der Benutcaerdirin am Acaeras Alamdil verlassen hatten. Ein Dach aus Schwärze wölbte sich über Finns Kopf. Jeder seiner Schritte schien ihm ein verräterisch lautes Schmirgeln zu verursachen. Am hinteren Ende der sich in der Höhe verringernden Höhle brannte ein Licht.

Zu seinem Erstaunen erfüllte ein eindringlicher Geruch die Luft, und Finn bemerkte, dass er von dem Steintrog ausging, in dem das Feuer flackerte. Kein Holz verloderte darin, auch keine Kohle. Erdpech brannte dort stattdessen, und der Geruch wurde zum Gestank, als Finn nahe daran vorbeiging.

Das Tor wird offenstehen, hatte Anglirion vermutet, und Finn schaute sich nach etwas um, das ein Tor hätte sein können. Doch er sah nur einen Gang, der jenseits des Steintrogs weiterführte, bis er auf eine kleinere Halle traf. Klein gemessen an der Ausdehnung der Vorhöhle, groß gemessen an dem, was für Vahits normalerweise eine Halle war. Finn staunte. *Diese* Halle hier war immer noch größer als die Hel in Vahindema, und nicht eine einzige Säule stützte ihr Dach. Zwei Gänge entsprangen ihrem rückwärtigen Ende, und führten zu den Seiten weg. Beide waren an ihrem Beginn hell erleuchtet, beschienen von langen Steinbecken, in denen die gleiche ölige Flüssigkeit schwach rußend verbrannte.

Zwei Wege, dachte Finn. Genau wie in Amans Zeichen der sich gabelnden Richtungen.

Die Féar hatten nichts darüber erwähnt.

Welchen sollte er nehmen?

Die oberen Kammern lagen am Fuße einer Treppe, erinnerte er sich. Noch ehe man zu einer Brücke kam. Aber er sah nur die zwei Gänge, die im scharfen Winkel umknickten und nach links wie rechts fortstrebten und im gestaltlosen Dunkel verschwanden. Keine Treppe, keine Brücke. Nichts als Schwärze. Ein kühler Lufthauch wehte aus beiden Gangöffnungen hervor, aus dem rechten vielleicht etwas stärker als aus dem linken, Aber das konnte auch eine Sinnestäuschung sein.

Welchen sollte er also nehmen?

Er entschied sich für den linken Weg.

Zuvor riss er den schon eingerissenen Zipfel seines Mantels vollständig ab. So fest er es vermochte, wickelte er den dicken Stoff um die Spitze Maúrgins. Dann tauchte er den Stoffballen in die ölige Flüssigkeit, wartete, bis er ganz durchtränkt war, und hielt ihn in die Flammen. Das Züngeln sprang über, und Finn hielt seine behelfsmäßige Fackel vor sich gestreckt, als er weiterging.

Nach vierzig oder mehr Klaftern kam er an eine nach rechts schwenkende Kurve. Nach weiteren dreißig Doppelschritten stand er vor einer Halde aus herabgefallenen Trümmern, die den Gang vollständig versperrten. Hier war kein Durchkommen mehr, und er kehrte um. Einerseits fühlte er sich entmutigt vor dem unerwarteten Hindernis, andererseits war er dankbar, dass es ihm schon auf seinen ersten Schritten begegnete und nicht erst, nachdem er wertvolle Zeit in blinden, nirgendwohin führenden Gängen verloren hatte.

Zurück in der Halle lauschte er, doch niemand näherte sich.

Finn betrat den rechten Weg. Dieser ging zu seiner Freude schon bald in erste, stark ausgetretene Treppenstufen über. Stark ausgetreten war sogar die Untertreibung des Jahres, erkannte er bald, denn manche der Stufen waren so abgewetzt, dass er selbst für seine kleinen Füße kaum noch Platz auf ihnen fand. Er machte weite Schritte über solche Stellen hinweg und kam dadurch langsamer vorwärts. Es war keine richtige Treppe, wie er jetzt feststellte, sondern ein mit in unterschiedlichen Abständen darüber verteilten Stufen angelegter Weg, der sich immer weiter absenkte, während er ihn entlangschritt. Auch dieser Treppengang verlief in Kurven, und je tiefer er vordrang, desto mehr Stufen sammelten sich unter seinen Füßen und umso mehr Vorsicht musste er walten lassen.

Nach einer Weile stieß er auf einen Gang zu seiner Linken; ein hohles Loch in der Wand mit nichts darin außer fortspringenden Schatten. Die Treppe machte an dieser Stelle einen Knick nach rechts. Er folgte ihr, Stufe um Stufe und Kehre um Kehre. Wie lange er so ging, vermochte er bald schon nicht mehr einzuschätzen. Sein Fackelknoten schwelte und kokelte. Noch brannte das Licht, und er beeilte sich, so gut er es vermochte. Wehmütig dachte er dabei an Mellow zurück und erinnerte sich des Landhüterstabs mit dem schwelenden Seilende daran – in einem anderen Tunnel war das gewesen, und es kam ihm vor wie in einem anderen Leben.

Endlich weitete sich das drückende Gestein über ihm. Ohne dass er es richtig bemerkt hatte, stand er unversehens in einer Halle, die ihm mit jedem weiteren tastenden Schritt gewaltiger vorkam. Es gab tausend Winkel und Ecken, Kanten, krumme Wände und Nischen. In großen Steintrögen brannten Lichter, doch das reichte nicht, um ihm das ganze Ausmaß des gewaltigen

Hohlraums zu enthüllen. Die Treppe senkte sich auf ihrer rechten Seite in Richtung eines Bereichs aus stockschwarzem Nichts ab. Wie Tinte lag dort die weite Halle und verlor sich in randlosen Schatten, und schwärzer als Schwarz lauerte dort ein Gefühl von bewegungsloser Kühle am Ende der Treppe. Auf der linken Seite aber öffnete sich ein großer Gang, der von der Treppe fortführte.

Finn sah gerade Linien aufscheinen, messerscharf gemeißelt und lotrecht aufragend; der Gang führte um ein gleichmäßiges Sechseck herum. Finn nahm an, dass hier jener Bereich begann, den Gilladién und Anglirion die *oberen Kammern* genannt hatten. Der Bereich von Tilon Idil, von dem sie vermuteten, dass Sindros in ihm gefangen gehalten würde.

Es wird Wachen geben, hatte Gilladién vermutet.

Finn ermahnte sich zur Vorsicht.

Er trat den kokelnden Stoffballen von Maúrgins Spitze. Die züngelnde Flamme löschte er mit der Stiefelsohle. Aufgrund der blakenden Feuer in den Steinbecken stand er auch danach nicht völlig im Dunkeln, aber es gab Lichtkreise und dann wieder fast lichtlose Stellen dazwischen, im Schutze derer er sich die Wände entlangtastete.

Über die Treppe, hinab bis fast zur Brücke. Am Fuß der Treppe liegen die oberen Kammern. Er erinnerte Gilladiéns Worte genau. An dieser Stelle war er nun angelangt. Er stand da und lauschte angestrengt. Nichts rührte sich.

Finn betrat den Gang und folgte dem linken Weg.

Er fand weder Wachen noch irgendetwas sonst, das auch nur ansatzweise auf die Anwesenheit von irgendjemandem hindeutete.

Er lugte um Ecken und spähte vergeblich durch offene Türen. Drei der vier Kammern waren leer; abgesehen von Staub, Schutt und dem, was in der mittleren und größten vielleicht mal ein steinerner Tisch gewesen war. Der Zugang zur vierten Kammer war unpassierbar. Er wurde Finn durch von der Decke gefallene Trümmer verwehrt. Irgendwer hatte irgendwann ein armlanges Zeichen neben den Pfosten der herausgebrochenen Steintür geritzt. Finn fuhr die fingerdicken Linien mit der Hand nach und erkannte dann unter dem fortgewischten Staub, um was es sich handelte. Das Zeichen war ein Hammer, der Kopf nach unten gerichtet.

Er zog Maúrgin blank und verglich die Inschrift auf der Klinge mit der Form des Zeichens an der Wand.

»*Zimbagun*«, murmelte Finn. »Verzichte.« Der fallende Hammer, die uralte Warnung der Gidwargim. »Verzichte und grabe nicht weiter.«

Seit undenklichen Zeiten hat niemand mehr diesen Raum betreten, darauf wette ich.

Er schob das Dwargenschwert zurück in die Scheide.

Alles war unheimlich still. Als warte diese Unterwelt, in die er in seiner Einfalt vorgedrungen war, auf etwas. Und Finn ahnte auch, auf was sie wartete.

Darauf, dass er aufgab.

Oder endlich einsah, was offensichtlich war.

Der nächste Gedanke ließ ihn noch mehr frösteln, machte ihn gar zittern. *Mein ganzes Unterfangen ist sinnlos!*, durchzuckte es ihn. Sindros ist nicht hier. Mein ganzer närrischer Plan entpuppt sich als ein einziger großer Reinfall. Der unbegreiflichen Größe Tilon Idils angemessen. Oder dem Wahnsinn des winzigen Kopfes desjenigen entsprechend, der ihn ersann. Hilflos stand er da. Ein Winzling im Angesicht der Weiten Tilon Idils, mit ihren ins Unbekannte führenden Gängen und Tunneln.

Das unsägliche, unvorstellbare Gewicht des ihn umschießenden Gesteins drückte ihn plötzlich nieder. Es presste alle Hoffnung gleichsam aus ihm heraus wie den Most aus einem zerquetschten Apfel.

Ein leises Stöhnen entrang sich seiner Kehle.

Er glaubte etwas zu hören und fuhr herum. Ein Rieseln von Stein. Oder das leise Flüstern von Felswänden. Von behauenen Wänden, die sich seit zwei Jahrtausenden im Dunkeln belauerten und sich nun über ihn lustig machten. Tilon Idil, dachte er, ist kein Ort für Vahits. Eine Flamme schlug in einem Luftzug, der aus dem im Dunkeln verborgenen Ende des Gangs strich.

Er machte schweren Herzens kehrt und zwang seine unwilligen Füße zur Treppe zurück.

*

Finn erreichte das Ende des großen Gangs und sah zu seiner Rechten die Stufen nach oben entschwinden. Zur Linken setzte sich der Treppenweg innerhalb des gewaltigen Hohlraums fort. Er strebte in fast gerader Linie nach unten und bestand, nachdem er einige Plattformen gestreift hatte, nun nur noch aus Stufen.

Wieder stehe ich an einem Scheideweg, dachte Finn. Er rief sich das λ-Zeichen der Davenamönche in Erinnerung. Die Entsprechung verblüffte Finn. Ein Weg, der von oben kam, und sich in der Tiefe gabelte. Finn nahm an, dass Circendil bestimmt einiges dazu zu sagen gehabt hätte, befände er sich jetzt an seiner Seite.

»Vielleicht ist *das* ein Zeichen des Schicksals für mich«, sagte er sich, hauptsächlich, um sich neuen Mut zu machen. Wie viel Zeit war wohl inzwischen verstrichen? Nicht mehr als eine halbe Stunde, so schätzte er. Aber sicher war er sich nicht. *Wil hat es besser als ich. Er hat die Sterne.* Finn hatte nichts als blakende Öltröge und die undurchdringliche Schwärze. *Und ja, ich gebe es zu – diese lauernde Kühle dort erwärmt mein Herz nicht. Sie macht mir Angst.*

Allerdings vermochte er nicht zu sagen, weshalb.

Er starrte die Treppe entlang in die Tiefe. Wieder lauschte er. Ein schwaches Geräusch kam von dort unten, das er beim besten Willen nicht zuzuordnen vermochte. Er bückte sich, hob den halb verkokelten Rest seines Mantelfetzens auf, wickelte ihn erneut um die Schwertspitze und entzündete ihn an dem Feuertrog neben ihm.

Wenn, überlegte er, *noch nicht mehr als eine halbe Stunde vergangen ist, dann habe ich noch ein wenig Zeit. Ehe ich umkehren muss, um Wil bei seinem Flötenspiel zuzuhören. Ich gebe mir noch eine Viertelstunde, beschloss er.* Es war das Maß der alten Benutcaerdirin: ein *Rámwarás.* Ein ausgewachsener Mann schaffte eine Meile, einen Dirarám in dieser Zeitspanne. Ein ausgewachsener Vahit, glaubte Finn, werde es wohl schaffen, wenigstens so weit vorzudringen, wie es ihm sein Zeitgefühl erlaubte. Er nickte, gab sich einen Ruck und wandte sich nach links.

Finn zählte die Stufen. Sechs von ihnen kamen auf einen Klafter. Nach 90 abwärtsführenden Stufen machte die Treppe einen halben Schwenk nach rechts und endete wenig später zwischen zwei steinernen Bildnissen, die überlebensgroß den Fuß der Treppe bewachten oder besser: einstmals bewacht hatten. Beiden Statuen fehlte der Kopf, doch so unterschiedlich ihre ebenfalls beschädigten Körper auch gestaltet waren, so leicht fiel es Finn doch, sie zuzuordnen. Die rechte Gestalt zeigte einen Féar, groß und schlank und in würdevoller Körperhaltung, die linke einen Gidwargum, gedrungener, breiter und mit einem wallenden Steinbart auf der Brust, der verstörend wirkte ohne einen Kopf darüber. Die Gesichter mussten früher aufwärts gerichtet gewesen sein und die von der Treppe Herabkommenden angeblickt haben. Beide streckten einen Arm aus, um die Eintretenden willkommen zu heißen. Dem Gidwargum waren durch irgendein Missgeschick vier Finger seiner ausgestreckten Hand abhandengekommen; eigenartigerweise wirkte es nun, als deute er mit dem letzten ihm verbliebenen Finger die Treppe hinauf und wiese die sich Nähernden wortlos zurück.

Er droht mir mit dem Zeigefinger, dachte Finn. Dann vergaß er den Steindwarg sofort wieder angesichts dessen, was er vor sich sah.

Finn stand an einem Abgrund, der zweifellos der Vater aller Höhlenabgründe sein musste. Gegen ihn war der Spalt in der Höhle am Acaeras Alamdil ein kleiner Riss im Fels gewesen. Ohne Brüstung, blank und eben, fiel der Boden wie abgeschnitten in unergründbare Tiefen ab. Eine kalte Luft sammelte sich hier und kroch über den Rand bis an seine Füße heran. Wieder hörte er, lauter dieses Mal, das zuvor schon vernommene Geräusch. Nur erkannte er es jetzt als das, was es war: das weit entfernte Rauschen von Wasser, irgendwo in der Tiefe, unsichtbar in der Schwärze. Das mussten die abfließenden Wasser des kleinen Sees sein. Oder es waren jene Wasser, die unermüdlich die Edelsteine und Metalle freiwuschen und sammelten, von denen Gilladién erzählt hatte.

Unwillkürlich trat er vom Rand des Abgrunds zurück.

Und dann sah er die Brücke.

Sie war ein nachtdunkles Stück Stein; grau, glatt, randlos, kaum klafterbreit und pfeilerlos.

Die Brücke wies herausgebrochene Hohlstellen auf, Löcher, als hätte jemand sie herausgebissen, dazu Scharten, Zackenrisse und Sprünge. An manchen besonders beschädigten Stellen war sie nur noch höchstens vier Fuß breit. Dennoch schwang sie sich in einem ansteigenden Bogen über den Abgrund hinaus, und Finn konnte ihr gegenüberliegendes Ende nicht erblicken, zu tief lag es in den Schatten. Und doch musste erst in jüngster Zeit vor ihm jemand hinübergegangen sein, und dieser Jemand hatte drüben Lichter in den mittlerweile vertrauten Öltrögen entzündet, denn Finn sah erst jetzt etliche von ihnen, die, in einigen Abständen voneinander, einen nach links weiterführenden Weg markierten. Von dieser Seite aus waren sie nicht mehr als Pünktchen. Als hielten drüben Glühwürmchen eine befremdliche Wacht.

»Da hast du's«, murmelte er verbittert. »Seitdem dieser ganze Schlamassel begann, führe ich buchstäblich ein Leben am Abgrund. Die Höhle am Wirrelbach. Der Sturz. Nun das hier. Aber klar, warum sollte es hier anders sein?«

Wenn jemand drüben die Öltröge entzündet hatte, dann, weil er dort etwas gewollt hatte. Oder immer noch wollte. Finn konnte sich unschwer vorstellen, was das war. Sie haben Sindros *nicht* in die oberen Kammern geworfen, dachte er. Sie halten ihn tiefer in Tilon Idil versteckt. So tief, wie sie nur können.

Was jetzt? Wenn ich weitergehe, so wird die Zeit niemals ausreichen. Wil wird die Nainflöte spielen, darauf ist Verlass. Aber wofür? Für nichts und wieder nichts. Und sich damit in Gefahr bringen. Kehre ich aber jetzt um, so war alles umsonst. Hoffentlich begreift Wil schnell, dass seine Mühen vergeblich sind. Hoffentlich ist er klug genug, sich in Sicherheit zu bringen. Ehe die Gidrogs ihn schnappen und vor ihren Anführer bringen. Diesen Ensamot. Oder weitaus schlimmer: ehe sie ihn dem Dunbluódur vorführen.

Finn sah ein, dass jedes weitere Zögern ihn nur noch mehr Zeit kostete.

»Wenn du schon etwas tust, dann kannst du es auch gleich so gut verrichten, wie du nur kannst.«

Mit diesem alten Merksatz seines Vaters auf den Lippen setzte er den ersten Fuß auf die Brücke. Das Licht seiner behelfsmäßigen Fackel entlockte dem grauen Bogen ein hellrötliches Schimmern. Finn zwang sich, seine Augen starr auf dem ansteigenden Stein zu belassen und einfach so zu tun, als lauere weder rechts noch links von ihm eine grausige Tiefe.

Vorsichtig setzte er Fuß vor Fuß; und erst, als er weder ein Knirschen noch andere verdächtige Geräusche vernahm, wurde er mutiger und wagte längere Schritte.

Dann erreichte er den Scheitelpunkt der Brücke und machte den Fehler, sich umzudrehen. Erschrocken erkannte er, dass er sich auf einer Insel einer ihn allseits umgebenden Schwärze befand, einer Lichtinsel, die ihm allein der verschwindend geringe Rest seiner Mantelfetzenfackel bescherte. In der uneinschätzbar gewordenen Dunkelheit schwammen vorn wie hinten die Lichtpünktchen der Ölflammen, aber er vermochte weder den Beginn der Brücke zu erkennen noch das vor ihm befindliche Ende.

Der nun abwärts geneigte Brückenverlauf machte es ihm nicht leichter. Auch wenn der Stein unter seinen Füßen rau war, so war er doch von Grieseln und jahrtausendealtem Steinstaub bedeckt. Die Gefahr, ins Rutschen zu geraten, war nicht von der Hand zu weisen.

»Was mache ich hier?«, fragte er mit leiser Stimme, während er zitternd weiterging.

»Du überquerst eine Brücke«, gab er sich selbst die Antwort. »Es ist kein großes Ding, musst du wissen, also wirklich nicht. Du setzt einfach einen Fuß vor den anderen, machst einen weiten Schritt über jedes dieser Löcher hier, so, und ehe du dich versiehst, bist du glücklich drüben angekommen.«

Indem er so vor sich hin redete, dachte er nicht an seine Angst, und tatsächlich stand er plötzlich wieder auf ebenem Untergrund. Er hatte es geschafft. Im nächsten Augenblick knisterte es über ihm. Der letzte Rest seines Mantelstoffs löste sich von der Schwertspitze und fiel glimmend zu Boden. Noch im Fallen krümmte sich der Fetzen, bröckelte zu Ascheflocken auseinander und verlosch.

Nun blieb ihm nichts als die spärlichen Wachfeuer, um etwas zu erkennen.

Hohe, runde Schatten wollten ihn narren. Erst, als er den nächsten Öltrog erreichte, sah er, dass es sich um Säulen handelte und er sich in einem Säulengang befand. In einer regelrechten Säulenallee aus steinernen Bäumen, dachte er. Der Weg verlief zwischen den wie Stämmen aufragenden Stützen, deren Wipfel gleich dicken Adern aus den Ästen hervortraten. Sie waren umgeben von gemeißelten Blättern, die sich zu einem einzigen Steinlaubdach vereinigten. Eine Arkadenstraße. Zur linken Seite, wo der Abgrund dräute, war der Säulengang offen, und Finn konnte zwischen den Säulen hindurch in das gestaltlose Wallen der großen Halle blicken, die den klaffenden Riss und die abgründigen Wasser in der Tiefe überwölbte.

Nach Schritten, die er nicht zählte, machte die Säulenallee einen Bogen nach rechts und bald darauf wieder einen nach links. Nunmehr vergaß der Weg alle Stufen, aber seine Fläche war dennoch geneigt, und es ging weiter nach unten. Die tintige Kühle des gewaltigen Abgrunds hinter ihm blieb zurück.

Spätestens jetzt wird Wil wütend sein, dachte Finn. Wutentbrannt über Finns Fernbleiben und angsterfüllt über das, was er sich darüber ausmalen mochte, was sich innerhalb von Tilon Idil abspielte. *Bitte*, flehte er Wil in Gedanken an, *bitte bring dich in*

Sicherheit. Benutze deinen Tauberverstand. Er hoffte inständig, dass sein Vetter die Flöte Flöte sein ließ und so schnell er konnte zu der Eiche rannte. Und dass er die nichtsahnenden Féar vor dem Dunbluódur warnen möge!

»Das ist Blödsinn«, schalt er sich sogleich. »Wil hat vielleicht das blaue Leuchten bemerkt. Aber woher sollte er wissen, was es zu bedeuten hat?«

Die Säulenallee bekam auf der rechten Seite ein breites Loch – ein Gang wich hier in schnell dichter werdende Finsternis ab. Die Gangmündung war von zwei brennenden Steintrögen flankiert, aber ihr Licht reichte nicht allzu weit. Die Säulenallee erstreckte sich geradeaus weiter, ihre Pfeiler trugen das als Wipfel ausgemeißelte Dach darüber. Jedes Steinblatt, erkannte er jetzt, war in einem anderen Winkel gehalten, und auf ihren glatten Flächen spiegelte sich das an- und abschwellende Licht. Durch die Bewegung der Flammen wirkte es, als wehe ein beständiger Wind über Finns Kopf hinweg.

Schon war Finn an dem abzweigenden Gang vorbei, da hörte er den Schrei. Er verharrte, und ein zweiter Schrei folgte dem ersten.

Es waren Laute, die Finn die Haare zu Berge stehen ließen. So schrie nur jemand in höchster Pein. Die Geräusche kamen eindeutig aus dem Seitengang.

Finn schluckte schwer. Ein leiseres Wimmern, ein neuerlicher Schrei. Da machte er kehrt und tapste in die zunehmende Dunkelheit hinein. Die Schreie wurden lauter, aber die Pausen zwischen ihnen zugleich länger. Seine Finger glitten suchend über die glatten Wände. Plötzlich griffen sie ins Leere. Ein weiterer Seitengang tat sich zu seiner Rechten auf. Finn wusste nicht, was er sich mehr wünschte: einen neuerlichen Öltrog, damit er etwas zu sehen vermochte, oder dass die ihn umgebende Dunkelheit anhalten möge, damit sie ihn vor dem verberge, was die Marter des dort drinnen Schreienden verursachte.

Er bekam weder das eine noch das andere. Eine brennende Fackel steckte in einem Mauerspalt, als er um eine Ecke bog. Sie erhellte notdürftig eine offen stehende Kammer, die in sich groß genug war, um ein Vahithaus darin unterzubringen, samt Dach und Kamin. Der Raum barg einen gut erhaltenen Tisch aus schwerem Marmor, der aus einem einzigen Stück herausgearbeitet war. Wenn es einst Stühle zu diesem Tisch gegeben hatte, so waren diese allerdings fort. Geröll lag herum, und Staub wölbte sich an den Wänden in Wellen in den Bodenkanten auf. Der Tisch war hoch, wie für Menschen, Féar oder Gidwargim gemacht, und auf ihm lag etwas. Finn stellte sich auf die Zehenspitzen. Stirnrunzelnd betrachtete er das Durcheinander und versuchte zu verstehen, was er da liegen sah.

Zwei mehr als wadenlange Stiefel. Ein breiter Gürtel mit daran befestigten Taschen und Beuteln. Ein Wirrwarr von dünneren Lederriemen und metallenen Schnallen. Ein Dolch und ein Schwert, beide in ihren Scheiden. Kleidungsstücke: Hosen, etwas wie ein Hemd ohne Knöpfe, ein faltiger Überwurf, eine zusammengeknüllte Kapuze. Zuunterst lagen ein Bogen und ein Köcher voller gefiederter Pfeile.

Finn zog einen der grauen Pfeile heraus und wusste sofort Bescheid. Er hielt einen Féarpfeil in Händen. Die metallene Spitze glänzte im zuckenden Licht der Fackel. Dann entdeckte er dünnere Kleidungsstücke, wie alles Übrige achtlos übereinandergeworfen: Strümpfe, ein ärmelloses Hemd, einen geriffelten Wickelschurz – Unterwäsche, vermutete Finn. Die Unterwäsche eines Féar. Der vollständige Besitz eines Féar namens Sindros. Was das bedeutete …

»Sie haben ihn bis auf die Haut entkleidet«, wisperte er. »Oder hat er es selbst getan? Wenn ja, wozu? Nein, niemals hätte er seine Sachen ohne Not zurückgelassen. Ich fürchte, es ist eindeutig, wer da schreit.«

Finns Blick fiel auf die Lederbeutel an dem Gürtel. Er tastete sie ab, ohne eine bestimmte Absicht damit zu verbinden. Doch als er die Form einer Flasche erfühlte, öffnete er den Beutel und nahm sie behutsam heraus. Die Flasche glich derjenigen, die Gilladién bei sich verwahrte. Er schüttelte sie, und deutlich hörte er es in ihr schwappen. Schon wollte er sie zurückstecken, da besann er sich eines Besseren. Er vergewisserte sich, dass der Stöpsel fest in der Öffnung saß, nickte und steckte die Flasche ein.

Erst jetzt fiel ihm die Stille auf, und dass sie schon länger währte, ohne dass er bewusst darauf geachtet hatte. Die Schreie waren verstummt. Er hoffte inständig, dass hierin ein gutes Zeichen verborgen liegen mochte und kein noch schlechteres.

Er huschte aus der Kammer, verließ den Lichtschein der Fackel und folgte dem bisherigen Gang weiter. Sein Herz pochte. Er schluckte schwer, und es knackte in seinen Ohren, aber er ging beherzt weiter. Seine Hand umklammerte den Karbeol. Vor ihm erwuchs ein zuckender Schimmer und vertrieb aufspringende Schatten, erst undeutlich und grau, dann scharf und schwarz: Eine weitere Fackel steckte in einem Steinriss.

Sie beleuchtete ein Tor.

Das Tor war doppelflügelig und vollständig aus Stein gefertigt. Über dem Tor erhob sich eine kunstvoll gestaltete Wand, von geschickten Händen ausgearbeitet, mit Nischen darin wie die von blinden Fenstern. Es wirkte wie die Wand eines vielstöckigen Hauses.

Das Tor stand offen. Ein Platz mit schief zueinander verlaufenden Wänden weitete sich dahinter, von dem im Halbdunkel zwei oder mehr Gänge fortführten. Finn trat durch das Tor – und hörte mit einem Mal Stimmen. Das leise Echo hallender Stimmen. Finn verstand kein Wort. Er kniff vor Anspannung die Lippen zusammen und schlich weiter, so leise wie nur irgend möglich.

Der rautenförmige Platz entließ einen der Gänge am gegenüberliegenden Ende, und aus ihm drangen die Stimmen hervor. Die Wände traten schon rasch hinter dem Platz wie in einem Trichter zusammen und umschlossen ein schmaleres Tor, dessen Türblatt, eine Platte aus dickem, massivem Stein, auf dem Boden der dahinter beginnenden Halle lag. Zwei zersprungene Öltröge, kaum handbreit und ebenso tief, aber so lang wie die Trichterwände und an ihnen entlangführend, säumten den Flur.

»Das«, hörte er plötzlich klar und deutlich jemanden sagen, »war keine befriedigende Antwort.«

Etwas raunte und surrte dann durch die Luft. Ein leises Heulen, wenn es so etwas gab, dem ein hässliches, platzendes Schmatzen und unmittelbar darauf ein gellender Schrei folgten.

Finn erschrak bis ins Mark. Er beugte sich vorsichtig vor und lugte um die Steinzarge und über das Türblatt in die Halle hinein.

Was er erblickte, erschütterte ihn bis in die tiefsten Tiefen seiner Seele.

*

Geborstene Säulen lagen durch- und übereinandergeworfen. Stümpfe auf einem sechseckigen Podest erinnerten daran, wo sie einst errichtet worden waren. Über ihnen ragten ihre Gegenstücke aus der Decke herab – scharfe Lanzenklingen von Säulenresten, die aussahen, als könnten sie jeden Moment herabstürzen. Nur eine der ursprünglichen sechs Säulen stand noch unbeschädigt da: hell und wild flackernd beleuchtet durch die Flammen von drei weiteren Pechbecken.

An die einzelne Säule auf dem sechsseitigen Steinpodest war ein Mann gefesselt. Er war so nackt wie ein frisch geborener Säugling. Sein Leib wies Spuren von Schlägen und anderen Misshandlungen auf. Sieben oder acht lange, aufgeplatzte Striemen zogen sich über seine Schenkel und seine Brust. Diese Wunden bluteten heftig. Das Blut lief in langen Fäden an seinen Beinen herab und tränkte den Staub unter seinen Füßen. Sein Kopf hing ihm auf die Brust, doch er atmete. Der Gemarterte lebte. Dunkelblonde Haare hingen ihm wirr ins Gesicht und fielen ihm als zerzauste Strähnen über die Schultern. Doch das untrügliche Merkmal aller Féar war für Finn auf den ersten Blick erkennbar: Das Henkelkreuz der Stirnknorpel war selbst unter den schweißnassen Haaren nicht zu übersehen. Dies war Sindros, und man wollte ihm Auskünfte entreißen.

Die Flammen beließen zu Finns Glück einen Teil der vielwinkeligen Halle im Schatten. Rechts von ihm lag etwas, das erst kürzlich hierhergebracht worden sein musste. Ein hölzernes Gestell, grob mit Äxten behauen; ein Netz der Gidrogs war lose darübergeworfen. Daran haben sie ihn gebunden, als sie ihn herschleppten, erkannte Finn. Das Gestell bestand aus Stangen, die zu Kreuzen verbunden waren. Eine einzelne Stange hatte sich aus ihrem Knoten gelöst und lag achtlos daneben. Finn machte einen weiten Schritt darüber hinweg und duckte sich tief in die völlige Schwärze einer schmaleren Seitenhalle. Dann sah er nach vorn.

Vor dem Féar stand hoch aufgerichtet ein großer, dunkelhäutiger Mensch. Er trug einen Mantel ähnlich dem Saisárasars, nur war der seinige zusätzlich mit Pelzen gefüttert und verbrämt. Ein Schwert hing an einem Schultergurt auf seinem Rücken. Doch diese Waffe war es nicht, mit der Sindros die schlimmsten Wunden zugefügt worden waren.

Denn in seiner Rechten hielt der Nodir eine dünne Kette, die an der Spitze eines kräftigen Griffs befestigt war. An ihrem freien Ende lief die Kette in eine Art Zimmermannslot aus: vier geschliffene Schneiden, zu einem Kreuz geordnet, funkelten im Licht der Pechwannen. Dieser Schneidekopf war länger als eine Menschenhand, und er war blutig.

Als der Nodir jetzt die Waffe hob und über seinem Haupt im Kreis schwang, heulte sie in der Luft. Es klang fast wie das Stöhnen eines brünftigen Hirsches.

Ein auf- und abschwellendes *Ohouwi!* ertönte.

Mit einer raschen Bewegung trat der Nodir vor, und die gemeinsame, sich drehende Spitze aller vier Schneiden fraß sich in Sindros' Fleisch. Nicht tief genug, um ihn zu töten, doch tief genug, um die Haut ein weiteres Mal mit einem schmatzenden Geräusch aufplatzen zu lassen. Es peitschte erneut durch die Halle und klatschte als Echo von den Wänden zurück. Der hässliche

Laut verging in einer Wolke feinster Bluttröpfchen, die den Stein der Säule besprenkelten.

Ein weiterer doppelter Riss verlief hoch auf dem einen wie dem anderen Oberschenkel. Nur um ein Winziges höher, dachte Finn entsetzt, nur um einen Fingerbreit näher zur Leibesmitte, und Sindros wäre vor meinen Augen entmannt worden! Dieser Streich drang dennoch tiefer ein als die vorherigen, ob unbeabsichtigt oder nicht. Noch viel mehr rote Nässe schwallte über die Beine.

Ein schriller, gequälter Schrei ließ den Staub in der abgestandenen Luft der Halle erzittern. Nie zuvor hatte Finn ein Wesen so schreien gehört. Unwillkürlich hielt er sich die Ohren zu und biss sich krampfhaft auf die Lippen. In seinem eigenen Zittern glaubte Finn, die Säulenenden würden sich von der Decke lösen.

»Also nun, Sindros«, hub Ensamot erneut zu sprechen an, während die Kette mit der bluttriefenden Spitze daran neben seinen Beinen baumelte. »Rede. Noch kannst du es, und wir können einander verstehen. Natürlich liegt die Wahl bei dir. Falls du es vorziehst, dass ich dir deine Haut in Fetzen reiße, so schweig. Oder gib vorlaute Antworten wie eben. Es wird dir alles vergolten werden, so oder so.«

Sindros hob kraftlos den Kopf, versuchte etwas zu antworten, doch er brachte nur ein hechelndes Stöhnen hervor. Seine Beine zuckten wild, als führen unentwegt Blitze in seine bloßen Füße hinein.

»Ja«, sagte Ensamot. »Das alles ist ein wenig anstrengend. Aber es kann sich sofort zum Besseren wenden. Indem du endlich Halsstarrigkeit gegen Vernunft eintauschst. Wird es besser werden?«

»Was willst du noch wissen, was du nicht längst schon weißt?« Sindros spuckte die Worte von sich. Trotz der Schmerzen, die er litt, hatte seine Stimme ihren féarischen Unterklang nicht verloren.

»Ich weiß, du gibst vor, allein zu sein. Ich will hingegen wissen: *Bist du es tatsächlich?* Bist du wirklich allein unterwegs in diesen kalten Landen?«

»Wen siehst du denn noch hier außer mir?« Blut stand auch auf den Lippen des Féar, und er spuckte es aus.

»Nicht alles, was gesehen wird, ist vorhanden«, erwiderte der Dunkle langsam, »und nicht alles, was verborgen ist, kann gesehen werden. Gleichwohl ist es vorhanden – und kann gefährlich werden. Es kann Pläne stören. Weshalb bist du hier? Was suchtest du am kalten See?«

»Ich war auf der Jagd. Ich bin ein Schüler Narethers, des Großen Jägers meines Volkes.«

»Ein Jäger ohne Beute, wie mir scheint. Du hattest Pfeile bei dir, aber weder Häute noch Fleisch. Ich glaube eher, du warst auf dem Weg hierher, genau hierher ins Tal dieser alten Gruft, die ihr einst eine Schule nanntet.« Er lachte schallend. *»›Ich bin ein Schüler Narethers‹«*, äffte er Sindros nach. *»›Ich war auf der Jagd.‹* Das glaube ich dir sogar. Nur ist es nicht die ganze Wahrheit. Gib es zu: Du jagtest andere Dinge. Du suchst Wissen über das, was uns betrifft. Über unsere Pläne. Du jagtest den Grund *unseres* Hierseins. Du trachtest danach, alles über den Gorcunun zu erfahren.«

»Den was will ich?«

Ensamot sah überrascht auf. Dann deutete er eine gespielte Verneigung an. »Meine Hochachtung. Fast hätte ich dir geglaubt, Féarling. Deine Verblüffung ist ziemlich gut gespielt. Nur nutzt dir das nichts. Natürlich weißt du, was ein Gorcunun ist. Meine Annahme war voreilig. Ich sehe es dir an: Du befolgst einen Auftrag, aber einen völlig anderen. Du wolltest gar nichts über unsere Pläne in Erfahrung bringen. Du kennst sie längst. Das ist wirklich unterhaltsam. Beflügelnd geradezu. Ich sehe es jetzt klar: Du wolltest *verhindern*, dass der Gorcunun errichtet wird! Ihr kanntet sowohl die Zeit als auch den Ort! Ist es nicht so? Ist es nicht das, was du so kunstvoll zu verschweigen versuchst?«

»Wirklich? Das ist, was du dir so dümmlich einbildest, Dir?«

»Ist das deine Antwort, Féarling? Sie ist armselig, noch unbefriedigender als zuvor. Wenn du ein Schüler Narethers bist, so dauert Narether mich. Wer immer dieser Gernegroß auch sein mag. Aber zurück zu dir. Wie möchtest du, dass ich fortfahre? Weiterhin Streifen neben Streifen setzend? Oder zur Abwechslung einmal der Länge nach? Das kostet dich mehr Blut, aber bin sicher, es erspart mir Zeit. Keine Sorge, ich hebe mir die Mitte bis zum Ende auf. Ein Ereignis, das übrigens dank deiner Hilfe schnell näher kommt, falls du es nicht bemerken solltest. Was meinst du, zuerst links? Oder zuerst rechts, über deinem Herzen?«

Ensamot holte weit aus und schwang abermals den Stiel seines Folterwerkzeugs. Der Schneidekopf wirbelte herum und heulte auf.

Finn hielt sich vor Entsetzen die Hände vor den Mund. Er wusste, was gleich geschehen würde. Zuerst rechts, über dem Herzen. Und es gab nichts, was er tun konnte, um es zu verhindern.

17. KAPITEL

Die Wut des Vahits

Sindros' Herz musste warten. Plötzlich erklangen eilige, patschende Schritte. Ensamot hörte es und drehte sich um. Der Flegel in seiner Hand verstummte und pendelte herab. Ein Gidrog mit einer Fackel erschien im Tor zur Unteren Halle. Er sah seinen Herrn und verhielt abrupt auf dem aus den Angeln gesunkenen Türblatt aus Stein.

Ein Wortschwall in der Gidrogsprache ergoss sich aus seinem Hauerzahnmund.

Ensamot knurrte verärgert. Die Störung kam ihm sichtlich ungelegen. Aber was der Gidrog hervorgesprudelt hatte, schien wichtig zu sein.

Ensamot antwortete. Auch aus seinem menschlichen Mund klangen die Worte nicht anders als schnaubende Grunzlaute. Der Gidrog drehte sich auf der nackten Ferse um, kaum dass sein Herr zu Ende gesprochen hatte, und rannte im Licht seiner Fackel zurück.

Ensamot stieß eine Verwünschung aus. Die breiten Narben in seinem Gesicht hüpften auf und nieder. Zornschnaubend warf er den Flegel achtlos über die Schulter.

Finn drückte sich erschrocken eng an die ihn verbergende Wand der Seitenhalle. Für einen Moment hatte es von seiner Warte so ausgesehen, als würde die Vierfachschneide genau dort aufschlagen, wo er eben noch wie erstarrt gekauert hatte. Doch das Folterwerkzeug fiel klirrend schon sieben oder acht Schritte vor Finn zu Boden und rutschte kaum noch einen weiteren Klafter weiter, ehe es liegen blieb.

Finn beugte sich wieder vor und lauschte angestrengt. Was hatte der Gidrog nur zu berichten gehabt?

Ensamot nahm ein Tuch aus seinem Mantel und wischte sich die besprenkelten Hände trocken. »Es verdirbt mir ein wenig unsere Unterhaltung«, sagte er, an Sindros gewandt. »Auch wenn sie bisher höchst unergiebig war. Doch darfst du dich glücklich schätzen, Féarling. Ein anderer will seine Fragen an dich richten. Und *diesem* wirst du antworten, du magst wollen oder nicht.« Er lachte. »Weißt du, was ein Dunbluódur ist, mein Freund? Aber was sage ich! Natürlich weißt du das. Obwohl ich annehme, dass du noch nie zuvor einem begegnet bist. Woher ich das weiß? Es erklärt sich von selbst. Du lebst noch. Und solche wie dich hassen sie. Er will dich sehen. Er ist auf dem Weg hierher. Ich muss ihm entgegengehen, um ihn zu begrüßen. Also renn nicht weg, mein Freund, wir sind in Kürze bei dir. Erhole dich, wenn du kannst. Er wird dir sogleich seine volle Aufmerksamkeit widmen!« Abermals lachte er, doch Finn glaubte, darin neben Gehässigkeit auch so etwas wie Unsicherheit zu spüren. Oder fürchtete sich Ensamot sogar?

Finns Gedanken begannen zu rasen. Ein Dunbluódur war hierher unterwegs. *Amuul!*, dachte er. Ihm wurde vor Angst schwindelig. *Ich muss hier raus. Sofort! Dieses Mal wird er mich kaum verschonen. Er wird …*

Ensamots Keckern brach ab. Der Nodir langte in die verschwitzten Haare des Féar und hob den Kopf an. Er zischte etwas in Sindros' blasses Gesicht. Worte, die Finn nicht mehr verstehen konnte.

Denn er befand sich schon auf halbem Weg nach draußen, bestrebt, die Halle vor Ensamot zu verlassen. Noch wandte ihm Ensamot den Rücken zu, noch bestand die Aussicht, vor dem Nodir aus der Türöffnung zu schlüpfen. Noch …

Sein Fuß trat auf etwas Rundes. Es war die freiliegende der Stangen, an denen man Sindros herbeigeschleppt hatte. Ohne sich selbst zu begreifen, hob er sie eilends auf und nahm sie mit sich fort. Er huschte durch die Tür und stand einen Moment ratlos in dem Trichterflur. Vor ihm weitete sich der rautenförmige Platz mit einer Ahnung von unbestimmter Höhe und Tiefe. Das nächste Licht kam von der Fackel, die vor dem doppelflügeligen Tor in der Wand steckte. Eine lange, keilförmige Bahn aus hin und her springendem Feuerschein teilte den Platz, aber sie reichte nicht ganz bis zu Finn in den Flur hinein. Die beiden schmalen, geborstenen Steintröge, die vor Zeitaltern diesen Flur zu beiden Seiten beleuchtet hatten, waren längst leer: zerbröckelte Langbecken voller Kerben und Risse. Finn sah sie aufschimmern, hellere Schatten vor dem tiefen Grau der Wände, von der Kniehöhe eines Menschen. Nicht viel mehr als Schemen in der Dunkelheit. Ein Einfall formte sich in ihm, oder vielmehr die Fortsetzung der Eingebung, die ihn zuvor die Stange hatte ergreifen lassen, ohne dass er es sich selbst hatte erklären können. Mein Stöckchen, dachte er grimmig.

Er bückte sich rasch und klemmte die Stange rechts wie links in zwei keilförmige Risse, so dass sie den Flur überspannte. Das Hindernis verschmolz mit dem wenigen, was man überhaupt erkennen konnte, zu einem Brei aus Düsterheit. Im nächsten Moment rannte er vorwärts. Als die Trichterwand zurückblieb, warf er sich nach rechts in die Schatten des Rautenplatzes.

Mellow wäre mit mir zufrieden, dachte er. Sein Herz pochte laut.

Im Trichterflur erklangen eilige Schritte, dann ein Schmerzenslaut, gefolgt von einem polternden Plumpsen und schließlich ein Schmirgeln auf staubigem Stein.

Finn sprang auf. Er spurtete los und rannte um die Ecke zurück.

Da lag Ensamot, lang hingestreckt, für den Moment verwirrt, vielleicht auch verblüfft ob seines Sturzes. Finn umfasste den Griff seines Schwertes mit beiden Fäusten. Mit einem urtümlichen Laut hämmerte er dem Menschen den Karbeol Maúrgins in den Nacken. Der Schlag erfolgte mit aller ihm zur Verfügung stehenden Kraft. Er holte erneut aus, ließ den Knauf ein zweites und dann noch ein weiteres Mal niedersausen. Ensamot zuckte zusammen, krümmte sich, versuchte sich aufzurichten, erschlaffte aber nach dem dritten Hieb und blieb reglos liegen.

Finn erhob sich keuchend.

Verwundert starrte er abwechselnd Maúrgin und den reglos daliegenden Ensamot an. Erst jetzt, da er unmittelbar neben ihm stand, erfasste er die breiten Schultern, die muskelbepackten Arme und die schiere Größe des Menschen. Finn schwankte für einen Moment in der Düsternis. Er hatte einen Menschen besiegt! Einen Nodir wie Saisárasar, einen Diener Luk… Da fiel ihm siedend heiß wieder ein, weshalb er hier war.

Er warf sich herum und rannte zurück in die Untere Halle.

Der angekündigte Dunbluódur konnte jeden Augenblick erscheinen. Finn sprang über die Türplatte, schlitterte an dem Gestänge mit seinem Netz vorbei und lief die Stufen zu dem Sechseckpodest hinauf.

Sindros hing in seinen Fesseln an der Säule, aber er war bei Bewusstsein. Der Féar sah den Vahit herbeieilen, und trotz aller Schmerzen zeigte sich basses Erstaunen auf den schweißnassen Zügen. Was er vielleicht für eine neue Ausgeburt des Schreckens seiner Feinde hielt, schwang einen Dolch in der Hand, ein Schwert gar angesichts der geringen Größe dessen, der die Klinge hielt. Das mochte er sehen, dachte Finn, und er sah sich einen Augenblick lang selbst wie aus zwei verschiedenen Blickwinkeln zu der Säule springen.

Der kaum fassbare Moment verging. Die Flammen in den Pechbecken brannten heiß. Er rannte um den Féar herum und verhielt hinter der Säule, in alle Richtungen sichernd.

»Ich will Euch hier rausbringen. Euch befreien!«, haspelte er hervor. »Zeigt mir Eure Fesseln. Sind das Ketten?«

»Nein. Lederriemen«, hörte er Sindros sagen.

Die Arme waren dem Féar um die Säule herumgelegt worden.

Finn ergriff die Hände des Féar und tastete sich bis zu den Handgelenken. Ein mehrfach über Kreuz geschlungener Lederstreifen saß straff und fest um beide Gelenke. Finn fuhr mit Maúrgins Schneide dazwischen und begann die Fessel aufzutrennen. Das Leder war zäher als alte Schuhsohle und hart wie Knochen.

»Wer … was bist du?«, fragte Sindros. Der erste Riemen fiel.

»Mein Name ist Finn. Gilladién und die anderen sind in der Nähe. Ich bringe Euch zu ihnen.« Das zweite Lederband riss entzwei.

»Weshalb schickten sie dich? Was bist du? Ein Kind?«

»Ich bin ein Vahit. Aber das ist jetzt unwichtig. Wir müssen fliehen, ehe er hier unten ankommt.«

Das dritte Lederstück enthielt den Knoten. Finn säbelte mit zusammengebissenen Zähnen drauf herum. Endlich gab das Leder knirschend nach.

Sindros' Arme fielen nach vorn. Der Féar rieb die geschwollenen Handgelenke. Finn beugte sich zu den Beinen hinab. Sie waren an den Knien und über den Füßen an die Säule gebunden. Je drei Lederriemen. Sechs Schnitte, dachte Finn verzweifelt. Das wird mehr als knapp.

»Du bist … verzeih, ziemlich klein.«

»Erzählt mir was Neues«, knurrte Finn. »Was kümmert es Euch, wie klein ich bin? Dankt lieber den Schicksalsmächten, dass ich Euch fand. Oder denkt meinetwegen, sie fanden in der Eile keinen Größeren. Werdet Ihr gehen können? Trotz Eurer Verletzungen?« Der andere Winkel war für Finns Schnittarbeit vorteilhafter. Er schaffte zwei der Lederbänder in der Dauer von vordem einem. Dennoch spürte er, wie ihnen die Zeit zwischen den Fingern verrann.

»Es muss gehen«, presste der Féar hervor.

Aber es ging nicht. Nichts ging mehr. Es war zu spät.

*

Etwas ließ Finn aufmerken. Er sah an der Säule vorbei. Und wünschte, er hätte es nicht getan.

Etwas hatte die zertrümmerte Untere Halle betreten. Etwas, das einmal ein Mensch gewesen war. Es vollführte keine Schritte, jedenfalls keine, die Finn erkennen konnte. Und lautlos ging es, wenn es denn ein Gehen war. Während es näher kam, verströmte es eine beängstigende Kühle.

Es schickte eine Kälte aus, die den Hauch eines Gletschers in den höchsten Tälern des Hohengaus noch übertraf.

Amuul!, schrien Finns Gedanken in größter Panik.

Aber es war nicht Amuul. Wohl trug auch diese Wesenheit nichts, was Kleidung auch nur nahekam, aber ihre Fetzen flatterten nicht. Und der zerrissene Fetzen, der einst ein Gewand gewesen war, war nicht grau, sondern von einem verblichenen Rostrot. In lockeren Bahnen hing er von formlosen Schultern herab. Ob diese knöchern waren, aus lebendigem Fleisch bestanden oder weder aus dem einen noch dem anderen, war unmöglich zu sagen.

Finn glitt hinter der Säule zu Boden. Nicht weil er es wollte. Es geschah ihm, und er wusste nicht, ob er sich aus eigenem Willen bewegte oder weil etwas ihm die Kraft zum schieren Stehen entzog.

Er konnte nichts dagegen tun. Und so ließ er es geschehen.

Finn sackte die Stufen des Sechsecks hinab und tauchte in die dort lauernde Schwärze ein. Die drei brennenden Pechbecken loderten auf der Fläche des Podestes, aber ihr Schein warf lange Schatten nach allen Seiten: Die abgebrochenen Säulenteile und die aus ihnen hervorgegangenen Trümmer schufen Keile von einander überlappenden Zonen Dunkelheit.

In ihrer Deckung fand sich Finn wieder, während der Dunbluódur langsam die Stufen des Podestes hinaufglitt. Bedächtig betrachtete der Ankömmling die Pechbecken. Er musterte die Säule, an die Sindros immer noch halb gebunden war. Er wandte seinen Blick den Bruchstücken zu, die wie gefällte Bäume auf den Stufen lagen, in ihren grieseligen Betten aus Schutt und Vergängnis. Wenn es denn Augen waren, die zwischen Tüchern und Stofffetzen hervorblickten. Finn konnte keinerlei Gesicht erkennen; die Feuerbecken blendeten ihn.

Die Gestalt wandte sich endgültig der Säule und dem Féar zu.

»Du«, sagte der Dunbluódur. Wie bei Amuul war die Stimme ein unwirkliches Zischen und Flüstern, kaum etwas, das ein Mund aus Fleisch und Blut von sich zu geben vermochte. Und doch musste es einen Mund unter den Tüchern geben, denn Finn hörte ihn weiter sprechen.

»Du kennst mich«, zischflüsterte es.

»Keluzkal«, keuchte Sindros auf.

»Der bin ich.«

Der Dunbluódur senkte den tuchverhangenen Kopf. Eine Spur weit nur, und doch wirkte es, als durchdringe er mit seinen unsichtbaren Augen den Féar und die Säule und könne Finn dahinter entdecken.

»Was hast du mit Ensamot gemacht?«, fragte die Gestalt.

»Was ich gemacht habe?« Sindros' Lachen kam dem eines Wahnsinnigen nahe. »Was er tat, fragst du nicht?«

Eine knorrige Hand streckte sich aus den mattroten Fetzen vor, selbst rotbraun wie gefräßiger Rost an einer vergessenen Eisenstange.

Auf der Klaue lag das Ding, das Finn am meisten fürchtete.

Eine Kugel von der Größe einer Menschenfaust. Pechschwarz war sie und dennoch von einem inneren Glühen erfüllt.

Eine Schwarze Gilwe.

»Du«, kam es unter den Tüchern hervor, »du weißt, was das bedeutet.«

Finn fühlte eine unwirkliche Kälte nahen.

Der Eishauch kroch, nein floss von dem Podest herab, sackte von Stufe zu Stufe und füllte den Steinboden wie tröpfelndes Wasser. Gegen seinen Willen zitterte Finn schon, noch ehe der Hauch ihn erreichte. Oben schwoll das Glühen im Innern der *daíran*, der Träne Lukathers, an. Die Flammen in den Pechbecken verloren im selben Moment ihre Farbe.

Weißkalt tanzten sie in einem Luftzug, der keiner war.

Finn in seinem Schattenflecken vermochte sich nicht mehr zu rühren.

Alles, was er an Angst kannte, wogte in einem einzigen Augenblick über ihn herein. Er fühle sich unsagbar klein, verzweifelt und hilflos. Nichts, was er je gelernt hatte, war ihm länger von Nutzen.

Sein Hals fühlte sich schlagartig enger an, zusammengedrückt, wie umklammert von einer unbarmherzigen Hand. Und als genüge dies nicht, als sei ihm nicht ohnehin schon das Atmen fast völlig verwehrt, griff eine zweite Hand in seinen schreckensweit aufgerissenen Schlund; so fühlte es sich zumindest an. Sie fuhr tief in ihn hinein und fingerte in ihm nach Namen, nach Orten, nach Gesichtern und Gesichten, nach Gesehenem und Gehörten, suchte nach Antworten, zu denen Finn die Fragen nicht einmal kannte.

Doch all das galt gar nicht ihm, sondern Sindros.

Was er von der Eiseskälte selbst mit abbekam, war nur ein Säuseln eines viel größeren Windes, war nur ein Nebenhauch eines viel mächtigeren Sturms, der in voller Stärke über Sindros hereinbrach. Wie ein Schneesturm über dem Gipfel des Cerenath. Finns Blut dröhnte in seinen Ohren, als sei dies der passende Donnerhall dazu.

Finn sah den Féar an der Säule hängen. Er bäumte sich auf und zuckte noch weit heftiger als die erkalteten, farblosen Flammen um ihn herum.

Seine Hände fuhren wie Krallen den eigenen Hals hoch. Sindros röchelte. Er bekam sichtlich kaum noch Luft, er riss und zerrte an einem sich immer enger zusammenschnürenden Kragen, den er gar nicht trug und der ihn dennoch einengte wie ein peinigendes Zwingeisen. Es sah nicht nur so aus, als ob er stürbe. In diesem oder im nächsten Atemzug. Wenn er denn noch einen schaffte.

Zu Finns grenzenlosem Schrecken versprühte die Schwarze Gilwe kein blaulichterndes Feuer. Obwohl er dies sowohl erwartet als auch gefürchtet hatte. Nein, diese überschüttete ihren Träger mit rotglühend fortspringenden Funken. Als sei Keluzkal ein Schmied – und Sindros nicht mehr als das heiße Metall unter seinem Gilwenhammer.

Vielleicht war es diese Verwunderung, die ihm den Bann von den Schultern riss. Etwas in Finn kam frei. Es ließ ihn sich wieder selber fühlen. Er spürte die Hand um seinen Hals nicht mehr und auch nicht länger die tastenden Finger in seinem Innern. Der Vahit konnte sich wieder bewegen.

Er kroch hinfort, zog sich von Schatten zu Schatten, fort von dem Podest und hin zu jener Wand der Seitenhalle, an der er schon einmal Schutz gefunden hatte. Wie eine Spinne im Staub kroch er davon, bis er gegen etwas stieß. Es klirrte leise. Finn fasste zu, fühlte einen festen Holzgriff und wusste plötzlich, was er in Händen hielt.

Ensamots Flegel. Die Kette mit dem vierschneidigen Kopf.

Ehe er wusste, was er tat, rappelte er sich auf. Die dünne Kette wog nicht allzu schwer, der mehr als armlange Griff und die gekreuzten Klingen am anderen Ende dagegen schon.

Finn tapste vorwärts. Er packte den Griff so fest er nur konnte.

Er hegte keinen bewussten Gedanken mehr, er fühlte nichts mehr. Nichts bis auf die Kette in seinen Fingern. Und eine namenlose Wut, die in ihm aufbrach wie die Kruste eines Glutsteinbergs. Ein weißes Licht gleißte in seinem Innern, es schien ihm aus seinen Augen zu strömen. Eine überbordende Flut war es kalt und heiß zugleich, es erhellte und blendete ihn, es verbrannte sein Denken und ließ ihm das Herz gefrieren.

Er versetzte die Kette in Schwung. Das Zimmermannslot begann zu kreisen. Er lief los, den Griff mit beiden Händen umfassend. Wirbelnd sang der Flegel seinen Hirschgesang: ein erst leises, immer lauter werdendes Röhren. Finn rannte jetzt. Seine Arme kreisten. Der Klingenkopf drehte sich – mit der Kette kreisförmig in der Luft, aber auch um sich selbst.

Ohouwi!

Er rannte die Stufen hinauf. Zwischen die Pechbecken. Weiter. Überwand den letzten trennenden Klafter.

Der Flegel sang. Und sprang den Arm des Dunbluódurs an. Jenen Arm, in dessen Hand die Schwarze Gilwe lag.

Die Kette wickelte sich um den Unterarm. Schneller als Finn geglaubt hatte, und schneller, als der Dunbluódur zurückweichen konnte. Der Schneidestern fraß sich tief in die Fetzen, die den Arm bedeckten.

Sie entblößten rotbraune Haut.

Und sogleich darauf braunwelkes Fleisch, denn die Haut verging.

Keluzkal schrie auf. Er trat einen unsicheren Schritt zur Seite. Der Vierkantstern steckte zwischen entblößten Knochen. Die Kette zog straff.

Der Flegel flog aus Finns Händen.

Im selben Moment ließ Keluzkal die Schwarze Gilwe fallen. Ihr Funkensprühen erlosch. Sie rollte Finn bis vor die Füße.

Keluzkal aber begann zu beben.

Heftiger als ein Kranker, der an Fallsucht litt. Schlimmer als selbst Sindros unter der Folter Ensamots. Ein Zucken und Zittern lief durch seine Gestalt, als sei er von einem Blitz getroffen.

Der Dunbluódur fiel auf die Knie, zugleich brüllte er auf und suchte. Er grabschte um sich auf dem Boden herum, dabei den Holzgriff mit sich schleifend, den die Kette an seinen Unterarm band. Wild fuchtelte er in der Luft herum und heulte auf, als er auch dort nicht fand, was er begehrte.

Finn erkannte in einem fernen Winkel seines Denkens, dass es der Verlust der Gilwe war, die den Dunbluódur weit mehr verletzte, als es der Schneidestern des Flegels allein vermocht hatte. Keluzkal spuckte und wimmerte, greinte und faselte; er kroch und schabte mit den Knochenhänden über den Steinboden. Dabei wirkte er wie ein Blinder, der seinen Stock verloren hat.

Zischend geflüsterte Worte stieß das Wesen aus, in einer Sprache, die Finn nicht kannte.

Finn bückte sich rasch und hob die Kugel auf.

Nach kurzem Zögern steckte er die Schwarze Gilwe ein.

Dann drehte er sich um. Er wich den grabschenden Händen aus, zwang sich, das widerwärtige Lallen zu überhören, das aus den Fetzen drang. Eilig lief er zu Sindros zurück. Kein mühseliges Schneiden von Lederriemen mehr. Er hieb mit Maúrgin auf die Lederfesseln an der Säule ein, und sie zersprangen. Sindros kam frei. Ermattet, nackt und blutend taumelte er von der Säule fort. Finn nahm ihn bei der Hand und zog ihn die Stufen hinunter, fort von Keluzkals Krallenhänden. Der Dunbluódur heulte auf, als er seine Feinde zwar hörte, doch nicht erblicken konnte.

Vielleicht hatte ihn der Verlust seiner Träne tatsächlich erblinden lassen, hoffte Finn. Er sah darin die rettende Gelegenheit, unversehrt aus der Gegenwart des Dunbluódurs zu entrinnen.

Sie gelangten zur Tür, und dahinter lag Ensamot. Sie kamen keinen Augenblick zu spät zu ihm. Schon regte er sich, und ein Schwall an unverständlichen, dem Klang nach aber unflätigen Worten erbrach sich in die Trübnis des Trichterflurs.

Sindros sah es und ließ Finns Hand los, der ihn immer noch führte. Mit einer kaum wahrnehmbaren Bewegung riss er dem Nodir das Schwert aus der Rückenscheide. Ohne seinen Schwung zu unterbrechen, wirbelte er die Klinge herum. Dann fuhr seine Hand nieder, und er hämmerte dem unter ihm Liegenden den Knauf des Schwertes an den Kopf. Ganz wie zuvor Finn. Ein Blutfleck verbreitete sich rasch darunter. Ensamot rührte sich nicht mehr. Sindros hingegen stand auf, das Schwert in der Hand. Die Spitze deutete auf den Rücken des zweimal Besiegten. Die Klinge in der Hand des Féar zuckte.

»Nein«, rief er unvermittelt. »Der andere zuerst.«

Er drehte sich um und rannte auf seinen bloßen Füßen in die Untere Halle zurück. Finn schaffte es nur, ihm bis zur umgestürzten Tür zu folgen, da war der Féar schon an den Stufen des Podestes angelangt und schoss ungeachtet seines Zustands hinauf.

Ensamots Schwert blitzte auf.

Sindros schwang es über dem Rücken des immer noch um sich tastenden Dunbluódurs. Mit einem lauten Schrei trieb er die Klinge in Keluzkals Nacken und zog sie in einer schneidenden Bewegung zu sich heran. *Wie ein Rudenforster Waldarbeiter seine Säge aus einem sich teilenden Stamm zieht,* dachte Finn wie benommen. Was immer diesen Nacken unter den Tuchfetzen auch mit den Schultern verband, Ensamots Schwert durchtrennte es. Keluzkals Kopf fiel mit einem hallenden Knacken zu Boden und rollte die Stufen hinab. *Es fließt kein Blut heraus,* dachte Finn schaudernd; und dies war in seinen Augen schlimmer, als wenn es anders gewesen wäre.

Sindros aber stand über den toten Dunbluódur gebeugt, schweratmend, nackt, das Heft des Schwertes mit beiden Händen gefasst. Dann ließ er die Waffe mit einem angewiderten Ausruf fallen. Plötzlich begann die Klinge zu rauchen. Im nächsten Moment zersprang sie klirrend, und nicht mehr blieb von ihr erhalten als ein nutzloser Griff und ein Haufen metallener Scherben in der zertrümmerten Unteren Halle von Tilon Idil, der einstigen Schule der Féar.

Keluzkal war nicht mehr.

Und Finn stellte erstaunt fest, dass er immer noch lebte.

»Komm«, sagte Sindros, als er die Stufen herunterkam. »Irgendwo hier unten haben sie meine Kleider und Waffen verwahrt. Ich will mich bedecken. Außerdem ist mir kalt.«

Erst als der Féar dieses sagte, bemerkte Finn an sich selbst ein Zittern. Es währte schon länger, ohne dass er Zeit gefunden hatte, sich damit abzugeben. Seine Knie waren weich, und er vermochte weder die Arme noch die Hände ruhig zu halten. Aber dieses Beben ging nicht von den Steinmauern Tilon Idils aus, und auch nicht von fehlender Wärme in den Gängen, so viel spürte er. Nein, es rührte von einer inwendigen Leere her, einer Kälte, die ihn im Innersten berührt hatte, obwohl sie ihm nicht einmal gegolten hatte. Er fragte sich verwirrt, wie sich Sindros wohl fühlen mochte, da er der Kraft der Schwarzen Gilwe vollständig ausgesetzt gewesen war.

Als er Sindros jetzt folgte, sah Finn, wie krumm der Féar ging. Er litt sichtlich unter starken Schmerzen. Seine Schritte erfolgten ungleichmäßig, die nackte Haut glänzte, und wo er hintrat, hinterließ er mit dem Blut an seinen Füßen feuchte Flecken.

Im Vorbeigehen verabreichte Sindros dem reglos daliegenden Ensamot einen wuchtigen Tritt gegen den Kopf. Zu Finns Überraschung entfuhr dem Nodir ein kurzes Stöhnen, das anzeigte, dass er noch lebte. Oder bis zu diesem Moment gelebt hatte. Nach dem Tritt, der das Gesicht mit den wulstigen Narben gegen den Steintrog schmetterte, brach das Stöhnen ab. Sie gingen wortlos weiter, hinaus durch das große Tor, und Finn führte den Féar zu der Kammer, in der seine Sachen lagen.

*

Sindros griff auf dem Steintisch als Erstes in einen der vielen Beutel seines Gürtels – und zog die Hand enttäuscht zurück.

»*Bálanwe!*«, stieß er hervor.

»Ihr werdet gewiss das hier suchen«, sagte Finn ein wenig schuldbewusst. »Verzeiht, ich wollte Euch nicht bestehlen. Ich nahm es an mich, weil ich dachte, Ihr würdet es vielleicht brauchen. Und dann habe ich irgendwie vergessen, dass ich sie bei mir hatte. Hier.« Er zog die Limfalweflasche aus seiner Tasche und reichte sie dem Féar.

Sindros nahm sie dankbar, entstöpselte sie und trank einen langen Schluck, gleich darauf einen zweiten. Er atmete tief ein, lächelte unter seinen zerzausten Haaren hervor und verschloss die Silberflasche.

»Geht es Euch jetzt besser?«

»Was? Nein. Ich meine, ein wenig schon«, antwortete Sindros. »Limfalwe ist kein Heiltrank. Es beseitigt für eine Weile jeglichen Schwindel, klärt die Gedanken und gibt das Selbstvertrauen zurück. Ein wahrer Labsal, ohne Frage. Aber der Trank kann keine Wunden schließen. Dafür muss dies hier herhalten.« Er zerriss das dünne ärmellose Hemd in Streifen und fertigte daraus einen allenfalls notdürftigen Verband für die Wunden auf seinen Oberschenkeln. Um die langen Furchen auf seiner Brust zu verbinden, reichte der Stoff indes nicht aus. »Es muss vorerst so gehen«, sagte der Féar. Nicht ohne Schmerzen legte er seine Kleidungsstücke wieder an.

Während Sindros damit beschäftigt war, fragte Finn:

»Der Dunbluódur … ist er wirklich tot?«

Sindros blickte ihn ernst an. »Ja. Sie sind sehr schwer zu stellen und noch schwerer zu schlagen. Aber: Sie können sterben. Oder vielmehr können sie dem, was an Restleben in ihnen ist, entsagen. Nicht freiwillig, denn ginge dies, so würden sie es allesamt tun, lieber heute als morgen. Doch die Tränen verbieten es ihnen.«

»Was hat er mit Euch gemacht?«

Sindros wischte sich über das Gesicht. »Es war … wie ein Arm, der in mich langte! Er erfuhr alles über meine Gefährten. Er zog dieses Wissen förmlich aus mir heraus. Schon deswegen musste ich ihn töten. Abgesehen davon ist er ein Diener Lukathers – gewesen. Wenigstens dieser wird kein Leid mehr verursachen.«

»War er … ein Mensch?«

Sindros nickte. »Vor langer Zeit. Jetzt war sein Menschsein nur mehr ein kümmerlicher Rest von etwas, das er gewiss hasste. Du weißt, was das Wort *dunbluód* bedeutet?«

»Es heißt so viel wie ›zweierlei Lockung‹, wenn ich mich recht entsinne.«

»Richtig. Die Schwarzen Gilwen lockten ihre Träger einst in den Dienst des Daírantyrs. Die Macht, die sie versprachen, war es, die einen unwiderstehlichen Reiz ausübte. Wie auch der Umstand, dass sie die Unsterblichkeit für die Dunbluódul bedeuten. Doch was Lukathers Diener zuerst als höchste Gunst missverstanden, ist ihnen im Laufe der vielen Jahre eine unerträgliche Last geworden.« Er lachte bitter auf. »Sie hätten einen meines Volkes fragen sollen. Wir Féar wissen um die Grausamkeit eines immerfort währenden Lebens.«

»Grausamkeit? Ist nicht der Tod grausam?«

»Nein, das ist er nicht. Er ist in Wahrheit eine Erlösung. Oder er wird es – für unsereinen. Zu sterben ist das Stillen einer unerfüllten Sehnsucht. Wie kann ich es dir am besten erklären? Stell dir vor, du findest einen jeden Tag, den du auf Ilámen Grendu wandelst, etwas für dich Bedeutsames: einen Freund, einen besonderen Ort, Schönheit, Glück, Liebe. Was immer du willst.«

»Das wäre wahrlich schön«, sagte Finn gedankenverloren. Ihm erschien vor dem geistigen Auge ein glückstrahlendes Gesicht inmitten eines Meeres goldblonder Locken – die Gestalt eines liebreizenden Mädchens, das sich im Taumlertanz bewegte, als würde sie schweben. *Ach Tallia!*, dachte er und seufzte.

»O ja, es wäre schön«, entgegnete Sindros. Er legte sich den Gürtel um. »Am Anfang sicher. Aber dann? Je mehr Bedeutsames du findest, desto mehr kann dir genommen werden. Und es wird dir genommen, früher oder später. Denn du lebst und lebst, immerfort, während alles, was dir lieb ist, vor deinen Augen altert und stirbt. Dein Kummer wächst dadurch unaufhörlich, während die Jahre hinter dir fallen wie Blätter im Herbst. Und es kommt der Tag, da fürchtest du die neu erwachende Freude: den neuen Freund, die neue Liebe, die Schönheit, all die dir frisch zuwinkende Glückseligkeit. Denn du musstest erkennen, sie bedeuten nur neuerlichen Kummer, Trübsal, bitteren Schmerz und steten Verlust. Doch das ist nur ein Teil der Last. Deine Erfahrungen wachsen ebenfalls, mit jedem Tag. Und irgendwann hast du so gut wie alles gesehen, gehört, geschmeckt, erfahren. Und das, worauf oder worüber du dich früher freutest, es entlockt dir lediglich noch ein ›Nicht schon wieder‹. Langeweile ist die Begleiterin der Langlebigkeit, heißt es unter den Ältesten meines Volkes. Je älter ich selber werde, desto mehr gebe ich ihnen Recht.«

»So habe ich das noch nie gesehen«, gestand Finn. »Wie alt seid Ihr, Sindros?«

»Ich?«, fragte Sindros und dehnte das Wort. »Ich bin noch jung, nach den Maßstäben der Féar. Ich wurde im ersten Jahrhundert des Zweiten Zeitalters der Dirill geboren, im Jahr 1688 der Endyaluëne nach der Zeitenrechnung meines Volkes. Ich bin jünger als diese Stätte hier.« Er schloss die letzte Schnalle an seinem Waffengeschirr und griff zu Schwert und Dolch.

»Welches Jahr haben wir jetzt? Nach der Endyaluëne?«

»Wir schreiben das Jahr 3208«, antwortete Sindros. Er schulterte den Köcher und zuletzt den Bogen.

»Puh«, machte Finn, »na dann. Ganze 1520 Jahre zählt Ihr erst? Dann seid Ihr ja beinahe so jung wie ich. Ihr habt noch viel zu erleben, oder?«

»Ich hoffe es – Finn, richtig? Noch ist meine Neugier nicht erloschen. Im Augenblick brenne ich darauf zu erfahren, wie wir hier wieder heil herauskommen. Ist es draußen Tag oder Nacht?«

»Nacht. Aber welche Stunde wir haben, vermag ich nicht mehr zu sagen.«

»Wir werden es sehen«, sagte Sindros; und Finn fragte sich, ob eine neue Zuversicht ihn erfüllte oder ob es der Limfalwetrunk war, der aus ihm sprach. »Wollen wir? Bist du so weit?«

»Eines noch«, sagte Finn. »Was den Dunbluódur anbelangt – Keluzkal. Werden dereinst auch die Féar so wie er? Wie sie alle?«, fügte er hinzu, denn Amuul hatte er beinahe als Ebenbild des Enthaupteten erlebt. »Ich meine: so ausgemergelt, so grausam, so … entsetzlich?«

»Nein. *Das* ist das Werk der Schwarzen Gilwen. Es ist der Wille Lukathers, der sie auszehrt. Der Preis ihrer Macht. Wir nennen es *báloth*, sein Unlicht, das vermutlich durch die Tränen auf sie fällt wie der verdörrende Strahl der Wüstensonne.«

Unwillkürlich fuhr Finns Hand auf die Tasche, in der er die Träne Keluzkals verwahrte. Der Féar sah es und nickte. »Ja«, sagte er. »Sie sind gefährlich, mein kleiner Freund. Wenn du meinen Rat willst: Trenne dich von ihr, so schnell du nur kannst.«

»Aber dann fällt sie doch dem Nächsten, der sie findet, in die Hände.«

»Nun, genau genommen ist sie das schon. Darum hüte dich vor

ihr. Wirf sie fort, das wäre mein Rat an dich. Aber es ist richtig, sie nicht einfach offen liegen zu lassen. Wenn du eine Gelegenheit findest, sie zu verstecken, dann nutze sie. Je eher, desto besser für dich.«

»Am besten wäre, man würde sie im tiefsten Meer versenken«, sagte Finn unwirsch. »Ich wünschte, ich könnte es. Aber Ihr – Ihr kehrt doch auf eurer Schiff zurück, nicht wahr? Mit dem Ihr gekommen seid? Wollt Ihr sie mir nicht abnehmen?«

Der Féar spreizte alle zehn Finger ab. »Bei Ilars Röte!«, flüsterte er, heiser vor Abscheu. »Willst du mich von dir stoßen, kaum dass unsere junge Freundschaft begonnen hat?«

»N-nein«, stammelte Finn. »Wieso fragt Ihr so was?«

»Dies ist eine Begleiterscheinung einer jeden Schwarzen Gilwe«, antwortete Sindros. »Ein Beiwerk Lukathers, und vor allem anderen ein Ausdruck seiner Bosheit. In all seine Tränen ist eingewoben, dass ein Féar sie nicht zu berühren vermag, ohne ihr umgehend zu verfallen. Behielte ich sie, noch vor Tagesfrist wäre ich ihr Sklave, und kurz darauf auch der seinige. Lukather würde meine Dummheit belachen! Nein, mein kleiner Freund! Ich hätte sie dort liegen gelassen, notgedrungen; aber ich war überaus dankbar, als ich sah, wie du sie nahmst. Ich aber werde sie keinesfalls tragen. Ich kann es, wie gesagt, ja gar nicht. Ich wiederhole aber gern meinen Rat: Verfahre weise, und handle rasch! Trenne dich bald von ihr.«

»Kann auch ich ihr … verfallen?«

»Ich weiß es nicht«, gab Sindros zu. »Zwar nicht auf die Weise, wie das bei einem Féar der Fall wäre. Aber vielleicht auf eine andere. Gilwen wollen Hände fühlen, die sie halten. Und auf ihre Art sorgen sie dafür, dass das auch geschieht. Dies gilt für alle Gilwen – für die der Gidwargim ebenso wie ihre Schwarzen Schwestern.«

»Ihr macht mir Angst.«

»Gut«, sagte Sindros. Für einen kurzen Moment bleckte er die Zähne. Ein misshandeltes, blasses Gesicht beugte sich über ihn, und blaue Augen starrten aus einem Wirrwarr von langen Haaren auf Finn herab. »Das ist gut. Sehr gut sogar! Besser du fürchtest mich, als die Schwarze Gilwe zu unterschätzen.«

Finn sah ihn verkniffen an und nickte betrübt. Er nahm langsam die Hand von seiner Tasche.

»Wir wollen gehen«, erwiderte er nur.

*

Sie verließen die Kammer und wandten sich nach links, den Weg zurück, den Finn gekommen war.

»Wie weit ist es bis nach draußen?«, fragte Sindros.

»Erinnert Ihr Euch nicht, wie Ihr herunterkamt?«

»Die Augen von Féar vermögen im Dunkeln gut zu sehen. Aber selbst sie erblicken nichts, wenn sie verbunden sind, wie es bei mir der Fall war. Ich erinnere, dass es Treppenstufen hinabging. Doch ich wurde getragen und konnte die Schritte nicht zählen.«

»Es ist ein ganzes Stück«, sagte Finn. »Und ich hoffe, Ihr seid noch immer schwindelfrei. Wenn wir zur Brücke kommen«, erwiderte er auf den fragenden Blick des Féar. »Sie ist nicht jedermanns Sache. Und meine ganz gewiss nicht.«

Vor ihnen erhellte sich der Gang, dem sie folgten. Sie näherten sich der Säulenallee mit ihren brennenden Öltrögen.

»Ich frage mich, woher all dieses Öl und alles Erdpech kommen«, sagte Finn, als sie die beiden Steintröge erreichten, die den Bereich der Abbiegung erleuchten. »Ich meine, ich kann mir denken, wer es entzündet hat. Aber woher kommt es?«

Sindros bückte sich, winkte Finn zu sich und deutete auf ein handgroßes, steinernes Rad unter dem Leuchtbecken. »Das ist ein altes Verfahren der Gidwargim«, erklärte er. »Mit diesen Stellsteinen lassen sie das Öl je nach Bedarf aus den Wänden fließen. Sieh hier, aus diesem kleinen Loch über dem Trog ergießt es sich, sobald jemand den Zufluss mit dem Steinrad öffnet.«

Erst jetzt, da Sindros auf die kleine Öffnung wies, bemerkte er sie. Finn nickte verstehend, und dennoch fasste er sich plötzlich an die Stirn. »Du meine Güte!«, meinte er verwundert. »Du willst mir sagen, nach dieser langen Zeit geben die Wände immer noch ihr Öl, so als wäre Tilon Idil erst gestern verlassen worden? Ohne das jemand nach dem Rechten sah? In über eintausendfünfhundert Jahren? Wie ist das möglich?«

»Das, mein kleiner Freund«, antwortete Sindros, »ist das Geheimnis der Gidwargim.«

»Freund genügt vollauf«, erwiderte Finn und richtete sich auf. »Ich bin es allmählich leid, dass mich jeder ständig auf meine Körpergröße hinweist. Als ob es darauf ankäme.«

»Ich sah dich und deinen Mut, der mir umso größer vorkommt, je mehr ich mir deinen Kleinwuchs zu erklären versuche. Ich wollte dich nicht kränken. Denn mir ist bewusst, was du für mich tatest und was du gewiss schon vorher auf dich nahmst, um diese Tat überhaupt vollbringen zu können. In einem allerdings stimme ich dir nicht zu. Manchmal ist die Größe sehr wohl ausschlaggebend, und geringer Wuchs ein bestürzender Nachteil. Ich weiß es noch, als ich mich selber klein fühlte. Es war, als ich dem ersten Wrisann meines Lebens gegenüberstand. Ich bin in dem Jahr geboren, in dem Lukather die Welt mit ihnen zu verunreinigen begann. Es sind Mischwesen, die er schuf, halb Bär, halb Mensch. Sie sollten ihm Krieger sein, unbezwingbar und wild. Und das waren sie. Ihre Bärennatur macht sie stark, aber auch unberechenbar; ein Umstand, der sie für ihn als Krieger zuletzt unbrauchbar werden ließ; sie wiesen einen Fehler auf, den er übersah. Etliche flohen aus den Verliesen Ulúrlims. Die meisten aber entkamen ihm, während er die Gidwargim in ihren Gruben bekriegte. Sie sind groß – mein Freund –, und sie sind fürchterlich.«

»Ach die«, winkte Finn ab, halbwegs versöhnt und in gespielter Langeweile. »Sie sind ja ganz putzig mit ihrem Fell und allem, aber ich für mein Teil finde sie etwas zu ungehobelt. Sie brüllen zu laut für meinen Geschmack. Vor allem ernähren sie sich falsch, wenn du weißt, was ich damit meine.«

Sie erreichten die Stelle, an der die Säulenallee zur Arkadenstraße wurde: Jetzt zur Rechten öffnete sich die Wandung, und zwischen den Säulen sahen sie die Schwärze des Abgrunds lauern, ein kaltes, ungeheures Tintenfass entlang einer noch ungeheuerlicheren Riesenhalle.

»Darüber habe ich gelesen«, sagte Sindros, als sie unter den Steinblättern mit ihren nachgeahmten Baumwipfeln dahinschritten. »Vor dem Antritt unserer Reise. Das muss Uldavalors Brunnen sein, der auch *limun grendu*, die Steinerne Leere, genannt wurde. Jetzt weiß ich, welche Brücke du meintest.«

Sie waren der Brücke bis auf etwa zwanzig Klafter nahe gekommen. Schon sahen sie die Glühwürmchenpunkte der leuchtenden Steintröge auf der gegenüberliegenden Seite. Die Brücke selbst lag noch größtenteils im Dunkeln, doch schon streckte sie ihnen ihre Wölbung entgegen wie eine lange, zernarbte Zunge.

»Wir werden ein Licht brauchen«, meinte Finn. »Deine Augen mögen ja … Was ist denn?«

Sindros hielt Finn am Arm zurück. »Warte«, wisperte er. »Mir ist, als ob …«

Was er noch zu sagen beabsichtigte, verging in einem unbeschreiblichen Kreischen. Blaulichternde Funken sprühten mit einem Mal vom höchsten Punkt der Brücke herab, als ob ein riesenhafter Schleifer dort seinen Schleifstein betriebe und ein ebenso großes Blaumesser daran wetzte. Der unerträgliche Krach fuhr Finn in den Leib wie abertausend Nadeln, und folterte sein Trommelfell, als steche jemand mit Eisstäben darin herum. Er krümmte sich und presste die Hände auf die Ohrmuscheln. Sindros rief etwas, aber er verstand nichts. Kreischen, Brüllen, Donnern, Tosen – der Lärm war alles, und alles war Lärm.

Sindros riss ihn mit sich fort, und sie rannten in die Säulenarkade zurück. Den Weg hinab, den sie gekommen waren. Hinab, hinfort, so schnell es Finns Beine nur vermochten, und doch zu langsam.

Die Säulen neben ihnen bebten in ihren Sockeln. Einige bekamen Risse, die geformt wie Blitze und ebenso schnell an ihnen hinaufliefen. Andere ruckelten und rührten sich, hüpften aus ihren Verankerungen und barsten, noch während sie an ihnen vorbeihasteten. Sindros sprang über eine stürzende Baumsäule und riss im Sprung den Vahit in seine Arme. Was jetzt kam, erinnerte an Anglirions Weg über die Stromschnellen, nur dass die Steine dort stillgehalten hatten, während sich um Sindros und Finn nunmehr *alles* bewegte, als flösse die ganze Säulenallee mit ihnen einen Hang hinab.

Donnernde Schläge erschütterten den Fels, Steinblätter lösten sich und schlugen herab wie Hagelkörner. Finn suchte mit den freien Händen seinen Kopf zu schützen. Es rieselte und bröselte, es zerplatzte und splitterte. Für Sekunden warf er einen Blick zurück, während Sindros mit ihm rannte, wie nur ein Féar zu rennen vermochte.

Und was Finn sah, entsetzte ihn. Einmal mehr, und womöglich schlimmer als je zuvor.

Wieder sah er eine Gestalt. Sie folgte ihnen. Ebenso schnell wie sie. Oder nein: noch schneller. Eigentlich sah er nur ihre Umrisse, denn sie schien ihm meistenteils nachtschwarz zu sein: ein Schemen mit langen grauen Haaren, einem pechfarbenen Fetzen von ausgerissenem Tuch über nackten, bleichen Beinen und einer vorgestreckten Hand, auf der eine blaugleißende Kugel lag. Am fürchterlichsten war es für Finn, sie nicht einmal rennen zu sehen: Sie ging, langsam. Oder es wirkte so. Dabei verringerte sie dennoch den Abstand zu ihnen in bestürzender Weise. Als legte sie mit jedem Schritt eine Strecke vom Siebenfachen oder mehr zurück.

Sindros machte einen unerwarteten Satz zur Seite. Er wich fallenden Brocken aus, unterlief Vorhänge von Steinmehl. Finn verlor die Gestalt in dem überall wirbelnden Staub aus den Augen.

Immer mehr Säulen brachen. Steintröge tanzten, losgesprengt von den Wänden. Sie kippten um. Brennendes Öl ergoss sich vor ihnen. Hinter ihnen. Unter ihnen. Feuerbäche liefen brodelnd zusammen und schlängelten sich über den wankenden Boden. Der Féar sprang durch aufzüngelnde Flammenlohen. Wie durch Zauberei fanden seine Füße jedes Mal einen Flecken, der noch frei war von Öl.

Sie rutschten nicht aus. Sie stürzten nicht. Aber beinahe verließ sie das Glück. Sindros bemerkte eine klaffende Spalte im aufgerissenen Gang vor ihnen fast zu spät. Mit äußerster Kraft spurtete er noch schneller, setzte darüber hinweg und landete schlitternd auf der anderen Seite. Eine Abzweigung rechts erwies sich nur noch als ein einziges Nebelloch aus Wolken von Staub, in dem es in dicken Schlieren von der Decke rieselte, als gösse jemand Sand aus Eimern.

Dies war der Gang, der zur Unteren Kammer führte.

Sindros lief daran vorbei, blieb auf der Säulenallee, die jetzt keine Allee mehr war, sondern ein schwankendes Durcheinander von gegeneinander verschobenen Steinbäumen. Immer weiter und tiefer hinab rannte er.

Der Schemen, der ihnen folgte, holte auf. Aber zu Finns Verblüffung verhielt die Gestalt kurz hinter dem Spalt. Sie zögerte kurz; dann drang sie in den staubverhangenen Gang zur Unteren Kammer ein und ward nicht mehr gesehen. Das Kreischen erstarb augenblicklich.

Der Lärm verebbte. Das Beben der noch stehengebliebenen Säulen wich einem unheimlichen Knistern von Steinen, das Finn mehr fühlte, als er es mit seinen schmerzenden und nachsingenden Ohren hörte. In einiger Entfernung glaubte er hinter ihnen Fackellicht zu sehen, aber das mochten auch ausgelaufene Lachen brennenden Öles sein.

»Was war das?«, rief er, sich kaum selbst verstehend.

»*Wer war das* trifft es besser«, erwiderte Sindros keuchend. Seine Brust hob und senkte sich wie der Blasebalg in Abhros Schmiede. »Das ist Druayát. Eine Dunbluódur. Sie trägt die Schwarze Träne des Zermalmens.«

»Was wollen gleich zwei Dunbluódul hier?«, fragte Finn verständnislos.

»Zwei?«, sagte Sindros. Er schien vor Verzweiflung auflachen zu wollen, brachte aber nur ein Hecheln zustande. »Hast du nicht gehört, was sie tun? Sie errichten einen Gorcunun. Dazu gehören immer mehr als zwei.« Er zeigte alle abgespreizten Finger der ausgestreckten Hand.

»Weshalb hat diese Druayát uns nicht weiter verfolgt?«

»Das wird sie noch«, befürchtete Sindros. »Sie ist nur abgebogen, um nach Keluzkal zu sehen. Sie wird sich freuen, ihn tot zu finden. Und sie wird toben, wenn sie das Verschwinden seiner Träne bemerkt. Was das bedeutet«, er wies mit dem Kinn auf die zertrümmerten Säulen hinter ihnen, »kannst du dir nach dem hier unschwer ausmalen. Komm«, sagte er. »Dort vorn sehe ich ein Tor. Lass uns nachschauen, wohin es uns führt. Vielleicht haben wir Glück, und es ist unversperrt.«

Das Tor erwies sich als ein Ebenbild des Tores, das Finn vor dem rautenförmigen Platz durchschritten hatte. Auch hier ragte eine Wand auf wie ein vielstöckiges Haus mit blinden Fenstern darin: Nischen, in denen vielleicht einmal Fundstücke ausgestellt worden waren oder besondere Gerätschaften der Bergleute oder etwas ganz anderes.

Die Flügel der beiden Türen fanden sie geschlossen, aber sie waren zu ihrer Erleichterung nicht versperrt. Mulden, in denen einst metallene Griffe gesessen haben mochten, boten Sindros einen Hinweis, wo er seine Armkraft ansetzen musste. Schieben erwies sich als unmöglich; aber als er an der einen Mulde zog, drehte sich die Tür, und sie schlüpften durch den sich öffnenden Spalt hindurch.

Die andere Seite des Tores blickte auf einen kleinen Platz, eine Kreuzung der weiterführenden Säulenallee mit einem schmaleren Quergang.

»Geradeaus oder nach links?«, wisperte Finn.

»Wieso nicht nach rechts?«

»Vielleicht irre ich mich, aber ich meine, das führt uns nur dorthin, wohin wir nicht wollen. Zum Rautenplatz und zur Unteren Halle. Wir würden Druayát direkt in die Arme laufen. Wenn sie dort ist, wie du vermutest.«

Ein Kreischen aus dem rechts verlaufenden Tunnel gab beiden Annahmen Recht. Auch hinter ihnen ertönte jetzt Gebrüll.

»O nein«, stöhnte Finn. »Gidrogs. Viele!« Er spähte um die dicke Steintür herum, zuckte zurück und nickte verbissen. »Fackeln«, murmelte er. »Genau das, was wir nicht brauchen. Das sind mindestens zwanzig«, schätzte er. »Eher mehr. Sie klettern wie Ameisen über die Trümmer der Säulenallee.«

Sindros kam wieder zu Atem. »Der Spalt, den ich übersprang, wird sie aufhalten. Ich glaube nicht, dass sie dort weiterkommen. Aber sie werden umkehren und uns andernorts aufzulauern suchen. Wir müssen mit ihnen rechnen. Doch für den Moment ist Druayát die größere Gefahr.«

»Also …?«

»Nach links«, schlug Sindros vor.

»Wieso nicht geradeaus? Dort ist immerhin Licht.«

»Eben deshalb will ich ins Dunkle.«

Er nahm Finn wieder auf. Dann sprang er vorwärts, nach links, in den schmaleren Quergang hinein.

Finn konnte nicht mehr tun als hoffen, dass sich dieser Tunnel nicht als Blindstollen herausstellte. Schon zweimal hatten ihn links abbiegende Wege in Tilon Idil genarrt. Zuerst jener, in den er ganz zu Anfang geraten war. Dann der große Gang, der zu den oberen Kammern führte.

Nach wenigen Schritten blieben die Lichter der Kreuzung zurück. Es wurde schnell dunkler. Finn kam es vor, als ob er selbst blinder und blinder würde. Der Gang wurde eng und enger. Dann sah er nicht mal mehr die Hand vor Augen. Allein der Widerhall von Sindros' Stiefeln begleitete sie.

Trotz der völligen Schwärze und seiner Verletzungen eilte der Féar unverwandt weiter. Dann aber wurde er mit einem Mal spürbar langsamer. Stieg der Untergrund jetzt an? Verließen Sindros allmählich die Kräfte? Finn wusste es nicht zu sagen. Zugleich scheute er sich zu fragen. Aber er musste plötzlich heftig schlucken, und es knackte erneut in seinen Ohren.

18. KAPITEL

Härter als Adamant

»WARUM HÄLTST DU AN?«

»Eine Treppe«, antwortete Sindros' Stimme. Sie drang neben Finn aus der Finsternis. Sie behielt immer noch das den Féar so eigentümliche Klingen bei, die den Vahit stets an eine ferne, mitschwingende Glocke denken ließ – trotz aller Anstrengung, der sich Sindros unablässig ausgesetzt sah. Aber er atmete schwerer und kürzer, und seine Worte kamen nur stoßweise. »Eine Wendeltreppe sogar, wie ich vermute. Immerhin: Sie führt nach oben. Das ist mehr, als ich zu erhoffen wagte. Lass mich vorangehen. Nimm meine Hand.«

Was sie zuerst wie die Stufen einer schmalen Wendeltreppe in einem engen Schacht nach oben führte, gab nach drei Umrundungen alles Kreisen auf und setzte sich dafür in Schlangenlinien fort. Nach einigem Hin und Her schien der Treppe auch das genug zu sein. Sie stieg nur noch in gerader Linie an und wurde dabei so eng, dass Finn die beiden Seiten der Felswände an seinen Händen fühlen konnte, wenn er sie ausstreckte.

Ohne Vorwarnung stießen sie gegen ein Hindernis, das Finn weder sehen noch begreifen konnte, da der Féar vor ihm stand und den Treppenschacht nahezu vollständig ausfüllte.

»Bálanwe«, murmelte er.

Finns frühere Befürchtung fand neue Nahrung. »Ein Blindstollen?«

»Nein«, erwiderte Sindros. »Eher eine Tür. Ich kann Kanten erkennen. Aber wenn es eine Tür ist, dann klemmt sie. Ich bekomme sie nicht auf.«

»Ist irgendwo ein Schloss? Ein Riegel vielleicht?«

»Falls es einen gibt, dann ist der auf der anderen Seite.«

»Was jetzt?«

»Ich frage mich«, antwortete Sindros, »ob das von Druayát ausgelöste Beben die Tür verklemmt hat. Oder ob eine Absicht dahintersteckt.«

»Was meinst du damit?«

»Falls nur Eingeweihte diese Tür benutzen sollen – *sollten*, meine ich, damals, als Tilon Idil noch voller Dirillschüler war.«

»Eine Geheimtür?«

»Lehrer haben stets ihre Geheimnisse.«

»Da sagst du was«, sagte Finn. Wehmütig dachte er an die verschiedenen Lehrer in der Gwaendia, der Schule der Bücherey, zurück. Es stimmte: Ludowig Gurler, der Witamáhir; Taddarig Sperler, der Staubner; sie alle hatten stets ihre kleinen Verschwiegenheiten gehütet. Das galt selbst für Tuom Mürmdohl, den Pfortengänger. Finn kam es so vor, als sei jene einst so unbeschwerte Zeit niemals wirklich geschehen, sondern bloß eine ferne Erinnerung, eine halb vergessene Geschichte aus einem Märchenbuch. Übergangslos sprangen seine Gedanken – zurück zu einem anderen dunklen Felsengang, an dessen Ende ein kleines Mädchen namens Gatabait ihn an Acalhate erinnert hatte, die Märchengestalt einer beliebten Kindererzählung. Und an die Kraft des Wünschens, um die es in der Gutenachtgeschichte ging. Am Ende hatte ihnen Acalhates Erwähnung zumindest Zuversicht gegeben – und eine unsichtbare Brücke zum Vorschein gebracht. Wenn nur Mellow noch bei uns wäre, dachte Finn wehmütig. Er hätte gewiss einen Einfall gehabt.

»Wissensvorsprünge sind ihr Lebensinhalt«, fuhr Sindros fort. »Das war damals nicht anders, als es heute ist. Und diese Überzeugung war den *laísirin*, den Lehrern meines Volkes, ebenso zu eigen wie den Schmieden der Gidwargim.«

»Das wenigstens haben unsere Völker gemeinsam«, meinte Finn. »Aber wie hilft uns das weiter?«

»Angenommen, diese Treppe war nur den Lehrern Tilon Idils bekannt, dann war ihr Zugang vor den Menschen verborgen, die hierher zum Lernen kamen. Und das bedeutet, sie zu öffnen war nicht jedermann bestimmt. Es muss eine verborgene Vorrichtung geben, die den Zugang allein Eingeweihten öffnete.«

»Von der anderen Seite.«

»Nein, auch von dieser Seite aus. Sonst ergäbe eine solche Tür nur wenig Sinn. *Falls* ich mich nicht irre und sie einfach nur verklemmt ist.«

»Du vermagst im Dunkeln zu sehen«, sagte Finn. »Ich komme mir vor, als tauche ich im Innern eines Tintenfasses. Steht irgendwo etwas geschrieben?«

»Wenn ja, dann in unsichtbarer Schrift. Nein, ich kann nichts entdecken.«

»Dann weiß ich auch nicht weiter.« Finn setzte sich missmutig auf eine der Stufen und starrte in die Richtung, wo der Fuß ihrer Treppe liegen musste.

Fernengeheimnisse, dachte er. *Dwargenkunst.* Gebiete, von denen er nicht das Geringste verstand. Ohne es zu beabsichtigen, legte er seine Hand auf die Tasche, die sich über der Schwarzen Gilwe beulte. Zurück können wir nicht mehr. Dort geht Druayát um. Ihr noch einmal zu begegnen war das Letzte, was er sich wünschte. *Wir müssen einen Weg hinausfinden*, dachte er. *Und zwar durch diese Tür hinaus.* Voller Bangen dachte er an das, was derweil im Tal, am Wasserfall oder oben, außerhalb des Talkessels, geschehen sein mochte. Ob Wil noch lebte? Oder hatte ihm seine, Finns Torheit, inzwischen den Tod gebracht? Finn spürte ein Kribbeln unter seiner Hand und ließ erschrocken die Tasche los.

»Was ist?«, fragte Sindros argwöhnisch.

»Es ist nichts. Ich habe nur – nachgedacht. Dabei berührte ich die Tasche mit … du weißt schon.«

»Und das erschreckte dich?«

»Ja. Nein. Na ja. Es war nur … unangenehm. Ein Kribbeln. Fast wie Ameisenbisse. Können Schwarze Gilwen beißen?«

»Nein«, sagte Sindros ernst. »Aber sie können sich bemerkbar machen. Und diese da tat es gerade, wenn mich nicht alles täuscht. Woran dachtest du, als es dich … biss?«

»Daran, wie wir durch diese Tür gelangen könnten.«

»Nimm sie heraus«, verlangte Sindros.

»Aber …«

»Vertrau mir. Ich will sehen, ob sie … Nimm sie einfach heraus.«

Finn steckte vorsichtig die Hand in die Tasche und erwartete ein neuerliches Kribbeln, aber es blieb aus. *Kein Beißen*, dachte er erleichtert.

Er zog die Gilwe hervor.

Die Kugel war kalt.

Kein Funke, der in ihr glomm. Weder blau noch rötlich. Die Gilwe war einfach nur glatt und kalt und schwer.

»Und, siehst du etwas?«, fragte er in die Dunkelheit der Treppe hinein.

»Nein.« Sindros klang enttäuscht.

Finn blickte unwillkürlich zu ihm hoch. Aber er sah natürlich nichts. Einzig undurchdringliche Tinte vor seinen Augen. Er zuckte mit den Schultern. Nicht einmal das Rund der Gilwe konnte er erkennen. Sie war so schwarz wie die Lichtlosigkeit, die sie umgab. Er schob die Gilwe in die Tasche zurück. Jetzt, da er ein wenig sitzen konnte, fühlte er sich unversehens müde. Die herrschende Finsternis machte es nicht besser. Schlafen, dachte er. Wann habe ich das letzte Mal geschlafen?

»Die oberste Stufe«, murmelte er gähnend. »Sie lässt sich niederdrücken, wenn man ganz links auf ihr steht.«

Finn brauchte zwei oder drei Augenblicke, bis er selbst begriffen hatte, was er gerade gesagt hatte. Er sprang wie von einer Schlange gebissen auf.

Er hörte das leise Rascheln von Sindros Bekleidung. Ein deutliches Knacken ertönte. »Du hast Recht«, kam es verblüfft von Sindros. »Da! Sieh nur. Sie bewegt sich.« Rumpelnd senkte sich der Türstein in einen Bodenschacht hinab. Fahles Licht kam von irgendwoher, eine graue Ahnung, die an den dunkleren Schatten leckte.

Sindros hob fragend die Brauen. »Woher hast du das gewusst?«

»I-ich habe es nicht gewusst«, stotterte Finn. »Ich meine, ich weiß, was ich sagte. Aber ich weiß nicht, warum ich es sagte.«

»Dann war es die Träne, die aus dir sprach«, sagte Sindros mit großer Bestimmtheit. »Keluzkal war der Träger der Schwarzen Gilwe des Findens. Du suchtest einen Ausweg, Finn, und du hast ihn gefunden. Es war die Gilwe, die dir den Weg wies.«

»Ich dachte … ich nahm an, es wäre eine Eingebung?«

»Das war es auch«, sagte Sindros ernst. »Sie gab sie dir ein.«

*

Sie blickten aus dem Treppenschacht hinaus auf einen nur wenig breiteren Flur, der vor einem der mittlerweile vertrauten haushohen Tore endete. Eine der Flügeltüren hing schief in der Öffnung, die andere war geborsten. Einen anderen Weg gab es nicht. Graues Licht sickerte von dort in den Gang.

Sie traten hinaus. Schon nach nur wenigen Schritten erschreckte sie ein neuerliches Rumpeln, und sie fuhren herum. Der Stein der Senktür hob sich wieder aus seinem Schacht. Als das Knirschen und Schmirgeln mit einem dumpfen Schlag erstarb, waren Tür und Wand wie zu einem einzigen Stück Fels verschmolzen. Von dieser Seite aus ertasteten sie weder Kanten noch Fugen; und hätten sie nicht gewusst, dass sich vor ihren Augen eine Tür verbarg, so hätten sie geschworen, vor einer einfachen Wand zu stehen, die das Ende eines blinden Gangs bildete. Sie war kunstvoll bearbeitet und zeigte das Bildnis von Wellen, die gegen ein Gestade anliefen. Ein hoher Berg war im schwachen grauen Licht des Gangs zu erkennen, und der Mond, der halb hinter Wolken verborgen darüber hing. Doch ein vielfach gezackter Stern, der über der Landschaft am Himmel stand, zog alle Blicke auf sich.

Sindros lächelte, und er sah für einen Moment weniger erschöpft aus. »Meine Vermutung war richtig. Dies *war* einst ein Gang für die Laísirin. Das Bildnis zeigt uns Anglinême, meine Heimat. Wahrlich hoch ist der Cenadh Anmanyiur, und klar und rein ist die Luft über dem Tal von Ham Léren.«

»Ist das dort Narandile, der Abendstern?«

»Nein«, antwortete Sindros versonnen. »Es ist kein Stern. Aber es ist ein Licht, hell wie ein Stern. Du blickst auf Caíren Linhir, das Tor der Luft, als es noch funkelte über Berg und Tal, und der Pfad nach Even noch nicht verloren war. Mit diesem Tor begann die Endyaluëne. Denn durch diesen Zugang kamen wir Féar einst nach Ilámen Grendu. Amandros eröffnete uns den Weg und brachte uns durch diese Himmelspforte hierher. Nie werden wir seine Großtat vergessen.«

Hüfthohe Trümmerteile mussten sie überwinden und sich danach durch eine enge, scharfkantige Höhlung zwängen, aber dann standen sie auf der anderen Seite des geborstenen Flügeltores und fragten sich, wo sie wohl herausgekommen waren.

Der Gang auf der anderen Seite war um ein Vielfaches breiter.

Sindros ging voran; langsam und ohne so leise, dass der neben ihm laufende Finn seine Schritte nicht hören konnte. Sie lauschten beide, doch bis auf ein leises Ziehen von Zugluft hörten sie nichts. Als sie einen Rechtsknick erreichten, blieb Finn abrupt stehen. »Das hier kenne ich«, sagte er verdutzt. »Genau hier stand ich auf meinem Weg nach unten, als ich dich suchte. Wir müssen hier weiter, nach rechts. Dieser Weg führt zur Treppe. Gegenüber ist alles eingebrochen. Sieh, sie haben sogar eine Warnung hinterlassen: *Zimbagun.*«

Er zeigte Sindros den eingeritzten fallenden Hammer.

Ab hier kannte sich Finn wieder aus, und ihm war augenblicklich wohler zumute. Er führte Sindros um die Ecke herum, und sie betraten den großen Gang, der weiter vorn an der Treppe von Tilon

Idil mündete. Sie gingen jetzt entlang der Wandungen der oberen Kammern. Finn bemerkte, dass der Féar seinen Bogen von der Schulter nahm und misstrauisch vorausschaute.

»Siehst du jemanden?«, hauchte Finn.

»Nein. Aber das alles hier ist mir zu still geworden. Ich denke an die vor dem Spalt gescheiterten Gidrogs. Sie sind gewiss umgekehrt und können inzwischen üb…«

Überall stecken, hatte er sagen wollen.

Er brauchte es nicht. Sie steckten überall.

Eine Fackel wirbelte in ihre Richtung. Ihr folgten drei, vier andere, und plötzlich lag der große Gang in hellem Licht. In die Helligkeit brandeten das Trommeln rennender, nackter Sohlen und das Gebrüll von Gidrogs. Und schon drangen die Hauergesichtigen mit gezogenen Axtdornschwertern auf Finn und Sindros ein. Jählings sprangen Vahit und Féar zurück, versuchten sich Rücken an Rücken vor der gleichmäßig geformten Sechseckwand Schutz zu gewähren.

Doch ein Wald von Beinen umringte Finn, noch bevor er Maúrgin vollständig blankgezogen hatte. Sindros war schneller, und sein Bogen schwirrte. Er schaffte es, vier Pfeile abzufeuern, die drei Köpfe durchbohrten und einem vierten in den Wanst fuhr.

Der Féar ließ seinen Bogen fallen und drückte Finn mit den Worten »Bleib hier!« ganz an die Wand, bevor die Klinge durch die Luft schwang.

Was dann folgte, war mit dem Auge kaum noch zu erfassen. Das Fernenschwert stach. Es hieb und heulte in der Luft. Es sauste seitlich nach oben und fuhr in den schnellsten Wendungen wieder herab. Finn konnte es nicht einmal mehr erkennen. Die Klinge verschwamm vor seinen Augen, war nur noch als flirrende, schneidende Scheibe wahrzunehmen. Und sie schnitt und fraß alles um sich herum, trennte Leder und Leiber, verletzte Arm wie Bein.

Es regnete Blut.

Finn hatte schon Circendil gegen eine Übermacht von Gidrogs kämpfen und gewinnen sehen. Aber gegen das, was Sindros vollführte, verkam selbst die Schwertkunst der Davenamönche zur bloßen Kinderei; Gekritzel eines Schülers im Vergleich zum vollendeten Federstrich des erfahrenen Meisters.

Dabei wich Sindros allen gegen ihn geschwungenen Axtdornklingen mit nicht vorauszuahnenden Bewegungen aus. Er tauchte unter ihnen weg. Er übersprang sie. Er drehte sich um sich selbst, flach in der Luft liegend, die Beine kreisend wie ein Rad. Er lief an gebeugten Knien hoch, kniete im nächsten Augenblick selbst auf Schultern, trat gegen Köpfe, riss im Weiterspringen an Zottelhaaren und brachte so die aus dem Gleichgewicht Gezogenen zu Fall. Oder wenigstens dazu, sich gegenseitig zu behindern. Aber nicht ein einziges Mal fing Sindros einen der gegnerischen Schläge ab, nicht einmal klirrte Féarstahl auf Gidrogeisen. Er setzte Behändigkeit und Schnelligkeit ein, mied aber den Ansturm von Kraft gegen Kraft.

Und immer mehr Hauergesichtige sanken um: erschlagen, geköpft, gespalten.

Und doch …

Es waren mehr Gegner als die zwanzig, die Finn vor dem Spalt in der Säulenallee gesehen hatte. Sie kamen über die reglosen daliegenden Leiber ihrer toten Artgenossen geschwappt, wie die unaufhaltsame Welle eines Erdrutsches einen Wall überspült.

Finn stach verzweifelt auf das ein, was er erreichen konnte: in Beine oder auf noch lebende, schon auf die Knie gesunkene Angreifer hackte er ein. Es waren nicht mehr als Wespenstiche, die er verteilte. Aber er sorgte dafür, dass es zum Ausgleich viele waren: ein Schwarm von Wespen, Gestalt geworden in der vor- und zurückzuckenden Hand eines Vahits. Ihn trug allein die Hoffnung, er möge lästig genug fallen, um Sindros die Zeit zu verschaffen, die er benötigte.

Das Kampfgebrüll brach mit einem Mal ab. Zwei letzte Hiebe fällten drei Gidrogs – einem flog der Kopf davon, als er uneinsichtig genug war, ihn vorzustrecken. Die beiden anderen starben gleichzeitig, indem Sindros gegen sie anlief. Sie wurden zusammen von dem rotglänzenden Schwert des Féar mit einem einzigen Stich durchbohrt.

Sindros schwankte, wie ein Baum, dessen Äste den Sturm noch spürten. Aber alles Blut, das ihn getroffen hatte, stammte von seinen Gegnern.

»Das«, sagte er zwischen pumpenden Atemzügen, »kenne ich nun zur Genüge. Ich muss es nicht wiederholen. Meine Augen sind der Hauerzähne überdrüssig, das kannst du mir glauben. Sie verlangen nach dem Anblick glitzernder Sterne. Ah, was sehne ich mich zudem nach frischer Luft. Lass dich ansehen. Du bist unverletzt. Das ist ein Anfang. Komm schnell, mein Freund. Lass uns eilen und von hier verschwinden. Ehe deine Mühen sich schlussendlich doch noch als unnütz erweisen. Lass uns gehen!«

Er bückte sich und nahm zuerst seinen Bogen auf. Dann ergriff er eine der noch brennenden Fackeln.

Sindros sicherte zu allen Seiten, ehe er den Gang entlanglief, weiter vor zur Treppe.

Während sie dorthin eilten, sah Finn verblüfft, wie das Blut von den Kleidern des Féar einfach abfiel, ohne den Stoff zu nässen. Ganz wie der Wein auf der *lorc'hennië!*, dachte er. Wie der Wein, den Circendil über das uralte Buch gegossen hatte, während des Rates in Mechellinde. Und dann verstand er den Grund dafür: auch Sindros' Kleidungsstücke bestanden aus Fernenseide und reinigten sich selbst. Nein, das stimmt nicht, sagte er sich. Sie lassen weder Blut noch Schmutz überhaupt erst an sich heran. Er sah voller Abscheu auf seine eigenen Ärmel hinunter, die ihm an den Unterarmen klebten, und auf Maúrgin in seiner Hand. Und er dachte verwirrt und wie abwesend an all die Frauen und Mütter im Hüggelland, die sich über Waschbretter und Zuber beugten und sich tagtäglich mühten, um die Spuren von Scholle und Wald, von Essen und Trinken und Sonstigem aus den Kleidern ihrer Familien herauszukneten. Und dann fiel ihm ein, welches

Schicksal diesen Frauen und Müttern und ihren Töchtern drohte, sobald ein Criarg in ihrer Nähe Hunger bekam, und er wischte Maúrgin an seinem Hosenbein sauber und steckte es mit einem grimmigen Laut zurück in die Scheide.

Sindros neben ihm nickte. Doch auch er war in Gedanken, und er verriet nicht, was hinter seiner von Knorpeln aufgewölbten Stirn vor sich ging.

*

»Endlich«, sagte Finn, als sie zur Treppe kamen. »Ab jetzt wird es flacher. Es sind nicht mehr so viele Stufen, die uns ab hier erwarten. Aber manche sind tückisch. Abgewetzt und hohl. Einige bröckeln. Es ist gut, dass wir die Fackel haben.«

Er drehte sich verwundert um, als ihm Sindros nicht folgte.

»Nach unten geht's zur Brücke«, sagte Finn, der das Zögern seines Begleiters missverstand.

»Ja, ich weiß. Und sie führt über Uldavalors Brunnen. Den Abgrund von Limun Grendu.«

»Ja, aber was …?«

»Die Steinerne Leere ist tief, Finn. Schwärzer als die Nacht. Kein Licht vermag sie zu erhellen. Sie ist uneinsehbar und damit ein geeigneter Ort, um etwas zu verbergen.«

»Du meinst, ich soll die Gilwe dort hinunterwerfen?«

»Es wäre eine Gelegenheit. Die beste, die ich kenne hierzulande. Besser als selbst der kalte See es wäre. Der ist zwar tief, aber nicht so tief.«

»Ich weiß nicht recht«, erwiderte Finn, nun seinerseits zögerlich. »Es fühlt sich falsch an.«

»Wer spricht da aus dir, mein Freund? Du selbst? Oder das, was du mit dir führst?«

»Ich weiß es nicht«, sagte Finn abermals. Er seufzte schwer. Aber er begann, die abwärtsführenden Stufen zu nehmen.

Die beiden steinernen Bildnisse hoben sich aus der ewigen

Dämmerung der Großen Halle und begrüßten sie, die eine Gestalt den linken, die andere den rechten Arm erhoben. »Weißt du, wen sie einst darstellten?«, fragte Finn.

»Ja. Hier links steht Damáin Schluchtenhammer, der Bruder des berühmten Rumóin Bartretter. Und auf der anderen Seite steht jener, dessen Namen ich eben nannte: Uldavalor, nach dem dieser Abgrund benannt ist. Damáin war einst der Sänger der Gilwe der Erde. Uldavalor aber ist der bedeutendste Schmied meines Volkes.«

»Er *ist* es?«

»Wie er leibt und lebt. Ich las seine Bücher, ehe ich aufbrach. Uldavalor und Damáin gründeten Tilon Idil. Sie war eine der ersten Schulen, und die einzige, in der Féar und Gidwargim gemeinsam die Menschen unterwiesen.«

»Hat die Brücke einen Namen?«

»Du suchst einen Vorwand, es hinauszuzögern«, sagte Sindros.

»Das ist aber ein seltsamer Name für eine Brücke«, versuchte Finn zu scherzen, im Bewusstsein, dass Sindros recht hatte.

»*Das* ist die Wahrheit.«

»Ich habe es nur wissen wollen«, verteidigte Finn sich. »Aber du hast Recht«, gestand er ein. »Es fühlt sich immer noch falsch an.«

»Frage dich, weshalb es dir so geht. Im Übrigen trug die Brücke keinen eigenen Namen, abgesehen von einem Spitznamen, den die Menschen ihr gaben. Sie nannten sie Cunven Balogur, die Unglückszunge.«

»Genau so sieht sie auch aus, wenn du mich fragst.«

»Du kennst meine Frage. Was wirst du tun?«

Finn nahm die Kugel aus der Tasche.

Kein Kribbeln diesmal, dachte er.

Und auch kein Funke darin.

Nichts.

Nur ihre Glätte fühlte er. Ihre unverwüstliche Härte meinte

er unter seinen Fingern zu spüren. Hart wie Adamant, das war sie. Nein, härter sogar, hatte Circendil behauptet. Hätte *er* die Schwarze Gilwe an seiner Stelle hinabgeworfen?

Begehe ich einen unverzeihlichen Fehler, wenn ich es tue? Oder läge der Fehler darin, es zu unterlassen? Bei Aman!, dachte Finn. Welchen deiner beiden Wege soll ich gehen? Hilf mir!

Das Kreischen löschte alles weitere Flehen aus.

Blaufeuer schoss von der Brücke herab. Ein zuckender Bogen aus irrlichternden blauen Funken verdichtete sich zu einem klaftergroßen weißglühenden Ball. Er waberte über den Abgrund und traf die Treppe neben ihnen. Genau zwischen die beiden Bildnisse fuhr dieser Blitz, der kein Blitz war und doch ebenso mächtig. Der entstehende Krach war lauter als ein Donnerschlag. Die Große Halle erzitterte. Druayát war zurück.

Finn ließ vor Schreck die Gilwe fallen.

Schwarz und blau schimmernd, die berabregnenden Funken spiegelnd rollte die schwarze Kugel bis fast an den Rand des Abgrunds. Eine Handbreit vor der Kante blieb sie liegen.

Sindros schrie etwas.

Finn verstand nichts.

Der Nachhall des Angriffs rollte und toste entlang der Wände von Uldavalors Brunnen und machte es unmöglich, etwas zu verstehen. Er sah nur das verzerrte Gesicht, den sich bewegenden Mund.

Sindros schwenkte den Arm, winkte ihn zur Treppe.

Ehe ihm Finn zu folgen vermochte, erschütterten ein Kreischen und ein zweiter Funkenball die Treppe.

Ein neuer Donnerschlag krachte, während noch der erste ausrollte.

Finn schaute erschrocken hinüber und sah, wie sich der Dwarg mit dem erhobenen Zeigefinger umdrehte und zur Brücke zeigte, ehe er die letzten Stufen hinabfiel, in drei Teile zerbrechend.

Unwillkürlich folgte Finn *diesem* Fingerzeig, und sein Herz setzte einen Schlag lang aus. Druayát kam über die Brücke. Schon war sie über ihren Scheitelpunkt hinausgelangt. Sie machte einen Schritt und einen nächsten, und doch war sie damit wie zuvor sieben und abermals sieben Schritte weit vorgedrungen. Bis zum Ende der Brücke war es nicht mehr weit, aber sie blieb plötzlich stehen. Gidrogs kamen hinter ihr her. Sie quollen aus dem Kopf der Säulenallee. Die Feuerbäche verwandelten den Weg in eine hell erleuchtete, sich zuckend windende Schlange, die längs des Abgrunds wachte. Schwerter schwingend stürmten die Gidrogs auf die Brücke hinaus.

Druayát hob ihre Hand.

Ein Pfeil schwirrte auf die Dunbluódur zu – sie lachte ihn an – mitten im Flug verkrümelte er zu fallendem Mehl. Sindros stand jetzt neben dem Bildnis Uldavalors und schickte einen zweiten Pfeil hinterher. Ein aufgellendes Keckern antwortete. Auch dieser Pfeil zerstob und rieselte in die Tiefe.

Aus dem Lachen erwuchs ein drittes Kreischen.

Die Träne in Druayáts bleicher Hand erstrahlte in noch schmerzhafterem Blau. Sie schleuderte ein noch gleißenderes Licht von sich, und das traf die Stelle, an der eben noch Sindros gestanden hatte.

Finn überwand seine Schreckensstarre und sprang vor, als auch der steinerne Uldavalor zu kippen begann. Er war größer als das Bildnis Damáins, und er fiel genau dorthin, wo die Gilwe Keluzkals immer noch lag. Die Kugel begann vor Finns Augen zu tanzen, sie zitterte und drehte sich wie trunken auf den Abgrund zu. Den letzten Fingerbreit aber rollte sie, langsam, doch unaufhaltbar. Dann fiel sie in die Schwärze und war verschwunden.

Im selben Moment erreichte Finn die Kante.

Finns Sprung endete auf dem flachen Stein. Fünf oder sechs Handbreit weit rutschte er, während die Kugel vor seinen Augen rollte, auf dem Bauch auf den Abgrund zu, und die Angst, selbst hineinzustürzen, durchfuhr ihn, als schieße Eiswasser durch seine Adern. Hinter ihm prasselten die zerborstenen Knie Uldavalors auf den Weg. Seine Oberschenkel, die Hüfte folgten: auseinanderbrechend und von jenem knallenden Knacken begleitet, wie es nur berstender Stein zuwege brachte. Finn spürte den Aufprall der Teile als Stöße in seinen Eingeweiden.

Dann war der Abgrund heran. Finns Kopf flog vor. Aber er rutschte nicht weiter.

Unter ihm war nichts als Schwärze. Mit einem kaum mehr wahrnehmbaren Spiegeln darin.

Er stieß seinen Arm hinab. So tief er konnte.

Die Schwarze Gilwe plumpste in seine hohle Hand. Einen winzigen Augenblick lang schien es, als wollte sie seinen Fingern entgleiten. Sie war zu schwer, zu glatt, und seine Handfläche war beschmiert mit klebrigem Gidrogblut. Aber das Unmögliche gelang. Mit einem Aufschrei fing er die Gilwe auf.

Vielleicht aber war gerade das verschmierte Blut der Umstand, den die Gilwe an ihn band. Sie haftete förmlich in seiner Hand. Er packte sie fest, zog den Arm zurück und rollte sich, die Gilwe an sich pressend, in die Sicherheit des festen Bodens.

Jemand riss ihn an seinem Mantelkragen hoch. Es war Sindros. Der Féar spurtete mit ihm los. Ob er etwas rief, und was er rief, ging in einem ohrenbetäubend peitschenden Getöse unter. Ein Loch klaffte plötzlich über ihnen in der Treppe auf, tiefer und breiter als ein Féar und geformt wie ein Krater. Blaue Funken umtanzten Sindros' Beine, als er, Finn mit sich reißend, auf die nächstgelegene der um sie verteilten Plattformen sprang und an dem Loch vorbeirannte.

Im Davonjagen warf Sindros einen Blick über die Schulter.

Wieder züngelte eine Kaskade aus Blaufeuer heran. Sindros setzte über eine Brüstung hinweg, fiel auf die oberhalb des Lochs noch gangbaren Stufen, glitt beinahe aus, fing sich und hastete weiter hinauf. Die Plattform, über die sie soeben noch gesprungen waren, ein gewaltiger Block aus einem einzigen Stein, erbebte unter dem knallenden Einschlag eines zerspringenden Gewitters in Blau. Der ganze Block hüpfte in die Höhe, als wöge er nichts.

Dann neigte er sich, geriet neben ihnen ins Rutschen und donnerte haltlos auf den Fuß der Brücke zu.

Die große Plattform krachte auf die hiesige Seite der Wölbung und durchschlug sie. Cunven Balogur, die Unglückszunge, wurde von dem Steinklotz einfach entzweigeschnitten. Ihr längerer Bogen kippte nach unten. Nicht langsam, nicht allmählich, sondern mit einem einzigen gewaltigen Schlag gab es sie einfach nicht mehr. Mit allen, die sich darauf befanden, verschwanden die Trümmer in der Tiefe.

Finn hielt immer noch die Gilwe umklammert. Er schaute wie gelähmt unter Sindros' Armen nach hinten, nach unten. Während er fassungslos zurückstierte, bekam er kaum mit, wie sie am Zugang zu den oberen Kammern vorbeijagten und das Großgewölbe hinter sich ließen. Das kürzere Ende der Brücke ragte aus den aufwallenden Steinnebeln auf – ein einsamer, abgebrochener Ast, von dessen Bruchkante letzte lose Reste bröckelten und in die Schwärze hinabrieselten.

Es war das Letzte, was Finn von der Großen Halle erhaschte.

*

Obwohl der Weg ab jetzt flacher anstieg und erheblich weniger Stufen kamen, drosselte Sindros bald seine atemlose Jagd und schritt langsamer aus. An der nächsten größeren Kehre machte er schließlich halt. Mit einem eigenartigen Laut setzte er Finn ab und lehnte sich erschöpft gegen die Tunnelwand. Er schüttelte die völlig verfilzten und verklebten Haare, wischte sich über das verschmierte Gesicht und lächelte entschuldigend. Im Licht der Fackel sah er aus wie frisch geschlachtet.

»Sieh es mir nach«, bat er. »Ich bin ein Féar und ausdauernder als ein Mensch. Aber nach dem, was wir gerade durchmachten, bin ich fast am Ende meiner Kräfte angelangt. Kaum noch zu was nütze bin ich dir, fürchte ich.« Er holte die Silberflasche hervor. »Dieser Schluck sei uns vergönnt. Wie weit ist es noch bis oben?«

Sindros trank und reichte dem Vahit den Limfalwetrunk weiter.

Finn steckte die Gilwe in seine Tasche zurück und lauschte nach hinten. Niemand verfolgte sie. Bisher. Er nahm die Flasche, aber er trank nicht.

»Danke«, sagte er. »Ich meine: Danke, nein. Ich glaube, ich warte noch ein Weilchen damit. Mir ist nicht schwindelig, nur entsetzlich müde fühle ich mich. Ein bisschen denken kann nicht schaden. Es sollte mich munterer machen. Bis nach oben? Ich bin erst kürzlich hier heruntergestolpert, und doch kann ich mich kaum an die Einzelheiten dieses Treppenwegs erinnern. Es sieht alles so ähnlich aus. Ich meine, es kommt noch ein Seitentunnel, und dann folgt ein Stück verwirrender Kehren und Wendungen. Aber alles zusammen kann nicht länger dauern als eine Viertelstunde.«

»Eine was?«

»Ein Rámwarás.«

»*Das* sagt mir etwas. Nun gut, das sollte zu schaffen sein. Bist du verletzt? Kannst du selber gehen?«

»Nein und ja. Mir ist nur ein bisschen mulmig vor dem, was gleich kommt.«

Sindros fragte: »Hier auf dem Weg?«

»Nein. Oben. Jenseits des Ausgangs. Im Tal von Tilon Idil. Es ist voller Gidrogs. Es müssen hunderte sein. Irgendwo da draußen machen sich außerdem unsere Freunde Sorgen, nehme ich an. Deine Gefährten und mein Vetter Wil. Er ist der Einzige, der weiß, wohin ich wollte. Wir trennten uns – na ja, wegen Anglirion. Und hast du nicht von fünf Dunbluódul gesprochen? Wie kommen wir an all diesen Feinden vorbei? Und woher weißt du überhaupt, dass es fünf sind?«

»Dies ist nicht der erste Gorcunun, den ich sehe«, antwortete der Féar. »Im Gegensatz zu meinen Gefährten. Ich fürchtete schon vor einiger Zeit, es würde darum gehen, einen weiteren zu errichten. Ich warnte sie genau davor, aber sie nahmen meine Worte nicht ernst. So häuften sich Fehler auf Fehler. Meiner war, dass ich es im Guten mit Gidrogs versuchte.« Er lachte bitter auf. »Gidrogs. Im Guten. Ich hätte es wissen müssen. Du siehst, wohin mich das führte.«

»Weshalb fünf?«, beharrte Finn.

Sindros nahm noch einen zweiten Schluck Limfalwe und verstaute anschließend die Flasche wieder in einem der Beutel an seinem Gürtel. »Eigentlich sind es sogar sechs, wenn wir Keluzkal mitzählen. Aber er war nur meinetwegen hier. Nicht wegen des Gorcununs. Die fünf wurden von Amuul gebracht; er ist selber einer von ihnen. Sie gehen immer gleich vor. Einer bricht die Steine und gibt ihnen ihre Dolchklingenform«, sagte er. Dabei spreizte er nach Menschenweise einen Finger ab.

»Der Zweite – *die* Zweite: Druayát – lässt sie an den Ort des Aufstellens schweben. Der Dritte wandelt sie. Ich kann dir allerdings nicht sagen, in *was* er sie verwandelt. Die Steine sehen danach anders aus. Sie bekommen ein Netz von Adern wie aus Bernstein.«

»Bernstein? Ich weiß nicht, was das ist.«

»Das ist eine honigfarbene, egal … Sie weisen jedenfalls nach der Wandlung honigfarbene Adern auf«, gab der Féar eine halbe Antwort.

Er spreizte den vierten Finger ab. »Der Nächste, so glaube ich zumindest, bindet sie.« Sindros bemerkte Finns verständnislosen Gesichtsausdruck und sagte: »Er bindet – oder verbindet – sie irgendwie mit den Kraftlinien Kringerdes. Der Fünfte endlich bewirkt, dass der Gorcunun zu arbeiten beginnt. Schon zweimal sah ich es mit an, und es ist stets Amuul, der dann erscheint und am Ende die Schwarze Gilwe des Saugens einsetzt.«

»Amuul«, flüsterte Finn unwillkürlich. »Ich begegnete ihm erst einmal, und es war fürchterlich.«

»Er *ist* fürchterlich. Alle sind es, jeder und jede auf seine oder ihre Weise. Alles, was sie tun, geschieht immer in nur einer einzigen Nacht. Meist sind es Vollmondnächte, aber nicht immer.«

Finn schüttelte verwirrt den Kopf. »Aber was genau geschieht?

Ich meine: dann? Danach? Wozu das alles? Was macht ein Gorcunun?«

»Er saugt seinerseits«, antwortete Sindros. »Ohne Unterlass, sobald er erst einmal in Gang gesetzt wurde.«

»Ich verstehe nicht …«

»Der Gorcunun saugt an Kringerde selbst.« Sindros zuckte in menschlicher Weise mit den Schultern. »Es steckt eine Absicht Lukathers dahinter, die ich nicht verstehe. Keiner meines Volkes konnte bisher ergründen, zu welchem Zweck er das tut.«

Sindros machte eine unverständliche Geste. Als ob er etwas ergriffe und über sich würfe.

»Alle Gorcunun tun das Gleiche«, fuhr er düster fort. »Es gibt inzwischen viele von ihnen. In allen Landen, über die sie bislang hergefallen sind. Und sie alle saugen an Ilámen Grendu und schleudern ihr Innerstes hinauf nach *goren limun.* Ja, sie werfen es empor bis über die Wolken hinaus, schleudern es hoch bis in die Große Leere dahinter. Mir geht es wie dir. Man kann es sich kaum vorstellen. Und kein Bestandteil des Geraubten fällt je wieder zurück. Es ist verloren für immerdar.«

Er stand auf, reichte Finn die Hand und zog ihn hoch.

»Ich weiß nicht, wieso ich das denke. Aber in meinem Herzen spüre ich es genau: Keine der Taten Lukathers ist schändlicher und bösartiger als das Errichten der Gorcunun-Steine. Er verletzt diese Welt damit auf eine nicht wiedergutzumachende Weise. Täglich, stündlich verliert sie Teile ihrer selbst. Und mit jedem neuen Gorcunun verliert sie mehr. Kringerde schwindet, Finn.«

»Aber warum nur tut er das?« Finn schüttelte sich vor Abscheu.

»Um sie zu zwingen, fürchte ich. Doch zu was, weiß niemand.«

Sie gingen weiter, zwei schweigende Gestalten in einem wandernden Kegel flackernden Fackellichts. Sie erkannten den abzweigenden Gang erst, als sie unmittelbar vor ihm standen. Ein Tunnel, rund wie ein waagerechter Brunnenschacht, führte in gerader Richtung weiter und nicht, wie Finn sich erinnerte, zur

Seite. Der Treppenweg schwenkte vor der dunklen Höhlung nach links.

»Jetzt beginnt der Teil des Weges mit den Kehren und Wendungen«, sagte Finn und setzte seinen Fuß auf die nächste Stufe.

Er täuschte sich. Das Hin und Her begann vielleicht, aber nicht mehr für sie.

Blaues Irrlichtern blitzte hinter ihnen auf. Gerenne von Gidrogfüßen polterte von oben her. Zugleich sprangen Schatten im oberen Treppenweg auf und flohen – weitere Fackeln näherten sich schnell. »Bálanwe! Wir stecken in der Zange!«, rief Sindros. »Hier hinein!« Er zog Finn mit sich in den abzweigenden Gang hinein. Der neue Tunnel beschrieb schon nach wenigen Klaftern eine leichte Kurve nach rechts. Sie drückten sich in die Deckung hinein. Sindros ließ die Fackel fallen und trat sie eiligst aus. Hoffentlich nicht zu spät, dachte Finn.

Es war zu spät. Sie waren gesehen worden.

Gekreische brandete von unten herauf. Ihm dichtauf folgte ein heranschießender Ball aus blauen Flammen. Das wabernde Blaufeuer traf auf den nackten Fels und zerplatzte. Die frei werdende Gewalt brachte alles zum Wanken: die Wände, den Boden, die gewölbte Decke.

Der einsetzende Lärm war in dem engen Tunnel nur noch Pein.

Zersprungener Stein bröselte, Knall folgte auf Fall. Größere Brocken schlugen von der Decke. Schutt und eine prasselnde Lawine aus gemartertem Gestein rutschte nach. Plötzlich standen sie in gänzlicher Schwärze.

Sindros ergriff die Hand des Vahits und zog ihn ein Stück weit tiefer in den Stollen hinein. Dann blieben sie stehen und warteten, bis das Klingeln in ihren Ohren nachließ. Und der Staub sich legte.

»Was ist passiert?«, keuchte Finn irgendwann, als ihr Husten ein Ende fand.

»Der Tunneleingang ist eingestürzt. Ob sie das wollte, weiß ich nicht. Aber es schützt uns zugleich vor ihr.«

»Das war Druayát? Ich dachte, sie wäre mit der Brücke und allem in den Abgrund gestürzt.«

»Wie könnte sie? Sie trägt die Träne.«

»Ja, die des Zermalmens. So nanntest du sie vorhin.«

»Ja. Und doch ist das nicht ihr eigentlicher Name. Die meisten bezeichnen Druayáts Träne als die Schwarze Gilwe des Schwebens. Sie wirkt auf die großen Steine des Gorcununs ebenso ein wie auf Druayát selbst. Oder eben auf alles, was sie schweben lassen will. Dieselbe Kraft, nur weit stärker, gebraucht sie im Kampf. So erzeugt sie ihre Zermalmer. Ich glaube, sie wollte uns unter den Trümmern begraben. Wir hatten Glück, dass es nur den Eingang erwischte.«

»Das ist nicht gut«, hörte Finn den Féar nach kurzer Zeit murmeln, während sie sich durch die Finsternis bewegten.

»Weil …?«

»Weil hier ein Zimbagun-Hammer zu sehen ist«, sagte Sindros. *Verzichte und grabe nicht weiter.* Nun ja, ich habe nicht vor zu graben.«

»Haben alle Féar Augen wie du? Ich meine, Augen, die selbst in der Finsternis zu sehen vermögen?«

»Es ist eine Eigenschaft meines Volkes, ja. Obwohl auch wir in völliger Dunkelheit nichts sehen können.«

»Aber es ist hier doch so schwarz wie in einem Tintenfass!«

»Ist es das?«, wunderte sich Sindros. »Hier herrscht ein dünner, grauer Schimmer, wie ich sagen könnte. Es sind Metalle und Salze in diesen Steinwänden, mal mehr, mal weniger. Dünnste Äderchen, die sie in alle Richtungen durchziehen. Aus ihnen sickern winzige Spuren des Lichts, das einst auf ihnen widerschien, von Fackeln oder Lampen, die die Bergleute und Schüler einst trugen. Nur deshalb sehe ich etwas, wenn du es denn sehen nennen möchtest. Ohne diese Einlagerungen im Fels wäre ich so blind wie du.«

»Was ein Glück für uns ist. Dass diese Einschlüsse da sind,

meine ich. Der fallende Hammer also. Nicht graben meint doch auch: Geh nicht weiter! Oder? Was tun wir nun? Als ich hinabstieg, bin ich anfänglich falsch abgebogen und in einen Blindstollen geraten. Ob das dieser Gang hier war?«

»Wenn er es war, dann ist er es noch, und das würde bedeuten, wir sind von beiden Seiten eingeschlossen. Hoffen wir, dass es ein anderer Gang war.«

Es war eine Hoffnung. Aber eine trügerische.

Sindros ging voran, und selbst er schritt jetzt langsam aus.

»Halt«, sagte er plötzlich. »Vor uns liegt ein Spalt. Dahinter kann ich eine Halde aus Geröll erkennen. Aber sie reicht nicht ganz bis zur Decke hinauf. Wir könnten über sie hinweggelangen. Falls es uns zuvor gelingt, diesen Spalt zu überwinden.«

»Wie breit ist er?«, fragte Finn, der gar nichts sah.

»Sehr breit. So lang wie einer der Schwebeschritte Druayáts.«

»Sieben Klafter?«

»Wenn das dein Maß dafür ist – ja.«

Das ist breiter als die Kluft in der Wirrelbachhöhle!, dachte Finn erschrocken. »Das war's dann«, sagte er leise.

»Was meinst du?«

»Da kommen wir nie hinüber.«

»Nie ist ein langes Wort, selbst für einen Féar. Aber wenn du damit unmöglich meinst, dann teile ich deine Ansicht nicht. Wir müssen eben weit springen.«

»Springen? Du kannst das vielleicht. Ich nicht.«

»Dann werde ich für uns beide springen müssen. Es wäre nicht das erste Mal hier und heute.« Er wandte sich ab und ergriff dabei wieder Finns Hand. »Platz für einen genügenden Anlauf hat sie uns jedenfalls gelassen«, sagte Sindros grimmig. »Ich nehme dich auf meinen Rücken.«

»Wollen wir nicht erst lieber den Rand des Spaltes untersuchen?« Er berichtete hastig von seinem Erlebnis mit der unsichtbaren Brücke, die nicht wirklich unsichtbar gewesen war, aber kunstvoll im Gestein der Höhle verborgen. Nicht kunstvoll genug für Mellow, dachte Finn traurig.

»Glaubst du ernsthaft, so etwas passiert einem zweimal im Leben?«, fragte Sindros daraufhin.

»Nein. Es ist nur – ich habe von Abgründen und Spalten und allen Klüften der Welt inzwischen die Nase voll. Und ich hege mittlerweile eine ziemliche Angst vor ihnen, das kannst du mir glauben. Sieben Klafter! Bist du dir wirklich sicher, du schaffst es?«

Sindros bückte sich, damit Finn auf seinen Rücken klettern konnte.

»Wann kann man einer Sache jemals sicher sein?«, entgegnete er. »Aber ich würde diesen Sprung nicht wagen, wenn ich befürchtete, er könne misslingen. Sei froh, dass wenigstens du nichts siehst. Vertraue mir.«

»Na ja«, machte Finn. »Aber deine Schnittverletzungen an den Beinen?«, fiel ihm ein. »Sie werden deine Kraft beeinträchtigen!«

»Darüber denke ich nach, wenn ich auf der anderen Seite bin.«

Sindros hielt Finn an den Schenkeln fest und spurtete los.

Wie weit ist es bis zum Rand der Kluft? Finn konnte es nicht einschätzen. Aber er spürte jeden Schritt des Feár, hörte das rasend schnell aufeinanderfolgende Knirschen seiner Sohlen, hurtiger als der Schlag einer Trommel. Dann ein noch kräftigerer Stoß, ein langer, vollkommen lautloser Augenblick der Schwärze, und …

Der Sprung gelang. Geröll spritzte unter Sindros' Füßen auf. Er federte aus der Hocke hoch und kam rutschend zum Stehen.

»Ich hasse es zu fliegen«, sagte Finn, als er von Sindros' Rücken kletterte. »Auch wenn's nur so kurz war wie dieses Mal.«

Unendliche Erleichterung überschwemmte ihn. Sie wurde noch größer, als sie gewahr wurden, dass sie wirklich über die diesseitige Halde klettern konnten. Drüben rutschten sie in ein aschgraues Dämmerlicht hinab. Als Finn sich erhob, schüttelte er verwundert den Kopf. »Das *ist* der Gang, den ich meinte. Ich stand genau hier, und er war vollkommen zugeschüttet.«

»Druayáts letztes Beben wird ihn erschüttert haben«, vermutete Sindros. »Damit legte sie den Gang wieder frei.«

»Sie würde noch lauter kreischen, wenn sie es wüsste«, sagte Finn.

»Beschwör es nicht«, bat Sindros. »Noch sind wir nicht entkommen.«

Sie gingen die dreißig Doppelschritte bis zur Linkskehre und weitere vierzig bis zum Ende des Tunnels. Mit jedem Schritt wurde es heller, und richtiges Licht empfing sie. Das Öl in den langen Steintrögen brannte nach wie vor: zu beiden Seiten der Halle, der letzten beziehungsweise ersten vor der Vorhöhle.

Sie eilten an dem Treppenweg vorbei, der genau gegenüber begann, und bogen nach rechts in das säulenlose Gewölbe ein.

Nicht nur Licht empfing sie hier.

Noch jemand wartete. Es herrschte jetzt etwas stärkere Zugluft in der Halle als bei Finns erstem Eintreten. Und so blähten sich die Falten des grauen Gewandes der Gestalt vor ihnen. Allenfalls Fetzen schienen es zu sein, formlos und flatternd wie die letzten Stücke einer sturmzerzausten Fahne.

Finn erkannte ihn sofort. Seit ihrer ersten Begegnung geisterte er durch seine quälendsten Träume und ängstigte ihn selbst am Tage, wenn er nur an den Dunbluódur dachte.

Bitte nicht!, flehte er. *Lass ihn ein Trugbild sein.*

Aber dies war kein Bild.

Vor ihnen stand Amuul. Die Gilwe auf seiner knöchernen Hand glotzte sie an wie ein Auge.

Das Glühen darin schwoll an.

*

Der Pfeil des Féar schwirrte bereits, kaum dass das Glühen mehr war als nur ein soeben aufflammender Punkt. Er traf die Kugel – und zersplitterte.

Amuul rührte sich nicht. Doch er zischelte etwas.

»*Nastamem nastamess*«, kam es aus den Tüchern, die seinen Kopf umgaben.

Im nächsten Moment hörte Finn, wie Sindros aufstöhnte. Der Féar sackte auf die Knie. Sein Bogen klapperte auf die Steine, und er hielt seinen Kopf umklammert. Und schrie.

Dunkelgelbe Funken tanzten aus der Gilwe hervor, umsprangen Sindros und hüllten ihn ein. Wie Tropfen aus einem honigfarbenen Regen, die auf dem Boden zerplatzten und verschwanden.

Sindros fiel vornüber. Sein Wehklagen brach ab.

Amuuls Kopf drehte sich Finn zu. Etwas unter den Tüchern hob sich ruckartig, als sei der Dunbluódur überrascht von dem, was er sah.

Da zischte aus der Vorhöhle ein Pfeil heran, dem rasend schnell zwei weitere folgten. Sie trafen, alle drei; doch wohl nur das Gewand, nicht seinen Träger.

Jedenfalls durchschlugen sie die Fetzen und klackerten irgendwo in der Halle gegen Gestein. Aber der Dunbluódur wandte sich um und entließ Finn und Sindros aus seiner Aufmerksamkeit.

Amuul langte in die Tiefen seines Gewandes und holte eine zweite Gilwe hervor.

Eine zweite Gilwe?

Noch ehe Finn auch nur zu schlucken vermochte, ging ein schmerzhafter, hellblauer Schein von der zweiten Gilwe aus. Amuul sprach etwas in ihr Leuchten hinein und verschwand.

»Sindros!« Finn stürzte vor und warf sich neben den Féar auf die Knie. »Komm mit! Hörst du mich? Hoch mit dir! Wir müssen hier raus. Schnell! Ich höre sie kommen.«

Das stimmte gleich zweimal. Draußen, vor dem Zugang, bei den Trümmern des einstigen Vorbaus, erhob sich ein ungeheurer Tumult, der in der Vorhöhle widerhallte. Und von rückwärts vernahm Finn das vielfache Trampeln rennender Füße. Auch hier ertönten Rufe. *Sie müssen jeden Augenblick aus dem Treppengang hervorstürmen*, dachte Finn verzweifelt. »Sindros!«

»Kann nicht«, flüsterte es an Finns Ohr. »… zu schwach. Flasche …«

Kraftlos ließ der Feár seine Hand sinken, mit der er zum Gürtel hatte greifen wollen. Finn nestelte an dem Beutel herum, zog die Flasche hervor, entstöpselte sie, warf einen hastigen Blick über die Schulter und tröpfelte dann etwas von dem Limfalwetrunk in Sindros' geöffnete Lippen. »Muss reichen«, verstand Finn.

Sindros drückte die Hand mit der Flasche an Finns Brust. »Für dich. Geh … sofort … Rette dich … mein kleiner Freund.«

Sindros' Kopf sackte zur Seite. Ob er nur besinnungslos war oder tot, vermochte Finn nicht festzustellen. Das Gebrüll wurde lauter. Hinter ihm. Vor ihm.

Ich kann nicht bei ihm bleiben!, schrie es in ihm.

Du bist gekommen, um ihn zu retten!, antwortete ein anderer Teil seiner selbst. *Du kannst nicht gehen! Nicht, solange du nicht sicher bist.*

Er stöhnte.

Entscheide dich! Du – oder keiner von euch beiden.

Das gab den Ausschlag.

Finn packte die Silberflasche, presste im Laufen den Stöpsel hinein und rannte dann, wie von allen Höhlengeistern gehetzt, zum Ausgang der Halle.

Da war der Steintrog. Die Flamme aus Pech loderte. Finn sah keine Gidrogs in der Vorhöhle, aber er *hörte* sie kommen. Er lief aus dem Licht, hoffte zumindest, es rechtzeitig zu schaffen.

Der Vahit stürmte vor, wie nie zuvor in seinem Leben. Ausgenommen vielleicht die vierzig Sprünge am Acaeras. Er flitzte aus dem Schlundmaul des Zugangs von Tilon Idil, und – Aman hilf! – jetzt *sah* er sie. Ein Dutzend oder mehr Gidrogs, höchstens zwanzig Klafter entfernt.

In Gruppen zu dreien oder vieren liefen sie an den Trümmerbergen rechts und links des weit aufgesperrten Mundes vorbei und rannten in die Vorhöhle hinein. In ihrer Eile übersahen sie dabei etwas, das sie für einen der moosüberzogenen Bruchsteine halten mochten. Eine kleine bebende Gestalt, die sich in einen Trümmerschlitz quetschte, entging ihren Augen. Finn hatte seinen Mantel über sich geworfen und die Hand schützend vor Mund und Nase gepresst. Das Trampeln wurde rasch leiser, und aus der Höhle hervor hörte Finn verwunderte Rufe, in die sich wenige Augenblicke später das noch verwundertere Grunzen derjenigen Gidrogs mischte, die aus der Tiefe nach oben gejagt waren.

Finn sprang auf und preschte nach links, dicht an der Wand des Talkessels entlang. Endlich wieder im Freien! Aber wohin nur?

Sein Herz klopfte wild vor Anstrengung, die Lunge brannte. Da bemerkte er einige Eschen und drumherum eine Ansammlung halbhoher Büsche. Er spurtete über das Gras, tauchte unter die hängenden Zweige, lief gebückt noch ein paar kraftlose Schritte und ließ sich dann, mittendrin, zwischen Wurzeln und Bodenästen, zu Boden plumpsen.

Für eine Weile war ihm nichts anderes mehr möglich, als sich auf den Rücken zu rollen und darauf zu warten, dass sein pfeifender Atem sich wieder beruhigte. Verkrampft hielt er etwas in seinen Händen. Es war kühl und aus irgendeinem Grunde tröstlich, und es dauerte, bis er darin die Limfalweflasche erkannte.

19. KAPITEL

Limfalwe

JE BESSER ER SEINE Atmung unter Kontrolle bekam, desto deutlicher drangen nahe und ferne Geräusche aus der Weite des Talkessels in sein Bewusstsein.

Etwas geschah hier unten, das alle in Aufruhr versetzte. Er hörte das Geschrei von Criargs, Flügelschlag, bellendes Gegrunze von Befehlen, hörte unzählige Füße hin und her rennen. Rufe, hallend und nicht weit entfernt, kamen immer noch aus der Vorhöhle. Eine Auseinandersetzung war dort im Gange, vielleicht über das richtige Vorgehen, aber es konnte ebenso gut ein Streit um die Verteilung der Beute sein, die Sindros darstellte. Zwischen den Trümmern meinte Finn weiche, schnelle Schritte zu vernehmen, die abrupt verhielten.

Erst jetzt überkam es ihn.

Die drei Pfeile auf Amuul – wer hatte sie abgeschossen? Es konnten nur die Féar gewesen sein. Also hatten sie sich mittlerweile am Wasserfall abgeseilt. Waren alle drei in das Talrund eingedrungen? Oder nur einer oder zwei von ihnen? Finn begriff, welchen dummen Fehler er begangen hatte. Anstatt panisch fortzulaufen, hätte er sich nach den Bogenschützen umsehen und sich in ihren Schutz begeben müssen. Aber vielleicht war es noch nicht zu spät dafür.

Wie spät war es überhaupt?

Finn lugte zwischen den Blättern hervor, doch er vermochte den Mond nicht mehr zu erblicken. Er stand schon zu weit im Westen und war hinter den Rand des Tals gesunken, erkannte er. Also waren mindestens drei Stunden vergangen. *Mir kommt es vor wie drei lange Tage.*

Wo war Wil?

Und – er erschrak, weil er erst in diesem Augenblick daran dachte – *wohin war Amuul verschwunden?*

Finn steckte die Silberflasche ein. Dann robbte er unter den Ästen weiter, zur anderen Seite, bis er den Rand des Gebüschs erreichte. Vor ihm erstreckte sich ein schmaler Streifen Gras, gleich dahinter erhoben sich die ersten Bäume des verbliebenen Talwaldes. Ihre Wipfel schimmerten fast gelblich im sinkenden Mondlicht, das die Spitzen der Bäume so gerade eben noch berührte.

Daran erkannte Finn, dass er nach Osten blickte. Über den Baumkronen rauschte fern der Wasserfall, und vor dem Widerschein seines Glitzerns sah er wenigstens zwanzig im und über dem Tal kreisende Criargs. Ihre Reiter beugten sich nach unten; sie suchten ganz offensichtlich den Kessel nach Feinden ab. Dabei konnte es sich nur um Anglirion und die beiden Frauen handeln. *Also sind sie hier*, dachte Finn, voller Bangen und Hoffnung zugleich. Aber sie waren nicht in seiner unmittelbaren Nähe, nicht bei dem Eingang, der in die Tiefe zur alten Schule führte, wie er zuerst angenommen hatte. Sie hielten sich weiter vorn auf, in der Nähe des Schluchtwegs. *Also muss ich ebenfalls dorthin. Das ist ohnehin mein Ziel.*

Es gab nur diesen einen Weg hinaus.

Er zog sich unter den Zweigen hervor und rannte geduckt bis zum Saum des Waldzipfels. Der Ausläufer war höchstens dreißig Klafter breit, aber voller Deckung gebender Schatten. Finn verschwand darin und arbeitete sich bis zur gegenüberliegenden Seite durch das Unterholz vor. Kaum lugte er aus seiner Deckung in das sich nun vor ihm ausbreitende Tal, da hörte er Anglirions Stimme, die von rechts her schallend einige kurze, féarische Worte rief.

Zu Finns unendlicher Erleichterung hörte er, wie ihm mit Sindros' Stimme geantwortet wurde. *Er lebt!*, durchfuhr es ihn. *Er lebt und ist nicht mehr in der Höhle.* Aber ein sofort einsetzender Hagel von dumpfen Schlägen zeigte, in welcher Gesellschaft sich der Féar befand. *Die Gidrogs schaffen ihn fort, nachdem sie ihn wie-*

der in ihre Gewalt gebracht haben. Und ich habe ihn schmählich im Stich gelassen!

Einige der Criargreiter in der Luft sahen im Gegensatz zu Finn, was vor sich ging. Ein Halbdutzend von ihnen lenkte ihre Vögel zum Eingang von Tilon Idil. Gidrogs zu Fuß rannten vom kleinen See und den noch brennenden Wachtfeuern in die gleiche Richtung. In großer Zahl. Sie hetzten über den freien, ebenen Talgrund, sprangen über den Bach und eilten weiter. Pfeile schwirrten. Finn hörte ihr Schwirren, aber ob sie etwas ausrichteten, vermochte er nicht zu erkennen. Dafür kamen jetzt einige der Heranstürmenden dem Waldrand, in dem er sich verbarg, gefährlich nahe.

Denk nach!, befahl er sich fieberhaft. *Du kannst hier nicht bleiben. Aber du kannst hier auch nicht weg.*

Im Tal brodelte es, nirgendwo war es sicher. Sollte er gleichfalls rufen? Nein, entschied er. Anglirion hatte sicherlich genug damit zu tun, Sindros zu befreien. Und es war mehr als fraglich, ob er sich überhaupt um einen verzweifelten Vahit kümmern würde. Mein ganzer schöner Plan ist geplatzt. Anstatt mir die Féar zu Dank zu verpflichten, bin erneut ich es, der auf ihre Hilfe angewiesen ist.

Er zog sich ins Unterholz zurück. Über den Wipfeln rauschten Criargschwingen, und er lauschte angestrengt und machte sich so klein wie möglich.

Doch schon fetzte und prasselte es in unmittelbarer Nähe unter den Bäumen. Vier oder fünf der Hauergesichtigen nahmen die Abkürzung durch den Waldzipfel, drängten sich unter Einsatz ihrer Axtdornschwerter durch die Büsche. Zwei von ihnen trugen Fackeln und rannten nur wenige Klafter an ihm vorbei. Ohne ihn zu bemerken, stürmten sie, unverständliche Rufe ausstoßend, auf etwas zu, das verborgen hinter dem rückwärtigen Waldsaum lag. Anglirions Stimme erschallte erneut, und dieses Mal war es Becúnan, die hastig antwortete. Ihre Erwiderung klang alarmiert.

Als blaues Feuer zwischen den Stämmen aufloderte, wusste Finn auch, wieso.

Aufheulendes Kreischen ging in einem mehrfachen Donnerschlag unter. Die Talwände warfen das Getöse wieder und wieder zurück. Es grollte in einem fort, als betrinke es sich an seinem eigenen Echo.

Als der Lärm ausrollte und endlich verebbte und Finn die Hände von seinen Ohren zu nehmen wagte, fürchtete er, sein Gehör habe ernstlichen Schaden erlitten. Er schüttelte den Kopf und rieb sich die Ohrmuscheln, aber der taube Eindruck blieb.

Kein Brummen, kein Summen, aber …

Hinter oder unter allen übrigen Geräuschen im Tal lag jetzt – wie Zittern in der Luft – ein tiefer Ton, der zuvor nicht da gewesen war. Das Geräusch war mit nichts zu vergleichen, das Finn jemals vernommen hatte, und es war auf eine Weise unangenehm, die er nicht in Worte fassen konnte.

Ich kann nicht mehr, dachte er verzweifelt. Ich will hier heraus. Einfach nur fort. Aber ich weiß nicht, wie.

Vom Schluchtweg her hörte Finn Gidroggeschwafel – abgehackte Grunzlaute, durchmischt mit höhnisch wirkenden Bemerkungen. Ärgerlich hervorgestoßene Befehle machten dem ein Ende und sorgten für Ruhe.

Ruhe!

Keine Féarstimmen mehr.

Kein blaues Irrlichtern.

Doch Druayát war zweifellos aus den Tiefen Tilon Idils zurückgekehrt. In diesem Moment ging sie mit ihren Siebenmal-Schritten im Tal um. Wo Amuul und die anderen Dunbluódul steckten, konnte Finn nur vermuten. Vielleicht beim Gorcunun, dachte er. Nein, ziemlich sicher sogar. Seine Errichtung war der Grund ihres Hierseins. Nur der Gorcunun zählte.

Ob er diesen tiefen Ton verursachte?

Criargschreie über dem Tal zerrissen die Ruhe. Ihre Suche hatte nicht geendet. Sobald sich Finn auch nur aus seinem Waldzipfel vortraute, würden sie ihn entdecken.

Seine Hand wanderte fahrig über sein Ohr, rieb den Mund, presste sich einen Moment lang aufs Herz und kam dann, ohne dass er selbst es recht bemerkte, über der Beule in seiner Tasche zu liegen. Da spürte er das Kribbeln wieder und zuckte zusammen.

Nein, dachte Finn. *Nicht du auch noch.*

Oder nein, so dachte er im nächsten Atemzug trotzig. *Du gerade!*

Wie hatte Sindros sie genannt?

Die Schwarze Gilwe des Findens. Er fragte sich, ob sie einen Ausweg kannte. Vielleicht rechnete sie ihm an, dass er sie vor dem Sturz in den Abgrund bewahrte hatte. Wenn er einen anderen Weg gewüsst hätte, wäre er ihn gegangen. Doch er kannte keinen.

Plötzlich wurden aufgeregte Rufe aus der Richtung des kleinen Sees laut. Gidrogs liefen dahinter auseinander und bildeten eine Kette vor dem Palisadenzaun. Aus welchem Grund, vermochte Finn von seiner Warte aus nicht zu erkennen.

Er rutschte bis an den Rand des Gebüschs. Ein letzter, schmaler Streifen ersterbenden Mondlichts beschien das Gras davor, schiefergrau und bar jeden Schimmers.

Zögerlich nahm er die Kugel aus der Tasche. Zum ersten Mal betrachtete er sie eingehender.

Ein schwarzer Ball war sie, und er glaubte, ganz schwach darin sein Gesicht gespiegelt zu sehen, auf dem Kopf stehend und verschwommen. Dann glaubte er den Mond darin zu sehen, bis er erkannte, dass er sich täuschte. Es war nicht der Mond, sondern ein heller werdender Lichtpunkt im Innern. Ein anwachsendes Glimmen.

Hastig warf Finn seinen Mantel über die Gilwe und lugte unter das so gebildete Zelt. Doch was er für ein aufblendendes Licht gehalten hatte, schwoll zwar an, aber es verblasste zugleich. Plötzlich lag die Gilwe durchsichtig in seiner Hand, und er konnte die Halme des Grases darin erkennen.

Des Grases?

Das ist doch unmöglich, dachte er verwundert. Ich verhülle sie. Wenn die durchsichtig gewordene Kugel ihm etwas hätte zeigen dürfen, dann allein den Loden seines mitgenommenen Mantels und die blutverschmierten Finger, mit denen er die Gilwe hielt.

Aber da war das Gras zu sehen, deutlich und klar, fast wie am Tag, und es bewegte sich leicht im Wind.

Alles Kribbeln war verflogen. Finn starrte ins Innere der Gilwe. *Ich fange an zu träumen*, dachte er. *Ich bin zu müde, zu erschöpft, zu erschlagen, um noch klar zu denken. Ich sehe Gras, wo keines ist, und erblicke Dinge, wo nichts als Schwärze sein sollte.* Was gäbe er für ein Bett und die Aussicht, auch nur eine friedliche Stunde darin ruhen zu können.

Die Notwendigkeit, dieses Tal so schnell es ging zu verlassen, und vor allem, diesem immerwährenden tiefen Ton zu entfliehen, durchlief ihn wie ein Schauer und weckte ihn aus seinem Wunschdenken auf.

Die Halme im Innern der Gilwe aber blieben. Sie wiegten sich leicht – und wurden plötzlich niedergetreten. Von einem gespreizten Vogelfuß. Von einem zweiten. Das Bild kippte und sprang vor Finns Augen zurück. Es wurde kleiner und deutlicher, als weiche der Betrachter zurück. Nun sah Finn einen Criarg in voller Größe auf einer Wiese hocken und geduldig Ausschau haltend.

Wider allen Erklärungen *wusste* Finn mit einem Mal, was und wen er da sah: Ensamots Reitvogel, der abgesondert von den anderen Vögeln die Rückkehr seines Herrn erwartete. Und Finn war ebenso unerwartet *vertraut* damit, wo genau dieses Tier hockte. Ja, er *erfuhr* im selben Atemzug sogar, wie der Wächter hieß, der mit dem Vogel wartete – Ludbarz.

Finn erkannte halb und halb und mit wachsendem Erstaunen, was da vor sich ging. Oder vielmehr er wurde dessen gewahr, was mit ihm geschah. Auf irgendeine Weise vermochte er seine eigenen Gedanken durch die Gilwe wandern zu lassen, und auf geheimnisvollem Wege floss dabei zu ihm zurück, was zu wissen *für ihn* wichtig war. Sie zeigte ihm, was von Bedeutung dafür war, ihm einen Ausweg aus seiner Klemme zu zeigen.

Stimmte das wirklich? War es denkbar …? Er rief im Stillen Sindros' Namen.

Gras und Criarg verschwanden sofort. An ihre Stelle traten verworrene Haare und darunter ein Paar Schultern, um die ein Arm gelegt war. Finn blinzelte, und wieder kippte das Bild und sprang vor seinen Augen zurück. Jetzt erkannte er Anglirion, der den völlig geschwächten Sindros stützte. Beide flohen Seite an Seite, und der Wasserfall schob sich in das Bild hinein. Gilladién war da, und Becúnan. Beide Frauen standen in der aufstäubenden Gischt nebeneinander und verschossen Pfeil um Pfeil gegen eine Horde anrennender Gidrogs. Etliche der Verfolger fielen, aber einige kamen durch. Anglirion stürzte vor und schwang sein Schwert.

Aber wo war Wil?

Schlieren und Übelkeit erregendes Schlingern ersetzten das Bild der sich zurückziehenden Féar.

Finn begriff erst nicht, was er jetzt sah. Heftige, schnelle Bewegungen, Hetzen und Springen erfüllte die Gilwe. Rennende Füße in kleinen Stiefeln. *Vahitstiefel!*, dachte er erschrocken.

Vor wem floh Wil? Ein abermaliges Schlenkern, ein neuerliches Schwanken, ein rasendes Auf und Ab – und dann sah Finn Hufe, die im Galopp heransprengten. Noch einmal kippte das Bild, und Finn erkannte plötzlich Pferde. Keine Ponys, sondern Pferde mit behelmten und ledergepanzerten Reitern auf ihren Rücken. Etwas, das Wil sein mochte, wurde aufgegriffen und hoch auf eines der Pferde geworfen. Im nächsten Moment sah Finn einen schwankenden Wald von Speeren. Dann graues Gras, fahles Mondlicht und Fontänen von aufgeworfenem Sand. Ein Flirren wie von aufspritzendem Wasser. Und am Ende, unter den trampelnden Hufen, den wankenden Erdboden. Dann kam nur noch Nacht.

Die Gilwe wurde schwarz.

»Bei Aman!«, keuchte Finn auf. »Welches Unglück sah ich da mit an? Was hat Wil nur angestellt?«

Wieder und wieder rief er im Stillen Wils Namen. Aber es war vorbei. Die Gilwe blieb dunkel. Kein Kribbeln mehr, kein Ameisenbeißen.

Er fühlte nur noch, was sie war: Kalt. Glatt. Hart.

In diesem Moment versank der Mond vollständig hinter dem Horizont. Erschrocken blickte er über die Schulter, aber es war kein Irrtum. Über das Tal von Tilon Idil legte sich ein tiefer Schatten. Die dunkelste Stunde der Nacht brach an. Wie viel Zeit war nur vergangen?

Wie lange habe ich in dieses Ding gestarrt?

Vor innerer Anspannung bebend stopfte er die Schwarze Gilwe zurück in seine Tasche. Seine Finger zitterten, als er die Hand zurückzog. Er kam sich vor, als habe er sie mit etwas Unaussprechlichem besudelt.

Es ist das Blut, das immer noch an mir klebt, sagte er sich.

Es sollte eine Erklärung für sein seltsames Gefühl sein. Ein Trost in verlorener Stunde. Doch es war eine Beschwichtigung, und sie half wenig.

In seinem Herzen fühlte er die Wahrheit.

Er hatte die Träne für eine Viertelstunde oder länger berührt. Etwas, das Lukather einst selbst in Händen gehalten hatte. Und nach ihm Keluzkal.

Die Kehle wurde ihm schlagartig zu eng. Als schwelle etwas in seinem Innersten an. Aufkeuchend rang er nach Atem. Finn wälzte sich zur Seite und krümmte sich. Hilflos würgend wie ein Ertrinkender hing er über dem echten Gras, das sich vor seinen Augen leise im Winde wiegte.

Irgendwo über ihm krächzte misslaunig ein Rabe.

*

Wie lange er so dalag, den Kopf ins nachtfeuchte Gras gepresst – er wusste es nicht zu sagen. Alles Zeitgefühl hatte ihn verlassen. Sein ganzer Körper schmerzte. An welchen Stellen ihm in den letzten Tagen auch Unbill widerfahren war – sein Körper ließ ihn nicht eine Misshandlung vergessen. Es stach in seinen Schultern, es brannte in seinen Knien. Seine Füße und Arme und besonders seine Hände waren einerseits wie taub und taten ihm andererseits weh, sobald er sie bewegte, als litte er unter Gicht oder Schlimmerem. Anhaltender Druck quälte seine Rippen, aber erst, als er sich mühsam aufrichtete, erkannte er den Grund dafür. Er hatte auf der Silberflasche mit dem Limfalwetrunk gelegen.

Er zog sie hervor, setzte sie an die Lippen und trank einen langen Schluck von der bittersüßen Flüssigkeit. Du bist kein Heiltrunk, dachte er dabei. Leider bist du es nicht. Und bist doch alles, was ich habe. Er lauschte in sich hinein, ob er eine Wirkung verspürte. Nichts änderte sich. Er zuckte mit den Schultern und nahm einen zweiten, noch längeren Schluck. Als er aufsah, bemerkte er einen lichten Schimmer im Osten.

»Also naht endlich der Morgen«, flüsterte er. »Was gut ist, denn es bedeutet, ich habe diese unsägliche Schreckensnacht überlebt und zumindest die Aussicht auf einen weiteren Tag meines Lebens vor mir. Aber es ist auch schlecht, denn es bedeutet, dass man mich in Kürze noch leichter entdecken kann und auch wird, wenn ich mich nicht schnellstens aus dem Staub mache. Also hoch mit dir, du Faulpelz!«, befahl er sich selbst und rappelte sich mühsam auf.

Noch lag das Tal im Dunkeln. Nur der Ostrand über dem Wasserfall zeigte eine Ahnung des heraufdämmernden Tages hinter pechschwarzen Wolken.

Er glaubte auch ein Flimmern auf der rechten Seite des Wasserfalls zu sehen, wo eine senkrechte Säule über den sechs Dolchklingensteinen aufstieg. Doch dies war kein Licht: Ein Wabern von flirrender Schwärze stieg dort empor, falls so etwas überhaupt möglich war. Um den Palisadenzaun herum leuchteten noch immer einige Feuer, und zu seinem Erstaunen sah Finn in deren Lichtschein, dass der umgebende Erdboden weißlich aufschien. *Als läge dort Schnee*, dachte Finn und schüttelte über seinen Vergleich sofort unwillig den Kopf. *Aber sicher*, dachte er. *Schnee! Wir haben Oktober, den 14. Oktober, um genau zu sein, der Herbst liegt über dem Land, und du siehst Schnee.*

Ein weiteres großes Feuer brannte jetzt am Aufgang zum Schluchtweg, und etliche Gidrogs hatten sich dort eingefunden. Sitzend, liegend, stehend lungerten sie um die Flammen. Sie warteten oder wachten, taten vielleicht auch beides, doch das spielte keine Rolle. Dort kam Finn nicht mehr hinaus.

Er beschloss, im Sichtschutz des Waldzipfels zu bleiben und seiner geringen Ausdehnung der Länge nach zu folgen, auch wenn das bedeutete, genau das zu tun, was er von Anfang an für das am wenigsten Klügste gehalten hatte – nämlich das Tal in seiner ganzen Breite zu durchqueren.

Er kam trotz des Unterholzes gut mit diesem Talwald zurecht. Immer, wenn es nicht mehr weiter zu gehen schien, entdeckte er ein Schlupfloch. Selbst im dicksten Gefilz fand er verdeckte Lücken, die ihm einen Weg freigaben. Als er sich darüber zu wundern begann, fiel ihm zugleich auf, was er schon längst hatte bemerken müssen. Ihm tat nichts mehr weh. Er konnte sich besser strecken und bücken als je zuvor, konnte tauchen und krauchen und sich sogar über ein paar Felsbrocken hangeln, ohne noch von den Schmerzen des Aufwachens geplagt zu sein. Und seine Zuversicht wuchs mit jedem Schritt. Obwohl er nicht wusste, wohin er seine Beine lenkte, erfüllte ihn eine immer stärker um sich greifende innere Ruhe. Er zögerte nicht, er suchte nicht, er ging einfach seinen Weg. Es war ein Weg, den er nicht mal sah, und trotzdem schien ihm alles richtig zu sein, und seine Stimmung besserte sich mit jedem Fußbreit, den er zurücklegte.

Hinter dem Wald zu seiner Rechten hörte er den Wasserfall, und das ferne Rauschen mischte sich mit dem tiefen Ton, der nach wie vor in dem Tal zu vernehmen war. Nach einer Weile schlug er diese Richtung ein und hielt auf die beginnende Morgenröte zu. Ihm war, als kenne er sich hier seit Jahren aus. Als er den Waldsaum erreichte, stand er am Knick einer von Bäumen gebildeten Bucht und blickte auf eine weite Wiese hinaus. Hunderte von Criargs hockten weit verteilt im Gras. Die meisten schliefen noch, andere erwachten und putzen ihr Gefieder oder pickten im Erdreich herum.

Ein einzelner Criarg stand abseits, dicht am Waldesrand, und neben ihm hockte ein Wächter. Finn erkannte beide sofort: Es waren Ludbarz und der Vogel, der Ensamot gehörte. Der Reitvogel war gesattelt und offenbar bereits gefüttert, wie Finn aus einem Haufen von größtenteils abgenagten Knochen schloss.

Der Vahit sah dies alles und nickte zufrieden.

Eine nie zuvor gekannte Hochstimmung hatte sich seiner bemächtigt. Er fühlte sich wach, und ihm war froh zumute, als käme er aus einem Bad mit frischem Quellwasser. Er spürte es in jeder Faser seines Daseins: Er war genau zur rechten Zeit am rechten Ort eingetroffen, ohne dass er auch nur hätte sagen können, weshalb. Oder woher er das wusste. Sogar aus der richtigen Richtung war er gekommen. Criarg und Gidrog wandten ihm den Rücken zu. Mit angezogenen Knien hockte Letzterer da und tat so, als ob er aufmerksam um sich blicke.

Was für Finn noch vor wenigen Tagen, nein, noch vor Stunden undenkbar gewesen wäre, erschien ihm jetzt so folgerichtig wie das Setzen seiner Füße ins Gras.

Auf einmal fühlte er sich wie in einem Traum: mächtig, unverwundbar und grenzenlos frei, zu tun, was immer ihm beliebte.

»He, Ludbarz«, sagte er halblaut.

Der Gidrog fuhr im Sitzen herum und stierte den Vahit an, der sich ihm vollkommen unbeeindruckt näherte. »Du kannst dich ausruhen. Du hast deine Pflicht getan. Ab jetzt kümmere ich mich um ihn.«

Wahrscheinlich verstand der Gidrog kein Wort. Er saß wie versteinert da und blickte ihn wie gebannt an. Er schien nicht zu wissen, ob er wachte oder träumte. Fast beiläufig und spielerisch zog Finn den Dwargendolch aus der Scheide. Er packte das Heft, so fest er konnte, drehte die Klinge nach hinten, so dass der Karbeol nach vorn zeigte. Das lief alles in einer einzigen, fließenden Bewegung ab, die so natürlich wirkte wie die zunehmende Röte des Morgenhimmels. Dann schoss seine Hand vor, der Knauf traf die Stirn, und der Gidrog fiel um.

Langsam ging Finn weiter. Im Gehen trank er einen letzten Schluck Limfalwe. Dann steckte er Maúrgin und die Silberflasche zurück. Er trat an den Criarg heran, bückte sich zu einem der noch nicht ganz abgenagten Knochenstücke und hielt dem Vogel den Fleischrest hin.

Vielleicht war der Criarg ebenso verdutzt wie sein Wächter. Vielleicht lag etwas in Finns Gebaren, welches das Tier auf seine Weise beeindruckte. Jedenfalls nahm er den Bissen an, presste den Knochen mit dem Fang gegen die Erde und riss den Fleischfetzen ab. Während er ihn hinunterschlang, kletterte Finn am Steigbügel hoch und schwang sich so selbstverständlich in den Sattel, als ritte er jeden Tag auf den Großvögeln. Die Zügel hingen lose am Sattelhorn. Finn ergriff sie und verteilte sie auf die einzig richtige Weise, ohne darüber nachdenken zu müssen.

Den oberen und unteren Zugriemen behielt er in der linken Hand, die rechte ergriff die beidseitig am Kopfriemen angebrachten Richtungszügel. Ein kaum merkliches Schnalzen aller vier versetzte den Criarg in Bewegung. Der Großvogel breitete die Flügel aus und begann einen hüpfenden Lauf, aus dem schon nach wenigen Schritten ein Rennen und endlich ein Sprung wurde, den die kräftig schlagenden Schwingen zum sofortigen Anstieg nutzten. Der Schnabel wies auf den kleinen See in der Talmitte – schon flogen sie darüber hinweg und schwangen sich höher und höher hinauf.

Nicht einen Moment lang verspürte Finn Furcht, oder auch nur Anklänge seiner früheren Ängste. Kein Schwindel beeinträchtigte ihn, keine Sorge ob der schnell anwachsenden Höhe, ja, nicht einmal die wachsam über dem Tal kreisenden anderen Vogelreiter bekümmerten ihn. Ich bin zu klein, dachte er zufrieden. Zu klein, als dass sie mehr in dem aufsteigenden Criarg sehen können als einen der ihrigen.

Ob es sich wirklich so verhielt, wusste er nicht. Aber er schenkte ihnen keine Beachtung, und tatsächlich ließen auch sie ihn unbehelligt.

Ensamots Reitvogel schlug einen unwillkürlichen Bogen und mied den Palisadenzaun – und vor allem das, was dahinter geschah.

Jetzt, aus größerer Höhe, erkannte Finn zwischen den aufragenden Dolchklingenblöcken eine beträchtliche Vertiefung: eine Höhlung, ein finsteres Loch, dass der Gorcunun in seiner Mitte fraß.

Die sechs Steine zeigten ein Netzwerk feinster, honigfarbener Adern auf ihrer Oberfläche, was ihnen den Anschein gab, als ob sie lebten und etwas sie durchströmte. Über dem Loch selbst flirrte es, nein: Es *rumorte* in genau jenem widerlichen tiefen Ton, den Finn bisher nicht hatte einordnen können. Finn hörte das Geräusch und fühlte es zugleich in Form von Schwingungen in seiner Brust. *Als ob die Luft über einem heißen Stein kocht*, dachte er. Zugleich war diese Luft verändert: verdichtet, lichtlos, wächsern und schwarz. Eine Säule, die bis hinauf in den höchsten Himmel reichte. Dicht über den Steinen aber flackerte es bedrohlich: Langgezogene, waagerecht schwebende Kreise aus glühenden Feuerschlieren zuckten um jeweils zwei der einander gegenüberliegenden Steine. Sie zuckten, aber sie änderten ihre Lage nicht. Dunkelrotes Feuer waren sie, doch gab es nichts, das sie verbrannten. Alle drei Langkreise überschnitten einander und umwaberten in ihrer genauen Mitte den Schlund im Boden. Sand und losgerissene Brocken rasten unentwegt aus der Erde herauf und in den Mittelpunkt des Waberns und in die dort aufsteigende Säule aus Schwärze hinein. Sie verschwanden spurlos darin; nach oben geschleudert, geworfen von einer unbegreiflichen, unvorstellbaren und unbändigen Kraft.

Jetzt begriff Finn, was Sindros gemeint hatte.

Das ist ein *Himmelswerfer*, erkannte er in schmerzhafter Klarheit.

Der Gorcunun saugt, dachte er. Er saugte an Kringerdes Innerem. An ihren Eingeweiden. Er saugte sie aus. *Bis was übrig bleibt?*, fragte er sich stöhnend. *Eine leere Hülle? Oder nur ein Nichts, nachdem alles hineingestürzt ist?*

Aus den drei Feuerkreisen rieselte es tatsächlich wie Schnee – feinpulverige Asche, die der leiseste Wind ergriff und zerstäubte.

»Es gibt inzwischen viele von ihnen«, hörte er Sindros in seiner Erinnerung sagen.

Finn verstand nicht, wieso Kringerde in ihrer Pein nicht schrie. Aber vielleicht tat sie es, und er war nur nicht in der Lage, ihre Schreie wahrzunehmen. Und noch weniger verstand er, wie jemand, und sei er noch so bösartig, etwas Derartiges ersinnen und in die Tat umsetzen konnte.

Wehe!, dachte Finn, von Unglauben und von Entsetzen geschüttelt. *Lukather lässt die ganze Welt zur Strafe leiden, als Entgelt für seine Verbannung.*

Die Wahrheit hinter alledem war eine andere.

Aber das konnte er nicht wissen.

Der Criarg erreichte den Rand des Talkessels und glitt darüber hinweg. Eine mildere Röte wie von Kirschblüten im Frühjahr sammelte sich im Osten, und eben, als sie das Tal von Tilon Idil hinter sich ließen, erblühte der Tag. Gleich würde der Rand der Sonnenscheibe über den fernen Horizont blinzeln. Auch der kalte See erwachte: Eine endlose Fläche von feingerippten Wellen glitzerte auf, erst wie samtener Wein, dann, als der erste Strahl herniederschoss, wie flüssiges Gold. Finn lenkte den Criarg in Richtung des Wassers und fühlte, wie ihm angesichts dessen, was er hinter sich ließ, die Tränen kamen.

Hemmungslos weinte er voller Wut und Trauer, während er allein auf dem Rücken des ruhig dahingleitenden Vogels saß, der Flugwind ihm die Haare zerzauste und er in den vor ihm aufblühenden Farben ertrank. Vor ihm breitete sich in Rot und Gold getaucht die gesamte Schönheit Kringerdes aus, größer dünkte sie ihm als jeder irdische Schatz und reiner und ehrfürchtiger als alles Wünschen und Streben der Sterblichen.

Und die Unsterblichen? Sie sehen es nicht, dachte er. Sie sehen es nicht, beachten es nicht mehr, weil sie es zu oft gesehen – zumindest die Illinyiul unter den Féar und erst recht und ebenso Lukather.

Dies hier dreht sich nicht länger um das Hüggelland, erkannte er. Es geht um das Schicksal aller freien Völker, und nicht einmal nur um das – es geht um das Schicksal von ganz Kringerde.

Er schniefte und zwinkerte die Tränen fort.

Unter ihm verflog der Bach, der sich von der sandigen Tafelhöhe mit ihren spitzen Felsen schlängelte. Er lenkte den Criarg nach rechts und tiefer, dem nahen Ufer des Uled Alas entgegen. Die Sonne sandte vorsichtige, tastende Strahlen über den See, und sie trafen, hoch in der Luft, auf die Seite, an der er sein Schwert trug. Der Karbeolknauf Maúrgins glühte auf. Finn spürte im selben Moment ein Gefühl, als ob ihn eine Hülle umfing. Plötzlich fühlte er sich auf unbegreifliche Weise geborgen, und er lachte; kurz und ohne jeden Anlass. Die Hülle aber blieb und gerann zu einer Art eisernen Härte, die ihn zugleich erfüllte und schützte. Wenn dies ein Panzer ist, so dachte er, dann keiner für den Körper. Aber einer für die Seele. Er fühlte Dankbarkeit.

Finn warf einen langen Blick über die rechte Schulter, und halb rechnete er mit Verfolgern, mit schnell schlagenden Schwingen in der Luft, die sich vom Tal her näherten. Aber alles, was er rückblickend zu sehen vermochte, war der senkrecht aufragende Finger der Gorcununsäule. Im Dämmerlicht verlor sie ihre Schwärze und wurde dunstig und regengrau, und hoch über den Wolken verschwamm sie mit dem zurückweichenden Nachtblau des Himmels und verlor sich in der Unendlichkeit.

*

Das Ufer des Sees war völlig anders beschaffen als das Ufer des Tarduil. Es gab weder Kies noch klares Wasser, sondern nur schlickigen und zudem weithin bewachsenen Untergrund. Was er vorgehabt hatte, nämlich sich über flachem Wasser einfach vom Rücken des Criargs fallen zu lassen, erschien ihm im zunehmend helleren Licht des Morgens als immer schlechtere Idee. Und von wegen einfach, dachte er. Überall wogten Schilfwälder. Übermannshoch und dicht. Er stellte sich ihre messerscharfen Halme vor und verspürte wenig Neigung, sich von ihnen in schnabelgerechte Häppchen schneiden zu lassen.

Aber andererseits wusste er auch nicht, wie er landen sollte.

Den Criarg dicht über dem Wasser gleiten zu lassen und abzuspringen, war eine Möglichkeit, zurück auf den sicheren Boden zu gelangen. Aber eine, die erhebliche Schwierigkeiten mit sich brachte.

Der Uled Alas wird seinen Namen *kalter See* nicht bekommen haben, weil es so angenehm ist, in ihm zu baden, überlegte Finn.

Und stand er erst einmal – falls er überhaupt darin stehen konnte! – inmitten eines Schilffeldes, so fände er vermutlich nur schwer wieder daraus hervor. Er würde nichts darin sehen außer eben Schilf, Schilf und nochmals Schilf. Es war sogar fraglich, ob er sich würde vorwärtsbewegen können. Am Ende hinge er im Röhrengeflecht so fest wie eine Fliege im Netz einer Spinne. Nein, dachte er schaudernd. Die wenig verlockende Aussicht, zudem wieder einen halben Tag lang mit nassen Sachen herumzulaufen, gab den Ausschlag für seine Entscheidung.

Die Grenze zwischen See und Ufer war fließend. Wo die Schilfbestände zum Land hin aufhörten, sah Finn zwischen den Halmen weißlichen Sand in schmalen, von Tang verfärbten Buchten aufblitzen: Windbrüche im Röhrendickicht, Speerspitzen des Sees, die bis zum Ufer vordrangen. Sich in den Sand plumpsen zu lassen, war immer noch ein Wagnis, aber eines, das er einzugehen bereit war.

Er würde eine Landung am festen Ufer wagen.

Auf einmal erkannte er rechts voraus den einsamen Hügel mit seinem Kuppenwald, und links davon die einzelne große Eiche, die ursprünglich sie als gemeinsamen Treffpunkt vereinbart hatten.

Dann also hier, dachte er und lenkte den Criarg tiefer, bis sie dicht über den obersten Schilfspitzen dahinsausten und einen Streifen hellen Sandes überflogen.

Und dies war der Augenblick, in dem Finn etwas Wichtiges lernte: Seine Ängste vor der Landung eines Criargs waren – er lachte befreit auf, als ihm die doppelte Bedeutung seines Gedankens aufging – ganz und gar aus der Luft gegriffen gewesen.

Der Criarg verstand nämlich durchaus, was es bedeutete, wenn sein Reiter ihn dem Boden zu lenkte. Er spreizte von allein die Schwingen, von selbst drehte er seinen Oberkörper und richtete sich auf, vollführte einen heftigen, letzten bremsenden Flügelschlag und streckte seine Fänge vor. Zum Abschluss folgten einige rasch gelaufene Schritte, und schon verhielt der Criarg ruhig, als wäre er ein wohlerzogenes Hüggellandpony.

Ensamots Vogel zog die Flügel an sich und wartete darauf, was sein Reiter zu beschließen beabsichtigte.

Die Landung war so leicht vonstattengegangen, dass Finn vor lauter Kichern kaum an sich zu halten vermochte. Und *davor* hatte er sich ein ums andere Mal gefürchtet?

»Ich danke dir, mein gefiederter Freund«, sagte er endlich, als er aus dem Sattel glitt. Um eine Last war er ärmer geworden. Und um eine wertvolle Erfahrung reicher. Und er war so müde, dass er auf der Stelle hätte einschlafen können.

Aber da stand er nun, und schon zum zweiten Mal hatte er einen Criarg seinen Freund genannt.

Doch er kam nicht mehr dazu, sich darüber zu verwundern.

*

Das dumpfe, schwere Stampfen war selbst im weichen Sand zu hören. Aber zu spät, viel zu spät drang es an seine Ohren, denn schon war es zu nah heran. Finn war zu nicht mehr imstande, als herumzufahren. Das Geräusch und das, was es verursachte, flogen gleichsam heran. *Dumpodumm! Pompudumm!* Es war ein Galopp, den Finn schon einmal gehört und gesehen hatte. Ensamots Criarg schrie sein Erschrecken heraus oder stieß vielmehr eine Warnung aus – doch auch dieser Laut vermochte das herbeistürmende Verhängnis nicht mehr aufzuhalten.

Das Schilf riss auseinander. Ein Fels wälzte sich heran – oder etwas, das so groß war und so aussah wie ein rollender Fels. Es plättete die Halme wie der vernichtende Hagelschlag eines Unwetters. Dann wuchs es und wurde immer noch größer. Graues Fell, schwellende Backen, dreieinhalb Klafter hoch. Es richtete sich auf, auf Säulenbeinen, die dreimal so breit waren wie Finn. Der Wrisilrhiob riss seinen Rachen auf und brüllte – brüllte Finn hasserfüllt an, lauter als ein ganzer Tumbarachor und heißen Geifer speiend. Eine blutverkrustete Tatze schlug an Finns Nase vorbei, und an der fehlenden Klaue erkannte er ihn sofort.

Vor ihm stand Matsag!

Die Tatze hätte ihn mit einem Schlag zerfetzen können, doch Matsag schien es darauf anzukommen, dass Finn ihn wiedererkannte. Als wollte er sichergehen, dass die Laus, die Finn in seinen Augen war, vor ihrem Tod genau wusste, wer sich anschickte, sie ein für alle Mal zu zerquetschen.

Finn wich zurück; die wenigen Schritte, die ihm der Streifen Sand am Seeufer dafür ließ.

Da war die kleine Öffnung, die jene winzige Bucht im Schilfwald gelassen hatte: ein schmaler Ausblick auf die weite Fläche goldflirrenden Wassers. Er stolperte über eine Tangschlinge und trat rückwärts ins Nasse. Seewasser schwappte in seine Stiefel. Matsag tat einen einzigen Schritt und schnitt ihm damit den Weg ab.

Er kam langsam wieder auf alle viere nieder, stemmte die Arme in den Ufersand wie Vorderläufe und schnüffelte. »Futter bist du!«, dröhnte es aus der Bärenschnauze. »Saftiges Futter für Matsag – oder für die kleinen Fischlein, was? Sollen sie sich satt fressen oder Matsag? Na?«

Das Maul schmatzte, als schmecke es bereits, was es doch gleich erst kosten würde. Der Bärmensch verzog die Lefzen. »Du stinkst«, grollte Matsag. »Bisschen viel Angst gehabt in letzter Zeit, was? Zu viel gerannt und geschwitzt, schätze ich, hrrmm. Das Wasser ist frisch. Soll Matsag dich ein wenig waschen – vorher? Na?«

»Vor was?«, fragte Finn, weil ihm nichts anderes einfiel.

»Vor was, fragt es?« Ein Hecheln wehte über Finns Gesicht. »Das ist gut!«, grollte der Wrisann. »Guter Witz verspricht gutes Fleisch. Ist immer so. Frag Gossom. Ach, der ist ja nicht mehr. Kann mich nicht dran gewöhnen, dass er weg ist. Wegen eurer kleinen Bande, was? Futter für die Würmer, das ist er jetzt. Ein stinkiger Haufen, in dem's hübsch wimmelt von Maden. Nein, kein Waschen für dich. Ich fress dich, wie du bist. Was du bist! Ein stinkiger Happen zum Andenken für 'nen stinkigen Freund! Das ist – *ah, wie schön!*«

Das breite Hinterteil des Bärlings plumpste auf den Sand. Matsag hob die Schnauze und starrte über Finn hinweg, hinaus auf den See. Er lutschte an seiner verletzten Tatze und schien Finn völlig vergessen zu haben. Und in ebendiesem Augenblick flutete goldenes Licht über das Wasser und ließ den Sand, das Fell des Wrisilrhiobs und auch das Schilf ringsum erglühen. Es sah aus, als ob winzige Fünkchen auf den Haarspitzen der Schultern und des breiten Kopfes tanzten. Lachen goldenen Lichts glitten über die fellbedeckte Brust, im gleichen Takt wie die Schattenspiegelungen der Wellen, die leise ans Ufer gluckten.

Die Sonne hatte sich jetzt vollständig über das Wasser erhoben.

Und Matsag saß nur noch da und vermochte sein Bärengesicht nicht mehr abzuwenden von dem großen Rund vor seinen Augen, dem Anblick der Quelle allen Lebens.

Finn sah es, staunend und sprachlos. Er zog Maúrgin aus der Scheide und hob die Klinge. In diesem Moment, in dem Matsags

Blick wie gebannt am Sonnenball hing, hätte er ihn töten können. Auch wenn Maúrgin nur ein Dwargendolch war, so reichte seine Klinge dem Wrisilrhiob doch bis ins Herz. Allein er tat es nicht. Der Karbeol loderte und erfüllte Finn mit Mut und der nötigen Stärke – doch er tat es nicht.

Das ist der Makel, von dem Sindros gesprochen hat, erkannte er. Jener Fehler, der Lukather unterlief. Der die Bärlinge unbrauchbar machte als Krieger in seinen Heeren. Die Wrisilrhiobs sehen der Sonne andächtig zu, wenn sie ihren Platz am Himmelszelt einnimmt. Also ist etwas Gutes in ihnen verblieben, etwas, das der Daírantyr übersah, als er sie erschuf.

Ich kann es nicht!, dachte er. Er steckte Maúrgin zurück, hob seine Füße leise aus dem Wasser und schlich sich dann um den wie verzaubert dahockenden Fellberg herum. Hastig blickte er sich um. Wo war der Criarg? Fort. Dann eben allein. Nach zehn Klaftern begann er zu laufen. Eine Schneise im Schilf wurde zu seinem Weg, und er tauchte darin ein und rannte weiter, so rasch ihn seine Beine trugen.

Wenig später war er vom Seeufer aus nicht mehr zu sehen, hoffte er zumindest.

Aber seine Fußabdrücke blieben deutlich sichtbar im weichen Sand zurück. Wer sie entdeckte, konnte auch ihn finden. Er brauchte ihnen nur zu folgen. Ganz gleich, wie schnell er nun floh.

*

Das Schilf blieb zurück. Ebenso der Sand. Hagebutten in eng stehenden Sträucherinseln und ganze Felder der wuscheligen Kohlknollen schoben sich an ihre Stelle, und nach einer kleine Weile lief er über kurzes, dickes und zugleich hartes Gras. Wenn er jetzt noch Spuren hinterließ, so konnte er sie zumindest selbst nicht mehr erkennen. Dafür bewegte er sich über flaches Gelände ohne jede Deckung, von den Büschen abgesehen.

Vor sich erkannte er den einsamen Hügel. Hinauf, in die Deckung des Kuppenwaldes? Oder weiter zur Eiche? Das Rauschen von Flügeln war schneller über ihm, als Finn eine Entscheidung treffen konnte.

Er sah nicht einmal, von wo genau sie kamen. Sie waren einfach plötzlich da. Ein vorgestreckter Fang verfehlte Finn, weil er aufschrak und ins Taumeln geriet. Ein zweites Paar stieß ihn endgültig von den Beinen. Dann, noch ehe er sich aufrappeln konnte, sprangen sie aus den Sätteln. Zu viert umringten sie ihn. Drei schwerttragende Gidrogs und – Ensamot!

»D-du bist nicht tot!?«, stammelte Finn.

Der Nodir erwiderte nichts. Allein die zuckenden Narben in seinem verkrusteten Gesicht verrieten seine Wut. Er gab ein knappes Handzeichen. Einer der Gidrogs warf sein Schwert. Ein anderer fing es auf. Der erste löste ein Netz von seiner Schulter.

Er hob es an, entfaltete es, holte aus … und starb, noch während er es warf.

Ein langer Pfeil nagelte seine Zunge an den Gaumen. Das Netz fiel noch vor Finn auf den Boden, ohne Schaden anzurichten.

Zugleich schwirrten weitere Pfeile aus den Hagebuttensträuchern. Sie verfehlten Ensamot oder waren vielleicht auch nicht auf ihn gezielt. Die Gidrogs hatten weniger Glück. Zwei durchschlugen den Lederpanzer desjenigen, der beide Schwerter in seinen Fäusten hielt, der dritte Pfeil beendete das Leben dessen, der näher bei den Criargs stand.

Der Nodir erstarrte. Sein dunkler Mantel hüllte ihn ein. Dann wandte er sich langsam um, als Schritte die Büsche teilten. Vier Bögen, vier gespannte Sehnen, vier drohende, auf Ensamot gerichtete Pfeilspitzen.

Ensamot senkte den Kopf. Er war grausam, aber nicht dumm. Er blickte in die Gesichter der Féar und wusste, wann er verloren hatte.

»Zuerst die Vögel«, ordnete der kahlköpfige Féar an.

»Nein, nicht!«, schrie Finn auf. Vergeblich. Anglirion erschoss zwei, Becúnan den dritten, Gilladién tötete den vierten. Sindros hielt seinen Bogen unverwandt auf Ensamot gerichtet.

»Da ist noch einer.« Becúnan deutete zur Seite. Ensamots Reittier kam zwischen weiteren Büschen hervor. Er wittert seinen Herrn, dachte Finn. Oder kommt er gar zu mir zurück?

»Lass ihn«, verlangte Gilladién.

»Dann jetzt er«, sagte Anglirion fast gleichzeitig. »Er gehört dir, Sindros.«

»Ja, töte ihn«, murmelte Becúnan. »Ilar selbst führte ihn her.« Sie nickte der Sonne zu, die ihre roten Haare regelrecht in Flammen setzte.

»Es wäre eine Hinrichtung«, widersprach Gilladién. »Kein Kampf, Tiumas.«

»Er hat den Tod verdient«, entgegnete Anglirion scharf. »Und keinen gerechten Kampf. Als Strafe für das, was er Sindros antat. Niemand soll später sagen können, wir hätten einen der Unsrigen nicht gesühnt.«

»Ich bin nicht tot, *cennir*«, sagte Sindros leise.

»Dann als Entgelt für erlittenen Schmerz!«

»Um was zu erreichen? Soll ich mir sein Fleisch auflegen, um damit meine Wunden zu kühlen?« Sindros schüttelte angewidert den Kopf.

»Stirbt er hier, bleiben viele andere am Leben«, drängte Becúnan. »Sie blieben von ihm und seinen Machenschaften verschont. Bedenke das, Cennan.«

Gilladién ging nicht darauf ein. »Zwei gegen zwei, Tiumas.« Sie senkte den Bogen. Erst jetzt beachtete sie Finn, reichte ihm die Hand und zog ihn auf die Beine. »Ein Fünfter soll entscheiden. Mein Wunsch brachte ihn in diese Lage. Und mit dem, was er für Sindros tat, hat er sich eine Stimme verdient.« Sie nickte Finn aufmunternd zu. »Darum lege ich sein Schicksal in deine Hände, Finn. Dein Volk ist schon Opfer seiner Machenschaften geworden. Der kleinste Waagstein soll den Ausschlag geben. Soll er sterben? Oder gehen dürfen?«

»W-was?«, stotterte Finn. »Ich soll was?«

Anglirion verzog das Gesicht. »Es ist seine Sache nicht, Gilladién.«

»Es ist seine Sache weit mehr als die unsrige«, erwiderte sie streng. »Triff deine Wahl, Finn. Jetzt. Ich wünsche es«, fügte sie sanfter hinzu.

»Das ist … ich bin kein Féar«, stammelte er. »Und er? Er ist böse. Grausam zweifellos. Und vielleicht hat er den Tod verdient. Aber ich meine, wir sollten es dem Feind selbst überlassen, ihn zu richten. Ensamot hat versagt, nach allem, was ich sehen kann. Jemand wird ihm die Schuld am Verlust der Schwarzen Gilwe des Findens geben. Welche Strafe in ihren Reihen darauf steht, wissen nur sie allein. Die Träne fiel in meine Hand, und er hat es nicht verhindert. Sein Schicksal ist längst besiegelt.« Sein Blick streifte den sich unruhig bewegenden Criarg. Der Kopf von Ensamots Großvogel drehte sich unentwegt, als höre er etwas, das er nicht sehen konnte. Bestimmt vernimmt er mit seinem scharfen Gehör noch das Raunen des Gorcununs bis hierher, dachte Finn abgelenkt. Er war zu müde, um mit seinen Gedanken noch lange bei einer Sache verweilen zu können. »Lasst ihn gehen«, sagte er. »Oder fliegen, wenn er denn will.«

Ensamot hatte bisher geschwiegen. Zu keinem Wort hatte er auch nur den Kopf bewegt. Jetzt aber hob er die schweren, schwarzen Lider, sah Finn aus unterlaufenen Augäpfeln an und sagte: »Du also hast sie?«

»Du hast *was?*« Anglirions Ausruf kam voller Zorn. »Du willst ihn gehen lassen? Und verrätst ihm auch noch vorher, was du erbeutet hast? Bist du denn …«

Finn erfuhr nie, was er nach Anglirions Ansicht möglicherweise war.

Aus demselben Gebüsch, das bis vor Kurzem noch die Féar verborgen hatte, brach etwas Graues mit ungeheurer Wucht hervor. Zweige und Blätter mit sich reißend, stürzte es sich mit vorgestreckten Klauen auf den aufflatternden Raubvogel. Pranken wirbelten und schnitten, zerschlugen wahllos Knochen und zerrissen das Federkleid so schnell, dass Finn kaum verstand, was vor sich ging. Ensamots Reittier verging binnen eines Atemzugs, in einer einzigen Wolke von aufstiebenden Federn und hervorspritzendem Blut – er war tot, obgleich es aussah, als ob er sich unter Matsags prasselnden Klauenhieben weiter bewegte. Der Bärling brüllte auf, packte den abgefetzten Kopf am Hals und schwang ihn wie eine Schleuder. Im nächsten Moment ließ er ihn los.

All dies ging so rasend schnell vor sich, dass an ein Ausweichen überhaupt nicht zu denken war. Der noch im Tode aufgerissene Schnabel traf Ensamot vor die Brust. Der kräftige Mensch wurde von den Füßen gehoben und flog drei Klafter weit, ehe er sich im Gras überschlug und liegen blieb. Matsag drehte sich auf den Beinen oder Hinterpfoten, noch bevor Ensamot zu Boden gestürzt war. Er kam auf alle viere nieder und setzte zu einem Sprung an, der die nebeneinanderstehenden Féar zum Ziel hatte. Schon schnellte er durch die Luft, ein einziges Bündel aus wehendem Fell und kampfbereit aufgesperrten Kiefern. Kraftvoller als ein Graubär und geschmeidiger als ein Fuílfrar. Kein Pony, auch kein Pferd hätte mit nur einem Satz weiter springen können als dieser wutentfesselte Wrisilrhiob. Ihm zunächst stand Gilladién.

Ihr Pfeil traf Matsag in der Luft. Wie sie es schaffte, den Bogen fallen zu lassen und sich unter dem heranfliegenden Wrisann fortzurollen, war Finn ein Rätsel, auch wenn er es gerade mit eigenen Augen sah. Er stand am weitesten von dem rasenden Matsag entfernt – und doch war er von der anstürmenden Urgewalt des Bärlings wie gefesselt und nicht in der Lage, sich zu rühren. Oder auch nur das Geringste zur Rettung der anderen beizutragen.

Die drei anderen Bögen sangen gleichzeitig. Noch während ihre Pfeile schwirrten, sprengten die drei Féar auseinander. Matsags zuschlagende Klauen trafen ins Leere. Er brüllte kurz. Wutentbrannt giftete er seine Enttäuschung heraus – schon warf er sich herum. Grassoden und Wurzelstücke spritzen auf wie die Gischt einer erdgewordenen Welle. Schwerter oder Dolche blitzten, und Matsags blinde Angriffslust nährte sich an seinem eigenen markerschütterten Grollen.

Doch Finn achtete nicht länger darauf. Auf eine ihm unerklärliche Weise sank der Kampflärm in den Hintergrund seiner Wahrnehmung. Es trat an den Rand seines Bewusstseins, und er hörte es und hörte es doch nicht.

Ungläubig starrte er stattdessen auf einen dicht über dem Ufer auftauchenden Schatten.

Ein großer Criarg flog auf sie zu. Er war größer als alle, die Finn je gesehen, von einer Flügelspitze zur anderen gewiss so breit wie ein Haus. Höchstens zwei Klafter tief über dem Gras schoss er heran, und weit schneller war er, als selbst Matsag in seiner Wut laufen konnte.

Ein Schemen in schwarzem Mantel hockte im Sattel, die Zügel in beiden Händen, der Kopf umwunden von einem Tuch, das die rechte Augenhöhle bedeckte.

Matsag tobte. Noch einmal schwirrte ein Pfeil. Anglirion schrie auf, aber Finn sah nicht hin.

Der mächtige Criarg schlug seine Schwingen. Weit streckte er die Fänge vor, aber er landete nicht. Aus vollem Flug packten seine Klauen Ensamots reglose Gestalt und rissen sie mit sich. Der Reiter aber wandte, während der Criarg sich noch Ensamots Körper bemächtigte, den Kopf. Er funkelte Finn direkt an.

Die Zeit erstarrte.

Einen kurzen und dennoch endlosen Moment lang schaute Finn in das bezwingende Auge Saisárasars. Nie sollte er die Drohung vergessen, die ihm daraus entgegenflammte.

Peitschende Schwingen brachen den Bann. Neuerliches schweres Fauchen hob den Vogel mitsamt seinem Reiter und der Beute über die Köpfe der Kämpfenden hinweg. Sie flogen an dem einsamen Hügel vorbei und entschwanden abkippend aus dem Blickfeld; schnell und lautlos jetzt, wie ein Spuk in einer der alten Geschichten.

Der Todesschrei des Wrisilrhiobs riss Finn in die Gegenwart zurück. Er fuhr abermals herum und sah noch, wie Anglirion seinen Dolch aus dem Herzen des gefällten Bärlings zog. Doch noch ehe einer von ihnen auch nur ein Wort zu sagen vermochte, fuhr ein blendender Blitz aus dem Nichts herab.

Ein glühender Finger zuckte nieder und spaltete die Erde. Unzählige Lichtfäden flossen davon. Ein verheerender Donnerschlag krachte hinterher. Als sekundenlang eiskalter Regen niederklatschte, wusste Finn, was geschah, was geschehen würde, was schon geschehen war: Amuul erschien in grellwaberndem Licht, und er erschien nicht allein. Druayát stand neben ihm.

Graues und pechschwarzes Wehen. Gewandfetzen und Leichenhaar.

Hände, die sich gleichzeitig erhoben. Gilwen, die zu glühen begannen.

Anglirion war der Erste, der sich bewegte. Er lief den Frauen und Sindros voraus. Finn fühlte sich emporgerissen, und für Momente zappelte er hilflos in Anglirions Armen. Dann vermochte er sich festzuhalten, und der Féar lief, lief und lief.

Funken stoben. Blaufeuerschlieren schlugen um sie herum ein. Die Welt versank in Beben und Bersten. Der Boden riss auf, hob sich und flog auf Finn zu. In Wahrheit war er es selbst, der aus Anglirions Armen rollte. Der Feár war gestürzt. Er stöhnte auf wie Sindros in der ersten Halle von Tilon Idil.

Finn versuchte auf die Beine zu kommen, doch seine Muskeln versagten. Er stemmte sich auf die Arme, und die Sehnen gaben nach. Honiggelbe Funken umtanzten ihn und Anglirion. Mit letzter Kraft schaffte es Finn, seinen Kopf zu wenden. Und wünschte, er hätte es nicht getan.

Da war er. Amuul.

Seine Gilwe blendete, war nur noch als weißer Kern in fortströmendem Honiggelb erkennbar. Médha, dachte er sinnlos. Honig aus Rudenforst. Noch einmal würde ich ihn gern kosten. Aber Rudenforst war abgebrannt.

Es ist die Gilwe des Saugens, dämmerte es Finn, der mittlerweile schon benommener als in einem fiebernden Halbschlaf war. Sie saugt an mir. An uns. An unserer Lebenskraft.

So muss sich Kringerde fühlen, überkam es ihn. Matter und immer matter werdend, verlor er alle Lebenskraft. Ausgesaugt. Ich sterbe.

Sein Kopf fiel zu Boden. Kein Amuul mehr. Das ist erträglicher, dachte er. Im nächsten Moment hörte er die tonlose Stimme.

»Nimm sie«, zischflüsterte es.

Finn wusste, was Amuul damit meinte.

Ich kann keinen Finger mehr rühren.

Er hörte keine Schritte, aber er meinte zu spüren, wie Druayát sich auf ihn zubewegte. Mit Siebenmal-Schritten. Ein stummes Lachen fand in sein Inneres.

Sieben auf einen Streich.

Ja, fand er, das war ein guter Name für eine richtig gute Gutenachtgeschichte.

Er bedauerte, sie niemals aufschreiben zu können.

Sein Blick streifte den einsamen Hügel. Der ansteigende Hang lag im hellen Sonnenlicht. Leben, dachte er, ist Licht. Noch lebt dieser kleine Wald. Der Gorcunun dagegen ist schwarz. Und bringt den Tod.

Und dann sah er unter flatternden Lidern genau dort jemanden stehen, wo sie tags zuvor in der Abenddämmerung gerastet hatten.

Er erblickte einen Mann unter den Bäumen. Groß und schlank stand er da, das erkannte Finn noch. Er schien ihm in einen weiten, weinroten Mantel gehüllt zu sein, der bis zu seinen Füßen reichte. Auf dem Kopf trug er einen gleichfalls roten, hohen, seltsam spitzen Hut. Der Mann sah zu ihnen herüber. Er hielt etwas in der Hand. Finn blinzelte. Er hätte zu gern gewusst, ob er da einen Waldschrat erblickt hatte. Mit einem Mal verschwamm ihm alles vor den Augen. Die Welt dahinter grummelte nur noch.

Ganz plötzlich wurde auch sie vollkommen still.

20. KAPITEL

Amans verzweigte Wege

Das also ist das Ende, dachte Finn in die Stille hinein. So fühlt es sich an, wenn nichts mehr bleibt als verschwommene Eindrücke und Lautlosigkeit jenseits allen Lärmens. Das ist demnach die andere Seite. Die rückwärtige Seite der Gewalt.

Sie bringt Stille und Frieden. Ganz wie es die Weihesprecher singen, wie jene Frau, deren Namen ich nicht einmal kenne, die an der Aldakévata, am Grabe meiner Mutter, die *Cardh Heden* sang.

»Endlich frei sei dein ruhig Geist«, sang Finn in Gedanken mit, *»erhebe dich wie Sonnentau, verschmilz mit der Lieb' der Deinen …«* Das ist das Dumme daran, dachte er. Wenn die Deinen schon vor dir gegangen sind. Dann ist das mit dem Verschmelzen eine ziemlich schwierige Sache. Und die Weihesprecher verschweigen in ihren Liedern, wie man es bewerkstelligen soll. Mir ist nur Tallia geblieben. Und sie ist nie wirklich mein geworden. Aber gilt sie überhaupt? Oder bindet erst das Brautlauffest die Seelen auf jene Weise aneinander? Nur Wil lebt noch, mein einziger enger Verwandter, irgendwo, und …

Die Erinnerung an stampfende Hufe und wankende Speere ließ ihn auffahren.

Er starrte in wunderschöne Augen mit goldfarbenen Seen darin. Weißes, kurzes Haar leuchtete ihm entgegen, zu einem spitzen Keil in die Stirn gekämmt, als das Gesicht sich über ihn beugte. Darunter schimmerte die sanfte, kreisförmige Aufwölbung der Stirn und der Augenbrauen, ein Kreuz mit dem Nasenrücken bildend, das Henkelkreuzmal der Féar.

»Du bist auch hier«, sagte er. »Das ist schön. Ich wollte dich das immer schon im Leben fragen, aber irgendwie kam ich nicht mehr dazu. Wie heißt dieses Mal auf euren Stirnen? Ich meine, falls es einen Namen hat?«

»Im Leben?«, fragte Gilldadién verwundert. »Du bist nicht tot, falls du das glaubst. Du bist gerettet. Wie wir. Vorerst wenigstens. Auch wenn ich nicht weiß, wie. Und wodurch. Oder was es ist.«

Finn blickte erst jetzt verwundert um sich, und er sah, dass er noch genau da lag, wo er vor Amuul zusammengebrochen war.

Zerwühltes Hartgras unter ihm. Dazwischen Flechten von flachem Moos. Und etwas völlig Unverständliches über ihm. Von Gilladién abgesehen, die sich jetzt erhob.

Becúnan, Sindros und Anglirion standen zu seinen Seiten.

Über ihrer aller Köpfen wölbte sich etwas.

Schlieren, erkannte er. Als flösse ein Wasserfall auf eine Kugel aus Glas und perle daran entlang. Nur war diese Kugel groß, groß genug, sie alle zu umschließen: eine nur halbkugelförmige Blase, wie er jetzt bemerkte, fünf Klafter hoch und ebenso weit. Sie wölbte sich um die fünf; und außer den Geräuschen, die sie selbst verursachten, war es geradezu unheimlich still. Ein seltsames Halbdunkel umgab die kleine Gruppe, als dringe das Licht nur mühselig unter ihre Kuppel aus … Ja, aus was bestand die eigentlich?

»Was ist das?«, fragte Finn verstört.

»Wir wissen es nicht«, antwortete Gilladién. »Aber es erschien uns in höchster Not. Und es hält an. Was ein Glück für uns ist. Denn noch sind sie da. – Hier, trink.« Sie setzte Finn eine Limfalweflasche an die Lippen, und unwillkürlich trank er. Bis ihm einfiel, dass dies nicht sein erster Schluck an diesem Morgen war. »Danke«, sagte er. »Mehr wäre wohl des Guten zu viel.« Die Féar nickte verwundert, aber sie fragte nicht nach und steckte die Flasche zurück.

»Es heißt *limwe*«, sagte sie.

»Was?«

»Unser Mal, wie du dich auszudrücken beliebst. Limwe, die Schönheit des Hauptes.«

»Dann … bedeutet Limfalwe … was?«

»Falwe meint *Vertrauen*. Es bedeutet so viel wie das Vertrauen des Kopfes, also das Vertrauen in das eigene Denken, und die Schönheit, die darin liegt. Wenn du es unbedingt übersetzen willst.«

»Du solltest selbst noch einen Schluck davon nehmen«, ließ sich Anglirion vernehmen. »Offenbar ist dein Kopf überall, nur nicht bei dem, was uns gefangen hält.«

»Gefangen hält?«, entfuhr es Finn.

»Es mag so aussehen«, sagte Sindros beruhigend. »Aber ich halte es nicht für einen kriegerischen Akt. Jedenfalls nicht für einen, der uns gilt. Eher ihnen.« Er deutete durch die Schlierenwand, die mal mehr, mal weniger durchsichtig war. Ob nur von ihrer Seite aus oder von beiden Seiten, blieb offen.

Finns Blick folgte dem Fingerzeig – und er erschrak. Noch ist die Gefahr nicht vorbei, erkannte er bestürzt.

Die beiden Dunbluódul gingen suchend umher. Mehr als einmal umkreisten sowohl Amuul als auch Druayát die Blase, die sie aus irgendeinem Grund nicht wahrnehmen konnten. Amuul stand für längere Zeit still und sah genau in ihre Richtung, ohne die fünf zu bemerken. Dennoch ließ sein Starren Finn das Blut in seine Beine sacken. Er fühlte förmlich, wie er erbleichte, und ihm wurde kalt.

»Setz dich«, sagte Gilladién und ließ sich selbst ins Gras gleiten. »Uns bleibt nichts anderes, als abzuwarten. Das geht im Sitzen genauso gut.«

»Wie lange währt die Geduld von nichtsterblichen Dunbluódul?«, fragte Finn.

»So lange wie die anderer Unsterblicher«, sagte Anglirion grantig. »Sie ist überraschend kurz. Weitaus kürzer, als du zu glauben scheinst. Die da verliert sie gerade.«

Sie sahen hinaus und erkannten Druayát an ihren pechschwarzen Stofffetzen.

Die Dunbluódur hob ihre Träne mit beiden Händen an: bleiche, knochendünne Finger, die eine blauleuchtende Gemme umklammerten. In gespenstischer Lautlosigkeit sahen sie daraufhin Hagebuttenbüsche, die von unsichtbaren Kräften aus dem Erdreich gerissen wurden. Große Brocken und ganze Wagenladungen an Krumen und Sandfontänen flogen durch die Luft. Sogar ein oder zwei entwurzelte Bäume brachen aus dem Kuppenwald. Etwas zerfetzte sie auf halbem Wege. Druayát war wütend, und sie hielt nicht hinterm Berg damit. Nicht, dass es ihr etwas einbrachte außer Amuuls Zorn. Er ging zu ihr, berührte sie, hob seine Hand und gebot etwas.

Beide verschwanden von einem Augenblick auf den anderen. Es dauerte noch einige Minuten, dann verlor was immer die Blase aufrechterhalten hatte, seine Kraft. Die Schlieren verpufften, und die vier Féar und der Vahit fanden sich ungeschützt zwischen den Hagebutten wieder. Der vom See herüberstreichende Wind, den sie jetzt erst wieder spürten, wehte kalt durch die stachligen Zweige.

Die Blase fiel vor ihren Augen einfach in sich zusammen. Ein wenig erinnerte es Finn an eine platzende Seifenblase. Wäre nicht eine ringförmige Zone unberührten Mooses und Grases zurückgeblieben, so hätte nichts darauf hingedeutet, dass sie je vorhanden gewesen war.

Der ganze Bereich um den schützenden Kreis herum sah hingegen aus, als habe ein Sturm ihn verwüstet. Bloße Erde lag zu Haufen geschaufelt über willkürlich gezogenen Gräben. Nackte Steine, manche zerbrochen, einige halb von Sand bedeckt, lagen jetzt an der Oberfläche, dem Boden entrissen von blindem Hass. Dort, wo die Bäume zerfetzt worden waren, sah es aus, wie es vielleicht an der Sägemühle der Muldweiler-Fokklins aussehen mochte, dachte Finn – nachdem man sie ein Jahr lang nicht aufgeräumt und alle Arbeitsspuren liegen gelassen hatte: abgeplatzte Rinde, helle Holzspäne, zerfledderte Äste kündeten in weitem Umkreis von Druayáts rasender Wut.

»Haltet mich meinetwegen für dumm«, sagte Finn. »Oder für klein und dumm«, meinte er, Sindros zuzwinkernd. »Ich habe trotzdem zwei Fragen. Erstens: Was war das?«

Sindros lächelte und nickte ihm zu. Er beugte sich zu Finn hinunter und umarmte ihn. »Mein Herz ist so froh, dich zu sehen. Lebend, meine ich. Es war gut, dass du auf mich hörtest und rechtzeitig die Höhle flohst. Die Gesellschaft derer, die nach dir kamen, war unerquicklich.« Er hatte neue Schrammen im Gesicht, darunter eine aufgeplatzte Lippe. »Nur zwei Fragen? Ich habe weit mehr, allerdings würde ich abermals eher wissen wollen: *Wer war das?*« Er zwinkerte zurück; sie hatten dieselben Worte schon einmal kurz nach ihrer Begegnung in der Tiefe gewechselt.

»Vielleicht war es niemand«, überlegte Becúnan laut, »sondern schieres Glück. Vielleicht sind Blasen wie diese eine Nebenerscheinung des *goren cunathron.*«

Sie meint damit den Gorcunun, begriff Finn. »Das glaube ich nicht«, widersprach er. »Ich sah jemanden, kurz bevor … Ich meine, da war jemand. Dort, oben auf dem Hügel. An der Stelle, an der wir rasteten.«

Er berichtete von dem Rotgewandeten.

Eine steile Falte teilte Anglirions Stirn. Dann drehte er sich um und lief den steilen Hang hinauf, ohne den Umweg durch den Wald. Oben sahen sie ihn bis an die Bäume herantreten. Er untersuchte den Boden, bückte sich mehrfach und richtete sich wieder auf. Dann tauchte er unter die Bäume ein. Kurz darauf kam er zurück.

»Das fand ich«, sagte er und streckte seine Hand vor. »Neben hin- und wieder fortführenden Fußspuren. Finn hat Recht, bei … allem Übrigen. Dort stand jemand und blickte in unsere Richtung. Er muss gesehen haben, was uns widerfuhr. Und er hat dabei Nüsse gegessen.« Anglirion besah sich die Schalenstücke genau. Wieder runzelte er die Stirn. »Hier am See steht kein einziger

Nussbaum. Und Nüsse dieser Art kenne ich nicht. Wo immer sie herstammen – jemand hat sie bei sich geführt. Sie sind mit Sicherheit nicht in jenem Kuppenwald gewachsen.«

»Es sind jedenfalls keine Walnüsse«, sagte Finn. »Obwohl sie die gleiche Größe aufweisen.« Er fügte auf Sindros' fragenden Blick hinzu: »Walnüsse wachsen bei uns im Hüggelland.«

Sindros nahm eines der Schalenbruchstücke und rieb es in der Hand. Dann schnupperte er an ihnen und nickte wie zustimmend. »Wer immer es war, er hat sich offenbar köstlich unterhalten, während er uns zusah.«

»Er stand genau dort, wo wir lagerten«, sagte Anglirion. »Die Frage ist: Hat er nach uns gesucht?«

»Wenn er es tat«, meinte Becúnan, »und falls er es war, der die Blase heraufbeschwor, so hat er uns ganz fraglos gefunden.«

»Und uns geholfen! Das wirft weitere Fragen auf. Beispielsweise: Wo ist er hin? War das dein zweiter Punkt, Finn?« Gilladién hob die Brauen. Immer, wenn sie das tat, wusste Finn nicht, ob sie ihn tadelte oder sich über ihn belustigte. Sie hätte sich gut mit meinem Vater verstanden, dachte er. Der konnte das auch.

»Nein«, gestand er. »So weit war ich noch gar nicht. Oder schon weiter, wenn ihr so wollt. Mein zweite Frage ist: Wo ist Wil abgeblieben?«

»Wir dachten, er wäre bei dir.« Becúnan zupfte fahrig an ihrem Bogen.

»Was uns zu *meiner* drängendsten Frage bringt«, kam es harsch von Anglirion. »Was hast du dir bei alledem gedacht?« Seine Augen blitzten weiß vor Zorn.

»Darüber reden wir später«, sagte Gilladién. »Lasst uns zunächst zur Eiche gehen. Vielleicht war Wil dort. Womöglich hatte er seine Sinne beisammen und hinterließ uns ein Zeichen.« Als der widersprechen wollte, betonte sie in Richtung Anglirion: »Nicht jetzt, Tiumas.«

Jetzt nicht heißt irgendwann später, ergänzte Finn für sich im Stillen. Ich habe scheint's eine besondere Anziehungskraft für solche Tage. Kaum haben sie schlecht begonnen, machen sie so weiter. Aber auch ich habe einiges zu alledem zu sagen. Und nicht nur Gutes.

O ja, dachte er grimmig. Wir müssen reden, Herr Féar.

*

Sie behielten den Himmel im Auge, während sie das flache Land zwischen dem Hügelhang und dem Seeufer eilig überquerten.

Die einzelne Eiche stand einen Steinwurf vom Ufer des Flusses entfernt, der den Ablauf des Uled Alas bildete und seine Wasser nach Süden schickte. Schon beim Näherkommen sahen sie auch unter ihrem Wipfel zerwühlten Boden. Doch diese Spuren gingen nicht auf Druayát zurück.

»Hier waren Reiter!«, stellte Anglirion verwundert fest.

»Wie kann das sein? Hat einer von euch Reiter bemerkt?« Becúnan kniete und prüfte die Hufeindrücke mit den Fingern. »Die Spuren weisen noch scharfe Ränder auf. Sie stammen aus der vergangenen Nacht. Etwa um Mitternacht, schätze ich.«

Sindros umrundete den Stamm, kniete sich dabei mehrfach hin und blickte schließlich über den namenlosen Fluss. »Es kann auch noch später gewesen sein«, meinte er. »Ein *ilarmand*, höchstens zwei. Es waren an die dreißig Reiter, schätze ich; vielleicht mehr. Sie hielten kurz an, aber keiner stieg ab. Hier, die tieferen Eindrücke zeigen es: Sie wendeten rasch ihre Pferde und sprengten am Ufer entlang. Am Seeausgang befindet sich eine Sandfurt. Dort werden sie über den Fluss gegangen sein.«

Gilladién meinte: »Ich sehe nur Hufspuren. Kein Anzeichen eines Vahits, will ich damit sagen, ob nun absichtlich oder unbedacht hinterlassen. Wil war nicht hier.«

Anglirion winkte auffordernd, und sie folgten den Spuren.

»Was bedeutet Ilarmand?«, fragte Finn, während sie zur Furt eilten.

»Es bezeichnet einen Sonnenschritt«, erklärte ihm Gilladién. »Von Mitternacht zu Mitternacht macht Ilar zwölf ihrer Schritte. Die *ilarmandhun* teilen unseren Tag.«

»Dann sind das jeweils zwei Stunden«, sagte Finn wie zu sich selbst. »Eine Doppelstunde also. Höchstens zwei. Ja, das kommt hin.«

»Wovon sprichst du?«

»Ich sah diese Reiter«, murmelte Finn.

An der Furt bemerkten sie, dass Sindros mit seiner Annahme richtiglag. Die Spuren führten dichtgedrängt in das flache Wasser und lösten sich im sandigen Untergrund auf.

»Die Eindrücke setzten sich drüben fort«, sagte Becúnan. Sie beschattete ihre Augen. Das gegenüberliegende Ufer war so flach wie das hiesige: eine weite Ebene, mit Sträuchern besprenkelt und zur Seeseite hin in Schilffelder übergehend. Vereinzelte Bäume warfen lange Schatten. In weiter Ferne säumte eine dunstige Zackenlinie den Horizont. Ob es Berge waren oder heraufziehende Wolken, ließ sich schwer entscheiden. »Sie sind nach Osten geritten. Das wissen wir jetzt. Wer waren sie? Kamen sie von den verlassenen Hütten der Menschen? Der Sand macht es schwer, die genaue Zeit zu bestimmen.«

Sindros malte eine waagerechte Linie in die Luft. »Verzeih, aber ich glaube, da irrst du dich. Der Sand macht es sogar noch leichter. Schau hier. Der Tau hat die Körnchen aneinander haften lassen. Noch sind die Sonnenstrahlen nicht warm genug und die Tröpfchen nicht verdunstet. Der Sand klebt noch aneinander. Das bedeutet aber, der Tau muss sich unmittelbar nach dem Passieren der Pferde oder sogar währenddessen auf den Hufeindrücken niedergelegt haben. Folglich sind die Reiter erst einige Zeit nach Mitternacht hier vorübergeritten. Um das Ende des zweiten Ilarmand herum. Das bestätigt, was ich vorhin sagte.«

»Ja«, sagte Finn. »Und es bestätigt, was ich in der Gilwe sah.«

»Was? Du hast sie benutzt?« Sindros klang enttäuscht. »Dann

hast du meine Warnung also für unwichtig erachtet. Oder war ich nicht deutlich genug?«

»Nein, es war … ich meine, ich wusste nicht weiter«, verteidigte sich Finn. »Ich suchte einen Weg, um aus dem Tal zu entkommen, und irgendwie …«

»… hattest du eine Eingebung«, unterbrach ihn Sindros. Er sprach mit sanftem Vorwurf, und war sichtlich unglücklich. »Gab es keine andere Möglichkeit? Es ist gefährlich, sie zu benutzen. Hast du das schon vergessen?«

»Was willst du denn gesehen haben?« Anglirion fasste Finn bei der Schulter und drehte ihn zu sich herum. »Und sind wir sicher, dass er wirklich eine *daíran* bei sich hat?«

Sindros blickte auf und antwortete: »Ja, Cennir.«

Daraufhin ließ Anglirion Finn augenblicklich los, als habe der sich in etwas verwandelt, das seine Hand verbrannte.

Sindros neigte ehrerbietig den Kopf, aber er sagte: »Seit wann zweifelst du an meinen Worten?« Er nennt ihn Cennir, dachte Finn. Das bedeutet *hoher Sohn*, glaube ich. So wie Cennan *hohe Frau* bedeutet, die Anrede, die Becúnan benutzt. Demnach gehört Sindros keinem der Hohen Häuser an. Er ist Fußvolk, genau wie Becúnan.

Anglirion winkte unwirsch ab. »Was willst du also gesehen haben?«, wiederholte er ungeduldig.

»Ich verstand erst kaum, was vor sich ging. Ich erkannte nur … Eindrücke aus dem Tal. Gras. Criargs. Gidrogs. Dann warst du da. Du schlepptest Sindros mit dir. Ihr beiden«, er nickte den Frauen zu, »standet nahe beim Wasserfall. Ihr hieltet eure Verfolger mit Pfeilen auf Abstand. Na ja, und dann sah ich zu meinem Befremden auf einmal diese Reiter. Sie ergriffen Wil, glaube ich. Eigentlich konnte ich nur rennende Füße, wirbelnde Hufe und einen Wald schwankender Speere erkennen. Und aufspritzendes Wasser. Das könnte die Furt hier gewesen sein. Etwas war noch eigentümlich. Die Zeit, in der das passierte, schien mir nur Augenblicke zu währen. Aber in Wirklichkeit habe ich mich für länger in der

Gilwe verloren. Ohne es selbst zu bemerken. Für eine Viertelstunde oder so. Der Mond ging gerade unter, als ich aufblickte.«

»Und er versank am Ende des zweiten Ilarmand. So wie ich sagte.« Sindros deutete über den Fluss. »Was tun wir jetzt? Wenn wir Finns Freund retten wollen, müssen wir die Furt durchwaten.«

»Er ist mein Vetter«, murmelte Finn. »Er ist dorthin gegangen worden, und ich muss ihm nach. Falls ihr nicht mitgeht, so gehe ich allein.«

»Wir gehen alle«, bestimmte Gilladién. »Wir beschlossen, den See an seinem Südufer zu umrunden, und das lässt uns vorerst ohnehin den Spuren der Reiter folgen.«

»Wir sollten uns vor allem beeilen«, sagte Becúnan. »Die beiden Dunbluódul sind zweifellos ins Tal zurückgekehrt. Sie haben viele hundert Criargreiter, die sie aussenden können, um uns zu verfolgen. Auch wenn sie uns vielleicht zuerst am Ost- und Nordufer suchen werden: Früher oder später richten sie ihre Augen nach Süden. Und dann sollten wir nicht mehr hier sein.« Sie befühlte missmutig ihren Köcher. Gerade noch fünf Pfeile steckten darin. Sie klapperten leise, als sie ins Wasser trat und Anglirion folgte.

An der tiefsten Stelle reichten den Féar die Wellen bis hoch an die Oberschenkel; die meiste Zeit konnten sie allerdings waten, wie Sindros behauptet hatte. Die Strömung war schwach, und sie schritten über die Sandbank wie über einen überspülten, quer zum Fluss liegenden Damm. Finn gelangte sogar halbwegs trockenen Fußes hinüber, soweit es die Furt betraf. Gilladién hatte sich erboten, ihn zu tragen. Dankbar nahm Finn ihr Angebot an, obwohl er noch immer die zuvor schon eingedrungene Feuchtigkeit des Seewassers in seinen Stiefeln spürte.

Auch jenseits der Furt behielt ihn Gilladién weiterhin auf ihrem Rücken, denn die Féar verfielen sofort in ihren Laufschritt, mit dem sie sich rasch vom Fluss entfernten.

Die Spur des Reitertrosses zog sich in gerader Linie erst südöstlich und knickte dann ganz nach Osten. Der Trupp hatte einigen

Abstand vom Seeufer gehalten und so die Schilfwälder umgangen. Die Erde war meistens tief aufgewühlt, die Reiter mussten ihre Pferde in Galopp versetzt haben. Nur an einigen wenigen Stellen, in Senken und beim Überqueren von Bächen, waren sie infolge des morastiger werdenden Untergrunds langsamer geritten. An einer dieser feuchten Stellen hatten sich noch frühere Eindrücke erhalten, die aus der entgegengesetzten Richtung herführten. Diese Spuren waren gut einen Tag alt, und es schien sich um etwa die gleiche Anzahl von Reitern gehandelt haben. Sie gingen davon aus, dass es sich um den gleichen Trupp handelte.

Nachdem sie einen zum See strebenden Bach überquert hatten, wurde der Boden wieder sandiger, und von hier an hatten auch die Reiter ihre Pferde erneut angestrengt. Lichte Kiefernansammlungen formten sich schon bald zu kleinen Wäldchen, die nahezu ohne Unterholz blieben. Unter den hohen Wipfeln zog sich die Spur dahin, gerade wie ein Speer, dessen Spitze unentwegt nach Osten zeigte. Die Féar eilten auf ihr entlang, und während ihres Laufs fiel kaum ein Wort. Finn indes verfiel in ein Dösen. Er konnte die Augen kaum mehr offen halten; und mehr als einmal schrak er hoch und wusste nicht, wo er war.

Irgendwann wurde der Kiefernwald heller, und eine weite, baumlose Grasebene breitete sich vor ihnen aus. Zur Linken sahen sie in einiger Entfernung den See im mittäglichen Sonnenlicht glänzen. Zur Rechten erstreckte sich ein grünes Meer, so weit das Auge reichte. Die Zackenlinie im Osten, die Finn schon am Morgen bemerkt hatte, war kaum höher, aber ein wenig dunkler geworden, oder er bildete es sich zumindest ein. Vielleicht lag auch nur weniger Dunst vor ihnen, oder es näherte sich schlechteres Wetter über fernen Bergen. Die Reiter jedenfalls hatten die Ebene ohne anzuhalten überquert. Das Gras war vier oder fünf Pferde breit niedergedrückt. Die Spur zog sich als grauer Schatten schnurgerade über die Ebene und verschmolz in der Ferne mit den hellen Flecken des darüberwandernden, herbstmilden Sonnenlichts.

Anstatt der Fährte weiter zu folgen, hielt Anglirion unter den letzten Kiefern an.

»Wir sind schnell gelaufen, aber nicht schneller als sie«, sagte er. »Sie sind uns immer noch einen halben Tag voraus. Ich traue dieser Ebene nicht. Wir rasten hier, im Schutz der Bäume. Noch sehe ich keine Vögel am Himmel, aber ich will erst sicher sein, ehe ich es wage, dieses Grasmeer zu überqueren. Außerdem«, sagte er, »wird es höchste Zeit für ein paar längst fällige Worte.« Sein vielsagender Blick streifte den Vahit.

Finn sprang von Gilladiéns Rücken. Er rieb seine Beine, dehnte und reckte die vom Festklammern steif gewordenen Hände und Arme. Er erwiderte Anglirions Blick, nickte und setzte sich auf einen kniehohen Stein.

Von mir aus, dachte er. Aber sieh dich vor.

Beide wussten, dass der Moment der Auseinandersetzung gekommen war.

*

Erst nachdem Finn sich niedergehockt hatte, bemerkte er, dass der halbklafterlange Findling, auf dem er saß, der einzige im weiten Umkreis war. Die anderen vier mussten mangels vorhandener Sitzgelegenheiten mit dem Grasboden vorliebnehmen.

Inzwischen, vielleicht auch, weil er sie besser kannte, bemerkte er bei den Féar die verschiedensten Anzeichen von Erschöpfung.

Die Anstrengungen der letzten Tage zeichneten sich in ihren Gesichtern ab – und noch weit mehr jedoch in ihrem Verhalten. Gilladién, immer noch schön, war regelrecht wortkarg geworden. Sie schloss die Augen und lehnte sich an eine Kiefer, holte tief Atem. Hinter ihren Lidern arbeitete es – Finn sah ihre Wimpern zucken. Becúnans Züge, die unter anderen Umständen zweifellos edel und überaus ansprechend wirkten, glichen nur noch harten, tief eingegrabenen Linien. Sie kämmte gedankenverloren mit den Fingern durch ihr rotes Haar. Anglirions Kiefer mahlten, als kaue er einen der widerspenstigen Lederriemen durch, mit denen Sindros gefesselt gewesen war. Sein Gesicht wirkte farblos, fast grau, die Wangen wie nach innen eingesogen; Finn ertappte sich einen Augenblick lang dabei, wie er sich die weiße Bemalung zurückwünschte, mit der er den Féar kennengelernt hatte. Am schlimmsten von allen sah Sindros aus, was nach den Ereignissen in der Tiefe Tilon Idils auch niemanden verwundern durfte. Es kam indessen einem Wunder gleich, dass er dem heutigen Lauf noch gewachsen gewesen war. Auch er lehnte an einem Kiefernstamm und murmelte etwas von einem fehlenden Wasserlauf, an dem sie sich hätten erquicken und vor allem gründlich waschen können. Er hatte das Durchwaten des Flusses genutzt, um sein zerschlagenes Gesicht notdürftig zu reinigen, aber mehr als eine äußerst schludrige Katzenwäsche war das nicht gewesen. Lange würde Sindros nicht mehr mithalten, mochte er als Féar auch dreimal so viel Ausdauer besitzen wie ein Mensch; das erkannte selbst Finn. Und er selbst? Finn fühlte sich auf eine Weise müde, die jeder Beschreibung spottete. Wäre nicht seine Sorge um Wil gewesen, er hätte sich einfach ins weiche Gras plumpsen lassen und wäre eingeschlafen, ehe er auch nur den Boden berührt hätte.

»Ich wiederhole meine Frage von heute Morgen«, begann Anglirion. »Was hast du dir bei deinem törichten Ausflug eigentlich gedacht? Falls Denken etwas war, was deiner Handlung vorausging?«

»Ich habe …«

»Gar nichts gedacht hast du«, fiel ihm Anglirion sofort ins Wort. »Nicht allein, dass ich meinem eigenen Mann grenzenlose Dummheit vorhalten muss, nein, sobald du die Gelegenheit dazu fandest, eine noch größere Dummheit zu begehen, da hopstest du auch schon völlig allein nach Tilon Idil hinein. Das war Leichtsinn ohnegleichen und …«

»Ich bin nicht gehopst.«

»… es *war* leichtsinnig, und du *gingst* völlig allein und ohne auch nur eine Vorstellung davon zu haben, was du *uns* damit zugemutet hast!« Es fehlte nicht viel, und Anglirion hätte seine Stimme mehr als nur erhoben.

»Euch zugemutet?«

»Natürlich. Ihr zwei Tunichtgute habt nicht nur euch in Gefahr gebracht, sondern auch uns. Hättet ihr getan, was ich euch auftrug, so …«

»… säßen wir jetzt im Wald, schmausten Waldfrüchte und sähen dem Feind dabei zu, wie er euch zuschanden foltert. Meinst du das?«

»Was soll denn das jetzt?«

»Euer ganzer Plan war unüberlegt, das will ich damit sagen. Ihr hättet das Tal niemals unbemerkt durchqueren können. Man hätte euch noch vor dem Abstieg in die Tiefe bemerkt und gestellt. Und wärt ihr nicht erschlagen worden, so hätte man euch gefangen. Und was sie mit Gefangenen machen, kann euch Sindros genau berichten. Der schöne Plan war sogar doppelt unüberlegt, denn von Sindros weiß ich, dass er euch schon vor einiger Zeit vor der Errichtung eines Gorcununs warnte. Aber habt ihr auf ihn gehört? Nein. Ihr wusstet, dass sie die Gorcununsteine in Vollmondnächten aufstellen und entzünden. Und euch sollte eigentlich nicht entgangen sein, dass eine Vollmondnacht herrschte. Gilladién hat mit mir das Tal ausgekundschaftet und den Palisadenzaun mit eigenen Augen gesehen. Aber hat sie darin die Vorbereitungen für den Gorcunun erkannt? Nein. Hat sie auch nur ein Wort des Einwandes vorgebracht? Nein. Hast du den Gorcunun überhaupt in Betracht gezogen? War das wohlüberlegt? Nein und wieder nein. Du wolltest wissen, was ich mir gedacht habe? Na schön. *Ich* dachte mir, ein kleiner Vahit, der den kürzesten Weg hinabnimmt, ist weniger offensichtlich als drei Féar, die den langen Weg mitten durch das Feindeslager wählen. Die sich übrigens genau da abzuseilen gedenken, wo die Gorcununsteine hinabschweben. Wo sich die geballte Aufmerksamkeit des Feindes bündelt. Vom Mond hellauf beschienen. Wenn du jemandem Leichtsinn vorwerfen willst, so fang damit bei euch selbst an, aber nicht bei Wil und mir. Doch zurück zum Wesentlichen. Wir Vahits fühlen Verantwortung für unsere Gefährten, auch für die Gefährten unserer Gefährten, wenn's drauf ankommt. Und es kam darauf an! Ich kam im Augenblick der höchsten Not, und jedes weitere Verweilen hätte für *deinen* Mann, Anglirion, das sichere Ende bedeutet. Das konnte ich natürlich zuvor nicht wissen, aber es rechtfertigt meine Vorgehensweise im Nachhinein.«

Finn hielt inne, er musste Atem holen.

Gilladién hob drei Finger hoch, ohne die Augen zu öffnen. »Punkt, Punkt und nochmals Punkt«, sagte sie. Und fügte lächelnd hinzu: »Für die Vahits.«

Anglirion winkte ab. »Seitdem ich ihn kenne, mischt er sich in unsere Angelegenheiten ein. In *féarische* Angelegenheiten. Und das wohl schon länger. Gilwen sind keine Spielzeuge. Sie gehen niemanden etwas an. Nur Féar und Gidwargim. Und doch weiß er von ihnen. Ich frage mich, wieso. Und was er noch weiß, was er bisher verschwieg.«

»Wieso fragst du Finn nicht einfach danach? Du hattest übrigens zwei Tage lang Zeit dazu.« Sie hob den vierten Finger, immer noch ohne aufzusehen. *Für die Vahits*, formten ihre Lippen lautlos. Sie lächelte breiter.

»Wären er und Wil nicht fortgelaufen, so …«

»… säßen sie jetzt neben dem Rotbemantelten, nehme ich an«, sagte Gilladién. »Denn er wäre an unserem Lagerplatz unweigerlich auf sie gestoßen. Vielleicht hätte er seine Nüsse mit ihnen geteilt. Oder er hätte sich vorzeitig wieder entfernt. Was dann mit uns geschehen wäre, Tiumas, steht auf einem Blatt geschrieben, das ich nicht lesen will.«

»Ich jedenfalls verdanke Finn mein Leben«, warf Sindros ein. »Und ich danke ihm dafür. Alle Vorwürfe, die du vorbringst, Cennir, zeigen nur auf, dass wir alle Fehler gemacht haben. Nicht nur ich«, fügte er hinzu.

»Darüber reden wir noch«, erwiderte Anglirion scharf.

»Darüber werden wir reden. Untereinander oder vor dem Rat, ganz wie du es wünschst, Cennir.«

Anglirion schnaubte: »Tatsache bleibt – allein durch Finns und Wils Eigenmächtigkeit ist Wil in die Hände dieser Pferdereiter gefallen. Was hattest du ihm denn aufgetragen, was er tun soll, während du nach Tilon Idil hinabstiegst?«

Finn berichtete von der Flöte und der Ablenkung, die Wil und er sich ausgedacht hatten.

»Das hätte sogar klappen können«, meinte Gilladién. »Wenn nicht die Dunbluódul erschienen wären.«

»Von ihnen ahnte ich nichts«, sagte Finn. »Ich sah das blaue Leuchten erst, als ich schon unten im Talkessel war. Und es war zu spät, Wil zu warnen. Vor allem ahnte ich nicht, dass sie zu mehreren wären. Nach den Erlebnissen im Hüggelland dachte ich, wir hätten es mit einem von ihnen zu tun, mit Amuul.«

»Unser Fehler«, gab Gilladién freimütig zu. »Wir hätten euch von Anfang an ins Vertrauen ziehen müssen. Auch Sindros' Vermutung hätten wir nicht nur bedenken, sondern auch mit euch teilen sollen.«

»Und wir hätten berichten müssen, was im Einzelnen im Hüggelland vorgefallen ist«, ergänzte Finn. »Vor allem, woher wir von den Gilwen wissen, von den Gidwargim und von der Lorc'hennië.«

»Was?« Becúnan beugte sich so rasch vor, dass es aussah, als stünde sie kurz davor, aufzuspringen. »Ihr kennt sogar Ecthelsiors Buch?«

»Na ja, kennen ist zu viel gesagt. Ich selbst sah es nie mit eigenen Augen. Es war wegen Circendil und seiner Suche nach der Gluda. Und glücklicherweise verfügten wir über eine Abschrift des Buches und …«

Er brach ab und blickte in vier ratlose Gesichter.

»Wer sucht die Gluda, Finn?« Anglirion sprach die in der Luft hängende Frage für alle aus. Es war das erste Mal, dass er Finn anredete, als spräche er zu seinesgleichen.

Gilladién öffnete die Augen und hob alle Finger ihrer Hand. »Ich erkläre hiermit Finn zum Sieger eures kleinen Wettstreits. Fünf Punkte für die Vahits. Und keinen für die Féar. Wer bitte ist Circendil?«

Finn verzog das Gesicht und nickte dann. »Ja«, antwortete er, »das erzähle ich euch gern. Es ist wahrlich Zeit dafür.«

Die nächsten beiden Stunden vergingen über Finns Bericht der Geschehnisse im Hüggelland. Er fasste sich so kurz wie möglich und hatte ja auch schon ein gewisses Maß an Übung darin. Im Wesentlichen führte er aus, was er auch vor dem Rat in Mechellinde berichtet hatte. Er stellte Circendils Reise und die Suche nach der Gluda so deutlich heraus, wie er es vermochte. Dann kam er zu Glimfáin und der Windbarke, zur Gilwe und zum Feuer von Ulúrcrum. Und doch machte die Sonne oder Ilar, wie die Féar sie nannten, ihren nächsten Schritt, ehe er nach Aarienheim und damit fast ans Ende seiner Geschichte kam. Die Féar schwiegen tief betroffen, als sie von dem Tod der vielen Vahits hörten. Finn zögerte, ehe er ihnen zuletzt auch den Sturz in den Sturz schilderte und die Umstände, die Wil und ihn bis zur Insel Langschelf gebracht hatten. »Ich weiß selbst«, schloss er, »wie unglaublich es sich anhört. Aber so hat es sich nun mal zugetragen. Den Rest kennt ihr.«

Anglirion sah ihn lange an, ehe er sagte: »Bis eben habe ich dir diese *Wir-sind-gefallen*-Geschichte nicht geglaubt. Ich hielt sie für schlichte Angeberei. Jetzt sage ich: Alle eure Prüfungen waren hart, aber diese eine wäre über die Kräfte eines jeden gegangen. Jetzt glaube ich dir. Und ich nehme dir ab, dass du in aller Regel wohlüberlegt zu handeln verstehst. Auch wenn du meiner Ansicht nach in zu viele dunkle Löcher und Klüfte hineinspringst.« Ein völlig ungewohntes Lächeln schlich sich bei den letzten Worten in die Züge des Féar.

Finn zuckte mit den Schultern. »Sie waren immer vor mir da und wichen nicht aus, sobald ich sprang.« Er beugte sich auf seinem Stein vor. »Werdet ihr mir helfen, Wil zu retten?«

»Das«, sagte Anglirion, »soll Linnfalwe entscheiden.«

Es war das erste Mal, dass er die Hohe Frau in Finns Gegenwart bei ihrem Beinamen nannte.

Gilladién dachte lange nach, ehe sie antwortete. »Viele Dinge sind zu bedenken«, sagte sie endlich. »Wir vier sind nicht in dieses Land gekommen, um Krieg zu führen. Der Rat der Hohen Häuser sandte uns vielmehr aus, um zu erkunden, wie es den alten Verbündeten in Aren ergeht. Oder, wie es heute heißt, in Kolryn. Wir erwarteten, das Reich von Benutcane vorzufinden, und glaubten auch noch, es zu betreten, als wir an Land gingen. Nicht einen Augenblick rechneten wir damit, dass Benutcane verloren sein könnte. Oder auch nur schwächer geworden. Die Menschen damals waren stark, und ihre Mächtigen, die Tener und die Benethnin, erschienen uns weise genug, ihr Reich sicher in die Zukunft zu lenken.« Für einen Moment ging ihr Blick in die Ferne.

»Doch Jahre«, fuhr sie fort, »haben für die Menschen eine andere Bedeutung. Was uns als kurze Zeitspanne erscheint, währt für die Dirill viele lange Leben lang – und so schnell sie leben, so schnell verändern sie sich und ihre Lebensumstände. Das haben wir Féar nicht bedacht. Vorhin ist von etlichen Fehlern die Rede gewesen. Meiner Ansicht nach ist das der größte von allen: Wir haben es versäumt, unsere einstigen Pfade aufrechtzuerhalten. Sie hätten unserer Pflege und Aufmerksamkeit bedurft. Stattdessen überließen wir einen blühenden Garten sich selbst – und dürfen uns nicht wundern, ihn jetzt in Teilen verdorrt und in anderen Teilen verwahrlost zu finden. Von jenen, die gekommen sind, um in ihm zu wildern, will ich an dieser Stelle gar nicht reden.«

Sie blickte in die Runde. »Wir vier können nicht allen Aufgaben zugleich gerecht werden. Nicht gemeinsam, meine ich. Sindros braucht einen Heiler, der sich um seine Verletzungen kümmert. Ein solcher befindet sich an Bord unseres Schiffes, das an der Küste wartet. Wir werden uns daher aufteilen müssen. Zwei, die zum Schiff zurückkehren, um den unseren zu berichten. Sindros wird einer von ihnen sein. Und zwei, die mit Finn gehen, um Wil zu befreien. In wessen Hände er auch geraten sein mag. Und wir sollten herauszufinden trachten, wie und weshalb er in diese Bedrängnis geriet.«

»Vielleicht kann uns die Gilwe helfen«, sagte Finn.

Gilladién legte überrascht eine Hand auf einen der Beutel an ihrem Gürtel. »Was meinst du?«

»Na ja, sie ist doch die Gilwe des Findens, oder? Vielleicht finden wir durch sie heraus, wer die Reiter sind und was sie von Wil wollen.«

Sindros schüttelte auf Gilladiéns fragenden Blick sachte den Kopf. Er sagte: »So geht es leider nicht, Finn. Nach dem wenigen, was ich von der Schwarzen Gilwe des Findens weiß, zeigt sie einem nur Orte, aber sie nennt keine Begründungen oder tut Absichten kund.«

»Keluzkals Träne ist die dunkle Schwester der Gilwe des Hörens und Sehens«, sagte Gilladién. Sie nahm langsam ihre Hand wieder von dem Beutel, den sie zuvor umschlossen hatte. »Sie ähneln sich in dem, was du in ihnen erblicken kannst. Aber der Hauptsinn und -zweck der dunklen Kugel liegt im Herausreißen der geheimsten Gedanken jener, die mit ihrer Hilfe befragt werden. Sie ist von Übel. Du solltest sie nicht leichtfertig benutzen, Finn. Am besten und sichersten greifst du *niemals* wieder auf sie zurück.«

»Wenn es gelingt, mit ihrer Hilfe Wil zu finden, so ist das nicht leichtfertig.«

»Aber höchst gefährlich. Jedes Mal, wenn du sie benutzt, verführt dich ihre ›zweierlei Lockung‹ stärker. Denn das ist ihr Name: *dunbluód.* Sie wird dich immer enger an sich binden, bis du …«, sie sah etwas ratlos ihre Gefährten an.

»Bis du selbst ein Dunbluódur geworden bist«, vollendete Sindros an ihrer Stelle. »Ich meine immer noch, du solltest dich so schnell wie möglich von ihr trennen. Abgesehen davon werden dich die anderen Dunbluódul jagen. Zuerst, um dir die Träne abzunehmen. Später, sollte es dir gelingen, dies zu verhindern, um dich in ihren Reihen willkommen zu heißen. Glaube mir, weder das eine noch das andere wünschst du dir.«

Finn legte unwillkürlich seine Hand auf die Tasche. Und zuckte erschrocken zurück, als es kribbelte.

»Und schon ruft sie dich«, warf Anglirion düster ein.

Finn hob abwehrend die Hände. »Ich habe es ja verstanden«, beteuerte er. »Da fällt mir allerdings noch etwas ein, das ich schon früher fragen wollte. Woher wisst ihr so viel über die Gilwen? Besonders über die Schwarzen? Ihr kennt die Namen der Dunbluódul und vieles mehr. Sind euch die elf denn so vertraut?«

»Die elf?«, fragte Anglirion verwundert. Auch Becúnan runzelte die Stirn.

»Einst waren sie zu elft«, sagte Gilladién. »Doch sie sind es nicht mehr. Es dauerte über 800 Jahre, bis alle Schwarzen Gilwen geschaffen und verteilt worden waren. Damals waren es in der Tat elf an der Zahl. Für etwa zweihundert Jahre. Inzwischen erstarkte Benutcaer, und die Zwiste der Gidwargim nahmen zu. Der Daírantyr schürte sie von fern, ohne dass sie es bemerkten. In manche ihrer Kriege griffen die Dunbluódul sogar ein. Und Heere sandte der Daírantyr aus, die zusahen, wie sich die Gidwargim selbst bekämpften, ehe sie die Überlebenden angriffen. Als einst die Gruben Merunia und Brethegorst belagert wurden, erschlug der Gidwargum Teórbrin Hammerwut vor den Toren von Brethegorst den ersten der Dunbluódul: Er tötete Risul Bel'Essim, den Träger der Träne des Saugens. Amuul kam hinzu, verwundete Teórbrin schwer und nahm die Gilwe des Saugens zusätzlich zu seiner eigenen an sich. Seitdem besitzt er zwei.«

»Nicht nur Risul fiel in jener Schlacht«, sagte Anglirion. »Auch der fürchterliche Asnágh und die Dunbluódur Nikride starben. Sie erlagen einer List, die auf Ecthelsior und Umblóin zurückgeht. Die beiden schwarzen Tränen wurden von den Siegern ins Meer geworfen. Die Dunbluód des Eisblutes im kalten Meer des Ewigen Eises, die Dunbluód des Salzes, die selbst von einer dicken Schicht

Salz überkrustet ist, fand ihre Ruhestätte dort, wo das Meer am tiefsten ist.«

»Ecthelsior? Ist das etwa jener, der die Lorc'hennië schrieb?«

»Eben genau der. Der größte Teil unseres Wissens über die Gilwen stammt von ihm. Er und der Gidwargum Umblóin wurden enge Freunde, bis … Aber das führt jetzt zu weit.«

»Also sind es gar keine elf mehr, sondern ihrer nur noch acht«, fasste Finn das Gehörte zusammen.

»Es sind sogar nur noch sieben«, berichtigte Sindros. »Du vergisst Keluzkal.«

»O wie könnte ich«, stöhnte Finn. »Aber du hast Recht, für den Moment habe ich ihn nicht bedacht. Aber wartet: Es gibt demnach nicht mehr elf Tränen, sondern nur noch neun?«

»Nur ist gut«, sagte Becúnan. »Aber täusche dich nicht. Alle Gilwen sind unzerstörbar. Es sind immer noch elf. Doch zwei liegen für immer auf dem Grunde des Meeres. Eine der neun zurückbleibenden nahm Amuul, und eine weitere ein gewisser Finn.«

»Mit dem heutigen Tag und dank deines unfassbaren Mutes gibt es indes nur noch sieben Dunbluódul«, setzte Sindros nach. »Es sei denn, du entschließt dich, einer von ihnen zu werden.«

Finn griff sich an die Stirn. »Der Gedanke allein ist furchtbar.«

»Nicht so furchtbar wie die Folgen, welche die Nutzung der Schwarzen Gilwe für dich hätte«, sagte Sindros.

»Dann nimm du sie an dich, wenn du zum Schiff zurückkehrst. Versenke sie im Meer, da, wo es am tiefsten ist.«

»Du hast es immer noch nicht zur Gänze verstanden, Finn«, erwiderte Sindros. »Keiner von uns kann eine Schwarze Gilwe nehmen. Das ist der Fluch, der an ihnen haftet. Jeder Féar fiele sofort unter ihre Gewalt, kaum dass er sie auch nur berührte. Abgesehen davon gehe ich zu unserem Schiff zurück, aber längs der Küsten ist es nicht tief genug, um etwas für immer darin zu versenken. Um solche Stellen aufzusuchen, müsste das Schiff die Gestade Kolryns verlassen und viele Wochen weit reisen. Das aber wird es erst, wenn alle Kundschafter zurückgekehrt sind.«

»Von alledem hat uns Circendil nichts erzählt«, sagte der Vahiht. »Steht das alles in der Lorc'hennië geschrieben?«

Gilladién nickte. »Ja, Ecthelsior berichtete darüber.«

»Dann«, überlegte Finn laut, »müssen diese Dinge ausgerechnet auf den zerstörten Seiten zu finden gewesen sein. Circendil konnte darüber gar nichts wissen, weil er nie Gelegenheit hatte, sie zu lesen.«

»Da ist noch etwas«, fuhr Finn nach einer kurzen Pause fort. »Etwas, das mich seit Tagen bekümmert. Auch wenn es sich nicht um eine féarische Angelegenheit handelt. Und ich nicht weiß, ob ich euch damit behelligen soll.«

Gilladién verzog spöttisch die Lippen. »Wenn Anglirion oder Becúnan ›féarische Angelegenheiten‹ sagen, beziehen sie sich damit lediglich auf den Standpunkt der Illinyiul. Sindros und ich sind Arweyiul. Und schon wegen Sindros' Rettung ist dir mein offenes Ohr gewiss, Finn. Sprich also: Was bekümmert dich?«

Jetzt holte Finn nach, was er in seinem vorherigen Bericht unerwähnt gelassen hatte. »Der Feind verlor einen Brief«, erklärte er. »Wir fanden ihn an dem Ort, wo sie meine Mutter tödlich verletzt hatten. Der Brief ist an Saisárasar gerichtet, von dem ich euch vorhin erzählte. Geschrieben wurde er von einem Menschen des Königreiches Revinore; von Tulsin, dem Herrn des Granndonwaldes. Der Brief enthüllt einen Teil des Verrates, der in Caras Berene, der Hauptstadt des Reiches, begangen wird. Am Ende soll die Stadt in die Hand des Feindes fallen. Das alles ist schändlich«, sagte er, »aber es ist noch zu verhindern, wenn es gelingt, diesen Brief rechtzeitig nach Caras Berene und zum König zu bringen. Circendil, Mellow und ich hatten vor, genau dies zu tun – in den Süden Revinores zu gehen und den König zu warnen. Nicht uneigennützig, wie ich gestehen will. Wir erhofften uns im Gegenzug die Hilfe der Menschen für das bedrängte Hüggelland. Aber der Feind kam uns mit dem Überfall auf Aarienheim zuvor.«

Anglirion sah Finn prüfend an. »Du hast diesen Brief bei dir?«, fragte er.

»Ja. Eigentlich verwahrte ich ihn im Rucksack, den jetzt Wil bei sich trägt – falls er ihn noch trägt. Aber aus einer Eingebung heraus nahm ich ihn an mich, als ich für Wil die Flöte aus dem Rucksack zog. Hier ist er.«

Er holte den verlorenen Brief aus einer seiner Taschen, entfaltete das Pergament und las ihn laut vor.

Als er bei der Unterschrift angelangt war, ließ er den Brief sinken und sah die Féar der Reihe nach an. »Rabenkopf und Rabenfuß!«, sagte er. »Versteht ihr, was ich meine? Hier geschieht nicht nur dem Königssohn Unrecht. Wenn Revinore an den Feind fällt, ist damit halb Kolryn verloren. Dieser Brief muss nach Caras Berene gelangen, und ich weiß nicht, wie. Eigentlich hatte ich vor, mit Glimfáins Windbarke mitzufahren. Ich hegte die Hoffnung, er selbst würde gehen oder dass vielleicht die Gidwargim jener Berge dort drüben im Osten eine Windbarke nach Caras Berene entsenden würden.«

»Das dort vorn«, antwortete Gilladién, »sind tatsächlich Berge, und vielleicht gibt es Gidwargim dort. Doch was du da ansprichst, sind schlimme Nachrichten. Und es handelt sich um Belange, die unsere Aufmerksamkeit sehr wohl erfordern. Dieses Revinore ist das, was von Benutcane noch übrig ist, nach allem, was ich sehen kann. Wir sind hergekommen, um nach unseren alten Verbündeten zu sehen. Wie es scheint, leben ihre Nachfahren weit im Süden, und sie sind bedroht. Einer von uns muss sich des Briefes annehmen, Tiumas. Ich gebe Finn Recht: Das Schreiben muss nach Caras Berene gelangen. Und das auf dem schnellsten Wege. Unsere nächsten Schritte wollen genau bedacht werden. Lasst mir ein wenig Zeit zum Nachdenken. Blinde Eile schadet uns jetzt nur. Wir werden Wil in der Nacht einholen, wenn die Reiter sich zum Schlafen lagern.«

Damit lehnte sie sich zurück und schloss erneut die Augen.

Finn rutschte von seinem Stein und streckte sich im Gras aus. Eine kleine Weile blickte er nach Osten über die Ebene und fragte sich, ob er am Himmelsrand wirklich jene Berge sah, von denen

Glimfáin zum Cerenath aufgebrochen war. Dann schloss er die Augen und schlief über dem leisen Singsang ein, in dem sich Becúnan und Anglirion in ihrer Sprache unterhielten.

In seinen Gedanken und wirren Träumen flog er über das Meer aus Gras und anschließend über einen Wald, der sich bis an den Fuß der Berge erstreckte und seine Hänge hinauf schmiegte. Ihm war, als säße er im Sattel eines Criargs. Er stieg auf und flog immer höher, hoch über die Baumwipfel, die Berge, und höher, als selbst die Wolken zogen. Ein steil aufragender, doch schneeloser Zwillingsgipfel nahm seinen Blick gefangen. Die Bergspitzen waren einander zugeneigt wie die Hörner eines Stieres. Zwischen ihnen verborgen war ein tiefes Tal, in das hinein er nun flog. Und dann nahm er dutzende von bärtigen Gestalten am Eingang einer Höhlung wahr, vor der ein freier Platz im Sonnenlicht lag. Drei Gebilde sah er abseits stehen, ähnlich und doch unterschiedlich groß, wie Schiffe, gestrandet in den Bergen. Allerlei unverständliches Gerät lag zwischen ihnen. Etwas aber zog seinen Blick stärker an als alles andere. Klein und golden flammte es auf – glänzendes Haar, spielend im Wind. Ein Kind, dachte er, und dann: Nein, das kann nicht sein! Denn er glaubte Tallia zu erkennen, doch zu schnell flog er vorüber. Am Ende blieb sein Blick an der linken Bergflanke des Zwillingsgipfels haften. Eine fast schwarze Kluft zog sich wie ein schrundiger Schnitt tief bis ins Tal hinunter, und als er sich fragte, auf was er da wohl blickte, erwachte er.

Eine Hand war ihm während seines Schlafes in die ausgebeulte Tasche gewandert, und erschrocken stellte er fest, dass er die Schwarze Gilwe umklammert hielt. Er setzte sich auf und zog die Hand ins Freie, und als er beide Hände aneinanderrieb, war die eine heiß geworden; die andere aber, mit der er die Kugel gehalten hatte, fühlte sich wie taub an und war so kalt, als habe er die ganze Nacht einen Schneeball gehalten.

»Wir werden uns trennen«, verkündete Gilladién wenig später. »Zuerst hatte ich vor, Becúnan mit Sindros zum Schiff zu schicken. Aber das ist nun nicht länger möglich. Sindros, du wirst allein gehen. Entbiete Turid Tiudor Naranndeon meine Grüße, und auch die seines Sohnes. Er soll nach Gutdünken verfahren. Damit meine ich, er soll die Heimreise *ohne* uns antreten. Es ist wichtig, dass Anglinême über alles unterrichtet wird, was hier geschieht. Der Rat wird daraufhin entscheiden. Tiumas, du und ich werden Finn zur Seite stehen. Wir werden Wils Spur verfolgen und ihn befreien. Becúnan, du wirst Finns Brief an dich nehmen und ihn in den Süden tragen. Du wirst nicht eher ruhen, als bis du mit dem König selbst gesprochen hast. Und vergiss nicht, die Not des Hüggellandes zu erwähnen.«

»Wie weit ist es bis Caras Berene?«, fragte Becúnan unter ihrem roten Schopf hervor.

»Etwa 700 Meilen«, antwortete Finn. »Verzeih: 700 Dirarám, wollte ich sagen. Genauer weiß ich es nicht. Das ist die Entfernung, die Circendil in seinen Erzählungen nannte.«

»Zehn Tage also. Wie treffen wir uns wieder?«

»Das«, sagte Giladién, »weiß niemand. Aber wir werden einander finden.« Sie legte wie bezeichnend ihre Hand wie schon einmal auf den Beutel an ihrer rechten Hüfte. Becúnan nickte. Finn fragte sich, weshalb.

»Mein Vater soll uns Rüstung und Waffen zurücklassen«, sagte Anglirion. »Dazu Kleidung für den Winter. Vor allem aber gefüllte Pfeilköcher. Und einen oder zwei, die sie uns bringen.«

Sindros nickte. »Ich werde einer dieser beiden sein, Cennir.«

»Wohlan«, sagte Gilladién.

»Ich danke euch«, erwiderte Finn. »Wie schon häufig verwundert mich die Schnelligkeit der Féar – in allem, was sie tun. Fast geht es mir ein wenig zu schnell. Da ist etwas, das mir gerade eben erst widerfuhr. Ich hatte einen Traum, falls es ein Traum war. Oder es war eine Eingebung von … ihr.«

Er schilderte seinen Traumflug und sagte abschließend: »Ich

weiß nicht, ob es der Wahrheit entspricht, was ich sah. Aber wenn es stimmt, dann befindet sich die neu entstehende Grube der Gidwargim fast in der Nähe. Irgendwo dort im Osten in den Bergen des untergegangenen Mondes. Der Zwillingsgipfel mit seiner Scharte darin ist unverwechselbar. Vielleicht ist dieser Berg mit seiner Kluft zu finden, und man kann ihn selbst aus größerer Entfernung erkennen. Wenn man weiß, wonach man suchen muss. Auf jeden Fall liegen uns diese Berge näher als Caras Berene. Ein schneller Läufer sollte sie eher erreichen können, und könnte dann die Gidwargim um Hilfe ersuchen.«

»Wir sahen die Windbarke«, überlegte Gilladién. »Mit ihr fuhr dein Freund Glimfáin nach Osten.«

»Wenigstens fünfzig Gidwargim graben dort für Meróin Eichenpfahl.«

»Das wären in der Tat wertvolle Verbündete. Wie weit entfernt schätzt du die Berge, Tiumas?«

Anglirion prüfte den Sonnenstand und sah dann zu den Schatten am Horizont. »Siebzig, achtzig Dirarám.«

Gilladién erhob sich. Ihr weißes Haar glitzerte im Sonnenschein, als sie in die Ebene hinaussah. »Dann ändere ich unser Vorgehen. Becúnan, du nimmst den Brief, aber du suchst zunächst die Zwillingsberge auf. Bitte diesen Meróin Eichenpfahl um Hilfe. Sollte er dir die Unterstützung verweigern, so gehst du von dort aus nach Süden. Die Grube der Gidwargim soll vorerst unser aller Treffpunkt sein. Sobald wir Wil befreit haben, kommen wir nach. Und Sindros bringt unseren Nachschub an Ausrüstung und Waffen ebenfalls dorthin. Noch Fragen?«

»Nein, Cennan«, sagten Becúnan und Sindros gleichzeitig.

Alle Pfeile, die sich noch in den Köchern der Féar fanden, wurden Becúnan gegeben. Dann fehlte nur noch der Brief. Finn zog ihn hervor und überreichte ihn mit gemischten Gefühlen.

»Bewahre ihn gut«, sagte er schweren Herzens. »Versteh mich bitte recht. Ohne dass meine Mutter es wusste, ist sie für diesen Brief gestorben. Er ist ein Königreich wert, glaube ich. Ich wünschte, ich könnte ihn selbst überbringen und müsste dich nicht damit belasten.«

»Ich gehe, weil es der Wunsch meiner Cennan ist«, sagte Becúnan. »Ihn zu erfüllen, ist meine Pflicht.«

»Ich weiß. Nur ist mir nicht wirklich wohl bei dem Gedanken.«

»Mir auch nicht«, sagte Gilladién plötzlich. Sie drehte sich um und kniete sich zu Finn. »Nichts geschieht dieser Tage aus Zufall«, sagte sie. »Vielleicht folgt alles einem höheren Plan. Mein Herz rät mir in diesem Moment dringend, selbst zu gehen. Ich werde den Brief nehmen, Finn, und an deiner statt mit dem König sprechen. Becúnan wird meine Stelle hier einnehmen und mit euch zusammen Wil befreien. Einverstanden?«

Völlig überrascht, wollte Finn ihr im ersten Moment widersprechen, hielt dann aber inne und nickte. »Es fühlt sich stimmiger an«, sagte er nur.

Damit erhielt Gilladién den Brief und den halbvollen Köcher überreicht. Sie umarmte jeden ihrer Gefährten und als letzten Finn. »Lebe einstweilen wohl«, sagte sie. »Und meide die Träne. Ilars Licht möge euch leiten.«

»Viel Glück«, wünschte er.

Gilladién aber sprang auf und tauchte ins Grasmeer ein. Sie lief nach Osten, doch hielt sie sich abseits der Pferdefährte, lief schneller als ein Reh und kam so rasch voran wie der Wind. Schon nach wenigen Minuten sahen sie nur noch den weißen Punkt ihrer Haare springend im Grünen aufschimmern, dann war auch der verschwunden. Zurück blieb nicht einmal eine Spur im Gras, so leicht war ihr Tritt.

»Da geht sie hin«, sagte Anglirion leise. Für den Moment schien er vergessen zu haben, dass er nicht allein war. »Schön ist sie wie der Abendstern. Und ebenso flüchtig wie er. Denn über ihre Mutter Thengilvén stammt sie ab von Narandiel, der Unvergleichlichen, die unter den Sterblichen Narandile hieß. Numared Gilladién Linnfalwe, mein Herz sehnt sich schon jetzt nach dir.«

*

Sindros war der Nächste, der aufbrach. Als er sich Finn zuwandte, zog er eine dünne Kette hervor, an der als Anhänger ein Schmetterling baumelte, so silbern wie die Silberflaschen der Féar. »Es ist nur ein kleines Geschenk«, bedauerte er. »Aber es soll dir ein Andenken sein an einen, der sich immer deiner erinnern und deiner Größe gedenken wird. Der Flügelschlag des Schmetterlings ist sanfter als ein Hauch; aber es heißt, er könne einen Sturmwind entfachen an weit entfernten Orten. An einen solchen Flügelschlag erinnerst du mich, und so erschienst du mir – zur rechten Zeit und in größter Not. Lebe wohl, mein Freund.«

»Sehen wir uns wieder?«

»Wenn Ilar diesen Pfad erleuchtet – ja.«

Er drückte Finn fest an sich, verneigte sich knapp vor Anglirion und ward binnen weniger Atemzüge unter den Bäumen nicht mehr gesehen.

Finn streifte sich die Kette über und wandte sich den beiden wartenden Illinyiul zu.

»Wir sollten uns gleichfalls sputen«, sagte Becúnan. »Unsere Rast hat lange genug gedauert. Der Nachmittag ist fast vorüber.« Ihre Haare erglühten vor dem Licht im Westen.

»Ja«, sagte Finn fest entschlossen. »Wir haben Pferdereiter einzuholen. Und unser Versäumnis hier auszugleichen. Eine Gelegenheit für euch, zu zeigen, was die Versprechen der Féar heutigentags wert sind. Wil soll nicht länger warten und leiden.«

In Anglirions Augen trat ein eigenartiger Schimmer

»Nein, das soll er nicht«, hörte Finn ihn sagen. »Nicht, solange unsere Arme Schutz und Halt bieten und unsere Beine geschwind zu laufen vermögen. Meine Hände könnten dich vorerst tragen, wenn du dich ihnen anvertrauen magst.«

Finn nickte, erfreut und überrascht zugleich. Er ergriff die dargebotene Hand und kletterte auf Anglirions Rücken.

Hab noch ein wenig Geduld, Wil, dachte er, während er sich in Anglirions Waffengeschirr einhakte. *Wir kommen. Ganz gleich, was es kostet. Denn niemals lässt ein Tauber einen anderen im Stich.*

Der Vahit schwor sich, nicht zu ruhen, ehe er seinen Vetter nicht gefunden hatte; wer auch immer die Feinde sein mochten, die sich zwischen sie zu stellen gedachten.

Also geschah es.

Die beiden Féar rannten los.

Als Finn nach einiger Zeit zurückblickte, waren die Kiefernbäume hinter ihren flinken Beinen schon zu winzigen Büschen geschrumpft. Im Moment, da er sich umdrehte, gewahrte Finn vor dem Waldsaum einen rötlichen Fleck. Er blinzelte mehrfach, um einen klareren Blick zu bekommen. Vergeblich, der Farbklecks kam nicht wieder – falls es ihn überhaupt gegeben hatte. Vielleicht habe ich mich auch getäuscht, dachte Finn, und es war nur ein Sonnenstrahl, der von dem Findling widerschien, auf dem ich zuvor gesessen habe. Er sagte nichts und sah wieder nach vorn.

Die beiden Féar aber rannten weiter, in die Grasebene und den beginnenden, rotlohenden Abend mit seinen länger werdenden Schatten hinein.

ENDE DES DRITTEN BUCHES

Finn Fokklin steckt weit abgeschlagen in der unwegsamen Wildnis. Um seinen Vetter Wil zu retten, muss er den so dringenden Aufbruch nach Caras Berene, der Hauptstadt des Königreiches Revinore, abermals verschieben – obwohl er weiß, dass der Königsfamilie höchste Gefahr droht. Zunächst gilt es, die unbekannten Reiter einzuholen.

Mellow fährt derweil mit der Windbarke *Galim* einem ungewissen Schicksal entgegen. Circendils schwere Verwundung lässt das Schlimmste befürchten. Mit dem Tod des Davenamönchs verlören die Vahits ihren wertvollsten Verbündeten, Mellow obendrein einen guten Freund. Die eigenwilligen Dwarge von Kuningorst sind seine einzige Hoffnung. Doch könnte die sich schnell als trügerisch erweisen.

Während all dessen sammeln sich die Heerscharen des Feindes. Krieg liegt in der Luft.

Die Geschichte der Vahits wird weitererzählt in
»Das verwachsene Haus«
GILWENZEIT Band 4
von Robert M. Talmar

ANHANG

Die Maße

Die Vahits kannten als Grundmaß die *Vahitlänge* (etwa 7 Vahitfuß) oder, da von gleicher Länge, den *Klafter*, die Spanne zweier ausgestreckter Vahitarme von Fingerspitze zu Fingerspitze. Dem entsprach ziemlich genau der vahitische Doppelschritt.

Die hüggelländische Meile (die mit der kolrynischen Meile übereinstimmte) betrug fast einen Kilometer, nämlich 980 Meter.

Diese Distanz errechnete sich – im Hüggelland – wie folgt:

1 Vahitfuß	14 cm
7 Vahitfuß	98 cm = 1 Doppelschritt / Vahitlänge / Klafter
70 Vahitfuß	9,80 m
7000 Vahitfuß	980 m = 1000 Doppelschritte = 1 Meile

Glossar

ABKÜRZUNGEN
cdw. = Caereadwaine (die »Steinsprache«)
éan. = éanpelwe (die Sprache der Féar)
dwg. = Gidwargaur oder Dwargisch (die Sprache der Gidwargim)
EZ, ZZ, DZ = Erstes Zeitalter, Zweites Zeitalter, …
n. d. D. = nach der Dreiteiligkeit

Acaeras Alamdil: auch Alter Turm genannt. Eine aufgelassene Festung der Benutcaerdirin im nördlichen Obergau, entstanden zu Beginn des ZZ. Hier trafen Finn und Mellow erstmals auf die Gidrogs, die einsickernden Feinde, die Saisárasar ins Land brachte. Als Teil der alten Festungsanlage ist auch der Ringwall zu sehen, der die Brücke über den Wirrelbach einst schützte.

Akhanaith endh Anth-i-dheriltené: *cdw.* für »Gebirge des untergegangenen Mondes«. Name einer Bergkette, die östlich der Linvahogath die Sichel des Khênaith Eciranth zu einem Kreis vervollständigt. Der Name deutet darauf hin, dass einst das Sichelmondgebirge und die Berge des untergegangenen Mondes einen ausgedehnten Krater gebildet haben. Der östliche Teil seiner Grundfläche lag allerdings, wie abgebrochen, um etwa eine Meile tiefer als seine westliche Hälfte. Es sieht (im Vergleich mit den Khênaith Eciranth) so aus, als seien die Akhanaith endh Anth-i-dheriltené zum großen Teil vom Erdboden verschluckt worden; so kam es zu dem seltsamen Namen. Auch der Name des höchsten Gipfels im Khênaith Eciranth, der Cerenath, deutet auf eine Kraterformation hin.

Aman: *cdw.* und *éan.* für »der Eine«. Eine Bezeichnung des Schöpfers, den die Mönche Davens verwenden. Seine Schöpfung ist Yamun, »das Geschaffene« (»das Universum«). Eine andere Bezeichung für Aman ist »der Höchste«, in der Form Khênaman. Wörtl. ist Aman zusammengesetzt aus »am« und »an«, etwa »der Punkt, der von sich selbst abstammt«.

Amas: *cdw.* für »Insel«. Vgl. Amas Linscalve, »Insel Langschelf«. Geografische Bezeichnungen wie Amas oder Caras (»Stadt«) wurden in *cdw.* oft vorangestellt.

Amas Linscalve: *cdw.* für »Insel Langschelf«.

Andor: *cdw.* für »rundherum zu eigen«; z. B. in Andor Daven, in der ungefähren Bedeutung »Eigentum Davens« (hier das Kloster der Davenamönche bezeichnend).

Angellin: *cdw.* Name eines Märchenwaldes in hüggelländischen Märchen. Der Angellin ist angeblich die Heimat der Feen. Vermutlich bildete sich Angellin als eine verschliffene Form von Anglinême; ebenso wie Fee und Feen sich seit Urzeiten von *éan.* Féar ableiteten.

Anglirion: *éan.* für »Weißzorn«, der Beiname Tiumas'.

Arelian *cdw.* für »Baumland«. Königreich im Norden und Osten Kolryns. Eines der drei Reiche der Dreiteiligkeit. Die Hauptstadt war Caras Becaerandor. Arelian war das zweitgrößte der Drei Königreiche, im Norden und Westen des Kontinents Kolryn gelegen. Es wurde im Jahr 710 n. d. D. von König Algamon in seinem 17. Thronjahr regiert. In Arelian lebten die Menschen in enger Verbindung mit den Wäldern und der See. So waren sie begnadete Seefahrer und schätzten das reichliche Holz, das ihnen die arelianischen Wälder lieferten, sehr. Keines der beiden anderen Königreiche verfügte über einen derart verschwenderischen Reichtum an Holz. Die Bevölkerungszahl war indes geringer als die des

Reiches Revinore. Militärisch stützten sich die Areliandirin auf ihre Flotten; mit Ausnahme weniger Reiter und einiger Heere. Sie betrieben küstennahe und -fernere Fischerei und bauten schnelle Handels- und Kriegsschiffe. Im traditionellen Gruß »Lang lebe Arelian«, der rituell mit »Arelian« beantwortet wurde, wird die tiefe Verbundenheit der Areliandirin mit ihrer Heimat deutlich.

Arryn Wrisilion: altertümliches *cdw.* für »wilder Wald«. Der Arryn W. war einst ein Teil Arryons, des mächtigsten aller Wälder, der ganz Kolryn überzog.

Arweyiur: *éan.* für einen »für das Leben Geborenen« (Pl. Arweyiul). Bezeichnung einer Gruppierung unter den Féar, deren höchstes Streben der Schutz und der Erhalt alles Lebendigen auf Kringerde ist, unabhängig davon, ob es von féarischer Zugehörigkeit ist.

Baghul: *cdw.* für »(schlechter) Geist« (Pl. Baghulyen). Besonders die Vahits glaubten an Wald-, Feld-, Scheunen-, Höhlen-, Teich- und Bergbaghule, denen unterschiedliche Eigenschaften zugeschrieben wurden.

Bálanwe: *éan.* für »schlechte Erfahrung, schlechtes Erlebnis«; die deutsche Entsprechung wäre vielleicht »Mist«.

Balmeléin: *éan.* für »schlechte (böswillige) Dichtung«; das Féarwort für Lüge.

Balog: im hüggelländischen Dialekt verkürzt; eigentlich Balogur, *cdw.* für »Unglück«.

Báloth: *éan.* für »schlechtes Feuer«. Andere Bezeichnung für das besondere Licht, das Lukather zu eigen war, im Sinne von »Unlicht«. In der Sprache, in der sich die Nodirin verständigen, lautet der entsprechende Begriff Vu'luth.

Benutcane: *cdw.* für »Stelle des gewordenen Bundes«; Menschenreich des ZZ. Verschmelzung von Be(-lén; Bund), nut (geworden) und Ca(-ne; Stelle). Der Begriff wurde zum Namen des späteren Reiches von Benutcane. Seine Hauptstadt war Benutcaer. Benutcanes Staatsform war kein Königreich, sondern eine frühe Form der Demokratie. An der Spitze der Gesellschaft stand der Rat der Benethnin. Jeweils zwei sogenannte Tener lenkten das Reich. Mit seiner Gründung im Jahr 1598 des Ersten Zeitalters begann in Kolryn eine neue Zeitrechnung, eben das ZZ. Benutcane war ein Staatsgebilde, das nach den Jahren der Unterweisung durch die Féar entstand. Das Reich zerbrach im 853. Jahr seines Bestehens (dem Jahr 2451 nach der Zählweise der Féar) und endete in einem 49-jährigen Bürgerkrieg um die Dreiteiligkeit, mit deren Inkrafttreten das DZ begann.

Brada: *cdw.* für »Dorf« (Pl. Bradirran); wörtl. »Schlamm«. Eine ältere Form ist Bad. Die *cdw.* Vorsilbe Khen- für »groß« macht daraus ein Großdorf (von denen es nur drei im Hüggelland gab: Mechellinde, Sturzbach am Sturz und Vahindema).

Broch: Wohnturm der Vahits. Eine im Hüggelland schon veraltete Bauweise, die im Norden stärker, im später besiedelten Süden hingegen kaum noch anzutreffen ist. Furgos Werkstattbrochs in Moorreet sind die jüngsten Gebäude dieser Art. Der Nord- und der Südbroch in Aarienheim waren deutlich älter und sicher nicht mehr im besten Zustand.

Brummbaren: hüggelländische Bezeichnung eines aus Brombeeren gekelterten Weins aus Räuschelfurt. Seine Bezeichnung ist bewusst doppeldeutig und meint sowohl den Brombeerwein als auch den Brummschädel, den man davon leicht bekommen kann.

Caeraban: hüggelländischer Ausdruck für »Turmstein«, wörtl. »fließender Stein«.

Caeredwaine: *cdw.* Name der Sprache des Menschenreiches Benutcane im ZZ. »Sprache derer vom Stein«; gemeint sind damit jene, die Häuser aus Stein errichten. Zu Finns Zeit ist dies immer noch die Sprache der Menschen. Das Hüggelländische ist ein Dialekt des Caeredwaine, weshalb sich die Vahits und Menschen auch nach 710 Jahren noch verständigen können (bei gutem Willen auf beiden Seiten).

Caras: cdw. für »Stadt«.

Cencyr: *éan.* für »großer Himmelsbewohner«, sprich Vogel; damit waren die Criargs gemeint (Pl. Cencyrill). Die Silbe »cyr« ist heller betont als »cir« in *cdw.* eingegangen und bedeutet auch dort Himmel. Ebenso findet sich die Silbe »cen« als »khen« in *cdw.* wieder, gleichfalls in der identischen Bedeutung von groß.

Cennan: *éan.* für »hohe Frau«, eine ehrenvolle Anredeform. Damit wurden im Besonderen die Angehörigen der Hohen Häuser angesprochen, die féarische Form des Adels. Als Lehnwort und mit derselben Bedeutung hat sich Cennan als Khennande in *cdw.* eingebürgert.

Cennir: *éan.* für »hoher Herr«, eine ehrenvolle Anredeform. Damit wurden im Besonderen die Angehörigen der Hohen Häuser angesprochen, die féarische Form des Adels. Als Lehnwort und mit fast derselben Bedeutung (»hoher Sohn«) hat sich Cennir als Khennir in *cdw.* eingebürgert.

Cirwirran: cdw. für »vom Himmel herabfließend«; im Hüggelland gebräuchlich für Nieselregen.

Crúorbhel: *cdw.* für »Kriegsblume«, ein anderer Name für das Fe'e Hu.

Cunven Balogur: *éan.* für »die Unglückszunge«. Gemeint ist die Brücke über die tiefe Schlucht in Tilon Idil, die auch Uldavalors Brunnen genannt wurde.

Daírantyr: *éan.* für »Der Meister der Tränen«. Abgeleitet von daír – *éan.* für Träne (Pl. Daíran). Der Name, den die Féar den Gilwen Lukathers gaben. Als Lehnwort Daiar in *cdw.* (Pl. Daierran). Die Endung »-ar« in *cdw.* spricht den Tränen den Status von etwas Lebendigem oder Beseeltem zu.

Daven: Gründer des Klosters Andor Daven in Vindlian. Andor Daven ist das einzige Kloster des Davenaordens, jener Kriegermönche, denen auch Circendil angehört.

Davenamedhir: *cdw.* für »Davenamönch«, wörtl. »Mönch, der zu Daven gehört«.

Demendir: *éan.* für »Halbmensch« (Pl. Demendirill).

Dirarám: *cdw.* altes Längenmaß in Benutcane. Es bezeichnet die Strecke, die ein erwachsener Mensch in einer Viertelstunde gehend zurücklegen kann. Die Viertelstunde – Rámwarás – ist nach dem Gefäß benannt, das eine Wasseruhr in dieser Zeit füllte. Womöglich ist der Dirarám auch das Urmaß der im Jahr 710 n. d. D. gebräuchlichen kolrynischen Meile von umgerechnet 980 Metern.

Éanpelwe: Sprache der Féar. Von eanwe, *éan.* für »sagen, sprechen« und pelwe, »hervorsprudeln, sprühen, verteilen«.

Endyaluëne: *éan.* Begriff der Zeitrechnung, wörtl. »die Endlosigkeit der Jahre«. Die Féar zählten die Jahre von dem Tage an, da der legendäre Amandros zum ersten Mal einen Fuß auf Ilámen Grendu (Kringerde) setzte. Das Jahr 710 n. d. D. entspricht dem Jahr 3208 der Endyaluëne.

Fe'e Hu: Name des Feldzeichens von Lukather.

Fuílfrar: *cdw.* »Blutreißer«, Bez. des Wolfes; (Pl. fuílferran).

Galim: *dwg.* für »Sänger«.

Gidwargaur: *dwg.* die Sprache der Gidwargim (Ez. Gidwargum).

Gilwe: *éan.* »Schönheit aus Licht«. Der entsprechende gidwargische Begriff ist *dwg.* »Margathankhum« (Pl. Margathankhim). Gilwen wurden auch *éan.* dáiran, »Tränen«, genannt. Die von Lukather angefertigten (*éan.* dunblúod) wurden später ebenfalls zu den Gilwen gerechnet, obwohl sie im eigentlichen Sinne nicht dazugehörten. Zusammensetzung aus gil, *éan.*, »Licht« und we, *éan.*, »Schönheit«.

Gorcunun: der »Himmelswerfer«, *suc.*, Bedeutung abgeleitet aus *éan.* gor cunathron = »Wurf in die Leere«. Eine kreisförmige Anlage, in der sechs Menhire symmetrisch angeordnet sind. Das innere Sechseck der Anlage wird als *suc.* Goch, »Schlund«, bezeichnet.

Goren Limun: *éan.* für »Weltraum, All«; wörtl. grenzenlose Leere.

Hedhin Sahaya: »das Lied der Wahrheit«, einer der Totengesänge der Vahits.

Ilámen Grendu: *éan.* »Lichtenstein«, der Name der Féar für Kringerde. Ilamen steht für das Sonnenlicht. Für alles künstliche Licht – das Feuer, Lampen, Kerzen und Gilwen umfasst – wird Gil gebraucht.

Ilar: *éan.* Name für die Sonne.

Ilarmand: *éan.* Zeitmaß, eine Doppelstunde (Pl. Ilarmandhun). Die Féar teilten den Tag-Nacht-Zyklus in 12 Ilarmandhun ein.

Illinyiur: *éan.* für einen »für sich selbst Geborenen« (Pl. Illinyiul). Bezeichnung einer Gruppierung unter den Féar, deren höchstes Streben die Abgrenzung von in allem Nicht-Féarischen ist.

Imilthyldum: *dwg.* Name eines kostbaren Metalls, das insbesondere für Klingenwaffen eingesetzt wurde (Pl. Imilthyldim). Vermutlich war es eine Legierung, von der Glimfáin einmal sagte, sie sei in Blauem Feuer verarbeitet worden. Nicht zu verwechseln mit *dwg.* Sildirum, einem Edelmetall.

Karbeol: Möglicherweise der *dwg.* Name für eine bestimmte Art von Edelsteinen, die durch eine Weisung weiterveredelt wurden. Die wörtliche Bedeutung des Begriffs ist unklar. Cethlion schreibt das Wort *karbeol eindeutig mit »K«– *k – anstatt mit »C«– *c. Vielleicht ist die erste Silbe »Kar-« gleichbedeutend mit »caer«, dem Caeredwaine-Ausdruck für »Stein«; es gibt zudem im *cdw.* das Wort carras, »hart«. Der zweite Wortbestandteil »–beol« könnte von Bhelén – *cdw.* für »Schein, Schimmer« herrühren und ist u. U. der Hinweis auf einen Schliff. Die dunkelrote Farbe der Karbeole lässt zunächst an einen großen Rubin denken, aber es ist sehr fraglich, ob Rubine damit gemeint waren. Die Gidwargim kannten sich mit Steinen noch besser aus als mit Metallen; sie verstanden es, ihnen Kräfte einzuhauchen oder solche in ihnen zu erwecken, die uns heute unverständlich bleiben. Derartige Kräfte nannten sie entweder Weisung oder, wie im Fall der Gilwen, Hinwendung. Karbeole wechselwirkten in unterschiedlicher Weise mit dem Licht, das auf sie traf, und Maúrgins Karbeol machte hierbei keine Ausnahme. Denkbar ist ebenso eine Entlehnung aus der Dwargensprache, dem Gidwargaur, ohne dass noch bestimmbar wäre, worauf sie sich bezieht.

Kringwandung: dt. »gekrümmte Wandung«, vgl. Kringerde, die Gekrümmte.

Laísir: *cdw.* und *éan.* für »Lehrer« (Pl. Laísirin), wörtl. »Nachspürer«. Bezeichnung der féarischen Lehrer in den Jahren der Unterweisung.

Ledir: cdw. für »Gelb(häutiger) Mensch« (Pl. Ledirin).

Nodir: *cdw.* für »schwarz(häutiger) Mensch« (Pl. Nodirin). Die *cdw. Silbe* »No-« steht für »schwarz« und »nichts«. (Im Sinne von »kein Licht, keine Farbe«. So bedeutet *cdw.* Anobor, »Geburt«. In der *cdw.* Sprache entsteht alles aus dem Nichts: ein Kind entsteht im lichtlosen, dunklen Mutterleib; deshalb die Kurzform Nor für »Geburt«, eigtl. »die Schwärze«. Das kürzer gesprochene *cdw.* »Nòr« [norr] für »Osten«, im Sinne von »wo die Sonne wiedergeboren wird«, gilt als Abkürzung von *cdw.* Ilasnor – für »Osten« (Himmelsrichtung); eigentlich »Geburt Ila(r) s«, nach Ilar, wie die Féar die Sonne nannten. Das Verb *cdw.* nobar für »folgen«, auch: »nachfolgen«, mag auch durch die Beobachtung seitens der Féar entstanden sein, dass es anfänglich vor allem die Stämme der Nodirin waren, die Lukather folgten.

Limfalwe: Stärkungstrunk der Féar. Er wirkt gegen Schwindel, stärkt somit den Gleichgewichtssinn und wirkt gegen Kälte. Außerdem verleiht er Selbstsicherheit und kurzfristig zusätzliche Kraft. Dt. etwa »Kopfvertrauen«.

Limwe: *éan.* für »die Schönheit des Kopfes«; Bezeichnung für die charakteristischen Stirnknorpel der Féar, die wie ein ägyptisches Henkelkreuz geformt sind, wobei die Nase den Längsstiel und die aufgewölbten Brauen den Querstiel bilden.

Linfalas: *cdw.* für »Glück« (Pl. Linfallim); wörtl. »lange Freude«.

Linnfalwe: *éan.* für »welkes Vertrauen«, der Beiname Gilladiéns.

Maúrgin: *dwg.* Name des Dolches, den Finn als Schwert benutzte; ein Geschenk des Dwargen Glimfáin. Ursprünglich gehörte die von Nemgláin gefertigte Klinge Rumóin Bartretter, einem der acht Gefährten, die es wagten, in Lukathers Festung Ulúrlim einzudringen, um Fárin Goldhand zu befreien. Auf der Klinge aus Imilthyldum ist ein Berg mit einer Sonne eingraviert sowie ihr Name in dwargischen Runen. Der das morgendliche Sonnenlicht einfangende Knauf besteht aus einem kostbar eingefassten roten Karbeol. Man sagt der Klinge nach, sie sauge ihre Kraft aus der Morgensonne. Auch heißt es, sie gehorche ihrer eingeschmiedeten Weisung: »Nichts ist treuer als Gidwargentreue.« Das bedeutet, Maúrgin konnte nur in der Stunde der Morgenröte an einen neuen Besitzer weitergegeben werden, und einem möglichen Dieb würde sie Glimfáin zufolge nur Unglück gebracht haben.

Nainflöte: Schilfrohrflöte nach Art der Panflöten. Nain ist ein Caeredwaine-Wort und bedeutet »Kinder«; Ez. Nar, »Kind«. Gemeint ist damit wohl die Anordnung der nachfolgend immer kleiner werdenden

Schilfrohre, die an nach ihrer Größe aufgereihte Kinder erinnern. Der alte deutsche Ausdruck »wie die Orgelpfeifen« beschreibt ein ähnliches Bild. *Cdw.* Nain ist eng verwandt mit Nan, »Jugend«; Nama, »Volk«; Nia, »Tochter«, Nir, »Sohn«. Zu Letztgenanntem s. a. Dir, »Mensch«. Ebenfalls verwandt sind Natha, »Hilfe, Schutz« sowie Nané, »Mutter«; ableitend davon Nenna, »Milch«. Darüber hinaus ist Nar ein eigentümliches Wort, denn es bricht die Caeredwaine-Regel, dass alle jene Begriffe, die ein denkendes Wesen bezeichnen, eine ir-Endung aufweisen. Die Endung »-ar« ist Tieren und Verben vorbehalten. Inwieweit dies widerspiegelt, ob man zu jener Zeit Kinder, zumindest in ihren Kleinkinderjahren, noch nicht als *denkend* empfunden hat, bleibt unklar. Gleichwohl war man sich dieses Grammatikbruchs sehr wohl bewusst, denn die Pl.-Endung von Nar lautet nicht »-erran« (wie bei Tieren üblich), sondern endet auf »-in« (wie bei allen denkenden Wesen), eben Nain.

Naubrimir: *dwg.* Name für Kringerde.

Revinore: *cdw.* Königreich im Westen Kolryns. Die Hauptstadt war Caras Berene. Revinore entstand wie die beiden anderen Königreiche Kolryns mit der Dreiteiligkeit. Alle drei Reiche fühlten sich anfangs benachteiligt: Die Vindliandirin klagten über zu wenig Weide- und Ackerland; die Areliandirin über zu viel Wald; und die Revinorer glaubten, sich am schlechtesten gestellt zu sehen, erschien ihnen das zugewiesene Gebiet doch als öd und leer (was es nicht war). Sie sahen sich anfangs zu einer Fortsetzung, Re, ihres Lebens gezwungen, ohne ihren gewohnten und geliebten Stein. Dafür hausten sie in Lehmhütten, Vinnim, auf meist gebirgigem Gebiet, wo nichts wuchs, no, außer schwärzlich-grünem Moos auf karger Scholle oder schlimmer. Sie stießen auf nichts außer schwarzer Erde, auf der lediglich Stechginster wucherte, und wohin sie ihren Fuß auch setzten, ragten schwarze und spitze, scharfe, schroffe Grate aus dem Boden, re. Daraus wurde im Sprachgebrauch der Jahrhunderte Re-vin(nim)-no-re. Erst nach einiger Zeit entdeckten sie die Reichtümer ihres neuen Landes: Bodenschätze in vielfältiger Form, und auch der ungeliebte schwarze Boden erwies sich als überaus fruchtbar. Sie entwickelten neuen Lebensmut und große Stärke. Zu Finns Tagen hatten sich die Revinorer zu kühnen, stolzen Dirin entwickelt. Schwarz und golden wehten ihre Banner auf den Türmen von Caras Berene.

Taremark: von *cdw.* Tar, »Westen«.

Tilon: éan. für »Ort des Lernens, Schule«. Bezeichnung der Schulen während der Jahre der Unterweisung.

Tumbara: hüggelländisches Blasinstrument mit durchdringendem Schall.

Uled Alas: *cdw.* für »kalter See«.

Uvdirlian: *cdw.* für »Kleinmenschland«. Name, den Saisárasar dem Hüggelland verordnet.

vancar: *cdw.* für »(mit den Flügeln) schlagen, schwingen«; auch »fliegen«. Vgl. die große Nähe zu *cdw.* vainar, »wenden, umkehren, die Richtung ändern«. Das Substantiv zu vancar heißt *cdw.* Venclén (Pl. Vencléim). Sil Venclén: »Vor dem Flug«; Od Venclén: »Nach dem Flug«.

Wacala: hüggellandische Bezeichnung des Holzarbeitermessers (Pl. Wacalirran). Sahaso Rohrsang erzählt, die Holzfäller hätten sich mit den Wacalas unter anderem auch ihre Brote geschnitten (in den Pausen und nach Feierabend?). Die Nähe von Wacala zu Wacaras lässt vielleicht die Deutung zu, dass die Wacalas (eingedeutschter Plural!) überhaupt gern zum abendlichen Zubereiten und Zerschneiden von Nahrung dienten; eben nach getaner Arbeit. (Wacaras – cdw. für »Abend«, Pl. Wacarrim; wörtl.: »die Zeit, wo es Wünsche gibt«, im Sinne von »die Zeit der Wünsche«, oder »Zeit, sich Dinge zu wünschen«. Verwandtschaft besteht zu acar, »wünschen« und -as, »wo es gibt«.) »Wa-« ist die Wurzel des Wortes Waine, »Sprache«; es geht hier also vermutlich um offen ausgesprochene Wünsche, um Dinge, die man sich des Abends, gemeinsam am Feuer, erzählte.

Waldkrakeeler: Spitzname, den Circendil Mellow verleiht, aufgrund des weithin hörbaren Lärms, den die Vahits im Wald verursachten, während sie sich auf der Flucht befanden.

Wredian Gimpel: hüggelländischer Name; Herr Wredian ist der Vahogathmáhir (Bürgermeister; wörtl. »Meister der langen Bergmauer«) des Hüggellandes.

Wrisann: *éan.* Bezeichnung der Bärlinge oder Wrisilrhiobs. Dies wiederum ist die *cdw.* Bezeichnung. Bedeutung unbekannt; möglicherweise eine Ableitung von wrisar (»rasen, toben«). Ein W. ist eine Märchengestalt der Vahits: ein auf Bergspitzen lebendes, ungemein kräftiges Wesen, das Felsen zermalmte und wütend damit um sich warf, wenn man es störte. Manchmal aber spielen Wrisilrhiobe auch mit Felsen wie mit Murmeln, und wer sie bei diesem Spiel besiegt, wird von ihnen sicher über den Berg getragen. Die Wirklichkeit sah anders aus.

Ya: *éan.* für »Lebenskraft«, eine Energie, die alles und jedes in Yamun (dem Universum) miteinander sowohl verbindet als auch antreibt, Lebendiges wie Unbelebtes. Die dahinterstehende féarische Philosophie geht von der Beobachtung aus, dass sich alles ohne Ausnahme in Yamun, vom

Kleinsten bis hin zum Größten, unablässig irgendwohin bewegt, also irgendwohin unterwegs ist oder nach etwas Bestimmtem strebt. Die dafür verantwortliche Kraft Ya ist geheimnisvoll und wird als von Aman gegeben verstanden.

Dramatis Personae

TEIL I

IN AARIENHEIM:

Mellow Rohrsang, *Helvogt und bester Freund von Finn Fokklin*

Rohmag Ganter, *Jäger in Aarienheim*

Bholobhorg Feldschwirl, *Landhüter aus Tanning im Untergau*

Fionwen Storchner, *Finns junge Muhme (die Schwester seiner Mutter Amafilia Fokklin)*

Finnig Storchner, *ihr neugeborener Sohn*

UNTERWEGS IM HÜGGELLAND:

Taram Goldammer, *Landhüter aus Vahindema, Bruder von Tallia Goldammer*

Awol Kowal, *der Besitzer der Kowalhöhle, der bekanntesten Schmiede im Hüggelland*

Dharso Zeisig, *Finns Vetter, ein Verwandter des Zweigs der Muldweiler-Fokklins*

Tallia Goldammer, *Schrifferin aus Vahindema (und Finns große Liebe)*

Uranam Weidenmeis, *Sverunmáhir (Herold und Verweser der Hüggellandpost)*

Abhro Rabner, *Schmied*

Franan, Giran, *Gesellen*

VON AUSSERHALB DES HÜGGELLANDES:

Saisárasar, *ein Nodir, der Simorgh und Befehlshaber der Gidrogs im Hüggelland*

Circendil, *ein Arendir und Davenamedhir aus Vindlian*

Glimfáin, *Grimgláins Sohn, ein Gidwargim (oder Dwarg) aus Khambrins Geschlecht*

TEIL II

Finnig Fokklin, *Sohn von Furgo Fokklin, dem bekanntesten Tintner des Hüggellandes*
Wilhag Tauber, *Finns Vetter, Sohn von Finns Oheim Ewerdag Tauber*

UNTERWEGS IN DEN TIEFENLANDEN:
Tured Tiumas Anglirion, *ein Féar, Angehöriger des Hohen Hauses der Tured*
Numared Gilladién Linfalwe, *eine Fér, Angehörige des Hohen Hauses der Numared*
Becúnan, *eine Féar*
Sindros, *ein Féar*
Matsag und Gossom, *zwei Wrisann (oder Wrisilrhiobs), auch Bärlinge genannt*
Ensamot, *ein Nodir, der Ulmorgh und Befehlshaber der Gidrogs bei Tilon Idil*
Keluzkal, *ein Dunbluódur*
Druayát, *eine Dunbluódur*
Amuul, *ein Dunbluódur*

STAMMBAUM DER HÜGGELLÄNDISCHEN FAMILIEN FOKKLIN UND TAUBER

- (Mühlenbauer) Maltet Fokklin ⚭ Menehune Mürmdohl
  - Bodas Fokklin ⚭ Mageta Wiesenpieper
    - Ferinia Fokklin ⚭ Odogar Tauber
      - Bartolo Tauber *(stieg zum Tarduil hinab)* ⚭ Tessina Muldwyrd *(die alte Muldwyrda; Mutterschwester der Mutter von Anselma Borker, geb. Muldwyrd, die mit ihrem Mann Banavred Borker den Acaeras Alamdil bewohnt)*
        - Terrinia Tauber ⚭ Ludowig Gurler *(der Witamáhir in Mechellinde)*
          - Rebold Gurler ⚭ Turda Wiedehopf
            - Eilana Gurler
            - Faélan Gurler
        - Hámlat Tauber ⚭ Walnutia Buntfinkel
          - Bardogar Tauber ⚭ Erugenia Racke
            - Imbolwen Tauber
            - Beltaine Tauber
            - Fintan Tauber
            - Erainn Tauber
          - Amadine Tauber ⚭ Obold Stelzfuß
            - Obhlo Stelzfuß
            - Gian Stelzfuß
            - Maian Stelzfuß
            - Baas Stelzfuß
          - **Amafilia Tauber ⚭ Furgo Fokklin**
            - **FINNIG FOKKLIN**
          - Ewerdag Tauber ⚭ Harriata Amsler
            - Wilhag Tauber
          - Fiongar Tauber ⚭ Gudrina Eul
            - Amadine Tauber
            - Amwen Tauber
          - Fionwen Tauber ⚭ Lindan Storchner
            - Finnig Storchner
          - Ewerdine Tauber ⚭ Marin Kleiber
            - Ossiana Kleiber
            - Briuinig Kleiber
            - Dunhag Kleiber
            - Vaca Kleiber
            - Gaidho Kleiber
            - Liathwen Kleiber
    - Taved Fokklin ⚭ Fiofine Mauerschwalb
      - Lodebras Fokklin
  - Báding Fokklin ⚭ Calfata Schwaning
    - Asblád Fokklin *(der Kaumhaarige)* ⚭ Carminia Lerchel
      - Forro Fokklin *(der Einhändige)* ⚭ Teremonia Kowal
        - *(erhält das Rezept der Tinten)* Falang Fokklin ⚭ Taberna Drossler
          - **Furgo Fokklin ⚭ Amafilia Tauber** (→ Amafilia Tauber ⚭ Furgo Fokklin)
        - *(erhält die Muldweiler Sägemühle)* Ferro Fokklin ⚭ Anaganta Gänsesäger
          - Réminia Fokklin ⚭ Runo Ralle
            - Rodo Ralle ⚭ Patea Fink
              - Amarita Ralle ⚭ Dúncan Zeisig *(ein Vetter von Abbado und Konkho Zeisig)*
                - Dharso Zeisig
          - Rémblad Fokklin ⚭ Gudrina Haubenmeis
            - Gémo Fokklin
            - Gatan Fokklin

STAMMBAUM DER HÜGGELLÄNDISCHEN FAMILIE ZEISIG

- Bródmainn Zeisig ⚭ Dahrsa Blaumeis
  - Wilman Zeisig ⚭ Hastana Muldwyrd *(weitere Mutterschwester der Mutter von Anselma Borker, geb. Muldwyrd, die mit ihrem Mann Banavred Borker den Acaeras Alamdil bewohnt)*
    - Amwen Zeisig ⚭ Tombold Blauunk
    - Amfold Zeisig ⚭ Llaidha Hallimasch
  - Gunbold Zeisig ⚭ Donata Sperler
    - Dúnbho Zeisig ⚭ Rémonia Lerch
      - *(ältester Geselle bei Fokklinhand in Moorreet)* Abbado Zeisig ⚭ Gaidha Schwaning
      - *(Wirt des Verlorenen Henkels in Moorreet)* Konkho Zeisig ⚭ Fradha Kranich *(Schwester von Giunda Blässner, geb. Kranich, die Mutter von Ianam und Gatabaid in Rudenforst)*
    - Dúnman Zeisig ⚭ Eriana Lerch
      - Dúncan Zeisig ⚭ Amarita Ralle
        - Dharso Zeisig
      - Amagata Zeisig *(Klärerin des Obergaus)*
  - Falada Zeisig ⚭ Rhedo Kowal
    - Tiwol Kowal ⚭ Eleana Kleiber
      - Taved Kowal ⚭ Gwynwen Moorent
        - *(Wirt der Taumelnden Mühle in Vierstraß)* Timan Kowal
      - *(Besitzer der Kowalhöhle von Wasserfels)* Awol Kowal ⚭ Ranigga Gänsesäger

STAMMBAUM DER HÜGGELLÄNDISCHEN FAMILIE MULDWYRD

- Grogas Muldwyrd ⚭ Dusmaid Moorent
  - Hastana Muldwyrd ⚭ Wilman Zeisig
  - Tessina Muldwyrd *(die alte Muldwyrda)* ⚭ Bartolo Tauber *(stieg zum Tarduil hinab)*
  - Gesamene Muldwyrd *(wird ledig schwanger; doch die Tochter wird dafür zeitlebens schräg angesehen)*
    - Anselma Muldwyrd ⚭ Banavred Borker *(beide bewohnen den Acaeras Alamdil)*

Werde Teil der Bastei Lübbe Welt
You Tube
www.lesejury.de
Lesen, rezensieren, Bücher gewinnen
Lerne Autoren, Verlagsmitarbeiter und andere Leser kennen
BASTEI LÜBBE
www.luebbe.de

Chiara lächelt. »Er ist glücklich mit seinem neuen Freund, der gar nicht mehr so neu ist. Carlo hat das bekommen, von dem ich geträumt habe – eine verlässliche, schöne Beziehung.«

»Eifersüchtig?«

»Nein, nicht mehr. Es bleibt in ihm noch genug Platz für mich. Das weiß ich inzwischen. Er sagt immer, ich hätte einen Logenplatz in seinem Herzen, so einen wie im Teatro Massimo. Ich denke, Carlo ist für mich wie Ute für dich.«

Johanna nickt. »Vielleicht sind Freunde sogar wichtiger als … Ach, Unsinn. Ich sollte da keine Vergleiche ziehen. Ja, Ute hilft mir sehr. Sie schickt mir ständig Fotos von der Baustelle. Nun, in ein paar Tagen werde ich es ja mit eigenen Augen sehen, mein neues Zuhause.«

»Es ist eigenartig …«

»Was?«

»Ich habe mir geschworen, nie wieder einen Fuß auf diese Insel zu setzen, und du ziehst jetzt für immer dorthin.«

»Aber es gibt etwas, das uns verbindet. Mal abgesehen von Georg.«

Chiara sieht sie fragend an.

»Wir haben beide eine Mauer«, erwidert Johanna. »Du hast die, auf der wir gerade sitzen und von der aus du mit Georg aufs Meer gesehen hast. Und ich habe auf Bali eine, auf der Georg oft saß und in Gedanken den Horizont überschritt, wenn wir zusammen dort waren. Auf gewisse Weise schließen sich da unsere Kreise. Von einem Ende der Welt zum anderen.«

»Der Gedanke gefällt mir.« Chiara sieht auf die Diafilmdose in ihrer Hand und steckt sie dann in die Tasche ihres Kleides. »Magst du ein Glas Wein mit mir trinken gehen? Ich lade dich ein. In der Bar am Fischerhafen?«

»Da, wo du mit Georg gefrühstückt hast?«

»Du hast ein gutes Gedächtnis. Ja, genau dort.«

»Macht dir das nichts aus?«

»Im Gegenteil. Ich suche die Orte, an denen ich mit ihm gemeinsam war, absichtlich auf. Ich will sie mit neuen Erfahrungen übermalen, damit die Erinnerungen irgendwann verblassen und Platz machen für das, was kommt. In Zukunft werde ich in der Bar an ihn und an dich denken.«

Ein leichter Wind kommt auf. Von dort, wo der Horizont liegt, der nun mit dem Wasser eins zu werden scheint. Da ist keine Grenze mehr wahrnehmbar.

Chiara zieht die Strickjacke etwas fester um ihre Schultern. »Ich bin froh, dass du heute gekommen bist«, sagt sie dann.

»Gehen wir?«, fragt Johanna.

Chiara nickt.

Sie lassen die Mauer und das Meer hinter sich. Sie haben es nicht eilig.

Die Straße ist menschenleer. Da sind nur die zwei Frauen.